CHRISTINA DODD
Flamme und Schwert

Buch

Lady Saura of Roget ist klug, atemberaubend schön, wohlhabend – und sie ist blind, was sie allerdings nicht davon abhält, den Haushalt auf Burg Pertrade zu führen. Doch unter der Herrschaft ihres grausamen und skrupellosen Stiefvaters kann es für sie dort keine Zukunft geben. Daher zögert Saura nicht, als sie an den Hof von Sir William Miraval gerufen wird, um dem Haushalt vorzustehen und sich um den erblindeten Hausherrn zu kümmern. Seit Sir William of Miraval sein Augenlicht im Kampf verloren hat, weist er jede Hilfe schroff zurück, er lässt sich gehen und ertrinkt in Selbstmitleid. Niemand wagt es, ihm Einhalt zu gebieten, doch Saura lässt sich nicht so leicht beirren. Sie ist fasziniert von dem starken Ritter, der bislang ungekannte Gefühle in ihr weckt. Auch Sir William kann sich dem brennenden Verlangen nicht entziehen, das die zarte Saura in ihm entfacht, und sie verbringen eine Nacht voller Zärtlichkeit und sinnlicher Erfüllung. Doch außerhalb der sicheren Mauern von Burg Burke lauern dunkle Gefahren, und mächtige Feinde bedrohen ihr Glück …

»Meisterhaft geschrieben, mit einer wunderschönen Kulisse und einer Reihe von hinreißenden Nebenfiguren. Christina Dodd wird einfach immer besser!« *A Romance Review*

Autorin

Schon bevor Christina Dodd selbst mit dem Schreiben begann, dachte sie sich häufig ein alternatives Ende aus für die romantischen Geschichten, die sie las. Nach der Geburt ihrer Tochter beschloss sie, sich ganz dem Schreiben zu widmen. Seither stehen ihre Romane regelmäßig auf den amerikanischen Bestsellerlisten. Christina Dodd wurde vielfach ausgezeichnet, unter anderem mit dem RITA Award, dem Golden Heart Award der Romance Writers of America und dem Career Achievement Award der *Romantic Times*. Sie lebt mit ihrem Mann und den beiden Kindern in Texas.
Weitere Informationen finden Sie unter www.christinadodd.com

Von Christina Dodd sind außerdem lieferbar:

Der Lord und die Rebellin (36621) · Herzensdiebin (36990) · Ein Kuss von dir (36289) · In den Armen des Fremden (36859) · Spiel mit der Leidenschaft (36074) · Verbotene Nähe (36651) · Geliebte Betrügerin (35576) · Geraubte Herzen (36196) · Mein Herz in deiner Hand (36355) · Ketten der Liebe (37043) · Die schottische Brautjagd (37044) · Nachtschwarze Küsse (37259)

CHRISTINA DODD

Flamme und Schwert

Roman

Aus dem Amerikanischen
von Nicole Otte

blanvalet

Die amerikanische Neuausgabe erschien 2007 unter dem Titel
»Candle in the Window« bei Avon Books,
An Imprint of HarperCollins*Publishers*, New York.

FSC
Mix
Produktgruppe aus vorbildlich
bewirtschafteten Wäldern und
anderen kontrollierten Herkünften

Zert.-Nr. SGS-COC-1940
www.fsc.org
© 1996 Forest Stewardship Council

Verlagsgruppe Random House FSC-DEU-0100
Das für dieses Buch verwendete FSC-zertifizierte Papier
Holmen Book Cream liefert Holmen Paper, Hallstavik, Schweden.

1. Auflage
Deutsche Erstausgabe Januar 2010 bei
Blanvalet, einem Unternehmen der
Verlagsgruppe Random House GmbH, München.

Umschlaggestaltung: HildenDesign, München unter
Verwendung von Motiven von
© Illustration Leslie Anne Peck via Agentur Schlück GmbH
Redaktion: Anita Hirtreiter
NB · RF
Satz: DTP Service Apel, Hannover
Druck und Bindung: GGP Media GmbH, Pößneck
Printed in Germany
ISBN: 978-3-442-37411-3

www.blanvalet.de

Für Scott,
der mich ermutigt und unterstützt hat
durch zwei Textverarbeitungssysteme
und zehn Jahre des Schreibens.
Ich liebe dich

England im Mittelalter
Frühjahr 1153

1

»Wollt Ihr sie?«

»Was?« Von der Frage überrascht und verstört drehte Lord Peter seinen grauen Schopf zu seinem Gastgeber herum.

»Ich fragte, wollt Ihr sie? Ihr starrt sie immer noch an.« Theobald wischte sich mit der Hand, in der er sein Messer hielt, die Nase ab.

»Die junge Frau? Meint Ihr die junge Frau am Fußende der Tafel?«, fragte Lord Peter vorsichtig nach, da ihn die Feindseligkeit im Blick seines Gastgebers verunsichert hatte. »Sie ist sehr hübsch.«

»Hübsch?« Theobald schnaubte, hielt sein Messer fest mit der einen Hand gepackt und hob mit der anderen seinen Kelch. »Ja, seht sie doch an. Ihre Lippen sind vollmundig, rosig und zart, und ihr Haar ist lang und schwarz und reicht ihr über den Rücken hinab. Der Kontrast zu ihrer Haut ist herrlich. Der Teufel soll sie holen, aber Sauras Körper könnte von einem Dichter besungen werden. Sie hat lange Beine und einen ziemlich hübschen Hintern. Eine winzige Taille und diese …« Theobald benutzte beide Hände, um damit zu gestikulieren, schüttete sich dabei aber Bier in den Schoß und fluchte.

Lord Peter fühlte sich von der Aufzählung ihrer Reize und dem Gedanken abgestoßen, der Rüpel würde das Mädchen anfassen, und entschuldigte sich steif: »Es tut mir leid. Ich wusste nicht, dass sie Eure Geliebte ist.«

»Geliebte!« Theobald kicherte verächtlich und durchbohrte

das Mädchen mit hasserfülltem Blick. »Ich würde sie weder in mein Bett nehmen noch sie Euch für Eures geben. Sie ist nutzlos, könnt Ihr das nicht sehen? Sie ist blind, blind wie ein Maulwurf. Sie ist die Tochter meiner ersten Frau und Elwin von Rogets, und ich kann sie noch nicht einmal unter die Haube bringen. Sie ist ein Klotz an meinem Bein, wertlos!«

Wertlos? Lord Peter wunderte sich. Was seine Aufmerksamkeit erregt hatte, war die Art und Weise, wie die junge Frau das Auftragen des Mahls von ihrem Platz aus zu lenken schien. Die Bewegungen in der großen Halle drehten sich um sie, die Diener sprachen voller Respekt zu ihr, verbeugten sich und befolgten ihre Anweisungen. Sie raunte ihrer Zofe etwas zu, und diese eilte in Richtung Küche davon. Die Dienerin kam zurück und flüsterte etwas in Sauras Ohr, woraufhin sich diese von ihrer Sitzbank erhob. Lord Peter erwartete, dass sie stolpern würde, aber sie bewegte sich anmutig, berührte nur leicht den Torbogen, der den großen Raum unterteilte, und verschwand im Treppenhaus.

»Ich interessiere mich für ihre Zofe«, erklärte Lord Peter und wandte seine Augen dabei keinen Augenblick von der Stelle ab, wo Saura verschwunden war. »Wie heißt sie?«

»Sauras Zofe?«, johlte Theobald. »Welch wackerer Krieger Ihr seid. Wir können Euch etwas Besseres bieten als die alte Maud.«

Lord Peter drehte sich noch einmal zu seinem Gastgeber um und lächelte dünn. »Ich bevorzuge mein Fleisch gut gewürzt.«

»Das verdeckt den ranzigen Geruch, nicht wahr?« Theobald grinste seine junge Ehefrau an, die neben ihm zusammenschrumpfte, und Lord Peter bedauerte das Mädchen, das heute Nacht das Bett ihres Gemahls teilen würde.

»Maud?« Lord Peter trat aus dem Alkoven hervor und betrachtete die Frau, die sein Knappe zu ihm gebracht hatte. Ihre grauen Zöpfe hingen ihr den Rücken hinab, ihr rundes Gesicht war mittleren Alters und dementsprechend faltig, und sie war groß gewachsen. Er erinnerte sich daran, wie das Frauenzimmer das blinde Mädchen überragt hatte, und wusste, dass er diejenige gefunden hatte, nach der er gesucht hatte. Er scheuchte seinen Knappen fort. »Bist du Maud? Bist du die Frau, die Saura von Roget dient?«

Sie musterte mit ihren leuchtend blauen Augen seine Gestalt, suchte im Schnitt seiner Kleidung und dem Zustand seines Körpers nach Anzeichen für seinen Rang. »Ich bin Maud. Saura ist meine Herrin. Ich habe ihrer Mutter gedient, und ich werde ihr bis zu meinem letzten Atemzug dienen, und wenn dieser Esel Theobald sie Euch angeboten hat, dann –«

»Nein!«, brüllte Lord Peter wütend. »Nein. Sie ist jung genug, um meine Enkeltochter zu sein.«

Maud blickte ihn spöttisch prüfend an, überrascht von seiner Vehemenz, und Lord Peter erklärte mit einem verlegenen Achselzucken: »Meine Gemahlin würde meine Innereien zerteilen und auf einem Tablett servieren.«

»Eine gute Frau«, antwortete Maud. »Kommt, geht ein Stück mit mir. In dieser zugigen Halle fallen wir zu sehr auf. Was wollt Ihr von meiner Herrin?«

Lord Peter ging neben der Frau her. »Ich will mit ihr sprechen.«

»Warum?«

»Das geht nur mich und die Lady etwas an.« Unter Mauds zweifelndem Blick fuhr er fort: »Mich dünkt, ich kann ihr nichts zuleide tun, solange Ihr aufpasst, oder ist sie so schüchtern, dass sie Schutz benötigt?«

»Schüchtern? Gott, nein, nicht Lady Saura. Sie hat das Herz einer Löwin.«

»Gut, sie wäre auch ohne Nutzen für mich, wenn sie nicht tapfer wäre. Sie scheint den Haushalt zu führen.«

»Oh, ganz genau. Das scheint sie wohl.« Maud ging neben ihm her, das Gesicht starr geradeaus gerichtet.

Als kein weiterer Kommentar folgte, insistierte Lord Peter: »Nun, tut sie es?«

»Wie Ihr wisst, hat Lord Theobald die junge Lady Blanche geheiratet, die die Burgherrin ist.«

Lord Peter betrachtete Maud prüfend, überrascht von der vorsichtigen Antwort. »Lady Blanche ist mir völlig egal! Ich bin kein Verwandter von Lady Blanche. Ich bin nur an Saura von Roget interessiert. Nun also, führt sie den Haushalt?«

Maud hielt an und betrachtete sein ehrliches, verärgertes Gesicht mit prüfendem Blick. Während sie die Tür hinter sich aufschob, schlug sie vor: »Warum fragt Ihr sie nicht selbst?«

Lord Peter betrat die Kammer und sah auf den ersten Blick, welch geringer Wert Saura beigemessen wurde. Der winzige Raum bot gerade genügend Platz für eine Strohmatratze und eine Truhe aus Holz und Eisen. Dennoch brannte ein kleines Feuer in der Herdstelle, und kein Qualm zog hinein – das Zeichen für einen sauberen Rauchabzug.

Im einzigen Sessel saß Saura, die bis zum Kinn in eine raue Wolldecke gewickelt war. Ihre Füße wurden mit Hilfe eines Schemels vom kalten Fußboden gehoben. Ihre Ohren waren von einer feinen Leinenkappe bedeckt, die unter dem Kinn festgebunden war. Doch der Kopfschutz war ausgefranst und nicht mehr weiß und beinahe zu klein für ihren ohnehin schon kleinen Kopf, so als ob sie ihn bereits seit ihrer Kindheit besaß und nie ersetzt hätte.

Ihr Gesicht! Gütiger Gott, das, was aus der Distanz wie das bewundernswerte Porträt der Muttergottes gewirkt hatte, war in Wirklichkeit das Werk eines weltlicheren Künstlers. Sie war auf ganz irdische Art schön. Sie war auf eine Art schön, die bei Männern den Wunsch weckte, sie zu besitzen. Ihre weiße Haut schimmerte rein und makellos, und ihre exotischen Wangenknochen verrieten ihre normannischen Ahnen. Ihre lange gerade Nase zuckte, als sie seinen Geruch wahrnahm. Ihre Lippen waren ebenso wie die seinen und die aller anderen von der Kälte aufgesprungen, doch ihr Mund erschien dennoch offen und verführerisch. Schwarze Wimpern, die bis an ihre Wangen reichten, umrahmten ihre großen veilchenblauen Augen, die sich ihm fragend zuwandten.

Kein Wunder, dass Theobald ihretwegen murrte, kein Wunder, dass er sie voller Hunger und Hass anstarrte. Dieses Mädchen lebte zwar unter seiner Obhut, doch konnte er es nicht haben, und es war von jedem Mann zu viel verlangt, es nicht zu begehren. Saura würde in jedem Haushalt so lange ein Stein des Anstoßes sein, bis ein Mann sie zu seinem Besitz machte.

Wenn nur William – Lord Peter unterbrach seine Gedanken mit einem tiefen Seufzen.

»Genug gesehen?«, fragte die Frau neben ihm mit säuerlichem Nachdruck.

Überrascht bemerkte Lord Peter, dass die beiden Frauen schwiegen und warteten, bis er seine Begutachtung beendete. »Bist du immer so geduldig?«, wollte er wissen und lächelte Maud an, während er zur Truhe ging, um sich hinzusetzen.

Mit einer Geste hielt ihn Saura an. »Einen Moment«, befahl sie, während sie in die geräumige Tasche auf dem Boden neben sich griff und ein Kissen hervorzog. Sie reichte Lord Peter das nach Nelken duftende Kissen und sagte: »Die Neigung des Deckels macht die Truhe ziemlich unbequem.«

»Vielen Dank, Mylady.« Lord Peter arrangierte das Kissen auf der Truhe und setzte sich, verwundert darüber, dass sie seine Position mit solcher Genauigkeit kannte.

»Ich habe Euch Lord Peter von Burke, den Herrn von Burke, gebracht, Mylady. Er wünscht mit Euch zu sprechen.«

»Lord Peter!« Saura erhob sich hastig, des Reichtums und des Prestiges des Mannes bewusst. »Warum hast du mir das nicht sofort gesagt, Maud? Er soll meinen Sessel haben.«

Lord Peter legte die Hand auf Sauras Schulter und schob sie zurück. »Ich habe es recht bequem, das versichere ich Euch, und bin besser in der Lage, die Kälte zu ertragen als jemand wie Ihr.«

»Er ist ein großer, kräftiger Mann«, fügte Maud trocken hinzu. »Und hat schon schlimmere Zustände gesehen, da bin ich sicher.«

»Maud, du bist unverbesserlich«, schalt Saura, aber Lord Peter pflichtete ihr bei.

»Ich habe schon schlimmere Zustände gesehen, gerade heute erst, als mich der Schneesturm zwang, die Gastfreundschaft von Burg Pertrade in Anspruch zu nehmen. Ich versichere Euch, Lady Saura, ich bin trocken und warm gekleidet, und wie Eure Zofe betont hat, bin ich ein großer, kräftiger Mann.« Lord Peter lächelte Maud dabei so charmant an, dass die ältere Frau vor Überraschung einen Schritt zurücktrat.

»Wie kann ich Euch dann einen Gefallen tun, Mylord?« Saura schmiegte sich in ihre Decke zurück.

»Ich benötige Informationen. Ihr könnt mir helfen.«

Unbehagen und Bestürzung verfärbten seine Stimme, und als er nichts weiter sagte, forderte sie ihn auf: »Ich wäre froh, Euch mit jeder Art von Information zu helfen, wenn ich kann, Mylord.«

»Ihr scheint …« Lord Peter hielt inne, unsicher, wie er fortfahren sollte. Als er Maud einen Blick zuwarf, bemerkte er die abwartende Belustigung, die die Augen der Frau erhellte. »Es schien, als ob Ihr das Auftragen des Abendessens von Eurem Platz am Fuße der Tafel dirigiert hättet. War es so?«

Ein leichtes Stirnrunzeln zuckte über Sauras Gesicht. »Wie Ihr wisst, hat mein Stiefvater Lady Blanche geheiratet und sie –«

»Nein!« Voller Ungeduld unterbrach Lord Peter sie unverblümt. »Ihr versteht nicht. Es ist mir egal, wenn Lady Blanche nicht mal einen Finger rührt, mir geht es um Euch. Euch! Seid Ihr blind?«

Saura hob den Finger und berührte sich am Ohr, als ob sie die Frage nicht glauben konnte, und Lord Peter raufte sich mit den Fingern durch sein schütter werdendes Haar. »Ich habe es nicht so gemeint. Fürwahr, ich kam hierher und hoffte auf eine Begegnung mit Euch, denn Raymond von Avraché erinnerte sich daran, Geschichten von Euch gehört zu haben. Ich weiß, dass Ihr blind seid, aber Ihr kommt so gut zurecht, es scheint beinahe ein Scherz zu sein.«

»Ihr würdet das nicht sagen, wenn Ihr die vielen Male gesehen hättet, wo sie über eine Bank gefallen oder gegen eine Tür gestoßen ist«, murmelte Maud.

»Oder die Male, wenn Maud irgendeinen armen Narren geprügelt hat, weil er seine Sitzbank herumstehen ließ«, fügte Saura mit hellem Lachen hinzu.

»Seid Ihr Euer ganzes Leben lang blind gewesen?«, fragte Lord Peter interessiert und besorgt.

Sie schenkte ihm ihr bedächtiges Lächeln und antwortete: »Noch nicht.«

Lord Peters Kopf schnellte herum. Als ihm die Ironie ihrer Antwort bewusst wurde, seufzte er: »Ihr handhabt Eure Blindheit so gut.« Beinahe verzweifelt fügte er hinzu: »Ihr seid so jung. Ihr bewegt Euch anmutig, esst selbstständig, kleidet Euch ordentlich. Führt Ihr diesen Haushalt?« Maud nickte ihm zu. »Oder macht Eure Zofe das alles für Euch?«

Maud starrte ihn finster an, aber ein geschmeicheltes Lächeln huschte über Sauras Gesicht. »Nein, Lord Peter. Maud ist meine starke rechte Hand und meine Augen, aber ich bin auf mich gestellt. Meine Mutter hat mir beigebracht, für mich zu sorgen, für meine Diener, für meine Familie und für mein Heim.«

»Wie?«

»Mylord?«

»*Wie* hat sie Euch all diese Dinge beigebracht? War sie auch blind? Hat sie mit jemandem gesprochen, von jemandem gelernt? Wie hat sie gewusst, was sie tun musste?« Seine Stimme zitterte und klang vor persönlichem Kummer ganz belegt.

Beunruhigt hörte Saura seine Pein, aber sie konnte die Ursache hierfür nicht feststellen. »Meine Mutter war eine kluge Frau, und wenn sie sich jemals meinetwegen Sorgen machte, dann weiß ich nichts davon. Ich habe die Dinge getan, die sie mir sagte, weil ich nie gewusst habe, dass ich es nicht konnte, und wenn ich vor Verzweiflung jemals aufgegeben hätte, dann hätte sie mich dafür bestraft.«

»Wie bestraft man eine blinde Person? Indem man sie schlägt, obwohl sie den Schlag nicht kommen sieht und sich nicht ducken kann?«, wollte Lord Peter wissen. Die Frage lag bitter auf seiner Zunge.

»Ihr sprecht nicht über mich, Sir. Habt Ihr einen Angehörigen, der sein Augenlicht verloren hat?«

»Einen Angehörigen? Ja. Mein Sohn, mein einziges Kind, ein starker und kräftiger Mann, wie es ihn auf Erden nur gibt, kann jetzt nicht mehr über ebendiese Erde gehen, ohne zu stolpern und zu fluchen, zu fallen und gegen irgendetwas zu stoßen.« Er vergrub den Kopf in seinen Fäusten. »Er braucht Hilfe, Mylady, und ich kann ihm nicht helfen.«

Stille durchdrang den Raum, mit Ausnahme des Knisterns des Feuers, während der tapfere Krieger versuchte, seine Gefühle in den Griff zu bekommen. Saura legte ihm die Hand auf den Ellenbogen, und als er den Kopf hob, hielt sie ihm einen Kelch mit warmem Apfelwein hin. Maud stand neben ihr, lächelte aufmunternd, als Saura ihn einlud: »Erzählt mir davon.«

»Seit Stephan von Blois den Thron von Königin Matilda beansprucht hat, gab es nichts als Ärger. Nichts als Ärger.« Er rieb sich den Bauch, als er daran dachte. »William und ich haben auf des Messers Schneide gestanden und versucht, unseren Schwur zu halten und unseren Besitz und unsere Ehre. Ständig müssen wir den Aufruhr eines Bauern abwehren oder uns mit einem der Barone die Köpfe einschlagen, der glaubt, er besitze einen Morgen Land, der ihm nicht zusteht.«

»Musste Euer Sohn ausziehen und in einer dieser endlosen königlichen Schlachten kämpfen?«

»Nein, nein. Matilda hat sich nach Rouen zurückgezogen. Warum sollte sie Stephan bekämpfen, wenn dessen Barone schon so erfolgreich dabei sind, England mit ihren endlosen kleinlichen Kriegen zu zerstören?«, fragte er verbittert. »Sie sitzt auf der anderen Seite des Kanals, beobachtet alles und wartet. Ihre Rache wird kommen. Sie hat ihren Sohn erzogen, um zu kämpfen.«

»Er hat schon früher versucht, England zu erobern«, meinte Saura.

Lord Peter war überrascht. »Also folgt Ihr den großen Torheiten unserer Herrscher?«

Sie senkte den Kopf, wie es sich für eine anständige junge Frau gehörte, doch ihre Stimme klang fest. »Ich besitze Ländereien, die zwischen den Armeen liegen. Ich versuche trotz meines kläglichen weiblichen Verstandes so viel zu verstehen, wie ich kann, aber wir sind hier am Ende der Welt. Ich höre nur sehr wenig, und das mit zwei Jahren Verspätung.«

Lord Peter nahm an, ihr Dementi verbarg nur ihr eindringliches Interesse, und daher erklärte er: »Henry war beim letzten Mal erst vierzehn Jahre alt, aber man sagt, er sei mittlerweile zu einem kraftvollen Anführer herangereift. Er hat Stephan schon von seinen Ländereien in der Normandie aus Ärger bereitet, und einige behaupten, er sei bereits mit einer Armee in England gelandet.« Während er sie genau beobachtete, fügte er hinzu: »Er wurde zum Herzog der Normandie gemacht, nachdem ihn der König von Schottland zum Ritter geschlagen hat.« Lord Peter wurde durch die Art, wie ihr Gesicht aufleuchtete, für seine Erläuterung belohnt.

»Der König von Schottland ist sein Onkel, nicht wahr?«

Sich selbst ermahnend, senkte Saura wieder den Kopf und faltete die Hände, aber sie konnte Lord Peter nicht mehr täuschen. Sie hatte einen scharfen, wissbegierigen Verstand, der in Ahnungslosigkeit verschmachtete. Lord Peter war noch nie ein Mann gewesen, der solch einen Verstand bei einem Mann vergeudet hatte, und seine Gemahlin hatte ihm gezeigt, wie gefährlich es war, eine solche Veranlagung bei einer Frau zu ignorieren. »Ja, er ist Henrys Onkel. Henry ist mit jedem großen Lord und König in Europa verwandt, glaube ich. Von seiner Mutter hat er das Herzogtum Normandie bekommen. Von seinem Vater die Provinzen Maine und Anjou. Bei Gott, der Junge hat so viele Ländereien geerbt, so viele Pflichten, und doch erstrebt er die Königswürde über ganz England.«

»König Stephan wird nicht auf Henrys Geheiß auf den Thron verzichten.«

»Nein, aber diese Jahre des Kampfes haben Stephan altern lassen. Der Mann kann nicht ewig leben«, antwortete er, doch klang er dabei bloß hoffnungsvoll, nicht überzeugt.

»Was wird dann mit unserem armen England passieren?«, fragte Saura.

»Ich weiß es nicht.« Er seufzte. »Ich weiß es nicht. Vor neunzehn Jahren hat alles so eindeutig ausgesehen. Königin Matilda war das einzige überlebende Kind des guten Königs

Henry, und er ließ die Barone schwören, ihren Thronanspruch zu unterstützen. Aber sie ist eine Frau, und zudem noch eine recht stolze Frau.«

»Diese Pille schmeckt stolzen Männern sicher bitter«, antwortete Saura amüsiert.

»Ihr zeigt beachtlichen Einblick.« Lord Peter schien von ihrem Humor ebenfalls amüsiert zu sein. »Als Henry starb – der Großvater des derzeitigen Henrys –, beanspruchte Stephan den Thron in London, und England jubelte ihm zu. Es schien die perfekte Lösung zu sein. Er war der Enkel von William dem Eroberer, ebenso wie Matilda es war. Er war charmant, edelmütig und tapfer. Die Barone dachten, Stephan würde Wohlstand bringen. Wir haben bald herausgefunden, dass Charme, Edelmut und Tapferkeit nur ein schwacher Ersatz für die skrupellose Strenge sind, die ein Herrscher braucht.«

»An eine Zeit des Wohlstands kann ich mich nicht erinnern«, sagte Saura. »Ich wurde in dem Jahr geboren, in dem der gute König Henry starb.«

»Ja, eine ganze Generation von Kindern ist in diesem Unfrieden aufgewachsen. Es gibt kein Gesetz, und die Mächtigen terrorisieren diejenigen, die sie beschützen sollten. Die Erinnerung an die vergangenen Jahre lässt mir das Blut gefrieren.«

»Ich verstehe. Meine eigenen Ländereien, das Land, das mein Vater mir vererbt hat, wird von den ›lieben Nachbarn‹ langsam aufgefressen, die sich darum kümmern wollten.«

»Kämpft Lord Theobald denn nicht darum?«

Saura verzog den Mund zu einem höhnischen Lächeln, das ganz natürlich wirkte und dadurch umso eindrucksvoller war, da sie es sich nicht bei einem anderen Menschen abgeschaut haben konnte. »Es ist zu kalt für Lord Theobald, um hinauszugehen.«

»Ich verstehe.«

»Vergebt mir meine belanglose Störung. Mein Hunger nach Neuigkeiten hat mich meine Manieren vergessen lassen und auch mein aufrichtiges Interesse an der Geschichte Eures Sohnes.«

»Entschuldigt Euch nicht. Euer Interesse am Wohlergehen des Landes hat mir einen Augenblick verschafft, um mich zu sammeln. Ich kann immer noch nicht ohne einen Schmerz in meinem Herzen über William sprechen, versteht Ihr. Es macht mich so wütend, denn er wurde umsonst verletzt. Umsonst!« Er drehte seinen Kopf hin und her, als ob er die Spannung lösen wollte, die seinen Nacken verkrampfte. »Wir hatten einen Kampf mit einem Nachbarn, ein anspruchsloses Scharmützel. Ein geringfügiges Gefecht.«

»Euer Sohn wurde verletzt?«

»Gott, ja. Auf den Hinterkopf geschlagen. Sein Nackenschutz hinterließ blutige Abdrücke auf dem Genick, der Helm war ganz zerbeult. Wir mussten ihn herausschneiden. Es hätte einen schwächeren Mann umgebracht, aber nicht meinen Will. Zwei Tage lang lag er da wie ein Stein, und Kimball und ich hatten Angst.« Lord Peter zuckte mit den Schultern, weil ihm das ungewohnte Gefühl der Angst, das unberechenbare Gefühl der Liebe unangenehm war. »Nun ja, er ist mein einzig überlebender Sohn, und Kimballs Vater. Und da lag er ausgestreckt, bleich und regungslos, und atmete kaum, wie eine mächtige Eiche, die zu Boden geschlagen worden war. Dennoch wachte er schließlich auf. Setzte sich hin, verlangte nach dem Frühstück und wollte, dass wir die verdammten Fackeln anzünden, obwohl das Feuer im Kamin flackerte und das Tageslicht durch die Wandschlitze hineinströmte.«

Saura neigte gedankenvoll ihren Kopf zur Seite. »Wie lange ist das her?«

»Zwei Monate.«

»Ist er ansonsten gesund, Mylord?«, wollte sie voller Anteilnahme wissen.

»Gesund wie ein Fisch im Wasser. Nun ja, er hat Kopfschmerzen. Aber was nützt ihm seine Gesundheit? Er ist zu alt, um sich daran zu gewöhnen. Er ist beinahe siebenundzwanzig Jahre alt. Er wurde mit fünfzehn für seine Tapferkeit auf dem Schlachtfeld zum Ritter geschlagen. Er hat während dieser verdammt dunklen Jahre seit dem Tod des alten Königs Henry die Verwaltung der Ländereien seiner Mutter beaufsichtigt. Er ist ein großer Mann, bei Gott, hat Beine wie Baumstämme und Schultern voller Muskeln. Er ist ein Krieger und ein Mann der Tat, aber jetzt will er nicht mal mehr hinausgehen, weil er sich schämt, dass die Leute ihn sehen könnten, und Angst hat, sich zum Narren zu machen. Drinnen macht er aber auch nichts.«

»Weil er Angst hat, sich zum Narren zu machen?« Saura verstand. Ihr Inneres zog sich zusammen bei dem Gedanken an all die Momente, in denen sie sich zum Narren gemacht hatte, an Momente voll sorglosen Gelächters der anderen angesichts ihrer eigenen Schmerzen.

»Genau. Und weil er eigentlich draußen sein will. Er akzeptiert keine Hilfe, hilft sich auch nicht selbst. Er sitzt nur da, brütet vor sich hin und trinkt.«

»Er bemitleidet sich selbst.« Maud schnaubte.

»Er hat sich in seinem Mitleid verheddert.« Saura nickte mit echtem Kummer, vom rauen Hilferuf in Lord Peters Stimme berührt. »Es gibt nur eines, um ihn zu heilen, Mylord, und das ist ein schneller, heftiger Tritt in den Hintern.«

»Ich kann es nicht! Ich bin selbst verkrüppelt, verkrüppelt von der Liebe für den Jungen.« Von der Anteilnahme der beiden Frauen bewegt, die sich mitfühlend zu ihm beugten, stotterte er voller Bewegung: »Ich kenne Euch nicht, abgesehen von dem wenigen, was ich heute Abend gesehen habe, aber ich kann erkennen, Lady Saura, dass Ihr eine gute Frau seid, die in einer üblen Lage gefangen ist. Euer Stiefvater begehrt Euch, und er ist ein charakterschwacher Mann.«

»Das habt Ihr schnell erkannt«, meinte Maud.

»Ich bin ein Krieger. Es gibt Zeiten, da hängt mein Leben von meinem Urteil über einen Charakter und die Umstände ab.« Er starrte Maud an, und diese starrte zurück und nickte. »Ich kann Euch helfen, und was ich vorschlagen werde, wird alle Eure Unannehmlichkeiten lindern. Ich bewundere Euch. Ich bewundere die Art, wie Ihr Euer Leben meistert. Ich bewundere Euren Geist. Ich möchte, dass Ihr mit mir kommt und bei mir lebt.«

Ein Knurren von Maud unterbrach ihn, und er hob die Hand. »Friede, alte Frau. Ich möchte sie nicht aus irgendeinem hinterhältigen Grund mitnehmen. Nur um eine Weile in meiner Burg zu leben. Sie könnte mir mit William helfen, mir sagen, wie ich ihm helfen kann. Vielleicht könnte sie selbst ihm auch helfen.«

»Und wenn Euer William ihre Hilfe ablehnt, alter Narr, was würde dann aus uns werden?«, fuhr Maud ihn an. »Dieser schleimige Hurensohn da unten würde uns niemals zurückkehren lassen.«

»Was wäre wohl schlimmer?« Saura verzog den Mund voller Verachtung. »In der Wildnis zu verhungern oder unter Theobalds Dach zu wohnen?«

Lord Peter strich sich übers Kinn. Maud hatte einen legitimen Einwand vorgebracht. Wenn Saura ihr Heim aus freien Stücken verließ und William sie nicht akzeptierte, was würde dann mit ihr geschehen? Ein humorvoller Gedankenblitz erhellte sein Gesicht.

»Ich könnte Maud zu meiner Mätresse machen und mich weigern, mich von ihr zu trennen.«

Maud schnaubte entrüstet.

»Drückt sie sich immer so verächtlich aus?«, fragte Lord Peter und berührte mit seinem Finger leicht Sauras Hand.

»Immer. Es ist ihre Art, ihre Meinung zu sagen.« Saura lächelte ihn amüsiert und nachdenklich an. »Aber ich nehme an, Ihr würdet gut zu Maud sein. Sie ist nicht ansatzweise so alt und robust, wie sie Euch glauben lassen will.«

»Ich dachte, Eure Gemahlin würde Eure Eingeweide auf einem Tablett servieren lassen?«

»Wenn ich mich mit einer jungen Frau einlassen würde. Und Lady Saura ist zu jung. Meine Frau hat mir das Bild eines alten Ziegenbocks, wie ich einer bin, mit einem Mädchen anschaulich ausgemalt. Aber wenn sie noch leben würde, Gott hab sie selig, würde sie dich billigen, Maud. Glaub mir, ihr gleicht euch wie ein Ei dem anderen.«

Als Maud den Mann anstarrte, wurde ihr sein kriegerisches Aussehen unerwartet bewusst. Seine Haut war von zu viel Sonne ganz fleckig und von zu vielen Schlachten zerfurcht, aber sein Körperbau war ansprechend. Sein Haar glänzte gesund, und seine braunen Augen funkelten. Er hatte noch fast alle Zähne und benutzte sie auch, als er sie wissend anlächelte.

»Ich bin Witwer und mein Sohn ebenfalls, und sein Sohn ist noch nicht verheiratet. Kimball ist erst acht. Wir haben bloß einen Junggesellenhaushalt, und einen schmutzigen noch dazu. Wenn Ihr hier nicht glücklich seid, könnte man Euch vielleicht überzeugen, als Haushälterin nach Burg Burke zu kommen.«

»Als Haushälterin?«, rief Saura.

Er klopfte sich begeistert aufs Knie. »Ja, das ist es! Denn ich befürchte, William wird Eure Hilfe ablehnen. Ihr seid blind, und er will nicht von jemandem belehrt werden, der seine Erfahrung teilt. Er will seine Misere nicht anerkennen. Ich habe es schon mal vorgeschlagen. Und Ihr seid zu jung und außerdem eine Frau.«

»Ich kann den Umstand, eine Frau zu sein, nicht verbergen«, antwortete Saura, »aber es gibt keinen Grund, ihm mein Alter zu verraten.«

»Es ihm nicht sagen? Ich habe ihn noch nie getäuscht«, antwortete Lord Peter beunruhigt.

»Aber es ist notwendig!«

»Ja«, stimmte er langsam zu. »Ja, es ist notwendig. Wir werden ihm nicht sagen, dass Ihr ihm etwas beibringen könnt, jedenfalls nicht sofort. Erst einmal werden wir Euch beweisen lassen, welch großartige Haushälterin Ihr seid. Ihr könntet die verdammte Burg reinigen lassen und die Küche in einen besseren Zustand bringen. Wenn wir ihm nicht sagen, dass Ihr blind seid, wird er es nicht wissen, wie sollte er auch? Nachdem Ihr eine Weile dort wart und er sich an Euch gewöhnt hat, können wir ihm erzählen, dass Ihr eine engagierte Blindenlehrerin seid, eine Frau von vielleicht vierzig, die schon viele Schüler betreut und ihnen alles beigebracht hat. Er respektiert reife, erfahrene Menschen. Verdammt! Ich glaube, das ist es!«

»Was hat meine Herrin davon, alter Narr? Eine Menge harter Arbeit, und alles für einen Mann, den sie noch nie getroffen hat«, erwiderte Maud.

Lord Peter verlagerte sein Gewicht, fühlte sich plötzlich auf der Truhe etwas unbehaglich. »In meinem Haushalt werden Frauen mit Respekt behandelt und nicht verprügelt oder wegen einer Kleinigkeit eingesperrt. Lord Theobald hat eine neue Ehefrau, die eines Tages in der Lage sein wird, die Haushaltsführung zu übernehmen, ob es Euch passt oder nicht. Und Theobald hegt keine Zuneigung für Euch. Es ist so einfach, an einer Krankheit oder einem Unfall zu sterben. Habt Ihr Euch das noch nie überlegt?«

Saura schlug ungeduldig die Hände zusammen und gab Lord Peter damit einen ersten flüchtigen Blick auf die Tatkraft unter ihrem ruhigen Äußeren. »Ich bin kein solcher Dummkopf, dass ich mir nie vorgestellt habe, was ein Sturz die Steintreppen hinab für mich bedeuten würde. Doch ich habe meinen eigenen spärlichen Schutz. Meine Halbbrüder wurden alle von meiner Mutter geschult, mich zu beschützen, und haben das bisher auch wachsam getan.«

Mauds Mundwinkel sanken hinab. Sie starrte Saura an. »Ja, Mylady, aber John wurde zu Pflegeeltern geschickt, und Clare ist sieben und keine große Hilfe.«

»Rollo –«, begann Saura.

»Rollo ist der Erbe Eures Stiefvaters und ein guter Mann, der Euch zugetan ist, aber er hat gerade erst geheiratet und ist in der Ausbildung zum Ritter. Er verwaltet die Ländereien Eurer Mutter. Er ist so beschäftigt, dass Euch etwas zustoßen könnte und es einen Monat dauern würde, bis er davon erfährt. Oder länger. Er geht Lord Theobald unter allen Umständen aus dem Weg. Und Dudley studiert für die Kirche. Nach Clare ist da nur noch Blaise, und dieser ist vier. Er hängt an Eurer neuen Stiefmutter, und die Lehren Eurer lieben Mutter bedeuten ihm noch nichts.«

»Komm zur Sache, Maud«, murmelte Saura trocken.

»Mylady, erkennt Ihr es denn nicht? Eure Brüder sind nicht … Ihr nehmt mich auf den Arm«, warf Maud ihr vor.

»Du streust ja auch ein wenig viel Salz in die Wunde, meine Liebe. Wir haben uns aus gutem Grund geweigert, mein drohendes Ableben zu diskutieren. Wir hatten keine Wahl. Jetzt bietet Lord Peter mir eine Alternative zu diesem erbärmlichen Dasein, und meine unvernünftige Reaktion ist es, sie mit beiden Händen zu ergreifen. Weißt du, wie lange es her ist, seit ich außerhalb der Grenzen dieser kleinen Burg war? Die Jahreszeiten gehen vorüber, und ich sieche hier dahin und zahle mit dem Geld aus meinen Ländereien für das Privileg, einem betrunkenen Säufer den Haushalt zu führen. Dennoch frage ich mich, ob Ihr meinen Stiefvater dazu überreden könnt.«

»Ja«, stimmte Maud zu. »Theobald wird sie nicht gehen lassen, schon allein aus Boshaftigkeit nicht.«

»Lasst mich mit Eurem Stiefvater reden.« Lord Peter grinste voller Erwartung. »Ich bin ein reicher, ein mächtiger Mann. Er wird meinen Worten auf die eine oder andere Art Beachtung schenken. Wenn er nicht erkennt, dass eine Verbindung zu meinem Haushalt zu seinem Vorteil ist, bringt ihn vielleicht die Drohung mit einer sommerlichen Belagerung wieder zur Vernunft.«

Maud lachte laut auf. »Das wird den jämmerlichen Rüpel gewiss zur Vernunft bringen.«

»Ich wünschte, ich könnte dabei zuhören«, meinte Saura. »Nun ja, wenn Ihr Theobald überzeugen könnt, und wenn die besonnene, zurückhaltende Maud denkt, ich sollte gehen, dann werde ich auch gehen.«

Maud antwortete mit einem leichten Lachen in der Stimme: »Ach, Mylady, ich habe doch nie vorgehabt, einfach so mit diesem vornehmen Herrn ohne Referenzen loszuziehen. Ich werde mal Lord Peters Ruf bei seinen Dienern überprüfen.«

Saura streckte die Hand aus, bekam Maud zu fassen und glitt hinab zu deren Hand. Lord Peter beobachtete die Anmut, mit der Saura die knorrige Hand der alten Zofe anhob und sie liebevoll küsste.

Das war es, was er für seinen Sohn wollte. Die Leichtigkeit der Bewegung, die Fähigkeit, Begrenzungen abzuschätzen und sich darauf einzustellen. Sie musste mitkommen. Sie musste es einfach. William war verzweifelt und schmutzig und verloren.

Er brauchte Anleitung, und dieses wohlerzogene Mädchen war diejenige, die ihn führen konnte. Lord Peter beschloss, aufs Ganze zu gehen: »Ich werde Euch das Zimmer meiner

Frau überlassen – eine private Kammer mit einer riesigen Feuerstelle. Wir lassen das Feuer Tag und Nacht brennen. Burke ist nahe an der Küste, und ich habe dort noch viele Ellen Stoff aus Frankreich, die wir für Williams verstorbene Frau Anne gekauft hatten. Ihr könnt Euch davon bedienen.«

»Bestechung ist nicht notwendig, Lord Peter.«

»Wir werden auch Alden mitnehmen wollen, Lord Peter«, unterbrach Maud fest. »Er ist Lady Sauras Gefolgsmann und war schon der ihrer Mutter.«

»Wie Ihr wünscht.« Lord Peter nickte seiner Verbündeten zu. »Mein Heim ist drei Tagesritte von hier entfernt, und der Schnee ist tief, aber ich würde gerne ein Fuhrwerk kaufen.«

Saura zuckte zusammen. »Ich kann reiten, Sir, an einer Führleine, und ich versichere Euch, ich ziehe die Bewegungen eines Pferdes den harten Schlägen eines Fuhrwerkes vor.«

»Ich werde beides umgehend arrangieren.« Lord Peter stand hastig auf.

»Wartet!«, befahl Saura und streckte die Hand aus. »Der Schnee ist tief.«

»Zieht Euch warm an, und packt all Eure Kleider, Lady Saura. Sobald der Sturm schwächer wird, muss ich gehen. Burke ist meine Hauptburg, stärker als die anderen, aber trotzdem mache ich mir um William Sorgen, so alleine und in der Dunkelheit. Er ist auf eine Art hilflos, die Ihr Euch nicht vorstellen könnt, zwar immer noch voller Stärke und Entschlossenheit, aber unfähig, einen Weg zu finden, um zu handeln.«

»Soll ich ihn etwa bedauern, mein Herr?«

»Ja, bedauert ihn. Er war immer heiter und geradeheraus, voll herzhaftem Lachen und hellem Zorn. Jetzt ist sein Zorn unnachgiebig und gegen sich selbst gerichtet, und sein Lachen ist verschwunden. Bitte, Lady Saura.« Lord Peter nahm ihre Hand in seinen zitternden Griff und rieb die schwieligen Finger über ihre kalte Haut. »Bitte kommt. Ich weiß, mein William ist da irgendwo unter diesem Berg aus Wut und Abscheu vergraben. Mein Sohn ist immer noch da, aber er ist verloren gegangen. Bitte helft mir, ihn zu finden.«

Von seiner Bitte und seiner unerwarteten Sprachgewalt erschüttert, bezwang Saura ihre Zweifel. Seufzend rieb sie sich mit den Fingern über die Stirn und nickte. »Ich werde nachdenken, und ich werde packen. Eure Situation kann nicht schlimmer sein als meine hier, und vielleicht kann ich Eurem Sohn helfen. Zweifellos kann ich Euer Haus mit der Unterstützung meiner guten Maud, meiner rechten Hand, in Ordnung bringen. Seht, was Ihr tun könnt, Mylord. Seht, ob Ihr Lord Theobald überreden könnt, mir eine gute Reise zu wünschen.«

»Was ist das für ein Geruch, Maud?«

»Ich bin mir nicht sicher, Mylady, aber mir schwant nichts Gutes.« Maud marschierte zu den Binsen, die den Boden bedeckten, und hob diese behutsam mit der Spitze ihres Schuhs an. »Verrottete Binsen, nehme ich an, und nur Gott weiß, was darunterliegt.«

Saura rümpfte die Nase und antwortete: »Nun, ich weiß, was darunterliegt, da brauche ich den Allmächtigen nicht zu fragen. Ist dies der Rittersaal?«

»Wenn Ihr es so nennen wollt. Gastfreundschaft ist wohl nicht die Stärke in Lord Peters Burg.«

Wie wenn sie ihre Worte Lügen strafen wollten, rannten zwei gigantische Hunde auf sie zu und bellten ein begeistertes Willkommen. Maud klatschte in die Hände. »Zurück, ihr.«

Ein Hund machte kehrt, der andere stand schnüffelnd an Sauras Rock, als ob dieser ein fleischiger Knochen wäre.

»Weg, Hund!« Maud klatschte wieder nach dem Tier, aber sein Knurren klang dunkel und laut, und sie trat einen Schritt zurück.

Ruhig streckte Saura die Hand aus und ließ den Hund daran schnuppern.

»Mylady, das hüpfende Biest wird sie abbeißen«, wandte Maud ein.

»Unsinn«, antwortete Saura. Der Hund leckte sie leicht mit der Zunge ab und schob dann seinen Kopf unter ihre Hand. Als sie ihm den Gefallen tat und seine Ohren kraulte, zitterte er vor Begeisterung.

Maud lachte unfreiwillig. »Wenn Ihr ihn bloß sehen könntet, Mylady. Er steht da mit einem ganz verzückten Ausdruck auf seinem schlaffen Gesicht.«

Saura schnippte mit den Fingern und wies den Hund hinter sich, und dieser folgte mit dem Eifer eines ergebenen Dieners. Dann legte Saura ihre Hand auf Mauds Schulter und fragte: »Sieht dieser Ort so schlimm aus, wie er sich anhört?«

»Ich werde meine Augen nicht schließen, um herauszufinden, wie es sich anhört, vielen Dank. Ich dachte, Theobald fütterte schon einen derben Haufen durch, aber hier scheint keiner die Kontrolle zu haben. Wir sind gerade noch rechtzeitig gekommen, Mylady. Sie nutzen Lord Peter aus.«

Das schwere Stapfen von Füßen hinter ihnen unterbrach sie. »Habt Ihr Euch zurechtgefunden, Lady Saura?«, fragte Lord Peter herzlich. »Kommt rein zum Feuer. Ihr tropft vor Schnee und zittert vor Kälte. Ich hoffe, dies ist der letzte Sturm vor dem Frühling.«

»Ich bezweifele, ob ich den Mut gehabt hätte herzukommen, wenn ich den Zustand der Straßen gekannt hätte«, erwiderte Saura.

»Schrecklich, nicht wahr?«, stimmte er ihr zu. »Seit dem Zusammenbruch der Regierung wird nichts mehr dafür getan, und sie waren schon vorher nicht besonders gut. Hat das Fuhrwerk geholfen?«

Verärgert brachte Maud ihren Unmut zum Ausdruck. »Es

war eine holprige, unbequeme Fahrt den größten Teil des Weges.«

»Den größten Teil des Weges?«, fragte er.

»Ja, mit Ausnahme, als es im Schnee und Matsch stecken blieb und wir mühsam heraussteigen mussten, damit die Pferde es herausziehen konnten. Welcher Wahnsinnige würde die Anzeichen ignorieren und in solch einem Sturm hinausgehen?«

»Du solltest froh sein, dass ich es tat.« Das brachte Maud zum Schweigen, und er fuhr fort: »Wenn der Sturm nicht gewesen wäre, wären wir ganz gewiss von Räubern überfallen worden. Das ist noch so ein Preis, den wir für das Chaos bezahlen, das uns regiert.«

»Lord Peter«, fauchte Maud, »Ihr macht meiner Lady Angst.«

»Verdammt, das stimmt. Ich will nicht, dass sie wegläuft, jetzt, wo sie einen kurzen Blick – oder einen Hauch – von der Sauerei mitbekommen hat, in die ich sie gebracht habe. Es sieht noch schlimmer aus als vor meiner Abreise.« Lord Peter nahm Sauras Ellenbogen, aber sie machte ihren Arm behutsam frei.

»Bitte, darf ich mich an Euch festhalten«, fragte sie und legte ihre Hand in seine Armbeuge. »So geht es besser.«

»Großvater!« Der Ruf hallte durch den verräucherten Saal, und ein hochgewachsener Junge stolperte in seiner Begeisterung über die Binsen. »Großvater, endlich bist du wieder zurück! Wir haben uns Sorgen gemacht.«

»Kimball, gewiss hast du dir um einen alten Krieger wie mich keine Sorgen gemacht?« Lord Peter beugte sich vor, um den lächelnden Jungen zu umarmen. »Ich war nur drei Wochen fort. Und du bist seitdem sogar noch gewachsen.«

»Das sagst du jedes Mal, wenn du zurückkommst. Ich kann doch nicht die ganze Zeit wachsen. Aber ich habe wieder einen Zahn verloren, siehst du?« Kimball verzog seine Lippen, um seinem Großvater die Zahnlücke zu zeigen, und dann senkte er die Stimme: »Ich habe mir keine Sorgen gemacht, nicht wirklich. Aber als es anfing zu schneien, begann Vater, sich aufzuregen. Er sagte, die Kälte würde deine Gelenke schmerzen lassen und dass er sich um das Anwesen kümmern sollte, und als du nicht umgehend zurückkamst –« Er warf den unbekannten Damen einen schnellen Blick zu und endete matt: »Nun, du weißt schon.«

»Ich weiß. Danke, dass du auf deinen Vater aufgepasst hast.« Lord Peter legte Kimball ernst die Hand auf die Schulter.

»Gern geschehen, Sir, aber wer ist das?« Kimball deutete mit dem Finger auf den siebenjährigen Jungen, der von einem Diener gefolgt durch die Tür stapfte.

Lord Peter drehte sich um und sah, wie sich die armselige Gruppe aus Pertrade aneinanderdrängte und sich nicht ohne Aufforderung dem Feuer nähern wollte. »Gütiger Gott, Lady Saura, vergebt mir. Nehmt meinen Arm.« Er bot ihr wieder seinen Ellenbogen an. »Lasst mich Euch zum Kamin führen. Kimball, das ist Lady Saura. Sie ist gekommen, um unsere Haushälterin zu sein. Sie ist eine entfernte Cousine deiner Großmutter. Dieser Junge ist Clare, Sauras Halbbruder. Ich habe ihn in Pflege genommen. Wirst du ihn willkommen heißen, Kimball?«

»Natürlich, Sir. Es ist mir eine Ehre, Euch kennenzulernen, Lady Saura.« Er verbeugte sich tief. »Ich hoffe, Ihr werdet in unserem Heim glücklich sein.«

Gehorsam blieb Kimball mit Clare ein wenig zurück, und Saura hörte, wie er zu ihrem Bruder sagte: »Vielen Dank für dein Kommen. Großvater ist als Pflegevater sehr beliebt, und ich habe immer Jungs hier gehabt, mit denen ich kämpfen konnte. Aber seit mein Vater Probleme hat, haben uns all meine Freunde verlassen.« Der Junge zog eine Grimasse und fuhr fort: »Du hast mich vor der Langeweile gerettet.«

»Euer Enkel ist ebenso zuvorkommend wie sein Großvater«, bemerkte Saura.

»Ich hoffe, das ist ein Kompliment.« Lord Peter lachte, und Saura lachte zurück.

»Ich habe es gewiss als solches gemeint.«

Maud ergriff hinter ihnen das Wort: »Zuvorkommend! Lord Peter ist nur zuvorkommend, wenn man die Erpressung und die Bestechung außer Acht lässt.«

Lord Peter hielt an, und Saura konnte die Wärme eines Feuers zu ihrer Linken spüren.

»Ein Sessel, Lady Saura«, bot er an.

Sie berührte den Rücken und glitt auf den Sitz, und noch bevor sie saß, plumpste der Hund zu ihren Füßen hin.

»Bula! Zurück!«, befahl Lord Peter.

Der Hund schnaubte bloß zur Antwort und lehnte sich bequem gegen Sauras Beine.

»Dieser Hund, Lady Saura, soll eigentlich ein Jagdhund sein«, meinte er gereizt. »Gott weiß, er hat noch nie ein Kaninchen gefangen, aber das bedeutet nicht, dass ich möchte, dass er ein Schoßhund wird. Ihr dürft ihn nicht auch noch dazu ermutigen, sich so zu benehmen.«

»Es ist halt ihre Art mit Tieren«, schalt Maud, und Lord Peter drehte sich wieder zu der Zofe um, um mit ihrem Wortgefecht dort fortzufahren, wo sie unterbrochen worden waren.

»Meine Bestechungen können sehr angenehm sein.«

»Bisher habe ich nichts weiter gehört als Worte«, antwortete sie. »Ihr habt ein eigenes Zimmer für Mylady versprochen, mit einem Feuer, das wir besser zum Brennen bringen sollten, wenn es dort heute Abend warm sein soll.«

»Hawisa!« Lord Peters Ruf ließ Saura zusammenzucken. »Wo ist diese verdammte Hawisa?«

»Wahrscheinlich im Stall auf dem Stroh und macht ein weiteres ihrer unzähligen Bälger.«

Die Stimme von der anderen Seite des Feuers erschreckte Saura. Sie klang dunkel und voll. Eine männliche Stimme, die einen vor Wohlgefallen dahinschmelzen lassen konnte, und doch enthielt sie auch Dinge, die Saura verabscheute: Sarkasmus, Pathos und Wut.

»Nein.« Lord Peter lachte. »Im Stall ist es zu kalt. Sie benutzt vermutlich mein Bett, wenn ich diese Schlampe richtig einschätze.« Er wurde ernst. »Wie geht es dir, William?«

William grunzte bloß, und seine Unhöflichkeit zog sich zu einer unbehaglichen Stille hin, die bloß endete, weil Maud sich einmischte und meinte: »Wenn Ihr einigen dieser faulen Flegel befehlen könntet, Feuerholz zu bringen und mir den Weg zu zeigen, dann könnte ich besagtes Feuer machen und die Kälte aus dem Raum vertreiben. Die Füße von Mylady müssen wie Eis sein.«

»Meine Füße sind immer wie Eis«, warf Saura ein.

Maud ignorierte sie. »Und lasst sie die Koffer von Mylady herbringen, denn sie ist nass bis auf die Haut.«

»Nass bis auf die Haut! Soso, das könnte interessant sein«, schnurrte die herrliche Stimme wieder. »Wenn ich es bloß sehen könnte.«

»Die Reise verlief erfolgreich, William.« Lord Peters Stimme klang gedämpft und spiegelte trügerische Ruhe vor. »Ich wünschte, du wärest mit mir gekommen.«

»In einem Fuhrwerk zu fahren wie eine alte Frau, wie mich die Vasallen da wohl ausgelacht hätten«, antwortete William verbittert.

»Merwyn hat sich sehr einfühlsam nach dir erkundigt. Er hat dich eingeladen, bei meinem nächsten Besuch mitzukommen, und Raoul hat sich deinen militärischen Rat erbeten, um ihn anzuleiten, wenn die Räuber im Sommer kommen.«

Williams tiefe Stimme erwärmte sich voller Eifer, und die Bitterkeit verschwand und wich echtem Interesse. »Ist er sich sicher, dass sie wiederkommen werden?«

»Warum sollten sie das nicht? Sie hatten letzten Winter reiche Beute, haben die Scheunen geleert und die Bauersfrauen vergewaltigt.«

»Und niemand war da, um sie aufzuhalten, da ich hilflos in meiner Burg lag und du dich wie eine Glucke um mich gekümmert hast. Gott soll sie alle in der Hölle schmoren lassen. Der Tag, an dem ich den Mann in die Finger bekomme, der mir auf den Schädel geschlagen hat, ist der Tag, an dem er seinem Schöpfer gegenübertreten wird.«

Saura mochte die Stimme jetzt lieber. Sie klang nun nicht mehr sarkastisch, sondern voller Entschlossenheit. Um ihn aufzustacheln und seinen stolzen Trotz herauszufordern, fauchte sie: »Aber was werdet Ihr danach tun? Zurückkommen und am Feuer sitzen und stinken?«

Plötzlich war es still. Gott, es war so still. Saura konnte ihn nach Luft schnappen hören, und sonst war da gar kein anderes Geräusch. Hielten etwa alle in dem riesigen Raum die Luft an?

»Madame, weder weiß ich, wer Ihr seid, noch kümmert es mich.«

Die wutbeladene Stimme sandte ihr Schauer über den Rücken. Sie klang bedrohlich, aber geduldig, so als wäre er bereit, auf den richtigen Moment zu warten, um ihr das Herz herauszureißen.

»Offensichtlich hat Euch niemand gesagt, dass ich blind bin und nichts weiter tun kann, als am Feuer zu sitzen und zu stinken.«

Saura vertraute ihren Instinkten über sein schlampiges Äußeres und auch darauf, dass Lord Peter sie beschützen würde, also versicherte sie William freundlich: »Ich wusste sofort, dass Ihr blind seid. Es scheint, als ob Ihr nicht gelernt habt zu essen, ohne Euch mit Soße die Kleider zu bekleckern. Es scheint, als ob Ihr Euer Haar nicht mit dem Kamm findet oder ein Bad für Euren Körper. Es scheint, dass Ihr nichts weiter könnt, als zu trinken und zu stinken.« Das schockierte Gemurmel der Diener erfüllte den Saal.

»Wer seid Ihr?« Ein dunkles Knurren unterbrach sie.

»Ich bin Lady Saura, eine entfernte Verwandte Eurer Mutter, und die neue Wirtschafterin. Euer Vater denkt, dass sein Heim im Chaos versinkt und dass ich fortan für Ordnung sorgen soll.« Zu Sauras Befriedigung verstummten die Bediensteten. Kein Geräusch entwich ihnen mehr. Sollten sich die Diener doch ebenso wie das wütende Ekel ihr gegenüber darauf vorbereiten, ihre Herausforderung anzunehmen.

»Hört mir zu, Lady Saura.« Die goldene Stimme ertönte dunkel und sehr deutlich. »Ich gehöre nicht zu Euren Aufgaben im Haushalt. Stinkend oder saufend oder ein Schandfleck, nichtsdestotrotz, versucht nicht, mich zu säubern. Ich bin glücklich so, wie ich bin.«

Saura reckte ihre kleine Nase in die Luft und schnüffelte hochmütig, dann antwortete sie: »Ich glaube, ich werde alles sinnvoll nutzen, was mir zur Verfügung steht. Ich bin sicher, wir werden auch für einen halben Mann eine Verwendung finden, und sei er auch blind.«

Eine feste Hand unter ihrer Achsel zog Saura hoch, und Lord Peter wies sie ohne Worte an aufzuhören.

»Aber ich bin sicher, wir können noch für eine Weile um Euch herumwischen«, schloss Saura gnädig und ging unter Lord Peters eindringlichem Drängen davon. »Ganz einfach, als ob Ihr ein Möbelstück wäret.«

2

»Was in Gottes Namen hat Euch getrieben, solche Dinge zu ihm zu sagen?«

Lord Peters Frage hallte in Sauras Kopf wider, als sie versuchte, sich den Grundriss der Burg einzuprägen. Der Gedanke daran verfolgte sie, während sie die geheimen Treppen erkundete, die in das Gewölbe unterhalb des Rittersaales führten, und als sie die dreckige, abstoßende Küchenbude im Burghof besuchte.

Gewiss, sie hätte Williams Unterstützung brauchen können. Sie hatte zwar Alden, dessen Schlagstock überzeugen konnte, und sie hatte auch Maud, deren scharfe Zunge selbst feige Leibeigene zu Kämpfern gegen den Schmutz bekehren konnte. Sie hatte Bula, dessen Wachhund-Bewunderung mehr als einen Diener überzeugte, ihren Wünschen Folge zu leisten. Diese drei waren mehr wert als ein Dutzend bewaffnete Soldaten, aber was sie wirklich brauchte, war eine Heerschar von Rittern.

Wie Lord Peter gehofft hatte, folgte der Frühling dem späten Schneesturm auf dem Fuße, und die Zeit für ein gründliches Saubermachen kam auf sie zu. Lord Peter übergab ihr die Schlüssel des Hauses bei einer offiziellen Feierstunde, doch leider waren die Diener schon seit dem Tod von Williams Ehefrau faul und träge. Sie zogen einen allzu menschlichen Vorteil aus der Situation. Angeführt von der liederlichen Hawisa, zeigten sie eine durchtriebene Pervertiertheit, wenn sie Sauras Befehle entgegennahmen. Manchmal verstanden sie sie einfach falsch; manchmal waren sie bloß schrecklich langsam in der Ausführung; manchmal erwähnten sie nur die unterschiedliche Art und Weise, mit der Lady Anne die Dinge erledigt haben wollte.

Lord Peter unterstützte Sauras Autorität so gut er konnte, doch das wärmer werdende Wetter brachte auch für ihn eine Flut von Arbeit mit sich, und er blieb tagsüber selten innerhalb der Burgmauern. Er nahm sich jedoch die Zeit, um den Faulpelzen die Notwendigkeit einzubläuen, Sauras Blindheit nicht zu erwähnen. Zufrieden mit der Bereitwilligkeit, mit der sie ihm gehorchten, bemerkte Maud, welche Diener ihm halfen, seine Befehle durchzusetzen, und welche ihm bloß blanken Gehorsam entgegenbrachten.

Dennoch hätte es die Erledigung ihrer Aufgaben beschleunigt, wenn Saura in der Lage gewesen wäre, sich die immer noch alles überragende Autorität Williams zunutze zu machen.

»Was in Gottes Namen hat Euch getrieben, solche Dinge zu ihm zu sagen?«

Alle behandelten William, als ob er krank wäre. Jeder behandelte ihn wie zerbrechliches Glas, schlich voller Mitleid und Anteilnahme auf Zehenspitzen um ihn herum, doch kein Einziger zeigte wirklich Einfühlungsvermögen. Ihr Mitleid machte sie blind für seine robuste Gesundheit und seinen scharfen Verstand. Ihre Anteilnahme verdarb William für jede sinnvolle Tätigkeit. Also was in Gottes Namen hatte sie getrieben, solche Dinge zu ihm zu sagen? Bloß der unbedachte Wunsch, ihn aus seinem Stumpfsinn wachzurütteln und ihn wieder ins Leben zurückzuholen?

Sie lauschte immer wieder auf eine Reaktion von dem Brocken, der sich William nannte, aber hörte nur Grunzen und barsche Befehle. Nichts, was sie gesagt hatte, machte einen Unterschied. Nichts, was sie gesagt hatte, hatte ihn erreicht.

Doch die Dinge, die Saura gesagt hatte, hatten William tatsächlich wachgerüttelt.

Zum ersten Mal seit dem Unfall war er auf jemand anderen wütend als auf sich selbst. Jeder Krieger wusste, dass in einer Schlacht unvorhersehbare Dinge passierten, aber die meisten Kämpfer waren nicht gezwungen, solch schreckliche Folgen ihrer Unfälle zu ertragen. Krankheiten und Infektionen konnte er begegnen, war er schon begegnet. Aber diese *Blindheit*! Der Priester, dieser arme Narr, hatte ihm gesagt, er solle sich Gottes Willen beugen. Nur seine Demut würde ihm das himmlische Königreich öffnen. Im selben Atemzug hatte der Priester vorgeschlagen, Gott würde ihn nicht ohne gute Gründe so behandeln. Gute Gründe!

William verfluchte Gott. Welche Art Gott würde ihn so demütigen, ihn behindern, wenn er am meisten gebraucht wurde? Die Insel England wand sich unter Qualen, zerrissen durch den Kampf zwischen Stephan von Blois und Königin Matilda. Schuldgefühle verfolgten ihn, weil er seinen Vater mit der Aufgabe allein gelassen hatte, ihre weit verstreuten Ländereien und Burgen zu überwachen und zu verteidigen. Seit seiner Rückkehr nach Burg Burke in einem Pferdefuhrwerk hatte er sich geweigert, einen Fuß vor die Tore der Burg zu setzen. Und jetzt beschuldigte ihn diese höllische Frau der Furcht und der Schwäche und der Nutzlosigkeit.

Diese Frau hatte ihm seinen Wachhund gestohlen und ihn handzahm gemacht, aber mit ihm würde ihr nie dasselbe gelingen.

»Herrgott noch mal!« William knallte seine Hand auf den aufgebockten Tisch vor sich. Diese Frau war der Fluch seines Lebens. Sie brachte einen frischen Wind in die Burg und scheuchte die stinkende Luft hinaus, und er konnte ihr nirgendwo entkommen. Unaufgefordert kam ihm ein Gedanke.

Verstecken?

Machte er das? Sich verstecken? Wie ein feiger Ochse, der dumm und unerbittlich auf das große Nichts zuging?

»Herrgott noch mal!«, fluchte er wieder. Diese Frau brachte ihn zum Nachdenken: zum Nachdenken über seine Rolle hier, darüber, was er tun konnte, um seinem Vater zu helfen, über seinen Sohn, den er im Stich gelassen hatte.

In den entlegenen Gegenden seines Bewusstseins weckten ihre Stimme und die Betriebsamkeit, die sie verursachte, seine Aufmerksamkeit.

»Heute werden wir die Küche schrubben«, kündigte Lady Saura an. »Alle Wände, die Decke, die Böden; all die Töpfe, die Pfannen, die Spieße, die Öfen. Wir werden bei Sonnenuntergang fertig sein.«

Und bei Sonnenuntergang:

»Wir sind noch nicht fertig damit, die Küche zu putzen. Es tut mir leid, Lord Peter, wir können nirgendwo anders kochen. Bis die Diener fertig sind, werden wir alle hungern müssen.«

William grinste, als er das Brüllen seines Vaters hörte, und ihm wurde klar, wie lange es her war, seit sich sein Mund aus purem Vergnügen verzogen hatte. Die steifen Muskeln dehnten sich, und er grinste noch einmal aus purer Lust an der Freude.

Eigentlich hatte diese Frau nicht viel zu ihm gesagt. Eigentlich hatte sie ihn ignoriert. Es hatte keine weiteren Herausforderungen gegeben nach der einen, die sie ihm am ersten Abend entgegengeworfen hatte. Wie sie es versprochen hatte, schien er für sie nicht mehr als ein Möbelstück zu sein, und seine Genesung war hinter dem Großputz der Burg bloß an zweite Stelle getreten, wenn überhaupt. Vielleicht hatte er sich ihr Interesse für ihn bloß eingebildet. Vielleicht war ihr ein blinder Bettler wie er gleichgültig.

Dennoch erfreute ihre Stimme sein Ohr. Sie hatte eine seltene weibliche Stimme, sanft und stark, und brachte damit eine Vielzahl von Gefühlen zum Ausdruck, die ganz eindeutig ihre jeweilige Stimmung vorhersagten. Es war, als ob sie angehalten und sich selbst zugehört hätte und ihre Stimme modulierte, um freundlich zu klingen.

Er mochte es, ihren Frust zu hören, während sie den gigantischen Hund ausschimpfte, der sie adoptiert hatte, sie anbetete, sie stolpern ließ und sie mit aufmerksamer Heftigkeit verteidigte. Ganz besonders mochte er es, den eisernen Tonfall zu hören, wenn sie sich mit der absichtlichen Inkompetenz der Bediensteten konfrontiert sah.

»Die aufgebockten Tische müssen nach dem Frühstück an die Wände gelehnt werden«, verkündete Lady Saura. »Liebe Leute, heute werden wir die Binsen vom Boden entfernen. Sie wimmeln von Flöhen. Ich bin es leid zu hören, wie die Hunde und ihr euch kratzt.«

Unter dem Murmeln und Schlurfen hallte die Beschwerde einer Frau die Bogen hinauf: »Das ist töricht. Bis zum Spätsommer werden keine neuen Binsen wachsen, und der Boden bleibt blank. Lady Anne hat uns im Frühling nie die Binsen wechseln lassen.«

»Wann hat sie sie euch denn wechseln lassen, Hawisa?«, fragte Lady Saura höflich.

»Warum? Na, im Herbst natürlich.« Hawisa schnaubte höhnisch und führte den Chor der Lacher an, die über die Unwissenheit der Lady lachten.

»*Letzten* Herbst?« Sauras Stimme triefte vor Sarkasmus, und als das Gelächter erstarb, klang ihre Stimme wie eine Peitsche. »Der Boden wird blank bleiben, bis die neuen Binsen gewachsen sind, und du wirst ihn als Sühne für deine Faulheit jeden Tag putzen. Heute werden wir die Binsen entfernen und den Boden fegen.«

Die Arbeit kam nur im Schneckentempo voran, und als Alden die langsamen Diener anbrüllen wollte, wies Lady Saura ihn an, still zu sein. Mit gespitzten Ohren wartete William auf die Vergeltung dieser Frau, und als es Zeit zum Schlafengehen wurde, enttäuschte sie ihn nicht.

»Wo sind unsere Decken?«

»Decken?«, fragte Lady Saura ausdruckslos.

»Die Decken, in die wir uns zum Schlafen einwickeln.«

»Die Decken sind zum Waschen mitgenommen worden. Die Waschfrauen werden damit fertig sein.« William konnte die Falten auf ihrem Gesicht beinahe sehen. »Etwa zu der Zeit, wenn diese Binsen verbrannt sind und der Boden gereinigt ist.«

»Wir können nicht ohne Decken auf den Bänken schlafen. Es ist noch zu kalt.«

»Ich nehme an, ihr müsst in den Binsen schlafen, die ihr aufgehäuft habt«, antwortete Lady Saura ohne großes Interesse.

»Aber die sind verrottet.«

»Ja.«

Während er ihr Tag für Tag zuhörte, lernte er die geschickte Art zu schätzen, mit der sie den kindischen Ausflüchten der Diener begegnete, und er hörte das Murren, während sie begannen, ohne Fragen Sauras Anweisungen zu befolgen. Nur noch einige wenige hielten durch und versuchten immer noch, ihre Autorität zu untergraben, und William begann zu spüren, wie die Ungeduld in ihm zu kochen begann. Diese unverschämten Dienstboten stellten die Autorität einer Edelfrau in Frage, einer Frau, die normannisches Französisch sprach und sogar ganze Sätze in diesem barbarischen Englisch verstand. Diese Frau verlangte nichts weiter von ihnen, als dass sie sich ihr Essen verdienten.

»Heute ist der Tag, den wir uns herbeigesehnt hatten«, kündigte Lady Saura beim Frühstück an. »Sobald wir die Tische und Bänke abgebaut haben, werden wir Latrinen ausschaufeln.«

Ein allgemeines Aufstöhnen kam von den Anwesenden.

»Ja, ich wusste, ihr würdet euch darüber freuen.« William konnte die unerbittliche Entschlossenheit in ihrer Stimme hören. »Sie sind voll, und die Angewohnheit, nur die oberste Lage des Dungs wegzuschaufeln, ist von heute an vorbei.«

»Ich werde das nicht machen.« Hawisa wehrte sich ein letztes Mal. »Ich bin Näherin. Meine Aufgabe ist es nicht, Scheiße wegzuschleppen, und Ihr könnt mich nicht zwingen.«

William hörte die Herausforderung in ihrem Tonfall, hörte Alden vortreten und das Rascheln unter den Bediensteten, als sie darauf warteten, die Reaktion auf Hawisas offenen Trotz zu sehen. Er wusste nicht, was ihn dazu brachte, doch seine Geduld war erschöpft, und er rief: »Hawisa, komm her.«

Sofort wurde es völlig still, da alle von der unerwarteten Einmischung ihres blinden Herrn überrascht waren. William lauschte dem Schlurfen von Hawisas Füßen, als sie auf ihn zukam. Dank seines neuen, geschärften Hörvermögens wusste er, woher sie kam und wie nahe sie war, doch ihm war nicht klar gewesen, dass ihm die Tage des Brütens diese Fähigkeit beschert hatten.

»Knie dich dorthin, wo ich dich berühren kann«, wies er an, und sie presste ihren Körper gegen sein Bein, als sie vor seinem Sessel auf die Knie sank. Vorsichtig hob er die Hand zu ihrem Gesicht, machte ihre Gesichtszüge mit einer sachten Berührung ausfindig. Als er mit seinem Daumen über ihre breite Wange gestrichen hatte, zog er die Hand zurück und schlug die Magd mit der flachen Hand ins Gesicht. Der scharfe Klang hallte die Steinbogen hinauf, und das Mädchen wimmerte und duckte sich. Schnell packte er Hawisa an den Schultern, zog sie auf Augenhöhe hoch und schüttelte sie heftig. »Wenn du dir zu fein bist, mein Haus sauberzumachen«, erklärte er mit festen

Worten, »dann kannst du in den Burghof gehen und nachsehen, ob das Ausmisten der Ställe dir besser taugt.«

Hawisas rundes Gesicht bewegte sich vor aufrichtigem Schrecken und mit der ganzen Schlauheit eines in die Ecke getriebenen Zankweibs ruckartig hin und her. »Ich werde putzen! Es ist nur die Loyalität zu Eurer lieben Frau, wegen der ich mich Lady Saura widersetze. Es ist ihr Auftreten, mit dem sie versucht vorzugeben, dass sie die neue Herrin von Burke ist. Ja, und dabei ist sie nichts weiter als ein blinder Fall von Nächstenliebe, den Lord Peter hier aufgenommen hat.«

Die Küchenjungen schnappten nach Luft, und Maud murmelte: »Das wird Ärger geben«, aber William hörte bloß Hawisas Anspielung auf die Blinden und nahm es als Verunglimpfung seiner selbst. Sein nächster Schlag warf die Magd um und ließ ihren Kopf klingeln. »Hinaus!«, brüllte er und sprang mit einer kraftvollen Bewegung auf die Füße. »Hinaus, du Giftschlange, und lass mir deine Stimme nicht wieder zu Ohren kommen.«

Das Hasten von Füßen belohnte ihn, als Hawisa aus dem Saal floh, und er drehte sich um, um Lady Saura und ihrer Ansammlung von Rebellen entgegenzutreten. Zum ersten Mal seit Monaten stand er aufrecht da, den Kopf erhoben und die breiten Schultern gereckt. Sein blonder Bart sträubte sich ungehalten, und ein Respekt einflößender Gesichtsausdruck ließ die Grübchen in seinen Wangen hervortreten.

»Ich habe der Frechheit und den Beschwerden und dem Ungehorsam der Diener dieser Burg lange genug zugehört«, begann er unheilvoll. »Ich kenne diejenigen von euch, die schlau genug sind, Lady Saura zu gehorchen. Ich kenne diejenigen, die es nicht sind. Und denjenigen, die faul und unverschämt waren, sage ich jetzt, die Zeit der Vergeltung ist gekommen. Lady Saura ist nicht euresgleichen. Sie hat bei der Organisation dieses Hauses den Platz meiner Frau eingenommen. Ihr werdet Lady Saura ebenso gehorchen, wie ihr Lady Anne gehorcht habt. Es ist mir verdammt egal, wie alt oder hässlich Lady Saura ist. Es ist mir egal, ob ihr Blut aus Essig ist und ob sie Buttermilch schwitzt. Diese Frau ist die Hauswirtschafterin, von meinem Vater ausgewählt und von mir bestätigt, und der nächste ungehorsame Diener wird sich mir gegenüber verantworten müssen. Ich habe genügend Zeit, um euer Verhalten zu überwachen, und bei unserer lieben Muttergottes, meine Blindheit hat die Schlagkraft meines rechten Arms nicht vernichtet.«

Er beendete seine Ansprache mit einem Brüllen, das die Wandbehänge erschütterte und die Schuldigen gegen die Wände blies. »Nun?«, donnerte er.

Die Betriebsamkeit vieler Füße war die Antwort. Maud wies die Männer nach draußen, um die Jauchegrube von unten her zu säubern. Sie teilte die Frauen in Schrubberinnen und Schauflerinnen auf und wies diese an, von oben zu arbeiten. Ein Junge lief los, um die Gärtner vom bevorstehenden unerwarteten Zustrom von Mist zu informieren, und ein anderer rannte, um die Müllkarren zu holen. William sank in seinen Sessel zurück, suchte mit den Ohren nach Lady Saura, wollte ihr Lob für seine Streitschlichtung entgegennehmen. In all dem Tumult hörte er sie nicht herannahen, aber ihre leichte Berührung auf seiner Schulter machte ihn auf ihre Anwesenheit aufmerksam.

»Vielleicht seid Ihr doch mehr als nur ein halber, blinder Mann, Mylord«, sprach ihre freundliche Stimme direkt oberhalb seines Kopfes. »Vielleicht also doch mehr als ein Möbelstück.«

»Lady Saura?«

Sie drehte ihren Kopf von ihrem Zwiegespräch mit Maud in Richtung der respektvollen Stimme von Bartley. »Ja?«

»Mylord fragt nach Euch.«

»Ist Lord Peter schon wieder zu Hause?« Sie stand mit einem Stirnrunzeln auf. »Das Abendessen ist noch nicht fertig.«

»Nein, Lady Saura. Es ist Lord William. Er wünscht Euch zu sprechen.«

Sie verzog die Lippen voller Schrecken. Hatte er über seine Antwort auf ihre Stichelei von heute Morgen nachgedacht? Sie hatte weder den Klang seiner Hand auf Hawisas Gesicht vergessen noch sein wütendes Brüllen. Dennoch war dieser Tag erfolgreich gewesen. Hawisa hatte man genau die Aufgabe gegeben, die sie verabscheute. Sie hatte sich tief in die Löcher gebeugt und geschaufelt und dabei die ganze Zeit lamentiert. Dann musste sie sich selbst waschen, bevor sie in der Küche antreten musste, um den Spieß zu drehen und die Töpfe zu schrubben. Man brauchte sie nicht länger in der Burg.

Die Abtritte rochen sauberer, der Boden schien sich selbst geschrubbt zu haben, die Diener bewegten sich klugerweise passend zum neuen disziplinierten Drill.

Und William. William hatte schließlich doch auf die Geschäftigkeit um ihn herum, auf die wirkliche Welt außerhalb seines eigenen Kopfes reagiert.

Sie hatte für ihn noch kein Gespür entwickelt, für den Mann, der in seinem Innern ruhte. Sie konnte niemanden beobachten, keine Eigenarten und Gewohnheiten erkennen, konnte nur zuhören und aus den Stimmen und der Sprachmelodie ihre Schlussfolgerungen ziehen. In ihrem eigenen Zuhause hatten die Familienmitglieder und Gefolgsleute, mit denen sie zu tun hatte, ihre Intelligenz und Auffassungsgabe anerkannt, aber William sprach selten, und daher musste sie sich herantasten, wenn sie mit ihm zu tun hatte. Eine Berührung gab ihr normalerweise die besten Erkenntnisse, doch wegen der Rolle als Frau mittleren Alters, die ihr aufgetragen worden war, konnte sie nie davon profitieren, ihre Wahrnehmung durch einen Handgriff oder einen Kuss auf die Wange zu bestätigen.

»Lady Saura?«

Bartley sprach, erinnerte sie an ihre Pflicht, und sie stand mit einem versteckten Zittern der Knie auf. »Ja, natürlich. Hockt er immer noch am Feuer?«

Bartley nickte. Maud starrte ihn finster an, und ihm wurde aufs Neue klar, dass ihn die edle Saura nicht sehen konnte. »Ja, Mylady. Er geht nie von dort weg.«

Saura ging auf den Diener zu, ergriff seine Schulter und dann den Arm und zeigte ihm so, wie er sie führen sollte. »Bitte bring mich zu ihm«, bat sie höflich. »Und während wir gehen, erzähl mir etwas über dich.«

Der Mann ging mit zögerlichen Schritten durch den Raum. »Ich bin bloß einer der Freisassen hier«, bot er an und wurde dann wieder stumm, da er es nicht gewohnt war, mit Frauen zu plaudern, besonders nicht mit jungen, hübschen Frauen, die im Rang weit über ihm standen.

»Bist du verheiratet?«, drängte sie ihn weiter und passte sich seinem humpelnden Gang an.

»Oh nein, ich hatte nie Zeit dafür, bei all dem Jagen von Dieben und Wilderern auf den Ländereien von meinem Herrn und so.«

»Warst du Soldat?«

»Ja, und ich hatte mein eigenes Pferd, das der Herr mich reiten ließ – das war Lord Peters Vater, und dann Lord Peter –, bis ich zu angeschlagen war, um im Winter zu reiten.« Seine Stimme senkte sich. »Dann war ich zu angeschlagen, um im Sommer zu reiten, und ich wurde verbannt.«

»Verbannt?« Saura ermunterte ihn mit einem Blick ihrer veilchenblauen Augen, und der betagte Mann vergaß ihre Blindheit.

»In die Burg gesteckt wie ein altes Pferd, das sie aus Gutmütigkeit nicht töten wollen.« Seine Bitterkeit färbte auf seine Stimme ab und auf die Bewegungen seiner Glieder. »Ich bin dankbar. Nicht viele Herren behalten ihre alten Landsknechte dort, wo es warm ist, wenn sie nutzlos geworden sind. Aber es ist die Hölle, alt zu sein. Werdet nie alt, es ist bloß ein langer Tag nach dem andern und nicht genug Arbeit, um sich die Zeit zu vertreiben.«

»Aber, Bartley! Was hätte ich in den vergangenen Wochen nur ohne dich angefangen?« Saura umklammerte den Arm an ihrer Seite und schüttelte ihn. »Du warst solch eine Unterstützung, hast mir mit den störrischen Diener geholfen und dich um Lord William gekümmert, damit ich mich um das Reinemachen kümmern konnte.«

»Und wo wäre ich geblieben, wenn du nicht bei mir in meiner Ecke gesessen und mir Geschichten über die Schlachten deiner Jugendzeit erzählt hättest?« Die warmen, goldenen Töne von Williams Stimme erklangen in aller Aufrichtigkeit und Dankbarkeit.

Der alte Krieger zitterte noch ein wenig mehr und war vor Verlegenheit und aufgrund seines Alters wie gelähmt. »Guter Herr, ich wusste nicht, dass Ihr zugehört habt.«

»Es war das Einzige, was mich bei Verstand gehalten hat.«

Bartley errötete, und seine papierähnliche Haut wurde dunkel. »Hier, Mylady. Dieser verdammte Hund ist Euch wieder auf den Fersen, Mylady, stolpert nicht über ihn.« Er half Saura in einen Sessel und trat zurück, als der Mastiff sich auf dem Boden zu ihren Füßen niederließ. Bartley trat vor William hin und sagte: »Ist lang her, seit ich Euch beigebracht habe, ein Pferd zu reiten, ohne herunterzufallen. Wir haben viel zusammen erlebt, Mylord, und seit Ihr nicht mehr kämpfen könnt und ich nicht mehr kämpfen kann …«

»Komm morgen zum Feuer«, lud ihn William ein, »und wir werden in Erinnerungen schwelgen.«

Völlig zufrieden marschierte Bartley davon, um damit anzugeben, dass Lord William mit ihm gesprochen hatte, genau wie in alten Zeiten und so herzlich wie früher.

Die Stille zwischen dem Lord und der Lady schien in beiderseitigem Einvernehmen zu vibrieren.

»Sehr freundlich«, lobte Saura. »Hat er Euch wirklich das Reiten beigebracht?«

»Da hatten viele ihre Hand im Spiel«, antwortete William und streckte seine Beine in Richtung Feuer aus. »Wenn er sich an seinen Beitrag erinnern möchte, werde ich es ihm nicht abstreiten.«

Saura grinste und rieb sich mit dem Finger über die Lippen, als ob sie etwas wegradieren wollte. In ihrer Vorstellung passte ein Grinsen nicht zum Bild einer düsteren Haushälterin. »Ihr habt nach mir gefragt, Mylord?«

»Lacht Ihr etwa?«

Sie rieb noch ein wenig fester über ihre Lippen. »Ich lache nicht über Euch, aber Ihr habt diesen alten Mann so glücklich gemacht!«

Williams Stimme wurde kühl. »Ich kann heutzutage wohl jeden glücklich machen, einfach durch höfliches Sprechen.«

Das Grinsen verschwand schlagartig aus ihrem Gesicht. »Dann verbreitet doch noch ein wenig mehr Freude, Mylord.«

»Nun, warum ist es so«, sinnierte er, »dass Ihr, wenn Euch die Diener verärgern, erschreckend höflich und leise sprecht? Wenn ich Euch verärgere, werdet Ihr sofort zornig.«

»Weil ich von Euch etwas Besseres erwarte!«

»Warum?«

»Mein Herr«, antwortete Saura mit wenig Nachsicht, »Ihr seid ein Krieger. Was tut man mit einem Krieger, der sein Bein verliert?«

»Man bringt ihm ein anderes Geschäft bei.«

»Und wenn er es nicht erlernen will?«

»Soll er doch betteln gehen.«

»Es ist eine harte Welt. Was haltet Ihr von einem Mann, der all die Privilegien einer liebenden Familie, eines Heims und ausreichend Nahrung besitzt, aber der gezwungen werden muss, sich um sich selbst zu kümmern? Was haltet Ihr von einem Mann, der sich weigert, die Last der Arbeit von den Schultern seines Vaters zu nehmen, einem Mann, der seinen Sohn im Stich lässt?«

»Genug!« Williams Stimme begann etwa auf ihrer Höhe zu ertönen und dröhnte dann aber über Sauras Kopf hinweg, als er sich voller Zorn aufrichtete. »Mein Gott, wer seid Ihr? Die Heilige Genoveva, die ihrer Mutter durch die Gnade Gottes das Augenlicht zurückgab? Vielleicht ist Blindheit für Euch ja nur eine winzige Sache, Ihr habt es ja nicht erlebt.«

»Sie ist so groß, wie Ihr sie macht.«

»Aber alles, was ich bin, hängt von meiner Sehkraft ab. Ihr habt gesagt, ich bin ein Krieger. Ein Ritter! Ich musste kämpfen, um mein Zuhause, meine Familie, meine Leute zu verteidigen. Jetzt haben sie keine Verwendung mehr für mich!«

»Oh, haben sie die nicht?« Saura entspannte sich, fühlte sich wieder auf sicherem Terrain. »Habt Ihr ihre Streitigkeiten geschlichtet, über ihre Verbrechen Recht gesprochen?« William antwortete nicht, und ein Lächeln erblühte wieder auf ihrem Gesicht. »Ihr habt einen guten Ruf für Eure Fairness beim Schlichten von Streitigkeiten. Habt Ihr die Erziehung Eures Sohnes anderen überlassen? Er schmachtet nach Euch, nach Eurer Unterstützung, während er heranreift. Euer Vater braucht einen Mann, mit dem er reden kann, den er um Rat fragen kann, mit dem er zusammen sein kann. Eure Pächter brauchen Anleitung. Ohne Eure feste Hand sind sie bloß ein Haufen blökender, verlorener Schafe. Ihr habt gesät, was Ihr erntet, Mylord, eine Domäne voller Menschen, die Euch verehren. Aber all Eure früheren guten Taten werden bald vergessen sein, wenn Ihr Euch nicht zusammenreißt und Eurem Ruf entsprecht.«

Während er ihrer Warnung zuhörte, wünschte sich William, er wäre nicht so gewissenhaft. Der Teil von ihm, der auf Fairness für andere insistierte, insistierte aber auch auf Fairness sich selbst gegenüber. Er wollte den Standpunkt der Frau rundheraus leugnen, wollte seine Rechtfertigung kundtun, ichbezogen und einsam sein zu dürfen. Über alle Maßen provoziert, fragte er: »Wart Ihr jemals völlig verzweifelt, und brauchtet Ihr die Berührung eines anderen Menschen? Und diejenigen, die Euch lieben, haben wegen Eurer Behinderung zu viel Angst, Euch zu berühren? Als ob es abfärben würde? Habt Ihr nachts jemals allein in Eurem Bett gelegen und habt die Wände näher rücken gespürt, als ob Ihr in Eurem eigenen Körper gefangen wärt?«

Saura stiegen Tränen des Wiedererkennens in die Augen, und es schnürte ihr den Hals zu, doch er griff sie weiter an. »Ihr knirscht schon wie eine Frau, die zu alt und innerlich ganz verdorrt ist, um diese Schwäche des Fleisches zu verstehen. Habt nie einen Mann geliebt, nie ein Kind in Euren Armen gehalten. So wie ich Euch reden höre, glaube ich, Ihr habt nie gesündigt.«

Die Beine seines Sessels knallten auf den Boden, als er sich hineinwarf, und Saura rang mit dem unerwarteten Aufwallen eines Gefühls der Seelenverwandtschaft, das ihr das Herz zerriss. Sie versuchte, etwas zu sagen, aber sie konnte es nicht: Trost war nichts weiter als ein Flüstern, das bruchstückhaft in ihrem Geist und in ihrer Brust verschlossen war.

»Was tut Ihr? Für mich beten?« Williams Stimme war wie ein Peitschenhieb, besänftigte sich aber bei diesem Gedanken plötzlich. »Für mich beten.« Seine Finger tappten ungeduldig auf seiner Sessellehne herum. »Betet Ihr etwa für mich?«

Sie blieb stumm und wurde mit einem weiteren Angriff belohnt.

»Ihr seid eine Nonne, nicht wahr?«

»Oh, gütiger Gott.«

»Natürlich.« Er schnalzte mit den Fingern. »Es hätte mir klar sein müssen. Es ist logisch. Nur eine Nonne könnte diese Art von Disziplin in einen Haushalt bringen.«

Saura schluckte und klopfte sich auf ihre geröteten Wangen. »Euer Vater …«

»Hat Euch zur Verschwiegenheit verpflichtet? Wieso? Madame, seid Ihr hier, um mir etwas beizubringen?«

Sie seufzte und lächelte, vom Beleg für seinen wachen Verstand amüsiert, und von seinem Zutrauen in die eigenen Schlussfolgerungen. »Ich bin hier, um Euch zu unterrichten«, gab sie zu. »Ich bin eine Blindenlehrerin.«

»Und Ihr habt allen Grund, so frömmelnd zu klingen. Ihr habt noch nie gesündigt, oder etwa doch? Niemals voller Liebe einen Mann gehalten, nie ein Kind geboren.«

»Und ich werde es niemals tun.« Sie berührte ihren unfruchtbaren Leib mit dem heftigen Schmerz eines Menschen, der sich mehr wünscht. »Eine alternde Jungfrau ohne Hoffnung auf ein Morgen.«

William biss sich voller Bedauern auf die Lippe. Er hatte sie ein wenig ködern wollen, aber es war nie seine Absicht gewesen, Salz in ihre Wunde zu streuen. »Es war nicht Eure eigene Wahl, ins Kloster zu gehen?«

»Wenn ich eine Wahl gehabt hätte, dann würde ich einen Ehemann und eine Familie haben.«

Vom Ruf einer frustrierten verwandten Seele berührt, bot er ihr seinen Trost an: »Ich kann Euch nicht mit dem Ehemann helfen, Madame, aber wir sind jetzt Eure Familie.«

Von der Zuvorkommenheit seines Angebots gerührt, antwortete sie: »Vielen Dank, William.«

Er grinste. »William? Werdet Ihr mich nur bei meinem Namen nennen, wenn Ihr mit mir zufrieden seid?«

»Mylord«, zögerte sie und war peinlich berührt.

»Ich mag es. Es erinnert mich an meine Mutter.«

»Eure Mutter?« Fassungslos rang sie mit ihrem Missvergnügen. Sie war neunzehn und die schwächste aller Kreaturen, eine unverheiratete Frau, aber seine *Mutter*?

»Wenn ich sie aufregte, nannte sie mich ›Mylord‹. In ziemlich sarkastischer Art und Weise. Ihr habt mit ihr viel gemeinsam.«

Sie hustete.

»Ich habe Euch aus gutem Grund hergerufen.« Er ignorierte ihre Gefühlsregungen, erkannte darin bloß das rätselhafte Wesen einer Frau. Welche Deutung auch immer er aus ihrer Reaktion schloss, wahrscheinlich würde er sich irren. »Da Ihr mich schon so taktlos darauf hingewiesen habt: Ich stinke. Ich habe seit letztem Herbst kein Bad mehr genommen, und durch den langwierigen Prozess des Lernens, wie man als Blinder isst, habe ich Speisereste auf meine Kleider und meinen Bart fallen lassen. Glaubt Ihr …«

Diese Frau bewegte sich flink und voller Selbstvertrauen, dachte er säuerlich, als er sich Wasser über die Brust goss. Eine Anzahl weiblicher Vasallen hatte ihn in sein Gemach begleitet und ihn ausgezogen, während die Männer den riesigen Bottich vor das Feuer gewuchtet hatten. Volle Wassereimer waren die Stufen hochgehievt worden, und das Wasser hing in Kesseln über dem Feuer, um heiß zu werden. Im Nu hatte er seinen dicken Zeh hineingetaucht und sich dann mit einem Seufzen gesetzt. Mit seiner gewaltigen Hand winkte er alle fort und ließ die Wärme in seine Knochen einsickern und sein Blut in Bewegung setzen. Er hatte zu lange die Kälte ertragen: die Kälte von außen, die Kälte von innen.

Nun herrschte Frieden in der Kammer, die Tür war gegen den Luftzug fest verschlossen.

Lady Saura und ihr Dienstmädchen sprachen über den Inhalt seiner Kleidertruhe, und das Gemurmel ihrer Stimmen schwappte über ihn hinweg.

»Dies fühlt sich wie eine feine, leichte Wolltunika an.«

»Ja, und sie ist in einem tragbaren Braun gefärbt mit einer Borte an den Ärmeln und am Saum.«

Die anderen Frauen arbeiteten schweigend unter Sauras Anleitung oder kümmerten sich um ihre Näharbeiten. Ihr gedämpftes Schwatzen erinnerte ihn an ein Bad im Frühjahr vier Jahre zuvor, und vor seinem inneren Auge sah er die große Kammer vor sich, wie sie damals ausgesehen hatte.

Über dem Rittersaal gebaut, wurde der Raum vom polierten Holzbett des Burgherrn beherrscht, das auf einem Podium stand und mit einem Betthimmel und vielen Vorhängen ausgestattet war, um im Winter die Kälte abzuhalten. Die Kleidertruhen standen an der gegenüberliegenden Wand, nahe genug am Feuer, um ihren Inhalt trocken zu halten, aber auch nicht zu nahe, damit die Kleider nicht aus Versehen Feuer fingen. Da es hier mehr Licht gab als in jedem anderen Raum der Burg, standen haufenweise Schemel und Bänke an dem Fensterplatz, wo die Frauen arbeiteten. Die Fenster überblickten den eingezäunten Garten des Burghofs. Ein eisernes Gitter schützte sie und warf quadratische Schatten in den Raum hinein und auf die hölzernen Fensterläden, die mit kunstvollen Schnitzereien verziert waren.

William lachte leise, als er sich daran erinnerte, wie seine Frau zunächst auf den Fenstern und dann auf den Schnitzereien bestanden hatte. Sein Vater hatte gebrüllt, sie würde ihn mit diesen lächerlichen Ideen an den Bettelstab bringen, und Anne hatte zurückgebrüllt, er könne sich selbst das Essen kochen, selbst die Kleider flicken und seine eigenen Enkelkinder zur Welt bringen. Es war eine ziemlich hitzige Auseinandersetzung gewesen, aber am Ende hatte Lord Peter voller Freude den Auftrag erteilt, die Fensterläden zu schnitzen, und Anne hatte ihm weiter Enkelkinder geboren.

Bis sie beim letzten Kind gestorben war. William hatte sie neben den vier winzigen Gräbern ihrer Kinder, die schon vorher entschlafen waren, zur letzten Ruhe gebettet.

Er wartete auf das schon bekannte Gefühl der Trauer, aber da klang nur noch eine süße Melancholie nach. Er vermisste sie: ihr ungestümes Lachen, den Duft von Lavendel an ihren Kleidern, ihren mollig weichen Körper nachts neben seinem. Aber er trauerte nicht mehr um sie, und wenn er nicht erblindet wäre, dann hätte er sich nach einer Frau umgesehen, die er heiraten und mit der er leben konnte.

Er mochte es nicht, so lange Jagd auf eine Frau zu machen, bis sie kapitulierte, und sie dann im Stich zu lassen und einer anderen nachzulaufen. Er kannte Männer, die das taten: Arthur und Charles, wenn auch dieser etwas weniger, suchten den Mythos der perfekten Frau in jedem Bett. Während der Jahre, in denen sie von seinem Vater erzogen worden waren, hatte keine Dienstmagd über ihr erstes Erblühen hinaus allein auf ihrem Lager gelegen.

Aber dieses spezielle Muster männlichen Verhaltens war ihm fremd. Seine Energien wurden besser als Krieger verbraucht, sein Verlangen besser von der Zuwendung einer Frau gestillt, die ihn liebte. Er hatte die weiblichen Dienstboten der Burg zwar benutzt, um seine körperlichen Bedürfnisse zu sättigen, aber er sehnte sich nach der einen Frau, die seine Seele heilen würde. Er seufzte und förderte den Lappen vom Boden des Bottichs hervor.

Ein Stoffrascheln drang an sein Ohr, und eine der Mägde trat heran, um das Wasser zu testen. William spürte die Verwirbelung ihres Fingers an seiner Hüfte, roch den würzigen

Duft von Nelken und grinste. Er schnappte sich ihre Hand, rieb mit dem Daumen über die weiche Haut und polterte: »Mädchen! Ist mein Bein so interessant, dass du dich danach sehnst, es zu berühren?«

Die Magd sagte nichts, lachte nur erschrocken, atemlos und versuchte, sich seinem Griff zu entziehen.

Von ihrem Lachen ermutigt – sie hatte offensichtlich keine Angst vor ihm oder seiner Blindheit –, zog er ebenfalls. »Geh nicht, ich kann dir mehr zeigen als bloß mein Bein!« Mit einem Ruck zog er sie in die Wanne und auf seinen Schoß.

Mit einem großen Platschen schwappte das Wasser über, und auf der Stelle waren sie von Kopf bis Fuß nass. Das Mädchen schnappte nach Luft und strampelte unbeholfen und unvorsichtig, so als ob es nicht gewohnt wäre, von einem Mann gehalten zu werden. Ein schnelles Hinabgleiten seiner Hand über ihren durchnässten Körper versicherte ihm, dass dies nicht der Fall sein konnte. Jedes Mädchen, das mit einem solch freigiebigen Busen und Hüften und einer winzigen Taille gesegnet war, hatte gewiss schon in den Armen vieler Männer gelegen.

Ihre sinnlichen Anstrengungen wurden wilder und weniger effektiv, und ein erfreutes Lächeln teilte seine bärtigen Lippen. Das klitzekleine Quietschen, das sie ausstieß, war reizend, zeigte Temperament, aber keinen Widerstand. Dieses Mädchen kannte alle Tricks.

Seine Männlichkeit schwoll als Antwort auf solch offenkundige Ermunterung sofort an. Ihre Hüften rieben gegen ihn, während sie ausschlug und schwach versuchte aufzustehen. Ihre Fäuste schlugen auf seine Schultern ein, als er sie an sich heranzog, sie zur Seite drehte und sich ihr Hinterteil über den Schoß neigte. Ihr Kopf passte in die Beuge seines Ellenbogens, ihr Zopf glitt über seinen Arm. Mit einem Lachen fing er ihre um sich schlagende Faust und hielt sie mit dem Ellenbogen unter dem Nacken fest. Er hielt sie nun ganz fest, jedenfalls fest genug, um ihren Mund mit seinem zu finden.

In nur einem Augenblick änderte er seine Meinung bezüglich ihrer Erfahrung. Ihr Mund ergab sich, öffnete sich leicht für seine hartnäckige Zunge. Aber sie wusste nicht, was sie tun musste, als diese hineindrängte. Sie begegnete seinen Vorstößen nicht, antwortete nicht auf seine Verlockungen, doch sie reagierte. Dieser Mund war süß und hungrig, überrascht und willig. Seine Absichten wurden sanfter, und er begann sie anzuleiten.

Er lockerte den Griff seines Arms um ihren Kopf und unterstützte ihren Rücken mit seiner riesigen Hand. Er strich über ihre Seite, liebkoste sie, besänftigte sie. Er befreite ihre Hand und legte sie auf seine Brust, auf die gerötete Haut über seinem Herzen. Sie zog sie zurück, aber geduldig ergriff er sie wieder und legte sie zurück, während er gleichzeitig das Feuer ihrer Unschuld mit seinen Lippen schürte. Dieses Mal blieb die Hand dort. Ihre Finger vergruben sich in das lockige Haar, das seine Haut bedeckte, zitterten und vergruben sich wieder.

Er unterbrach den Kuss mit einem Stöhnen. »Süßes Ding«, flüsterte er in ihr Ohr, während er mit seiner Zunge über dessen Rand fuhr. Ihr Stöhnen strich über seine Wange.

Seine freie Hand begab sich auf Erkundungstour. Er nahm ihre Brust in seine Hand und umkreiste ihre Nippel, die von der Kälte und der Anspannung ganz fest waren. Er knetete die Erhebung warm, sanft, gründlich mit der Handfläche, bis die Frau, die über seiner Hüfte ausgestreckt lag, weich und geschmeidig dahinschmolz. Mit dem Ergebnis seines Einsatzes zufrieden, schenkte William ihr noch eine letzte zärtliche Streicheleinheit und forschte weiter. Der Schwung ihrer Taille bestätigte seine erste hastige Feststellung, und ihr fester Bauch bebte, als seine Finger darüberglitten. Der klatschnasse

Stoff ihres Rocks schob sich an ihren Knien zusammen, und eifrig suchte seine Hand nach der nackten Haut ihrer Schenkel. Als seine Finger sie berührten, stockte ihm der Atem, und sie seufzte, wehrte sich und erwachte aus ihrer Lethargie. Mit dem Instinkt eines Magiers fing William wieder ihren Mund ein, küsste sie auf die Lippen und glitt mit der Hand den langen seidigen Pfad ihrer Schenkel hinauf. Einen Pfad zum Himmel hinauf.

Und der Himmel war nahe, so nahe.

Ein Schwung eisig kaltes Wasser klatschte auf seinen Rücken und ließ ihn unsanft auf die Erde zurückstürzen. Zwei kräftige Hände schoben ihn nach hinten und ergriffen das Mädchen unter den Achseln. Es wurde von ihm heruntergezerrt und aus seiner Reichweite gezogen.

Wütend sprang er auf die Füße, und nur seine Blindheit zügelte den Wunsch anzugreifen.

Sein empörtes Grollen hätte eine kleinere Frau wohl erschreckt, aber Maud war keine kleine Frau. »Seid Ihr verrückt, Lord William? Würdet Ihr sonst auch vor allen Bediensteten eine junge Dame angreifen?«

Er brüllte noch einmal undeutlich vor Zorn, und als sein Verstand zurückkehrte, rief er: »Angreifen? Angreifen? Sie hätte doch nur Nein sagen müssen, und ich hätte sie losgelassen. Bei unserem gütigen Heiland, Lady Saura, habt Ihr dieses kalte Wasser über mich geschüttet?«

Saura, die völlig durchnässt und zitternd am Feuer stand, antwortete: »Gewissermaßen.«

Befreit von dem Zwang, schweigen zu müssen, klang ihre Stimme zitternd, und seine Laune kühlte sich einigermaßen ab. »Gebt mir das Mädchen zurück, und ich werde es Euch vergeben.« Das Grüppchen am Fensterplatz kicherte gemeinschaftlich, und er sank ins Wasser zurück. »Gebt das Mädchen zurück, und schickt diese Dienerinnen fort.«

Saura wrang sich die langen Ärmelaufschläge mit zitternden Händen aus, strich sich das Haar aus der Stirn und sprach: »Das kann ich nicht tun, Mylord. Das Mädchen ist in festen Händen.«

»In festen Händen! Sie ist eine Leibeigene. Ich bin ihr Herr.«

Saura glättete die raue Wolle ihrer Kleider und verfluchte ihren eigenen Eifer. Ihr Sinn für Verantwortung hatte von ihr verlangt, dass sie sich zunächst um die Aufgaben kümmerte, die Lord Peter ihr aufgetragen hatte, bevor sie sich mit dem Stoff beschäftigte, den er ihr angeboten hatte. Nun war es an der Zeit, sich neue Kleider zu nähen, Kleider, die sie als Edelfrau auswiesen und nicht als Dienstmädchen. »Das Mädchen ist gegangen!«

»Gegangen! Niemand hat den Raum verlassen!« Seine Verärgerung brachte ihn wieder auf die Füße. »Und ich will sie jetzt!«

Außer sich vergaß Saura ihre übliche Zurückhaltung und brüllte zurück: »Ich werde mit Eurem Vater sprechen! Wir werden Vorkehrungen treffen!« Ihr nasser Rock wischte über den Boden, als sie sich umdrehte, Mauds Arm ergriff und aus der Tür ging, die von einem der Nähmädchen aufgehalten wurde, das sich in die Hand biss, um sein nervöses Lachen zu unterdrücken.

»Soll ich Euch das Bad wieder wärmen, Lord William?«, fragte Linne, eines der Dienstmädchen seiner verstorbenen Frau. »Ich habe noch mehr heißes Wasser.«

»Nein«, antwortete William langsam. »Nein, ich denke, mein Bad wurde schon ausreichend eingeheizt. Die Kälte ist vertrieben worden.«

In einer abgeschirmten Ecke des Rittersaals wischte sich Lord Peter mit dem Ärmel über die Stirn und versuchte, sich auf die

Abrechnung seines Seneschalls zu konzentrieren, die dieser ihm darlegte. Viel lieber wäre er draußen im Burghof gewesen und hätte die beiden Jungs Kimball und Clare im Schwertkampf unterrichtet, als diese unaufhörliche Langeweile zu ertragen. Dies war Williams Aufgabe gewesen, die Getreideernte des Jahres zu überprüfen, den Pachtzins ihrer Pächter und ob ihre Verwalter sie betrogen hatten. Dafür hatte er keinen Kopf, egal wie oft oder wie geduldig der kluge junge Geistliche es ihm auch erklärte.

»Infolge der Überfälle auf Fairford«, erklärte Bruder Cedric, »sind die Pachtzinsen dort wieder gering.« Er unterbrach seinen Bericht, da seine Aufmerksamkeit von dem Tumult abgelenkt wurde, der aus dem Rittersaal drang.

Lord Peter sah ebenfalls auf, an allem interessiert, was ihn von dieser qualvollen Abrechnung ablenkte. »Es ist zu lange her, seit wir in dieser Burg Gelächter hatten«, kommentierte er. »Die Ankunft von Lady Saura hat alles wieder ins rechte Lot gebracht. Die Diener benehmen sich gut und sind fröhlich, die Mahlzeiten sind gut vorbereitet, und ich glaube, endlich reagiert auch William darauf.«

Saura erschien wütend und tropfend im Türbogen, eine Hand am Nacken des Mastiffs, eine Hand auf Mauds Arm, und seine Worte erstarben ihm auf den Lippen.

»Lord Peter!«, befahl sie. »Vergebt mir, dass ich Euch frage, aber wie lange ist es her, seit William mit einer Frau Unzucht getrieben hat?«

Verblüfft fragte Lord Peter: »Unzucht getrieben? Mit einer Frau?«

»Sein Geschmack scheint eindeutig beim weiblichen Geschlecht zu liegen«, fauchte Saura, raffte ihren Ärmel und wrang ihn aus.

Lord Peter starrte die durchnässte Madonna vor sich an, starrte auf die Lache, die sich um sie herum auf den Dielenbohlen bildete. »Ihr seid nass«, meinte er. »Seid Ihr in eine Pfütze gefallen?«

»Nein, ich bin in ein Bad mit Eurem Sohn gefallen, und was für ein lüsterner Kerl er doch ist! Wie lange ist es her, seit er jemandem beigewohnt hat?«

Ein leises Geräusch entwich Bruder Cedric, und Lord Peter drehte sich um und sah, wie er Saura anstarrte und dabei versuchte, ein Lachen zu unterdrücken. Ihr einfaches Wollhemd war durchnässt, das goldfarbene Unterkleid zeigte sich durch die Litzen an der Seite. Ihre veilchenblauen Augen glitzerten, und ihre Wangen waren in einem hübschen Rosa gerötet. Ihre Lippen pochten voll und rot und zeigten eine verräterische Schwellung, die von heftigen Küssen zeugte.

Maud räusperte sich, und Lord Peter warf ihr einen schnellen Blick zu. Die Botschaft, die sie ihm übermittelte, war eindeutig und leidenschaftlich, und er antwortete hastig: »Ah, ich glaube, das war, bevor er blind wurde.«

»Oh, großartig. Es ist Monate her. Nun, das muss sich ändern. Bringt eine Frau zu ihm. Sie muss meine Figur haben.« Saura maß ihre Taille mit den Händen. »Und auch all ihre Zähne. Er hat intime Bekanntschaft mit meinen Zähnen gemacht. Ich werde ihr meine Kleider schicken, die kann sie anziehen. Und Lord Peter?«

»Ja?« Benommen versuchte Lord Peter, die Abfolge der Ereignisse nachzuvollziehen, die zu diesen außerordentlichen Bitten geführt hatten.

»Ihr habt mir Stoffe aus Frankreich versprochen. Die Nähfrauen werden umgehend beginnen, meine neue Garderobe zu schneidern.« Sie nickte hoheitsvoll und nahm Mauds Arm. Sie zupfte am Hals des Hundes und befahl: »In meine Kammer.«

Lord Peter starrte ihnen nach und wiederholte mit gelindem Erstaunen: »Verdammt! Was habe ich Euch gesagt? Lady Saura bringt alles wieder ins rechte Lot.«

»Husch! Du Hundevieh, geh weiter, du gehörst nicht ins Zimmer meiner Lady.«

»Lass ihn herein, Maud. Wenn du es nicht tust, wird er bloß an der Tür kratzen.«

Die Pfoten des Hundes klapperten gleichmäßig auf dem Holzfußboden, und die Tür des Schlafgemaches schloss sich hinter ihm. Maud schimpfte: »Jeder dumme Hund auf diesem Erdboden betet Euch an. Geht rüber zum Feuer, und zieht Eure Kleider dort aus. Dieser frostige Frühling ist nicht der richtige Zeitpunkt für ein Bad.«

»Ich hatte ja auch keines geplant!«, protestierte Saura, deren Hände mit den Schnürbändern beschäftigt waren. »Oh, hilf mir, die Schleife sitzt fest.«

Maud ließ die Kleider fallen, die sie gerade aus einer Truhe hob, und eilte herüber, um ihrer Herrin zu helfen. »Ja, sie ist nass, und wie es scheint, haben Lord Williams eifrige Finger sie fest verknotet. Wenn ich nicht Grund hätte, es besser zu wissen, Mylady, dann würde ich sagen, dass Eure Darbietung in der Badewanne den Beigeschmack einer erfahrenen Frau hatte.«

»Ich bin eine erfahrene Frau –«, Saura lächelte bezaubernd und verzog ein wenig den Mund. »Jetzt.«

»Seit Eure Mutter Eurem Vater zum ersten Mal bei einem Bad geholfen hat, habe ich solche Leidenschaft nicht mehr gesehen. Sie war damals auch noch Jungfrau, aber nicht mehr sehr lange.«

»Ich war neugierig.« Sie hob die Arme und ließ Maud ihre Gewänder entfernen.

»Neugierig, soso?«, sinnierte Maud. »Nein, ich habe früher schon mal Neugierde gesehen, und das war es hier nicht.«

Angetrieben von einem Interesse, das sie nicht verstand, fragte Saura: »Wie sieht er aus, Maud?«

»Das ist *Neugier.*« Sie trat einen Schritt zurück und betrachtete die nackte Gestalt ihrer Herrin. »Ach, Lady Saura, Ihr seid wunderschön. Ihr hättet schon mit dreizehn verheiratet und ins Bett mitgenommen werden sollen, so wie die anderen Frauen auch.«

»Und wäre vielleicht mit fünfzehn im Kindbett gestorben.«

»Wenn es Gottes Wille ist, aber ich sehne mich so danach, Eure Kinder in meinen Armen zu halten. Es ist noch nicht zu spät, wisst Ihr. Ihr seid erst neunzehn.«

Saura umarmte die alte Frau. »Erst neunzehn? Ha! Weit über das Alter zum Heiraten hinaus. Mach mir bitte keine Hoffnungen, Maud. Ich kann mit dem Verzicht leben, aber wenn ich anfange, von einem Mann zu träumen, einem Mann für mich allein …« Sie zitterte. »Mir ist kalt.«

Maud brachte ein derbes Handtuch und rieb Saura von oben bis unten ab, reichte es ihr dann und befahl: »Trocknet Euer Haar. Er ist groß.«

»Wer?«

»Wer!«, schnaubte Maud.

»William? Ich *weiß*, dass er groß ist! Seine Stimme ertönt ganz hier oben.« Saura hob ihre Hand ein Stück über ihren Kopf.

Sie zupfte sich den Schleier vom Haar und wrang das Wasser aus dem langen Zopf, der über ihre Schulter hing. »Er ist ein prächtiger Hengst, und er ist groß gewachsen und mit Muskeln bepackt. Er besitzt eine angenehme Stimme, sehr angenehm. Das weiß ich alles, aber wie sieht er aus?«

Maud warf ein trockenes Unterkleid über Sauras Kopf und zog es nach unten. »Sein Gesicht ist breit und ernst, und er lächelt nur sehr selten, aber wenn er es tut, Mylady! Direkt über diesem kratzigen Bart hat er kleine Grübchen. Er ist so blond, so hell, im Bad schien er fast golden zu sein.« Maud betrachtete das Gesicht ihrer Herrin.

Entzückt klammerte sich Saura mit leicht geöffnetem Mund und hervorblitzenden Zähnen an jedes ihrer Worte. Ihre Hände, eben noch damit beschäftigt, ihr Haar zu entflechten, erstarrten mitten in der Luft. Ihr Brustkorb hob und senkte sich heftig, und ihre Augen glänzten.

Für Maud offenbarte sich in Sauras Gesichtsausdruck und ihrem plötzlichen Interesse Hoffnung für die Zukunft ihrer Herrin. Maud schmückte ihre Beschreibung absichtlich ein wenig aus. »Er ist die Sorte Mann, dem Frauen bewundernde Blicke zuwerfen. Wen auch immer sie ausstaffieren und zu ihm schicken, sie wird mehr als willig sein, das versichere ich Euch.«

»Das erleichtert mein Gewissen«, antwortete Saura ironisch, und ihre Finger beschäftigten sich wieder mit dem Zopf.

»Ja, ich bin sicher, das tut es.« Maud kicherte. »Das erleichtert auch mein Gewissen.«

Als sich die Tür zum Gemach des Burgherrn öffnete und William am Arm von Linne hinausging, musste Lord Peter seine Tränen unterdrücken. Sein Sohn war zurückgekehrt.

Williams Bart war kurz getrimmt worden und betonte nunmehr das entschlossen vorgereckte Kinn. Sein goldenes Haar war über den Augenbrauen fransenartig geschnitten und im Nacken gekürzt worden und pendelte nun bei jedem seiner Schritte im Takt. Er ging aufrecht, sicheren Schrittes und mit gestrafften Schultern.

Er war wieder zurück: William war zurück.

»Vater!« Kimball stand von seiner Bank am Kopf des Tisches auf und purzelte beinahe auf den Boden. »Vater.« Er rannte zu ihm und ergriff seine Hand.

»Ja, Sohn?« William beugte den Kopf vor und schien den Jungen anzuschauen. »Sitzen alle am Tisch? Bin ich zu spät?«

»Wir haben auf dich gewartet. Lady Saura sagte, du hattest eine Menge Aufregung und machst vielleicht ein Schläfchen, aber Großvater sagte, ein Bad zu nehmen sei harte Arbeit, und bestand darauf, dass wir warteten. Also hat Lady Saura Suppe bestellt, und wir hatten ein wenig Musik. Ihr Harfenspiel erinnert mich an die Engel. Aber jetzt sind wir am Verhungern!«

»Das wollen wir doch nicht. Führst du mich bitte zum Tisch?« Er machte seine Hand von Linnes Arm frei, beugte sich vor und flüsterte: »Und passt du auf, dass ich mir nicht die Schienbeine anstoße?«

»Aber ja, Sir.« Froh, seinen Vater zurückzuhaben, aber noch zu jung, um sentimental zu werden, grinste Kimball. »Ich werde dich nicht stolpern lassen. Leg deine Hand auf meinen Ellenbogen. Soll ich neben dir sitzen und dein Fleisch schneiden? Die Quintana hat mich heute nur einmal vom Pferd heruntergeschlagen und Clare viermal – hier ist die Bank, Vater, heb dein Bein darüber –, aber Großvater sagt, dass er ein großartiger Lanzenreiter werden wird, wenn er weiterübt. Er ist sieben, und ich habe ihm gesagt, dass ich mit sieben nicht so gut war, und er ist auch nicht so groß, wie ich es war, aber Großvater sagt, er hat einen guten Sitz. Hier ist dein Tranchierbrett, spürst du es?« Er nahm Williams Hand und legte sie auf den rauen hölzernen Teller.

»Ja, dank dir, Kimball.« Ein Lächeln verzog Williams Mund. »Hast du mich vermisst?«

»Nun ja.« Der Achtjährige dachte darüber nach. »Du warst ja nicht wirklich weg. Aber du hast mich nicht gern reden gehört.«

»Ich weiß. Es tut mir leid, und es wird nicht wieder vorkommen.« Er hob die Hand und suchte und fand das Gesicht des Jungen und dann seinen Kopf und strich das wuschelige Haar zurück. »Aber sag mir, wer ist Clare?«

»Warum? Er ist Lady Sauras Bruder«, antwortete Kimball erstaunt. »Er sitzt am Kopfende unseres Tisches. Normalerweise teilt er das Schneidebrett mit mir.«

»Ihr Bruder?«

»Großvater musste ihn in Pflege nehmen, oder wir hätten sie nicht haben können. Er ist schon den ganzen Frühling mit Lady Saura hier. Sie ist nett. Sie kümmert sich um uns, spricht mit uns, gibt uns einen Gutenachtkuss und streicht uns Salbe auf unsere Prellungen. Die Ausnahme ist, dass sie uns gezwungen hat, ein Frühjahrsbad zu nehmen. Hat sie die Diener auch gezwungen, dich auszuziehen und hineinzuwerfen?«

Plötzlich war es totenstill am Tisch: Alle Ohren horchten gespannt auf seine Antwort.

»Nein, mein Sohn«, murrte William. »Es gibt da gewisse Anreize für Erwachsene, damit diese zustimmen zu baden, ohne dabei zu strampeln.«

Ein leises Kichern breitete sich an den aufgebockten Tischen aus, und Williams Gefolgsleute und Bewunderer nickten und raunten sich gegenseitig zu.

Er war zurück. Ihr Herr war zurück.

»Hast du deinen Anreiz genossen?«, fragte Lord Peter links von William.

William lächelte zufrieden. »Sie war ein sehr erfahrenes junges Mädchen, willig und eifrig, ihrem Herrn gefällig zu sein. Sie hatte eine reizvolle Figur und einen angenehmen Atem, das Mädchen, das ich in der Wanne geküsst habe.«

Der Page, der servierte, ließ seinen hölzernen Schöpflöffel fallen und wich der heißen Suppe aus, die auf den Fußboden spritzte. Das Scheppern des Holzes auf den Steinfliesen, der Klang seiner schlurfenden Füße, das Gemurmel seiner Entschuldigung hallten durch den Rittersaal, während sich die vielsagenden Blicke der Anwesenden von Saura zu William und wieder zurück drehten.

William wusste natürlich nicht, wen sie außer ihm auch noch anstarrten, aber er wusste, er hatte die Aufmerksamkeit aller, als er fortfuhr: »Ja, Vater, ich bin blind, aber nicht einfältig. Das Mädchen im Bad hatte ein unschuldiges Feuer, das keine andere Frau kopieren konnte. Ihr süßer Mund hat mich gebrandmarkt. Ich weiß nicht, wer sie war, oder was sie war, oder warum ich sie nicht haben kann, aber meine Badgefährtin war unvergesslich. Und solange ich sie nicht bekomme, werde ich auch nicht mit einem Ersatz das Lager teilen.«

3

»William, Ihr müsst damit aufhören, ständig die Mägde zu küssen.« Saura klatschte sich mit ihrem Lederhandschuh in die Handfläche.

Das Mädchen auf Williams Schoß glitt herunter und kicherte, als er ihm den Hintern tätschelte. »Vielen Dank, Liebchen, aber du bist nicht die Richtige.« Seine Stimme ertönte in dem abgeschirmten Alkoven, wo er mit Bruder Cedric arbeitete.

Williams einziger Fehler in Sauras Augen war seine Vorliebe, ständig die Mägde zu küssen. Das Vorbeistreichen eines Rockes an seiner Hand führte schlagartig zu einer Reaktion. Er ergriff und küsste sie alle, ob alt, ob jung, alleinstehend oder verheiratet, süß oder sauer. Die Frauen kicherten und griffen ihn sich ebenfalls oder kicherten und schlüpften davon, aber jedes Mal wenn er sie losließ, verkündete er: »Du bist nicht die Richtige.«

Wenn Saura hörte, wie er die Frauen zurückwies, erwärmte es ihr Herz beinahe ebenso sehr, wie es in ihrem Bauch brannte, wenn sie den Kuss hörte.

Der Mundschenk schlüpfte an Saura vorbei, die im Türeingang stand, und William beschwerte sich: »Ihr müsst mir ein paar neue Mädchen bringen. Wie soll ich meine geheimnisvolle Frau finden, wenn ich Tag für Tag dieselben Mädchen küsse?«

»Küsst sie halt nicht!«, wiederholte sie verzweifelt.

»Aber ich möchte es.«

Saura warf die Hände in die Luft. »Ihr seid ein hoffnungsloser Fall.«

»Nur neugierig.«

»Seid Ihr für einen Ausflug gekleidet, Lady Saura?« Ganz bewusst gab Bruder Cedric mit seinen Worten den Hinweis, den William sich wünschte.

»Geht Ihr an diesem schönen Nachmittag zum Reiten?«, fragte William.

Instinktiv glättete sie ihr neues Leinengewand und stimmte zu: »Wenn ich die Jungs finde, um mich zu begleiten. Es gab Ärger beim Müller, und Linne hat einen Korb vorbereitet. Wollt Ihr auch –«

»Ja.« William stand auf. »Ich will.«

Sie lachte, errötete und trat dann einen Schritt zur Seite. »Ich wäre von Eurem Eifer geschmeichelt, Mylord, aber ich vermute, die wahre Attraktion ist das Pferd.« Sie hielt inne. Sie hatte einen Tonfall in ihrer Stimme bemerkt, den sie noch nie gehört hatte. Einen neckischen Tonfall, ein verschämtes Lachen: den Klang von Liebeleien.

William rumpelte gegen ihren Rücken und warf sie beinahe um. Er schnappte Hilfe suchend um sich und ergriff von hinten ihre Ellenbogen. »Saura?«

»Entschuldigt mich, Mylord.« Sie versuchte zu entwischen, und seine Hände schlossen sich kurzzeitig, ließen sie dann aber wieder los. »Ich habe ohne nachzudenken direkt vor Euch angehalten.«

»Ja.« Seine Stimme klang ebenfalls angestrengt, bemerkte sie. »Ihr seid dünner, als ich gedacht habe.«

»Habt Ihr gedacht, ich wäre vollgestopft wie eine Strohmatratze?« Sie bewegte sich zentimeterweise über den blanken Boden, war sich über ihren Standort unsicher.

»Nein«, antwortete er mit gedämpfter Stimme. »Ich habe mir Euch vorgestellt … ich habe mich gefragt.«

»Das ist ganz natürlich«, versicherte sie ihm und flüchtete sich in die Rolle der Lehrerin. »Blinde fragen sich oft, wie die Menschen um sie herum wohl aussehen.«

»An alle anderen Gesichter erinnere ich mich gut. Ihr seid eine Fremde in Burg Burke. Würdet Ihr mich Euer Gesicht berühren lassen?«

Saura atmete seufzend ein. Es würde ihr gefallen, wenn er ihr Gesicht berührte, und, wie sie annahm, auch überall dort, wo er es wünschte. Aber es war noch zu früh. Er hatte sich in den vergangenen zwei Wochen erkennbar wieder zu einem Burgherrn entwickelt. Wenn er die List bemerkte, mit der sie ihn ausgetrickst hatten, würde er wütend werden, und das aus gutem Grund. Sie verfluchte Lord Peter und seine fantasievolle Täuschung insgeheim.

»Ich glaube nicht, dass das eine gute Idee wäre«, erklärte sie ihm mit freundlichem und gönnerhaftem Tonfall in der Stimme. Sie hasste es, aber es schien ihr notwendig zu sein, seine Neugier zu zügeln.

»Wirklich?«

»Unsere Beziehung basiert auf gegenseitigem Respekt, und Ihr solltet Euch nicht der Neugierde hingeben«, erwiderte sie.

»Eine interessante Theorie.«

Seine Stimme kam näher, und sie trat unvermittelt einen Schritt zurück. »Lord William?«

»Hm?«

Er lächelte, das konnte sie ahnen, und verfolgte sie quer durch den Rittersaal, und die Leibeigenen am Feuer kicherten belustigt. »Was habt Ihr vor?« Er stürzte sich vor, und sie stolperte zurück. »Ich wünschte, Ihr würdet das nicht tun!«

Er stürzte sich wieder nach vorne, bekam ihr Handgelenk zu packen und zog sie langsam zu sich heran. Sie wehrte sich zwar halbherzig wie eine widerspenstige Jungfer, erstarrte aber, als ein heiserer Pfiff durch den Saal hallte.

»Immer noch munter wie eh und je, oder, William?«

Die Stimme des Fremden klang amüsiert, und William ließ Saura überrascht los. »Charles?«

»Natürlich.« Der Fremde trat in den Saal. »So wie du das Mädchen gejagt hast, dachte ich, du hast dein Augenlicht wiedererlangt.«

»Ich habe auch in den Fingern Augen«, antwortete William und wackelte damit. »Raymond, bist du das?«, fragte er, als ein weiteres Paar Füße den Raum betrat.

»Sei mir gegrüßt, William«, sagte Raymond. »Wir haben den ganzen Tag lang gejagt und sind hierher geritten, um mit dir zu Abend zu essen. Arthur haben wir im Burghof zurückgelassen – er hatte gerade die Hand unter den Rock eines Mädchens geschoben.«

»Wie immer.« William lachte. »Ich heiße euch willkommen. Und wo ist Nicholas?«

William zuckte zusammen, als dicht neben ihm eine ruhige Stimme sagte: »Hier bin ich.«

»Gütiger Gott, ich hätte wissen müssen, dass du dich immer noch an mich heranschleichen kannst.« Er streckte den Arm aus, und Nicholas ergriff diesen am Ellenbogen. »Sei mir gegrüßt, Nicholas. Lady Saura?«

»Sofort, Mylord.« Sie zog sich zurück und wurde von Mauds Hand auf ihrem Arm gerettet. Ohne Worte zeigte ihr die ältere Frau ihren Standort. »Stellt die Tische auf«, befahl Saura, als sie sich zurechtgefunden hatte. »Holt Bier und Wein, und bringt Käse und Brot herbei. Beeilt euch damit. Sagt dem Koch, er soll Kohlsuppe kochen und den Eintopf mit Gerste anreichern. Und Maud«, sie senkte die Stimme, »führe mich an einen etwas privateren Ort.«

Ihre Dienerin führte sie hinter einen im Dunklen liegenden Stützbogen und fragte: »Werden uns diese drei Ärger machen, Mylady?«

»Ich weiß es nicht«, murmelte Saura. »Vielleicht.«

Füße mit Sandalen daran klapperten über den Boden, als die Diener sich beeilten, Sauras Wünsche zu erfüllen, und die drei Gäste schleppten selbst ihre Sitzbänke an die neu aufgebauten Tische heran. Der alte Bartley trug Williams Sessel an die Mitte der Tafel und machte dabei ein kratzendes Geräusch. Er murmelte: »Da seid Ihr, Mylord.«

William setzte sich vorsichtig an den Ehrenplatz, und Saura wartete gespannt. Ein Zinnkrug klirrte, und Flüssigkeit spritzte in einen Kelch. Der Becher füllte sich, und der Strom wurde dünner. Das Geräusch versiegte.

»Gut gemacht, William«, rief Raymond, und Saura seufzte vor Erleichterung leise auf.

William schob den Becher über die hölzerne Tischplatte und sagte: »Nimm ihn, und bedient euch selbst mit Brot und Käse. Mein Vater ist draußen in den Wäldern und bringt den Jungen bei, ohne Zügel zu reiten. Wir werden ihn holen lassen. Er wird den Jungs seine versierten Ritter zeigen wollen.«

Nicholas nahm das Bier. »Um zu beweisen, dass er schon viele Jungs in die Männerwelt gezogen hat?«

»An ihren Haaren«, scherzte Raymond, und die drei Männer lachten einstimmig.

William goss auch für Charles einen Kelch ein. »Er hatte geschworen, nie wieder vier Jungs gleichzeitig in Pflege zu nehmen. Ihr habt ihn fertiggemacht.«

»Wir haben *ihn* fertiggemacht?«, johlte Charles. »Ich bin damals nach einem Trainingstag üblicherweise einfach am Tisch eingeschlafen. Arthur hat oft behauptet, krank zu sein, wenn es regnete, und Lord Peter hat ihn dann an den Zehen unter der Bettdecke hervorgezogen. Raymond hat sich nie beschwert, hat nur die Anweisungen befolgt und so viel gegessen, dass die Hunde unter dem Tisch verhungerten. Und erinnert ihr euch noch, als Nicholas seinen Arm brach und lernen musste, sein Schwert mit der linken Hand zu führen?«

»Lord Peter ist nie nachlässig gewesen.« Nicholas ächzte. »Er sagte, jeder Ritter sollte sein Schwert mit beiden Händen führen können.«

»Ja, und deshalb hat er uns alle mit beiden Armen üben lassen«, erinnerte sich Raymond. »Du hattest Glück, Nicholas, dass wir dir nicht auch noch den anderen Arm gebrochen haben.«

»Hat er jetzt ein paar andere Pagen, die er quälen kann?«, fragte Charles.

»Einer davon ist mein Sohn«, gab William zu.

»Das ist interessant.« Nicholas klopfte mit den Fingern auf den Tisch. »Wird Lord Peter seinen eigenen Enkel härter rannehmen, oder wird er nachgiebig mit ihm sein?«

William grinste und zeigte dabei seine Zähne. »Was glaubt ihr?«

»Der arme Junge.« Raymond nahm einen vollen Becher entgegen. »Der arme, arme Junge.«

Die Männer lachten schallend, ihr Mitgefühl war mit Belustigung durchmischt, und William fragte: »Was habt ihr gejagt, Charles?«

»Wildschweine, aber wir hatten kein Glück. Wir haben dir stattdessen Wildbret mitgebracht. Da du nicht mehr jagen kannst, dachten wir, deine Tafel könnte ein wenig Fleisch vertragen.«

Raymonds tiefe, bestimmte Stimme verbesserte: »Williams Jagdleute würden ein solches Kompliment wohl nicht schätzen.«

»Wir sind nicht am Verhungern«, stimmte William zu. Sein Tonfall klang wohlüberlegt und ruhig, und er spürte, wie die Berührung von Raymonds Hand auf seiner ihm schnell etwas sagen wollte. Von all den Männern, die sein Vater in Pflege genommen hatte, war nur Raymond sein enger Freund geworden, und warum das so war, konnte William nicht genau sagen. Raymond war jünger und reicher, von noch vornehmerer Abstammung und so klug, dass William manchmal vor Neid mit den Zähnen knirschte. Raymond fiel oft dunklen Stimmungen zum Opfer und hatte seelische Abgründe, die William nicht verstehen konnte, dennoch ergänzten sein Freund und er sich auf unerklärliche Art und Weise. Dankbar für seine Unterstützung, die ausgesprochene und die unausgesprochene, füllte William noch einen Becher. »Was gibt es Neues über unseren König Stephan und unsere Königin Matilda?«

»Stephan ist wieder auf dem Marsch, und Matilda leckt sich immer noch ihre Wunden auf der anderen Seite des Kanals. Stephan hätte sie töten sollen, als er sie in den Händen hatte«, antwortete Charles voller Abscheu.

»Er ist zu sehr ein Ritter«, räumte Raymond ein. »Ein zu großer Narr. Und was würde Matildas Tod schon Gutes bringen? Es ist schließlich ihr Sohn, der derzeit die Köpfe bewegt.«

»Sind die Gerüchte wahr? Ist der Junge wieder zurück in England?«, fragte William.

»Der *Junge*«, betonte Raymond das Wort belustigt, »ist mindestens zwanzig und bereit, den Thron Stephans unsicherem Griff zu entreißen.«

»Hast du Herzog Henry gesehen?«, fragte William interessiert.

»Nein, noch nicht«, antwortete Raymond, »aber er ist im Januar angekommen, und ich hörte, dass er wie ein Mann kämpft und mit den unheimlichen staatsmännischen Fähigkeiten von Matilda regiert, aber nicht ihr unsicheres Temperament besitzt. Auch sollten wir den Vorteil seiner Heirat mit Eleanor im vergangenen Jahr nicht unterschätzen. Sie ist die Herzogin von Poitou und Aquitanien und –«

»Die Königin von Frankreich.« William grinste.

»Nicht länger Königin.« Charles kicherte mit dem Vergnügen der geborenen Klatschtante. »Sie sagen, sie hat den heiligen Ludwig von Frankreich in den Wahnsinn getrieben. Sie hat ihn auf dem Kreuzzug begleitet, wisst ihr, und einen Skandal ausgelöst. Im vergangenen Frühjahr haben sie sich aufgrund ihrer Blutsverwandtschaft scheiden lassen.«

»Sind sie Cousins?«, unterbrach William.

»Irgendwas in der Art«, antwortete Charles. »Die Hälfte aller königlichen Ehen trägt den Makel der Blutsverwandtschaft. Es ist nur von Bedeutung, wenn man eine Scheidung braucht.«

Raymond nahm das Messer und schnitt mit energischen Bewegungen Käsescheiben für die Männer ab. »All diese Heulerei von Eleanor über die Blutsverwandtschaft mit dem König von Frankreich; schließlich sind Henry und sie ebenfalls blutsverwandt.«

»Natürlich machen ihre Ländereien in Poitou und Aquitanien sie zu einer Vasallin des französischen Königs.« Charles riss ein paar Brotstücke vom Laib ab und reichte sie umher.

»So ist es.« Raymond lachte klingend. »Sie musste seine Erlaubnis haben, jemand anderen heiraten zu können, doch sie hat sich einfach über Ludwig hinweggesetzt. Henry ebenfalls, denn er hätte auch die Erlaubnis gebraucht. Er hat ja gerade erst den Lehnseid für seine Ländereien in Frankreich geleistet. Henry hat ihm den Friedenskuss gegeben, und dennoch war die Hochzeit vollzogen worden, bevor Ludwig auch nur davon Wind bekommen hatte. Eleanors schöne Ländereien finanzieren nunmehr Ludwigs ärgsten Rivalen.«

Nicholas zerkrümelte Brot zwischen seinen Fingern, während er zuhörte, aber jetzt konnte er nicht länger schweigen. »Wenn sich meine Vasallen über meine Autorität hinwegsetzen würden und heiraten und sich gegen mich verbünden, dann würde mir das ebenfalls sauer aufstoßen.«

»Persönlich glaube ich, die Heirat war noch nicht mal zwei Monate nach der Scheidung von Ludwig«, sagte Charles. »Egal wie heilig Ludwig auch ist, er konnte sich gewiss nicht wünschen, dass die Teufelin, die er nicht zähmen konnte, freudig in das Bett eines anderen Mannes hüpfte. Das Bett eines jüngeren Mannes.«

»Es klingt, als ob die Heirat politische Gründe hatte, aber das Ehebett gab den Ausschlag«, bemerkte William. »Als Eleanor Königin von Frankreich war, hat sie sich beschwert. Sie dachte, sie würde einen König heiraten, und fand stattdessen heraus, dass sie einen Mönch geheiratet hatte.«

»Dennoch gebar sie Ludwig zwei Töchter«, erinnerte Charles sie alle.

»Der arme Ludwig konnte noch nicht mal siegen, als er in die Normandie einmarschierte, um seine frühere Ehefrau und ihren neuen Ehemann zu vernichten. Henry griff ihn vom Westen aus an und ließ Ludwigs Armee in Trümmern zurück.« Raymond sprach, aber alle Männer lachten jetzt. Es war ein fröhlicher Tag für die Engländer, wenn der König von Frankreich besiegt wurde, und die Männer schwelgten darin.

»Was sagt Ludwig heutzutage über das alles?«, fragte William.

Raymond antwortete süffisant: »Was kann er schon sagen? Eleanor wird diesen Sommer ein Kind bekommen, und die Sterne sagen einen Sohn vorher.«

»Dann wird der junge Hengst das zeugen, was der alte Heilige nicht konnte.« William lehnte sich grinsend zurück. »Also hat Henry die finanziellen Mittel, um seine Schlachten fortzusetzen, bis sich der Strom in seine Richtung dreht?«

»Er hat genügend Kapital, um ganz England zu kaufen,

sollte er es sich wünschen«, meinte Raymond. »Gewiss, Eleanor ist elf Jahre älter als Henry, aber sie ist eine attraktive Frau.«

»Das Alter spielt bei einer königlichen Hochzeit keine Rolle, solange die Frau fruchtbar ist«, meinte William. »Königin Matilda war fünfzehn Jahre älter als Henrys Vater, und er ist vor ihr gestorben.«

»Es war eine kluge Heirat für Henry«, stimmte Nicholas zu. »Sie gibt ihm viel Macht.«

»Hält Stephan ihn auf?«, fragte William.

Raymond antwortete bitter: »Stephan flattert im Wind, ebenso unsicher wie immer.«

»Stephan ist dein Cousin«, betonte Charles.

»Das ist Matilda auch«, ergänzte Raymond. »Ich würde jeden unserer Herrscher unterstützen, oder ihre Söhne, wenn sie nur das Land endlich zur Ruhe kommen ließen.«

»Aus dem Chaos kann man Profit schlagen«, bemerkte Charles nachdenklich.

»Profit! Welche Art Mann zerstört seine Ehre, um Profit aus dem Unheil seines Landes zu ziehen?«, fragte William mit augenfälliger Verachtung, als er einen weiteren Becher füllte und ihn zu Nicholas schob. »Ein Mann ohne Ehre kriecht auf dem Bauch wie die Würmer auf dem Boden.«

»Es ist eine Art, Land zu gewinnen.«

»Durch Diebstahl!«

»Oder Täuschung«, warf Nicholas sanft ein.

»Stephan hat das Land mit seinem Hin-und-her-Schwanken ins Unglück gestürzt.« William goss einen letzten Becher ein. »Wenn er mit dem Rücken zur Wand stünde, glaubt ihr, er würde Henry zu seinem rechtmäßigen Erben ernennen?«

»Das ist die Frage, nicht wahr?« Raymond lachte. »Und was werden Stephans Söhne zu ihrer Enterbung sagen?«

»Dass uns erneute Kriege bevorstehen.« Nicholas seufzte.

»Um die Erde zu verbrennen und dem Land die Pest zu bringen.«

Charles sagte: »Wir hätten unsere Eide halten sollen –«

»Wem gegenüber?«, schlug William zurück. »Mein einziger Lehnseid besteht gegenüber dem Herrscher von England, und ich weiß nicht, wer das ist.«

»Vielleicht hat Gott uns im Stich gelassen«, meinte Raymond bitter.

Schwer lastete die Stille über ihnen, als sie über das Chaos in England sinnierten, dann erhob sich Nicholas: »Deshalb möchte ich kämpfen.«

»Du, Nicholas?«, wollte William wissen. »*Du* willst kämpfen?« Nicholas war ein hochgewachsener Mann, ruhig, zu Scherzen aufgelegt, wenn es seinen Absichten diente. Er war zwar kein erfahrener Ritter, dennoch konnte ihn niemand als Verwalter übertreffen. Was andere mit Muskeln und Kraft schafften, gelang ihm mit seinem klugen Verstand und der Fähigkeit, andere zu durchschauen. Wenn William auch ein wenig verächtlich über Nicholas' Feigheit dachte, behielt er dies doch streng für sich. Er hatte gesehen, wie Nicholas, gerade erst zum Ritter geschlagen, ins Haus seines älteren Bruders zurückkehrte, um diesem zu dienen. Er hatte gesehen, wie der Bruder beinahe umgehend von einem entsetzlichen Blutsturz dahingerafft wurde, hatte gesehen, wie Nicholas mit fester Hand und ohne zu zögern die Kontrolle über den Nachlass übernommen hatte.

»Komm, William, so ungeschickt bin ich nun auch nicht«, beschwerte sich Nicholas.

William rettete sich, indem er einen Schluck Bier trank, und Nicholas' Stimme wurde sanfter, und er sagte leise: »Vielleicht bin ich es, aber ich schaue gerne zu. Zu kämpfen lenkt meine Gedanken von diesen gewichtigen Angelegenheiten ab, über die ich keine Kontrolle habe. Ich richte an Pfingsten ein Turnier aus, und William, ich wünschte, du könntest daran teilnehmen. Kein Ritter in England hat vor sich selbst Achtung, solange er dich nicht besiegt hat.«

Williams Stimme füllte sich voller Eifer. »Ein *mêlée*?«

»Ja«, antwortete Nicholas. »Erinnerst du dich noch an das eine Mal in Chichester, als deine Lanze beim ersten Angriff brach und dein Pferd verwundet war? Und du hast zu Fuß gekämpft und von fünf verschiedenen Rittern Auslösung gewonnen?«

»Ich habe mich nur der ersten Regel des Kampfes bedient«, antwortete William glatt, und die anderen lachten, als ob man ihnen einen großartigen Witz erzählt hätte. Bei ihrer Begeisterung grinste William. »Ich habe mich und mein Gefolge an jenem Tag ansehnlich ausgestattet.«

»Aber deine Schultern waren so breit, dass keiner der Kettenpanzer, die du gewonnen hattest, dir passte.« Charles lachte leise bei der Erinnerung daran.

Eine Stimme rief vom Eingang her: »Erinnerst du dich daran, als du diesen Barbaren von Kirkoswald gefangen genommen hast?«

»Arthur, man kann sich auf dich verlassen, dass du das Gerede über Englands Wohlergehen vermeidest und erst auftauchst, wenn wir in Erinnerungen schwelgen.« In Williams Tonfall schwang ein wenig Geringschätzung für den leichtsinnigen Mann mit, der niemals erwachsen wurde.

»Du siehst gut aus.« Arthurs Schritte tappten über den Fußboden, ausgelassen und ähnlich wie ein Kind, wie ein Welpe, der seinen Herrn begrüßt.

»Ich danke dir.«

Über Williams Kopf hinweg sprach er mit seinen Jagdkameraden: »Ist er immer noch blind?«

»Ist er«, unterbrach William. »Aber er ist nicht taub.«

Von Williams Frust unbeeindruckt, goss Arthur sich selbst

einen Becher Bier ein. »Der größte Ritter in ganz England, durch einen einzigen Schlag seines Ruhmes beraubt. So eine Schande.«

»Eine größere Schande ist es, sich darin zu ergehen«, erklärte Charles. »Also halt den Mund, Arthur.«

»Werde ich, aber ich frage mich, ob er ein Schwächling geworden ist?«

William donnerte den Becher auf den Tisch und stand auf, aber Raymond ergriff ihn am Arm, zog ihn wieder herunter und sagte: »Tu dem kleinen Feigling nichts. Er ist ein *Schwächling*, und sein Mund plappert von Dingen, die er besser größeren Männern überlässt. Bitte um Entschuldigung, Arthur!«

»Ich bin kein Schwächling!«, sagte Arthur.

»Bitte um Entschuldigung, Arthur.« Es brauchte nur eine kurze Aufforderung durch Nicholas' kühle, sanfte Stimme, und Arthur murmelte eine Entschuldigung.

Ein Augenblick unausgesprochener Spannungen folgte, William ließ die Entschuldigung unbeantwortet, und Charles durchbrach die Stille mit einem Anflug aufgesetzter Fröhlichkeit: »Erinnerst du dich noch daran, wie der Grobian gequietscht hat, als du sein Pferd verlangt hast?«

Ihre Stimmen dröhnten weiter, während sie sich den Ruhm vergangener Tage in Erinnerung riefen, und Saura biss die Zähne zusammen und gestikulierte. Augenblicklich stand Bartley neben ihr. »Mylady?«

»Lass sofort den jungen Kimball und Clare holen. Ich bin sicher, sie wollen diese tapferen Ritter sehen, und wir brauchen Pagen, um am Kopf des Tisches zu servieren. Ruf noch mal nach Lord Peter. Und beeilt euch mit dem Essen.«

»Ja, Mylady.«

Saura neigte ihren Kopf, um das Gespräch, dessen unterschwellige Stimmung ihr nicht gefiel, besser verstehen zu können. Es lag eine gewisse Bedrohung darin, die Williams Fortschritte wieder zunichtemachen konnte. Saura datierte alle Ereignisse auf Burg Burke um einen Dreh- und Angelpunkt herum: vor dem Bad und nach dem Bad. Vor dem Bad hatte William gegen seine Blindheit gekämpft, als ob seine Weigerung, sein Schicksal zu akzeptieren, diese Außenumstände ändern konnte. Aber an jenem Tag im Bade war William wirklich zurückgekehrt. Seine grundsätzlich positive Lebenseinstellung motivierte ihn wieder, und er hatte seine Verzweiflung bezwungen.

Nun verstand Saura, weshalb seine Vasallen und Diener ihn verehrten. Der Sessel vor dem Feuer stand leer und war nicht länger die Zufluchtsstätte eines zornigen Mannes. Was getan werden musste, wurde umgehend und klaglos getan, und was William brauchte, war Anleitung, um seine Behinderung in den Griff zu bekommen. In den wenigen Wochen hatte er alles gelernt, was sie ihm beibringen konnte, und hatte dabei das Wissen in sich aufgesaugt, wie ein befreiter Gefangener das Sonnenlicht aufsaugt. Er aß mit Messer und Löffel, leitete die Arbeit in den Ställen und erzog die Jungen. Da er Freiraum wollte, befahl er, dass von der Burg in die Wälder hinein Seile gespannt wurden, damit er entlang des Pfades, den er so gerne entlangging, eine Führung hatte.

Für Saura war es eine Zeit des Triumphes gewesen. Ihr Schüler bewies, dass er unvergleichlich war, und Saura hatte es sich selbst ebenfalls auf eine Art und Weise bewiesen, die sie verwirrte und die ihr schmeichelte. Sie war nicht mehr länger eine Außenseiterin, nicht mehr länger eine kurzzeitige Hauswirtschafterin oder eine Stellvertreterin, die man ertragen musste. Die Dienstboten behandelten sie gut, denn Saura hatte ihre Fähigkeit gezeigt, die Aufmerksamkeit des Herrn auch mit ihrer Weiblichkeit zu erregen. Das war eine Fähigkeit, die sie respektierten, und darin lag eine Macht, die die Dienerinnen verstanden.

Dennoch war es nicht der Gedanke an ihr gestiegenes Ansehen, der ihr ein Lächeln ins Gesicht zauberte, wenn sie im Dunkeln auf ihrem Bett lag, sondern die Erinnerung an die starken Arme eines Mannes, die sie umschlungen hielten, und an eine goldene Stimme, die sagte: »Ich weiß nicht, wer sie ist, aber sie ist unvergesslich.«

»Deine Blindheit, William, ist solch eine Tragödie.« Saura schrak unsanft aus ihrem Traum und ballte die Fäuste, denn Arthurs Stimme triefte vor Mitleid. »Was machst du bloß den ganzen Tag lang?«

William lachte, ein freundlicher Ton, der alle zum Narren hielt außer Sauras geschultes Gehör. »Ich stehe auf und zieh mich mit Hilfe meiner Pagen an.«

»Gewiss legt dein Knappe dir die Kleider zurecht? Aber nein«, erinnerte sich Charles. »Sir Guillaume hat seinen Sohn aus deiner Obhut genommen.«

»Der junge Guillaume hat sich darüber schmerzlich beklagt, denn wir mochten einander. Er war seit sechs Jahren bei mir gewesen. Aber ich habe ihn zur Rückkehr gedrängt. Ich konnte die Ausbildung des Jungen zum Ritter nicht beenden, ohne die Augen zu haben, um seine Fortschritte zu beurteilen.« Jetzt konnten alle Anwesenden Williams Schmerz hören, aber er zwang seine Stimme zu einem ruhigen Tonfall. »Ich frühstücke und gehe dann hinaus zu den Ställen.«

»Stolperst du dabei nicht und fällst?«, wollte Raymond mit echtem Interesse in der Stimme wissen.

Wieder lachte William lange und herzlich und streckte dann seine Beine unter dem Tisch hervor. »Unter diesen Beinkleidern, ihr Ritter, sind Schienbeine voller blauer Flecken versteckt, schmerzhafte Erinnerungen an meine Begegnungen mit unversöhnlichem Holz oder Steinen.« Er zuckte mit den Schultern. »Meine Jahre als Knappe haben mir schlimmere Strafen eingebracht, mit weniger Belohnung.«

»Welche Belohnung?« Charles schob seinen Becher zu William hin. »Mehr Bier.«

»Ich kann mich frei im Burghof bewegen. Solange ich meine Schritte zähle und meinen Orientierungshilfen folge, gehe ich nie verloren.« William fand den Becher mit seinen tastenden Fingern und goss ihn voll. Er schob ihn zu Charles zurück und füllte auch seinen eigenen wieder. »Ich gehe mit einem Stock in der Hand und übe so lange, bis die Berührung der Spitze auf dem Boden meiner eigenen Berührung entspricht. Mit der Hilfe unseres Geistlichen kümmere ich mich um die Abrechnungen des Anwesens. Und ich fälle Urteile bei Streitigkeiten.«

»Du hast also eine sinnvolle Beschäftigung gefunden, William«, lobte Raymond.

»Aber keine angenehme, nicht wahr?«, scherzte Charles. »Ich erinnere mich, wie du die langweiligen Tage gehasst hast, an denen du den Lügen des einen Leibeigenen zuhören musstest, der einem anderen gegenüberstand, und du dann über die Wahrheit entscheiden musstest.«

»Es ist eine passende Aufgabe für mich«, antwortete William.

»Und meinen Dank dafür, mein Sohn, dass du sie mir abnimmst«, erklärte Lord Peter. Seine Sporen klirrten auf dem steinernen Fußboden, als er näher kam, den Hund und die beiden Jungen auf den Fersen.

»Du reitest auch, Vater«, rief Kimball.

»In der Tat, das tue ich«, sagte William mit warmer Stimme und schlang seinen Arm um die Jungen, die sich an ihn schmiegten. »Mit der Hilfe dieser Pagen und Lady Saura.«

»Reitest du dein Streitross?«, fragte Raymond überrascht.

»Nein, ich bin kein so großer Narr, dass ich versuchen würde, dieses Schlachtross zu reiten. Sie haben einen riesigen Ackergaul für mich gefunden, der groß genug ist, um mich zu tragen, und jung genug, noch etwas Temperament zu besitzen.«

»Und die beiden verstehen einander«, prahlte Kimball. »Vater und das Pferd denken wie eins, und wir mussten den Führzügel fast gar nicht berühren, der mit seinem Zaumzeug verbunden ist.«

»Den Führzügel? Wie eine Frau?«, murmelte Arthur. »Wie du dich darüber wohl beschweren musst!«

»Überhaupt nicht. Es ist notwendig«, antwortete William.

Lord Peter trat vor. »Willkommen in unserem Heim. Lieber Lord Raymond.« Ihre Wangen berührten sich leicht, als sie sich umarmten. »Nicholas. Charles. Arthur. Ich glaube, ihr vier seid gewachsen!«

Kimball lachte laut auf. »Genau das sagt er immer zu mir, wenn er mich eine Weile nicht gesehen hat.«

Die Männer lachten schallend und stimmten ihm zu. »Das hat er schon immer gemacht, mit all den Jungen, die er großgezogen hat.«

»Ein Mann hat die Wahl. Wenn er nicht wächst, dann schrumpft er. Ich hoffe, du wirst in meinen Augen immer wachsen, Kimball.«

Saura rief leise nach einem Hocker und entspannte sich in ihrer Ecke. Lord Peter würde das Gespräch lenken, und gewiss würde er nicht so närrisch sein, endlos von dem Waffengetümmel zu sprechen, nach dem William sich sehnte.

Bartley trat heran und verkündete: »Das Nachtmahl ist fertig, Mylady. Werdet Ihr nicht mitessen?«

»Nein, Bartley.« Sie lächelte dem besorgten Mann zu und streichelte den Kopf von Bula, der sie bei seinem ersten Streifzug durch den Saal entdeckt hatte und jetzt an ihrer Schulter lehnte. »Diese edlen Ritter würden Lord William unabsichtlich etwas von meiner Blindheit erzählen. Lass mich das Auftragen der Mahlzeit von meiner Ecke aus dirigieren.«

»Ich werde Euch eine Lachspastete bringen«, erklärte Bartley fest, »und einen Becher Wein. Der Wein wird Euch wärmen, und die Fischpastete ist lecker heute.«

»Kommt, ihr Ritter«, rief Lord Peter. »Mein Hufschmied erzählt mir, dass die Stuten im Stall dieses Jahr ordentlich geworfen haben. Lasst uns gehen und die Fohlen anschauen.«

Ohne Pause wandte sich das Gespräch den Pferden zu, den Halftern und Sätteln. Die Männer verließen die Halle, William in ihrer Mitte, und die Dienstboten eilten los, alles vorzubereiten.

Die Leibeigenen wischten den Kopf der Tafel sauber und legten ein weißes Tischtuch und eine Überdecke auf das Holz. Das Salz wurde in der Mitte platziert, und ein Diener eilte nach Luft schnappend zu Saura und fragte: »Mylady, wie sollen wir die Sitzverteilung arrangieren? Lord Raymond ist ein Graf, und seit dem Tod seines Bruders ist Lord Nicholas ein Baron. Lord Raymond sollte vor dem Salz sitzen, aber Lord Peter besteht darauf, Herr in seiner eigenen Burg zu sein, ausgenommen der König stattet ihm einen Besuch ab.«

»Ganz richtig«, nickte Saura. »Also sollen Lord Peter und Lord Raymond vor dem Salz sitzen. Lord William wird ein Schneidebrett mit Nicholas teilen, Lord Peter eines mit Lord Raymond, und Charles und Arthur sollen sich ebenfalls eines teilen. Arrangiert alles genau so.«

Sie lauschte den Vorbereitungen für den Abend, immer bereit, einen Vorschlag zu machen oder eine Anweisung zu geben. Sie fragte, ob der Saal noch Licht brauche, und wenig später flackerten große Kerzen auf schweren eisernen Kerzenleuchtern, und Fackeln aus harzigem Holz rauchten in den Wandhalterungen. Sie fragte nach dem Mahl, und ihr wurde versichert, dass die aufgebockten Tische im rechten Winkel zum Kopf der Tafel standen und mittlerweile mit Esslöffeln und Messern eingedeckt waren. Zwei Schneidbretter lagen in gleichem Abstand von der Mitte des Tisches, und ein weiteres war an einem Ende platziert worden. Sie hörte das Summen vieler Stimmen, als die Landsknechte, die Wachmänner der Burg und die Unterpächter hineindrängten. Saura verfügte, dass sie Bier zu trinken bekamen, während sie auf die Rückkehr der Edelleute warteten. Die Gesetze der Gastfreundschaft boten den Leuten eine unerwartete Dreingabe: Ihr Abendmahl bestand normalerweise aus einer Brotkruste und dickflüssigem Haferbrei. Das Getöse vieler Stimmen hallte dunkel und voll, bis das Klappern von Sporen die Rückkehr der Lords ankündigte.

Bruder Cedric sprach ein schnelles Dankgebet, und die schwer arbeitenden Männer wandten ihre ganze Aufmerksamkeit heißhungrig dem Essen zu. Es herrschte friedvolle Stille, als sie sich die gähnend leeren Bäuche füllten. Lord Peters Knappe zerlegte den Hammel für den Ehrentisch, Kimball und Clare trugen die Kuchen und Pasteten auf Platten herein. Diener eilten herbei, um die Ansprüche der niedrigeren Tische zu befriedigen, und Raymond scherzte: »Habt Ihr in Eurer Küche einen Zauberkochtopf gefunden, Lord Peter? Zum ersten Mal seit vielen Jahren ist die Speise an Eurem Tisch zum Verzehr geeignet!«

Lord Peter lachte, spießte ein weiteres Stück Fleisch mit seiner Messerspitze auf und antwortete: »Das ist Lady Sauras Verdienst. Sie zwingt uns zur Sauberkeit. Der Koch lebt in Angst vor ihrer Kontrolle.«

»Ihr meint, wir werden nicht mit Bauchgrimmen zu Bett gehen?«, spöttelte Arthur, und sein Messer verharrte abrupt mitten in der Luft. »Lady Saura?«

Lord Peter bereute bereits, seinen Schatz enthüllt zu haben, kaute weiter und schluckte den Bissen herunter, bevor er antwortete: »Ja, sie ist eine Verwandte meiner Frau, die kam, um unsere Haushälterin zu sein.« Absichtlich schaute er nicht in die Ecke, wo Saura saß, weil er Angst hatte, die Aufmerksamkeit auf die Frau zu lenken.

»Lady Saura«, murmelte Arthur. »Die einzige Lady Saura, die ich kenne, ist Saura von Roget. Nun, das ist ein Kleinod. Eine tugendhafte Jungfrau und Erbin, aber ihr Stiefvater versteckt sie, weil er Angst hat, sie könnte entführt und verheiratet werden, und all diese herrlichen Ländereien wären dann seiner Kontrolle entzogen.«

William hob den Kopf, und Nicholas betrachtete sein aufmerksames Gesicht, in dem die Augen interessiert aufleuchteten.

»Wie alt ist sie?«, fragte William.

»Alt. Sie muss … etwa zwanzig sein? Und hat nie geheiratet. Aber sie ist –«

Clare stolperte und verschüttete Hirschgulasch auf Arthurs Schoß. Mit einem Kreischen sprang Arthur auf und schleuderte den Jungen mit einem Schlag gegen die Wand. »Dämlicher Tölpel!« Während er sich die dickflüssige Weinsauce abrieb und Diener herbeieilten, um ihm zu helfen, beklagte er sich, dass seine beste Tunika ruiniert sei. Als sich der Lärm gelegt hatte, drehte er sich um, um den Pagen zu züchtigen, der ihm so viel Kummer bereitet hatte, aber Clare war verschwunden.

In Sauras Schlafzimmer drückte ihn diese auf ihr Bett und legte einen nassen Lappen auf sein geschwollenes Gesicht. »Ich danke dir. Du bist ein braver Junge«, sagte sie und umarmte ihn fest. »Unsere Mutter wäre sehr stolz auf dich, mich so zu verteidigen.«

»All unsere Brüder müssen dich verteidigen«, antwortete der junge Kämpfer beherzt und zuckte unter der Wucht seiner Worte zusammen. »Rollo hat das gesagt.«

»Alle meine Halbbrüder sind äußerst loyal«, lobte sie.

Er streckte die Zunge in die Backentasche und befühlte seine Verletzung. »Ich glaube nicht, dass dieser Mann mir irgendwelche Zähne gelockert hat.«

»Nein, aber am Morgen wirst du einen blauen Flecken haben.« Sie glättete die welligen Wirbel in seinen kurzen Haarfransen. »Du kannst hier in meinem Bett schlafen. Es wäre besser, wenn du heute Abend nicht mehr in den Saal zurückkehrst.«

»Ja, bitte!« Er hüpfte begeistert auf und nieder. »Das ist besser als die Strohmatratze, die ich mit Kimball teile.«

Saura ergriff die Gelegenheit beim Schopf, ihren Bruder auszufragen, und wollte wissen: »Clare, gefällt es dir hier? Auf Burg Burke?«

»Wir gehen doch nicht fort, nicht wahr?«, fragte er schnell.

»Nein, natürlich nicht.« Lächelnd legte sie ihre Hand auf seine Wange. »Du warst eigentlich noch zu jung, um in Pflege zu kommen, und ich habe mich gefragt, ob du Lord Theobald vermisst. Ob du deinen Vater vermisst.«

Er dachte darüber nach. »Nun, manchmal vermisse ich ihn. Ich mochte es, wenn er mir Sachen beigebracht und mit mir geredet hat. Aber meistens hat er bloß Wein getrunken und gebrüllt und sich übergeben. Lord Peter bringt mir auch Sachen bei und redet mit mir, aber er schlägt mich nur, wenn ich es verdiene. Ich vermisse Blaise«, zitterte seine Stimme wehmütig.

»Und die Kleinen und Lady Blanche.«

»Nun, die Kleinen.«

Saura strich mit den Fingern über seinen angewiderten Gesichtsausdruck und lachte. »Solange du glücklich bist. Komm rein, Kimball.«

Der angesprochene Junge streckte seinen Kopf zur Tür herein. »Kann ich mich denn nie an dich heranschleichen?«, beschwerte er sich.

»Manche Leute können sich an mich heranschleichen«, antwortete Saura ernst. »Aber ein achtjähriger Junge mit großen Füßen gehört nicht dazu.«

»Woher weißt du, dass ich große Füße habe?« Kimball streckte seinen Fuß mit der Sandale daran aus und betrachtete ihn.

»Alle Jungs haben große Füße. Clare schläft heute Nacht in meinem Bett. Willst du dich ihm anschließen?«

Kimball jauchzte und machte einen Satz, und Saura rückte zur Seite.

»Ist das Essen vorbei?«

»Ja. Oh, was macht dein Gesicht?« Kimball kletterte auf das Bett und erklärte kaltschnäuzig: »Das ist nicht so schlimm wie damals, als du vom Dachbalken in der Scheune gefallen bist.«

»Der Scheune?«, wollte Saura wissen.

»Huch!« Kimball drehte sich um, und Clare schlug ihn.

»Weiß dein Großvater davon?«

»Es war ja seine Idee, dir zu erzählen, Clare sei vom Pferd gefallen«, antwortete Kimball und war froh, die Schuld auf breitere Schultern abladen zu können.

Saura stöhnte auf, konnte aber ein Lachen nicht unterdrücken. Die Jungen seufzten beide erleichtert und drehten sich um, als Saura zur Tür ging.

Ein plötzlicher Anflug schlechten Gewissens traf Clare: »Wo wirst du denn heute Nacht schlafen?«

Saura hielt im Türrahmen inne und antwortete: »Ich weiß nicht, ob ich überhaupt schlafen werde. Es scheint sich zu einem langen Abend zu entwickeln.«

Saura verharrte kurz an der Brüstung der Galerie, lauschte den Gesprächen an den Tischen unter ihr und seufzte. Ihr Vertrauen in Lord Peter war unangebracht gewesen. Krieg war das Geschäft des Tages, und Krieg beherrschte die Unterhaltung. Er konnte das Thema nicht vermeiden, und sie bezweifelte, dass er es versucht hatte. Schlachten, Krieger, Ritter, Fußsoldaten. Manöver, Schlachtrösser, Rüstungen, Verteidigung. Lord Peter, Raymond, Nicholas, Arthur und Charles stritten und einigten sich, schlugen vor und widerlegten einander mit der Wucht geübter Männer, so als ob ihr Leben und ihre Ehre von ihrer Fähigkeit zu kämpfen abhingen, was sie auch taten.

William sagte kein Wort. Nur das Klirren des Kruges gegen seinen Becher wies auf seine Anwesenheit hin.

Saura schlich die Treppen hinab und in ihre Ecke, wo Bula schlief. Das beunruhigende Schweigen ihres Schülers belastete ihren Geist. Als Saura ihre Hand ausstreckte, eilte Maud herbei und beugte sich vor, um den geflüsterten Anweisungen zu lauschen. Bartley kam ebenfalls, hörte zu und nickte verständig. Als die Ritter sich erhoben und reckten, erschienen augenblicklich weibliche Dienstboten neben ihnen und eskortierten sie zu ihren Zimmern. Alle ächzten herzlich vor Müdigkeit und Sattheit, und dann folgten Raymond, Nicholas, Charles und Arthur den Frauen zu ihren Betten.

Lord Peter folgte ebenfalls und hielt dann inne: »Kommst du, William?«

»Noch nicht.« Die goldene Stimme enthielt keine Gefühlsregung.

»Du hast heute Abend nicht viel gesagt.«

Saura knirschte mit den Zähnen, als sie hörte, wie wenig dem Vater die Qualen seines Sohnes bewusst waren und wie unbeholfen er versuchte, einen Fehler auszubessern, von dem er gar nicht wusste, dass er ihn gemacht hatte.

»Es hat dir doch nichts ausgemacht, dass wir Dinge diskutiert haben, die du …« Seine Stimme verlor sich.

»Nein, Vater, mir geht es gut.« William klang müde und sprach ein wenig undeutlich.

»Wir wollten es nicht.«

Maud rettete den Moment. »Kommt, alter Narr«, sagte sie. »Ich werde Euch zu Bett bringen.«

»Aber –« Lord Peter klang überrascht.

»Los jetzt!« Sie zog ihn am Ellenbogen, und er stolperte ihr ohne Widerrede hinterher und verzichtete auf eine weitere Erklärung.

Saura wartete und lauschte. Wie sie es angewiesen hatte, räumten Leibeigene die Tische ab und verließen den Raum, doch das langsame Schlurfen der Füße wies auf deren Neugierde hin. Saura stand von ihrem Hocker auf und gestikulierte, und das Schlurfen wandelte sich zu einer eiligen Flucht.

Zufrieden damit, dass jeder Mann und jede Frau in dieser Nacht woanders schlafen würde, streichelte sie Bulas Ohren, um sich Mut zu machen, und schlenderte zum Tisch. Sie zog die Bank neben ihrem Gebieter heraus und fragte freundlich: »Was macht Ihr?«

»Lady Saura! Welch eine Überraschung«, spottete er. »Wie erstaunlich, dass Ihr die Einzige seid, die mir in meinem Elend Gesellschaft leistet!«

Sie schwieg. Wie sehr sie diesen kultivierten Tonfall des Französischen hasste, diesen gebildeten Akzent, den er anschlug, um ihren niedrigeren Rang auszudrücken.

»Was ich gerade mache? Offensichtlich, werte Dame, verehrte Nonne, trinke ich gerade.«

»Und stinkt?«

Jetzt war er still, dann gab er schließlich ein kleines Lachen von sich. »Wie klug Ihr seid. Beinahe klug genug, um ein Mann zu sein.«

Ihre Hände umklammerten so lange die Tischkante, bis ihre Fingerknöchel knackten. »Jedenfalls klüger als der Mann, der mir gegenübersitzt. Schlau genug, um zu wissen, dass es nie eine Veränderung zum Guten bringt, sich sinnlos zu betrinken.«

»Ach, aber das wird es. Jedenfalls bin ich für heute Abend glücklich.«

»Seid Ihr das?«

»Gewiss«, antwortete er zu schnell.

»Und am Morgen?«

»Ich habe einen harten Schädel. Mir wird nie schlecht. Ich werde mich am Morgen gut fühlen.«

»Aber werdet Ihr immer noch blind sein?«

Sein Becher schlug auf den Tisch, und Bier spritzte auf ihre Hand.

»Gütiger Gott! Blind und betrunken heute Abend, blind am Morgen, welchen Unterschied macht es? Ich bin ohnehin nur noch ein halber Mann.«

»Was meint Ihr?«

»Ich kann nicht kämpfen, ich kann meine Ländereien nicht verteidigen, ich kann die Erziehung meines Sohnes in den Ritterkünsten nicht anweisen, ich kann keinen Knappen halten, ich kann nicht das Pferd eines richtigen Mannes reiten.«

»Was geschehen ist, ist geschehen, und man kann die Zeit nicht zurückdrehen. Wie Ihr denen vorher gesagt habt, Ihr könnt die Abrechnungen führen, und Ihr könnt zu Gericht sitzen.«

»Ich bin kein Mann mehr, ich bin bloß ein Mönch.«

Sein Sclbstmitleid, sein geballtes Selbstmitleid brachte sie auf die Füße. Die Bank fiel hinter ihr um, und ihre Faust schleuderte seinen Bierkrug durch die Luft. Ihre übliche Gelassenheit verschwand hinter der Welle von Enttäuschung und Zorn, und sie brüllte mit einer Stimme, die es mit seiner eigenen aufnehmen konnte. »Ihr seid blind? Also? Ihr wollt wissen, was Leiden ist? Ich sage Euch, was Leiden ist. Athele ist Witwe, und ihr letzter Sohn ist gestorben, und sie hat sechzig Jahre auf dem Buckel. Sie hat keine Zähne und kann sich nicht selbst ernähren, und Schmerzen verdrehen ihr die Gelenke, und das halbe Dorf denkt, sie sei eine Hexe, weil sie einsam ist und ihr Geist umherirrt und sie mit sich selbst spricht. Das ist Leiden.« Sie hielt inne und atmete schwer. Irgendwo in ihrem Hinterkopf war sie über ihre Unbesonnenheit, ihren Mangel an Selbstbeherrschung und ihre Wut erstaunt.

Aber sie wollte nicht aufhören. Der Ärger vieler Jahre rumorte in ihrem Bauch und verlangte, herausgelassen zu werden, und sie schrie: »Ihr wollt von Leiden sprechen? Vielleicht hat Geoffrey der Müller eine Entschuldigung, um sich selbst zu bemitleiden. Eine Bande Plünderer schlich in die Mühle und stahl Weizen und band ihn an die Seite des Wasserrades. Lieber Gott, sie mussten seine Beine amputieren. Er wird überleben, und er ist froh darüber. Er ist dankbar, aber er wird für den Rest seines Lebens mit Schmerzen leben, jeden Tag.«

Sie lehnte ihre Hände gegen seinen Stuhl, beugte sich vor und fuhr fort: »Aber der große William ist blind. Es ist so traurig zu denken, ein Mann hat seine Gesundheit und seine Zähne, seine Beine und seinen Verstand, und ihm fehlt nur ein winziges Teil.«

Jetzt stand er auf, langsam, wie eine riesige Flutwelle, die ihre Kraft sammelt, um über ihrer Empörung zusammenzuschlagen und sie mit seinem Groll zu löschen.

»Ihr seid eine Nonne. Ihr glaubt, Verzicht und Fleiß werden alle Leiden heilen, aber nichts kann mir mein Augenlicht wiederbringen. Nichts kann mir den Anblick von braven englischen Fußsoldaten wiederbringen, die in eine Schlacht marschieren. Nichts kann die Befriedigung zurückgeben, einen Feind zu besiegen und ihm seine Burg zu rauben. Nichts kann mir die Freude wiederbringen, ein ordentliches Schwert in meiner Hand und ein Scharmützel vor mir zu haben.« Seine Stimme wurde beim Sprechen immer lauter, um seinem Verdruss Ausdruck zu verleihen, und er griff nach ihr und bekam sie am Handgelenk zu packen. »Ich bin ein Edelmann. Ich mache die Dinge, für die Ihr mich lobt, weil es die Arbeit ist, die man von mir verlangt. Aber man verlangt ebenfalls von mir zu kämpfen, meine Leibeigenen und ihre Ernte zu schützen, meine Burgen zu verteidigen, Diebe unschädlich zu machen und das Recht aufrechtzuerhalten. Und das ist mein Vergnügen, mein Lohn.« Er schüttelte ihr Handgelenk. »Versteht Ihr das, kleine Nonne?«

Bula winselte in der Ecke und war unfähig zu entscheiden, wie er auf eine solche Szene zwischen seinem Herrn und seiner Herrin reagieren sollte.

»Ja.«

»Ihr *seid* eine Nonne, nicht wahr?«, höhnte er. »Diese Zurschaustellung Eures unheiligen Temperaments hätte Euch im Kloster herausgeprügelt werden sollen. Zu welchem Orden gehört Ihr?«

»Ich ... das spielt keine Rolle.«

»Schämt Ihr Euch deswegen? In welchem Alter wurdet Ihr unserem Heiland geweiht?«

»Früh.«

»Konnte Euer Vater keine Mitgift für einen Ehemann aufbringen?«

»Nein. Ich meine, ja.«

Er legte den Kopf schief. »Ihr klingt diesbezüglich unsicher. Ihr wisst nicht, zu welchem Orden Ihr gehört, wann Ihr geweiht wurdet oder ob Ihr aufgrund Eurer Keuschheit oder einer materiellen Notlage eine Nonne seid. Und Eure Stimme trieft vor Verunsicherung.« Wieder schüttelte er sie. »Seid Ihr sicher, seid Ihr ganz sicher, dass Ihr eine Braut Christi seid?«

»Ja.«

»Schwört es.«

»Mylord!«

»Schwört bei der unsterblichen Seele Eurer Mutter, dass Ihr eine Nonne seid.«

Sie befreite ihren Arm und sagte: »Ich bin keine Nonne.«

»Nicht?«

Sie wusste nicht, wie sie den Tonfall seiner Stimme deuten sollte.

»Nicht?«, fragte er wieder.

Sie hätte schwören können, es war Erleichterung.

»Schwört.« Er streckte wieder die Hand nach ihr aus, aber Saura glitt davon. »Schwört bei der unsterblichen Seele Eurer Mutter, dass Ihr *keine* Nonne seid.«

»Bei Gott, William –«

»Schwört!«, beharrte er, und seine Stimme wurde voller Bestürzung immer lauter.

»Ich schwöre«, antwortete Saura. »Bei allem, was mir heilig ist.«

»Keine Nonne. Nun gut.« Er stürzte auf seinen Stuhl zurück, und dieser wackelte gefährlich auf zwei Beinen, bevor er mit einem Krachen umfiel.

Saura schlang sich die Arme um den Leib und wartete auf Williams Reaktion. Das Gelächter begann tief unten in seiner Brust, verstärkte sich und schwoll langsam an, bis er aus vollem Herzen schallend lachte. Ihre Sorge wurde erst zu Entrüstung, dann zu Erbitterung. »Was ist daran so lustig?«

»Gibt es sonst noch irgendwelche kleine Täuschungen, auf die ich hereingefallen bin?«, schnaufte er.

Sie stemmte die Hände in die Hüften, und dann platzte es aus ihr heraus: »Hunderte davon.«

Daraufhin musste er erneut schallend lachen. »Geht zu Bett, Saura.«

»Wollt Ihr noch weitertrinken?«, fragte sie.

»Nein, keine Getränke mehr für mich. Ich habe mich nur gerade an das andere erinnert, was mich zum Manne macht. Nun, geht zu Bett, bevor es zu spät ist.«

Steif ging sie auf die Wendeltreppe zu und hielt dann inne.

»Was stimmt nicht?«, fragte er.

»Die Jungen schlafen in meinem Bett«, murmelte sie. »Ich werde auf einer der Bänke schlafen.«

»Aha.« Er überlegte. »Nehmt mein Bett im Herrengemach. Ich werde hier draußen beim Rest der Dienerschaft bleiben. Wo sind die alle?«

»Ich habe ihnen gesagt, sie sollen in der Scheune schlafen.«

Er lachte wieder. »Geht zu Bett.«

In einer dunklen Ecke auf der Galerie beobachtete ein stummer Lauscher, wie William seinen Stock aufhob und die Stufen hinunter zum Burghof nahm. Er bemerkte die Stärke, die William durch Saura gewann, die Zuneigung und den gegenseitigen Respekt zwischen ihnen, und in seinem verdrehten Hirn gesellte sich Saura zu William als Zielperson hinzu, die es auszuschalten galt.

4

»Juni ist der Monat der Liebe. Der Monat, wenn selbst die Luft ein Zaubertrank der Liebe ist, meine Lungen füllt und meine Lenden erhitzt.« William genoss die nachmittägliche Brise, die ihm sein blondes Haar in die Stirn blies, und trieb sein Pferd mit einem Zügelschnalzen zum Trab.

»Vater!«, protestierte Kimball, der durch einen Führzügel mit seinem Vater verbunden war und angerempelt wurde, als Williams Pferd auf dem Waldweg seitwärts tänzelte. »Du wirst mich noch über den Haufen reiten.«

»Dann treib dein Kleinpferd vorwärts«, antwortete sein Vater mit scharfer Stimme und klopfte mit dem Eichenstock in seiner Hand auf die Stute seines Sohnes. Von Kimballs ersticktem Protest nicht abgeschreckt, kehrte er mit heiterer Stimme zu seiner Grübelei zurück. »Im Juni werden die Lämmer gesäugt, und das Leben bricht mit neuer Kraft hervor. Riech doch die Blumen! Riech das neue Wachstum! Selbst das Gras wandelt sich zu einem Teppich für die Liebenden, bietet sich freudig an, von einer Umarmung zerdrückt zu werden.«

»Hurra, hurra, an Junis Ende, das Volk bald herausrennt zur Sonnenwende«, zitierte Clare.

»Clare!« Saura klang schockiert und abgelenkt. »Wo hast du diesen Vers gelernt?«

»Lord Peter hat ihn mir beigebracht«, antwortete der Junge ruhig und hielt die Führzügel seiner Schwester.

»Weißt du, was das bedeutet?«

»Ja. Es bedeutet, die Dienstboten werden hinaus in die

Scheune gehen, anstatt mich die ganze Nacht wach zu halten.«

William konnte sich vor Lachen nicht mehr halten. »Hurra, hurra«, rief er.

Saura seufzte.

»Kommt«, animierte er sie. »Die Zusammenkünfte des Pöbels haben heute keinen Einfluss auf uns. Genießt diesen frischen englischen Sommernachmittag. Atmet die Düfte der Kräuter und Blumen tief ein. Spürt die Bewegung des Pferdes zwischen Euren Schenkeln. Hört der Paarung der Vögel in den Bäumen zu!«

»William!«

»Stellt Euch vor, die Jungen wären nicht bei uns.«

»So gut ist mein Vorstellungsvermögen nicht«, antwortete Saura gehemmt.

William überlegte und fragte dann: »Kimball, wo sind wir?«

Der kleine Junge schaute sich mit geschultem Blick um. »An der südlichen Ecke des Anwesens, nahe bei Fyngre Brook.«

»Das dachte ich mir«, antwortete William zufrieden. »Warum lasst ihr Saura und mich nicht am Wasser rasten und ihr Jungs macht auf der Wiese östlich von hier ein Rennen mit euren Pferden?«

»Ja, Sir«, riefen sie im Chor und trieben die Pferde eilig den Waldweg hinab.

»Wir sind heute weit geritten, Madame«, erklärte William. »Ich möchte meine Beine in freier Wildbahn ausstrecken. Es ist zu lange her, seit ich die Stille der Wälder genossen habe.«

Saura sagte nichts. In Wahrheit wusste sie nicht, was sie sagen sollte. Die verrückte Idee gefiel ihr und weckte eine tief sitzende Sehnsucht. Diese Frühlingstage, das gemeinsame Reiten mit William und den Jungen hatten den Wunsch nach einem normalen Leben in ihr entfacht. Die pragmatische Frau, die sie gewesen war, bevor sie nach Burg Burke gekommen war, war unter dem Ansturm des Verlangens verschwunden. Sie konnte sich nicht mehr länger auf ein ödes Leben ohne Ehemann und Kinder beschränken. Träume durchzogen ihre Gedanken: Träume von William und seiner heilenden Leidenschaft, Träume von ihren Kindern, die sich um ihre Röcke versammelten, Träume von einem langen Leben, vom Anzünden der Kerzen in ihrer Dunkelheit, bis das Strahlen ihrer Liebe ein einladendes Licht auf alles warf.

»Schöne, süße Freundin, was sagt Ihr dazu?«, fragte William mit wohlklingender Stimme.

Sie schüttelte die Überbleibsel ihrer unmöglichen Fantasie ab und antwortete: »Auch ich sehne mich danach, meine Füße in das kühle Wasser eines englischen Bachs zu strecken. Führt uns weiter, liebe Jungen.«

»Ihr werdet eure Pferde hierlassen müssen«, erklärte Kimball. »Der Pfad ist zu eng und gewunden für sie.«

Mit der Hilfe der Jungen wurden William und Saura auf einen großen Geröllhaufen neben dem Strom platziert und dann alleine gelassen.

»Friedlich, nicht wahr?« William lehnte sein Rückgrat an den sonnenwarmen Felsen. »Dies ist einer meiner Lieblingsplätze. In meinem Kopf kann ich immer noch die großen Eichenbäume sehen, die ihre Zweige darüberstrecken. Die Strömung des Bachs plätschert über die Kieselsteine. Die Weide taucht ihre Zweige ins Wasser. Und es ist grün, so grün wie nur England im Frühling sein kann.« Er stützte sich auf seinen Ellenbogen und fragte: »Habe ich recht? Sieht es heute so aus?«

»Ja.« Sie seufzte vor Vergnügen. »So sieht es heute aus. Wie viel Glück Ihr habt, einen solchen Platz in Eurem Kopf sehen zu können.«

Er bedachte ihre Bemerkung voller Ernst. »Ja, ich nehme an, das habe ich.«

»Und ich habe Glück, dass Ihr mir von solcher Schönheit vorsingt.«

»Madame, ich bin bekannt dafür, die besten *Verse* nach einem Festessen zu komponieren. Die Damen fallen bei meinem wortgewandten Stil in Ohnmacht.«

Kichernd stimmte Saura zu: »Und bei Eurer Bescheidenheit.«

»Auch bei dieser.« Er lehnte sich wieder zurück. »Streift Eure Schuhe ab, wie Ihr es Euch gewünscht habt, und watet hinein.«

Sie schnürte ihre Sandalen auf und fragte sich, ob sie es wagen sollte.

Als ob er ihre Gedanken gelesen hätte, spornte er ihr Verlangen an. »Dieser Bach fließt sauber, und die Steine am Grund sind rund und weich für ungeschützte Sohlen.«

»Wie Ihr wünscht, Mylord!«, antwortete sie und glitt die Felsen hinab ins Wasser. Dessen unberührte Tiefen reichten nur bis zu ihren Knöcheln und entzückten ihre Zehen. »Oh, William.« Sie seufzte. »Es ist alles so, wie Ihr es gesagt habt, und noch mehr.«

»Vertraut mir, Saura, ich werde Euch nie irreführen.«

Der dunkle, bedeutungsschwangere Tonfall seiner Stimme beunruhigte sie. Welcher Dämon auch immer William in jener Nacht in tiefe Melancholie versinken ließ, er war verschwunden, und Saura hielt sich zugute, dass ihr gesunder Menschenverstand das Blatt gewendet hatte. Dennoch spürte sie eine vage Andeutung von Zweifeln, die sich in ihren Gedanken drehten und wendeten. Es schien beinahe so, als ob sein wiedererlangtes Temperament etwas mit der von ihr eingestandenen Täuschung zu tun hatte. Als ob er glücklich darüber war, sie aus ihrer Maskerade als Nonne zu befreien, und nun voller Vorfreude auf ihre endgültige Demaskierung wartete. Es schien beinahe, als wenn sie während ihres Gespräches eine Woche zuvor die Kontrolle über ihre Beziehung verloren hatte, als wenn er jetzt der Lehrer wäre und sie die Schülerin.

Saura watete vorsichtig, einen Fuß in winzigen Schritten vor den anderen setzend, und erkundete die Umgebung. Sie glitt in ein Loch, stieß sich die Zehen an einem Stein und jaulte auf.

»Was ist passiert?«, fragte er. »Habt Ihr eine Schlange gesehen?«

Sie erstarrte. »Eine Schlange?«

»In diesem gefährlichen Land gibt es Schlangen im Überfluss. Ich habe des Öfteren in diesem Strom gefischt und eine riesige Schlange an meinem Haken gehabt, etwa so groß wie –«

»Im Wasser?« Sie schrie und sprang geradewegs in die Luft, vor Schreck völlig desorientiert, aber sicher, so irgendwie das Ufer zu erreichen.

»Nun ja, doch der Boden ist mit ihnen übersät.«

Wieder schrie sie, dieses Mal lauter, und zappelte über die glitschigen Kiesel, und William konnte nicht länger ernst bleiben. Er brüllte vor Lachen und schwankte vor lauter Vergnügen hin und her. »Keine Schlangen.« Er schnappte nach Luft. »Hier gibt es keine Schlangen, aber ich würde alles dafür geben, jetzt Euer Gesicht sehen zu können.«

»Macht Ihr Euch wieder über mich lustig?«, rief sie.

»Keine Schlangen.« Ihm stiegen vor Lachen Tränen in die Augen, und er rieb sich das Gesicht an seinem Umhang.

»Versprecht Ihr es?«

»Ich verspreche es.«

»Ihr brüllt wie ein Esel.« Sie watete näher an den Klang seines Amüsements heran. »Ihr wagt es, Euch über mich lustig zu machen? Schwachkopf.«

»Brr, Mylady!« William setzte sich auf. »Ich habe nichts anderes getan als das, was Ihr mit mir getan habt.«

»Was meint Ihr?«

»Eine Nonne? Ihr habt mir gesagt, Ihr wärt eine Nonne. Und«, er machte eine ausladende Geste, »noch Hunderte anderer Täuschungen, wie Ihr selbst gesagt habt.«

Sie antwortete nicht, denn sie wusste nicht, was sie entgegnen sollte.

»Ist es gar so schlimm, wie ich vermute?«, fragte er freundlich.

»Oh, viel schlimmer.« Sich innerlich windend, fragte sie sich: Sollte sie die Wahrheit gestehen oder die Lüge aufrechterhalten? Und wie viel sollte sie sagen? Am Ende war sie doch ein Feigling, dachte sie und verzog das Gesicht. Wenn sie die List aufklären würde, wollte sie irgendwo in Sicherheit sein und nicht alleine im Wald, wo man sie einfach aussetzen konnte. Und am besten wäre jemand bei ihr, der ihn abhalten würde, sollte er sich entschließen, ihr eine lehrreiche Abreibung zu verpassen. Am besten wäre vielleicht Lord Peter, der seinen Anteil an dem ganzen Schwindel zugeben müsste. Als sie diesen Entschluss gefasst hatte, murmelte Saura in einem, wie sie hoffte, natürlich klingenden Tonfall: »Oh, ich habe mir die Ärmel nass gemacht.«

William zögerte, doch dann akzeptierte er ihren Themenwechsel mit einer Stimme, der man die Enttäuschung anhören konnte: »Ihr habt öfter Mühe, Eure Kleider trocken zu halten, nicht wahr?«

Während sie ihren Rock an ihrer Taille verknotete, stimmte sie ihm zu: »Ja, ich –«, und hielt dann, von seiner Bemerkung verblüfft, inne. »Was meint Ihr damit?«

»Schsch.« Er unterbrach sie energisch.

»Wieso?«

»Ruhig!«, verlangte er.

Saura spitzte die Ohren, lauschte in den Wald hinein und hörte, was er schon bemerkt hatte. »William, es sind Pferde und Männer um uns herum«, flüsterte sie.

»Ja. Kommt her.« Tastend fand er seinen starken Stock und verließ den Felsen und platschte nicht weit von ihr weg zögernd in den Bach. Sie glitt dicht zu ihm hin, und er riss den Kopf hoch. »Steigt hoch auf die Felsbrocken, und bleibt aus dem Weg.« Er wartete, bis sie gehorcht hatte, und fragte: »Was seht Ihr?«

Verdutzt fragte sie: »Sehen?«

»Wie viele Männer? Wie nahe?«

»Oh, William«, begann sie traurig, aber das Rascheln der Zweige, die unter vielen stampfenden Füßen zerdrückt wurden, unterbrach sie.

»Wir haben sie, Bronnie«, sagte ein Mann in grobem Englisch. »Genau wie Seine Lordschaft es befohlen hat.«

»Bist du sicher, dass es die Richtigen sind, Mort?«, fragte ein anderer.

»Ja, ein Entenpärchen, das im Wasser darauf wartet, in den Sack gestopft zu werden«, antwortete der Erste.

»Der Große ist blind, hast du gesagt?«, fragte der Zweite. »Den würde ich sonst nicht gern packen.«

»Aber das Mädchen würde ich mir jederzeit schnappen«, antwortete die erste Stimme lüstern.

»Was haben sie gesagt?«, fragte Saura verzweifelt, da sie das schnelle, mit starkem Akzent gesprochene Englisch nicht verstand und ihr der Tonfall nicht gefiel.

William kam näher, lehnte seinen Rücken gegen den Felsen und ballte die Fäuste um seinen Stock. »Sie sagten, sie wünschten sich ein Bad.«

Während sie sich auf die Felsbrocken kauerte, wünschte sich Saura, die Jungen wären da, um ihnen zu helfen, und hoffte doch gleichzeitig, sie wären irgendwo anders in Sicherheit.

»Hört auf zu schwatzen, ihr Abschaum, und schnappt sie euch«, befahl eine neue Stimme auf Englisch und wechselte dann in normannisches Französisch. »Lord William? Ihr seid von zwölf Männern umzingelt. Kommt aus dem Wasser heraus, und ergebt Euch.«

»Ich habe nicht mehr als sieben Mann gezählt«, antwortete William sanft.

Niemand sagte ein Wort, und dann protestierte Bronnie: »Ihr habt gesagt, er wäre blind!«

»Wir sind acht Mann«, fauchte der Anführer.

»Also kann er nicht zählen«, wimmerte Bronnie.

»Der Teufel soll euch holen! Er ist blind, um Gottes willen, seht ihr das denn nicht? Er hört nur, sieht aber nichts. Jetzt schnappt sie euch, aber vorsichtig. Der Herr möchte sich selbst um sie kümmern.«

»Duckt Euch, kleines Mädchen«, polterte William und machte sich auf den Angriff gefasst.

Füße platschten ins Wasser, und Bronnie jammerte: »Wartet! Ich habe meine Schuhe noch nicht ausgezogen.« Ein Schlag und ein Schubsen folgten, und Bronnie stolperte mit einem Ächzen ins Wasser. »Schon gut, schon gut, aber ich habe meine neuen Schuhe ruiniert.«

Der Stock in Williams Hand begann leise und bedrohlich zu pfeifen, als ihn dieser rhythmisch wie eine Acht durch die Luft schwang. »Ich habe ihn«, frohlockte ein Mann und stürzte sich auf den blinden Lord.

Man hörte einen Schlag, dann ein Aufheulen vor Schmerz, und Bronnie sagte: »Sein Kiefer ist gebrochen.«

William lachte, seine jubelnde Freude klang wie ein Donnergrollen.

Noch einer stürzte sich auf ihn, und Saura hörte, wie dem Angreifer der Atem stockte, als ihm die Spitze des Stabes in den Magen drosch.

»Kommt, Bürschchen, kommt, Bürschchen«, rief William, als ob sie Katzen wären, die er anlocken wollte. Er wehrte den Angriff eines weiteren Mannes mit der Breitseite seines Eichenschaftes ab.

Die Kerle murmelten voller Bestürzung, wichen zurück, bis ihr Anführer brüllte: »Ergreift ihn!«

»Ein schöner Anführer bist du«, sagte William voller Verachtung. »Hast du Angst, mich selbst zu holen?«

Der Atem der Männer ging vor Anstrengung mühsam und schwer.

»Schon gut!« Der Anführer platschte ins Wasser und befahl: »Ich schnappe mir den Stock, ihr – ihr alle – schmeißt ihn um.«

Ein Plan, der dazu bestimmt war, entweder zu misslingen oder Erfolg zu haben. Männer stapelten sich unter Williams strafender Waffe im Strom aufeinander, bis dieser schließlich mit einem mächtigen Platschen das Gleichgewicht verlor und umfiel. Voller Panik hörte Saura die enthusiastischen Schreie der Angreifer, als der Krieger wie Prometheus unter ihren Schlägen schwächer wurde. Sie umklammerte den riesigen Felsbrocken, auf dem sie saß, und entdeckte einen losen glatten, runden Stein unter ihren Fingern. Er hatte eine gute Größe, war schwer genug, dass man ihn mit beiden Händen hochheben musste, dennoch war er klein genug, um zwischen ihre Handflächen zu passen. Bronnie rief: »Ich hol die Frau!«, und bevor sich die klare Absicht in ihrem Kopf bilden konnte, drehte sie sich um und schlug auf seinen Schädel.

Der Glückstreffer ließ Bronnie mitten in das Kampfgetümmel hineinfallen und beendete dieses, da sich seine aufgebrachten Landsmänner gegen ihn wandten. Mit vom Triumph geröteten Wangen beugte sich Saura vor und schlug noch auf ein paar weitere auftauchende Köpfe, bis ihr der Stein aus der Hand gerissen und weggeworfen wurde. »Verdammt noch mal!«, fluchte der Anführer, als er sie ins Wasser zerrte.

»Das sollte doch ein leichter Auftrag sein«, beschwerte sich einer der Kerle, und Bronnie stöhnte: »Was glaubst du wohl, warum Seine Lordschaft acht kräftigen Kerlen befohlen hat, einen blinden Mann und seine Frau zu schnappen?«

Dieses bisschen Logik von jemand so Wirrköpfigem ließ die Klagen verstummen. William und Saura wurden aus dem Bach geführt und, einer nach dem anderen, auf ein Pferd mit einem breiten Kreuz gezwungen. »Bind ihm die Handgelenke um ihre Taille zusammen«, befahl der Anführer, dessen Stimme vor Wut zitterte. »Er wird nicht herunterspringen und sie damit auch zu Fall bringen. Und beeilt euch, wir sind schon zu lange auf Burkes Land.«

»Sollen wir die Frau auch festbinden?«

»Nein«, antwortete der Anführer verächtlich. »Könnt ihr denn nicht sehen, woran sie leidet? Sie ist harmlos.«

»Häh!«, schnaubte Bronnie. »Da kann mein Schädel nicht zustimmen.«

Da er von ihrem Anteil beim Kampf nichts wusste, fragte William: »Was habt Ihr denn mit unserem Freund Bronnie gemacht?«

»Ihn mit einem Stein geschlagen.«

William lachte leise. »Das ist meine Kriegerkönigin. Eines Tages werde ich Euch beibringen, wie Ihr Euch verteidigen könnt, als ob Ihr ein Ritter wärt.« Er grunzte, als die Männer die Stricke um seine Hände enger zogen und diese in einer Schlinge um Sauras Taille legten.

»Seid Ihr verletzt?«, fragte sie.

»Ein paar Schnitte«, antwortete er abschätzig. »Mein Stolz hat den größten Schaden davongetragen.«

»Nicht viele Ritter könnten acht Männer abwehren«, erklärte sie.

»Ich konnte es, früher.« Seine Stimme klang gedrückt und kompromisslos, und sie glaubte ihm.

Ihr Pferd setzte sich an einer Führleine langsam in Bewegung und trabte dann los. »Könnt ihr den Gaul nicht schneller laufen lassen?«, knurrte der Anführer.

Einer seiner Männer antwortete: »Nicht mit Sir William darauf. Nicht mit ihm und der Frau.«

Der Anführer ritt nahe an ihre Seite heran und warnte: »Hört gut zu. Wir sind eine Truppe von Söldnern –«

»Truppe? Ein kraftvoller Name für einen Söldner, der eine Herde ungeübter Leibeigener kommandiert.«

»– von acht kräftigen Männern –«

»Acht?«, spottete William.

»Zumindest sechs«, erwiderte der Anführer säuerlich. »Ihr habt dahinten keinen getötet, sondern nur ein paar Knochen gebrochen. Ihr seid ein nasser, blinder Mann, aber Ihr wart einmal ein Krieger, deshalb warne ich Euch jetzt. Seine Lordschaft will Euch lebendig, aber meine Geduld ist am Ende. Wenn Ihr nicht wie ein Stück Wildbret an Händen und Füßen gefesselt quer über ein Pferd gelegt transportiert werden wollt, versucht erst gar nicht zu fliehen.«

»Ich werde mich bemühen, Vernunft walten zu lassen«, antwortete William ironisch.

Der Anführer verließ sie, um an die Spitze der Kolonne zu reiten. Die Truppe der Männer wurde dünner, bis sie alle in einer Reihe ritten und in ihrer Hast an Ästen und Büschen entlangstrichen, um möglichst viel Boden zwischen sich und den rächenden Lord Peter von Burke zu bringen. Sie murrten und spuckten, verglichen ihre Schrammen und diskutierten.

William und Saura passten sich dem anstrengenden Tempo an, und William bewegte seine Hände hin und her.

»Könnt Ihr sie befreien?«, fragte Saura leise.

»Ich kann sie von Eurer Taille lösen. Die Knoten sind so fest, dass meine Finger kribbeln.« Er zog und zerrte leise daran, bis er schließlich erleichtert aufseufzte. »Na also.« Er rieb seine Finger über ihren flachen Bauch. »Viel besser.«

Saura zuckte zusammen und bebte: »Was, wenn sie sehen, dass Eure Hände frei sind?«

»Es wird sie nicht kümmern. Er hat recht, nur ein Narr würde jetzt versuchen zu fliehen, und der bin ich nicht. Nein, der Ausgang des Kampfes stand nie im Zweifel, aber unsere beiden kleinen Knappen müssen das Geschrei gehört haben und bereits auf dem Weg zur Burg sein. Lasst uns den Ritt genießen, bis wir unser Ziel erreichen, wo auch immer das sein mag.« Seine Finger krümmten sich erneut und umarmten ihre Taille. »Ihr seid winzig.« Sein Atem strich über ihren Nacken, und sie zuckte wieder zusammen. »Und nervös. Ich hätte nie gedacht, dass eine *ältliche* Frau wie Ihr so sehr auf die Berührung einer Hand reagieren würde. Wart Ihr nie verheiratet?«

»Nein.« Ihre Stimme klang zunächst fest, wurde dann aber zu einem Quietschen. »William!«

Seine Lippen liebkosten ihren Nacken und die Schultern, rauten ihre Haut mit seinem bärtigen Kinn auf. »Ich liebe den Duft von Nelken. Solch eine zarte Haut.« Er lächelte. »Für eine *ältliche* Frau wie Euch.«

»William …«

»Und so feste, aufrechte Brüste.« Seine Hände glitten über ihren Busen, drängend und forschend. »Für eine –«

»*Ältliche* Frau.« Ihre Hände ergriffen seine und legten sie auf den Sattel. »Seit wann wisst Ihr es?«

»Ich habe Euch gesagt, ich bin kein Narr. Clare ist sieben. Ein mächtiger Altersunterschied zwischen einer *ältlichen* Frau von vierzig Jahren und ihrem Bruder.«

»Es ist nicht unmöglich!«, protestierte Saura.

»Aber unwahrscheinlich. Nachdem ich diese Verbindung einmal gemacht hatte, war es nicht sehr schwer, meine mysteriöse Magd aus dem Bad mit der unberührbaren Nonne von edler Geburt gleichzusetzen. Die unbekannte Verwandte meiner Mutter, unsere Haushälterin. Ich habe Euch jede Chance gegeben, es mir zu erzählen.«

Als Antwort konnte sie nur noch nicken. Die Bewegung ihres Kopfes stieß ihn an, und er riet: »Lady Saura von Roget?«

»Ja«, flüsterte sie.

Er lehnte sie gegen seine Brust, um ihren Ritt abzufedern. Zärtlich schlang er seine mächtigen Arme um ihre Taille, aber sein Verstand brodelte voller Aufruhr. Hatte er diese Frau, seine Frau nur gefunden, um von einem anonymen Übeltäter ermordet zu werden, der Angst hatte, sein Gesicht zu zeigen? Früher wäre so etwas nie passiert, bevor ihm durch List oder Betrug das Augenlicht genommen worden war. Früher hätte er für diese Dame gekämpft, hätte sie mit Schwert und Schild verteidigt. Jetzt war er gezwungen, mit dem Feind in ein ungeahntes Schicksal zu reiten. Er verfluchte die Untätigkeit, die an seinen Nerven zerrte, und sehnte sich nach einem weiteren Schädel, den er einschlagen konnte.

Sie ritten bis zum Abend, und das Pferd unter ihnen bog sich unter ihrem Gewicht. Als die Vögel ihr Abendlied anstimmten und die Brise kühler und dichter wurde, hielten sie an, um die Tiere trinken zu lassen. Saura stieg behutsam ab, denn sie hatte ihre Schuhe an den Ufern des Fyngre Brooks zurückgelassen. Ihre Beine gaben unter ihr nach und protestierten gegen die Stunden im Sattel. William wollte ihr helfen, doch Mort streckte sein Bein aus, und William stolperte darüber.

»Ha! Ich werde mich um die hübsche Lady kümmern«, gluckste Mort und ergriff Sauras Taille.

Die anderen lachten, ihr Groll gegen den blinden Ritter war schließlich noch frisch. Ermutigt drückte Mort Saura an sich und machte neben ihrem Ohr Kussgeräusche. »Kommt mit mir, Mylady. Ihr braucht Hilfe, um den Weg zu finden. Lasst mich Euch die riesigen Baumstämme zeigen, die in diesen Wäldern wachsen.«

»Wohl eher Stümpfe«, zischte sie und kratzte ihm mit ihren Fingernägeln über die Augen. Blut trat hervor, wo ihre Nägel sich vergruben, und Mort jaulte vor Wut auf. Sie riss sich los und stolperte über die Lichtung. Die Belustigung der Männer klingelte in ihren Ohren. Morts zähnefletschende Verfolgungsjagd trieb sie voran.

Sie hatte Angst, oh Gott, sie hatte Angst.

Aber noch jemand schloss sich der Jagd an: William folgte ihnen, lief der Bedrohung nach, die im Wald lauerte. Saura hörte, wie er den unvorsichtigen Mort einfing und herumschleuderte. Sie hörte Mort gurgeln, als William den Hals des Mannes mit einer Hand umschloss und ihn in die Luft hob. Sie hörte das Krachen des Fleisches, als eine mächtige Faust Morts Flüche in dessen Hals erstickte. Sie hörte, wie William den Leibeigenen in die Söldnergruppe schleuderte.

Wen sie nicht sehen konnte war Bronnie, der unerschütterliche Bronnie, wie er den Schaft seines Bogens schwang und William damit auf den Hinterkopf schlug.

Saura hörte das Klatschen, als er traf, hörte das Rumpeln, als William in den Dreck kippte.

Dann war es still, nur Bronnies Wimmern durchbrach das schockierte Schweigen.

Der Anführer ging zu William und drehte ihn mit dem Fuß um. »Hast du ihn umgebracht, Bronnie?«

»Gibt es hier ein Bett?« Der Stein unter ihren Fingerspitzen fühlte sich trocken und kalt an, aber der Aufstieg auf der Wendeltreppe hatte sie ebenso gewärmt, wie es der Ärger in ihren Adern tat. Die Gruppe von Männern, die sie gefangen genommen hatte, war verschwunden, als sie in diesem fremden

Haushalt ankamen, aber Bronnie war zurückgeblieben, um sie zu führen, und seine neuen Schuhe quietschten aufgrund seines unfreiwilligen Bades. Ein Riese von einem Mann trug William auf seiner Schulter.

Wo waren sie? Wer war dieser mysteriöse Lord? Wie konnte er es wagen, den Herrn von Burke und seine Haushälterin von dessen Land zu entführen? Die charakteristische Kombination von Gerüchen, die jede Burg kenntlich machte, versicherte ihr, dass sie hier noch nie zuvor zu Besuch gewesen war. Wo also waren sie? Die Treppe mündete auf einen Absatz, und sie hielten an, während Bronnie die knarrende Tür weit aufstieß und Saura hineindrängte. »Wo sind wir? Gibt es hier ein Bett für William?«, wollte sie wissen, und ihre Stimme klang dabei äußerst scharf.

»Ja, Mylady.«

Sein Französisch klang durch die barschen Mitlaute kratzig, aber Saura konnte das unterwürfige Wimmern in Bronnies Stimme hören. Sie hatte ihn mit dem Peitschenschlag ihrer Zunge Respekt gelehrt.

»Das heißt, nein, Mylady.« Er ächzte unter dem heftigen Stoß ihres Ellenbogens auf. »Da ist eine Strohmatratze auf dem Boden. Wir haben dieses Zimmer nur für Euch vorbereitet.«

»Ihr nennt dieses Gefängnis ein Zimmer?« Sie legte eine Hand auf die eine Wand, und ohne die Füße zu bewegen, lehnte sie sich herüber und legte ihre andere Hand auf die andere Wand. »Aber eine Strohmatratze ist besser als nichts. Legt Lord William darauf. *Sachte*, ihr Dummköpfe!« Als sie sich neben dem bewusstlosen Mann niederkniete, hörte sie das Quietschen von Schuhen, die aus der Tür schlichen. »Du kannst nicht fortgehen, ohne mir Wasser und Verbandsmaterial zu bringen«, verkündete sie, und die Füße blieben stehen.

»Äh, nun, ich muss den Herrn fragen.«

Sie stand auf und schnaubte vor Wut. »Frag ihn! Ja, und frag ihn auch, ob er will, dass Lord William dank deiner Dummheit stirbt. Frag ihn, wie er über einen Kerl denkt, der dem Befehl der Tochter eines Barons nicht gehorcht. Frag ihn –«

»Ich werde das Wasser bringen«, antwortete Bronnie hastig.

»Und das Verbandsmaterial. Und etwas zu essen für uns. Ich habe Hunger. Und zusätzliche Decken.«

Der große Mann schlurfte hinaus, floh vor ihrer Autorität, während Bronnie sich verbeugte und sagte: »Ja, Mylady. Wie Ihr wünscht, Mylady.«

Dann ging auch er hinaus, schloss die Tür mit einem festen Klacken und ließ Saura zurück. So schnell wie er verschwand, so schnell verschwand auch ihr Ärger. Ihr Kinn sank hinab, ihre Knie klappten zusammen. Sie kauerte sich neben William, ihre Finger durchkämmten in Panik sein Haar, suchten nach dem Grund für seine lange Bewusstlosigkeit. Auf seinem Hinterkopf schwoll eine Beule an, und sie fühlte sich hart und fest an, voller Blut. Ein Gänseei hatte ihre Mutter es genannt, schmerzhaft, aber nicht schwerwiegend. Gewiss hatte er noch andere Verletzungen, aber ihre Hände konnten nichts weiter entdecken. So weit sie mit ihren Händen unter seine Kleider gleiten konnte, war da nichts. Seine Stirn, sein Gesicht, nichts.

Mit einem Ächzen ließ sie ihren Kopf neben Williams sinken. Mit den Händen umklammerte sie ihren Leib, zog die Knie eng an die Brust und lag einfach da, ohne sich zu bewegen, voll tiefer Verzweiflung und jenseits von Tränen. Keine Gedanken kamen ihr in den Sinn, keine Ideen erhellten ihre Dunkelheit.

Sie war blind. So nutzlos und abstoßend, wie es ihr Stiefvater immer gesagt hatte. Sie konnte die Angreifer nicht für

William sehen. Sie konnte ihre Umgebung nicht auskundschaften, konnte keine nützlichen Waffen suchen, konnte für niemanden irgendetwas Nützliches tun. Sie konnte sich nicht einmal den Respekt eines Kerls von niedriger Geburt erzwingen, konnte ihn nicht einmal dazu bringen, Wasser und Verbandsmaterial und Essen und Decken zu bringen, alles Dinge, die sie brauchen würden, um die Nacht zu überleben. Sie war nichts weiter als ein Wurm.

Das Leben erschien immer dann am strahlendsten, kurz bevor es einem genommen wurde. Ihre nebulösen Träume hatten sie an den Bachlauf geführt, hatten sie abgelenkt, als sie auf das Flüstern von Füßen in den Wäldern hätte lauschen sollen. Als sie noch im Haus ihres Stiefvaters gelebt hatte, da war sie immer aufmerksam gewesen. Sie hatte nie geschlafen, wenn Maud sie nicht bewacht hatte, hatte nie alleine gearbeitet, war nie durch den Garten oder über den Burghof spaziert, ohne sich aufmerksam umzuhören und auf den hoppelnden Klang von Theobalds Schuhen zu achten. Er wollte ihren Körper betatschen, wollte ihr mit seinem stinkenden Atem übers Gesicht streichen, wollte in sie hineinstoßen. Sie schauderte bei dem Gedanken und rieb sich den Bauch, um die Schlange zu besänftigen, die sich durch ihre Eingeweide zu winden schien. Wie konnte ein Mann jemanden so sehr verachten, wie Theobald sie verachtete, und dennoch mit ihr herumhuren wollen?

Wagte sie daran zu denken, dass sie William liebte? Theobalds Spott, der noch in ihrem Kopf nachhallte, ließ Saura sich innerlich winden. Er hatte sie unablässig gequält, und sie konnte sich an jedes seiner Worte ohne Mühe erinnern. Sie sei es nicht wert, geliebt zu werden, hatte er gesagt. Sie konnte keine Wandteppiche knüpfen, sie konnte nicht alleine ein Pferd reiten: Sie war wertlos. Ihr Gesicht könne einen Mann zur Salzsäule erstarren lassen, hatte er gehöhnt. Ihre Figur erinnere ihn an ein paar fette Klöße auf einem kurzen Stock. Welcher Mann, hatte er gefragt, würde eine dumme Frau in seinem Bett wollen, eine, die den vollen Nachttopf nicht mal erkannte, wenn sie hineintrat?

Sie konnte William ja nicht mal helfen. Seine Beule war gewiss nicht lebensbedrohend, aber sie kannte die Wahrheit, obwohl sie es sich selbst gegenüber nicht zugeben wollte. Er würde vielleicht nie wieder aufwachen. Kopfverletzungen waren heikel, hatte ihre Mutter ihr erklärt. Besonders die Sorte Kopfverletzungen, die mit einer früheren Wunde einhergingen. Egal welches Gehirn sich in einem Kopf versteckt hielt, es fügte sich nur den eigenen Regeln. Eine Prellung am Körper tat weh und konnte tödlich sein, aber eine Prellung am Kopf konnte das aufgeweckteste Kleinkind zu einem sabbernden Narren machen. Ein Schlag auf die richtige Stelle konnte einen ausgewachsenen Mann zu einem stummen Klotz machen, der zwar noch lebte und atmete, aber wie tot schlief, bis er verhungerte.

Manchmal, so schien es ihr, musste Gott sie mehr als alle anderen Kreaturen hassen. Er hatte ihr genug gegeben, um am Rande des Lebens zu existieren, aber doch niemals wirklich daran teilzuhaben. Sie war tüchtig, aber nicht hübsch. Sie war eine Schwester, aber niemals eine Ehefrau. Sie war eine Tante, aber niemals eine Mutter.

Ihre rechte Hand kroch unter ihrem Leib hervor und streichelte über Williams rauen Arm. Sie war eine Freundin, eine Lehrerin, eine Frau, aber niemals eine Geliebte.

Was würde sie ohne William machen?

Sie umklammerte seine Finger fest mit ihren. Jeder einzelne Muskel, jeder Knochen und jede Sehne ließ seine Kraft erkennen, und doch lag er leblos in dem frostigen Raum, und seine Haut war unnatürlich kalt.

Als ob ihr jemand ins Gesicht schlagen würde, erschien vor

Sauras innerem Auge das Bild ihrer Mutter. »Was liegst du da und suhlst dich in deinem Kummer, Saura, wenn du doch genug zu essen und ein Dach über dem Kopf und im Sommer die Sonne hast, die dich wärmt, und im Winter ein Herdfeuer. Achte darauf, was um dich herum passiert. Wenn eine Hungersnot kommt, wer verhungert dann? Nicht du. Wenn es Krieg gibt, wer brennt dann? Nicht du. Wenn Krankheiten kommen, dann bist du nicht diejenige, die am Straßenrand im Matsch liegt und stirbt. Also was macht es schon, dass deine Augen nicht in Ordnung sind? Du hast deinen Verstand. Steh auf und benutze ihn.«

Mit ungeahnter Kraft ließ das Echo der Stimme ihrer Mutter sie hochschnellen. »Über mein Schicksal zu jammern wird ihn nicht zudecken«, sagte sie laut und lachte ein wenig. Ihre eigene Stimme klang ein wenig wie die ihrer Mutter, als diese damals die junge Saura angewiesen hatte, sich um die Kranken zu kümmern, denn das war schließlich die Aufgabe einer Burgherrin.

Ihre unbeholfenen Finger suchten das harte Lager unter William ab, bis sie am Fuß eine zusammengefaltete, grobe Wolldecke fanden. Sie deckte ihn zu, änderte dann wieder ihre Meinung und zog die Decke wieder weg. Sie legte ihre Hände unter ihn, hob ihn an und versuchte, ihn auf den Rücken zu legen, und dann hob sie ihn noch einmal hoch.

Er bewegte sich nicht. Er war ein großer, träger Fleischklotz, und sie war nur ein Moskito, der sein Fleisch plagte. »Es wäre leichter … für Euch … zu atmen … mein Lord«, durch ihre Anstrengungen stieß sie die Worte abgehackt hervor, »wenn Ihr Euch ein wenig drehen …«

»Nein, Mylady!«

Saura erschrak und drehte sich um.

»Lasst mich das machen. Ihr seid zu zart, um eine solch schwere Arbeit zu machen.« Bronnie eilte in den Raum und ließ dabei die Sachen fallen, die er mitgebracht hatte. »Ich kann den Herrn drehen.«

»Nun gut, sei aber vorsichtig mit ihm. Das war ein böser Schlag, den du ihm versetzt hast«, schalt sie.

»Es tut mir leid. Es tut mir leid, wirklich. Aber seht, er hat Mort geschlagen.«

»Er ist ein blinder Mann. Was hast du geglaubt, wie viel Schaden er anrichten könnte?«

»Nun.« Begriffsstutzig zog Bronnie das Wort zweifelnd in die Länge. »Für mich sah es so aus, als ob er ihn umbringen würde. Hier, wollt Ihr, dass er auf dem Rücken liegt?«

Sie nickte und rang die Hände, während sie zuhörte, wie der Mann William bewegte. Gott allein wusste, was der ungeschickte Narr machte, aber sie hatte keine Wahl. William musste umgedreht werden, und sie konnte es nicht machen.

»Bitte sehr, Mylady. Er liegt jetzt auf dem Rücken. Und wisst Ihr was? Seine Gesichtsfarbe sieht für mich besser aus.«

»Wirklich?« Sie griff nach der Decke, deckte ihn zu und steckte sie unter seinem Kinn, dem Körper und um die Knöchel herum fest.

»Ja, seht ihn nur an. Dieser fahle Farbton um seinen Mund herum ist weg und …« Bronnies Geplapper erstarb, als sie ihm ihre veilchenblauen Augen zuwandte. »Es tut mir leid, Mylady, ich habe nicht nachgedacht. Wirklich, es ist nur, Ihr scheint nicht blind zu sein. Ich habe fast den ganzen Tag gebraucht, um zu kapieren, dass Ihr nicht mal wisst, wohin das Pferd seine Hufe setzt. Ihr bewegt Euch so gut und arbeitet wie ein echter Mensch.« Er nickte, froh, dass er das klargemacht hatte. »Ja, Ihr seid wie ein echter Mensch.«

»Hast du noch mehr Decken gebracht?«, fragte Saura, und die Kälte ihres Tonfalls durchdrang selbst Bronnies dämlichen Schädel, wenngleich der Grund dafür es nicht tat.

»Ja. Ja, ich habe Euch Decken gebracht, wie Ihr gesagt habt,

Mylady. Viele, denn es gibt hier keinen Kamin, und nachts wird es kalt. Sogar im Sommer. Ich werde sie hier hinlegen, auf den Tisch.« Die quietschenden Schuhe schlichen durch den Raum, hielten neben dem Deckenhaufen an, den er fallen gelassen hatte, und er trug ihn zu dem Tisch hinüber, von dem er gesprochen hatte. »Ich habe Verbandsmaterial gebracht, alles in Streifen gerissen. Und einen ganzen Eimer Wasser. Hier, wartet kurz, ich habe ihn vor die Tür gestellt. Ich stell ihn dort drüben hin, neben das Bett. Wartet kurz, lasst mich den Hocker herüberziehen und ihn daraufstellen, dann ist er höher für Euch. Ihr könnt leichter rankommen.« Er zog den Hocker zur Matratze und stellte den Eimer mit einem Ruck darauf. »Ihr habt immer noch einen Hocker zum Sitzen, wisst Ihr, drüben beim Tisch. Essen kommt bald. Nicht dass es jemals etwas taugen würde, die Köchin ist so eine Schlampe, aber ich werde es Euch selbst bringen.«

Seine Stimme erstarb, von ihrem Schweigen verunsichert, und sie empfand ein plötzliches Unbehagen. Bronnie, wurde ihr klar, war wie ein Welpe. Ein gutmütiger, dämlicher Welpe, der niemandem wehtun wollte, ganz gewiss nicht einem Lord oder einer Lady. Jetzt stand er vor ihr, das wusste sie, und wartete ängstlich darauf, ob sie ihn schlagen oder loben würde, und sie konnte der intensiven Bitte, die er ausstrahlte, nicht widerstehen und sagte: »Das hast du gut gemacht, Bronnie. Vielen Dank.«

Schnell wich er ein wenig vor ihr zurück, und dann sagte er eifrig: »Wenn Ihr sonst noch was braucht, ruft mich, Mylady.«

»Niemanden außer dir«, versprach sie. »Aber du kannst mir tatsächlich noch helfen. Der Herr muss seine Kleider ausgezogen bekommen.«

»Ausgezogen?« Bronnie schnaufte. »Warum? Er ist ja nicht herausgewachsen.«

Saura schloss vor Verzweiflung die Augen. »Nein, aber er ist nass und könnte sich erkälten. Und ich muss ihn untersuchen, ob er noch andere Wunden hat, die ihm Schmerzen bereiten.«

»Untersuchen? Ihr meint, ihn anfassen? Ich bin verwirrt. Sie haben gesagt, Ihr wärt nicht mit dem Herrn verheiratet.«

»Das stimmt.«

Ungläubig wurde Bronnies Stimme lauter. »Nicht verheiratet, und Ihr wollt ihn anfassen? Seid Ihr eine von diesen schlimmen Frauen, über die der Pfarrer immer redet?«

Zum ersten Mal musste Saura in ihrem Kummer beinahe lächeln. »Darum möchte ich, dass du mir hilfst. Damit du ihn anschauen kannst und siehst, ob er irgendwelche Blutergüsse hat.«

»Oh.« Bronnie dachte darüber nach. »Ihr meint, Ihr wollt, dass ich Euch sage, ob er verletzt ist.«

»Genau.«

»Aber was ist, wenn er verletzt ist und Ihr ihn anfassen müsst?«

Ihre Belustigung verstärkte sich, und sie hätte beinahe geschmunzelt. »Ich werde es nur mit reinen Gedanken tun«, versprach sie.

»Lord William würde das nicht gefallen.«

»Es würde ihm noch weniger gefallen, an einer unbehandelten Wunde zu sterben. Jetzt mach dich an die Arbeit.«

Sie rollte sich die Ärmel hoch und war bereit, selbst hart zuzupacken, aber Bronnie sagte: »Nein. Ich werde es machen.«

»Ich kann helfen.«

»Ich werde es machen«, beharrte er. »Ihr solltet ihn nicht mehr als nötig anfassen. Weil Ihr doch eine edle Dame seid und alles.«

Saura nickte, von seinem Ehrenkodex irritiert, der es zwar erlaubte, jemanden zu töten und zu entführen, aber davor zurückschreckte, wenn eine Lady einen Lord berührte, ohne mit diesem verheiratet zu sein. War es nur Bronnie, oder hatten all diese Angelsachsen so merkwürdige Überzeugungen?

»Er ist ziemlich groß, nicht wahr?«, grunzte Bronnie. »Aber, soweit ich sehen kann, gesund. Nur ein paar kleine Schrammen. Soll ich ihn wieder anziehen?«

»Wenn du willst. Wenn du ihn hier nicht nackt bei mir lassen willst?«

»Nein, nein, ist schon in Ordnung. Ist in Ordnung.« Bronnie stand auf und atmete heftig. »Ihr seid eine nette Dame, Ihr werdet nicht hinter meinem Rücken an ihm rumspielen.«

Saura drehte sich von ihm weg, da sie ein Grinsen nicht unterdrücken konnte. »Ich werde versuchen, mich zusammenzureißen.«

»Und ich werde Euch bald was zu essen bringen. Und …«

Saura konnte hören, wie er sich verlegen wand.

»Ich habe Euch einen Kamm gebracht.«

»Einen Kamm?« Sie fasste ihr Haar an. Ihr Schleier war schon lange fort, und ihre Zöpfe hatten sich gelöst. Sie sah aus wie eine Hexe, nahm sie an.

»Ja, ich dachte, vielleicht wollt Ihr, na ja, Euer Haar kämmen. Er liegt auf dem Tisch. Mit einem Stückchen Band von meinem Mädchen. Wenn Ihr es wollt. Es hat eine hübsche blaue Farbe.«

»Ich bin sicher, die hat es. Vielen Dank, Bronnie. Hab vielen Dank.« Sie drehte sich um und lächelte ihn an, mit ihrem gnädigen Edelfrauenlächeln, und sie hörte, wie er wieder einen Augenblick vor Freude in die Luft hüpfte. Dann gingen die quietschenden Schuhe zurück zur Tür.

»Ich werde Euch das Essen bringen«, versprach er.

»Ich weiß, das wirst du. Vielen Dank.«

»Und etwas Wein. Und was Ihr sonst noch braucht.«

»Vielen Dank.«

Die Tür klappte hinter ihm zu, und Saura kicherte. »Nun, ich nehme an, ich kann wenigstens irgendjemanden von meiner Autorität überzeugen«, erklärte sie dem bewusstlosen William. »Auch wenn es nicht du bist.«

Doch selbst ihre Macht über Bronnie konnte diesen nicht überzeugen, ihr den Namen des Herrn dieser Burg zu verraten. Der Mann brachte wie versprochen das Abendessen, Wein und Brot für den Morgen. Er erinnerte sich an ihre Not, als sie barfuß durch den matschigen Burghof gegangen war, und trug ihr noch einen Eimer Wasser und ein grobes Handtuch herbei, damit sie sich waschen konnte. Aber als sie versuchte, ihn auszufragen, druckste er herum, rückte den Tisch zurecht und stellte einen eisernen Kerzenständer gegen die Wand. Als sie darauf bestand, dass er die Kerze wegnahm, war er ganz unglücklich. Schließlich nahm er die Kerze fort, ging aus der Tür und ließ sie in der Stille zurück.

Und es war still. Dieser Burgfried war nicht die Hauptburg des Edelmannes. Verdächtigerweise fehlte die Betriebsamkeit einer größeren Gruppe von Rittern und Bediensteten. Sie allein war für ihren William zuständig.

Saura aß das Abendessen, das genauso entsetzlich schmeckte, wie Bronnie es angekündigt hatte. Sie rüttelte an der Tür. Sie untersuchte den Raum, eine schmale, blanke Zelle mit zwei Schießscharten nach draußen. Zwei Hocker, ein wackeliger Tisch, eine Strohmatratze und nichts, woraus man Waffen machen konnte. Sie überprüfte Williams Verband, deckte ihn mit einer weiteren Decke zu und ging auf und ab. Schließlich setzte sie sich auf den winzigen Hocker neben dem winzigen Tisch und nahm Bronnies Kamm zur Hand. Mit zitternden Fingern zog sie ihren Zopf auseinander und begann, sich zu kämmen. Das Haar hing ihr bis zur Taille hinab, ein verheddertes Gespinst sanfter Zerstreuung. Es lenkte sie von der Stille ab, von der Sorge, von der Einsamkeit. Die verhedderten

Haare lenkten sie von den Gedanken an William ab, der so reglos auf der Matte lag, und während sie ihr Haar glättete, beruhigte sie der Rhythmus ihrer Bewegungen.

Schließlich hörte Saura auf, ließ ihre schmerzenden Arme sinken und faltete die Hände in ihrem Schoß. Bald würde sie zu William auf die Strohmatratze kriechen und schlafen, aber noch wollte sie einfach nur dasitzen und mit einer Inbrunst beten, von der sie nie gedacht hätte, dass sie dazu fähig war.

Ein Seufzen vom Bett weckte ihre Aufmerksamkeit. Ein Seufzen, ein Stöhnen und ein Wogen, als William sich auf die Seite drehte. Saura flog von ihrem Stuhl an sein Lager, berührte ihn mit eifrigen Fingern, bis sie zufrieden war.

Er schlief. Schlief! Seine Augenlider zuckten, als sie diese berührte, er ächzte, als sie auf seinen Kopf gedrückt hatte, und er schnarchte im gesunden Rhythmus eines müden Mannes.

Er schlief! Oh, Heilige Muttergottes! Ihr Herz quoll vor Dankbarkeit über, als sie versuchte, gegenüber Gott und sich selbst auszudrücken, was sie über dieses Wunder des Lebens empfand. Sie dachte nicht an sich selbst, sie dachte nicht daran, wie sehr Williams Gegenwart sie erfüllte und vollständig machte. Sie dachte nur an William. Er schlief, und das bedeutete, er würde aufwachen, und das hieß, es gab Hoffnung! Zum ersten Mal spürte Saura Hoffnung, und sie weinte. Ihr heftiges Schluchzen, die ausgiebigen Tränen läuterten sie, bis sie schließlich den Kopf heben und wieder lächeln konnte.

5

Saura hatte Bronnie angelogen.

Sie hatte es zwar nicht erwartet, aber sie war genau die Sorte Frau, vor der die Priester warnten. Verrucht, unmoralisch, eine wahre Evastochter.

Als sich die Nacht senkte und die Temperatur fiel, schienen das Lager, die Decken und William mehr und mehr einladend. Es war, sagte sie sich, das einzig Logische, was sie tun konnte. Keine Sommerwärme durchdrang diese Steine, kein Feuer linderte die harte Gleichgültigkeit der Kälte. Wenn sie nur in eine einzige kümmerliche Decke gewickelt dasaß, würde sie die ganze Nacht leiden. Es wäre keine Sünde, wenn sie bei ihm schliefe. Nicht wie eine Ehefrau oder eine Hure, sondern einfach nur, um etwas von seiner Körperwärme abzubekommen. Ergab das nicht einen Sinn?

Natürlich tat es das.

Bevor sie ihre Meinung ändern konnte, zog sie an den Bändern ihres Unterrocks und verfluchte ihre von der Kälte steifen Finger. Sie hätte Bronnie erlauben sollen, das Nachtlicht zu bringen und anzuzünden, denn dann hätte sie sich jetzt ihre Hände an der gleichmäßigen Flamme wärmen können. Wenn sie es nicht besser wüsste, hätte sie wohl gedacht, dass ihr Gefummel auf ihre Nervosität zurückzuführen sei.

Sie war nicht nervös. Wie könnte sie es auch sein? Lady Saura war für ihre ständige Gelassenheit bekannt, ihr ruhiges Naturell trotz widriger Umstände, ihren gesunden Menschenverstand. Niemand, der auch nur einen Funken Verstand besaß, würde erwarten, dass sie zitterte und ihre Zähne zusammenbiss, damit diese nicht klapperten, außer wenn ihr kalt war. Sie *war nicht* nervös.

Ihr Überkleid fiel unter dem Gewicht seines nassen Saums zu Boden, und sie umklammerte ihre Ellenbogen mit den Händen. Ein Rest von Sittsamkeit zwang sie, ihr Unterkleid anzubehalten. Weil es aus Leinen war, sagte sie sich, und weil sie immer darin schlief. Sie konnte sich wirklich nicht überwinden, das Kleidungsstück mit seinen langen Ärmeln und dem Kordelzug am Hals abzulegen. Natürlich nur wegen der Wärme!

Sie tastete sich an Williams Seite, setzte sich auf die harte Strohmatratze und legte sich ihr Haar über eine Schulter. Sie teilte es in drei Haarsträhnen und flocht diese schnell und geschickt zu einem Zopf, den sie mit dem hübschen blauen Band festband. Dann konnte sie es nicht länger aufschieben. Sie schlüpfte unter die Bettdecke. Sie bewegte sich schnell, da sie nicht wollte, dass etwas von seiner Körperwärme entwich, und legte sich ihm zugewandt auf die Seite. Sie verschränkte ihren Arm unter dem Kopf, und als sie spürte, dass sich die Wärme zu entfalten begann, bewegte sie sich ein wenig wohlig hin und her.

William war gesund. Er war auf den Kopf geschlagen worden, und jetzt hielt er wie ein Bauer nach einem dreitägigen Fest seinen Winterschlaf. Er lag wieder auf dem Rücken, den Kopf auf die Seite geneigt, und schnarchte voller Energie, voller Eifer und Vitalität. Saura wurde von dem Geräusch schier durchgeschüttelt. Ganz gleich, dass sie so nicht würde schlafen können, ganz gleich, dass sein Geschnarche die Strohmatratze, die Decken und auch sie erbeben ließ. Er war hier, er war am Leben, und falls er ohne Erinnerung an die Vergangenheit oder mit einem Zucken im linken Arm aufwachen würde, nun denn, sie würde sich morgen darum kümmern.

Es wäre wärmer, wenn sie ihn berühren würde. Sie holte tief Luft, stieß diese mit einem Schnaufen aus und musste über ihre Feigheit grinsen. Dann riss sie sich zusammen, streckte ihren dicken Zeh aus und berührte sein Bein.

Ein Zeh, sagte sie sich, war ja keine Sünde. Ihre Füße waren kalt. Sie waren immer kalt, selbst wenn sie vor den flackernden Feuern im Rittersaal saß. Ganz gleich, dass draußen kein Frost mehr herrschte, die Steine der Burg gaben nur Kälte ab. Hier, in diesem kleinen Raum, in dem es keine Feuerstelle gab, brachte die Nacht eine Kälte mit sich, die ihr in die Knochen kroch. Es war lächerlich, unnötig zu leiden.

Wem würde es schaden? Dass ein Zeh in einem langsamen Muster seine Wade auf und ab rieb, sich den Weg durch das gekrauste Haar bahnte, das ihn vom Knöchel bis zum Knie bedeckte. Sein Knie rechtfertigte eine genauere Untersuchung, wie sie entdeckte, erst mit ihrem Zeh, dann mit dem Fuß. Ihre Fußsohlen waren empfindsam und versuchten gemeinsam mit den Zehen, die rauere, flexiblere Haut über dem Gelenk abzutasten. Jetzt hatte sie einen ganzen Fuß auf ihm drauf. Das war gar nicht so schwer. Der andere Fuß kam ebenfalls hinzu und schob sich zwischen sein Bein und die Matratze, und die wunderbare Hitze seines Körpers ließ ihren Körper kribbeln.

Es wäre keine Sünde, stritt sie mit sich selbst, ein wenig näher zu rücken und etwas mehr als bloß die Füße aufzutauen. Sie hatte Gänsehaut, und es schien, als ob die Kälte von außerhalb umso eindringlicher wurde, je näher sie seiner Wärme rückte. Ihr leinenes Unterkleid schützte sie vor direktem Hautkontakt. In der Tat war sie nur ein kleines bisschen verrucht. Und er war so groß und warm. Sie röstete wie ein Stück altes Brot vor seinem Feuer. Erst legte sich ihr oberes Bein über seine Schenkel, dann drängte sich das andere Bein vom Oberschenkel bis zur Wade an ihn. Sie senkte ihre Brust nahe an seinen Arm heran, und das Gefühl gab ihr den Mut, die Lücke ganz zu schließen.

Dann lag sie bewegungslos da. Sein Schnarchen war nun nicht mehr ganz so laut, aber immer noch regelmäßig. Sein Atem kräuselte ihr jetzt das Haar, schwül in der kühlen Luft des Raumes. Es schien angenehm, ihm so nahe zu sein. Eigentlich war es sogar herrlich. Sie schwelgte in diesem Unterschied zwischen Kälte und Wärme, zwischen reiner animalischer Behaglichkeit und der harten Strohmatratze darunter mit rauen Decken darüber. Irgendwie schien es ihr unfair zu sein, dass ihr Unterkleid sie so vollständig trennte. Sie konnte ihn nicht wirklich spüren, vermisste das Gefühl seiner Haut auf ihrer Haut, aber als ihre Hand an den Kordelzug an ihrem Hals griff, schwand ihre Kühnheit. Sie musste sich an ihn schmiegen, sagte sie sich, denn sein Körper ragte weit auf, sodass er die Decken ganz für sich beanspruchte. Aber selbst ihrem rational denkenden Verstand gegenüber konnte sie Nacktheit nicht rechtfertigen, und ihre Hand sank wieder hinab.

Zaghaft strich sie mit ihren Händen über William. Heute Nacht war eine Zeit der Freude, des Feierns, der Erkundung.

Sie hatte ihn vorher noch nie berühren können. Noch nie hatte sie die Freiheit besessen, sein Gesicht und seinen Körper zu erkunden, und nun … ah, nun.

Sie presste ihre Handflächen auf seine Brust. Sein Herz pochte dort, sein Brustkorb hob und senkte sich, während er schwer atmete. Sie nahm ihren Zopf in die Hand und zog ihn ein wenig hoch, damit er William nicht kitzelte, und legte dann ihren Kopf nieder. Unter ihrem Ohr konnte sie das Kratzen des Atems hören und das Pochen unter seiner Haut. Das Haar auf seiner Brust reizte ihre Wange unwiderstehlich, und sie vergrub ihre Nase darin. Er roch wie niemand sonst. Sein Bad im Bach hatte den Kampfschweiß weggewaschen, und er roch golden.

Hatte ihn Maud nicht ebenso beschrieben? Golden. Für Saura war golden der Duft eines Herbsttages, der stark nach trocken geschnittenem Heu und knisternden Blättern roch. Es war die Befriedigung, eine Blume zu pflücken, die sie gepflanzt hatte, war der Reiz von Samt unter ihren Fingerspitzen und das Wachsen eines Garnstrangs zu spüren, den sie auf dem Spinnrocken drehte. Golden war die Sonne, die ihr Gesicht liebkoste, wenn sie ein Nachmittagsschläfchen in ihrem Garten machte.

William pulsierte unter ihr, und sein goldener Duft stieg wie ein berauschendes Gewürz in Wellen von ihm auf. Sie rieb ihr Gesicht an seiner Brust, suchte nach der Quelle seines Wohlgeruchs, aber es schien ihr, als ob sein Reiz sowohl begrenzt als auch schwer zu fassen war.

Während sie sich an ihn lehnte, betastete sie vorsichtig sein Gesicht. Sein Hals wuchs wie eine einzige muskulöse Säule aus seinen Schultern empor. Sein Unterkiefer versprach Unbeugsamkeit und Entschlossenheit, aber er verbarg dies unter seinem gestutzten Bart. Seine Nase konnte sie nicht deuten, denn sie war so oft gebrochen worden, dass die ursprüngliche Absicht seines Schöpfers nicht mehr zu entschlüsseln war. Sie mochte seine Ohren. Diese waren klein und wohlgeformt und lagen eng am Kopf an. Sie strich mit den Fingerspitzen über die Windungen und das Ohrläppchen hinab und war ganz fasziniert davon, bei einem so kräftigen Mann solch feine Merkmale zu finden.

Es schien, als ob ihr Tun ihn störte, denn er murmelte und hustete, sein Atem kam wie ein Windstoß, und sie sprang schuldbewusst zurück. Sie entfernte die Decken, als sie sich aufsetzte, und dann lauschte sie nach den Geräuschen innerhalb der Burg. Ein tiefes Schweigen erfüllte den Raum. Erst jetzt fiel ihr auf, dass er nicht mehr herzhaft schnarchte. Als sie ihn berührt hatte, war sein Schnarchen zu einem normalen Atmen geworden. Wenn sie darüber nachdachte, hatte sie dieses erschöpfte Schnarchen nicht mehr gehört, seit sie zum ersten Mal seine Brust untersucht hatte.

Mit einem Seufzen wurde er wieder ruhig, und sie saß bewegungslos da, bis sie sich sicher war, dass er wieder tief schlummerte. Schließlich zitterte sie in der kühlen Zugluft, und ihr Wunsch nach Wärme überwältigte ihre Vorsicht. Sie richtete die Decken mit äußerster Sorgfalt zurecht und lehnte sich dann wieder an ihn. Sie sollte schlafen, sie sollte den Drang vergessen, sein Gesicht zu entdecken, doch ihre Hände zitterten, als sie ihre eigenen Verbote missachtete. Seine Augen lagen tief in seiner Stirn, die buschigen Augenbrauen akzentuierten den Kontrast. Seine breite Stirn erläuterte ihr seine Stärke, und sein Haar glitt wie feinkörniger Sand durch ihre Finger.

Sie wusste nun, wie er aussah. Jetzt konnte sie ihn sehen, jetzt hatte sie die Linien seines Gesichtes vor ihrem inneren Auge sichtbar gemacht. Als ob er von einem Meißel geformt worden war, war das Ganze die Summe aller Teile: stark, mitfühlend, gebildet, entschlossen.

Für den Augenblick war ihre Neugier befriedigt, und sie legte ihren Kopf auf seine Schulter und rieb ihre Hand in kreisförmigen Bewegungen über seine Brust. Ob er solch taktile Stimulierung wohl ebenso genoss wie sie? Ihre Lippen strichen von einer ursprünglichen Lust angetrieben über ihn, und mit ihrer Zunge zeichnete sie die Sehnen an seinem Hals nach. Sie schmeckte sein aufreizendes Aroma, und ihr Mund reiste seine Brust hinab, bis sie das Nest seiner Brusthaare erreichte.

Seine Haarspitzen reizten ihre Hände, als sie vorsichtig den Umriss seiner Brust nachzeichnete, der sich wie ein Dreieck bis zu seinen Schultern spannte. Seine Schlüsselbeine dehnten sich zu einer Breite, die sie sich nie vorgestellt hatte, und sie setzte sich hastig auf und verglich sie mit ihren eigenen. Ihr Schlüsselbein konnte sie leicht mit ihren Fingern umfassen: Seine erstreckten sich ganze vier Finger weiter. Begierig kehrten ihre Hände zurück und entdeckten den Beweis für einen Bruch, der zwar gut verheilt, aber für ihre erfahrene Berührung immer noch offenkundig war. Während sie die Breite seiner Schultern vom Nacken bis zum Arm massierte, staunte sie. Er hatte so viele Muskeln! Sie wellten seine Haut wie die Fasern an einem fein geschliffenen Eichenbalken. Seine Haut fühlte sich weich an wie die eines Kindes, bis ihre Finger über die Narben und Rippen stolperten, die beredt Zeugnis ablegten über die Art, wie er seinen Lebensunterhalt verdiente. Seine Arme waren stark, die Hände riesige Pranken voller Kraft. Seine Finger überraschten sie: Sie waren lang, zwar an den Fingerspitzen etwas abgestumpft, aber dennoch feinfühlig.

Hände waren wichtig für sie, ein Spiegel zur Seele, und seine Hände erzählten ihr von seiner Güte und Beherrschung, seinem Temperament und seiner Majestät. Sie verweilte bei seinen Händen, von ihren Erkenntnissen erfreut, aber schließlich konnte sie nicht länger widerstehen.

Sie folgte dem Pfad, den sie bereits eingeschlagen hatte, und überprüfte ihre Ergebnisse. William war groß, stark und muskulös und es daher wert, den Titel »Ritter« zu tragen.

Aber mehr noch als das, er war ein Mann, und ihre suchenden Finger glitten seine Brust hinab, über seinen Waschbrettbauch, die Linie seiner Haare hinab. Die Neugier einer Jungfrau trieb sie an, eine unwiderstehliche Versuchung, gegen die sie sich nicht wehren konnte.

Saura zuckte zusammen, als ihre Hand seinen Penis berührte. Ein solches Feuer und diese Festigkeit hatte sie nicht erwartet. Sie dachte an alles, was sie über die Paarung von Menschen erzählt bekommen hatte, und schüttelte den Kopf. »Das ist nicht möglich«, sagte sie laut.

»Ich versichere dir, das ist es«, rumpelte er unter ihrem Ohr.

Sie war so erschrocken, dass sie vergaß, sich zu schämen, zuckte zusammen, schrie nur ein wenig, und ließ ihn los.

Er legte seine riesige Hand auf ihren Kopf. »Mehr noch als möglich, ich würde sagen, es ist zwingend notwendig.«

»Was meint Ihr?« Ihre Stimme klang fest.

Seine Hand strich ihr das Haar aus dem Gesicht. »Genau das, was ich gesagt habe.«

»Wie lange seid Ihr wach?« Vorsichtig zog sie sich ein wenig von ihm zurück.

»Beweg dich nicht«, befahl er. »Das rechtfertigt meine Nutzung als Heizung.«

Sie erstarrte, so verdrossen, dass sie bis zu den Zehenspitzen errötete. »Ich hoffte, Ihr hättet es nicht bemerkt.«

Ihr Arm ruhte auf seinem Bauch, und so spürte sie das Muskelzucken, als er gegen sein Lachen ankämpfte. Seine Finger zuckten, und er ließ den Arm sinken. »Bemerkt? Dass du mich als Wärmepfanne benutzt hast oder dass deine Hände an mir waren?«

»Meine Hände …« Sie errötete wieder, weil sie etwas so unglaublich Dummes gesagt hatte.

Es dauerte ziemlich lange, bevor er sprach, und dann konnte man seiner Stimme immer noch die Belustigung anhören, aber er ignorierte ihre Torheit freundlicherweise: »Ich bin seit dem ersten Klaps deines frostigen Zehs an meinem Bein wach. Jeder Mann sollte wach werden, wenn man einen Eisblock an sein Bein legt. Du hast mir ziemlich viel Vergnügen gespendet, obwohl das nicht«, er kicherte, »von deinen Füßen kam.«

»Warum hast du nichts gesagt?«

»Du hast es genossen.«

Auf seine Worte hin setzte sie sich auf. »Und du nicht?«

Seine Hand ergriff ihre Schulter und zog sie auf die Strohmatratze zurück. »So sehr, Saura. So sehr.«

Sie lag steif da und schämte sich wegen ihrer früheren Kühnheit, und er legte sich wieder neben sie. Er schlang einen seiner muskulösen Arme um ihren Hals, den anderen um ihre Taille, und er zog sie so nahe zu sich heran, dass sein Atem ihren beruhigte. Er hielt sie bloß unter seinem Kinn und wärmte sie.

Die Anspannung glitt von ihr ab und ließ nur ein ungeheures Behagen zurück. Als sie ihren Kopf an seine Brust schmiegte, begannen seine Hände langsam an ihrem Zopf zu ziehen.

»Was tust du da?«, fragte sie.

»Ich mag den Duft deiner Haare«, entgegnete er. »Es ist so seidig, und mir würde es gefallen, wenn du es offen trägst, während ich dich liebe.«

Sie versuchte wieder, sich steif zu machen, aber seine Hitze war wie ein Betäubungsmittel in sie hineingekrochen, und ihre Muskeln reagierten nicht mehr länger auf den Schreck. »Du kannst mich nicht lieben«, antwortete sie, aber der Protest klang schwach.

»Das ist doch der Grund, weshalb du zu mir ins Bett gekommen bist«, schlussfolgerte er.

»Mir war kalt.«

»Und der Grund, weshalb du mich mit deinen eisigen Füßen geweckt hast.«

»Ich wollte sie aufwärmen.«

»Und der Grund, weshalb du mich gestreichelt hast, als deine Kälte mich nicht geweckt hat, und mich geküsst hast, als dein Streicheln mich nicht geweckt hat. Du wolltest mich wach und zu allem bereit haben. Warst du an meinen Lippen nicht interessiert?«

»Deinen Lippen?«

»Du hast ansonsten alles an mir berührt.«

»Nicht deine Beine«, protestierte sie entrüstet.

»Ich habe dich aufgehalten, bevor du so weit kamst«, stellte er fest.

Kläglich wurde ihr klar, dass sie ihre Neugier über seinen Körper nicht einfach mit der naheliegenden Erklärung rechtfertigen konnte, dass sie blind war und ihn nie gesehen hatte. Er hatte immer noch keine Ahnung. Wenn er überhaupt darüber nachgedacht hatte, dann dachte er wohl, dass sie ging und arbeitete und sich mit der Sicherheit einer sehenden Person bewegte. Schmeichelhaft, aber schwer zu erklären.

»Meine Lippen«, forderte er sie auf.

»Lippen sind zum Küssen da, diese Art der tiefen Küsse, die Männern gefallen, und ich wollte nicht …« Ihre Stimme erstarb, verlor sich im Durcheinander ihrer Erklärung.

»Wer hat dir eine so geringe Ansicht vom Kuss eines Mannes vermittelt?«

»Manchmal haben mich Adlige geküsst, die zu Besuch waren, zum Scherz natürlich, und manchmal hat es mein Stiefvater versucht.«

»Schweine.« Er spuckte das Wort aus. »Aber das sind keine Küsse. Wir haben uns einmal geküsst, erinnerst du dich nicht daran? Hat dich sonst noch niemand richtig geküsst?« Seine Hände folgten einem ähnlichen Pfad wie ihre zuvor, streichelten ihre Brauen, glitten über ihre zierliche Nase zu ihren zitternden Lippen. »Hat dir niemand beigebracht, welches Vergnügen es macht, wenn sich ein Mann und eine Frau küssen?« Er streichelte ihre Wange mit einem Finger. »Hat noch niemand durch das glühende Siegel eines Kusses die Rose des Paradieses auf deinen Wangen erblühen lassen? Hat noch niemand dir den herrlichen Geschmack von Erdbeeren gebracht?«

»Klingt eher nach einer Verfolgungsjagd im Freien«, antwortete sie mit säuerlichem Nachdruck.

Er lachte und drückte sie. »Was für eine Schwindlerin du

doch bist! Entschieden unromantisch, wahrlich der Charakter von Lady Saura, die vom Mangel an Liebe sauer wurde. Aber ich habe hiergelegen, während mich eine bezaubernde Elfe liebkoste, und ich erinnere mich an die unschuldige Magd, die mit mir im Bad gerungen hat, die mich geküsst hat und den Geschmack von Erdbeeren und Rosen und Nektar zu einem Mann gebracht hat, der die Freuden des Lebens verloren hatte.«

»Dieser Kuss war anders. Du hast mich überrascht.«

»Aha. Werde ich dir niemals Vergnügen bereiten, außer wenn ich dich überrasche? Dann werde ich mich an dich heranschleichen.« Seine Lippen berührten ihr Ohr und glitten dann herum, um ihren Mund flüchtig zu küssen. »Oder dich einfach schnappen.« Er drückte ihr laut Küsse auf das Kinn. »Oder dich wie ein unerfahrener Junge küssen.« Er legte seinen Mund auf ihren und drückte sie aneinander, schnüffelte in einer Parodie von Leidenschaft, bis sie lachte. »Und dann küsse ich das Lächeln auf deinem Gesicht«, flüsterte er gegen ihre Lippen, »bis du sie bereitwillig für mich öffnest.«

Seine Absicht änderte sich so subtil, dass sie tat, was er sagte. Sie öffnete sich ihm bereitwillig, seine Zunge rieb an ihren Zähnen, dann an ihrer Zunge. Es hatte keine Ähnlichkeit mit den Aufmerksamkeiten anderer Männer, und sie fragte sich zum ersten Mal, ob das, was diese mit ihr gemacht hatten, weniger ein Kuss, sondern vielmehr eine Vergewaltigung gewesen war. Vielleicht hatte William recht, vielleicht benötigte ein Kuss zwischen einem Mann und einer Frau die richtigen Zutaten, um das Gericht vollkommen zu machen.

Sie schmeckte ihn wieder, so wie sie es zuvor getan hatte, aber ein anderer Geschmack lief über ihre Zunge. Stärker, männlicher, von seinem Atem gereinigt und durch seine Zunge betont. Er drängte sich nun an sie, ihr Körper war nun ganz eng an seinem, sodass sie seine Männlichkeit spürte, und sie brach den Kuss ab.

»Ich glaube nicht«, sie atmete heftig ein, »dass das möglich ist.«

»Wir werden es möglich machen.« Er begann sich über ihr aufzurichten, doch sie stieß ihn von sich.

»Aber du solltest das nicht. Du wurdest heute verletzt.«

»Ja, mein Kopf tut weh, aber nicht ganz so schlimm wie mein –« Er stutzte. »Entschuldige. Das Wort ist unpassend für die Ohren einer Dame.«

»Du musst nicht so höflich sein. Ich weiß, was du meinst, und ich verspreche dir, ich habe schon jedes grobe Wort in der normannischen Sprache gehört.«

»Umso mehr ein Grund, höflich zu sein. Ich schwöre, du wirst mich niemals mit den anderen Männern in deinem Leben verwechseln.« Sein Atem kam näher, flüsterte ihr übers Gesicht. »Was heute passiert ist, kann mich nicht beeinträchtigen. Die Gefahr unserer Umstände, frühere und jetzige, kann unser Liebesspiel nur noch feuriger machen.«

»Der morgige Tag kommt vielleicht niemals.« Sie vollendete seinen Gedanken.

Wieder erhob er sich über sie, und als er die Schleife löste, die ihr Unterkleid zusammenhielt, versprach er: »Der morgige Tag wird kommen. Nur wird uns morgen die Hoffnung begrüßen.«

Die Schnur glitt unter seiner Führung auf, sodass die Öffnung weit genug wurde und er das Kleidungsstück über ihre Schultern rutschen und diese küssen konnte. Erst die eine, dann die andere. »Solch ein zerbrechlicher Rahmen für eine so grimmige Kriegerin.« Er hob ihre Hände und legte sie an sein Gesicht, rieb seinen Bart daran, leitete sie an, seinen Hals und die Schultern zu berühren. »Ich mag das, ich mag es, wenn du mich berührst«, sagte er.

Ihre Hände hielten sich an ihm fest, doch sie fühlte sich ängstlich und seltsam, irgendwie aufdringlich, und die »grimmige Kriegerin« konnte in ihrer Seele nicht die Stärke finden, ihn so zu erfreuen, wie er es sich wünschte. Er lachte leise vor sich hin und lavierte ihr Hemd geschickt hin und her, bis es um ihre Taille fiel. »Welch eine Wonne du bist! Mit der reifen Süße einer Frau gesegnet und doch noch grün und unerfahren wie ein junges Mädchen.«

Verwirrt dachte sie, aus seinem Mund klang ihre Feigheit so charmant und angenehm, als ob es die Verführungskunst einer Kurtisane wäre.

Er nahm eine Handvoll Haare in seine Faust und hob diese an seine Nase. »Ah«, seufzte er, »jeder Wein sollte ein solch edles Bouquet haben.« Seine starken Finger kämmten durch ihr Haar und begannen eine herrlich intensive Massage an ihrem Nacken. Sie legte den Kopf zurück und entblößte ihm ihren Hals für seine sanften Küsse. Nie zuvor hatte sie sich solchen Reichtum vorgestellt. Dann massierte er ihr die Kopfhaut, nährte ihr Vergnügen mit seinen Fingerspitzen, bis er ihre Stirn erreichte und seine Berührungen eher neugierig wurden. Sie erkannte die sachte Berührung wieder, mit der er ihre Augenbrauen nachfuhr, über ihre Nase strich, ihre Lippen liebkoste. Er las ihr Gesicht.

Vielleicht war sie so scheu wie ein unerfahrenes Mädchen, doch er verbarg sein Bedürfnis, sie zu sehen, in der Umarmung eines Liebhabers, und diese leichte Zurückhaltung nahm sie mehr für ihn ein, als es irgendetwas anderes hätte tun können. »Findest du mich hübsch?«, fragte sie ermutigend und voller Genuss.

Seine Finger hielten inne, bebten, berührten ihre Wangen. »Eine reizvolle Knochenstruktur«, murmelte er und stupste sie sachte aufs Kinn. »Und ein eigensinniges Kinn.«

Lachend reckte sie sich, während er ihre Schultern, die

Arme und den Nacken streichelte. Sie machte sich darauf gefasst, raue Hände zu spüren, die ihren Unterleib antasteten, doch seine unerwartete Zärtlichkeit ließ sie vor Vergnügen atemlos werden und sich nach einer intimeren Berührung sehnen, aber wo?

»Ich mag es, wenn du mich berührst«, wiederholte er. »Willst du mir nicht zeigen, wo ich dich berühren soll?«

Wieder hob er ihre Hände an, doch ließ er sie dann einen Augenblick zwischen ihnen in der Luft schweben. Sie beugte und streckte ihre Finger so lange hin und her, bis ihr die Albernheit ihres Verhaltens bewusst wurde und sie ihre Scheu überwand und sie die Hände nach seiner muskelbepackten Brust ausstreckte und diese dann mit einem erstaunlichen Mangel an Koordination auf seinen Schultern landeten. Sogleich fanden seine Hände ihre Schultern und warteten, warteten, bis ihre Handflächen über die Gelenke streichelten. Dann streichelten seine Handflächen über ihre Gelenke. Ihre Finger glitten über seine Rippen hinab. Seine Finger über ihre. Ihre Finger zuckten, stürmten vor, verdrehten sich und fanden schließlich voller Eile seine Brust. Seine Finger vollführten keine dieser Zuckungen, zeigten keine Eile, sondern glitten mit solch glatter Präzision an ihr Ziel, dass sie vermutete, er wusste, wo er suchen musste.

Als seine Hände ihre Brüste umfassten, konnte sie keinen vernünftigen Gedanken mehr fassen. Ein Gefühl, so rein, wie sie es noch nie erlebt hatte, das Gefühl von nackter Haut auf nackter Haut vereinte sie in einem kristallklaren Moment der Einkehr. Sie schloss die Augen, ihr Atem war wie ein einziger ekstatischer Schrei. Ein perfekter Moment, der an sich schon vollkommen und ein verheißungsvoller Schatz war.

»Mehr?«, murmelte seine Stimme in ihr Ohr.

Sie nickte langsam und zustimmend und flüsterte: »Bitte.«

»Wie?«

Ihre Hände suchten nach seinen Brustwarzen, die unter einer Matte von lockigem Haar vergraben waren, und sie rieb mit den Daumen in kreisförmigen Bewegungen darüber.

»Wie geradeheraus du bist«, staunte er. »Die meisten Frauen würden dies bevorzugen.« Wie Herbstlaub, das zu Boden fällt, so strichen und tanzten seine Finger über ihre Haut, streichelten die empfindlichen Unterseiten ihrer Brüste und machten ihr wortlose Komplimente. Ein Gefühl stieg in ihr auf, die Reaktion einer unerfahrenen Schülerin auf das Werk eines Meisters. Sie wollte, wollte seine Hände so dringend auf ihren Brustwarzen spüren, doch sie hatte keine Kontrolle mehr über sich.

Dann gab er ihrem Sehnen nach, schloss seine Hand um ihre Brust und bearbeitete diese in einem sanften und doch stetigen Rhythmus, und der denkende Teil von Saura war geflohen, und stattdessen gab es nur noch dieses sinnliche Wesen, das sich auf dem Lager wand.

»Immer noch mehr?«, fragte er.

Sie musste dreimal tief Atem holen, bevor sie stammeln konnte: »Was kann es denn noch mehr geben?«

Sein Mund umschloss ihre Brustwarze, und jeder Muskel ihres Körpers spannte sich an. Er saugte an ihr, während sie ihr Bein unter ihn schob. Dann leckte er jeden Zentimeter ihrer Brust, bis sie ihre Beine auffordernd um seine Taille schlang, und dann wiederholte er seine Behandlung an der anderen Brust. Als er sich schließlich zurückzog, traf die Kühle des Raumes ihren Busen, der von seiner Zuwendung ganz feucht war. Dies kühlte sie ein wenig ab, ließ sie wieder zu sich kommen, brachte ein wenig Ordnung in ihre Gedanken, und sie wollte etwas sagen, ihn bitten.

Er murmelte: »Ist dir kalt, Kleines? Lass mich dich zudecken.« Langsam, ganz langsam senkte er sich auf sie hinab, bedeckte erst die ungeschützte Haut ihres Bauches, dann ihr

Brustbein. Ihre Brustwarzen betteten sich in sein kratziges Brusthaar, und das Gewicht seines Oberkörpers senkte sich auf sie hinab, drückte sie nieder, öffnete sie zum ersten Mal für das Wunder, seine nackte Haut an ihrer zu spüren.

Normalerweise floss ihr Leben einfach so dahin, langweilig und alltäglich oder entsetzlich und Furcht einflößend, nur gelegentlich von goldenen Momenten unterbrochen. Diesen Moment genoss sie am allermeisten. Ihr goldener Mann. Seine Lippen glitten über ihre Augenlider, sein Kuss neckte ihre Nase, und sie hob ihren Kopf und fing seinen Kuss mit ihrem eigenen ein, so unverbraucht und inbrünstig, wie es eine gelehrige Schülerin nur sein konnte.

Nun öffneten sich seine Lippen unter ihrem forschenden Kuss, nun ließ er zu, dass Saura sie den Pfad zum Paradies hingeleitete, und als sie nach Atem schöpften, war sie dankbar zu hören, wie er nach Luft schnappte und dass sie so nahe an ihrem eigenen das heftige Pochen seines Herzens spüren konnte.

»Genuss«, sagte er, und seine Stimme klang unkontrolliert und wurde durch den kahlen Raum noch verstärkt. Er senkte die Stimme und wiederholte: »Genuss ist eine wunderbare Sache. Er kann langsam und feurig sein und auf seinem Weg alle Hemmungen verbrennen.« Er lehnte sich auf die Seite, und seine Hand glitt von ihrem Rastplatz auf ihren Rippen hinab zu ihrer Hüfte. »Unsere Feuersbrunst hat alles entzündet. Saura, ich brenne.«

Nahezu unhörbar bedeutete ihr seine Beredsamkeit weniger als das feine Zittern in seinem Arm, während er sich über ihr abstützte.

»Saura, zeig mir, was du möchtest.«

Als sie seine Hand in ihre nahm und auf ihr Schambein legte, spürte sie, wie ihre Finger ebenfalls zitterten, doch er brauchte keine weitere Ermunterung mehr. Saura spürte eine honigsüße Lust, als er sie mit seinen Fingern öffnete. Einen nach dem anderen fand und erkannte er die Punkte, an denen er ihr Vergnügen bereiten konnte, und er zeigte ihr, dass alles, was bisher geschehen war, nur die Vorbereitung hierfür war. Als er erst mit dem einen Finger, dann mit einem zweiten in sie eindrang, begab sich ihre Seele auf den langsamen Gleitflug zur Lust. Weder seine geflüsterte Warnung vor den Schmerzen noch sein vorsichtiges Erforschen und auch nicht das langsame Einführen seiner Männlichkeit in ihren Körper konnte den Aufwind aufhalten, der sie in die Luft trug.

Ihr Gewebe gab langsam nach: Nicht mal mit all ihrer Willenskraft konnte sie ihren Körper zwingen, sich zu trennen. Doch das Unbehagen war nichts im Vergleich zu den Qualen der Verzückung, die ihr seine Hände schenkten. Sein wiederholtes »Ich kann nicht warten, ich kann nicht warten« bedeutete bloß, dass er in winzigen Stückchen in sie eindrang, sich zurückzog und wiederkehrte, bis sie ihn verzweifelt umklammerte. Dann kämpfte er sich an ihrem Jungfernhäutchen vorbei und stöhnte leise vor sich hin, als sie stöhnte: »Endlich!«

Ihre Ungeduld wuchs. Sie knetete seine Taille, grub ihre Finger fest in sein Gesäß, stieß atemlos seinen Namen aus. Das entzündete seinen Funken.

Was wie ein geduldiges und sanftes Liebemachen begonnen hatte, wurde stürmisch und wild. Unerträgliche Lust, angenehme Qualen, hier war sie noch nie gewesen. William zog sie in eine andere Welt und trieb sie von einem Extrem ins andere, bis ihr Körper nichts mehr verlangen, nichts mehr annehmen konnte. Sie fing ihn in ihren Armen und Beinen ein, drückte ihn an sich, folgte seinen Bewegungen, und sie fand jenen Ort, an dem es nur noch Farbe und Licht gab.

An diesem gesegneten Ort war Gold unter ihren Fingern, Gold in der duftenden Luft. Es gab goldene Töne für ihre Ohren und goldene Gerichte für ihren Gaumen. Das Gold schwoll mit Williams Stößen an und ab, wurde mehr als Gold unter seiner Ermunterung, und in einer herrlichen Offenbarung schweißten sie sich zu einer Einheit zusammen. William und Saura, Saura und William. Gemeinsam wurden die Schätze ihrer Körper zu den Schätzen ihrer Seelen gewandelt und dort auch für die Zeit nach der Leidenschaft hinterlegt.

Vielleicht, so träumte Saura, würden diese Schätze nie verloren gehen.

Als sein Gewicht über ihr zusammenbrach, kehrte sie zu einer Art Bewusstsein zurück. »Entschuldige«, ächzte er und hob sich von ihrem Körper. Bedauernd umarmte sie ihn noch ein letztes Mal, dann ließ sie ihn los. Da er ihre Gefühle nachempfinden konnte, legte er sich neben sie und strich ihr das Haar aus dem Gesicht. »Wir werden mehr davon bekommen«, versprach er.

»Ja«, antwortete sie, nicht weil sie ihm zustimmte, sondern weil sie es hoffte. In ihre Glieder kehrte wieder Energie zurück, und voller Tatendrang schob sie die Decken an das Fußende des Lagers und beschwerte sich: »Mir ist so heiß.«

In der Nacht legte sie ihren Fuß auf ihn, und er wachte mit einem Ruck auf. »Verdammt, Frau, du frierst schon wieder.«

»Ja.«

»Wenn du die Decke anbehalten hättest –«

»Du kannst mich doch wärmen«, schlug sie vor und schmiegte sich unter seinen Arm.

»Ja, du Mutwillige, könnte ich. Aber werde ich nicht.« Er zog sie ganz nahe an sich heran und küsste sie auf die Stirn. »Du bist zu unerfahren, und ich werde – hör auf damit! Wo hast du das gelernt?«

Sie hob den Kopf von seiner Brustwarze an. »Von dir. Gefällt es dir nicht?«

»Ich weiß nicht. Es ist … anders. Ich nehme an, es gefällt

mir. Hör auf damit!« Er fasste sie unters Kinn und hielt sie fest, während er sich zu ihr hindrehte, sodass sie sich ansahen. »Warte noch eine Nacht, Liebes, und ich werde dir wieder Lust bereiten. Der Unterschied zwischen uns beiden ist zu groß, als dass weitere Zärtlichkeiten heute Nacht angenehm für dich wären.«

»Willst du mich denn nicht?« Ihre Stimme zitterte wegen seiner Zurückweisung.

»Dich nicht wollen? Gott, Frau«, er nahm ihre Hand und schlang diese um seine Männlichkeit, »ein größeres Wollen hatte ich noch nie. Aber mehr als das, ich liebe dich. Du bist die ehrlichste Frau der Welt. Und großherzig und klug.«

»Ich klinge schon wieder wie eine Nonne.« Sie seufzte.

»Oh nein.« Er lachte und schüttelte energisch verneinend den Kopf. »Du bist auch noch starrköpfig und zielstrebig und resolut, und ich werde dir niemals Steine in den Weg legen«, er hob ihre Hände und küsste sie, »wenn mein Kopf in der Nähe ist und ich dich verärgert habe.«

»Ich habe vorher noch nie jemanden geschlagen«, protestierte sie. »Wenigstens nicht mit Steinen.«

»Ich bin geschmeichelt.«

Sie konnte das Lächeln in seiner Stimme hören.

»Nur zu meiner Verteidigung wirst du zu einem schlagkräftigen Streiter. Ich werde dir beibringen, dich selbst zu verteidigen. Meine Frau wird nicht kampflos vergewaltigt oder ermordet werden.«

Meine Frau.

Die Worte stachen hervor und erregten sie, aber unter der Erregung lauerten kalte Angst und Verwirrung. Glaubte er wirklich, jede Frau sei fähig, sich selbst zu verteidigen? Ihre eigenen Abwehrkräfte waren Wachsamkeit und List, die durch jahrelange Gefahr geübt waren. Täuschte sie ihn unnötig? Sollte sie ihm von ihrer Blindheit erzählen, bevor es jemand anderer tat? Sie hasste es so sehr, wenn einer der dämlichen Kerle sich einen Spaß mit ihr erlaubte, und sie fürchtete, er würde glauben, sie hätte es mit ihm ebenso gemacht.

Es waren einfache Worte, die sie sagen musste: »William, ich bin auch blind.« Aber diese wenigen Silben konnten den Kokon des Vertrauens und der Leidenschaft zerstören, der sie umgab, und so kämpfte ihre angeborene Ehrlichkeit mit ihrem Wunsch, es aufzuschieben, und sei es nur für eine weitere Nacht. Nur noch für ein paar Stunden.

»Du bist von mir weggewandert«, murmelte er und zog an einer Haarlocke. »Komm zurück und schlaf bis zum Morgen in meinen Armen. Dann werden wir herausfinden, wer uns solche Pein bereitet, und nachdem ich seine Anmaßung geheilt habe, werden wir uns davonmachen.«

Die Fähigkeit, Gefühle aus den Stimmen um sie herum zu analysieren, hatte Saura häufiger, als sie zählen konnte, vor Schaden bewahrt, und nun hörte sie die gespielte Zuversicht in seinem Tonfall, das Versprechen einer Hoffnung, die er nicht wirklich spürte.

Aber was konnte sie tun? Sie versuchte ihre Stimme so zuversichtlich wie möglich klingen zu lassen und murmelte »Gewiss, William«, bevor sie einschlief.

Die Sonne warf ihr rosiges Licht durch die beiden Schießscharten, erleuchtete die erbärmliche Möblierung des Raumes, und William starrte staunend vor sich hin. Es sah so real aus. Seit seinem Unfall hatte er sehr lebendige Träume gehabt, in denen er sehen konnte, aber dieser hier sah so wirklich aus. Seit den Tagen seiner Kindheit, wenn William voller Erwartung aufgewacht war, hatte er nie an seiner irrationalen Gewissheit gerüttelt, dass jeder neue Tag ein besonderer Tag war. An diesem Morgen war es nicht anders. Das Vergnügen war vielleicht durch die Ereignisse der Nacht etwas schärfer geworden, aber dennoch hatte er sich gereckt, den Morgen umarmt und die Augen geöffnet: und dies gesehen.

Er schloss die Augen wieder, und die Vision verschwand. Seine verbliebenen Sinne, die Sinne, denen er vertraute, fütterten ihn mit Informationen. Die windige frühe Morgenluft strich ihm mit einem frischen Kuss über das Gesicht. Draußen konnte er die Vögel ihren Gruß an die Sonne mit immer stärker werdender Inbrunst üben hören. Neben ihm schlief Saura immer noch. Er konnte ihr gleichmäßiges Atmen hören und ihre Wärme an seinem Arm spüren. Ja, es war Morgen.

Er öffnete die Augen. Diese verdammten Schießscharten schienen heller, das zunehmende Licht schmeichelte den grauen Steinen. Er warf einen schnellen Blick durch den engen Raum. Tisch, Hocker, großer, leerer Kerzenständer. Wie seltsam. Holzeimer. Er hob den Kopf und starrte auf das Lager.

Sieh dir das an. Zwei Beulen unter der braunen Decke, wo seine Füße sein sollten, und sie bewegten sich, wenn er sich bewegte. Dies schien so real.

Sieh dir die Frau neben dir an. Gütiger Gott, jetzt wusste er, dass es ein Traum war. Diese Frau, seine Traum-Saura, war hinreißend. *Verse* kamen ihm durch ihren sinnlichen Anblick auf die Lippen. Ein wunderschöner Körper, in der Tat, und ein energisches Kinn. Und rote Lippen und lange schwarze Wimpern, die über ihre Wangen strichen. Langes glänzendes schwarzes Haar, das kunstvoll über ihrem Oberkörper drapiert war und den stolzen Bogen ihrer Brust verbarg und gleichzeitig offenbarte. Ihre Haut war überall cremefarben und rein, ohne Sommersprossen oder Makel. Welch ein Traum. *Welch* ein Traum.

Er schüttelte angesichts seiner Leichtgläubigkeit den Kopf, und seine eingebildete Kulisse wackelte hin und her. Er legte sich zurück, seufzte tief und hob die Hände, um sich die Augen zu reiben. Aber bevor sie diese berührten, hielt er inne.

Sie sahen so sehr wie seine eigenen Hände aus. Sieh, da war die Narbe am Daumenballen, wo er sich die Haut verletzt hatte, als er als Knappe einen Helm poliert hatte. Und sieh, sein Mittelfinger neigte sich zur Seite, nur ein bisschen, von dem gebrochenen Knochen, den er sich in einer Schlacht vor fünf Jahren geholt hatte. Und sieh, seine Hände schienen nicht so muskulös zu sein, wie sie es gewesen waren, ganz genau so, wie seine Hände nach all den Monaten der Untätigkeit auch aussehen mussten. Und sieh, er beugte die ganze Hand. Sieh.

Sieh.

Sein Herz begann langsam und heftig zu pochen.

Sieh. Sieh, wie die Hände meinen Befehlen gehorchen.

Er stützte sich auf die Ellenbogen.

Sieh dir den Raum an. Sieh dir diesen Ort an.

Sieh dir das Licht an.

6

»Nur die Hoffnung wird uns am morgigen Tag begrüßen.« War es seine eigene Beschwörung gewesen, die ihn geheilt hatte? Oder war es die Liebe einer guten Frau gewesen, einer Jungfrau, das alte Allheilmittel gegen jede Krankheit?

William stand auf und spähte durch die Schießscharte. Er wusste, wo sie waren. Er war früher einmal auf einem Jagdausflug in dieser Burg gewesen. Unter sich konnte er sehen – lieber Gott, das Wunder, das in diesem einen Wort enthalten war! –, er konnte den Wehrgang sehen, und das sagte ihm, dass sich dieser Raum hier an der Spitze eines Turmes befand. Tief unterhalb der Mauer wand sich ein Fluss, und er sah ein flaches Boot, das gerade am Dock anlegte.

William konnte es nicht glauben. Oder er wollte es nicht glauben. Die Schurkerei dieses gesamten Planes erstaunte ihn. Doch ebenso verblüffte ihn dessen Dummheit. Er hatte sich angezogen und dann sein Gefängnis untersucht. Hier gab es keine Einschränkungen, jedenfalls nicht für einen Mann, der sehen konnte. Wenn er es wollte, konnte er die Tür niederreißen. Wenn er wollte, konnte er Saura wecken, sie an diesen erbärmlichen Wachposten vorbeischleusen, zwei Pferde stehlen und zurück nach Burke reiten. Es wäre noch nicht einmal sonderlich schwierig gewesen, wenn er nicht sehen könnte, und jetzt, wo sein Sehvermögen zurückgekehrt war, war es lächerlich einfach.

Aber er würde es nicht tun. Nein, würde er nicht. Dieser Mann, der sie gefangen hielt, dieser Wurm, dieser ekelhafte

Knabe, er würde dafür bezahlen. Und er würde reden. William konnte an nichts denken, was dieser *âme damnée*, dieser verdammten Seele, genug Mut geben konnte, um ihm zu widerstehen. War er doch sonst ein maßvoller Mann, so wusste William doch, dass er im Zorn wie eine Urgewalt war, der niemand widerstehen konnte, und ganz gewiss nicht dieser dreckige Hurensohn, der sie eingesperrt hatte.

Er ging zum Bett, stand davor und starrte Saura an. Ihre Schönheit schockierte ihn. Er war ein pragmatischer Mann, einer, der nicht mehr vom Leben erwartete, als dieses ihm gab. Aber diese Frau war ein Gewinn.

Eine Jungfrau mit neunzehn. Er hatte an ihrer verwunderten Reaktion auf die Lust erkannt, dass sie noch Jungfrau war, aber als er sich dieses Umstandes vergewissert hatte, war es ihm schwergefallen, sich zu beherrschen.

Welch eine Belohnung! Das Mädchen war in einem Flammenstoß zur Frau geworden, hatte ihn unter ihrer Leidenschaft begraben, mit ihren herrlichen Zuckungen an ihm gezerrt. Sie hatte ihn mit ihrem erotischen Feuer verbrannt, aber sie hatte ihn auch mit der Hitze belohnt, die sie beide schufen, und vielleicht hatte sie ja recht. Jeder für sich genommen waren sie beide wie zwei normale menschliche Wesen. Gemeinsam brachte ihre feurige Vereinigung die Nacht zum Leuchten.

Eine Jungfrau mit neunzehn. Unruhig zog er sich einen Hocker zum Tisch und riss ein Stück Brot ab. Es war trocken und zäh, schmeckte aber dennoch himmlisch für einen Mann, der am Vortag weder sein Mittag- noch sein Abendessen bekommen hatte. Seine Aufmerksamkeit wanderte zu Saura zurück, deren Augenlider durch das Flechtwerk von Adern unter ihrer dünnen Haut blau schimmerten. Eine Erbin mit ihrem Aussehen hätte schon mit dreizehn verheiratet werden sollen. Warum war sie es nicht? Die Frage nagte an ihm. Sie schien perfekt. Schön, mitfühlend, wohl erzogen, reich. Wie hatte ihr Stiefvater sie von der Ehe ferngehalten? Natürlich, einen größeren Mistkerl als ihren Stiefvater hatte es noch nie zuvor gegeben. Sauras Abneigung gegen das Küssen, die sie Theobald zu verdanken hatte, war aber bald verschwunden, und sie hatte eine bemerkenswerte Fähigkeit bewiesen, Williams Melodie sogar noch zu variieren. Sie hatte jeden seiner Körperteile so lange geküsst, bis seine Muskeln von all der Beherrschung schmerzten. Die Erinnerung daran ließ ihn aufspringen, da es ihm unmöglich war, bei solchen Gedanken einfach still dazusitzen. Wenn sie doch nicht so unverbraucht wäre, nicht so zierlich, wenn sie doch wach wäre und ihn anlächeln würde. Er fluchte leise vor sich hin. Nur ein bisschen Ermunterung, dann würde er sie sogleich wieder nehmen wollen. Wie hatte er es bloß geschafft, sich vergangene Nacht zurückzuhalten, als sie erneut mit ihm schlafen gewollt hatte?

Er ging zum Fenster. Irgendetwas quälte ihn, etwas, das die Diener gesagt hatten, aber er konnte sich nicht genau daran erinnern. Wieder schaute er aus dem Fenster hinunter auf den Fluss. Wo war dieser kleine Wicht, der sie beide eingesperrt hatte? Falls er nicht bald durch diese Tür kam, dann würde William sie aufbrechen müssen. Er konnte es einfach nicht ertragen, im selben Raum mit ihr zu sein und ihr nicht die Decken vom Leib zu ziehen. Er ballte die Fäuste, hämmerte mit seiner Stirn an die Wand und stöhnte. Was war er doch für ein Narr, sich selbst so zu quälen.

Ein leises Seufzen zeigte ihm, dass sie aufwachte. Er drehte sich auf dem Absatz um und beobachtete mit begierigen Augen, wie sie sich wie eine Katze rekelte, erst den einen Arm, dann den anderen, erst ein Bein, dann das andere, und dann streckte sie ihren ganzen Körper in einer einzigen sinnlichen Bewegung aus. Ihre Haut schimmerte hell und gesund und hob sich von der dunklen Decke auf der Matratze ab. Als ihr langes Haar über ihre kurvenreiche Figur glitt, verbarg und enthüllte es diese reizvoll. Sie war das Anmutigste, was er gesehen hatte, seit – er musste über sich selbst lachen. Sie war das Anmutigste, was er je gesehen hatte.

Der etwas verspätete Wunsch nach ein wenig Dramatik traf ihn völlig unvorbereitet. Er wollte sie überraschen, wollte ihr mit der Rückkehr seines Sehvermögens eine Freude machen. Hastig drehte er sich wieder zum Fenster und dachte nicht daran, dass gerade dies einen sehenden Menschen aufmerksam machen würde, denn welcher Blinde starrt schon aus dem Fenster?

»William?« Ihr Ruf klang wie die musikalische Verlockung einer Flöte. Als er nicht antwortete, rief sie ängstlich: »William?«

»Hier, Liebes.« Er merkte, dass er sie noch nicht ansehen konnte, und rieb sich mit lausbübischer Freude die Handflächen übers Gesicht.

»Geht es dir gut?«, fragte sie, und ihre Besorgnis durchdrang ihre klare Stimme.

Als Antwort drehte er sich um und sah sie an. Ihre Augen erstaunten ihn. Veilchenblau wie der Frühling war ihre samtweiche Farbe, doch vielleicht war es auch der Kontrast ihrer schwarzen Wimpern auf ihrer weißen Haut, der den besonderen Reiz ausmachte. Anders als während ihres Schlafes trugen ihre Lippen, die wie karmesinrote Pfingstrosen strahlten, einen besorgten Ausdruck um die Mundwinkel. Schlafend hätte ihr Gesicht schon alle Schönheit der Welt vor Neid zu Stein werden lassen, aber wenn sie wach war, schuf die Ansammlung feingliedriger Knochen, zierlicher Muskeln und zarter Haut ein klassisches Antlitz, das er stundenlang betrachten könnte.

Aber sie sah ihn nicht wirklich an. Also winkte er ihr. Und sie reagierte nicht. Also grinste er sie an, ein jungenhaftes,

»Sieh mich doch mal an«-Grinsen. Woraufhin sich die besorgten Züge ihres Gesichtes noch vertieften.

»William?« Sie warf die Bettdecke von sich und stand mit einer einzigen anmutigen Bewegung geschwind auf. »Was ist mit dir? Ist es dein Kopf?«

Sie ging auf ihn zu. Der Anblick ihres Körpers schnürte ihm die Kehle zu, und er vergaß, sie zu warnen. Er streckte ihr die Hand entgegen, aber sie ging immer weiter, schien seine Geste nicht zu sehen, schien auch den Eimer nicht zu sehen, bis ihre Zehen am Bein des Hockers hängen blieben, ihr Knie den Eimer samt Inhalt umwarf und Saura hinfiel.

Er sprang ihr voller Sorge entgegen und war erleichtert, als er aus ihren blütenweichen Lippen den absolut verständlichen Ruf hörte: »Die Pest soll es holen!« Dann schlang er seine Arme um die gefallene Schönheit und hob sie behutsam hoch. Er stellte sie erst auf den einen, dann auf den anderen Fuß. »Hast du dir etwas gebrochen?«

»Natürlich nicht«, antwortete sie verächtlich. »Ich habe schon Schlimmeres erlebt. Aber du, William, bist du gesund?«

»Ja.« Er starrte auf ihre Schienbeine und sah, dass sie sich über dem Knochen bereits röteten. »Das wird wehtun.« Ihm wurde klar, dass er ihr nicht ins Gesicht sah, wie er sollte. Ein Mann, der seine Dame mit der Rückkehr seines Augenlichtes überraschen wollte, sollte sie irgendwie auf die gute Neuigkeit aufmerksam machen. Also warum hatte er Angst?

Er erstarrte. Angst? Wovor hatte er Angst? Was hatte er mit seinen neuen Augen gesehen, was er nicht zugeben wollte?

»Was tut dir weh?«, beharrte sie und schüttelte seine Schulter. »Du bist so steif, als ob du gelähmt wurdest. Ist es das? Ist irgendein Körperteil nicht in Ordnung? Du musst es mir sagen, es vor mir geheim zu halten macht es nur noch schlimmer.«

»Alle meine Körperteile sind in Ordnung. Allesamt.« Er hob seine Augen und sah ihr ins Gesicht, und dann sah er ihn, den Blick, der durch ihn hindurchsah, diesen Blick, der ihn nicht berührte. Sein erster ungläubiger Gedanke war, dass man ihr das Augenlicht weggenommen hatte, um seines wiederherzustellen, aber ihr völlig natürliches Verhalten zeigte ihm, dass dieser Verdacht unbegründet war. Gewissensbisse trafen ihn plötzlich wie ein Peitschenschlag. Er hatte all seine Verachtung und seine Empörung gegen dieses wunderschöne blinde Mädchen gerichtet. Ein Schauer durchzog ihn. »Saura.«

»Du bist krank«, sagte sie. »Ich wusste, ich hätte mich nicht von dir lieben lassen dürfen.«

Sie versuchte ihren Arm von seinem Hals zu lösen, aber er hielt sie davon ab, indem er sie auf den Arm nahm.

»Wenn du krank bist, lass mich dir doch helfen«, beharrte sie. »Setz mich ab.«

»Ja, ich setze dich ab.« Er senkte sie bis ganz hinab auf die Strohmatratze auf dem Fußboden. Dann zog er die lose Decke um sie und wickelte sie darin ein.

Sie ließ ihn ohne Widerstand gewähren, verstand aber nicht. »William?«, flüsterte sie und berührte sein Gesicht, während er vor ihr kniete.

Ungeheures Schuldbewusstsein verschlang ihn. »Oh, mein Gott, Saura. Du kannst nicht sehen.«

Saura setzte sich abrupt auf, verschränkte die Beine unter sich, umklammerte die Decke, die ihren nackten Körper bedeckte, und dann wurde ihr die volle Bedeutung seiner Worte bewusst. Die Trostlosigkeit ihres gesamten Daseins überrollte sie schier, und ihr Verstand schrie: *Kein Entkommen! Du wirst niemals entkommen!*

»Und du *kannst* sehen.« Erst klang ihre Stimme tonlos, aber als ihr sein unglaubliches Glück bewusst wurde, sprach sie voller Freude: »Gott segne dich, William! Du kannst sehen!« Sie zog seinen Kopf zu sich hin und küsste ihn auf den Mund. Ihre Hände waren feucht. »Tränen?«

Er legte seine Wange an ihre, und sie wunderte sich ein wenig darüber, dass sie beide die Seiten vertauscht hatten. Sie würde sich erst später der Verzweiflung hingeben, die ihr Dasein bedrohte.

Er weinte neben ihr, aber die Art, wie er weinte, wunderte sie. Kein Schluchzen, kein Schulterzucken. Bloß leise Tränen benetzten ihren Hals. Es schien ihm Schmerzen zu bereiten, so als ob er mit jeder einzelnen kostbaren Träne sein Herzblut vergoss.

Sie spürte zu ihrer Überraschung, dass seine Tränen auch ihr Schmerzen bereiteten. Wann hatte jemals jemand um sie geweint? Seit dem Tod ihrer Mutter hatte sie immer bloß andere getröstet, aber niemals wurde ihr selbst Trost gespendet. Jetzt weinte dieser Mann, dieser im wahrsten Sinne des Wortes zähe und entschlossene Krieger, weinte um sie. Und es bereitete ihr Kummer, mehr noch als es der Beweis ihrer ersten selbstsüchtigen Reaktion zuvor getan hatte. Mit zitternden Händen strich sie ihm das Haar aus der Stirn und räusperte sich: »Warum weinst du?«

Er antwortete nicht, nur seine Hand rieb über ihr Knie, und sein Arm legte sich um ihre Taille. Er schien in sie hineinkriechen und ihre Mühen teilen zu wollen.

Sie streichelte ihn stärker und zog ihn am Haar. »Gewiss habe ich dir doch beigebracht, dass uns unsere Blindheit nur so weit beschränkt, wie wir es zulassen.«

»Das … ist … es nicht.«

»Was ist es dann?«

»Ich war so ein unflätiger Kerl.«

»Nun, ich weiß nicht.«

»Ein griesgrämiger Stinkstiefel.«

»Nicht doch –«

»Ein gemeiner, hochmütiger Bock.«

Er hielt inne, aber sie sagte nichts.

»Willst du mir nicht widersprechen?«

»Nein«, sie zog das Wort in die Länge. »Demut ist etwas so Erfrischendes bei einem Mann.«

Plötzliche Empörung ließ ihn sich beinahe aufsetzen, aber dann erinnerte er sich an seine Härte und sank zu ihr zurück. »Du hast eine schmerzliche Art, einem Mann Demut beizubringen. Wenn ich mich an all die Gelegenheiten zurückerinnere, als ich über Lady Saura gespottet habe, mich über dein Alter lustig gemacht habe und sagte, du würdest meine Misere nicht verstehen, weil *du* sehen könntest, dann würde ich mich am liebsten selbst verprügeln.«

»Eigentlich hast du mich nicht verspottet, du hast mich nur aufgezogen. Da besteht ein himmelweiter Unterschied. Für eine ältere Frau wäre es sogar schmeichelhaft gewesen. Für mich …« Sie dachte an all die leeren Jahre in Theobalds Haus, wo sie von allen in Frage kommenden Männern ignoriert oder wegen ihrer Behinderung verspottet worden war. Oder daran, wenn man ihr mit der arroganten Annahme einen Platz im Bett eines Ritters anbot, sie würde dafür auch noch dankbar sein. »Für mich waren deine Hänseleien eine Liebenswürdigkeit.«

Zu ihrem eigenen Schrecken zitterte ihre Stimme bei ihren Worten, und er nahm sie fester in die Arme. Mit heiserer Stimme sagte er: »Ich bin grausam zu dir gewesen, habe dich angebrüllt, war grob.«

Überrascht lachte Saura: »Also was? Warum bin ich da etwas Besonderes? Du hast jeden in deinem Haushalt angebrüllt und hast die Gefühle deines Sohnes und die deines Vaters ebenso verletzt.«

Sofort widersprach er ihr: »Habe ich nicht!«

»Und sie sind diejenigen, die dir wirklich am Herzen liegen«, fuhr sie fort, als ob sie ihn nicht gehört hätte. »Es hat mir ziemlich geschmeichelt.«

»Geschmeichelt!«

»Ja. Es hat mich zu jemandem aus deiner Familie gemacht. Wenn du mich nicht angebrüllt hättest, hätte ich gedacht, du würdest mich nicht mögen.«

»Frau!«, donnerte er und gab seine bußfertige Haltung auf. »Sei still und hör mir zu. Ich schreie nicht, und ich bin auch *nicht* grob, und ich werde ganz gewiss nicht mehr grob zu dir sein.«

»Natürlich nicht«, kicherte sie, und mit einem Stöhnen ließ er seinen Kopf an ihren Busen sinken.

»Du bist«, meinte er, »ein schlimmes Weib.«

»Ein griesgrämiger Stinkstiefel?«, schlug sie vor und unterdrückte nur mit Mühe ein herzhaftes Lachen, das sie völlig zu überwältigen drohte.

»Das mal zumindest«, stimmte er ihr finster zu.

»Bin ich nicht, aber ich bin das, was Bronnie befürchtet hat.«

Sie senkte anzüglich die Stimme, doch seine Gedanken waren woanders. »Ich wünschte, du würdest aufhören, dein Lachen zurückzuhalten«, sagte er, und seine Stimme klang empört. »Ich spüre doch, wie es aus dir herausbrechen will, und dieser unschuldige Blick auf deinem Gesicht würde nicht mal einen Mönch täuschen.«

Hastig ließ sie ein gütiges Lächeln auf ihrem Gesicht erscheinen, und er prustete vor Lachen: »Ich habe mich immer gefragt, wie Saura, die Nonne, wohl aussieht. Jetzt weiß ich es.«

»Ich bin aber keine Nonne«, protestierte sie. »Und ich bin es verdammt leid, wenn du mich immer mit einer vergleichst.«

»Glaub mir, meine Liebe, ich weiß, dass du keine Nonne bist. Niemand weiß das besser als ich. Ich bin ein Kenner, was deinen Mangel an Nonnenhaftigkeit betrifft.«

Saura konnte spüren, wie sich sein Gesicht ihrem näherte.

»Ich weiß nicht nur, dass du keine Nonne bist, sondern habe auch deine Chancen ruiniert, irgendetwas anderes zu werden als eine Büßerin im Kloster, und das alles mit dem einfachen Akt –« Er hielt inne, war so nahe, dass sein Atem über ihr Gesicht strich und sich ihre Lippen erwartungsvoll spitzten. »Was meinst du damit, du bist das, was Bronnie befürchtet hat?«

»Ich bin die Sorte Frau, vor der die Priester warnen.« Er lehnte sich ein wenig zurück, und sie folgte ihm so lange mit dem Mund, bis ihr klar wurde, ihr Verhalten ähnelte dem einer Seifenblase, die den stürmischen Nordwind jagt.

»Woher weiß er das?«

Ihr gefiel sein Tonfall nicht, und sie antwortete: »Wegen meines liederlichen Benehmens, vermute ich.«

»Was hast du denn mit Bronnie gemacht?«

Sie zog eine Hand unter der Bettdecke hervor und schüttelte ihren Zeigefinger direkt unter seiner Nase. »Er war besorgt, als ich wollte, dass er dich auszog. Er dachte, ich würde nicht fähig sein, meine Hände von einem nackten Mann fernzuhalten, aber ich versicherte ihm, dass meine Absichten rein wären. Streitest du etwa mit mir?«

»Aha.« Er seufzte. Er nahm ihren Zeigefinger, der zu nahe vor ihm herumwedelte, und faltete ihn zu den anderen zurück. »Ich könnte mich nie mit dir streiten.« Er nahm ihr Handgelenk und zog ihren Arm lang und ignorierte geflissentlich, dass sie sich ein wenig wehrte. »Aber ich freue mich zu hören, dass du deinen reinen Absichten widerstanden hast.«

Sie konnte das Lächeln in seiner Stimme hören, und es machte sie wütend. »Ich hätte letzte Nacht meinen reinen Absichten standhalten können.« Sie zuckte zusammen, als er sie in ihrer Armbeuge küsste. »Hör auf damit!«

»Mach weiter, schimpf ruhig mit mir«, antwortete er, während er ihre zarte Haut küsste, und augenblicklich stellten sich ihr die Haare am Arm auf. »Ich höre.«

»Aber heute Morgen sind diese Absichten klar!« Sie zog ihren Arm zurück, und er ließ ihn ohne Widerstand los, und die Bettdecke flog zurück und zeigte mehr als nur die Hälfte ihres nackten Körpers. »Du Schurke!«, rief sie, als er ihre bloße Taille umfing und sie rückwärts auf das Lager warf. »Glaubst du etwa, du könntest mich beleidigen und mich dann«, sie schnappte nach Luft, als sein Körper ihr folgte, »dann angreifen?«

»Angreifen ist ein hartes Wort.« Geschickt befreite er ihre Gliedmaßen von der Decke. »Ich werde dich nachhaltig überreden.«

»Was zu tun?« Ihre Züge waren frostig, und ihre befreiten Hände senkten sich auf seine Brust, um gegen sein Vordringen zu protestieren.

»Ich will nur, dass du mich küsst.«

»Dich küssen? Du unterstellst –« Sie schob ihn ein wenig von sich weg und verzog das Gesicht. Es wäre ebenso leicht, wenn sie versuchen würde, einen Felsbrocken mit einem Zweig anzuheben.

»Es tut mir leid.« Seine Finger strichen über ihre Rippen und tänzelten dann wieder davon. »Es tut mir leid. Ich bin ein eifersüchtiger Narr.«

»Du bist ein Mann.« Ihre Stimme triefte vor Abscheu und Hohn. Sie war gut darin, mit ihrer Stimme Nuancen auszudrücken.

An William waren sie aber verschwendet, denn er gab mit abscheulicher Heiterkeit zu: »Schuldig im Sinne der Anklage. Ich bin bloß ein Mann, und du musst meine dickköpfigen, dummen und ganz gewiss widerlichen Zweifel über dich und dieses dumme kleine Weichei berücksichtigen.« Während er sprach, streichelte er waghalsig ihren Bauch und rieb sanft ihr Ohrläppchen.

Er kitzelte sie an den Rippen. Sie ließ seine Brust los und versuchte, seine Hände zu packen, doch diese entwichen ihr, indem er sie wie ein Y ausstreckte. Sie machte sich darauf gefasst, dass er auf sie herunterfiel, doch sein Oberkörper landete ganz sanft auf ihr. »Reine Muskelkontrolle«, grunzte er.

Sie konnte ihn zwar ignorieren, wie er sie so gänzlich vereinnahmte, aber Saura fragte sich, wie sie ihre Hände befreien sollte, die zwischen ihren beiden Körpern eingeklemmt waren. Ihre Würde schien ihr unter Williams Einfluss abhandengekommen zu sein, und sie erklärte: »Dieses dumme kleine Weichei, wie du ihn nennst, hat uns Essen, Wasser und Verbandsmaterial gebracht. Du solltest dankbar sein.«

»Oh, das bin ich.« Er pustete ihr in den Nacken.

»Dankbar, dass Bronnie –« Er strich mit einem weichen Stück Stoff von seiner Tunika über ihren Körper. »Bronnie …«

Seine Zunge glitt ihre rosige Ohrmuschel entlang, und diese feuchte Versuchung brachte ihren Gedankengang einfach zum Stillstand.

Er flüsterte: »Meine Verrücktheit tut mir leid. Ich kenne dich zu gut, um dich ernsthaft einer Missetat zu verdächtigen. Es ist bloß mein verletztes Selbstwertgefühl, das so voreilig gesprochen hat.«

Der warme Luftzug beeinflusste ihr Hörvermögen, und ihre Verärgerung schmolz dahin. Die Bewegung seiner Lippen auf ihrer Haut fühlte sich so gut an. Was würde bloß passieren, wenn er über all ihre Sinne herfallen würde? »Du stolzer, sturer Dummkopf«, murmelte sie, und er strich mit dem Mund über ihre Wange, überraschte sie mit einem flüchtigen

Kuss, wie er es in der Nacht zuvor versprochen hatte. Er war ihr so nahe, dass sie spüren konnte, wie sich sein Gesicht zu einem Grinsen verzog und er sie anstrahlte.

»Letztendlich sind wir uns mal einig.«

Sein ansteckendes Lachen beeinflusste auch sie, und Saura wusste, ihr Groll hatte die Schlacht verloren. Sie küsste ihn auf die Nasenspitze, auf die Wange, aufs Kinn und hörte ein gefährliches Grollen in seiner Brust. Seine Lippen schmeichelten ihr so lange, bis sie ihre öffnete und ihn einließ. Schüchtern reagierte sie zunächst zögernd auf den Ansturm seiner Zunge. Das schien ihn noch mehr anzuheizen, denn sein Körper über ihr wurde immer heißer, und er drängte sich mit einem Knie zwischen ihre Beine. Sie spürte seine Schwellung in ihrem Schoß, und dies machte ihr Hoffnungen auf eine Wiederholung ihres Liebesspiels. Sein herrlicher Gefährte hatte sie gestern Abend davongetragen. Sie wollte ihn noch einmal in sich spüren, hoffte, sich an diesem Morgen noch einmal mit ihm herumtreiben zu dürfen.

Doch als er den Kopf hob, protestierte sie leise, und sein äußerst unromantisches »Schsch!« kränkte ihr frisch gewonnenes Selbstvertrauen. Dann hörte sie es auch: das Kratzen eines Schlüssels im Türschloss.

William sprang auf. »Dämlicher Narr«, fluchte er, hob sie in eine sitzende Position und schlang die Decke um Saura. Als er die Decke unter ihrem Kinn feststeckte, bemerkte er eine Tränenspur auf ihrer Wange und wischte diese mit dem Daumen fort. »Nicht du, Liebling, ich habe über mich gesprochen. Weine nicht, mein unbezähmbares Mädchen, jetzt musst du stark sein.«

Während er sprach, ging die Tür auf, und William drehte sich in Richtung des Mannes, der im Türrahmen stand. Er wollte seinen Namen aussprechen, aber der Mummenschanz mit seiner angeblichen Blindheit kam ihm jetzt zupass: Es gab ihm den Anschein von Verwundbarkeit, die die Hemmungen des schwächlich gebauten Mannes, der sich so voller Häme freute, überwinden und zerstören würde.

»Meine allerliebsten Gäste!«, sagte Arthur, und seine munter klingende Stimme zerrte an Williams Nerven. »Lord William von Miraval und«, voller Gier traten ihm die Augen hervor, als er den zerzausten Zustand der Dame bemerkte, »Lady Saura.«

»Von Roget«, erinnerte sie ihn.

Erleichtert, dass sie ihre Decke und den unsichtbaren Mantel ihrer Würde fest um sich geschlungen hatte, stand William auf. »Aha. Es ist Arthur. Welchem Umstand verdanken wir diese unerwartete Gastfreundschaft?« William freute sich zu sehen, dass Arthur als Reaktion auf Williams Ehrfurcht gebietende Körpergröße erst einen Schritt zurücktrat und dann wieder einen nach vorne gehen musste, weil die Männer hinter ihm in den Raum drängten. Voller Verachtung fügte seine Stimme hinzu: »Und wie viele Männer brauchst du noch, um dir zu helfen, deine Gastfreundschaft gegenüber einem blinden Mann und seiner Frau zu erweisen?«

Arthurs gedrungene Gestalt war schon immer sein wunder Punkt gewesen, und er reagierte genau so, wie William es erwartet hatte. »Geht, geht.« Er schickte seine Männer mit wedelnden Armen aus der Tür, warf William einen schnellen Blick zu und zog dann zwei riesige bewaffnete Kerle wieder zu sich hinein. »Also, jetzt sind wir allein.«

»Ganz genau«, stimmte William ihm zu und verfluchte sein Pech. Normalerweise hätte er über Arthurs Feigheit nur gelacht, über dessen Ahnungslosigkeit darüber, was ein blinder Mann wissen konnte, doch die Situation stank nach List und Zerstörung. Die zierliche lebhafte Frau, die Arthur mit seinem raubtierhaft gierigen Blick angaffte, verließ sich auf William. Von allen Menschen, die ihn hätten entführen können, war

Arthur der Schlimmste. Flatterhaft und rachsüchtig, konnte man ihm wegen seiner geistigen Oberflächlichkeit unmöglich Fragen stellen. William würde all seinen Verstand und seine Fähigkeiten brauchen, um Saura vor dem Verderben zu schützen. Er zwang seine Augen zu einem leeren und teilnahmslosen Blick und fragte: »Was willst du?«

»Warum? Nichts.« Arthur lächelte einfältig und erwartungsvoll. »Nur deine Ländereien und deinen Reichtum und all diese Dinge.«

Arthur lächelte Saura an, bemerkte ihre geröteten Wangen, das helle Leuchten in ihren Augen, die rosige Farbe ihrer geküssten Lippen.

William musste sich zurückhalten, um ihn nicht zu schlagen. »Wie?«, brauste er auf, und Arthur wandte seine Aufmerksamkeit wieder William zu. »Wie willst du das denn bewerkstelligen?«

»Nun ja, wir wollten es schon mit deinem kleinen Unfall machen, aber ich habe ihm gesagt, dass es nie klappen würde. Du bist verdammt noch mal einfach zu robust. Aber du wurdest dadurch blind, und das hat dieses gesamte Spiel ein wenig leichter gemacht.«

»Spiel?«

»Deine Entführung! Er hat meine Nachricht mittlerweile bekommen. Er wird so überrascht sein!«

»Ja. Wenn er herkommt, wird er schrecklich überrascht sein.«

William strich sich mit der Hand über den Bart und fragte sich, wer »er« war. Und viel wichtiger: »Wann erwartest du ihn denn?«

»Bald, nehme ich mal an. Ich habe die Nachricht von den Söldnern gestern Nachmittag bekommen. Sie haben tagelang gebraucht, um nahe an dich heranzukommen, aber ich habe ihm sofort eine Nachricht geschickt. Ich bin gestern Abend an Bord des Schiffs gegangen, um herzukommen. Ich konnte es kaum abwarten, dich zu sehen! Oh William, das macht so viel Spaß! Ich war noch nie an einer Verschwörung beteiligt, geschweige denn habe ich selbst eine ausgeheckt.«

»Hat er sich denn nicht den Plan ausgedacht?«

»Nein.« Arthur zuckte gereizt mit den Schultern, war ungeduldig, weil er unterbrochen wurde und über den allmächtigen »Er« nicht diskutieren wollte. »Er kümmert sich um alles. Er denkt, ich sei dumm, aber ich habe es ihm gezeigt.«

»Wer ist er?«, fragte William.

Arthur wedelte mit den Händen. »Nein, ich werde es dir nicht sagen. Ich will dein Gesicht sehen, wenn er herkommt. Dein Gesichtsausdruck wird beinahe genug Lohn für all die Nöte sein, die ich dir zu verdanken habe.«

»Aber ich werde ihn nicht kennen«, unterbrach Saura. »Wie heißt er?«

William fluchte innerlich, als Arthurs Aufmerksamkeit sich wieder ihr zuwandte. »Eine Frau, die so hinreißend ist wie Ihr, sollte sich nicht um solch unbedeutende Einzelheiten kümmern.«

»So unbedeutend, wie zu wissen, wer mich umbringen wird?«, fragte sie ganz offen.

»Er wird Euch nicht umbringen.«

»Nun, irgendjemand wird es wohl tun«, fauchte sie zurück. »Werdet Ihr es sein?«

»Nein.« Arthur trat einen Schritt näher an das Lager heran. »Ich bin sicher, wir werden uns etwas einfallen lassen.«

»Weich wie Butter, wenn es um Frauen geht. Und ebenso schlüpfrig«, sagte William voller Verachtung. »Eines lass dir geraten sein: Dein Freund wird nicht begeistert darüber sein, dass du Lady Saura entführt hast.«

»Nun, William, was hätte ich sonst tun können?«

»Du hättest sie auf Burkes Land zurücklassen können.«

William sah, wie sich Arthurs Augen verengten, als er die zerzauste, bereits nackte Frau auf der Strohmatratze betrachtete. »Oder war es ganz einfach der Nervenkitzel, meine Frau zu benutzen?«

Arthur begann zu lachen, versuchte vornehm zu klingen, aber stattdessen klang er nur nervös: »Hättest du es besser gemacht?«

»Ich weiß nicht. Ich habe bloß noch nie etwas so Unehrenhaftes getan.«

Williams klare Aussage machte Arthur wütend, und das leise Lachen erstarb. »Natürlich nicht. Du bist ja immer so verdammt ehrenhaft, dass es mich ganz krank macht. Wir haben immer hinter vorgehaltener Hand über dich gelacht, weil du so ein großartiger, rechtschaffener Ritter warst, der sich niemals dazu herabgelassen hat, Frauen zu vergewaltigen oder zu lügen, und wie du auch nie deine Diener geschlagen oder auf uns Knappen herumgehackt hast.«

»Tatsächlich habe ich meine Diener sehr wohl schon geschlagen, wenn es einen guten Grund dafür gab, und dass ich nicht auf meinen Knappen herumgehackt habe, ist ein Fehler, den ich nicht noch einmal machen werde, wenn dies das Ergebnis ist.«

»Ärgere dich nicht, mein edler und mächtiger Lord William, du wirst nie wieder Knappen haben. Du bist blind, erinnerst du dich? Du wirst sterben, erinnerst du dich?«

»Nein, den Teil hast du mir noch nicht erzählt«, polterte William.

»Ja, und als deine lieben Freunde werden wir deinen Vater trösten, und im Handumdrehen werden wir auf deiner Bank sitzen und aus deinem Kelch trinken.«

»Das bezweifle ich.« Williams Stimme klang zuversichtlich. »Du hast weder den Mut, mich zu töten, noch die unerschütterliche Kraft, meinen Platz einzunehmen.«

»Dein Vater wird völlig verzweifelt sein.«

»Mein Vater ist kein heulender Narr! Glaubst du nicht, dass er sein Scheitern nicht bedauert hat, dir den Samen der Ritterlichkeit einzupflanzen? Du wärst der letzte –«

»Du plusterst deinen Brustkorb auf wie eine Taube, bist so stolz auf deinen kümmerlichen Verstand!« Arthur zog seinen Umhang aus und warf ihn in die Ecke. »Ich werde diese Frau haben, die du schon für mich angewärmt hast! Du wirst sterben, und die Krähen werden auf deinen Körper einhacken.«

Er warf sich auf Saura und schlug sie rückwärts gegen die Wand, und ihr leiser Aufschrei wurde von Williams Wutgebrüll verschlungen. Arthur wagte es! Mit zwei Schritten war William beim Lager, packte Arthur mit beiden Händen und drehte ihn um. Als Arthur voller Schreck die Augen aufriss, sprach William überzeugend und hart: »Aber ich kann sehen. Ich kann dich sehen, du wimmernder kleiner Wurm.«

Die Wachen, die zunächst von der Wende der Ereignisse erstarrt waren, eilten bei seinen Worten auf William zu. William packte Arthur am Genick und am Hosenboden, hob ihn hoch über den Kopf und schleuderte ihn den angreifenden Wachen wie einen Hund entgegen. Starr vor Schreck donnerte der Körper sie mit einem ungeheuren Krachen gegen die Wand. Der kleine Raum hallte von dem Geräusch wider, und auf der anderen Seite der Tür schlugen bewaffnete Wachen gegen die Tür. William war vor ihnen dort und keilte die Spitze des eisernen Kerzenständers in das Holz. Im Raum drinnen versuchte einer der Wachmänner taumelnd, wieder auf die Füße zu kommen, aber als William einen Hocker über den Kopf hob, fiel der Mann feige zurück auf den Fußboden und spielte tot.

»Kluger Mann«, meinte William und trat über die Körper zu Saura hin. »Wie geht es deinem Kopf?« Bevor sie antworten konnte, sagte er: »Hier sind deine Kleider. Lass mich dir helfen.« Er zog sie auf die Füße und half ihr mit der unpersönlichen Berührung eines Eunuchen. »Ich werde nicht noch mal den gleichen Fehler machen.«

Er zog ihr die Tunika über den Kopf, und sie protestierte: »Mein Unterkleid!«

»Keine Zeit.« Er schnürte sie fest zu und versuchte, so viel von ihrer nackten Haut zu verdecken, wie er nur konnte. »Ich bin ein dämlicher Narr, dass ich dich nicht angezogen habe, bevor Arthur kam. Geduld!«, rief er dem Hämmern an der Tür zu. »Wenn sein Komplize ankommt, werde ich nicht noch mal den gleichen Fehler machen. Wir müssen abhauen, bevor Verstärkung auftaucht, um Arthurs erbärmlichen Auftrag zu beenden.«

»Da widerspreche ich dir nicht.« Sie wischte sich die Hände an ihrem Rock ab, die Hände, die noch immer das vernarbte Gefühl von Arthurs Haut mit den Pocken spürten. »Aber wie werden wir fliehen, wenn die Wachen noch an der Tür sind? Und was ist mit Arthur passiert?«

»Er ist tot.« Er antwortete zuerst auf ihre letzte Frage. »Gebrochenes Genick. Hast du es nicht knacken gehört? Und wir werden einfach herausgehen. Arthurs Diener sind nicht loyal, sie werden einfach weglaufen, als ob sie Mäuse wären, die man aus einer Falle befreit hat. Wo sind deine Schuhe?«

»Ich habe sie am Fyngre Brook zurückgelassen.«

»Dann brauchen wir Pferde«, entschied er, legte die Decken zusammen und stopfte sie sich unter den Arm.

»Wirst du denn nichts für Arthur tun?«, fragte Saura, von Williams Eile und seiner gleichgültigen Ankündigung von dessen Tod etwas verblüfft.

Das weckte seine Aufmerksamkeit. »Etwas für ihn tun? Gütiger Gott, ich kann ihn ja nicht öfter als einmal töten, obwohl ich das gern würde. Ist dir klar, was er tun wollte? Neben seiner Absicht, dich zu vergewaltigen, was für ihn nichts weiter bedeutet hat als zu pinkeln? Er wollte dich umbringen, weil du den Fehler gemacht hast, dich mit mir einzulassen.« Er hörte auf damit, den Kerzenleuchter aus der Tür zu zerren, und ging zurück zu ihr, um sie an den Schultern zu packen und zu schütteln. »Welch eine törichte Laune hat dich dazu gebracht, mit ihm zu sprechen? Ich habe versucht, seine Aufmerksamkeit auf mich zu richten, und du hast unser Gespräch einfach so unterbrochen.«

»Es ist ehrenhafter, einen Fehler zu machen, als gar nichts zu tun.« Sie unterbrach seinen Wortschwall. »Du musst wissen, wer der andere Verschwörer ist, und ich dachte, vielleicht würde er es ja *mir* sagen.«

»Ja, er würde es eher einer Frau sagen als mir, aber Saura, mach bitte nie wieder etwas so Törichtes.« Er betonte jedes einzelne seiner Worte, und eine eindringliche Warnung lag darin. »Als er auf dich sprang, bin ich um zehn Jahre gealtert. Was wäre gewesen, wenn er ein Messer gehabt hätte?«

»Es hätte meine Aussichten nicht verbessert.«

»Ich bin froh, dass wir uns einig sind. Jetzt komm.« Er beugte sich hinab und hob etwas vom Fußboden neben der Matratze auf. »Dein Band«, sagte er, und sie schnappte es sich und stopfte es in ihre Tasche.

Ein halbherziges Pochen ließ die Tür jetzt kaum mehr erbeben, und William sagte: »Es ist Zeit, diesen verfluchten Ort zu verlassen.« Er riss die Tür auf und ließ die drei jungen Männer mit einer Geste eintreten.

»Er ist hier«, sagte er und deutete ins Innere. Er legte Sauras Hand auf seinen Arm und wartete, bis die Männer durch die Tür gerannt waren. Dann marschierten die Gefangenen hinaus, und William schlug die Tür hinter sich zu.

7

Einmal den Schlüssel im Türschloss herumgedreht und ein schneller Wurf zur Schießscharte hinaus, und William klopfte zufrieden in die Hände.

»Die wären sicher verwahrt.«

Er zog Saura den kurzen Korridor entlang, bis sie die Treppe erreichten, die den Turm hinunterging. Er klemmte sich eine ihrer Hände unter den Ellenbogen, legte die andere auf die Wand und fügte hinzu: »Wenigstens so lange, bis sie diesen Kerzenständer benutzen, um die Tür aufzubrechen. Die Stufen sind uneben.« Er hielt so lange inne, bis sie sich orientiert hatte, und dann eilte er mit gleichmäßigen Schritten die Treppe hinab, sodass sie ihm leicht folgen konnte. »Ich werde reingehen und etwas Brot suchen.«

»William!«

»Und ich möchte, dass du hier auf der Treppe bleibst. Bleib hier auf dem Absatz stehen.« Er platzierte sie mit Nachdruck vor der Wand und reichte ihr die Decken. »Warte. Ich werde gleich zurück sein.«

»Du Narr«, rief sie. »Lass uns sofort abhauen.«

Er ignorierte sie, vertraute seinen Instinkten. Die Gefahr lauerte nicht in der Burg, und wenn sie sich einen Augenblick zur Vorbereitung nähmen, würde ihnen das später nutzen.

»Halt! Wer – was tut Ihr da?«

William schaute verwundert. Die zittrig ausgesprochene Herausforderung kam vom einzigen Diener in der großen Halle. Zerfetzte Kleider und ein schmutziges Gesicht konnten den schönen jungen Mann nicht verbergen. Groß gewachsen und muskulös, wie er war, strahlte er jenes gesunde Glühen aus, das die Frauen erstarren und die Männer voller Neid und Abscheu schnauben ließ. In seinem langen braunen Haar schimmerten kastanienbraune Strähnen, die das engelsgleiche Gesicht in seiner ganzen Schönheit umgaben. Sein bartloses Kinn reckte sich gebieterisch hervor, und seine Haut zeigte jene Beschaffenheit, die in einer Frau den Wunsch weckte, sie zu berühren. In seiner Hand hielt er ein Tranchiermesser, und es zitterte und schwankte, als er noch einmal rief: »Wie seid Ihr herausgekommen?«

Als Antwort brummte William bloß, doch Saura glitt aus ihrem Versteck hervor und rief: »Bronnie!«

Der Rest ihrer Worte ging in Williams Ohrensausen unter. *Dies* war Bronnie? Der wimmernde Feigling am Flussufer, Sauras Wärter, war dieser gut aussehende Jüngling?

Er drehte sich um, um Saura anzusehen, und ein dankbares Lächeln erhellte ihr Gesicht, als sie mit Bronnie sprach. Sie mochte den Narren! Zuneigung zeigte sich in ihrem Gesicht und Spuren von Nachsicht. Er sah an sich selbst hinab, sah auf seine rauen Hände und den robusten Körper eines Kriegers, und ihm wurde klar, dass Blindheit tatsächlich ein Segen sein konnte. Er vertraute Saura, aber gütiger Gott! Dieser Junge konnte eine Heilige in Versuchung führen!

»Seht Ihr, Mylady?«, sagte Bronnie gerade. »Eure ganze Sorge letzte Nacht war umsonst. Dem Herrn geht es gut, sehr gut.«

»Und er kann sehen«, warnte William und sah ungläubig, dass der junge Mann hinter den Tisch hüpfte.

»Nicht wahr!«, protestierte er.

»Es ist wahr«, bestätigte Saura. »Ein Wunder.«

»Oh, Mylady.« Sein Kopf nickte wie verrückt. »Aber was ist mit –« Sein Kopf zuckte hoch.

»Lord Arthur hat beschlossen, mich gehen zu lassen.« Ein Stampfen hallte das Treppenhaus hinab und strafte seine Geschichte Lügen. »Und er hat vorgeschlagen, dass ich ein Pferd aus dem Stall nehmen soll.«

»Und Brot und Wein, Bronnie«, fügte Saura hinzu.

»Oh ja.« Bronnies Augen waren so weit aufgerissen, dass seine seidigen Wimpern an die oberen Lider strichen.

»Und ein Schwert, Bronnie«, schlug William trotzig vor.

Von Williams deutlich spürbarer Feindseligkeit und dem von oben hörbaren Gebrüll eingeschüchtert, zog sich der Junge noch weiter hinter den Tisch zurück. »Lord Arthur würde mir die Hände abhacken. Ich weiß nichts über Schwerter und so was.«

Saura strich sich das Haar über die Schulter und beruhigte ihn: »Wir wissen, dass du das nicht weißt. Ganz gewiss ist die Waffenkammer irgendwo im Gewölbe –«

»Und wir können die Tür aufbrechen«, unterbrach William.

»Da ist … da ist dieses Schwert gerade hier auf der Bank. Lord Arthur hat es liegen lassen, bevor er die Treppe hinaufging, aber er sollte –«

»Vielen Dank.« William schwang sich über den Tisch und schnappte sich das Schwert mitsamt der Scheide. »Sehr schön«, sagte er.

»Aber Lord Arthur –«

»Wird froh sein, es einem alten Freund zu leihen.« William zog das Schwert und richtete es bedeutungsvoll auf den zitternden Diener.

»Leg das Schwert weg, und hör auf, ihn einzuschüchtern«, schimpfte Saura, und William zuckte schuldbewusst zusammen und steckte es wieder in das Futteral. »Brot, Bronnie? Und Wein?«

Als Saura schließlich dem wie gelähmt dastehenden Jungen zum Abschied zuwinkte, ritten sie auf den beiden besten Pferden in Arthurs Stall und trugen Proviant in ihren Satteltaschen. »Das ist ganz genau die Sorte Wachhund, die ich bei Arthur erwartet habe. Ganz begierig darauf, uns alles zu geben, nur um seinen eigenen Hals zu retten«, gab William Saura gegenüber zu, als er mit Sauras Führzügel in der Hand eilig über die Zugbrücke ritt. Als er ihre Pferde losgaloppieren ließ, murmelte William: »Je schneller wir hier weg sind, desto glücklicher werde ich sein.«

Im Wald verborgen verfolgte ein stummer Beobachter, wie sie flohen. Die Morgensonne ließ William aufleuchten, sein riesiger Körper war voller Vitalität, sein Haar und sein Bart strahlten golden, während sie davonritten. Die Freude, wieder sehen zu können, erhellte sein Gesicht, und niemand, ganz gewiss nicht der stumme Beobachter, konnte diesen Ausdruck mit etwas anderem verwechseln. Er beobachtete William und Saura und verwünschte die beiden mit den bösartigsten Flüchen, die ihm nur einfielen. Und er verfluchte auch Arthur, weil dieser sich eingemischt hatte, und fragte sich, ob dieser dämliche Narr William, seinem lieben Freund und schlimmsten Feind, wohl seinen Namen verraten hatte.

»Wir werden hier anhalten«, entschied William und sah sich in dem winzigen Wäldchen um. Eine Felsbank brach den Wind und schuf einen Wasserfall für den klitzekleinen Strom, wo er die Pferde tränken konnte. Eine Mischung aus Eichen und hochgewachsenen Pappeln schuf eine Art Unterschlupf und gab der Vertiefung etwas Schutz.

»Aber warum?«, fragte Saura verwundert. »Ich dachte, du wolltest heute Nacht noch bis nach Burke reiten.«

Er hob den Kopf und schnupperte die Luft. »Wir sind hier sicher genug, das kann ich spüren. Und du bist müde.« Er wusste, sie war mehr als müde. Er hatte sie sich während der letzten Stunde im Sattel drehen und winden sehen, als sie versuchte, eine bequeme Position zu finden. Sie hatte nicht geklagt, aber er nahm an, dass sein Ritt vergangene Nacht ihre zarten Muskeln mehr als beansprucht hatte. Und sie *waren* in Sicherheit. Das wachsame Kribbeln hatte ihn verlassen, als sie von Arthurs Burg weggeritten waren. Er würde seine geübten Sinne wach halten und sie dazu bringen, sich die ganze Nacht auszuruhen. Sich auszuruhen und zu kurieren, denn der morgige Tag würde schwierig für sie werden.

»Wo sind wir?«, fragte sie.

»Nirgendwo«, antwortete er zufrieden. »Ich wage es nicht, bei einer Burg anzuhalten. Die Erklärungen wären zu mühsam, und dieser Vorfall hat mich Vorsicht gelehrt, wie ich sie vorher nie besessen habe. Nun komm«, befahl er, ging zu Sauras Pferd und berührte ihren Knöchel. Klaglos schwang sie ihr Bein über den Sattel und glitt in seine Arme hinab. Er hielt sie einen Augenblick lang fest, ihr Körper war nicht viel mehr als ein Irrlicht an seiner muskulösen Brust.

»William?«, fragte sie. »Meine Füße hängen in der Luft.«

»Ja.« Er atmete tief ein. »Und du bist eine hübsche Frau.« Er hielt sie noch einen Moment lang, dann stellte er sie auf den Boden und schlug ihr leicht auf den Po. »Hör auf, mich zu reizen.«

Von seinem abrupten Stimmungsumschwung überrascht, trat sie einen Schritt zurück und rieb sich ihr Hinterteil. »Ich reize dich doch gar nicht! Wie reize ich dich denn, bitte schön?«, fragte sie entrüstet.

»Du sitzt auf dem Pferd, reitest mit solcher Anmut und Würde, und die ganze Zeit lang weiß ich, dass du unter dieser Tarnung als Lady eine ganz Übermütige bist. Nicht bloß irgendein Weibsbild, nein. Du bist mein Weibsbild, das zu allen anderen gütig ist, aber nur auf meine Berührung wartet, um wieder in Flammen aufzugehen.«

Sie verzog ihr Gesicht zu einem ungläubigen Staunen. »Kann ich sicher ans Wasser gehen?«

»Ja, der Boden ist eben, und der Teich liegt in diese Richtung.« Er gab ihr einen kleinen Schubs in die richtige Richtung und sah, wie sie auf das Wasser zuhumpelte, das sich unter dem klitzekleinen Wasserfall sammelte. »Und du streitest ab, dass du mich in Versuchung führst!«

»Überhaupt nicht«, antwortete sie. Sie raffte ihren Rock in die Höhe und band ihn mit einem Strick um ihre Taille. Als William ihre wohlgeformte Figur anstarrte, watete sie in das knöcheltiefe Wasser und sank mit einem Seufzer der Wonne hinein. »Es ist mein oberstes Ziel, dich in Versuchung zu führen.«

Er drehte sich zu den Pferden um und murmelte: »Das ist dir gelungen.« Er striegelte die Pferde, tränkte sie und band sie fest, damit sie grasen konnten. Dann kramte er in den Satteltaschen und breitete die Decke auf dem weichen Gras aus. Danach legte er sich auf den Rücken und betrachtete, wie die Wolken sich verformten und er bloß noch flauschige Abbilder von weiblichen Waden, Schenkeln und Pobacken zu sehen glaubte. Als Saura schließlich nach ihm rief, wünschte er sich, er wäre kein so ehrenhafter Mann. Eine *âme damnée*, eine verdammte Seele, so wie Arthur sich einfach mit ihr vergnügt hätte, ohne sich Gedanken über ihre traurige Lage zu machen.

Er konnte es nicht. Er stand auf, nahm ihre Hand, während sie aus dem Wasser watete, und ignorierte ihren tropfnassen Körper. Er führte sie zu den Decken, befahl ihr dortzubleiben und ging flussaufwärts, um einen Stock zurechtzuschneiden und diesen ins Wasser zu stecken. Als er wieder zurückkehrte, baumelte daran eine Forelle, und Saura schlief in der späten Nachmittagssonne, und in seinem Körper hatte wieder die Vernunft die Oberhand gewonnen.

Als er das Feuer anzündete, wachte sie auf, setzte sich hin und fragte ohne Vorwarnung: »William?«

»Hier.« Er warf dünne Zweige ins Feuer und sah, wie sie sich entspannte. »Hast du Hunger?«

»Ja«, gab sie ganz offen zu. »Warst du bei deinem Jagdausflug erfolgreich?«

»Ich war fischen. Und ja, wir werden heute Abend gut essen. Du bist eine unabhängige Frau, nicht wahr?«

Bei der Frage, die aus dem Nichts zu kommen schien, zog sie eine Augenbraue hoch und antwortete: »Ja, ich bin unabhängig.«

»Und du bist stolz darauf, die Pflichten einer Frau zu erledigen?«

»Ich bezweifele, dass diese Fragerei irgendetwas mit unseren Aktivitäten letzte Nacht zu tun hat.« Sie biss sich auf die Lippe. »Aber ja, ich erledige die Pflichten einer Frau.«

»Gut! Dann kannst du den Fisch sauber machen.« Er ging in die Hocke und brach beim Anblick ihres angewiderten Gesichtsausdrucks in Lachen aus.

»Ich werde dir dieselbe Antwort geben, wie ich sie auch meinen Brüdern immer gegeben habe. Du hast sie gefangen, du machst sie auch sauber«, antwortete sie sofort.

Die Sonne begrüßte die dahingleitenden Wolken mit kräftigen Farbschattierungen in Gold, Orange und Pink. Sie erleuchtete die Spitzen der Bäume und weckte die Vögel, aber William brauchte keinen Weckruf. Wie ein Kind an Weihnachten, so war er früh aufgewacht und erwartete die Rückkehr der Sonne, die Rückkehr seiner Sehkraft. Würde er jemals aufhören, über das Licht der Morgendämmerung zu staunen, fragte er sich. Er zog Saura enger an sich heran, steckte ihr die Decke um die Schultern herum fest, um die Kälte abzuwehren. Die Kiefernzweige, die mit einer Decke bedeckt waren, bildeten eine duftende, federnde Matratze für sie.

Er hatte sie zum Schlafen die Kleider nicht ausziehen lassen, hatte ihr nicht erlaubt, ihn irgendwie zu berühren, und sie hatte so lange geweint, bis er ihr klargemacht hatte, dass seine Zurückweisung nur vorübergehend war. »Saura«, hatte er gesagt, »wir haben noch so viele Tage vor uns.«

Aber sie hatte daraufhin nur noch heftiger geweint, hatte den Kopf geschüttelt und sich an ihn geklammert. Er hatte ihr den Rücken gestreichelt, bis sie eingeschlafen war, und war dann selbst in den leichten Schlaf eines Kriegers geglitten. Er hatte mit einem Ohr nach möglichen Verfolgern gelauscht, aber wie er erwartet hatte, störte niemand sie.

Nun zitterte er voller Erwartung wie ein Kind am Weihnachtsmorgen. Bei Gott, heute würden sich seine Augen an der Welt weiden, an *seiner* Welt. Er würde Burke in all die Herrlichkeit des Sommers gekleidet sehen, würde das Gesicht seines Sohnes sehen, der zuerst verblüfft und dann überglücklich sein würde, würde seinen Vater in die männlichen Tränen ausbrechen sehen, die dessen tiefste Gefühle kennzeichneten. Er würde ihnen Saura zeigen und ihnen von seinem Plan berichten, sie zu heiraten. Er ergriff ihre zarte Hand.

»Bist du wach, kleines Mädchen?«

»Hm.« Sie rieb ihren Kopf an seiner Brust, und Strähnen von ihrem offenen Haar verfingen sich in seinem Bart. Als er diese entwirrte, kroch ihre andere Hand über seine Schenkel.

Er schnappte sich ihre wandernden Finger, zog sie unter der Decke hervor und küsste ihre Handfläche. »Du bist tatsächlich die Sorte Frau, die Bronnie gefürchtet hatte.«

Sie lachte, und der musikalische Klang verschmolz mit dem Rascheln der Blätter und dem Rauschen des Stromes. »Und du bist viel zu entschlossen.«

»Entschlossen, heute nach Hause zu reiten.« Er warf die Decke von sich, stand auf und drängte sie: »Steh auf.« Sein Griff um ihr Handgelenk zog sie auf dem Gras neben der Decke auf die Füße.

Sie stolperte und schwankte, und er hielt sie so lange fest, bis sie sicher stand.

»Wasch dich und mach dich fertig«, befahl er. »Wir werden umgehend nach Burke reiten.«

Etwas von ihrer Freude schwand aus ihrem Gesicht. »Gewiss, William«, antwortete sie und tat, wie ihr geheißen wurde.

Sie wusch sich, kämmte ihr Haar mit den Fingern und flocht es zu einem Zopf. Er warf ihr einen kurzen Blick zu, während er die erste Decke zusammenlegte. Er wunderte sich über ihre nüchterne Miene, hob zwei Ecken der anderen Decke an und sagte: »Hilf mir, die Decke zusammenzulegen.« Als sie die anderen Ecken gefunden hatte und diese zusammenlegte, betrachtete er sie und fragte: »Saura, was stimmt denn nicht?«

»Es ist nichts«, versicherte sie ihm, und ein schwaches Lächeln verzog ihre Lippen.

Während er die Decke ein weiteres Mal faltete und sie dann ausschüttelte, um die Falten zu glätten, grunzte er ungläubig.

»Wirklich, Mylord«, versicherte sie ihm, als sie aufeinander zugingen und sie ihm ihre Hälfte der Decke reichte.

»Du bist eine entsetzliche Lügnerin, Liebes.« Er nahm sie in den Arm und klemmte die Decke zwischen ihnen beiden ein. »Du weißt nicht, wie du deine Gesichtszüge richtig verstellen kannst.«

Sie zögerte, kämpfte dagegen an, doch schließlich platzte es aus ihr heraus: »Oh, können wir nicht noch eine Stunde hierbleiben? Nur noch eine Stunde, bevor wir in die Wirklichkeit zurückkehren?«

Er betrachtete ihr erhobenes Gesicht, das von ungeweinten Tränen feucht schimmerte, und ohne ein Wort schüttelte er die soeben gefaltete Decke wieder aus und breitete sie auf dem Gras aus. Er legte die andere Decke gefaltet auf ein Ende wie ein Kissen. William zog Saura in seine Arme, kniete nieder und legte sie mitten auf die Decke. Locker und anmutig sank er an ihrer Seite nieder, legte seine Schulter neben ihre, und Stille senkte sich auf sie hinab.

»Ich hätte nicht fragen sollen«, flüsterte sie. »Aber diese Zeit mit dir war«, sie wusste nicht, wie sie es anders beschreiben sollte, »golden.«

William wurde klar, dass ihr Leben von zu wenigen goldenen Momenten erfüllt gewesen war, und es erfüllte ihn mit Zufriedenheit. Es war seine Gesellschaft, seine Liebe, die sie glücklich machte. Während er die Blätter im sanften Wind zittern sah, regte sich seine Neugier. »Wenn du irgendetwas an deinem Leben ändern könntest, was wäre das?«

»Meine Größe«, antwortete Saura sofort.

»Deine Größe?« Verwundert drehte er den Kopf zur Seite und betrachtete die Frau, die neben ihm lag. Sie starrte ebenfalls in die Blätter hinauf. Er hätte schwören können, dass sie diese sah. »Warum deine Größe?«

»Ich wollte immer schon groß und schlank sein anstatt klein und pummelig.«

Er ließ seine Augen über ihre kleine, vornehme Gestalt gleiten und flüsterte voller Verwunderung über ihre verzerrte Selbstwahrnehmung: »Deine Kurven sind … wohlgeformt.«

Sie ignorierte ihn. »Große Leute haben eine Ausstrahlungskraft, die kleine Leute nicht haben. Du weißt das. Du bekommst schon Respekt entgegengebracht, bloß weil der Abstand zwischen deinen Zehenspitzen und deiner Nase größer ist. Es ist leichter, an die oberen Regalbretter zu gelangen, und kleine Kinder finden dich viel leichter in einer Menschenmenge.« Sie lachte. »Was würdest du an dir selbst denn ändern?«

»Es wurde geändert.«

»Was?«, fragte sie, für einen Moment verwirrt. »Oh, du meinst dein Sehvermögen. Glücklich ist der Mann, der gänzlich mit sich zufrieden ist.«

»Ist *das* denn nicht etwas, was du an dir selbst gern ändern würdest?«

Saura dachte darüber nach. »Nein«, antwortete sie langsam. »Nein, daran denke ich nicht. Mein fehlendes Sehvermögen ist ganz einfach ein Teil von mir. Ich habe die Welt nie gesehen, und ich vermisse sie nicht.«

»Ich hatte die Welt gesehen und danach gehungert, sie wiederzusehen«, murmelte er.

»Ja, das kann ich verstehen. Du konntest ohne dein Augenlicht kein Ritter mehr sein, nicht mehr deine Pflicht erfüllen. Ich mache beinahe alles, was man von einer Frau meiner Stellung erwartet: die Mahlzeiten beaufsichtigen, mich um meine Leibeigenen kümmern, die Näharbeiten anweisen. Ich habe mich um meine jüngeren Brüder gekümmert, habe sie aufgezogen, bis sie alt genug waren, um im Haushalt eines anderen Ritters in Pflege genommen zu werden.«

»Du bewältigst deine Behinderung, ohne darüber nachzudenken, ohne weder Mitleid zu erheischen noch welches zu erwarten.«

»Mitleid weckt bei mir den Wunsch auszuspeien«, erwiderte sie heftig. »Doch manchmal ist Blindheit auch ein Segen.«

William stutzte, denn das war ganz genau derselbe Gedanke, den er am vorherigen Morgen gehabt hatte. »Wie meinst du das?«

»Ich muss mit meinen Augen nicht etwas Hässliches betrachten, und ich werde nicht so leicht von dem zum Narren gehalten, was die Leute so sagen. Ich glaube, die Menschen können mit ihren Gesichtern und Händen ziemlich leicht lügen, aber nicht mit ihren Stimmen. Wenn meine Mutter früher wissen wollte, was ein anderer dachte, dann ließ sie mich zuhören. Ich konnte deren Aufrichtigkeit immer beurteilen.«

»Eine nützliche Fähigkeit.«

»Ja.« Schnüffelnd rollte sie ihren Kopf hin und her und sagte: »Minze! Kannst du das riechen?« Eifrig hob sie die Decke hoch und rieb mit der Hand über das zerdrückte Gras. »Hier!«

Sie brach einen kleinen Zweig ab und hielt ihn nahe an sein Gesicht, und er fasste sie am Handgelenk. Er zog ihre Hand näher an seine Nase heran und atmete das pikante Aroma ein. William betrachtete die dunkelgrünen Blätter, die Saura in ihren zarten Fingern hielt, und ihre kurzen Fingernägel, die perlmuttfarben glänzten. Er blickte dahinter, sah ihr Gesicht, das vom Sonnenlicht gesprenkelt war und freudig strahlte, und eine Zärtlichkeit schwoll in ihm an, die sein Mitleid bezwang. Was immer auch Saura verdiente, es war kein Mitleid. Er hob ihre Hand an seinen Mund und biss vorsichtig in eines der Blätter. Während er kaute, erfrischte der Minzegeschmack seinen Mund, und er führte ihre Hand zurück zu ihrem eigenen Mund und drängte sie, ebenfalls von dem Kraut zu kosten. Der anmutige Biss ihrer weißen Zähne, ihr Lächeln, während sie kaute, und der Geschmack von Frühling, der sich auf ihrer Zunge entwickelte; das alles bezauberte ihn.

Wie sie so auf ihre Ellenbogen gestützt dalag, das schwarze Haar offen herabhing und das Gewand ihr von der Schulter glitt, war sie, wenn auch unbewusst, eine Verführerin. Was konnte er tun? Was er in der Nacht zuvor vermieden hatte, wurde bei Tag und an der frischen Luft unvermeidlich.

Er küsste ihre Finger, einen nach dem anderen, küsste ihre Handfläche. Dann legte er ihr die Hand auf die Schulter, beugte sich über sie, bewegte sich mit der langsamen Präzision eines Edelsteinschleifers. William küsste sie behutsam und wiederholt, bis sein Atem zu ihrem wurde.

Der Wind scherzte mit Sauras Haarsträhnen, und wie sollte William denn weniger tun?

Er zog ihr den Zopf über die Schulter und löste das Stückchen Band, das ihn zusammenhielt.

»Mein Haar ist ein ständiges Durcheinander, wenn du in der Nähe bist.« Sie kicherte zwar, doch ihr Lachen hatte einen leicht bitteren Beigeschmack.

»Es ist wunderschön.« Er hob sich eine Handvoll ans Gesicht und rieb es über seine Haut. Er wollte sich Zeit lassen, wollte sie in dieser natürlichen Umgebung nehmen, und deshalb streichelte er ihr Gesicht und saugte ihren ein wenig erstaunten, aber dennoch sehnsüchtigen Gesichtsausdruck in sich auf.

Sein Zögern brachte ihm eine Überraschung ein. Ihre Hand an seiner Schulter schob ihn nach hinten, und er taumelte, verlor das Gleichgewicht und fiel auf den Rücken.

»Was …?«, stotterte William, doch Saura beugte sich über ihn und hielt sein Gesicht fest. Sie fand seinen Mund mit untrüglichem Instinkt, und ihm stockte der Atem.

Sie hatte, das wurde ihm klar, nicht die geringste Ahnung vom angemessenen Platz einer Frau. Was er in der Nacht zuvor als natürliche Neugier abgetan hatte, konnte man vielleicht zutreffender als weibliche Aggression bezeichnen.

Er wusste nicht, wie er damit umgehen sollte. Er hatte schon von Frauen gehört, die beim Liebesspiel den Ton angaben, aber er hatte das immer als Folge einer unzulänglichen Potenz des Mannes abgetan. Ohne sich etwas darauf einzubilden, respektierte er seine eigene Männlichkeit, und er dachte, sie sollte das ebenfalls tun. Er musste ihr wohl noch einiges über Ehrerbietung beibringen und darüber, wie ein Mann eine Frau schätzt, die daliegt und auf seine Aufmerksamkeit wartet und für diese dankbar ist.

Als ihn ihre Lippen auf genau dieselbe Art liebkosten, wie

er es zuvor getan hatte, und ihr Kuss nach Minze schmeckte, entschied er, dass er Saura ihren angemessenen Platz auch noch später zeigen konnte. Später, wenn sie damit fertig sein würde, ihn mit ihren eifrigen Händen und ihrem raffinierten Mund zu unterrichten.

»Hast du es behaglich?« Sie hob ihren Kopf, um ihn das zu fragen, und ohne eine Antwort abzuwarten, zog sie die Decke enger. »Lass es mich dir behaglich machen.«

Sie zerrte an seinem Hemd, hob es an, sodass die Sonne auf ihn schien. Mit ihren geschickten Händen strich sie nur über die blonden Haarspitzen auf seiner Brust. Der Gegensatz zwischen der Wärme der Sonne und dem Frösteln, das von ihrem Kitzeln verursacht wurde, brachte ihn dazu, ihr seine Hüfte entgegenzustrecken.

Ein Bein über ihn gelegt, Bauch an Bauch, glitt sie auf seinen Körper hinab.

Ohne nachzudenken, schnellten seine Hände empor, um sie aufzufangen, doch Saura schob sie beiseite. »Lass mich dir dienen. Du bist mein Herr. Lass es mich dir behaglich machen.« Die Worte waren demütig, ihr Tonfall war es aber nicht.

Sie band seine Beinkleider auf und zog sie herunter. »Ich habe deine Beine noch nicht erforscht«, lachte sie kehlig. »So viele Muskeln! Ich kann jeden einzelnen spüren.« Sie verfolgte die Länge eines Muskels, und dann massierte sie ihn mit einer festen Berührung. »Du bist so verspannt.«

Er grunzte und wusste, dass sich seine Anspannung durch eine ihrer Behandlungen auflösen würde.

Sie löste den Strick an seiner Taille und ließ ihn die Hüfte anheben, damit sie seine Unterhosen herunterziehen konnte. Der Morgen erstrahlte in hellem Sonnenlicht, und er wurde plötzlich ganz verlegen.

Sollte er sich in freier Natur entblößen?

Niemals. William wollte gerade nach seinen Unterhosen greifen und diese hochziehen, als ihre Hand über ihn strich. Während sie die empfindliche Haut an der Innenseite seiner Schenkel hinaufkroch, liebkoste sie seine Hüften und fand den Beweis für seine Erregung.

Leichte, behutsame Berührungen weckten sein Fieber und löschten seine Verwirrung aus.

Sollte er sich in freier Natur entblößen?

Gütiger Gott, er würde Saura auf jede nur erdenkliche Art unterstützen. Er kickte seine Schuhe fort, um ihre Tätigkeit zu beschleunigen, und staunte dann über seine törichte Illusion von Kontrolle.

Ihr nachtschwarzes Haar verfing sich in den goldenen Locken seiner Leiste, und er bewunderte die erotische Wirkung mit qualvoller Erwartung. Er fragte sich, wie lange er es wohl noch aushalten würde. Wie viel mehr von dieser Folter konnte er überstehen? Er packte sie unter den Armen und zog sie hoch zu seinem Gesicht. »Zieh dich aus«, befahl er. »Schnell.«

Sie stand auf, ihre Hände streckten sich nach ihren Bändern aus, und während er sie beobachtete, tauchte ihr Körper aus dem Kleid auf und schimmerte so weiß wie Schlagsahne. »Schnell«, drängte er sie nochmals. »Schnell.«

Sie stand immer noch über ihm, die Augenbrauen hochgezogen, so als ob sie ernsthaft über etwas nachdenken würde. Dann stellte sie einen Fuß über ihn hinüber und stand mit gegrätschten Beinen über ihm. Ihr Gesicht neigte sich der Sonne entgegen, ihr Kinn ragte hervor und warf Schatten auf ihre Brust. Sauras Brüste waren straff und warfen Schatten auf ihren flachen Bauch. Ihre langen Beine glänzten im Licht.

Er machte sich auf ihr Absinken gefasst, bereitete sich darauf vor, sich auf sie draufzurollen, aber wieder überraschte sie ihn. Warum, das wusste er nicht. Saura von Roget hatte nichts getan, was ihn nicht überrascht hätte, außer ihrer Annahme, sie könnte auf ihm sitzen. Gewiss erwartete sie nicht, dass ...

Doch, genau das tat sie.

»Wo hast du so viel gelernt?«, fragte er.

Es dauerte einen Moment, bis sie die Frage verstand. »Worüber?«

»Darüber, wie man einem Mann Vergnügen bereitet.« Sein Finger schob sich zwischen ihre Schenkel und kitzelte sie, doch sie machte sich so lange steif, bis er aufhörte. »Erzähl es mir, Saura«, schmeichelte er.

»Was? Oh, bereite ich dir Vergnügen?« Ihre Zähne leuchteten kurz auf, als sie lächelte, doch schwand dieses Lächeln, sobald er sie wieder berührte. »Ich habe nur überlegt, was mir Vergnügen bereiten würde, und jetzt mache ich es für dich.«

Er kehrte zu seinem langsamen Gleiten zurück, vor und zurück, um ihr ebenfalls Vergnügen zu bereiten.

Sie warf den Kopf in den Nacken und murmelte: »Nein, William, nein.« Ihre Lider sanken hinab, verschleierten die veilchenblauen Augen und verliehen ihr einen Ausdruck sinnlichen Vergnügens. Saura öffnete die Lippen, und das Glitzern ihrer Zähne verlockte ihn, und dieses Gefühl wurde noch gesteigert durch den Anblick ihrer konzentriert im Mundwinkel steckenden Zungenspitze. Ihre Brustwarzen zogen sich zusammen, als ihr plötzlich ein Schauder über den Rücken lief und sie die Augen aufriss. Voller Ernst sagte sie nunmehr: »Nein!« Saura schob seine Finger fort und führte seine Erektion stattdessen selbst in ihren Körper ein.

Von ihrem Körper langsam gefangen, starrte er sie fasziniert an, während sie den Moment zunächst auskostete, bevor dann alles einer neuen Dringlichkeit wich. Ihre erste Aufwärtsbewegung überraschte ihn, und unerfahren wie sie war, wäre sie beinahe zu weit hinaufgeglitten. Er umfasste ihre Hüften und hielt sie fest, während sie sich neu anpasste. Dann half er ihr, einen gemächlichen Rhythmus zu finden, der im Einklang mit der morgendlichen Ruhe war.

Er beobachtete die Wolken, die über ihnen dahinzogen und so nahe aussahen, als ob sie sich in den Bäumen verfangen konnten, und doch auch so fern, dass sie sich dort oben auftürmten. Frühlingsgrüne Blätter schaukelten in der leichten Brise, und ein Rotkehlchen flog von Ast zu Ast, auf der Suche nach dem richtigen Zweig. Sauras Gesicht, das sich vom blauen Himmel abhob, war das hübscheste, was er jemals gesehen hatte: grazil und erregend, empfindsam und sinnlich. Unter seinen Händen spannten sich die Muskeln ihrer Schenkel an und entspannten sich ebenso wieder. Es war ein Ritt voller Leidenschaft, der langsam und vorsichtig begann und sich auf seinen Wunsch hin steigerte.

Er hob seine Finger an ihre Brüste, strich über deren Spitzen, und ihr Körper erzitterte. William lächelte, war bereit, ihr Befriedigung zu verschaffen, als sie sich über ihn beugte und mit ihrem Mund suchte. Ihre Zähne bissen sanft in seine Brustwarzen, und sie saugte voll gierigem Genuss daran.

Der Schock brachte seinen Verstand durcheinander wie ein wahnsinniges Aphrodisiakum. Er bäumte sich unter ihr auf, überraschte sie mit seinem neuerlichen Nachdruck, und sie antwortete mit einem heftigen Stoß. Plötzlich hatte sich das, was ein gemächliches Vergnügen gewesen war, zu einem Wettrennen um die Erfüllung gewandelt. Sie rangen um die Vorherrschaft, kämpften um Befriedigung, wanden und bewegten sich in einem urzeitlichen Takt.

Wie ein Mann kämpfend, spannten sich ihre Körper in qualvoller Lust an, und Saura erreichte als Erste den Höhepunkt. Ihr erlöster Schrei zerriss die Luft und erschreckte das Rotkehlchen über ihnen. Mit einem Federflattern flog es in die Wolken, und William spürte, wie sein Körper dem Vogel folgte. Er kam in ihr und vergaß alles um sich herum, und auch sie gab sich der Lust hin.

Denn sie brach auf seiner Brust zusammen und stöhnte: »Nicht mehr«, doch sie zitterte immer noch, als er sich an sie schmiegte.

Er glaubte nicht, dass er sich bewegen konnte, doch als ihr Leib von Nachbeben erzitterte, fand er die Kraft, ihren Kopf zu liebkosen, ihren Rücken zu streicheln, sie an sein Becken zu pressen und sie noch ein weiteres Mal zu erregen. Als er seine Stimme wiederfand, murmelte er: »Frauen sind herrliche Geschöpfe. Was ich einmal tun kann, können sie viele Male machen. Natürlich«, er lachte nahe an ihrem Ohr, »kann ich nachher noch wegkriechen.«

»Stolzer, sturer Dummkopf«, antwortete sie mit einer Stimme, die ein wenig verächtlich und völlig erschöpft klang.

»Hat dir noch nie jemand gesagt, was für eine herrliche Frau du bist?«

»Nein.«

»Natürlich nicht. Kein Mann hat das je herausgefunden, noch wird es jemals ein anderer herausfinden. Du bist mein.«

Eine Pause. »Ja.«

William wählte seine Worte mit Bedacht: »Ich bin einsam gewesen und habe nach einer Frau gesucht, mit der ich gemeinsame Interessen teile. Ich bin kein dummer Junge, der nur die äußere Schale sieht. Ich möchte mit meiner Frau lachen, essen, schlafen und reden. Ich möchte eine Frau, die ich mag.« Der schlaffe Körper, der auf seinem ruhte, versteifte sich bei seinen Worten, und William fragte verwundert: »Ich mag dich. Ich mag es, mit dir zu lachen, zu essen, zu schlafen und zu reden. Deine Anmut und Schönheit schmücken unsere Mahlzeiten, doch sie haben keinen Einfluss auf deren Inhalt oder Geschmack. Wie du es vorher gesagt hast«, Belustigung war in seiner Stimme hörbar, »deine Augen müssen keine Hässlichkeit ertragen, und mein Gesicht interessiert dich nicht.«

Das brachte sie in Bewegung. »Du bist nicht hässlich. Maud hat es mir gesagt.«

»Nun denn, wenn Maud das gesagt hat.« Er lachte leise in sich hinein, weil sie so aufbrausend war, doch dann sprach er wieder vernünftig zu ihr. »Um den Vorteil für Euch zu betonen, Lady Saura, möchte ich mich als Ritter empfehlen. Wenn wir dies hier ordentlich machen würden, dann würde mein Vater dies alles Eurem Vormund erklären, aber wir haben die Schicklichkeit vorweggenommen, und ich spüre den Wunsch, meine Brauchbarkeit selbst zu betonen. Bei aller nötigen Bescheidenheit natürlich.«

Sie reagierte nicht mit der Munterkeit, die er erwartete. Tatsächlich schien sie in sich selbst zusammenzuschrumpfen. »Ich bin ein großer Krieger, fähig, Eure Männer zu befehligen und Eure Ländereien zu beschützen.« Sie erwiderte nichts darauf, und ihre tödliche Ruhe schnitt ihm die Worte ab. Er wollte so um sie werben, dass sie sich ihr ganzes Leben ehrenvoll daran erinnern konnte. Aber das machte sie unglücklich, er konnte es am Griff ihrer Hände auf seinen Armen spüren. »Deshalb, Lady Saura von Roget, werden wir miteinander leben und unsere Seelen vereinigen, so wie wir unsere Körper bereits vereinigt haben.«

»Nein!« Sie kämpfte sich auf die Füße und von ihm fort. »Ich kann nicht.«

Sie strich sich das Haar über die Schultern, ihre Hände zitterten voller Aufregung, und er betrachtete sie genau. »Warum?«, fragte er.

Sie griff nach ihrem Kleid, zog es hastig über und verbarg ihren Körper vor seinem Blick, so als ob der dünne Stoff eine Art Rüstung wäre, die sie vor Schmerzen schützen würde. »Ihr denkt nicht nach, Mylord.« Während sie an den Schnürbändern zog, äußerte sie die geringste seiner Sorgen. »Ihr müsst mich nicht heiraten, nur weil Ihr mich entjungfert habt. Es ist nicht notwendig, wirklich nicht notwendig.«

Er setzte sich auf und schlang seine Arme um ein Knie. »Hast du denn nicht gehört, was ich gesagt habe? Was mit uns passiert, wenn sich unsere Körper verbinden, ist einzigartig, ein Verschmelzen zweier Seelen. Deine Jungfräulichkeit, oder vielmehr deren Fehlen, beeinflusst mich nicht im Geringsten.«

»Es sind nur Schuldgefühle, deine Schuldgefühle, weil du mit gesunden Augen aufgewacht bist und mich gesehen hast.«

Er machte eine äußerst negative Geste, aber natürlich konnte sie diese nicht sehen.

Während sie sich eine Falte zwischen den Augenbrauen rieb, fuhr sie fort: »Du bist wegen deines Augenlichtes ganz euphorisch, du bist über unsere Flucht erfreut, aber wenn du darüber nachdenkst, wird dir klar werden, dass du keine unvollkommene Frau in deinem Bett willst.«

»Unvollkommen!« Er sog die Luft ein, um sie anzubrüllen, aber der Anblick einer rosaroten Brustwarze, die durch einen Riss in ihrem Überkleid spähte, entwaffnete ihn. Er schluckte, gewann einen gemäßigten Tonfall und fragte: »Was zur Hölle war ich denn, als ich mit dem grauen Nebel kämpfte? Ich fühle mich jetzt nicht vollkommener als noch vor zwei Wochen.«

»Du hast Mitleid mit mir, und ich habe dir schon gesagt, was ich von Mitleid halte.« Ihre Lippen verzogen sich zu einem erbärmlichen Versuch eines Lächelns.

»Ist es das, was du vor zwei Nächten für mich empfunden hast? Mitleid? Ist es das, weshalb du mir deinen Körper gegeben hast?«

»Oh nein. Nein. Vor zwei Nächten hegte ich Gedanken an

ein … nun ja, aber das war, bevor du dein Augenlicht wiedererlangt hast. Denk nach, William. Was wäre, wenn wir … was, wenn wir Kinder hätten?«

»Ich kann dir beinahe versichern, dass wir Kinder haben werden. Binnen eines Jahres. Magst du keine Kinder?«

»Was wäre, wenn sie blind wären?«

Die Brustwarze nickte ihm zu, glitt hinter dem Stoffschleier dahin. Ihre scheue Verlockung ermunterte ihn, es mit Logik zu versuchen, eine besondere Methode, mit Frauen umzugehen, doch Saura war eben eine besondere Frau. »Wenn Gott es will. Aber was ist mit den anderen Kindern, die deine Mutter geboren hat? Gibt es noch ein Kind in deiner Familie, das nicht sehen kann?«

»Nein, aber –«

»Wir werden die besten Eltern sein, die ein Kind je gehabt hat.«

»Aber ich kann dich nicht heiraten«, sagte sie elend.

Die Situation war so heikel, dass sie mehr Strategie erforderte, als ihm klar gewesen war. Er hatte noch nie solche Unsicherheiten gesehen, wie sie in der selbstbewussten Rolle der Lady Saura verborgen lagen. Aber es gab schließlich mehr als eine Art, die Kastanien aus dem Feuer zu holen. Absichtlich grausam fauchte er: »Du solltest dich um deine Näharbeiten kümmern und solche Geschäftsangelegenheiten den Männern überlassen, die über dir stehen.«

Sofort entflammte eine feurige Röte ihr Gesicht, und sie sprach: »Ich dachte, du hast gemeint … Ich dachte, du hast mich gefragt, ob ich solch eine Verbindung wünsche.«

»Ob ich dich heirate oder nicht, geht dich nichts an. Eine Frau geht dahin, wohin sie ihr Vormund schickt. Die meisten Damen deiner gesellschaftlichen Stellung werden mit dreizehn verheiratet, und vielleicht hat dich dein fortgeschrittenes Alter für die wahre Natur einer Frau unempfindlich gemacht.«

Ihr Mund öffnete sich, aber es kam nichts heraus. Sie schien nach Worten zu suchen, schien unfähig zu sein zu entscheiden, was sie sagen und wie sie es sagen sollte. »Mein fortgeschrittenes Alter? Ist das ein Hindernis für die Ehe?«

»Es könnte eines sein, denn einer jüngeren Frau bringt man leichter bei, wie sie ihren Herrn zufriedenstellt und sich nach seinen Wünschen formt. Eine jüngere Frau sitzt abends ihrem Herrn zu Füßen und vergibt ihm die Taktlosigkeiten, die er begeht.«

»Du brauchst keine Ehefrau«, antwortete sie empört. »Du brauchst einen jungen Hund.«

»Eine jüngere Frau«, erklärte er ernst, »hat noch keine spitze Zunge entwickelt.«

Sie konnte seine orthodoxen Ansichten kaum fassen, das konnte er sehen, und ihre Frage klang ein wenig skeptisch: »Vielleicht kannst du mir ja die wahre Natur einer Frau erklären, mein Lord?«

Pass auf, warnte er sich selbst. Niemand glaubte all das, was die Priester einem erzählten über die schlimme Art der Frauen und wie unterwürfig sie gegenüber ihren männlichen Herren sein sollten. Die Wirklichkeit war zu verschieden, und diese Frau war zu klug, um ihm zu glauben, wenn er vorgab, sich dem harten Kurs der Kirche anzuschließen. Dennoch konnte er die traditionelle Haltung ein wenig abschwächen und behaupten: »Frauen sind unfähig, darüber zu entscheiden, was das Beste für sie ist. Sie sollten aus der festen Hand ihres Vaters in die feste Hand ihres Ehemannes übergehen, den Kopf gehorsam gesenkt und die Gedanken ausschließlich darauf gerichtet, wie sie ein angenehmes Heim schaffen können. Falls ich mich entscheide, dich zu heiraten, denk daran, Lady Saura, dein einziger Anteil an dem Verfahren ist es, bei der Zeremonie vor den Zeugen einzuwilligen.«

Ihr Gesicht spiegelte eine Mischung aus Enttäuschung und

Verwunderung wider. »Das ist die übliche Ansicht von der Ehe.«

»Vergiss das nie«, befahl er, und er sah ihre Träume in großen Stücken um sie herum zerbröckeln. Die Not auf ihrem Gesicht quälte sein Herz, dennoch würde es seine Strategie zunichtemachen, wenn er sie erlöste. Er härtete sein Herz ab und fragte mit vermeintlicher Gleichgültigkeit: »Was würdest du tun, wenn du nicht auf meiner Burg bleiben könntest?«

»Ich nehme an, ich müsste zum Haus meines Stiefvaters zurückkehren.«

Seine Zurückhaltung endete mit einem abrupten Gebrüll. Ihr blieb die Luft im Hals stecken, als er ihr Handgelenk mit einem erbosten Griff packte.

»Meine liebe Lady Saura, du solltest in deinem lächerlichen Verstand wohl besser nach einer anderen Antwort suchen, denn ich werde dir niemals erlauben, so etwas zu tun.« Er schleuderte ihre Hand von sich, und sie hörte entferntes Hundegebell. »Niemals. Jetzt versteck dich. Jemand nähert sich.«

8

Das düster klingende Gebell kam näher, wurde bedrohlicher, und Saura kauerte sich hinter die Felsen, hinter die William sie gebracht hatte. Die feuchte Erde kühlte ihre Fußsohlen, und ihre Füße wollten am liebsten davonfliegen und dieser Falle entfliehen. Ihr Herz pochte voller Angst und einem Rest Anspannung. Williams Vehemenz und ihre Angst, wieder gefangen zu werden, waren nichts im Vergleich zu den Ängsten, die sie tief in ihrer Seele verbarg.

Jetzt konnte sie einen Mann rufen hören, durchzogen von dem gedämpften Bellen eines großen Hundes. Sie fasste sich an den Hals. Vielleicht hatte der unbekannte Verschwörer, der Williams Tod wollte, gar nicht vor, sie wieder einzufangen, vielleicht würde der Tod bald ihr kleines Stück vom Paradies heimsuchen.

William würde das niemals zulassen. Dieser Gedanke schoss ihr plötzlich ohne Vorwarnung durch den Kopf. Ohne dass man es ihr sagte, wusste sie, dass William alleine dort stand und sein Schwert in der Sonne glitzerte. Wer oder was auch immer die Lichtung betrat, sollte sich besser auf einen Kampf einrichten.

Sie hörte, wie das bellende Tier aus dem umgebenden Wald sprang und William empört aufschrie: »He, du Vieh.«

Geschockt, weil sie das Tier wiedererkannte, rief Saura: »William, es ist –« Große Pranken umarmten ihre Schultern, und eine feuchte Zunge leckte ihr Gesicht voller Hingabe ab. Mit einem Ruck fiel sie um und landete auf ihrem Po. »Bula.«

Sie schob den großen Hund von sich weg. »Bula! Platz! Bula, hör auf damit!«

Das Tier legte sich sofort nieder und rollte winselnd und jaulend seinen Kopf in ihren Schoß. Sie hatte alle Hände voll zu tun, mit der Begeisterung des Tieres zurechtzukommen, und hörte die Stimme des Mannes nur von ferne, als dieser die Mulde betrat.

»Saura, komm heraus«, rief William. »Es ist der Jäger aus Burke.«

»Ich weiß«, sagte sie verärgert. »Das konnte ich ahnen.«

»Mylady!« Alden sank vor ihr auf die Knie, nahm ihre Hände und stritt sich mit dem Hund um ihre Aufmerksamkeit. »Gelobt sei der gute St. Wilfred, es geht Euch gut.«

»Mir geht es gut«, antwortete Saura gereizt und ließ ihre Hände über Bulas Körper gleiten. »Aber wer hat diesen Hund verhungern lassen? Er besteht nur noch aus Haut und Knochen.«

»Er wollte nicht essen, Mylady. Ist bloß rumgelaufen und hat nach Euch gejault.«

»Wir waren doch bloß zwei Tage fort!«

»Ja, und eine Burg in Aufruhr und keiner, der auf einen alten Soldaten und einen vernarrten Hund achtet. Als dann dieser alte Soldat von seinem Auskundschaften –«

»Auskundschaften?«, fragte Saura.

»Ihr wurdet nachmittags entführt, und Master Kimball und Master Clare kamen in der Burg an und weinten, weil sie sich die Schuld dafür gaben.«

»Sie sind zur Burg gerannt, um Lord Peter zu warnen?«

»Ja, aber Lord Peter war nicht dort, und alles war in heller Aufregung wegen eines Angriffs, und keiner ist Euch gefolgt, wie sie es hätten machen sollen. Also bin ich hinausgegangen und habe nach Spuren geschaut, bis ich über die Söldner gestolpert bin, die Euch geschnappt hatten.«

»Nein!«, rief Saura und streckte Alden ihre Hände entgegen. Sie fand seinen Kopf, in Bandagen gewickelt, und fragte: »Bist du ernsthaft verletzt?«

»Ich bin in Ordnung, sie haben mich bloß zum Spaß umgehauen. Sie haben nicht gemerkt, dass ich aus Burke bin.«

Saura massierte Aldens Hals und Bulas Ohren mit dem gleichen Mitgefühl, und beide entspannten sich unter ihrer Fürsorge und kamen zum ersten Mal seit zwei Tagen zur Ruhe. »William?«, rief sie. »Wir müssen –«

»Er ist drüben bei den Pferden, Mylady, bereitet sie auf den Aufbruch vor.«

»Hm.«

Sie dachte darüber nach, und Alden senkte seine Stimme: »Habt Ihr und der Herr gestritten? Er scheint ein wenig steif, wenn Ihr wisst, was ich meine.«

»Es tut nichts zur Sache«, antwortete sie. »Ich werde mich um William kümmern, aber erst muss ich deine Geschichte hören.«

»Oh.« Alden war nicht überzeugt, aber gehorsam. »Es war in der Nacht, als ich nach Burke zurückkam und denen gesagt habe, was ich gesehen habe. Lord Peter hat mir zugehört und ist dann losgerannt, und da war der Hund, ist rumgerannt und hat gejault, und die ganze Mannschaft war organisiert und hat gewartet, und ich dachte, warum nicht den Hund hinauslassen? Er hat mehr Sinne als zehn von diesen Rittern zusammen. Also sind er und ich gestern Morgen hinausgegangen und sind durchs Unterholz und hinunter zu einer Burg und dann zurück bis hierher.«

»Alden«, sagte sie mit grenzenloser Geduld in der Stimme. »Wo ist dein Pferd?«

»Pferd? Ihr glaubt doch nicht, dass ich diesem Tier auf einem Pferd durch den Wald gefolgt bin?« Alden kicherte gönnerhaft, wie es selbst der einfachste Mann bei diesem Gedanken einer Frau getan hätte.

»Du bist den ganzen Weg zu Arthurs Burg hin- und zurückgelaufen?«

»Deshalb ist der Hund auch so mager, seht Ihr?«

»Der Teufel soll den dummen Hund holen!«, brach es aus ihr heraus. »Mein lieber Bursche, du hast zu viel getan!«

Seine Stimme bebte, und er erwiderte: »Ich bin Euer Gefolgsmann und der Eurer Mutter vor Euch. Ich konnte nicht rumsitzen und nichts tun, um Euch zu retten.«

Sein Mitgefühl erinnerte sie abrupt daran, dass Alden nicht mehr der Jüngste war. »Kein anderer Mann hätte mehr tun können«, beruhigte sie ihn. »Hast du dich überhaupt ausgeruht?«

»Ja. Selbst der Hund musste gestern Abend mal ausruhen, und dann ist er mir vorweggerannt und hat dann gewartet und ist dann wieder vorausgelaufen. Wenn ich zu müde wurde, hat er sich neben mich gelegt und so lange gewedelt und gewinselt, bis ich wieder aufgestanden bin.«

»Oh, Alden. Du bist viel zu gut, viel zu gut.«

Die Sorge seiner Herrin brachte Alden in Verlegenheit, und er rutschte auf seinen Knien hin und her. Saura zog ihn an den Schultern und sprach: »Auf, du treuer Narr, und hilf mir kurz.«

William stand hinter Alden und sprach: »Ja. Lady Saura, falls du dich von deinem schwanzwedelnden Sklaven losreißen kannst, wir sollten weiterreiten, damit wir jedweden Verfolgern entkommen können. Ich habe die Pferde bereitgestellt.«

Sein unverhohlener Ärger erinnerte sie an ihren Streit, und sie verzog das Gesicht, als Alden sie auf die Füße zog. »Zu meinem Glück war es nicht weit zum Boden«, brummte sie und strich ihren Rock glatt.

William trat vor und befahl: »Alden, dein Umhang.« Dann wickelte er Saura in den wallenden Stoff.

»Es ist heiß«, beschwerte sie sich, aber er schlang ihn noch fester um sie.

»Du bist nicht schicklich gekleidet. Du trägst kein Unterkleid.«

»Darüber hast du dich vorher nicht beschwert.«

»Was nur für meine Augen bestimmt ist –«

»Eure Augen!«, platzte Alden hervor. »Mylord, Ihr könnt sehen! Was ist dies für ein Wunder?«

»Das ist eine längere Geschichte, für die wir jetzt keine Zeit haben«, antwortete William freundlich. »Heb dir deine Fragen auf. Sie werden heute Abend beim Essen alle beantwortet werden.«

»William«, flüsterte sie und zupfte an seinem Ärmel. »Alden.«

»Alden, Lady Saura ist müde und wund, und sie wird mit mir reiten«, befahl William. »Du nimmst ihr Pferd. Bula wird hinterherlaufen.« Ohne auf eine Antwort zu warten, stützte er sie beim Aufsteigen mit der Hand unter ihrem Fuß und hob sie hoch. Sie war über Williams Rücksichtnahme erfreut. Er mochte zwar mit ihr unzufrieden sein, aber er würde es niemals an ihrem Gefolgsmann auslassen.

William fuhr fort: »Dann kannst du uns den Rücken decken. Ich verspüre langsam den Drang, schnell nach Hause zu kommen.«

Alden grunzte, als er sich in den Sattel sinken ließ. »Dank Euch, Mylord. Ich merke jetzt langsam, wo ich Euch gefunden habe, wie erschöpft ich bin. Aber ich denke, Ihr werdet sehen, Lord Peter hat ein Netz von Wachen in Burke und Umgebung aufgestellt.«

»Sind wir denn in der Nähe?«, fragte Saura.

»Ihr seid am Oberlauf des Fyngre Brook.«

»Oh William!« Sie hüpfte ein wenig, als er sich in den Sattel setzte. »Wenn du gewusst hast, wo wir letzte Nacht waren, dann hätten wir heute früh in deiner Burg aufwachen können.«

»Hm.«

William ignorierte ihre Bemerkung. Ihr Herz machte einen kleinen Sprung, und sie fragte sich, ob er tatsächlich die ganze Zeit lang gewusst hatte, wo sie waren. Vielleicht hatte er noch eine Nacht mit ihr gemeinsam verbringen wollen. Dieser Gedanke gefiel ihr, machte ihr aber auch Sorgen. Hatte er nur seine Befriedigung im Sinn gehabt oder wollte er bloß seinen Anspruch auf sie bekräftigen?

Sie lehnte sich in seine Arme, als er die Zügel aufnahm und mit dem Pferd sprach. Sie musste es selbst in die Hand nehmen. Sie konnte William nicht heiraten, er verdiente etwas Besseres. Doch wenn sie in Panik geriet, würde sie niemals die Gelassenheit aufbringen, sowohl den Mann als auch ihr eigenes tief sitzendes Verlangen zu beherrschen. Sie musste nachdenken. Sie musste die Vernunft walten lassen. Schließlich war das einer ihrer Wesenszüge, der Theobald am meisten ärgerte.

Vielleicht machte sie sich auch völlig umsonst Sorgen. Vielleicht glaubte William ja an das, was er über die Ehe gesagt hatte. Dass es eine geschäftliche Abmachung sei und sie zu gehorchen hätte und für die gute Haushaltsführung verantwortlich sei. Vielleicht glaubte er ja, sie sei zu alt.

Sie hatte in Theobalds Haus lernen müssen, ihre Vorschnelligkeit zu zügeln. Seine Peitsche hatte ihr dies beigebracht, aber auf Burke hatte sie die sauer erworbenen Lehren vergessen. Mit Lord Peter und William hatte sie nicht länger das Gefühl gehabt, jedes ihrer Worte auf die Goldwaage legen zu müssen, bevor sie sprach. Diese Männer schienen ihrer Männlichkeit so sicher zu sein, dass der unaufrichtige Respekt einer Frau für sie beinahe wie eine Beleidigung wirkte. Jetzt verlangte William, dass sie ihre Zunge wieder im Zaum hielt, und sie erinnerte sich nicht mehr daran, wie sie das machen sollte. Immer wieder versicherte sie sich eindringlich, dass seine bissigen Kommentare nichts weiter waren als die gekränkte Reaktion eines Mannes, dessen Werben abgelehnt worden war. Nichts weiter. Nichts weiter.

Williams Brustkorb fühlte sich an, wie wenn er aus Stein gemeißelt worden wäre, und er saß ganz aufrecht, so als ob seine Verstimmung dauerhaft anhalten würde. Dennoch wusste sie, wie sehr Männer ihren Ärger insgeheim genossen und dann auf weibliche Schmeicheleien reagierten, und daher schmiegte sie sich eng an ihn und legte ihre Hand auf seinen Oberschenkel, der sich wie gehärteter Stahl anfühlte. Es bereitete ihr Freude, ihn zu berühren. Seine Muskeln spannten sich unter ihrer Handfläche fest an.

Alden ritt neben ihnen her. »Ich war fort und kenne Lord Peters Pläne nicht. Haben Eure Waldleute ein bestimmtes Signal?«

»Sie sind eine unabhängige Sippe, älter als die Sachsen, und wurden nie von irgendjemandem besiegt. Mein Vater lässt sie in Ruhe, und sie dienen uns gut. Falls sie sich entschließen, sich zu zeigen, dann werden wir sie sehen. Bis dahin sollten wir uns beeilen, nach Burke zu gelangen.«

Sie trieben ihre Pferde an und ritten zügig durch die Bäume und über die Felsen, und William schützte Saura vor Zweigen, wenn diese ihnen ins Gesicht schlugen. Er mied die Straßen, blieb auf den nur schwach markierten Pfaden, und Bula trottete neben ihren Steigbügeln her.

Sie bewegten sich schnell durch die waldige Stille, eine Stille, die zu lautlos war. Der Klang ihrer Bewegungen hallte durch die Ruhe. Als ein Stock unter einem Huf zerbrach, zuckten sie zusammen.

Verwirrt drehte sich Saura zu William um, und dieser starrte zu ihr hinab. Ihre rosigen Lippen teilten sich und enthüllten ihre weißen Zähne. Ihr nach Minze riechender Atem erinnerte ihn an den Morgen, an ihren Körper, wie er sich über ihm erhob, und an die herrlichen Geräusche und den Anblick ihrer Liebe. In ihrem Gesicht spiegelten sich Zutrauen und eine erkennbare Zuneigung zu ihm, aus der er Liebe wachsen lassen würde, aber zunächst musste er sie nach Burke bringen. Sein Nacken juckte, ein Anzeichen, dass irgendjemand sie aus einem Versteck beobachtete.

»Warum singen die Vögel denn nicht?«, fragte sie flüsternd.

»Da sind Männer im Wald.« William schaute sich schnell um, sein Kampfsinn war erwacht. »Aber sind es die Männer meines Vaters oder die meines Feindes?«

Sowohl William als auch Alden sahen sich mit vorsichtigen, wachsamen Augen um, und als Saura warnte: »Ich höre das Stampfen von Hufen«, trennten sie sich auf dem Weg und lauschten nach dem weit entfernten Geräusch.

Ohne Vorwarnung erschien ein kleiner, schmutziger, grün gekleideter Mann vor ihnen. Bula bellte einmal und setzte sich dann auf Williams Zeichen gehorsam hin. Der Mann sprach das ungehobelte Englisch der Bauern, und William musste sich anstrengen, ihn zu verstehen.

»Euer Vater kommt, Lord William.« Er schaute ernst zu, wie sich das Gesicht seines Herrn aufhellte, und gab dann die wichtigere Neuigkeit von sich: »Wir haben letzte Nacht über Euch gewacht, und niemand ist Euch bis heute Morgen gefolgt. Zwölf Kämpfer haben sich am Rand unseres Waldes gesammelt. Ein großer Mann führte sie an, und sie sind Eurer Spur gefolgt, bis sie einen meiner Männer geschnappt haben.«

»Ist dein Mann tot?«

»Ja«, antwortete der Waldmann bitter. »Wie einen nutzlosen Hund haben sie ihm den Schädel zerschmettert. Er hat ihnen nichts gesagt, aber sie sind umgedreht.«

»Wie hat der grausame Herr ausgesehen?«

»Alle Normannen sehen gleich aus, und sein Gesicht war von einem Helm verborgen.«

»Wie hat er geklungen?«

»Er hat wenig gesagt, und was er sagte, hat er leise gesagt.«

William nickte dem kleinen Mann zu. »Vielen Dank, Aschil, für deine Information und deinen Schutz. Komm zur Burg. Ich werde dir den Verlust deines Mannes finanziell ersetzen.«

Der kleine Mann verschwand ohne ein Wort und ohne eine Spur zu hinterlassen im Wald.

Saura zupfte an Williams Handgelenk. »Ist der merkwürdige Mann fort?«

Er erinnerte sich daran, wie sehr er sich danach gesehnt hatte, die Einzelheiten der Ereignisse beschrieben zu bekommen, die sich vor seinen Augen abspielten, die er als Blinder aber nicht wahrnehmen konnte, und deshalb beschrieb er ihr den Waldmann mit Worten, damit sie sich ein Bild machen konnte. »Er hat noch nicht mal ein Blatt zum Rascheln gebracht, als er ging«, schloss er seine Beschreibung.

Die galoppierenden Pferde kamen näher, und Saura fragte: »Sind das die fremden Ritter?«

William schüttelte den Kopf und musste ein Lachen unterdrücken. »Keiner außer meinem Vater würde mit einer solch halsbrecherischen Geschwindigkeit durch dieses unebene Gelände reiten.«

Lord Peter bog um die Kurve und lag dabei beinahe auf dem Hals seines Pferdes, und William rief ihm eine Warnung zu. Der ältere Mann zog so unvermittelt an den Zügeln, dass sich sein Wallach aufbäumte, und dann glitt er in einer einzigen Bewegung von diesem herab. Er rannte auf sie zu und brüllte: »William!« Worauf sein Sohn ebenfalls absprang und schrie: »Vater!«

Sie trafen sich mit einer Wucht, dass der Wald erbebte, umarmten sich und lachten, während Bula um sie herum bellte und sprang, dass es die Blätter an den Bäumen schüttelte.

»Wir dachten, dieses Mal hätten wir dich verloren«, brüllte Lord Peter und schlug auf Williams Rücken. »Wer war das? Wie seid ihr geflohen? Hast du den Bastard umgebracht? Aber nein, wie konntest du, du bist …« Seine laute Freude erstarb langsam, als er seinen Sohn anstarrte. »Du bist …« Er schüttelte ungläubig den Kopf und betrachtete William, während dieser ihn betrachtete. Das Feuer seiner Freude erstarb völlig und wurde durch eine langsame und zögernde Hoffnung ersetzt. »William?«

»Ja, Vater«, stimmte William behutsam zu. »Ich kann sehen.«

Lord Peter umklammerte Williams Gesicht. »Ist das möglich?«, flüsterte er. »Wie konnte solch ein Wunder geschehen? Warst du im Paradies?«

»Und wieder zurück, Vater. Und zurück.«

Dieses Mal war Lord Peters Umarmung zurückhaltender, nicht jubilierend, sondern dankbar und mehr nach der stillen und unergründlichen Art eines Vaters, dessen innigstes Gebet erhört worden war. Er sprach einen Schwur, der noch machtvoller war, weil er in Gottes freier Natur gesprochen wurde: »Ich werde nach Santiago de Compostela pilgern und dem Heiligen Jakob für seinen Segen für dich danken.« Vater und Sohn starrten sich einen bewegenden Moment lang an, und dann wandte sich Lord Peter ab und ging auf das Pferd zu. »Lady Saura! Wie froh ich bin, Euch gesund und munter wiederzusehen.«

Er reichte ihr die Hand, um ihr vom Pferd zu helfen, und sie lächelte ihn zufrieden an und sprach: »Ja, Mylord. Als Ihr zu mir nach Burg Pertrade kamt und mich batet, Eurem Sohn zu helfen, da hätten wir ein solches Ende niemals vorhergesehen, nicht wahr?«

Sie legte ihre Hände auf seine Schultern und glitt hinab, und er betrachtete sorgfältig ihr Gesicht. Aber welches Wunder auch William heimgesucht hatte, es hatte Saura nicht berührt. Lord Peter lächelte sanft in ihre schönen veilchenblauen Augen und sprach: »Das haben wir wohl nicht. Ich habe aber strikte Anweisungen, nicht ohne Euch zurückzukommen.«

»Von Maud?«, riet sie.

»Maud war –«

»Völlig aufgelöst?«

»In einem erbärmlichen Zustand«, bestätigte er.

»Dann lasst uns zurückkehren.« Sie grinste in Richtung der erschöpften Ritter, die auf dem Weg erschienen. »Bevor meine Zofe noch mehr um den Schlaf gebracht wird.«

Ihre Hand war nass.

William ging durch das Dorf, das sich unter den schützenden Mauern von Burke dicht zusammendrängte. Er führte ihr Pferd, und sie saß allein im Sattel, aber die Menschenmenge um sie herum verlangsamte ihr Fortkommen erheblich. So viele loyale Leute hatten ihr aus Begeisterung über ihre Rückkehr zum Willkommen die Hände geküsst, dass es ihr das Herz erwärmte. Aber ihre Hände waren immer noch nass, und sie wollte dringend in ihre Kammer, um sich auszuruhen. Wenn sie es bloß noch über die Zugbrücke schaffte, so versprach sie sich, dann konnte sie zusammenbrechen.

William reagierte mit ungeheuchelter Freude auf seine Burg, seine Leute, sein Heim. Er rief die Männer bei ihren Namen, küsste die alten Frauen und umarmte die Kinder.

Es gefiel ihr, die Freude in Williams Stimme zu hören, aber der Kopf tat ihr von all dem Nachdenken schon weh. Hände streckten sich ihr entgegen und griffen nach ihr und quetschten ihre zarten Finger, bis ihre Knochen schmerzten. Die Pferdehufe verursachten ein hohles Geräusch, als sie über die hölzerne Zugbrücke klapperten. Das Gefühl, entblößt zu sein, das sie auf offenem Gelände immer beschlich, wich einem stärkeren Gefühl der Sicherheit, als sie den Burghof erreichten. Wenn sie es bloß noch bis zur Treppe schaffte, dann würde sie zusammenbrechen können, versprach sie sich.

Das Gerücht von dem Wunder, das Williams Augen geheilt hatte, war ihnen vorausgeeilt und hatte die Burgbewohner bereits erreicht und vergrößerte noch das Geplapper, das auf Sauras Ohren einstürmte. Fragen, die aus allen Richtungen gerufen wurden, verwirrten sie, und sie wollte sich am liebsten vor der ungezügelten Neugier verkriechen.

»Vater!« Kimballs Schrei hallte bis zu den Zinnen hinauf.

William rief mit erstickter Stimme »Kimball« und ließ die Zügel fallen.

Plötzlich wurde die drängende Menschenmasse still, und dann hörte Saura sie flüstern.

»Seht, wie sie sich umarmen.«

»Seht die Tränen des Jungen.«

»Seht Lord William. Er kann gar nicht aufhören, Master Kimball anzuschauen.«

»Seht, wie sie sich im Kreis drehen.«

Der letzte Satz wurde mit solcher Zuneigung ausgesprochen, dass Saura die Tränen in die Augen stiegen, und die Anspannung, die sie während der vergangenen beiden Tage empfunden hatte, fiel langsam von ihr ab. Sie saß aufrecht im Sattel, zum Teil wegen ihrer guten Manieren, zum Teil aus Trotz. Doch anscheinend konnte man ihr die Müdigkeit vom Gesicht ablesen, denn eine warme Hand schlang sich um ihre Taille, und William rief: »Komm herunter, mein Liebling.« Ihre Arme zitterten, als er sie aus dem Sattel hob und wieder auf die Füße stellte.

»Saura?«, fragte Clare ängstlich. »Bist du böse?«

Ihr Bruder stand neben ihr, streichelte ihr die Hand und

machte sich Sorgen, ebenso wie er es auf Burg Pertrade getan hatte, wenn Theobald in einem seiner Anfälle von Trunkenheit randaliert hatte.

»Warum sollte ich böse sein?« Weniger anmutig als sie es sonst tat, streckte sie die Hand aus und streichelte seine Wange.

»Weil ich dich nicht vor diesen Männern gerettet habe!«

Es war der Aufschrei eines wunden Herzens, und für den tapferen kleinen Jungen konnte Saura sich noch ein paar Augenblicke länger zusammenreißen.

»Bist du denn nicht zu Lord Peter gerannt und hast ihm erzählt, dass wir gefangen genommen wurden?«

»Doch.«

Sie lächelte ihn an. »Genau wie du es machen solltest.«

Er schlang seine dünnen Arme fest um ihre Hüfte und vergrub seinen schmutzigen Kopf an ihrer Brust. Sie drückte ihn an sich, und als sich seine Umarmung lockerte, wuschelte sie durch sein Haar und sagte: »Mein eigener fahrender Ritter.« Sie lachte leise. »Willst du mein Zeichen in die Schlacht führen?«

Ein sonniges Lachen war seine Antwort, und er trat einen Schritt zurück, als ob er sich schämte, dabei erwischt zu werden, wie er sich von einer Frau in den Arm nehmen ließ.

Ihre Knie schwankten, als er sie losließ, und sie fragte sich, ob diese spontane Begrüßungszeremonie jemals enden würde. Ob sie es jemals in ihre Kammer schaffen würde.

»Saura!« Mauds Schrei durchdrang das Geplapper. »Mylady!«

Saura stürzte der geliebten Stimme entgegen, und es schien, als ob ihr der Weg frei gemacht würde. Maud umarmte sie mütterlich, schimpfte aber auch mit ihr: »Was habt Ihr nur getan? Ihr seid weiß wie ein Geist und habt riesige, kugelrunde Augen.«

»Sie ist müde«, erklärte William, der hinter ihr stand. »Sie ist solche Abenteuer nicht gewohnt, wo sie die Rolle einer Kriegerkönigin spielt. Führ sie in ihre Kammer, und bring dein kleines Lämmchen zu Bett, damit sie bei der Feier heute Abend wieder frisch ist.«

Maud sah ihn an, betrachtete seine verschmitzt blickenden Augen. Er schaute zurück und nickte, und sie wich ihm aus, als ob sie verärgert wäre. Sie stieß gegen Saura, schlang ihren prallen Arm um diese und führte sie zum Treppenaufgang.

William starrte ihnen hinterher. Er zog finster die Augenbrauen zusammen und schwor Lord Peter: »Das ist die Frau, die ich heiraten werde.«

Kimball sagte: »Oh, gut«, und Clare krähte wie ein Hahn.

Als er auf die schmutzigen Gesichter der beiden Jungen hinabsah, auf denen das gleiche Grinsen erschien, brach Williams ernste Entschlossenheit zusammen, und erleichtert fragte er: »Also würde euch das gefallen, nicht wahr?«

Die beiden nickten heftig, und ihre Begeisterung wurde von ihrem jugendlichen Optimismus noch verstärkt.

»Dann sorgt dafür, dass ihr zum Abendessen gewaschen seid, oder Lady Saura wird herausfinden, dass ihr seit unserem Weggang nicht mit Wasser in Berührung gekommen seid. Und ihr wisst ja, was dann passieren wird.«

Dieses Mal war das Nicken kleinlaut, und Clare stöhnte: »Der Pferdetrog.«

»Ganz genau.« William bemerkte, dass Lord Peter ihn ansah, und fragte: »Und was hältst du von meiner Gefährtin?«

Lord Peter zuckte die Schultern und erkundigte sich unumwunden: »Bist du sicher, dass sie nicht zu stark für dich ist? Sie hat diesen Haushalt in den vergangenen Monaten wie eine Himmelskönigin geführt, und sie wird dich auch herumkommandieren.«

»Nun, sie wird jedenfalls denken, dass sie das tut.« William brach in ein schallendes, überheblich männliches Gelächter aus, und Lord Peter klopfte ihm auf die Schulter und stimmte in sein Lachen ein.

Saura hörte die beiden, als sie die Treppe hinaufging, und zuckte zusammen.

Das Essen an jenem Abend war großartig. Der Rittersaal von Burke erstrahlte im Licht der Fackeln, und das offene Feuer in der Mitte flackerte hoch hinauf. Alle Tische wurden benutzt, und Männer und Frauen drängten sich so eng auf den Bänken, dass die Diener Schwierigkeiten hatten, beim Servieren die Speisen und die Getränke zwischen ihnen hindurch zu reichen. Alle Ritter, die Lord Peter und William die Treue geschworen hatten, waren anwesend, erschöpft von den übereilten Vorbereitungen für den Krieg oder eine Belagerung. Die Landsknechte und Leibeigenen, die nach ihrem Herrn gesucht hatten, bevölkerten die Bänke, und ihre Stimmen erklangen laut vor Erleichterung und Rätselraten. Unter ihnen war auch Alden, ein einfacher Mann, dessen Loyalität zu Saura ihm einen Ehrenplatz eingebracht hatte. William saß zur Rechten von Lord Peter, Saura zu dessen Linken, und neben Saura lag Bula auf dem Rücken und schlief den Schlaf der Gerechten. Freudig grinsend erfüllten Clare und Kimball ihre Pflichten als Pagen und bedienten mit solchem Eifer den Tisch des Burgherren, wie man es bei solch jungen Burschen selten gesehen hatte.

Den einfachen Gefolgsleuten wurde Fleisch und Bier serviert, und für die edlen Leute wurde ein Fass Rotwein angezapft. Unter Mauds gestrenger Aufsicht hatte der Koch sich selbst übertroffen. Die Brote waren zu besonderen Gebilden geformt und mit Kräutern gewürzt. Man hatte das erste Grünzeug, das an den Bächen wuchs, gepflückt, gehackt und der dicken *Charlette* beigefügt, um dieser sämigen Fleischsuppe den lange vermissten Gemüsegeschmack zu geben. Mauds Rezept für gefüllten Fasan ließ alle zufrieden aufseufzen, als die Vögel, gefüllt mit Hafer und getrockneten Äpfeln, von den Servierplatten verschwanden und Scheiben vom Hecht dem Mahl einen leckeren Fischgeschmack hinzufügten. Ein süßer Pudding, der mit Winterlevkojen bestreut war, vollendete ihre Mahlzeit.

Als sie fertig waren, goss Kimball zuerst Lord Peter Wasser über die Hände, dann über die von William und Saura, und Clare folgte ihm nach und reichte ein Handtuch. Lord Peter sah zu William hinüber, und nachdem dieser genickt hatte, stand er auf, wie wenn dies ein vorher abgesprochenes Zeichen gewesen wäre. Er hämmerte auf den Tisch und rief: »Ruhe!« Das Geplauder gesättigter Stimmen erstarb, als ein Nachbar den anderen anstieß und die lautstarken Betrunkenen mit einem einfachen Klaps unters Kinn zur Ruhe gebracht wurden. Hundert neugierige Augenpaare bemühten sich, durch den Dunst hindurchzusehen, und hundert neugierige Paar Ohren wurden gespitzt, um die Geschichte zu hören, die versprach, Stoff für Legenden zu liefern.

Als jedermanns Aufmerksamkeit auf ihn gerichtet war, erklärte Lord Peter mit dröhnender Stimme: »Mein Sohn William, Lord von Miraval und Brunbrook, Erbe von Burke und Stenton, der größte Ritter in England und dem Herzogtum Normandie, ist unverletzt zu uns zurückgekehrt, dank des Eingreifens der Heiligen Jungfrau und aller Heiligen auf der Seite des Rechtes und der Ehre.«

Er hielt einen Moment inne, um den Jubel abzuwarten, der aus allen Kehlen aufbrauste.

»Die Geschichte seiner Entführung und seiner Rückkehr ist eine Geschichte voller Verrat und doch auch ein Zeichen für Gottes Gnade. Heute Abend ist er zu uns gekommen, um uns diese Geschichte zu erzählen.«

Neben ihm erhob sich William zu seiner ganzen Größe, eine Größe, die von dem Podest, auf dem er stand, noch betont wurde. Lord Peter setzte sich auf die andere Seite neben Saura, und William trat an den Platz vor dem Salzfass. Während die eifrige Menge ihre Aufmerksamkeit auf ihn richtete, setzte sich sein Vater hin und lächelte Saura mit einem amüsierten, etwas frechen Lächeln an, das sie wohl beunruhigt hätte, wenn sie es hätte sehen können.

»Meine Freunde«, begann William. Er stimmte mit seiner großartigen Stimme eine tiefere Tonlage an, als es Saura erwartet hätte: Laut genug, dass jeder ihn hören konnte, aber auch leise genug, dass sie sich anstrengen mussten, jede Silbe zu verstehen. »Die Geschichte, die ich euch erzählen will, ist nicht so sehr meine Geschichte, sondern vielmehr die Geschichte von Lady Saura und dem Wunder, das durch sie bewirkt wurde.«

Sauras Rückgrat richtete sich ruckartig auf, wie ein Pfeil, der in den Himmel geschossen wurde. Was sagte William da gerade?

»Ein Übeltäter hat uns beide gefangen genommen, uns größtmöglichen Beleidigungen und Gemeinheiten ausgesetzt und mich vor Wut rasend gemacht. In meinem erblindeten Zustand bekämpfte ich die Armee des Missetäters und verlor.« Er seufzte einmal mächtig, und der ganze Saal seufzte ebenfalls. »Ein riesiger Krieger schlug mich so lange, bis ich ohnmächtig wurde, und dann nahmen sie uns mit und warfen uns in ein Burgverlies.«

Sauras Lippen zuckten, als sie hörte, wie Bronnie als »riesiger Krieger« bezeichnet wurde. Was erzählte William da?

»Wenn meine Lady Saura nicht gewesen wäre, dann wäre ich gestorben. Sie hat die Angreifer mit ihrer Güte beschämt und mit ihrer Schönheit erstaunt, und diese Gesetzlosen brachten ihr zu essen und zu trinken und auch Decken.

Sie verband meine Wunden, heilte sie mit ihrer Berührung. Sie beschützte mich vor den Dämonen des Todes mit dem flammenden Schwert ihrer Rechtschaffenheit. Und als sie in meinem Bett lag, heilte sie meine Augen mit ihrem tugendhaften Kuss.«

Wie ein schweres Gewicht spürte Saura, dass sich die Aufmerksamkeit des gesamten Saales von William weg verlagerte. Alle Augen schienen sie mit ihren Blicken zu durchbohren, während sie mit leicht geöffnetem Mund und einem benommenen Gesichtsausdruck dasaß. Was erzählte William da? Worauf spielte er an? Wie sollten die Leute im Rittersaal seine Geschichte verstehen?

»In der Nacht unserer Gefangenschaft nahm mich Lady Saura in ihre Arme, erregte meine Leidenschaft und wurde meine Braut. Obwohl die Kirche unsere Verbindung noch nicht gesegnet hat, obwohl ich keine blutigen Bettlaken habe, um den Beweis zu erbringen, bezeuge ich nunmehr, dass sie noch Jungfrau war. Meine Augen legen Zeugnis dafür ab, denn alle kennen die heilende Kraft einer jungfräulichen Braut.«

Nun gut! Damit war es heraus!

»Und ich erkläre nun vor allen Zeugen, dass ich Lady Saura von Roget auch in den Augen der Kirche zu meiner Frau nehmen und sie bis zum Ende unserer gemeinsamen Tage ehren will.«

Eine große, feste Hand griff nach Saura und zog sie auf die Füße, und ein mächtiges Hurra erschütterte das Dachgebälk. Als das Geräusch um sie herum abebbte und er ihre Hand in die Höhe reckte, flüsterte William Saura ins Ohr: »So einfach wirst du mir nicht entkommen, Liebste.«

9

Lord Peter stand neben ihnen auf und rief: »Einen Trinkspruch! Einen Trinkspruch auf Lady Saura, die Frau meines Sohnes Lord William!«

Eifrige Hände ergriffen die Becher, erhoben sie und tranken.

»Einen Trinkspruch!«, rief Alden. »Einen Trinkspruch auf Lord William, den größten Recken von ganz England!«

Wieder griffen alle eifrig nach den Bechern, erhoben sie und tranken.

»Einen Trinkspruch!«, rief Maud, und im Saal wurde es still, denn normalerweise machten Frauen keinen Trinkspruch. »Einen Trinkspruch auf Sauras heilende Kräfte!«

Brüllendes Gelächter begleitete ihren Trinkspruch, doch wieder ergriffen eifrige Hände die Becher, erhoben sie und tranken.

Bier und Met flossen freizügig aus den Kannen in die Becher, und William setzte sich zufrieden mit sich und seiner List wieder hin. Die Leute aus der Burg und die Pächter von weiter entfernt begannen spontan sich zu unterhalten und waren von seiner Logik überzeugt, von seinem Witz vergnügt und überglücklich, eine solche Liebesgeschichte und ihr hübsches Ende angehört zu haben. Falls sie irgendwelche Zweifel gehabt hatten, waren diese durch die Botschaft von Gott ein für alle Mal zunichtegemacht worden, jener Botschaft, die ihren Herrn geheilt hatte.

Nunmehr lehnten sie sich zurück, um an einem der seltenen

Abende der Muße ihre Freunde zu treffen, die aufregenden Ereignisse der vergangenen Tage zu diskutieren und die bedeutende Hochzeit zu planen. Der leise Beginn eines Streites am Kopf der Tafel entging ihnen dabei zunächst.

Während er Saura beobachtete, wie diese ihre Waffen sammelte, um sich gegen seine Entschlossenheit zur Wehr zu setzen, bemerkte William erfreut, dass die bleiche und verloren wirkende Zartheit des Nachmittags von ihr gewichen war. Mauds Hätschelei hatte Sauras Selbstbewusstsein gestärkt und ihre Gesichtsfarbe wiederhergestellt. Und falls sie doch immer noch ein wenig erschöpft war, nun, umso besser. Um mit der Ausdauer einer Frau wie Saura zurechtzukommen, musste er alle Vorteile ausnutzen, die er sich verschaffen konnte. Jetzt wappnete er sich mit Geduld, da er wusste, Saura würde die ganze Geschichte niemals einfach so stehen lassen.

Sie nippte an ihrem Wein und drehte sich dann zu William um, der direkt neben ihr saß. »Eine ziemlich hübsche Geschichte, die Ihr da erzählt habt, Mylord. Spürt Ihr gar keine Last auf Eurer Seele, weil Ihr solche Lügen von Euch gegeben habt?«

»Keine Lügen, sondern nur so viel Wahrheit, wie sie wollten oder brauchten. Mein Vater kennt die ganze Wahrheit, ebenso wie du und ich. Wer sonst spielt noch eine Rolle?«

»Du musst noch mal darüber nachdenken. Es war nicht mein Körper, der dir dein Augenlicht wiedergebracht hat, sondern das Ende von Bronnies Stock.«

»Ich werde aber nicht Bronnie heiraten«, antwortete William in bissigem Tonfall. »Und ich bin nicht so dreist zu bestimmen, welche Art von Heilung Gott mir gewährt hat.«

»Vielleicht hast du vorher noch nie mit einer blinden Frau geschlafen, und ich bin bloß der Reiz des Neuen.« Saura grübelte über diesen Gedanken nach und fand ihn selbst nicht besonders überzeugend, und William zerstörte dessen Glaubwürdigkeit völlig, indem er sagte: »Gütiger Gott, ich habe auch noch nie bei einem Mann geschlafen, dennoch habe ich auch noch nie den Wunsch verspürt, bei meinem *Vater* zu schlafen.«

Überrascht prustete Lord Peter einen Mund voller Bier quer über den Tisch. »Ich bin verdammt froh, das zu hören!«

»Ja, aber das wäre außerdem noch Inzest.« Sie konnte einfach nicht widerstehen, dies besonders zu betonen.

William grinste. Wie einfach man sie ablenken und auf die falsche Fährte führen konnte.

»Es wird dir langweilig werden, mich immer so behutsam zu behandeln«, meinte sie.

Das Grinsen verschwand. Wie schnell sie den Streit doch wieder vom Zaun brach. »Behutsam?«

»Ja. Du fasst mich mit Samthandschuhen an, als ob ich zerbrechlich wäre. Du wirst es mir irgendwann verübeln, weil du dich verpflichtet fühlst, mich mit immerwährender Höflichkeit zu behandeln.«

Williams Ärger verflog, und ein ehrliches Lächeln erschien auf seinem Gesicht. »So hatte ich das noch gar nicht betrachtet. Nach meiner Erfahrung, Liebste, löst sich die Zärtlichkeit der ersten Zeit wegen der alltäglichen Ehestreitereien sowieso auf. Zärtlichkeit ist ganz einfach eine der ersten Stufen der Liebe.«

Saura grübelte darüber nach. »Du meinst, wenn du dich an mich gewöhnst, wirst du mir deine Zärtlichkeit vorenthalten?«

»Nicht völlig, hoffen wir doch.«

»Ich bin hartnäckig.«

»Soll mich das überzeugen, dich nicht zu heiraten?«

»Nein, so habe ich es nicht gemeint, aber …«

Sie zögerte, da ihr bewusst wurde, dass ihr Wunsch zu heiraten mit ihrem gesunden Menschenverstand rang. »Ich sage immer noch, es ist bloß eine vorübergehende Vernarrtheit.«

»Also glaubst du, ich bin nicht klug genug, um zu wissen, ob ich dich heiraten möchte oder nicht?«

Seine Stimme klang in ihren Ohren zwar freundlich und belustigt, aber etwas Unterschwelliges, das sie nicht definieren konnte, bereitete ihr trotzdem Unbehagen. Sie fühlte sich zwar nicht unbehaglich genug, um sich von dem Wunsch zu kurieren, ihm helfen zu wollen, seine seltsame fixe Idee zu überwinden, dennoch war ihr unbehaglich zumute. »Ich glaube, du bist scharfsinnig genug, alles Mögliche zu tun. Ich glaube aber auch, dass du der falschen Person für die Rückkehr deines Augenlichtes dankbar bist. Du solltest stattdessen in der Kapelle Kerzen anzünden.«

»Das habe ich bereits getan.«

»Anstatt dich moralisch verpflichtet zu fühlen, mich zu heiraten. Du tust ja alles, was ein ehrenhafter Ritter tun sollte, aber ich sage dir, ich befreie dich von deiner Schuld.«

»Du scheinst mehr als zufrieden zu sein, mich davon zu befreien. Oder wie meine verstorbene Ehefrau zu sagen pflegte: ›Die Liebe bringt selbst Esel zum Tanzen‹«, antwortete er noch liebenswürdiger. »Ist es das, was du meinst?«

Ihre Hände zitterten einen Moment lang, und sie wünschte, er hätte seine Frau nicht erwähnt. Ihre Überraschung über den Stich, den es ihr versetzte, ließ sie die außerordentliche Liebenswürdigkeit seines Tonfalls außer Acht lassen, als er sich auf eine solch freche Bemerkung bezog. »Ich weiß nicht, ob ich es so grob ausgedrückt hätte. Nicht dass deine Frau grob gewesen wäre«, verbesserte sie sich.

»Anne war mit untrüglicher Sicherheit grob«, warf Lord Peter ein, doch die Zärtlichkeit in seiner Stimme sprach trotz der Beleidigung Bände. »Meine Schwiegertöchter haben, trotz all ihrer Unterschiede, eine Sache gemeinsam.«

Überrascht fragte Saura: »Wie viele Schwiegertöchter hattet Ihr denn?«

»Nur zwei«, antwortete Lord Peter prompt. »Anne und dich.«

»Ich bin nicht –«

Lord Peter fuhr fort, sah über ihren Einwand einfach hinweg: »Ihr beide scheint einen zielsicheren Hang zu haben, aus den unsinnigsten Gründen über die falschen Dinge zu streiten. Beide seid ihr äußerst klug und habt doch keinen Funken gesunden Menschenverstand in euch.«

»Saura«, sagte William ernst und erhob seine Stimme, damit die Ritter es auch hören konnten. »Ich liebe dich.«

Mit einer abwehrenden Handbewegung unterbrach sie seine Bekanntmachung. »Ich glaube gewiss, dass es keine Liebe ist, und ich bin sicher, dass deine Vernarrtheit nachlassen wird, sobald ein wenig Zeit und Abstand zwischen uns liegen werden.«

»Willst du mir etwa vorschreiben, was ich tun soll?«

Der spezielle Unterton in seiner Stimme wurde stärker und schwoll von einer sachten Warnung zu einem unverhohlenen Anzeichen an, dass dieser Mann jeden logischen Ratschlag einfach ablehnen würde. Wie sie es ihm vorher schon gesagt hatte, tat sie alles, was von einer Frau ihres Standes erwartet wurde, und deshalb begann sie, ihren Mann zu beschwichtigen. »Ich würde niemals so frech sein, Lord William. Es ist bloß meine bescheidene Überzeugung, dass ich nicht danach trachten sollte, die Spitze Eures Haushaltes zu sein.«

»Die Spitze meines –«

»Eure Frau. Dennoch nehme ich an, ich könnte hier eine Position einnehmen, auf meine ganz eigene Art, wenigstens so lange, bis für Euch die Zeit kommt, wieder zu heiraten.«

Der allgemeine Lärm der Gespräche ebbte ab und wurde von der Szene auf dem Podium abgelenkt.

»Welche Art von Position denn?«

Es gab keinen Zweifel, in Williams Stimme schwang Verärgerung mit, aber Saura hatte Zutrauen in ihre Fähigkeit, ihren wütenden Herrn zu besänftigen. »Ich könnte mich um Euren Haushalt und um Euren Sohn kümmern, und wenn sich die Abende zu lange hinziehen, könnten Ihr und ich –«

»Du willst meine Hure sein.« Saura konnte sein Gesicht zwar nicht sehen, aber die anderen im Saal konnten es. Bänke wurden zurückgeschoben, erwachsene Männer packten ihre Messer ein und zogen sich in den hinteren Teil des Saales zurück.

Niemand ging hinaus. Niemand konnte dem Drama widerstehen, das sich durch Williams gerötete Wangen und seine geballten Fäuste ankündigte, und sie beobachteten die Auseinandersetzung zwischen ihrem Herrn, den sie bewunderten, und der Frau, die er heiraten wollte, voller Eifer.

»Das ist nicht das Wort, das ich verwenden würde«, begann Saura. Das Wort hatte sie zwar getroffen, aber sie wollte ihn immer noch beschwichtigen.

»Es ist das Wort, welches alle anderen benutzen werden«, unterbrach er sie brutal.

Zum ersten Mal wurde ihr bewusst, dass der Unterton in seiner Stimme Verärgerung war. Sie erkannte, dass sie zu weit gegangen war, und machte vorsichtig den Vorschlag: »Mylord, vielleicht sollten wir das morgen bereden.«

»Eine Buhlerin hat für gewöhnlich mehr Erfahrung, mehr Talent als du.«

Das Gefühl, bloß verletzt worden zu sein, wurde von einer Welle der Demütigung weggeschwemmt. »Heute Morgen fandest du mich talentiert genug.«

»Zärtlichkeit spielt in der Abmachung eines Herrn und seiner Hure natürlich keine Rolle. Wenn ein Lord bedient werden will, zieht sich seine Dirne aus und ist ihm zu Diensten.«

Saura spürte, wie William vom Tisch aufstand, und sein

flammender Zorn schien seine Worte feuerrot zu färben. Zum ersten Mal, seit sie ihn kannte, bekam Saura es mit der Angst zu tun. Es war nicht die Art von Angst, die ihr ihr Stiefvater eingeflößt hatte, sondern jene Angst, die einem die Handflächen feucht werden und den Atem stocken ließ und die sie zwang, ihre Bank ein wenig nach hinten zu schieben und sich bereit zur Flucht zu machen. Saura stand langsam auf, stützte sich auf dem Tisch ab und hoffte, dass sie seinen Tonfall fehlgedeutet hatte, aber sein nächster Ausbruch machte ihre Hoffnung zunichte und alarmierte sie nur noch mehr.

»Wenn ein Mann – ein Mann, der größer, stärker und auch offensichtlich klüger ist als seine kleine, schwache, verdammt dumme Frau –, wenn dieser Mann also nach Zuwendung für seinen Körper verlangt, dann sollte diese Frau besser gehorsam den Kopf neigen und sagen: ›Ja, mein Herr‹.« Er stampfte mit dem Fuß auf, während er sprach, und seine Stimme schwoll gefährlich an, als er sich vor ihr aufbaute.

Entschlossen, sich nicht einschüchtern zu lassen, setzte sich Saura aufrecht hin, hob ihr Kinn und antwortete: »Ich bin nicht dumm.«

»Das habe ich vorher auch nicht geglaubt, aber die Ereignisse haben leider bewiesen, dass ich mich da geirrt hatte.« Er zog ihr den Schleier herunter und warf ihn beiseite, dann schnappte er nach ihrem Zopf und bog damit ihren Kopf nach hinten. »Sag es. Sag: ›Ja, mein Herr, ich werde Euch dienen, wie Ihr es befehlt‹.«

Das Fundament ihrer Entschlossenheit wankte und wurde schier unter seiner Masse begraben.

»Ich werde Euch nicht dienen«, antwortete sie zögernd. »Jedenfalls nicht ohne Respekt und gegenseitige Hochachtung.«

»Respekt?« Er brüllte es so laut, dass die Dachsparren bebten und doch noch ein paar feige Leibeigene aus dem Saal flüchteten. Saura wollte sich die Ohren zuhalten, aber William hielt sie fest, indem er sie mit seinem wuchtigen Arm um die Taille packte.

»Respekt für eine Dirne? Wenn du Respekt willst, wirst du als meine Liebschaft nie Erfolg haben. Meine Liebe, gib endlich auf. Dir ist die Ehe bestimmt. Aber lass dir wegen der Sache mit der Zärtlichkeit versichern, du musst dir keine Sorgen machen, dass ich dich heute Abend behandele, als ob du zerbrechlich wärst. Heute Abend wird sich meine ganze Zärtlichkeit in einem Gebräu aus kochender Enttäuschung auflösen!« Sein Mund fand den ihren ohne jenen Feinsinn oder jene Sorgfalt, mit der er sie vorher geküsst hatte.

Ein Gebräu aus Enttäuschung, gewiss, so dachte er, als er seine Lippen auf ihre drückte. »Aufmachen«, befahl er, und als sie versuchte, den Kopf zu schütteln, verschärfte sich sein Griff an ihrem Zopf, und er biss sie mit den Zähnen in die Unterlippe. Sein Biss war nur flüchtig und beinahe schmerzlos, aber sein drohender Ärger überwand ihr Zögern. Sie öffnete ihre Lippen, aber nur ein wenig. Was als winziges Zugeständnis begann, wurde unter seiner plündernden Zunge zu einer vollständigen Kapitulation. Er imitierte mit seiner Zunge einen Liebesakt, öffnete sie und erregte sie damit so sehr, dass alle Anwesenden es sehen konnten. Erst als sich ihre Hände in seine Taille vergruben, erst als sich ihr Gesicht vor Erregung und nicht aus Scham rötete, als sich ihr Leib an seinen drückte, um sich mit ihm zu paaren, dann erst ließ er sie endlich los und verkündete: »Du, meine liebe Saura, bist die Frau, die mich aus meiner Enttäuschung erlösen wird. Und zwar jetzt.«

Er schmiss sie sich über die Schulter, wie wenn sie ein Schilfbündel wäre, und der Jubel seiner Männer schwappte über Saura hinweg, als diese mit dem Gesicht nach unten quer über seinem Rücken hing. Es erleichterte sie ein wenig, dass sie seine nackte Haut unter dem Hemd mit ihren Fingernägeln bearbeiten konnte. Doch seine umgehende Reaktion brachte ihr nur einen peinlichen Klaps auf das Körperteil ein, das am höchsten über seiner Schulter lag, und wieder jubelten die Männer. Es war zwar nicht sein Schlag gewesen, der sie überzeugt hatte, ihn nicht mehr zu kratzen, sondern vielmehr das wütende Beben, das sich in dem Leib unter ihr entwickelte. Als William sich umdrehte und auf die Tür seines Schlafgemaches zuging, wurde sie plötzlich vorsichtig. Maud stellte sich ihm entgegen, und William hielt inne.

»Das könnt Ihr nicht machen, Mylord«, schimpfte Sauras Zofe und stellte sich fest entschlossen vor die Tür. »Lady Saura ist eine liebevolle und sanfte Frau, und ich bin für ihren guten Ruf verantwortlich. Ihr könnt sie nicht in Euer Bett mitnehmen.«

»Frau!« William sprach mit geschlossenen Zähnen, und das Beben seines Körpers wurde heftiger. »Geh mir aus dem Weg.«

»Verdammt, Maud, hast du den Verstand verloren?«, rief Lord Peter. Er rannte vom Tisch zu der älteren Frau hinüber. »Geh ihm aus dem Weg.«

»Das werde ich nicht!«, antwortete Maud, und Saura hörte ein Handgemenge. Sie hörte, wie Maud ausrief: »Ihr wagt es!«, und auch die Rufe der Leute, als diese sich vordrängten, um besser sehen zu können.

William trat vor und schlug die Tür mit einem Fußtritt hinter sich zu.

»Maud?«, rief sie, während er weiterging.

Als er sie aufs Bett rollte, umfasste er ihre Schenkel unter dem Rock. »Mein Vater«, erklärte William mit klarer Stimme, »behandelt seine Frauen, wie sie es verdienen. Das tue ich ebenfalls.«

»Du Dummkopf! Wie wenn Frauen noch mehr Hindernisse verdienen würden, als ihnen einfältige Männer sowieso schon in den Weg legen!« Sie stützte sich auf die Ellenbogen, und er schubste sie mit einem leichten Stoß aufs Brustbein um.

Die Hand auf ihrem Schenkel spannte sich warnend an, und an ihrem heftigen Einatmen konnte er das Kribbeln erkennen, das sich langsam tief in ihrem Körper entwickelte. »Du weißt einfach nicht, wann du den Mund halten sollst, aber ich werde es dir schon noch beibringen. Ich werde dir heute Nacht noch eine Menge Dinge beibringen.«

William erhob sich vom Bett und starrte auf die befriedigt auf dem Bett schlafende Frau hinab. Sie schlief! Er lachte. Eine unzureichende Bezeichnung für diese totale Erschöpfung, die ihren sonst viel zu aktiven Verstand ausgeschaltet hatte. Heute Abend hatte er wenigstens eine ihrer Ängste zerstreut, wobei er zugleich seine Entrüstung gemildert hatte. Es gab keine Hindernisse für die Heirat außer denen, die Saura selbst in ihrer Vorstellung errichtete. Und diese waren, so viel wusste er aus seinem persönlichen Umgang mit Lady Saura, so unerschütterlich wie die Klippen an den Küsten Englands.

Nur ein Mensch konnte ihm heute Abend helfen, und deshalb schlüpfte er vorsichtig und leise in seine Kleider und öffnete die Tür. Das Feuer mitten im Rittersaal brannte, und die meisten Diener lagen in den Binsen auf dem Fußboden, in ihre Decken gewickelt oder in den Armen ihrer Geliebten. William stieg über die Leiber hinweg und sah nach den wenigen Hartgesottenen, die immer noch um einen Tisch herum saßen und auf die Gesundheit ihres Herrn anstießen. »Hier kommt der Bräutigam«, riefen sie ihm zu.

Er grinste angesichts ihres leichten Rausches. »Wo ist Maud?«

»Maud?« Eine Frau warf ihm ein amüsiertes, schiefes und

vom Bier benommenes Lächeln zu. »Als wir Maud zuletzt gesehen haben, hing sie noch an der Schulter Eures Vaters.«

»Oh, wirklich?« Sein Grinsen wurde breiter. »Und wohin ist mein Vater gegangen?«

»In seine Kammer, tapfer, wie er ist.« Einer der Männer fing an zu kichern.

»Ist irgendjemand wieder aus seiner Kammer herausgekommen?«

»Nein, Mylord, wahrscheinlich kämpfen die Frau und er immer noch darum, wer sich unterwerfen muss.«

Die ganze Gruppe fiel vor Lachen über diese Bemerkung von den Bänken. William schüttelte den Kopf und verließ sie, wobei er sich sehr wohl bewusst war, dass ihre Belustigung mit Anerkennung durchmischt war. Trotz Lord Peters Alter – er war schon deutlich über vierzig – war er noch ein vitaler Mann, der den Umgang mit Frauen im und außerhalb des Bettes genoss. Und Maud hatte die Lakaien seit dem Tag ihrer Ankunft in Burke in Angst und Schrecken versetzt. Mit dieser Frau war nicht zu spaßen. Eine Verbindung zwischen Lord Peter und Maud würde ihr Leben in einer Art und Weise verändern, die sie sich überhaupt nicht vorstellen konnten.

Auf Williams energisches Klopfen an der Tür von Lord Peters Gemach kam nur der gedämpfte Ruf einer knurrigen Männerstimme: »Verschwinde!«

Er ignorierte diese Anweisung, öffnete die Tür und trat über die Schwelle. Lord Peter tauchte mit einem Schrei aus den Laken auf, der sofort schwächer wurde, als er seinen Besucher erkannte. »Ich hoffe, es ist wichtig, Sohn«, murmelte er ungläubig.

»Ich schwöre dir, das ist es.«

Mauds Kopf lugte aus den Fellen auf dem Bett hervor. »Und ich hoffe, meiner Lady Saura geht es gut.«

»Oh, ihr geht es sehr gut.« William kam näher an das Bettpodest heran und zog einen Hocker mit sich. Er setzte sich rittlings darauf, vom plötzlichen Hochschnellen Mauds überrascht. »Es geht ihr wunderbar. Sie schläft tief und fest.« Er beäugte Maud im schwachen Schein der Nachtkerze. Was war nur mit dieser Frau los?

Lord Peter setzte sich nun vollständig auf, und die Felle rutschten von seinem nackten Oberkörper. Er schob einen Haufen Kleider zur Seite und rieb sich mit dem Handrücken die Augen. »Nun, was ist los, Junge?«

»Ich brauche Hilfe mit Saura. Sie wehrt sich gegen mich. Sie wehrt sich gegen die Hochzeit, und es gibt eine Person, mit der ich darüber reden muss.«

Beide Männer drehten sich um und starrten auf Maud, die – mit dem grauen Zopf über ihrer Schulter – errötete und in die Kissen zurücksank.

Großer Gott, dachte William. Die Frau schämt sich. Sie schämt sich für ihr Alter! Wie gerne hätte er sich darüber lustig gemacht, sie ein bisschen damit aufgezogen. Aber Maud besaß den Schlüssel zu Sauras Zustimmung zur Hochzeit, und so sagte er taktvoll das Einzige, was sie garantiert ablenken musste: »Saura will meine Geliebte bleiben.«

Maud schnalzte mit der Zunge. »Das Mädchen hat nicht einen Funken Verstand.« Als ihr klar wurde, dass das beinahe wie ein Kompliment für William klang, fügte sie hastig hinzu: »Nicht, dass es so wunderbar wäre, Euch zu heiraten, aber es ist jedenfalls besser, als zu ihrem Stiefvater zurückzugehen und dort zu leben.«

Sein Vater strich sich über das Kinn. »Nun, Sohn, bist du dir sicher, dass du sie heiraten willst? Es gibt keinen Grund, einen Apfelbaum zu kaufen, wenn man nur die Äpfel pflücken will.«

Maud schlug ihm bei diesen Worten mit der Faust mitten auf die Brust, sodass es ihn zurück in die Kissen warf und er nach Luft schnappen musste. Sie verschränkte die Arme vor der Brust, und ihre Augen funkelten vor Zorn, denn sie wollte Saura um alles in der Welt beschützen.

»Ich habe doch nur Spaß gemacht«, beschwichtigte Lord Peter.

William musste unwillkürlich lächeln, wurde aber sofort wieder ernst. »Spaß oder nicht, das löst mein Problem nicht. Die Lady will mich nicht heiraten, und ich traue ihr sogar zu, vor dem Altar noch Nein zu sagen.«

Ein kurzer Augenblick der Stille war seine Antwort, dann nickte Lord Peter. »Sie würde Nein sagen, Ehevertrag hin oder her.«

Maud stimmte verdrießlich zu. »Sie würde sich auch vor hundert Zeugen weigern.«

William seufzte. »Sie muss also vorher überzeugt werden. Was soll ich also machen?«

Maud schüttelte den Kopf. »Es ist völlig unmöglich, meine Herrin irgendwie zu manipulieren. Sie wird es bemerken, wenn Ihr sie anlügt. Sie wird es wissen, wenn Ihr versucht, ihr vorzuspiegeln, sie tue etwas Gutes für sich und etwas Schlechtes für Euch.«

William schlug mit der Faust kurz und heftig auf den Bettpfosten. »Schlecht für mich? Die Heirat wäre ein Segen für mein Leben. Kann man ihr denn nicht klarmachen, dass es ein Zeichen Gottes war, dass ich mein Augenlicht in ihren Armen wiederbekommen habe?«

»Ja, es ist ein Zeichen Gottes, damit sie bei Euch bleibt. Ich bin mir sicher, dass sie bei Euch bleiben will. Aber Ihr versteht einfach nicht, was sie über ihre Blindheit, über sich selbst empfindet. Ihr kennt ihre Angst nicht, bei Theobald leben zu müssen, möge Gott ihn verfluchen. Seit sie krabbeln konnte, hat er nach ihr getreten. Er hat sie immer mit dem Frühstück aufgezogen, hat es ihr hingehalten, dass sie es riechen konnte, sagte ihr, sie solle es nehmen, nur um es dann im letzten Moment wegzuziehen. Und dabei lachte er, als ob er etwas besonders Schlaues angestellt hätte.«

»Was war mit Sauras Mutter? Was tat sie?«

»Meine Herrin, Lady Eleanor, hatte keine Ahnung davon, als sie ihn heiratete. Nicht, dass sie überhaupt eine Wahl gehabt hätte.« Maud streckte die Hand aus, zog ihren Schal aus dem Gewirr der Kleider und legte ihn sich um die Schultern. Während sie ihre Arme langsam massierte, erinnerte sie sich: »Sauras Vater starb so plötzlich wie eine Kerze, die ausgeblasen wird. Lady Eleanor war zu diesem Zeitpunkt mit Saura hochschwanger und litt an einem fiebrigen Ausschlag. Sie konnte die Besitztümer nicht zusammenhalten. Sofort begannen die Nachbarn, sich einzelne Ländereien unter den Nagel zu reißen. Saura wurde geboren, und wir bemerkten nicht, dass es ein Problem gab. Das Neugeborene war so hübsch und hellhäutig. Also warb Theobald um Lady Eleanor. Er schien ein anständiger Mann zu sein.« Sie blickte zurück in die Vergangenheit und knetete ihre Finger. »Wir haben sofort bemerkt, dass wir einen Fehler gemacht hatten. Er zwang sie, das Kind zu einer Amme zu geben, und schwängerte Lady Eleanor umgehend wieder.«

»Wann habt ihr herausgefunden, dass Saura nicht sehen kann?«, fragte William.

Maud zögerte, voll trauriger Erinnerungen und unsicher, ob sie diese teilen sollte. Die beiden ihr zugewandten, freundlichen Gesichter überzeugten sie, und sie fuhr fort: »Ich wusste es vor Lady Eleanor und lange vor Theobald. Saura war so klug. Sie hob bereits kurz nach der Geburt ihren Kopf und lachte schon laut, wenn die meisten Neugeborenen nur lächeln können. Anfangs dachte ich, der ziellose Blick sei für einen Säugling normal. Aber bald war es für mich und die Amme offensichtlich. Als Saura auf dem Bauch zu kriechen begann und alles mit solcher Begeisterung festhielt, was sie berührte, wusste auch Lady Eleanor Bescheid. Diese Schlampe von einer Amme unterrichtete Theobald davon, der das Kind umbringen wollte.«

William hielt schlagartig den Atem an, und Lord Peter murmelte einen dunklen Fluch.

»Wenn meine Herrin nicht dazwischengegangen wäre, hätte er Saura das Genick gebrochen. Wenn meine Herrin nicht mit seinem Kind schwanger gewesen wäre, hätte er sie wohl zur Seite gestoßen. Jedenfalls drohte er ihr für den Fall, dass sein Erbe nicht perfekt sein würde. Er wütete wie jeder schwache Mann, der sich einer Situation gegenübersieht, die er nicht in seinem Sinne lenken kann. Er schickte Saura fort, damit sie auf ihren Besitztümern großgezogen würde, und ich ging mit ihr. Lady Eleanor beauftragte mich, ihr beizubringen, wie jedes andere Kind auch in der Sonne herumzulaufen und zu spielen. Und das tat ich bis zu ihrem neunten Lebensjahr, als sich Theobald zusehends wegen der Unruhen im Land sorgte und befahl, dass sie zurückkommen müsse, damit er ein Auge auf sie haben konnte. Er hatte Angst, jemand könne sie entführen und ihm ihren Besitz abpressen.«

»Freute sich Lady Eleanor, Saura wieder zurückzuhaben?«

»Oh ja. Sie begann sofort, ihr beizubringen, wie eine Lady sich zu verhalten hat, die für einen Haushalt die Verantwortung trägt. Sie ließ keine Ausreden gelten, und bei uns beiden lernte Lady Saura alles, was eine Burgherrin wissen muss. Das war auch gut so, denn meine Herrin gebar Theobald fünf gesunde Jungen und alterte frühzeitig. Sie brachte Saura bei, sich um ihre Halbbrüder zu kümmern, da sie fürchtete, nicht mehr lange für sie da sein zu können.«

Vom Tonfall ihrer Stimme aufgeschreckt, fragte William: »Wie ist Lady Eleanor gestorben?«

»Ich glaube, er hat ihr in den Unterleib getreten, als sie zum letzten Mal schwanger war.« Eine Träne lief Maud die Wange hinab, und Lord Peter legte den Arm um sie. »Noch ein hübscher Junge, der zusammen mit der Mutter bei der Geburt gestorben ist.«

Weil er sich an den Stolz und die Zuneigung in Sauras Gesicht erinnerte, wenn sie von Lady Eleanor sprach, fragte Lord Peter: »Weiß Saura das?«

»Natürlich«, antwortete sie tonlos. »Wir haben nie davon gesprochen, aber sie weiß es. Ich wäre nicht überrascht, wenn Theobald sich mit seiner Tat ihr gegenüber gebrüstet hätte. Er zwang sie, zu arbeiten, den Haushalt zu führen, die Kinder großzuziehen, und dann zog er über ihre Bemühungen her. Er ließ sie niemals in Ruhe. Er hätte sie auch vergewaltigt, wäre nicht die ganze Burg auf ihrer Seite gewesen und für sie eingetreten.«

William sprang auf und fluchte: »Ich werde diesen Hurensohn aufspießen und langsam über dem Feuer rösten.«

»Ich mache die Soße«, nickte Maud. »Und wenn er gut durch ist, werden wir Pastete aus ihm machen und dann auf den Misthaufen werfen.«

Sie nickten übereinstimmend, von diesen Bildern in ihren Köpfen gleichermaßen angetan, aber Lord Peter unterbrach ihre Vorliebe für Rache. »Das ist alles schön und gut, aber solange William die Frau nicht heiratet, kann Theobald jederzeit ihre Rückkehr verlangen.«

»Besitz –«, begann William.

»– ist nichts wert, falls die Lady entscheidet, dich zu verlassen«, entgegnete Lord Peter hart. »Allerdings wird sie mit dir als Ehemann keinen Penny ihres Besitzes bekommen. Welche vernünftige Frau würde sich einen Beschützer aussuchen, dem der Tod durch ein Messer im Rücken droht?«

Mit grimmiger Entschlossenheit sank William wieder auf

seinen Hocker zurück. »Hast du darüber nachgedacht, was ich dir heute Nachmittag erzählt habe?«

»Was meinst du? Dass Arthur ein Verräter ist? Da stimme ich dir zu. Dass wir herausfinden müssen, wer hinter diesem Verbrechen steckt? Da stimme ich dir ebenfalls zu. Dass du deine Fähigkeiten als Ritter verbessern musst? Daran kann es keinen Zweifel geben. Dein Gehirn und deine Muskeln sind etwas verkümmert. Die Übung, die du heute abgeliefert hast, hat das deutlich gezeigt. Deine Schwertführung ist grauenhaft, dein Umgang mit Keule und Breitaxt reicht aus, damit dein Schlachtross Reißaus nimmt.«

»Ist ja gut! Ich werde mit den Knappen üben, bis ich sogar dich herausfordern könnte, Vater, aber das ist nur der einfache Teil. Was ist mit dem schlauen, herumschleichenden Köter, der mich und die Meinen vernichten will? Wer kann das nur sein?«

Maud seufzte in übertriebener Geduld und fragte: »Habt Ihr einen Morgenmantel, Lord Peter?«

»Natürlich.« Lord Peter deutete auf die Truhe, auf der ein warmer Samtumhang lag. »Aber du verlässt mich doch nicht, oder? Dieses Streitgespräch wird nur noch einen Moment dauern.«

»Männer, die von Krieg und Kämpfen reden, können aus einem Moment eine Ewigkeit machen. Falls Lord William mir den Morgenmantel reicht, werde ich uns einen Becher Wein einschenken, um unseren Verstand zu schärfen und unsere Zunge zu befeuchten.«

»Eine gute Frau.« Lord Peter umarmte und drückte sie, und seine Augen leuchteten voller Freude und Zärtlichkeit.

»Eine verständige Frau.« William warf ihr den Mantel zu und drehte sich um, während Maud hineinschlüpfte. »Wie sollte sie es auch nicht sein, wenn sie mitgeholfen hat, eine Frau wie meine Saura großzuziehen?«

Maud erhob den Weinkrug, der für den Fall bereitstand, dass der Lord in der Nacht Durst bekommen sollte. Absichtlich klapperte sie mit dem Zinnbecher, um William zu signalisieren, dass er sich wieder umdrehen konnte. Dann reichte sie ihm den Wein mit einer koboldhaften Grimasse. »Schmeichelei wird Euch keine Verbündeten bringen, die Ihr nicht ohnehin schon gewonnen habt. Über den Rest entscheidet allein die Zweckmäßigkeit.«

Sie warf ihren Zopf nach hinten, während sie sich umdrehte, um ihren Geliebten zu bedienen, und kehrte dann mit ihrem eigenen Kelch zum Bett zurück.

»Vielen Dank«, erwiderte William ernst. »Sowohl für den Wein als auch für den Rat. Beide sind gut und notwendig, dennoch müssen wir uns weiter mit dem unangenehmen Thema von Schlangen und Schwächlingen beschäftigen.«

»Wir haben nur eine begrenzte Wahl.« Lord Peter starrte unmittelbar in Williams Richtung, und ihre Gedanken griffen an denselben Punkten ineinander.

»Ja. Arthur wurde mit Charles und Nicholas großgezogen.«

»Und mit Raymond von Avraché«, erinnerte ihn Lord Peter.

»Nicht Raymond. Er ist einer der reichsten Adeligen im Land und einer der höchstgestellten.«

»Mein Sohn, Männer sind nicht immer das, was sie sein sollten. Raymond war ein unglücklicher Junge, als er zu uns kam. Seine Eltern kümmerten sich nicht um ihn. Er interessierte sie nur als Erbe, als ein politisches Wesen, das dabei helfen sollte, die Sache der Avraché voranzubringen. Manchmal kann eine solche Erziehung nicht mehr geheilt werden.«

»Glaubst du das wirklich?«

Lord Peter wog die Fakten gegen seine Instinkte ab und schüttelte dann den Kopf. »Nein.«

»Raymond ist mein Freund«, erklärte William. Für ihn war die Diskussion damit beendet. »Lass uns lieber über die beiden anderen sprechen und wie sie Arthur unter ihren Einfluss bekommen haben.«

»Nicholas.« Lord Peter massierte sich die Stirn und dann die Augenbrauen, als ob ihm das Scheitern seines Pflegekindes persönlichen Schmerz zufügte, den kein Wein lindern konnte. »Nicholas ist ruhig, aufrichtig. Er sagt wenig. Er hat sich mir nie anvertraut, nicht mal als Junge. Wenn irgendetwas an ihm faul sein sollte, habe ich das nie bemerkt.«

»Ich auch nicht. Hat er Arthur beeinflusst?«

»Arthur hatte keine eigene Meinung, er drehte sein Fähnlein nach dem Wind und folgte stets der vorherrschenden Strömung. Nicholas hätte ihn beeinflussen können, aber warum sollte er? Nicholas' älterer Bruder war der Erbe des Titels, aber er ist vor drei Jahren gestorben, nicht lange nachdem Nicholas auf die Besitztümer seiner Familie zurückgekehrt war. Jetzt ist Nicholas der Lord und einer der wohlhabendsten Männer in Südengland.«

»Dann bleibt nur noch Charles übrig.«

»Charles.« Lord Peter trank einen Schluck Wein und lehnte sich in die Kissen zurück.

»Was hat es mit Charles auf sich«, unterbrach sie Maud, »dass Ihr beide so nachdenklich ausseht, wenn Ihr seinen Namen erwähnt? Ist er nicht auch Herr eines ansehnlichen Anwesens?«

»Er ist ein Lord«, stimmte William zu, »aber sein Besitz ist nicht mächtig.«

»Als Charles sein Erbe antrat, war von den schönen Burgen, die er bekommen sollte, nur noch eine übrig. Nur ein einziges Anwesen, das mit Schuld und Unehre beladen ist. Sein Vater war stets ein Verschwender, der die Befestigungen verkommen ließ, während er am Hof des alten Königs Henry herumlungerte. Charles selbst ist nicht viel besser, er prahlt mit seiner Tapferkeit, hat aber Angst, im Turnier anzutreten, weil er fürchtet, seine Rüstung und sein Pferd zu verlieren. Und bei dieser vermaledeiten Unordnung, die uns regiert, fürchte ich …«

»Ja, so geht es mir auch.« William massierte sich die Stirn und die Augen in der genau gleichen Art wie sein Vater, sodass Maud kichern musste, während sie den Krug nahm, um die Becher aufzufüllen. »Wenn es tatsächlich Charles ist, wie können wir ihm eine Falle stellen, bevor er uns etwas antun kann?«

»Wir laden ihn zur Hochzeit ein«, antwortete Lord Peter sofort. »In einem solch festlichen Rahmen wird er seine wahren Absichten verraten. Wir werden ihn mit Argusaugen beobachten und immer Zeugen in seiner Nähe haben.«

Begeistert rieb sich William die Hände. »Welch ein herrliches Argument, um Saura zu überreden. Sie wird mich gewiss heiraten, wenn mich ihre Einwilligung von solch einer Bedrohung befreit.«

»Darauf würde ich mich nicht verlassen«, sagte Maud.

»Nun, jedenfalls ist es bislang die beste Idee, auf die wir gekommen sind«, erwiderte William, stand von seinem Hocker auf und stellte seinen Becher darauf ab.

Er verließ den Raum, von dem Gespräch gestärkt und mit einem Plan. Maud sah ihm nach und bemerkte trocken: »Ich hätte nie geglaubt, dass ein so offener, lauterer Mann wie Charles zu einem solchen verschlagenen Verrat fähig wäre.«

»Ich auch nicht«, sagte Lord Peter. »Doch man kann sich nie sicher sein.«

»Einer Sache bin ich mir ganz sicher. Saura wird Lord William niemals heiraten, wenn wir nicht die notwendigen Maßnahmen ergreifen. Du, mein Lieber, wirst unseren Plan niemals verraten, dafür bist du viel zu gerissen. Und ich bin ebenfalls klug genug, uns nicht zu verraten.« Sie schmiegte sich unter die Decken und lächelte ihn an. Dabei zeigte sie ihre starken weißen Zähne und ein beachtliches Maß an Genugtuung. »Er wird seinen Part überzeugender spielen, wenn wir es ihm nicht sagen, und sie wird nicht durch den Ton seiner Stimme alarmiert, weil wir sie beide ausgetrickst haben. Komm näher«, sagte sie verschwörerisch. Sie wartete, bis er seinen Arm mitfühlend um sie legte. Dann zog sie ihn zu sich aufs Bett und flüsterte: »Hör dir an, was ich vorhabe.«

10

Der schimpfende Klang von Mauds Stimme ermahnte Saura, wieder aus dem tiefen Brunnen ihrer Erschöpfung aufzutauchen, und er erschütterte ihre feste Überzeugung, dass sie zu spät zur Morgenmesse käme.

»... springt auf egoistische Weise aus dem Bett, um zu frühstücken, nachdem er Euch die halbe Nacht lang benutzt hat, sodass Ihr zu müde seid, um wie eine anständige Frau im Morgengrauen aufzustehen. Die halbe Burg kichert schon, dass man Euch gewiss Euren rechten Platz gezeigt hat und Ihr Lord William ohne weiteres Aufheben heiraten werdet. Aber macht Euch keine Sorgen, Lady Saura!« Mauds starke Hände packten ihre Schultern und zogen sie in eine sitzende Position. »Ich werde Euch helfen zu entkommen. Ich werde nicht zulassen, dass Euch irgendein Grobian zu etwas zwingt, das Ihr nicht wollt.«

In Sauras angeschlagenem Zustand klang Maud schauerlich fröhlich. »Ich denke nicht –«

»Vergewaltigung! Es ist eine Vergewaltigung!«

»Nein, nein.« Saura strich sich das offene Haar aus den Augen und massierte sich die Schläfen, als ob sie schmerzten.

»Wie ein Wilder hat er Euch über der Schulter weggeschleppt.«

»Maud, es war keine Vergewaltigung.«

Maud schob Sauras Hand weg und knetete sie mit gefühlvollen, wissenden Fingern. »Wie sonst würdet Ihr es nennen?«

»Es wäre eine Vergewaltigung gewesen, wenn ich nicht –«

»Was nicht?«

»Es nicht so sehr genossen hätte!« Saura stürmte vom Bett.

»Oh, ist das nicht mal wieder typisch für einen Mann«, klagte Maud. »Nicht, dass er an Euch oder Euren Ruf gedacht hätte. Ich nehme mal an, in neun Monaten werdet Ihr auch noch ein Kind bekommen.«

»Ein Kind?« Sie hielt mitten in ihrem Schritt inne, und ihre Zofe konnte sie gerade lange genug festhalten, um ihr das Unterhemd über den Kopf zu streifen.

»Oh ja. Jeder weiß doch, wenn eine Frau an ihrem Mann Vergnügen findet, dann ist ein Kind nicht mehr weit. Aber macht Euch keine Sorgen, wir können so ein winziges Problem schon regeln.« Maud hörte gar nicht auf zu reden, machte keine Pause, in der Saura hätte kurz nachdenken können. Sie schob Sauras Arme in die Ärmel und sagte: »Wie auch immer, ich bin sicher, ich muss Euch bei der Flucht helfen. Lord Peter hat mich gestern Abend aufgehalten und mich gebeten, Euch heute früh als Erstes zu ihm zu schicken.«

»Weshalb?« Saura rieb sich den Mund, und Maud reichte ihr einen Becher mit frisch gebrautem Bier.

»Das wird Euch Kraft geben, Lord Peter entgegenzutreten. Dieser Mann hat überhaupt nicht begeistert ausgesehen. Barsch und unwirsch hat er etwas über eine Hochzeit zwischen Euch und seinem Sohn gemurrt und dass er nicht gefragt worden ist.«

»Er will mich nicht?«, fragte Saura vom Schmerz wie betäubt.

»Ich würde sagen, Ihr verletzt sein Selbstwertgefühl. Nun, ich habe ihm gesagt, als William dabei war, habe er nicht so streng geschaut, und er hat daraufhin nur geschnaubt. Somit werden wir hier vielleicht mit Taschen hinausgehen, die von

Lord Peter gepackt wurden. Das würde Euch freuen, nicht wahr, Mylady?«

Saura nickte, und Maud schubste sie auf die Füße und zog sie flink zu Ende an. »Gewiss, wir werden zu Eurem Stiefvater zurückgehen müssen, etwas, was ich zu vermeiden gehofft hatte, aber wir können nicht hierbleiben, wenn Lord William so fest entschlossen ist, Euch zu heiraten. Es wäre einfach zu grausam, ihn so zu quälen. Also heißt es wohl zurück zu Theobald dem Hurensohn, nehme ich an.« Der Abscheu tropfte aus Mauds Stimme, und Saura ballte ihre Fäuste, während sie nachdachte, wirklich angestrengt darüber nachdachte, wieder bei ihrem Stiefvater zu leben. Mauds geschäftige Stimme schnatterte weiter und malte ihr das Bild lebhaft aus. »Burg Pertrade wird uns wie ein kleines, schmutziges Loch vorkommen, nachdem wir auf Burke gelebt haben. Ihr könnt da nicht reiten, und Clare wird als Page hierbleiben, also werdet Ihr keine Gesellschaft haben. Wir werden uns wieder vor den Männern in Acht nehmen müssen, da sie Euch ja nie den geringsten Respekt entgegengebracht haben. Dennoch hat dieser Knirps von einem Mädchen, das der alte Theobald geheiratet hat, vielleicht mittlerweile gelernt, wie es seinen Haushalt führen muss, und es ist nicht mehr so auf Euch angewiesen. Ich stelle mir vor, dass die Diener es inzwischen gewohnt sind, zu der Kleinen zu gehen, um ihre Anweisungen zu bekommen.« Maud zupfte am Rock von Sauras Überkleid und glättete ihre Ärmel. »So, jetzt seht Ihr sehr hübsch aus, genau richtig, um Lord Peter nach der Messe zu treffen.«

Lord Peter wollte sie nicht? Der Gedanke verfolgte Saura während der Messe und auch als sie mit den Dienern im Rittersaal frühstückte. Saura war unglücklich. Der Mann, von dem sie eine so hohe Meinung hatte, wollte sie nicht in seiner Familie haben. Sie bereitete in ihrer Vorstellung Aussprachen zwischen Lord Peter und sich selbst vor, Aussprachen, in denen sie ihm darlegte, weshalb sie es wert sei, seinen Sohn zu heiraten. Manchmal verfielen diese Aussprachen auch zu einem Streitgespräch, denn Maud hatte zwei äußerst unangenehme Keime des Zweifels in Sauras Kopf gesät. Mit dem ersten Keimling, dem der Unwürdigkeit, konnte sie umgehen, denn damit hatte sie es schon ihr ganzes Leben lang zu tun gehabt. Aber der andere, viel unangenehmere Keim erschreckte Saura viel mehr. Sie wollte nicht zurück in das Haus ihres Stiefvaters, um dort nutzlos und abhängig, gemieden und verachtet zu sein, sich um ihre Brüder zu kümmern und immer Angst um ihrer aller Leben zu haben.

Als sie zu der kleinen Nische im Rittersaal ging, wo der Priester an der Abrechnung arbeitete, fand sie dort Lord Peter vor, der laut mit einigen Papieren raschelte und vor sich hin murmelte. »Setzt Euch, Lady Saura«, befahl er. »Dort ist ein Stuhl für Euch.«

Er stand nicht auf, um ihr behilflich zu sein, und sie erwartete es auch gar nicht. Sie verstand seine Derbheit. Er beschützte seinen Sohn vor einer Verbindung, die er unter dessen Würde fand. Dennoch verkörperte Lady Saura von Roget auch Vorteile, und sie würde ihm diese darlegen.

»Ihr versteht, Mädchen, ich bin nicht ganz so begeistert wie mein Sohn. Ihr habt Euch mir als fähige Hauswirtschafterin bewiesen, und mein Enkelsohn betet den Boden an, auf dem Ihr lauft. William ist natürlich völlig vernarrt in Euch und kann nicht erkennen, dass es da auch noch andere Dinge zu bedenken gibt. Ich möchte nicht, dass Ihr denkt, ich sei undankbar. Ich bin sehr froh, dass Ihr helfen konntet, Williams Augenlicht wiederherzustellen, aber … wie hoch ganz genau ist Eure Mitgift? Werdet Ihr irgendwelchen Besitz in die Familie mitbringen?«

Als sie sich eifrig vorbeugte, wurde Saura gar nicht bewusst, dass Lord Peter sich passenderweise genau auf ihr stärkstes Argument konzentriert hatte. Sie dachte nur, welches Glück sie hatte, dass sie so reich war. »Ich bin die einzige Erbin von dem ganzen Besitz meines Vaters.«

»Das muss eine erhebliche Menge an Land sein.« Lord Peter grübelte und klopfte dabei unschlüssig mit den Fingern aneinander. Dann sagte er in einem anderen Tonfall: »Ich kannte Euren Vater.«

»Mylord?« Überrascht, denn sie hatte noch nie von dieser Verbindung gehört, hörte ihm Saura ruhig und erwartungsvoll zu.

»Wir wurden in der gleichen Familie großgezogen. Er war jünger als ich, ein Page, als ich bereits ein Knappe war. Elwin half mir, als ich zum Ritter geschlagen wurde, gesegnet sei er, und wünschte mir alles Gute, als ich auf meine Ländereien zurückkehrte. Ich mochte ihn. Er war ein guter Mann, ein ehrenhafter Mann – und ein sehr reicher Mann.« Wieder ganz geschäftsmäßig sagte er: »Frauen wissen natürlich nichts von solchen Dingen, aber könnt Ihr Euch vielleicht noch an irgendeinen Namen der verschiedenen Liegenschaften oder ihre Lage erinnern?«

Saura straffte ihre Schultern und sagte die Namen der Orte und die Größe ihrer Ländereien auswendig auf. Lord Peter wagte es nicht, diese Liste in Frage zu stellen, denn ihre klare, selbstsichere Stimme zeigte ihren Stolz und ihren Sinn für Besitz. Maud hatte ihn nicht fehlgeleitet. Dieser Hebel würde Saura zur Eheschließung bewegen.

Als sie fertig war, wartete sie mit ruhiger Gewissheit darauf, dass er wieder genügend Kontrolle über seine Belustigung gewann, um zu fragen: »Seid Ihr Euch bewusst, ob dieses Land ein Erblehen ist?«

»Sir?«

»Gibt es noch andere Ansprüche darauf?«

»Es gibt keine lebenden Verwandten. Mein Vater war der Letzte seiner Familie, mit Ausnahme von mir.«

»Wann werdet Ihr es in Besitz nehmen?«

»Es gehört so lange meinem Vormund, bis ich heirate.«

»Seid Ihr sicher? Am Tag Eurer Hochzeit mit William werdet Ihr Erbin von –«

»Dem ganzen Besitz«, bestätigte Saura.

»Hat Euer Stiefvater irgendeinen Anspruch darauf?«

»Keinen«, antwortete sie fest.

Als er sich in seinem Stuhl zurücklehnte, hatte Lord Peter ein Lächeln auf dem Gesicht, das sie sogar hören konnte. »Frauen sind immer so gedankenlos, aber falls diese Information korrekt ist –«

»Ich schwöre, sie ist es.«

»Dann werdet Ihr ein erhebliches Stück Land zu unserem Grundbesitz mitbringen, und wir wären gewillt, auf das meiste der Mitgift, die in Münzen bezahlt werden sollte, zu verzichten. Wisst Ihr, ob die Ländereien von Theobald verwaltet werden?«

Sauras Miene verdunkelte sich. »Er presst sie aus und lässt die starken Nachbarn das nehmen, was sie wollen. Ich habe mit ihm darüber gesprochen, aber alles, was es mir gebracht hat, war ein Hieb und der Befehl, mich um meine Nadeln zu kümmern. Meine Brüder helfen, wo sie können, aber –«

»Also wird es Arbeit machen, Eure Ländereien in Form zu bringen.«

»Ja, es tut mir leid.«

»Und das wird William von echten Gefechten fernhalten, bis wir sicher sind, dass er gesund ist und seine Blindheit nicht zurückkehrt.«

»Oh.«

»Ja, in der Tat. Das wird eine äußerst vorteilhafte Verbindung für meine Familie sein. Ich werde Theobald umgehend kontaktieren, um die Vertragsverhandlungen zu beginnen. Ich persönlich sehe überhaupt kein Problem. Ihr lebt bereits in meinem Haus, und es ist anerkannt, dass Ihr eine Jungfrau wart, die erst kürzlich von meinem Sohn entjungfert wurde.«

Weil sie sich durch seine Eile, sich ihrer zu versichern, an ihre Befürchtungen erinnerte, wandte Saura ein: »Ich möchte nicht, dass Ihr denkt, ich hätte Eure Gastfreundschaft ausgenutzt, um Euren Sohn in die Falle zu locken und mich zu heiraten.«

»Mein liebes Mädchen, ich habe Warzen auf meiner Haut, die sind älter und arglistiger als du. Ich kann mir keinen Grund denken, dich zurückzuweisen.«

»Ich bin blind!«

»Das ist kein Nachteil, jedenfalls nicht in meinen Augen. Es gibt aber vielleicht ein Hindernis für die Hochzeit. Hast du gewusst, dass Williams Blut nicht rein ist?«

»Nicht rein? Was meint Ihr damit, Mylord?«

»Ich bin Normanne. Mein Vater kämpfte an der Seite Williams des Eroberers, als dieser aus der Normandie kam und Harold bei Hastings besiegte. Meine Mutter war auch Normannin, doch mein Auge strich über meine Ländereien und entdeckte, dass die angelsächsische Tochter des früheren Herrn jung und hübsch war. Die junge Dame wollte erst nichts von mir wissen. Mein Vater, ein strenger Mann, wollte auch nichts von ihr wissen.« Bei diesen lange zurückliegenden Erinnerungen lachte er leise. »Sie hat mich geheiratet, als sie bereits unser Kind trug, und meine Mutter hieß sie in weiblicher Anteilnahme willkommen.«

»Und Euer Vater?«

Lord Peter beobachtete Saura scharfsinnig, während diese sich unbewusst über ihren flachen Bauch strich. »Am Tag, als er laufen konnte, hob William einen Stock auf und schwang ihn wie ein Schwert, und dann setzte er sich mit einem Plumpsen auf seinen gepolsterten Hintern und heulte vor Verdrossenheit. Von diesem Moment an war er der ganze Stolz meines Vaters, und meine Frau wurde als Williams Mutter geehrt. Du bist die Tochter eines stolzen normannischen Hauses. Die Heirat zwischen Normannen und Angelsachsen ist kein Schandfleck, aber vielleicht solltest du darüber nachdenken, ob du wegen Williams Herkunft Vorurteile hast.«

»Welch ein Unsinn!« Sie wischte seine Logik mit einer wegwerfenden Geste ihres Arms davon.

»Prüfe es sorgfältig. Eure Kinder würden das Blut eines eroberten Geschlechts tragen.«

»Mylord, die Angelsachsen kämpften so lange, bis sich die Flüsse von ihrem Blute rot färbten. Erobert wurden sie vielleicht, aber ihre Tapferkeit konnte nie in Frage gestellt werden, und es scheint, als ob der größte Krieger Englands das Ergebnis einer Mischung des Blutes beider Völker ist.«

»Du sprichst von William?«

»Natürlich«, antwortete sie stolz. »Alles andere ist Mythos und Wahnsinn.«

»Da stimme ich dir zu.« Er wartete kurz, um darüber nachzudenken, und fragte dann: »Außer deiner Blindheit hast du keine Male an dir, nehme ich an?«

»Keine.«

»Es gibt keine Vorgeschichte von Blindheit in deiner Familie, das weiß ich, und Gott hat dich durch die Gaben der Klugheit und der Schönheit für das Fehlen des Augenlichts entschädigt. In diesen unruhigen Zeiten muss die Hochzeit umgehend bezeugt werden. Bei aller Bescheidenheit muss ich zugeben, dass wir eine der großen Familien der Gegend sind. Alle müssen eingeladen werden, oder ein Ärgernis wird weitere nach sich ziehen, und ich werde noch einen Krieg auslösen. Es wird eine riesige Hochzeit werden. Kannst du ein solches Unterfangen bewerkstelligen?«

»Natürlich!« Sie klang genauso beleidigt, wie er gehofft hatte. »Mit Mauds Hilfe werden wir alles fertig machen.«

»Es werden Hunderte von Leuten in der Burg sein, Edelleute und ihre Diener. Das alles bedeutet viel Arbeit für dich. William und ich kümmern uns um die Unterhaltung, falls das helfen würde, aber du wirst die Schlafarrangements und das Essen für die ganze Meute organisieren müssen.«

»Ich schaffe das schon«, antwortete Saura steif.

»Gut. Ich habe Angebote anderer Väter abgelehnt, die hier sein werden. Väter, die William für ihre Töchter gewinnen wollten. Faule Schlampen, Frauen ohne Anmut und Talent, langweilig und nörglig. Du wirst mir einen Gefallen tun, wenn du William vom Heiratsmarkt nimmst. Deine Mutter war eine bemerkenswert fruchtbare Frau. Ich würde es natürlich vorziehen, aus dieser Verbindung ebenfalls noch Enkelkinder zu bekommen, aber sollte sich das als Problem erweisen, hat William noch einen gesunden Sohn, den wir später verheiraten –«

»Warum fragst du meine Frau aus?« Williams Gebrüll aus dem Durchgang unterbrach sie, und Saura zuckte schuldbewusst zusammen, als ob Lord Peter und sie irgendetwas gegen ihn ausgeheckt hätten.

»Aber, William«, beruhigte Lord Peter. Über die passende Ablenkung erfreut, fragte er sich zu Recht, ob Maud nicht die Notwendigkeit gesehen hatte, das Gespräch zu beenden, bevor Saura misstrauisch wurde. Williams Auftritt kam, nachdem Lord Peter alle wichtigen Punkte geklärt hatte, nachdem er Saura von ihrer Eignung überzeugt hatte und nachdem er ihr ihre eigenen Ländereien schmackhaft gemacht hatte.

»Ich kann nicht glauben, dass du die Frechheit besitzt, die Frau meiner Wahl zu befragen«, meinte William eingeschnappt.

»Aber, Sohn, es gibt keinen Anlass –«

»Sie wird sich meinem Willen beugen.«

»William, hör auf zu brüllen!« Lord Peter erhob die Stimme zu einem Brüllen, das dem seines Sohnes in nichts nachstand. »Ich hätte keine bessere Verbindung für dich arrangieren können, selbst wenn ich es versucht hätte.«

»Saura und ich – was?«

»Ich sagte, dieses Mädchen ist reich. Wusstest du, dass sie die einzige Erbin ihres Vaters ist? Und sie wird bei ihrer Heirat die Kontrolle über ihr Erbe erlangen, so einfach ist das. Gütiger Gott, Elwin von Roget hatte ebenso viel Land wie ich, es wird unseren Besitz verdoppeln. Kein Wunder, dass dieser wertlose Furz Theobald Saura nie verheiratet hat. Bring sie weg!« Lord Peter wedelte energisch mit den Armen, als Saura aufstand und zu William ging. »Und schick Bruder Cedric. Wir werden umgehend beginnen, am Vertrag zu arbeiten. Wir werden eine riesige Feier veranstalten, um diese Verbindung zu feiern. Lad jeden Nachbarn und Freund ein. Ich wünschte nur, ich könnte den Ausdruck auf Theobalds Gesicht sehen, wenn er den Vertrag erhält.« Lord Peter brach in lautes, enthusiastisches Gelächter aus, ein Gelächter, auf das Saura leise entgegnete: »Ich wette, er bekommt einen Anfall.«

Als William Saura außer Hörweite geführt hatte, grinste Lord Peter triumphierend. »Das wird eine Ehe werden, in der Tat.«

Draußen im großen Saal fasste William Saura ungeschickt am Arm. »Ich entschuldige mich dafür, dass mein Vater von deinem Grundbesitz derart begeistert ist. Ich versichere dir, es waren nicht deine Ländereien, die mich angezogen haben, die mich überzeugt haben, dich …«

Immer noch lächelnd, das Gesicht vor Freude strahlend, antwortete sie: »Nein, William, das ist mir klar, und ich bin dir sehr dankbar. Aber denk doch nur, mein eigenes Land wird mir gehören, damit es verwaltet wird, wie es mir passend erscheint.«

»Bedeutet das«, fragte William langsam, »dass du mich heiraten wirst?«

»Ja, dein Vater hat mich überzeugt. Es ist die richtige Entscheidung. Ich bin zwar blind, aber er versicherte mir, ich sei hübsch.«

»Und du glaubst ihm?«

Sein Tonfall blieb ihr rätselhaft, versetzte ihr aber dennoch einen flüchtigen Schlag auf ihre neu gefundene Zuversicht. »Bin ich denn nicht hübsch?«

»Sehr hübsch sogar«, bestätigte er. »Ich habe es dir ja schon oft gesagt.«

Sie legte die Stirn nicht länger in Falten. »Ja, und dein Vater hat mich überzeugt. Außerdem sagt er, meine Persönlichkeit sei anziehend.«

»Anziehend?«

»Ist sie das etwa nicht?«

»Doch.«

»Und ich sei fähig, einen Haushalt zu führen.«

»Mein *Vater* hat dich auch davon überzeugt?«

»Nein, das wusste ich schon immer. Dein Vater hat das meiste meiner Mitgift verfallen lassen. Eine gute Sache, denn ich bezweifle, dass Theobald auch nur eine geringfügige Summe zahlen kann. Lord Peter hat mich auch daran erinnert, wie viel Gutes ich tun werde, wenn ich die Herrschaft über meine Ländereien erlange.«

»Wirst du mir erlauben, die Verantwortung für diese Länder zu teilen?«, fragte William sarkastisch.

Mit einer anmutigen Geste räumte Saura ein: »Du weißt mehr über Verwaltung, als ich jemals wissen könnte, aber verstehst du denn nicht? Wenigstens werden die Leute, an die ich mich aus meiner Kindheit erinnere, beschützt werden, das

Land, auf dem ich als Kind umhergestreift bin, wird ordentlich behandelt. Es ist perfekt, William. Du erhältst eine große Menge an Land als Entschädigung, weil du mich heiratest, und ich bekomme meine Ländereien. Und was auch nicht unbedeutend ist, Theobald verliert den Profit. Ist das nicht herrlich?«

Von ihrer Kapitulation und den Gründen dafür etwas pikiert, fragte William: »Ist das alles, was wir durch unsere Heirat bekommen?«

Ihr überraschtes Gesicht sah zu ihm auf. »Was meinst du damit?«

Er hob sie hoch und zeigte ihr mit seinem Körper und seinem Mund, was er meinte, doch dann stellte er sie plötzlich abrupt wieder auf den Fußboden.

Sein Schwert rief nach ihm, seine Lanze und die Breitaxt. Seine Waffen versprachen ihm Erleichterung von der Fassungslosigkeit und dem Zweifel, der in ihm kochte.

Sie liebte ihn nicht.

Er hatte sie in sein Bett genommen, hatte ihr auf offensichtlichste Art und Weise gezeigt, dass er sie anbetete, und sie wollte nichts von ihm wissen, bis sein Vater sie überzeugt hatte, ihn zu heiraten.

Indem er sie mit ihren eigenen Ländereien bestochen hatte.

Es schmeckte bitter auf seiner Zunge. Die Galle dieser Frau!

William wusste, er konnte seinen Zorn abarbeiten, und schritt die Treppe hinab in den Burghof. Dort ließen die Knechte die Pferde heraus, damit sie gepflegt und geritten wurden, die Dienerinnen pflückten im Kräutergarten das Unkraut, und Kimball und Clare übten ihre nachgeahmten Schlachten.

Er sah sich trotzig um und hielt bei den Ställen an. Seine Hände arbeiteten, seine Muskeln bettelten nach Beschäftigung, und ein feuriges Versprechen leuchtete in seinen Augen auf. Um ihn herum unterbrachen alle ihre Beschäftigungen, als sie die typischen Anzeichen des Zorns wiedererkannten. Die Stalljungen, die mit den Pferden arbeiteten, sprangen erschrocken aus dem Weg, und Kimball und Clare kletterten auf einen Baum und verbargen sich in den Blättern. William bemerkte es kaum, so sehr konzentrierte er sich darauf, seine Wut zu bekämpfen. Er beugte sich vor, hob die lange Stange, die die Jungen als Lanze benutzten, auf und brüllte nach dem Anführer seiner Landsknechte. Der Soldat kam die steilen Stufen hinuntergerannt, die auf den Wehrgang führten, und William befahl: »Channing, ich will, dass eine Nachricht zu Sir Guillaume geschickt wird und ihm mitteilt, sein Sohn solle wieder in meine Obhut geschickt werden. Ich brauche einen Knappen. Ich brauche ihn sofort.«

»Und wenn Euer Lehnsmann seinen Sohn schon einem anderen Ritter geschickt hat?«

»Dann seht, ob er noch einen Sohn hat. Aber ich bezweifle, dass der junge Guillaume schon in Pflege gegeben wurde. Die Familie wird ihn für einen ausgedehnten Besuch bei sich behalten.« Channing nickte. William drehte die Stange langsam hin und her und klemmte sie sich unter den Arm, um das Gewicht zu fixieren. »Ich werde viele Boten benötigen, die bereit sind, mit der Einladung zu allen Nachbarn und den Vasallen und Burgvögten zu reiten. Ich werde«, Bitterkeit umklammerte seinen Mund, »verheiratet werden.«

Die Jungen auf dem Baum schrien vor Begeisterung.

»Ihr habt die Dame überredet, Mylord?« Der Landsknecht war eifrig, lächelte vor Freude, und William fragte sich säuerlich, wie Saura es geschafft hatte, ihren Einfluss sogar auf seine Soldaten auszudehnen.

»Was macht es schon, wer sie überredet hat?«, grollte William und stieß die behelfsmäßige Lanze in den Boden. »Es ist geschehen. Am Ende dieses Monats werde ich eine Truppe von Männern brauchen, die bereit sind, mit mir nach Burg Pertrade zu reiten, um Lord Theobald zu ›überreden‹«, Williams Mund verzog sich vergnügt, »den Ehevertrag zu unterschreiben.«

Channing strahlte vor Freude. »Gerne, Mylord. Lord Theobald hat einen üblen Ruf wegen der Behandlung seiner Bauern und Diener, und ich werde kein Problem haben, eine Truppe zusammenzustellen.«

William nickte, dass Channing abtreten durfte, und trat dann durch die offenen Stalltüren. »Bringt mein Schlachtross!«, rief er so laut, dass ein Schwung Staub und Heu aufgewirbelt wurde. Stalljungen rannten, um seinen Befehl zu erfüllen, und er pochte mit dem Stock auf einen Baumstumpf. »Wenn ihr ein Training mit der Quintana sehen wollt, kommt sofort.«

Er konnte hören, wie die Jungen sich beeilten, vom Baum herunterzukommen, während er seine Muskeln mit einem maßvollen Lauf hinaus auf den äußeren Burghof und um diesen herum aufwärmte.

Die Quintana hatte sich in seinem ganzen Leben noch nicht verändert. Sie saß im Zentrum der Turnierbahn und forderte den Ungeübten zum Kampf auf. Am einen Ende eines Balkens saß eine beschwerte Puppe, die mit dem ausrangierten Gewand eines Ritters bekleidet war und einen verschrammten Schild hielt. Am anderen Ende hing ein Sandsack, und der Pfosten in der Mitte war der Dreh- und Angelpunkt für das drehbare Kreuzstück. Viele Jungen hatten »Sir Quintain« schon gekippt. Viele Jungen hatten schon Staub gefressen, wenn sie es nicht schafften, vorbeizugaloppieren, nachdem sie den Schild mit ihrer Lanze getroffen hatten. Der Sandsack würde dann hinter sie schwingen und sie vom Pferd schlagen, und beim nächsten Mal, wenn sie Sir Quintain umstießen, trieb die schmerzvolle Lehre sie zur Fehlerlosigkeit an. Wie

Lord Peter den verschrammten Jungen erklärte, war es besser, von einem Sandsack grün und blau geschlagen zu werden, als während der Schlacht von einer Lanze getötet zu werden, die den Kettenpanzer durchsticht.

Das Schlachtross tänzelte heraus und zog drei Stallknechte am Zaumzeug hinter sich her, und William maß den Abstand mit seinen Augen. Er rannte los und sprang in den Sattel, ohne die Steigbügel auch nur zu berühren. Es war ein Reifetest, ein wenig Protzerei und Angeberei, den jeder frisch zum Ritter geschlagene junge Mann für seinen Förderer aufführte. Jetzt zeigte er es für die Kinder und für die Männer, deren Loyalität nie gewankt hatte, und sie drückten ihren Beifall mit einem Gebrüll aus.

Er brachte das Pferd zur Ruhe, während die Stallburschen vor dessen Temperament flohen. Das Schlachtross bäumte sich auf, drehte sich im Kreis, doch William bekam es unter Kontrolle. Das gewohnte Gefühl des Sattels, der Duft des Pferdefleisches zwischen den Schenkeln rückte Williams ganze Welt wieder zurecht. Es machte ihn wieder ganz, heilte seinen zerrissenen Stolz und machte aus ihm wieder den selbstsicheren Lord William.

Er jauchzte vor Freude laut auf, als ihm einer der Landsknechte eine Lanze aus Eschenholz reichte, und ohne abzuwarten gab er dem Pferd die Sporen und galoppierte los. Die Lanze legte sich in seinen Arm, wie wenn sie aus dessen Stärke herauswuchs, die Augen schätzten die Distanz ab, und mit einem Stoß traf er die Mitte des Schildes und galoppierte vorbei. Die Quintana drehte sich schnell im Kreis, und sein Publikum jubelte.

William wendete sich um und grüßte die Galerie, dann lenkte er sein Ross zurück zur Startlinie und wartete neben der hölzernen Barriere, während ein Stalljunge die Quintana ausrichtete. Er hatte immer noch die Fähigkeit, sein

Schlachtross bloß mit seinen Knien zu kontrollieren, hatte immer noch die richtige Zeitberechnung und das Gleichgewicht, das man brauchte, um die Herausforderungen der Tjost zu bestehen. Wenn ihn die Fähigkeiten zu kämpfen nie verlassen hatten, dann befand sich gewiss auch noch genügend List in seinem Kopf, um es mit einer jungen Frau aufzunehmen. Er konnte einen Angriff planen, eine Belagerung verlängern. Diese Fähigkeiten konnte man üben, um sie im Umgang mit dem weiblichen Gemüt zu gebrauchen. Saura betrachtete ihn als ihren leidenschaftlichen Liebhaber. Sie willigte ein, ihn zu heiraten, damit er der Beschützer ihrer Ländereien war. Dennoch musste es da eine List geben, mit der er Sauras Gedanken von ihrer sachlichen Betrachtungsweise von Körper und Besitz ablenken konnte und sie zu der Verschmelzung ihrer Seelen brachte, die William Liebe nannte.

Ruhelos tänzelte das Pferd, als er sich im Sattel ausrichtete und die Lanze noch einmal fest umfasste. William lehnte sich nach vorne, gab dem Tier die Sporen, bereitete sich vor und traf wieder den Schild. Aber im Augenblick des Aufpralls lenkte ihn ein schrecklicher Gedanke ab. Was wäre, wenn sich ihr jämmerlicher Stiefvater weigern würde, Sauras Landbesitz zu übergeben? Würde sie sich dann auch weigern, ihn zu heiraten?

Wie ein Gedanke, der ihn aus seinen Grübeleien aufschreckte, so drehte sich die Quintana mit voller Kraft und schlug ihm anständig auf den Rücken. Unvorbereitet hob es ihn aus dem Sattel, und er kugelte kopfüber über den Boden, bis er im Gras an der Seite der Mauer liegen blieb. Mit einem Ächzen rollte er sich auf den Rücken und starrte auf die weißen Wolken, die am sommerblauen Himmel vorbeizogen, und fragte sich, wie lange diese Frau wohl noch sein Gleichgewicht stören würde.

Vielleicht, wenn er Glück hatte, für immer.

William wog den Vertrag in seinen behandschuhten Händen und starrte den vor ihm sitzenden Theobald eindringlich an, während dessen Ellenbogen auf demselben winzigen Tisch ruhten, auf dem sein Becher stand. »Wollt Ihr andeuten, ich würde Euch betrügen?«, fragte William.

»Nein, nein«, beharrte Theobald und wischte sich mit dem Handgelenk einen Schweißtropfen von der Schläfe. »Nur, wollt Ihr Euch nicht hinsetzen und einen Becher Wein trinken? Nach einem Ritt an einem solchen Julitag würde der Wein Euch erfrischen und den Geist beleben.«

»Wollt Ihr andeuten, ich würde Euch betrügen?«, wiederholte William langsam, und seine Stimme klang dunkel und fordernd. Der Herr von Pertrade saß auf einem Sessel, während William stand. In bequeme Felle gekleidet nippte Theobald am Wein, während William der Regen aus dem Kettenpanzer tropfte. Jedoch stand William mit einem Fuß auf dem Boden, den anderen Fuß fest auf das Podest gestellt. Seine eindrucksvolle Erscheinung ließ den Mann vor ihm zu einem Wackelpeter zusammenschrumpfen, das ausgestreckte Dokument war an sich schon fordernd genug. »Ich bringe Euch einen Ehevertrag, um Eure blinde, nutzlose Stieftochter aus Euren Händen zu nehmen.«

»Ich habe nie gesagt, sie sei blind und nutzlos«, protestierte Theobald, und seine Augen blickten missgünstig bei dem Bestreben nachzudenken. »Sie ist … sie ist ziemlich fähig, und wir haben ihre süße Anwesenheit auf Pertrade vermisst.«

»Ein wertloser Stein, der um Euren Hals hängt, so habt Ihr es meinem Vater erzählt.«

Williams ausgewählte Landsknechte bewegten sich ruhelos hin und her und brachten ihre Verärgerung durch ihre Haltung zum Ausdruck. Ihre unausgesprochene Drohung schien die zahlreichen schlampigen Krieger in Schach zu halten, die sich in den verschiedenen Ecken des Saales aufhielten.

»Ihr habt meinem Vater gesagt, dass niemand sie haben wollte. Ich verlange eine vernünftige Mitgift. Ihr solltet mir dankbar sein, dass Ihr sie nicht mehr weiterversorgen müsst.« William wiederholte den Vertrag noch einmal, allerdings etwas schneller, nur wegen des Vergnügens, Theobald zusammenzucken zu sehen.

»Ich bin ihr Vormund. Sie hat nicht das Recht, ohne meine Zustimmung zu heiraten«, murmelte Theobald.

»Dieser Ehevertrag befreit Euch von der ungewollten Verantwortung für Lady Saura und der schweren Verpflichtung, ihre Ländereien beschützen zu müssen.«

»Und vom Einkommen ihrer Ländereien.« Theobald torkelte mit gespielter Tapferkeit betrunken auf die Füße. »Weshalb glaubt Ihr, Ihr hättet das Recht, Sauras Land von mir zu verlangen?«

William bewegte sich kein bisschen, aber sein Rücken straffte sich, und er wurde auf eine undefinierbare Art gefährlich. »Ich verlange nicht nur ihre Ländereien von Euch, sondern ich verlange eine Abrechnung über jedes Getreidekorn, das Ihr erhalten habt, und jede Maßnahme, die Ihr ergriffen habt, um die Sicherheit des Besitzes zu gewährleisten.«

»Eine Abrechnung?« Die Flamme, die in Williams Augen leuchtete, und die unerwartete Forderung nach einer Abrechnung ließen Theobald herumwirbeln. Er sah sich hilflos nach seinen Männern um, doch diese wichen seinem Blick aus. Er sah zu seiner kindlichen Ehefrau, und die starrte ihn ausdruckslos an. Er schaute in die harten Gesichter von Williams Kämpfern, und in ihnen las er seine Niederlage. Er sank zurück in seinen Sessel, hob seinen Becher mit zitternder Hand und leerte ihn. »Ich werde meine Unterlagen holen. Von meinem Priester. Aber er ist nicht hier. Und die Unterlagen sind nicht … nun ja, der Priester ist dumm. Er trinkt zu viel Bier.«

William stand da wie ein Stein, unbeweglich und hart.

»Die Unterlagen sind unvollständig. Aber wenn Ihr über Nacht bleiben wollt?«

»Nein.« Mit Abscheu schaute William sich im Saal um, wo Kinder und Hunde in den dreckigen Binsen herumtollten. »Nein. Unterzeichnet den Vertrag, und ich werde auf die Abrechnung warten.«

Seine Worte waren sachlich, unversöhnlich, boten keine Wahlmöglichkeit und erwarteten, befolgt zu werden. Theobalds Blick glitt wieder über den unordentlichen Raum, und sein schwacher Versuch, William zu täuschen, wurde im Keim erstickt. »Gebt ihn mir«, murmelte er. »Ich mache mein Zeichen.«

William griff nach oben und zog den kleinen Tisch nahe an Theobalds Knie heran. Auf ein Fingerschnippen hin eilte einer seiner Männer an Williams Seite und zog eine Schreibfeder und eine zugestöpselte Flasche mit Tinte aus einem Beutel an seinem Gürtel. Das Zeichen wurde gemacht, zittrig und unsauber, und Williams Mann streute Sand darüber und reichte es seinem Herrn. Ein Lächeln glitt über Williams Gesicht, die Sorte Lächeln, die Theobald in seinem Sessel zusammensinken ließ, und dann rollte er das Pergament auf. Ohne ein Wort des Abschieds schritt William durch den Raum.

Den unterzeichneten Vertrag fest umklammert, drehte sich William an der Tür des Rittersaales noch einmal um. Mit kritischem Auge betrachtete er das rauchige Feuer, das mitten im Raum brannte, die schlampigen Dienstmädchen, die herumstanden, die unverschämten Ritter, das schmutzige, fleckige Tischtuch. Fragend hob er eine seiner blonden Augenbrauen und fuhr fort: »Natürlich werdet Ihr an der Hochzeit teilnehmen, Lord Theobald. Wir erwarten Euren Segen für unsere Verbindung. Wir erwarten, dass all unsere Gäste Eure Freude über die Hochzeit hören werden. Werdet Ihr da sein?«

»Gewiss«, murmelte Theobald leise.

Seine Augen wichen Williams unverblümtem Blick aus, und William erklärte: »Ich werde meine Männer schicken, um Eure Sicherheit auf den Straßen zu gewährleisten.«

»Das ist nicht notwendig«, protestierte der niederträchtige Lord.

»Anders würde ich es nicht akzeptieren.« William lächelte breit und ging hinaus, und seine Sporen klapperten auf den Steinen.

11

Der Rittersaal roch gut und sauber und duftete nach Kräutern, die unter die frisch geschnittenen Binsen gemischt waren, die den Fußboden bedeckten. William schlurfte mit seinem Fuß darin herum, und das Aroma von Minze drang an seine Nase. Bestickte Kissen lagen auf den harten Holzsesseln verteilt, Serviermädchen huschten mit Kohlenbecken und Decken zwischen dem Herrengemach und dem ersten Stock der Burg hin und her. Das Feuer loderte mit klarer, heller Flamme zur Decke empor, und Fackeln hingen in den Wandleuchtern. Der Einfluss eines harten Tages im Sattel und einer abscheulichen Konfrontation verblasste, als er diese Handschrift seiner Liebsten wiedererkannte. Von Weitem konnte er Sauras Stimme hören, und als sie näher kam und deutlicher wurde, starrte er sein Zuhause bewundernd an.

»Vielen Dank für den Vorschlag, Lord Nicholas. Das Gewölbe wird den Dienern unserer Gäste hervorragend als Schlafplatz dienen.«

William versteifte sich vor Überraschung, als seine Verlobte aus dem Treppenschacht kletterte, der zum Vorratskeller unter dem Fußboden führte. Ein einfacher weißer Schleier bedeckte ihr Haar, und ihre Wangen waren ein wenig schmutzig. Ein formloses, grob gewebtes braunes Kleid bedeckte sie von Kopf bis Fuß, und die hölzernen Schuhe, die sie trug, klapperten bei jedem ihrer Schritte. Sie war für die Arbeit gekleidet, und William fand, dass sie bezaubernd aussah. Bezaubernd, mit Ausnahme ihres Anhangs, der ihr in den Raum folgte.

Nicholas ging direkt hinter Saura, seine Augen anerkennend auf deren Hinterteil fixiert. »Es ist mir ein Vergnügen, Euch zu helfen, Lady Saura«, murmelte er, während er ihre Hand ergriff und zu seinen Lippen führte. »Dennoch weiß ich, dass Ihr ebenfalls daran gedacht hättet. Eine Frau, die so klug und gut organisiert ist wie Ihr.«

Ein rätselhaftes Lächeln umspielte ihre Lippen, und William gefiel die Art, wie sich der entzückte Gast an ihrer Schönheit weidete, überhaupt nicht.

»Saura, ich bin wieder zu Hause«, sagte er, und seine Frau drehte sich auf dem Absatz herum.

»William?« Sie blickte ihn freudestrahlend an und trat ihm mit ausgestreckten Armen entgegen.

Schnell eilte er zu ihr, umarmte sie und hob sie hoch. Er wirbelte sie im Kreis, küsste ihr Gesicht, und sie lachte.

»Hör auf, William, wir haben Besuch«, protestierte sie schwach. Das machte aber keinen Eindruck auf seine Ausgelassenheit, und deshalb rief sie: »Hör auf, William. Jetzt, wo du zu Hause bist, muss ich mich ums Abendessen kümmern.«

Sein Wirbeln verlangsamte sich, und er ließ sie an seinem Körper hinuntergleiten. »Es ist spät«, sagte er. »Die Sonne ist schon lange untergegangen. Wurde das Abendessen noch nicht serviert?«

»Nein, ich habe auf dich gewartet.« Sie verweilte mit ihren Händen noch auf seinen Schultern, verschränkte sie dann aber vor ihrer Taille. »Hast du Hunger?« Da sie sich ihrer weiblichen Reize gar nicht bewusst war – wie hätte sie diese allseits bekannten Tricks auch kennen sollen, ohne sie an anderen zu beobachten? –, flirtete sie mit ihm. Ihre dunklen Wimpern flatterten, enthüllten und verbargen ihre strahlenden Augen. Immer wieder huschte ein Lächeln über ihre Lippen, als ob sie ihre Freude über seine Rückkehr nicht verbergen konnte.

Williams Blick ruhte auf ihrer cremefarbenen Haut, die

durch die leichte Röte ihrer Wangen unwiderstehlich erschien, und er wollte sie am liebsten wie gekühlten Vanillepudding ablecken. »Ich bin völlig ausgehungert«, versicherte er ihr, und in seiner Stimme klang eine unterschwellige Bedeutung des Wortes mit, die nichts mit Essen zu tun hatte.

»Ich bin auch hungrig.« Nicholas' vorwurfsvolle Stimme unterbrach ihr zärtliches Beisammensein, und Saura zuckte überrascht zusammen. In ihrer Freude hatte sie ihren Gast vergessen.

Mit besserer Beherrschung gesegnet als sie, drehte sich William mit einem Lächeln zu seinem Freund um. »Willkommen, Nicholas. Hat sie dich auch auf das Essen warten lassen?«

Mit einer anmutigen Verbeugung sagte Nicholas: »Die Lady hat solch eine angenehme Art, jemanden warten zu lassen, man bemerkt den stechenden Hunger gar nicht.«

Saura lachte über seine Redegewandtheit. »Eine höfliche Art zu sagen, dass ich Euch habe verhungern lassen. Alle werden Appetit haben, also dann.« Sie klatschte in die Hände, und wie eine Herde Wildschweine kamen die Diener von ihren anderen Aufgaben herbei und begannen, das Abendessen vorzubereiten. »Heute Abend wird es nur ein einfaches Mahl geben«, versicherte sie William. »Dicke Gemüsesuppe und Sauermilch.«

»Mein Lieblingsessen.« William beobachtete verwundert die wie wild weglaufenden Diener. »Hast du ihnen seit gestern nichts mehr zu essen gegeben?«

»Sie haben einen törichten Fehler gemacht.« Saura lächelte zwar mit ihrem Mund, aber ihr Körper versteifte sich voller grimmiger Entschlossenheit. Sie drehte sich zu ihm hin und sprach mit lauter Stimme: »Eure Leute, Lord William, glaubten, ich hätte keine Autorität mehr ihnen gegenüber. Voller Frechheit reagierten sie auf meine Anweisungen mit Zweifeln und Nichtbeachtung. Die Schlacht um meine Herrschaft, die vor vielen Monaten geschlagen worden war, musste am heutigen Tag noch einmal geschlagen werden. Also frage ich Euch, Mylord, bis zu welchem Ausmaß besteht meine Machtbefugnis?«

William starrte Saura an, und dann hob er den Kopf und starrte seine Dienstboten an. Sie waren langsam geworden, um seine Antwort hören zu können, und standen nun herum und warteten auf seine Reaktion. William wurde klar, sein eigener Verdruss war für diese Situation verantwortlich. Der Anblick Sauras, wie sie über seiner Schulter hing, hatte den guten Willen der Diener erschüttert. Sie wussten nicht, ob er eine Frau mit einer solch flinken Zunge heiraten würde, und deshalb befand sich Saura in einem Vakuum zwischen ihrem Rang und ihrer Autorität.

Nichts, was er im vergangenen Monat getan hatte, hatte ihre Spekulationen beruhigt. Jene letzten Maitage waren zum Juni geworden, und die Rosen erblühten und welkten wieder. Er hatte an seinen ritterlichen Fähigkeiten gearbeitet, war mit seinem Vater auf die Jagd geritten, hatte sich mit Bruder Cedric zurückgezogen, um den Ehevertrag aufzusetzen, aber die Gefolgsleute hatten es nicht verstanden. Er hatte sich zurückgehalten, so dachte er jedenfalls, und hatte seinen Groll auf Saura nicht gezeigt. Er hatte nicht den Liebhaber gespielt, der mit Leib und Seele bei der Sache war, das stimmte, aber das war bloß sein törichter Versuch gewesen, ihr zu versichern, dass seine Liebe keine heiße Flamme war, die schnell ausbrennen würde. Er hatte die Zärtlichkeit, die in ihm aufwallte, niedergestampft und sie wie eine ehrwürdige Ehefrau behandelt.

Von Zeit zu Zeit hatte er Saura nicht beachtet, hatte ihre Mahlzeiten nicht beachtet und am Abend auch ihre Verführungsversuche. Seine Weigerung, mit ihr zu schlafen, war nichts weiter als Ausdruck seiner nachdrücklichen Eile, den Ehevertrag unter Dach und Fach zu bringen, aber die Gefolgsleute hatten es nicht verstanden. Es erforderte Wochen harter Arbeit, um einen Vertrag wie ihren zu verfassen, der Ländereien und Gelder beinhaltete. Wie ein Narr hatte er nie daran gedacht nachzusehen, wie sein beiläufiges Verhalten gegenüber Saura auf die Bediensteten wirkte. Er war nur erfreut gewesen, dass Saura sich langsam entspannte und in ihre Rolle der Hauswirtschafterin zurückschlüpfte.

William hatte sie nachts schlafend zurückgelassen, war mit der Eile eines Wahnsinnigen nach Pertrade geritten, um ihren Landbesitz sicherzustellen, und die Diener dachten, er hätte sie verlassen. Sie hatte den Preis für seine Eile gezahlt. Wie ein fauler, durchtriebener Schwarm Aasgeier hatten die Diener den ganzen Tag lang an seiner Geliebten herumgepickt, und nun warteten sie darauf zu hören, was er sagen würde.

»Meine liebe Lady Saura.« Er nahm ihre Hände in seine und legte sie sich auf die Brust. »Vergib mir, dass ich mich dir so präsentiert habe, mit all dem Schmutz der Straßen, der noch an meinen Stiefeln haftet. Meine Mission heute betraf deinen Stiefvater, Lord Theobald. In dem Beutel an meinem Gürtel trage ich unseren Ehevertrag. Dein Vormund hat heute freiwillig sein Zeichen daruntergesetzt. Die Vorkehrungen für unsere Hochzeit müssen umgehend getroffen werden. All das, was mir gehört, gehört auch dir, vor dem Gesetz und auch in Wirklichkeit. Lass jeden, der das in Frage stellt, zu mir sprechen.« Sein Blick verweilte auf ihrem erhobenen Gesicht, und dann glitt er über den Raum und seine Leibeigenen, die sich sichtlich unbehaglich fühlten. Niemand sagte etwas, und dann kehrten die Dienstboten schnell und leise emsig zu ihren jeweiligen Aufgaben zurück. Die Tische wurden aufgebockt, das Tischtuch ausgelegt, die Tranchierbretter aufgestellt.

»Da hat wohl Hawisa ihre Hände mit im Spiel«, erklärte William leise.

»Ja«, stimmte Saura zu. »Obwohl sie in die Küche geschickt

wurde, um den Spieß zu drehen, sorgt sie mit ihrem Gift immer noch für Unfrieden. Wir haben in dieser Burg eine Menge ordentlicher Diener, dennoch bereitet mir deren bereitwilliges Mitspielen bei solcher Aufwiegelung Sorgen. Kann man sie nicht mit jemandem außerhalb des Herrenhauses verheiraten?«

»Ich werde sehen, was ich machen kann«, antwortete er. »Ich werde einen armen Mann finden müssen, der sie nehmen muss, aber ich weiß nicht, ob ich jemanden kenne, den ich so wenig leiden kann.«

»Hawisa?«, fragte Nicholas. »Ist das nicht die Schlampe, die du schon immer hierhattest?«

»Ja.« William zuckte mit den Schultern. »Sie ist unsere Aufmerksamkeit nicht wert. Ich werde mich später um sie kümmern. Saura kann jede helfende Hand brauchen, bis die Hochzeit vorbei ist.«

»Aber nur bis die Hochzeit vorbei ist«, fügte Saura hinzu. Sie drehte sich zu Nicholas um und lud ihn ein, seinen Platz am Tisch einzunehmen. »Bedient Euch selbst mit Käse und Bier. Ich werde Lord William aus seiner Rüstung helfen und ihm beim Waschen zur Hand gehen, und wir werden uns bald zu Euch gesellen.«

»Wo ist mein Vater?«, fragte William, während sie weggingen.

»Er hat die Jungen mitgenommen, um frisches Fleisch zu jagen.«

»Im Regen?«, fragte er ungläubig.

»Heute Morgen hat es noch nicht geregnet«, erinnerte sie ihn. »Ich nehme an, sie haben bei deinen Leuten Unterschlupf gefunden, haben Feuer gemacht und erzählen sich Geschichten von blutigen Schlachten. Dein Vater sagte, er habe die Jungen nur mitgenommen, um sie in der Kunst der Jagd zu unterweisen, aber ich glaube«, sie schnippte mit den Fingern nach den Dienstmädchen, als sie das Gemach betraten, »er tut es, weil er Clare sagen hörte, wie viel heller die Sterne unter dem Himmel über Burke leuchteten.«

William lachte leise. »Ja, das würde schon ausreichen. Vater hat die Kinder schon immer verwöhnt, wo er nur konnte. Vielleicht dachte er, sie wären dir besser aus dem Weg?«

»Ohne Zweifel.« Sie grinste plötzlich vergnügt. »Maud ist ihnen auf einem alten Gaul hinterhergeritten. Dein Vater scheint ihr ziemlich zugetan zu sein.«

»Ah, ja. Das habe ich auch bemerkt.« Er hatte ebenfalls bemerkt, wie effizient die Dienstmädchen arbeiteten. Eines zog saubere Kleidung aus einer Truhe und legte sie aufs Bett. Zwei andere hoben den Kettenpanzer von seinen Schultern.

»Gebt das dem Waffenmeister, damit er es einölt«, befahl Saura, und eines der Mädchen schlüpfte mit dem Kettenhemd aus dem Raum. »Linne, du ziehst ihn aus und wäschst ihm den Rost von der Haut.« Als Linne seine nassen und matschigen Kleider auszog, zogen die anderen Mädchen den hölzernen Bottich aus der Ecke. Auf einem Hocker stehend, bat Linne William hinein und ließ warmes Wasser über seine Schultern und seinen Kopf strömen, während er seine Hände einschäumte und sich selbst schnell reinigte.

Abgespült und gesäubert befahl er: »Gebt meiner Lady Saura das Handtuch. Sie kann mich abtrocknen.«

Ein Kichern durchbrach die Stille, aber Saura schnippte wieder mit den Fingern, und das Geräusch erstarb schnell. Ein langes Leinentuch wurde ihr in die Hände geschoben, und die Mädchen flohen aus dem Raum.

»Lasst die Tür offen«, befahl William scharf, und die Tür schwang wieder auf und zeigte jedem, der vorbeiging, den Herrn und die Herrin. Saura hob fragend die Augenbrauen, und er erklärte: »Du wirst meine Frau werden, und als solche entehre ich dich nicht vor meinen Untergebenen. Ganz egal, als wie schwierig sich das herausstellen wird.« Er presste verärgert die Zähne zusammen, und Saura stieß beruhigende Geräusche aus, während sie ihn in das Handtuch wickelte.

»Lachst du mich etwa aus?« William hob ihr Gesicht an, und Saura lächelte einfühlsam.

»Ja, aber ich glaube nicht, dass du mehr leiden wirst als ich.«

»Doch, werde ich, denn ich muss mein Bett aufgeben und im Rittersaal auf einer Strohmatratze schlafen.«

»Ich werde mehr leiden, denn ich kann nicht ohne dich schlafen.«

»Nein, ich leide mehr.« Belustigt verzog er sein Gesicht unter leichten Qualen, als sie sich flink an ihm rieb. »Denn ich passe schon jetzt nicht mehr in meine Unterhose hinein.«

Ihre anregenden Bewegungen verlangsamten sich und wurden ganz sanft, und William sagte: »Genug damit!« Er nahm das Handtuch, drehte seinen Rücken zur Tür und trocknete sich zu Ende ab. Saura hob sein Hemd und wollte gerade auf ihn zugehen, als er den Kopf schüttelte und sagte: »Nein. Ich werde mich selbst anziehen.«

»Warum hast du dann die Frauen weggeschickt?«, fragte sie verblüfft.

»Ich wollte ohne unliebsame Zuhörer mit dir sprechen.« Er starrte ihr wunderschönes Gesicht an und dachte: *weil ich vor Liebe nach dir verrückt bin und immer um dich werben muss.* Aber er sagte nur: »Wird mein Eingreifen deine Probleme mit den Dienstboten lösen?«

»Zum größten Teil sind die Diener ordentliche Leute. Sie brauchen einen festen und beständigen Einfluss, und deine Unterstützung war mehr, als ich erhoffen konnte. Vielen Dank, William.« Sie machte einen schnellen Knicks. »Wie konntest du Theobald so geschwind zwingen, den Ehevertrag zu unterschreiben?«

Bevor er antwortete, zog er das Hemd an. »Durch mein gutes Aussehen und den Charme meiner Persönlichkeit.«

Saura lachte laut auf, und William zwinkerte seiner Geliebten zu. »Glaubst du das etwa nicht?«

»Natürlich glaube ich das. Dein gutes Aussehen, deine charmante Persönlichkeit – und die Anwesenheit deines Schwertes – mussten einen unwiderstehlichen Einfluss auf Theobald haben.«

»Wie gut du ihn doch kennst«, bewunderte er sie und zog den Rest seiner Kleider derart geschickt an, dass er seinen angeblichen Bedarf für einen Knappen Lügen strafte.

»Ja, das tue ich. Wird er kommen und mich dir freiwillig übergeben?«

»Er wird kommen. Und bei Gott, er wird dich mir mit einem Lächeln übergeben.«

»Ich nehme an, das wird er, und sei es auch nur, um eine Burg zu besuchen, die so groß ist wie deine. Jedoch müssen wir den Wein bis nach der Zeremonie von ihm fernhalten. Er ist ein bösartiger Betrunkener.«

»Ständig Wein in sich hineinzuschütten würde den stärksten Mann verrotten lassen.«

»Das war er noch nie. Ich hatte gehofft, du würdest ein Auge auf ihn haben und sichergehen, dass er nicht den falschen Einflüssen erliegt.«

»Ich werde sie alle beobachten«, stimmte William wahrheitsgemäß zu. »Unser Feind wird auf unserer Hochzeit keine Bedrohung sein. Mit all den Leuten ringsherum und nach den zwei fehlgeschlagenen Mordanschlägen würde ich sagen, wer es auch ist, er wird in Deckung bleiben. Mach dir keine Sorgen, mein Mädchen. Ich werde schon auf dich aufpassen.«

»Das weiß ich, William. Das habe ich schon immer gewusst. Ich dachte, August wäre der ideale Monat für die Eheschließung. Außerdem können wir die Gäste gar nicht noch eher zusammenbekommen«, schlug Saura vor.

»August«, stimmte er zu. »Wir werden Hilfe von den Dörflern brauchen, die Gesellschaft vorzubereiten, und die können nicht vor August zum Helfen kommen. Dann wird die schwerste Arbeit des Sommers vorbei sein und die Herbsternte wohl noch nicht begonnen haben. Uns bleiben dreißig Tage, um die Gäste zu versammeln, dreißig Tage, um alles zu planen und vorzubereiten, und bis dahin werde ich meinen Untergebenen deine Autorität mit fester Hand einbläuen.«

»Nicht alle von ihnen verrieten mich, nur ein paar stellten meine Autorität in Frage. Strafe sie bitte nicht zu hart. Es ist meine Pflicht, sie durch Loyalität an mich zu binden, und dieser Tag hat mir klargemacht, dass dies noch nicht gelungen ist.« Als sie um Nachsicht für dieses quietschende Lakaienpack bat, zitterten Sauras lächelnde Lippen.

William verfluchte die offen stehende Tür und nahm Saura in die Arme. »Sorge dich nicht, Liebste. Die Hochzeit wird ein aufreibendes Ereignis werden, ich weiß, aber die Gelübde vor unseren Leibeigenen sind notwendig. Wir werden Bruder Cedric haben, um uns zu segnen, und dein Stiefvater wird hier sein, selbst wenn er an seinem … Genick hierher gezerrt werden muss.«

Sie kicherte, denn ganz offensichtlich wünschte William sich, ihn an einem anderen Anhängsel zerren zu können. »Dir gefällt der Gedanke«, beschuldigte sie ihn.

»Nein«, protestierte er voller Unschuld, doch ein sarkastischer Tonfall schwang in seiner Stimme mit. »Gott behüte! Die Hochzeit wird eine gute Gelegenheit sein, bei der meine Burgvögte ihre Gelübde mir gegenüber erneuern können, denn alle werden hier sein, um die Eheschließung zu bezeugen, und der Priester wird ihr Wort bestätigen. Außerdem gibt es uns die Chance zu sehen, welcher deiner Vasallen abtrünnig geworden ist und unter Kontrolle gebracht werden muss.«

Die Freude entwich aus ihrem Gesicht. »Eine Gelegenheit für dich herauszufinden, wen du bekämpfen musst.«

»Ja«, antwortete er lustvoll. »Es ist schon eine ganze Weile her, seit ich mein Schwert in einer Schlacht erhoben habe.«

Saura legte ihm die Arme auf die Schultern, als ob sie ihn schützen wollte. »Du wirst deinen Vater mitnehmen, nicht wahr?«

»Für ein paar unbedeutende Scharmützel? Vielleicht eine Belagerung oder zwei?« William richtete sich überrascht auf. »Aus welchem Grund?«

»Du bist an Krieg nicht gewöhnt.«

»Nur zu wahr.« Er nickte. »Und die Übung mit Lanze und Breitschwert kann die Umstände einer echten Schlacht nicht ersetzen. Vielleicht wird ein *mêlée*, ein Handgemenge, auf unserer Hochzeit meine Fähigkeiten ein wenig schärfen. Das ist ein guter Gedanke. Ich werde ihn mit Nicholas besprechen. Vielen Dank, meine Liebe.« Er umarmte sie, küsste sie flüchtig und eilte in Richtung Rittersaal davon.

Saura folgte ihm langsam und setzte sich auf die Bank, die William für sie bereitgestellt hatte. Nicholas saß zu ihrer Linken. Bula lag hinter ihr und wartete auf Reste, die herunterfallen würden. William teilte die Bank und das Tranchierbrett mit ihr und bediente sie äußerst zärtlich.

Stille durchdrang die Halle, als die Lakaien das Mahl auftrugen und dann selbst unterwürfig ihre Mahlzeit einnahmen. Das Abendessen verlief ohne Störung. Saura lenkte das Tischgespräch auf unverfängliche Themen: Jagen, Reiten, die Probleme, einen Burghof zu leiten. Sie gab William keine Chance, das *mêlée* zu besprechen, doch sie ergriff die Gelegenheit, ihren Gast auszufragen, denn ein unbestimmter Zweifel nagte an ihr.

»Lieber Lord Nicholas, Ihr habt uns noch gar nicht erzählt, was uns Euren willkommenen Besuch verschafft hat?«

»Habe ich das nicht?« William bemerkte, wie Nicholas seine Stimme weicher werden ließ, wenn er mit ihr sprach. »Wie nachlässig von mir. Ich hatte Gerüchte gehört, seltsame Gerüchte über Veränderungen im Haushalt von Burke, und ich konnte meine Neugier nicht länger zügeln.«

»Welche Art von Gerüchten?«, beharrte Saura.

»Die Wahrheit, offensichtlich. Dass Williams Augenlicht zurückgekehrt ist und dass er eine geheimnisvolle Erbin aus Pertrade heiraten wird.«

William fragte laut: »Wie konnte sich diese Neuigkeit so schnell verbreiten? Die Boten sind noch nicht einmal losgeschickt worden.«

»Also das war der Grund, weshalb Ihr nicht verblüfft wart, als William hier ankam«, grübelte Saura. »Ich hatte mir Eure Reaktion anders vorgestellt, wenn Euch klar werden würde, dass sein Augenlicht zurückgekehrt ist.«

»Welche Enttäuschung in ihrem Tonfall liegt!«, meinte William. »Frauen genießen solche Szenen, die das Herz berühren, nicht wahr?«

»Wir dürfen die Dame nicht enttäuschen.« Nicholas' Stimme füllte sich mit Lachen, und er stand von seiner Bank auf. »William!«, heuchelte er mit gespielter Rührung.

»Nicholas!« William stand ebenfalls auf und traf ihn hinter Sauras Rücken, und Bula winselte, weil er sich dazwischendrängen wollte.

Die Männer umarmten sich, murmelten so lange irgendeinen beschwichtigenden Unsinn, bis Saura kicherte und ihnen befahl: »Setzt Euch, Ihr Narren.«

»Schau dir deinen dummen Hund an«, meinte Nicholas.

William lachte, und Saura fragte: »Was macht er denn?«

»Natürlich macht er Sitz. Hast du den Narren denn nicht

befohlen, sich zu setzen?« Bula winselte, und William murmelte: »Na, fühlt sich das gut an, Junge?«

Saura kannte das Geräusch. Der Hund beschwerte sich nicht, er war erregt. »Mag er es, wenn du ihn streichelst?«

»Er mag es auch, wenn Nicholas ihn streichelt.« William schob seine langen Beine wieder eng neben ihre und setzte sich. »Ich dachte, du magst keine Hunde, Nicholas?«

»Das ist Lady Sauras Hund«, antwortete Nicholas.

»Ah, ich verstehe.« William zwang sich zu einem Lächeln, aber er riet ihm: »Wenn du seine Ohren weiter so kraulst, hast du einen Freund fürs Leben.«

»Er ist so groß, man könnte meinen, er sei bösartig«, meinte Nicholas.

»Ist alles nur gespielt.« William zeigte eine herzliche Verachtung für das Tier. »Wir können noch nicht mal mit ihm jagen gehen, er ist ein solcher Feigling.«

»Schsch«, schalt Saura ihn. »Du wirst seine Gefühle verletzen.«

»Das Einzige, was die Gefühle dieses Hundes verletzen würde, wäre, wenn du ihn nicht füttern würdest«, antwortete William verärgert. »Ich weiß nicht, weshalb wir ihn immer noch hierbehalten.«

»Weil du zu nachgiebig bist«, meinte Nicholas.

»Weil du ihn liebst.« Saura legte ihre Hand auf Williams Knie, und dieser tätschelte sie.

»Ohne Zweifel habt Ihr beide recht«, erwiderte er.

»Tatsächlich«, sagte Nicholas, als er sich an seinen Platz zurückbegab, »war ich nicht sonderlich überrascht darüber, dass William sein Augenlicht wiedererlangt hat. Es war naheliegend, dass er sein Augenlicht im gleichen Zug mit seiner Gesundheit wiedererlangen würde. Die Gerüchte über seine Hochzeit haben mich hergelockt.«

»Wo habt Ihr diese Gerüchte gehört?«, fragte Saura.

»Oh, habe ich Euch das nicht erzählt? Charles hat es mir gesagt. Ich hatte aus der Art, wie er gesprochen hat, geschlossen, dass er hier gewesen war, als es passierte.«

»Als was passierte?«, fragte William scharf.

»Als du dein Augenlicht wiedererlangtest. Nein?« William schüttelte den Kopf, und Nicholas zuckte mit den Schultern. »Er hat getrunken, du weißt ja, wie er dann wird. Hat getrunken und ist herumgeritten, war irgendwie erschüttert, ich weiß nicht, von einer Last, die auf seiner Seele lag. Und verwirrt. Die ganze Geschichte war durcheinander mit dir und Arthur und über irgendeine Narretei, dass Arthur versucht habe, dich aus dem Hinterhalt anzugreifen.« Er hielt inne, aber William sagte nichts. Nicholas schüttelte den Kopf. »Ich mache mir Sorgen um Arthur. Er ist ein so einfach zu beeinflussender Junge. Schien nie ein Mann zu sein.«

»Ja«, stimmte William zu. »Er war nur ein Junge.«

»War?« Nicholas zuckte bei Williams Lapsus zusammen. »Bei Gott, William, was weißt du?«

Es tat ihm leid, dass er das Geheimnis enthüllt hatte, doch William konnte keinen Weg erkennen, es zu leugnen. »Charles hat recht. Arthur ist tot.«

»Nicht ... doch nicht etwa diese lächerliche Geschichte, die Charles von sich gegeben hat?«

»Es war ziemlich lächerlich«, gab William zu. Er nahm einen Schluck Bier, und dann schob er es weg. Er konnte sich keinen weiteren Lapsus leisten. Er hatte nicht vergessen, wie gerissen Nicholas war. Sein breites Gesicht mit den frischen Bartstoppeln verbarg eine hohe Intelligenz. Seine glatte, unterkühlte Persönlichkeit versteckte sich hinter dem gelegentlichen Ausbruch einer vorgetäuschten Herzlichkeit, doch sonst war sein Auftreten das eines älteren Mannes.

Dank seines Körperbaus konnte Nicholas beim Kampf keine großen Leistungen vollbringen. Seine Schultern schienen nicht breiter als seine Hüften zu sein, und sein Bauch bewies seine Vorliebe fürs Essen. Bis auf einen strohblonden Haarkranz um den Hinterkopf und über den Ohren war er glatzköpfig, sein Schädel war weich, ein Umstand, den er ständig durch ein nervöses Darüberstreichen überprüfte. Seine helle Haut verbrannte regelmäßig in der Sonne und schälte sich dann, sodass seine Nase meist dunkelrot war, als ob er betrunken wäre. Allerdings hielt er seinen Alkoholgenuss auf ein Minimum beschränkt und bewahrte seine Geheimnisse und Leidenschaften mit eiserner Kontrolle. Nur seine Augen, die mit einem inneren Feuer zu brennen schienen, deuteten auf eine heftige Persönlichkeit hin. Sie waren haselnussbraun, eigentlich eine langweilige Farbe, und von blonden Wimpern umgeben und durch den Rauch des Feuers gerötet, aber wenn William sich an sie erinnerte, dann dachte er nie an deren unauffällige Farbe. Er erinnerte sich bloß an die Feuersbrunst, die in ihnen zu lodern schien.

Zweifel erfüllten William. Zweifel an Nicholas' Motiven, Zweifel an der Übermittlung der Information, die zu einfach in dessen Hände gelangt war. Es widerstrebte ihm, Nicholas von Arthurs sämtlichen Schuldeingeständnissen zu erzählen, und Saura schien diese Zurückhaltung zu teilen. »Arthur war krank vor Eifersucht«, erklärte sie Nicholas. »Er gab damit an, wie klug er doch gewesen sei, William und mich aus dem Hinterhalt angegriffen zu haben.«

Nicholas sagte nichts, wartete nur mit nervenaufreibendem Geschick darauf, dass sie fortfuhr, aber die Stille dehnte sich aus. Saura war gegen solches Taktieren unempfindlich, legte die Hände in ihren Schoß und saß einfach da. Nicholas verzog das Gesicht in Williams Richtung, und dieser entspannte sich beim Anblick seines gerissenen Freundes, der von seiner Liebsten verblüfft worden war.

Nicholas fragte: »Er hat Euch ebenfalls entführt?«

»Niemand hat gesagt, er habe irgendjemand entführt«, bemerkte Saura. »Das Wort war, aus dem Hinterhalt angegriffen.«

»Es tut mir leid. Nachdem Eure Diener heute sagten, Ihr wärt fort gewesen, hatte ich angenommen …«

Jetzt verstummte er, ließ seine Worte wie einen Köder in der Luft hängen, aber er hatte einen Fehler gemacht, und er wusste es. »Seid Ihr hier jetzt sicher?«, fragte er ganz offen und versuchte so, das Gespräch in eine andere Richtung zu lenken. »Eine edle Dame wie Ihr ist immer ein Ziel für die Halunken. Ihr seid hübsch und eine wertvolle Ehetrophäe.«

»Lord William wird sich im August darum kümmern.«

William lachte und versuchte, die ungewöhnliche Spannung zu entschärfen, die plötzlich zwischen seiner Frau und seinem Freund entstanden war.

»Du lässt es so klingen, Saura, als ob deine Schönheit an unserem Hochzeitstag enden würde.«

»Nein«, antwortete sie voller Ernst. »Aber ich werde nicht mehr länger eine Ehetrophäe sein, wenn ich mit dir verheiratet bin, und du wirst für mein Wohlergehen verantwortlich sein. Das wird *dich* von deinem Draufgängertum kurieren.«

»Bedaure mich, mein Freund«, spottete William. »Sie nörgelt schon jetzt an mir herum.«

»Ein weiblicher Charakterzug. Sie nörgelt an dir herum, weil sie dich liebt.« Nicholas blickte von Sauras wundervollem Gesicht zu William hinüber und bemerkte, dass dieser sich ungemütlich hin und her wand. »Aber vergib ihr, denn du wirst sie niemals von einer Schönheit kurieren, die so unbeschreiblich groß ist.«

William starrte auf seine Hände und ballte die Fäuste auf dem Tisch. Saura war eine Schönheit, die *reine* Schönheit. Sie verwandelte gewöhnliche Männer in gewaltige Helden, und ihr war gar nicht klar, wie ein einziger ihrer Blicke selbst im gröbsten Bauern dessen Ritterlichkeit weckte. William fragte sich, ob er jemals aufhören würde, Saura zu bewundern, wenn ihr madonnenhaftes Gesicht von ihrem standhaften Mut erleuchtet wurde. Er sah zu ihr hin und war wieder gefangen. Hatte er sie wirklich besessen? Hatte er sie wirklich mit seinem Liebesspiel zur Erschöpfung getrieben? Sie sah so unschuldig aus, so unberührt, wie ein Kind und gleichzeitig wie eine Frau.

Sie vertraute ihm bedingungslos, glaubte alles, was er zu ihr sagte. Dennoch hatte er ihr falsche Zuversicht vorgespielt. Wer auch immer versucht hatte, sie zu töten, würde auch auf der Hochzeit erscheinen. Er konnte sich um sich selbst kümmern, aber sie war eine Frau, schwach und zerbrechlich, und er spürte eine Besitzgier in sich, wie er sie sich nie hätte träumen lassen. Sein eigenes Wohlergehen stand nie im Zweifel, aber dieser Schurke würde wissen, dass sie weiterhin sein schwacher Punkt war. Der Gedanke, dass Saura entführt werden könnte, allein, blind und voller Angst wäre, ließ ihm den Schweiß ausbrechen und machte ihm solche Angst wie nichts anderes jemals zuvor. Er würde sie beschützen, nahm er sich vor. Irgendwie würde er sie beschützen.

12

Saura rieb sich die Arme gegen die Kälte und zog ihr Überkleid aus. Nur noch durch ihr Unterkleid gegen die Kühle geschützt, schlüpfte sie zwischen die Laken des Bettes im Herrengemach. Sie waren angenehm warm, jemand hatte eine Bettpfanne gebracht und das Bett für sie vorbereitet.

Die Zweifel der Dienerschaft waren mittlerweile hinfällig. In den Wochen seit Williams Rückkehr mit dem unterzeichneten Ehevertrag war sie mit Respekt behandelt worden, wie es sich für die Herrin einer Burg auch ziemte.

Saura berührte mit den Fingerspitzen ihre Lippen. Sie trugen noch immer den bekannten Geschmack eines bewusst leidenschaftslosen, flüchtigen Kusses, mit dem William sie an die Tür zu ihrem Gemach geleitet und sie dann dort allein gelassen hatte. Der Kuss schmeckte süß, war ein Genuss aus Sehnsucht und Respekt. Er würde nicht mit ihr schlafen, würde ihren Körper so lange nicht mit seinem Zauber verwöhnen, solange sie Besuch in der Burg hatten.

Nicholas war den restlichen Juli und die ersten Augustwochen hindurch bei ihnen geblieben.

Ein kurzer, hitziger Fluch kam ihr über die Lippen, und sie vergrub den Kopf in ihrem Kissen. Verdammt sollte Nicholas sein, weil er hier war, und auch William sollte verdammt sein, weil er so ehrenhaft war.

Auf eine merkwürdige Art wünschte sie sich, William wäre nicht ihr Verlobter. Kein anderer Mann konnte ihr Respekt und Zuneigung abnötigen, wie er es tat. Kein anderer Mann konnte sie dazu bringen, sich schuldig zu fühlen, weil sie die Frau war, die sie eben war.

Unwürdig. Minderwertig.

Falls sie William heiraten würde – und das würde sie tun, denn es war richtig und vernünftig, mal abgesehen davon, dass es auch die Sehnsucht ihres Herzens erfüllte –, musste sie diese Gefühle überwinden und die Frau werden, von der William glaubte, sie wäre es bereits.

Entschlossen schüttelte sie das Kissen auf, legte sich auf den Rücken und deckte sich zu. Sie seufzte und schloss die Augen. Ein Luftzug berührte ihre Wange, und sie zog die Bettdecke höher bis an den Hals. Sie hatte vergessen, die Bettvorhänge zu schließen. Saura kroch wieder hoch, zerrte die Vorhänge aus ihren Schlaufen und zog sie zu. Die Kälte trieb sie unter die Bettlaken zurück, und sie legte sich wieder hin.

Der Schlaf würde nicht kommen. Bereits seit einem Monat konnte sie nicht schlafen. Ihre Gedanken wirbelten wie eine Windmühle unruhig im Kreis umher.

Die Dienstboten. Ihre Fähigkeit, den Haushalt effizient zu führen, war der einzige Beistand, den sie William anbieten konnte. Williams Autorität hatte die Diener zwar zeitweilig im Zaum gehalten, doch Saura kontrollierte sie langfristig.

Die Hochzeit. Dies war ihre erste Chance gewesen, ihre Fähigkeiten als Burgherrin unter Beweis zu stellen. Es hatte sie vom Morgengrauen bis zur Dämmerung auf den Beinen gehalten, die Mahlzeiten anzuordnen, die Essenszubereitung zu beaufsichtigen und die Schlafquartiere zu arrangieren, aber sie hatte es geschafft.

Das *mêlée*. Diese angekündigte Scheinschlacht, bei der alle anwesenden Ritter die Seiten wählten, als ob sie Jungen wären, die Ball spielten und sich danach gegenseitig mit Schwertern schlugen. Männer wurden in solchen *mêlées* getötet. Die Kämpfe machten ihr Angst, doch William hatte recht. Er sollte mit seinen Freunden üben, bevor er seinen Feinden gegenübertrat. Sie würde sein Selbstvertrauen jedoch niemals untergraben, indem sie ihre Angst um sein Leben offenbarte. Schließlich kannte Saura den Wert von Selbstvertrauen besser als die meisten.

Letzten Endes waren all ihre Sorgen beruhigt. Sie konnte schlafen. Schlafen.

Doch wie konnte etwas, das sie sich so inbrünstig wünschte, ihr nicht gelingen? Sie war müde. Gewiss konnte sie schlafen. Saura legte sich auf die Seite, zog die Schultern hoch und wickelte die Decken enger um sich. Der Sommerregen brachte eine Feuchtigkeit in die Burg, die kein Feuer vertreiben konnte. Eine Feuchtigkeit, eine Kälte. William log sie an. Log sie mit seiner Stimme an, sagte ihr nicht die ganze Wahrheit, versuchte sie zu beschützen. Sie wollte ihn ja lügen lassen, wollte sich beschützen lassen, doch sie konnte ihre aufwallenden Instinkte nicht ignorieren. Er machte sich über den Feind Sorgen, der sie bedrohte. William sagte zwar, alles sei in Ordnung, aber er glaubte nicht an seine eigenen Worte. Wer auch immer ihr Feind war, er stellte eine echte Bedrohung dar. Er konnte sich unter die Gäste bei ihrer Hochzeit mischen und schlimmen Schaden anrichten. Er konnte morden oder sie entführen. Wie sollten sie den Übeltäter bloß erkennen?

William würde sie zwar mit den Mitteln eines Kriegers beschützen, aber sie musste ihn mit den Mitteln einer Frau verteidigen. Sie würde sich umhören und herumschnüffeln, sie würde auf jede Stimme achten. Sie würde jene Lügen erkennen, die den Männern so einfach von den Lippen kamen, und sie würde ihre Freunde erkennen und herausfinden, wer ihre Feinde waren. Und sie würde William vor jedem möglichen Risiko warnen.

Dass sie sich ihre wahre Sorge eingestand, entspannte Saura. Die Verteidigung zu planen half ihr, sich auszuruhen. Mit einem letzten Seufzer zog sie sich das zusätzliche Kissen von der leeren Seite des Bettes heran. Sie stopfte es sich unters Kinn, presste es fest an ihre Brust, schob ein Bein darunter und legte das andere darüber. Jetzt konnte sie schlafen.

»Ich zähle vier«, bemerkte Channing.

William blinzelte durch die helle Augustsonne in Richtung der Reiter auf der Straße. »Es sind zusammen fünf. Sieh, einer von ihnen, eine Frau, glaube ich, wird an einem Zügel geführt, und ein Reiter hält ein Kind.«

»Also keine Gefahr.« Der ältere Mann lehnte sich mit einem Seufzen gegen eine Zinne.

»In den nächsten paar Wochen werden viele Reiter die Straße zur Burg heraufkommen.« William schlug Channing auf die Schulter. »Aber ich habe sie noch nicht so früh erwartet. Es ist erst achtzehn Tage her, seit wir den Vertrag zu Theobald gebracht haben, und erst zehn Tage, seit wir die Boten ausgesandt haben.«

»Und nur noch sieben Tage bis zur Feier.« Sein Landsknecht strahlte ihn an.

»Viel Glück für den Tag. Wer kann es organisiert haben, so früh zu kommen? Sind es Gäste oder bringen sie Neuigkeiten?«

»Vielleicht sind es Gäste, die Neuigkeiten bringen?«, schlug Channing vor.

»Ja. Sieh nach Lord Peter und den Jungen, aber halte die Zugbrücke oben, und lass alle, die Einlass begehren, so lange ihren Namen und ihr Ansinnen rufen, bis wir einen stetigen Strom von Besuchern haben.«

»Wird das niemanden kränken?« Channing runzelte die Stirn, da er sich zwar mit den Regeln des Krieges, nicht aber mit denen des Hofes auskannte.

»In diesen turbulenten Zeiten wird niemand unsere Vorsicht in Frage stellen. Halte ein wachsames Auge auf alle Besucher, die das Torhaus betreten, wenn es offen ist, und ruf mich sofort, wenn du Ärger riechst.«

»Ja, Mylord.«

»Ich bürde dir viel Verantwortung auf, ich weiß, aber ich muss mit meiner Lady in der Burg bleiben und unsere Gäste begrüßen.«

Channing öffnete den Mund, als ob er etwas sagen wollte, atmete dann aber aus, wie wenn er sich nicht traute. Da er mit den Charakterzügen des Mannes seit Langem vertraut war, ermutigte William ihn: »Sag es schon.«

»Ihr müsst Euch um die Lady und die Diener keine Sorgen mehr machen, Mylord.« Channing kratzte mit seinem Zeh im Kies auf dem Wehrgang herum. »Es gibt Gerede, und selbst ich habe es gehört.«

»Gerede?«

»Die ganze Burg und das gesamte Dorf sprechen darüber.«

»Worüber?«, ermunterte ihn William.

»Ich sage es Euch! Keiner wird die Autorität der Lady wieder in Frage stellen. Sie sagen, sie haben einen Fehler gemacht und dass sie dumm waren.«

»Ja, das waren sie.« Williams Kinn verhärtete sich wie Granit, als er an die Frechheit der Dienstboten dachte.

»Nun, keiner muss ständig bei ihr bleiben. Die Diener machen jetzt das, was man ihnen gesagt hat.« Man konnte seiner Stimme die Verachtung anhören, die er als bewaffneter Mann für die Lakaien empfand, doch es lag noch etwas anderes darin verborgen.

William trat einen Schritt zurück und betrachtete den vernarbten Krieger eindringlich. Channing wich seinem Blick aus, schaute stattdessen über die Zinnen und sagte: »Sie kommen näher.«

»Ich habe nicht ständig an ihr gehangen«, bemerkte William freundlich.

»Oh nein, Mylord. Ihr habt sie in Ruhe gelassen, damit sie ihre Frauenarbeit machen konnte.«

William überlegte, dann fragte er: »Wer hängt denn ständig an ihr?«

»Es ist nur, dass ... vielleicht könnte Lord Nicholas Euch ja bei den Vorbereitungen für das *mêlée* helfen? Oder bei der Vorbereitung der Ställe?«

Sein reizloser Vorschlag erklärte William mehr, als er wissen wollte. »Gibt es Klatsch?«

Channing wurde durch einen Ruf von unten gerettet. »Es sind Eure Gäste, Mylord.« Er begann eilig wegzulaufen. »Ich muss ihnen Einlass gewähren.«

William rannte neben ihm her. »Und ich auch.«

Die Rufe von unten drangen zu den Männern im Torhaus hinauf, und William lehnte sich hinaus, um sie zu hören. Sobald er sie verstanden hatte, brüllte er: »Lasst sie ein. Lasst sie sofort ein.« Er drehte sich zu Channing um und sagte: »Es sind Sauras Brüder. Schick jemanden los, um nach Clare zu suchen. Ich werde Saura holen.«

Als William die Treppe auf der Innenseite der Mauer hinunterrannte, brüllte Channing den Befehl, die Zugbrücke zu öffnen. Sie senkte sich mit einem hölzernen Knacken und dem Rattern der Ketten. Eine frische Brise blies durch das weit geöffnete Tor, als die Brüder hereinritten. William trat sofort zu ihnen, um einem jungen Mann den kleinen Jungen abzunehmen, den er hielt.

Dudley nickte freundlich, als er den Dreijährigen hinunterreichte. Er rieb seinen Arm und stöhnte: »Nach so vielen Meilen wird er schwer.«

William musterte das Gesicht des Kindes und sah eine schwache Schönheit, die Saura ähnelte. »Das ist Blaise«, verkündete er. »Und du bist Dudley, der für die Kirche studiert. Rollo, der Älteste.« Er erhielt einen höflichen Gruß von dem Achtzehnjährigen. »Und seine junge Frau.« Sehr jung, dachte er bei sich, als er das schlaksige Mädchen betrachtete, dessen Pferd sich so eng wie möglich an das von Rollo drängte. Er grinste den Jungen an, der vorsichtig abstieg. »Du bist John, der in Pflege ist, und hier haben wir bereits Clare.«

Vier Paar veilchenblauer Augen starrten ihn mit unterschiedlichen Ausdrücken an, und der Schock, seine Saura zu sehen, die ihn aus so vielen verschiedenen, männlichen Gesichtern anstarrte, ließ William einen Augenblick zaudern. »Ich bin William, euer neuer Bruder. Willkommen in unserem Heim. Willkommen.«

Dudley glitt vom Pferd und lächelte zurück. »Vielen Dank, William. Es war ein langer Ritt vom Kloster, und ich bin froh, hier zu sein.«

»Und ich auch.« John rieb sich den Po und nickte dem Stalljungen zustimmend zu, als dieser die Zügel des Pferdes ergriff und es fortführte.

»Es ist schön, unseren geheimnisvollen neuen Bruder kennenzulernen. Theobald hat Rollo eine solch verstümmelte Botschaft zugeschickt, wir wussten nicht, was wir erwarten sollten. Und da wir den Verstand unseres geschätzten Vaters gut genug kennen, haben wir uns gefragt, ob du wohl bucklig und hundert Jahre alt sein würdest.«

William lachte aus so vollem Herzen, dass Blaise in die Hände klatschte und selbst Rollo ein Kichern nicht unterdrücken konnte. »Die Wahrheit ist«, meinte William und klopfte dem Buben auf den Rücken, »sogar noch unglaublicher als das.« Blaise patschte im Gegenzug auf Williams Wange, ganz fasziniert von dem Mann mit der dunklen Stimme. William umarmte ihn und reichte ihn dann John. Er trat zu Rollos Frau heran. »Darf ich Euch helfen, Mylady?«

Das Mädchen warf Rollo einen schnellen Blick zu, und als dieser nickte, reichte sie William ihre Hand und rutschte aus dem Sattel.

»Wie heißt du?«, fragte William freundlich.

»Alice, Mylord.« Dann, mit einem besorgten Blick auf ihren Ehemann, korrigierte sie sich: »Alice von Montreg, Mylord.«

»Du bist willkommen. Du wirst dich sicher freuen, Saura wiederzusehen.«

»Oh, ich habe sie noch nie getroffen, Mylord. Lord Theobald ließ sie nicht zu unserer Hochzeit kommen.«

»Alice«, wies Rollo sie streng zurecht, während er abstieg.

Das Mädchen zuckte zusammen, errötete und ließ wie ein getadeltes Kind den Kopf hängen.

Rollo legte den Arm um seine Braut. »Alice, wir alle wissen, wie verachtenswert mein Vater ist, aber lass uns darüber nicht hier im Burghof sprechen, wo all die Stallburschen uns hören können.« Er umarmte sie einen Augenblick lang und ließ sie dann wieder los. Aufrecht und fest streckte Rollo William die Hand entgegen. »Wie mein Bruder gesagt hat, bei deinem Anblick bin ich tatsächlich erleichtert.«

»Ich bin geschmeichelt«, antwortete William ironisch.

»Nein, bist du nicht. Es ist kein wirkliches Kompliment, wenn man dich einem buckligen alten Mann vorzieht.« Rollo lächelte, und es war Sauras Lächeln.

Williams Blick strich über die versammelten Jungen, bemerkte ihr schwarzes Haar und die helle, bleiche Haut. »Keiner von euch ähnelt Theobald.«

»Nein.« Dudley blickte William mit seinen klaren Augen fest an. »Unser Vater ist ein schwacher Mann, und er hat keinem von uns etwas von sich vererbt. Wir sehen alle wie unsere Mutter aus.«

»Vielleicht hat euer Vater sie aus einem anderen Grund geheiratet als nur wegen ihrer Ländereien.«

»Oh ja«, stimmte Rollo zu. »Er liebte sie. Und er hasste sie. Ebenso wie er es mit unserer Halbschwester tut.«

»Rollo!« Alle drehten sich bei dem Schrei um und sahen Clare, wie er sich von dem Pferd schwang, welches er mit Kimball teilte. Schnell wie der Wind rannte Clare über die Zugbrücke. »John! Dudley! Oh, da ist Blaise!« Die Brüder umringten ihn, wie eine Schar entzückter schwarzer Vögel ihr frisch geschlüpftes Junges umringt. Als die Geräusche der freudigen Wiedervereinigung den Burghof erfüllten, nahm Clare John das schwere Kleinkind ab und umarmte es voller Heimweh. Sein Bruder fuhr ihm durch das Haar, drückte seine schmalen Schultern fest und klopfte ihm auf den Rücken. Als sie ihn losließen, damit er Luft schöpfen konnte, da weinte und lachte er gleichzeitig.

Schmutzig und durch den Ausflug in die Wälder ganz zerzaust, ging Kimball zu seinem Vater hinüber und zupfte an dessen Ärmel. Ohne die Brüder aus den Augen zu lassen, sagte er: »Das sind alles Sauras Brüder, oder etwa nicht?« Es war nicht wirklich eine Frage, mehr eine ungläubige Aussage.

William nickte seinem Sohn zu. »Halbbrüder. Eine erstaunliche Ähnlichkeit, nicht wahr?«

Lord Peter ritt mit Maud an seiner Seite in den Hof hinein und reichte einem der Stalljungen die Zügel. Er stieg ab, half Maud ebenfalls hinunter und hielt sie fest, während sie sich die Beine ausschüttelte. Sie kamen herüber, und William lächelte die ältere Frau an, die den Arm seines Vaters hielt. »Sind das deine Jungen?«

»Ja«, gab Maud zu, und ihre Augen glitzerten vor Vergnügen. »Ich habe jedem von ihnen die Windeln gewechselt.«

Die Jungen rannten auf Maud zu, umringten sie mit lautstarker Begeisterung, umarmten und neckten sie, während diese mit unterdrückter Zuneigung fragte: »Weiß meine Lady Saura schon, dass ihr hier seid?«

Die Jungen murmelten und rutschten unbequem hin und her, und Maud klopfte ihnen kräftig auf den Hintern. »Dann macht euch mal auf nach oben.«

»Können wir uns anschleichen und sie überraschen?«, fragte Dudley.

»Du scherzt wohl«, meinte Rollo. »Hast du dich schon jemals an unsere Schwester herangeschlichen?«

»Niemals«, gab Dudley zu. »Aber denkt doch bloß, wie überrascht sie wäre!«

Sie standen da und dachten nach, und William schlug vor: »Ich werde hochgehen und sie holen und hinunter in den Kräutergarten bringen. Falls ihr stillsteht und ich sie in die Mitte eures Kreises stelle …«

»Ja, und falls wir Blaise ruhig halten können.« Johns Augen leuchteten vor Vergnügen.

»Geht und holt sie«, wies Maud ihn an. »Ich werde sie richtig hinstellen.«

Als William in den Rittersaal schritt, saß Saura mit dem Koch und dem Bäcker am Tisch und besprach jedes Gericht und jede Leckerei, die ihren Gästen serviert werden sollten. Und da lag Nicholas auf einer Bank, auf einen Ellenbogen gestützt, und beobachtete Saura mit diesen eindringlichen Augen.

Als sie seine Schritte hörte, drehte sie sich um und rief: »William, diese Tölpel sagen, sie mögen keine kalte Neunaugenpastete!«

Sie sah dabei so entrüstet aus, dass er wusste, seine Geliebte hatte einen bedeutenden Stolperstein für ihre Eheschließung gefunden. Er stellte seinen Fuß auf die Bank neben ihr und lehnte sich auf sein aufgestütztes Knie. »Ich mag Neunaugen am liebsten pochiert und entwässert, in Pastete gewickelt und an die Hunde verfüttert.«

»William!«

»Neunaugen sind lange, schleimige Geschöpfe, die im

Schlamm leben. Warme Neunaugen, egal wie man sie zubereitet, sind eine schreckliche Vorstellung. Kalt muss man nicht mal darüber nachdenken.«

»Mit zusätzlichem Neunaugensirup?«

»Bitte!« Er legte sich eine Hand auf den Magen. »Mir wird bei dem bloßen Gedanken daran schon schlecht.«

»Oh, William!« Sie klang enttäuscht, als er sie auf die Füße zog.

»Komm mit auf einen Spaziergang«, lud er sie ein.

»Ich kann nicht.« Sie deutete wieder auf den Tisch. »Ich habe zu viel zu tun.«

»Ich muss dir etwas zeigen.«

»Aber der Koch –«

»Pass an der Treppe auf.« William wurde langsamer, während sie die erste Stufe mit ihren Zehen abtastete.

»Wenn ich es nicht organisiere –«

»Hier ist der Boden. Hier ist der Eingang.«

»Ich kann nicht so schnell gehen wie du!«

Absichtlich machte er große Schritte und beeilte sich. »Es ist ein warmer Tag heute.«

William hielt im Gras des Burghofes inne, und Saura rief: »Ich werde keinen Schritt mehr weitergehen!«

Er hob sie mit einem mächtigen Schwung hoch und ging weiter. »Gütiger Gott, Frau! Komm weiter. Was für ein langsames Mädchen du doch bist!«

Sie sagte nichts, dachte nur angestrengt nach, und dann berührte sie sein Gesicht. »William, werden wir alleine sein?«

»Nein, Liebes.« Er küsste sie kurz auf ihr Antlitz und hielt dann an. »Definitiv nicht alleine. Weißt du, wo wir sind?«

Sie schnupperte. »Im Kräutergarten.« Er setzte sie auf den Boden, und sie schnupperte wieder.

»Saura, Saura.« Der kleine Junge rannte zu ihr hinüber und umarmte ihre Knie, und sie hob ihn hoch.

»Blaise?« Sie berührte sein Gesicht und umarmte ihn fest. »Oh Blaise, du bist so groß geworden! Wie bist du hergekommen?«

Saura verstand langsam und streckte die Hand aus. Sofort wurde diese ergriffen, und sie erfasste Johns Arm. Er umfing sie mit einer erdrückenden Umarmung, die nur von dem entrüsteten Jammern von Blaise unterbrochen wurde.

»Du musst sie schon teilen, Jungchen«, erklärte ihm John und drehte Saura um.

»Dudley!« Ihre Umarmung war behutsam und süß, wie die zweier Menschen, die zu lange voneinander getrennt waren.

»Schau hier«, führte Dudley sie, und als sie sich in Rollos Armen wiederfand, ließ sie ihren Gefühlen freien Lauf und brach in Tränen aus. Die Brüder grinsten und schluckten heftig und waren einerseits gerührt, dass ihre ruhige und tüchtige Schwester ihretwegen weinte, wurden andererseits aber auch von ihrer weiblichen Schwäche in Verlegenheit gebracht. Sie tätschelten ihr die Schultern, umarmten sie und halfen ihr, Blaise sicher auf ihrer Hüfte abzustützen.

William betrachtete die Szene gerührt und schaute sich um, um nachzusehen, ob auch die anderen Anwesenden gerührt waren. Alice, die kindliche Braut, rieb sich mit ihrer Handfläche über die Nase, als ob sie sich ihre Tränen nicht eingestehen wollte, und er ging zu ihr und stellte sich neben sie. »Ist das nicht süß?«, fragte das Mädchen.

»Es weckt in mir den Wunsch, ebenfalls Geschwister zu haben«, pflichtete er ihr bei und sah seinen Vater eindringlich an, der Schulter an Schulter mit Maud dastand.

»Oh, die hatte ich«, antwortete Alice. »Meistens ziehen sie dich nur an den Haaren und spucken dich beim Essen an.«

Getreu ihrer Worte griff Dudley unter Sauras Schleier und zog an ihrem Zopf. »Du kannst nicht den ganzen Tag lang weinen. Wir haben jemanden mitgebracht, der dich kennenlernen möchte.«

»Aua!« Saura griff nach ihrem Haar. »Du meinst, es ist ein Fremder hier?«

»Ja, und er schaut dir zu, wie du heulst«, neckte John sie brüderlich.

»Meine Frau«, erklärte Rollo und lächelte das vergessene Mädchen mit zärtlicher Sorge an.

»Deine Frau! Du hast deine Frau mitgebracht und hast vergessen, es mir zu sagen, du Narr!« Saura zog Rollo fest am Bart.

»He!«, beschwerte er sich. »Es macht ihr nichts aus.«

»Dass du erst ein Jahr verheiratet bist und ihr Vorhandensein vergisst? Du bist ein noch größerer Narr, als ich dachte.« Sie setzte Blaise auf den Boden und tastete dann um ihre Brüder herum.

Alice zögerte, aber William schob sie sanft in Sauras Arme. Saura umarmte sie überschwänglich. »Alice, wie sehr ich mir gewünscht habe, meine Schwägerin kennenzulernen!«

Alice sprach undeutlich, stotterte, versteifte sich in Sauras Armen und schien sich nicht wohl dabei zu fühlen. William starrte sie an und war von dem unangemessenen Verhalten des Mädchens überrascht, und auch Saura erstarrte, wie von einem flüchtigen Schmerz verätzt. Sie lockerte ihre Umarmung und trat einen Schritt zurück. »Wie groß du bist. Du hast solches Glück.« Sie lächelte und strahlte Freundlichkeit und Wärme aus. »Willkommen auf Burg Burke. Falls du irgendetwas benötigst, dann lass es mich bitte wissen.«

William starrte Saura an und war von der kurzen Begrüßung verwundert. Was stimmte nicht mit seiner Liebsten? War sie auf Rollos Frau eifersüchtig? Sicher nicht. Sauras immerwährendes Mitgefühl für die weniger Begünstigten zog ihn mehr an als irgendetwas anderes. Dies hier war etwas anderes, und einen unbehaglichen Moment lang wusste er, er hatte Alices Verhalten schon früher einmal bei einem Menschen kennengelernt, in der dunklen Zeit seines Lebens. Er runzelte nachdenklich die Augenbraue, konnte sich aber nicht genau daran erinnern.

Dann trat Rollo einen Schritt nach vorne und legte seinen Arm um den Hals seiner jungen Frau. »Sie ist noch schrecklich jung, Schwester. Sie ist ja erst dreizehn.«

Als er seinen Blick zurück zu Alice lenkte, verstand William. Das Mädchen hatte Angst vor Saura, Angst vor dem Unterschied zwischen ihnen beiden. Vielleicht lehnte sie Sauras Blindheit ab, vielleicht hatte sie auch einfach Angst, einen groben Fehler zu machen. Aber ihr starrer Körper und ihre vorsichtigen Augen, die Saura nie aus ihrem Blick ließen, erzählten ihre eigene Geschichte. Saura, mit ihrem feinen Sinn für Stimmungen, musste dies natürlich bemerkt haben.

»Ist schon gut, Bruder«, erklärte sie Rollo. »Ich verstehe.« Sie streckte ihre Hand suchend nach William aus, der nahe bei ihr stand, und dieser zog sie mit fester Hand zu sich heran.

Rollo tadelte Alice durch einen festen Druck mit dem Arm und ließ sie dann wieder los. Das Mädchen war verwirrt, war noch zu unreif, um zu wissen, dass sie sich mit ihrem Verhalten verraten hatte.

»Rollo, bitte sei nett zu ihr«, wies Saura ihren Bruder an, als ob sie genau wusste, was er gerade tat. »Sie ist hier an einem fremden Ort.«

»Saura.« Wie ein gemeiner Bettler zupfte Clare an Sauras Rock herum. »Saura, du hast mich noch gar nicht begrüßt.«

Saura lachte herzlich und zog ihren kleinen Bruder in ihre Arme. »Das habe ich tatsächlich noch nicht. Vergibst du mir denn?«

»Ich nehme es mal an.« Der Junge schniefte in gespielter Traurigkeit. »Kimball fühlt sich auch ausgeschlossen.«

Kimball stieß ein herzzerreißendes Jammern aus, ein unverhohlenes Betteln um Mitgefühl, und sie legte auch um ihn einen Arm und drückte ihn an sich. An William gerichtet fragte sie: »Was sollen wir bloß tun, um zwei so offensichtlich aufgeregte Jungen zu beruhigen?«

»Oh, da fällt mir schon etwas ein.« Der Tonfall in Williams Stimme warnte Kimball, und er versuchte sich aus Sauras Umarmung herauszuwinden, aber sie hielt ihn sicher fest, bis William sich ihn am Kragen packte. Er hob die beiden Jungen hoch und trug sie, unter seine Arme geklemmt, durch das Tor und in den Burghof hinaus.

»Nein! Vater, nein!«

»Bitte, Lord William, nein!«

Alle im Kräutergarten spitzten die Ohren, während die Schreie der Buben immer stärker wurden. Das Platschen klang laut und zufriedenstellend, und man konnte hören, dass ihre Schreie nun vor Kälte zitterten.

»Wo hat er sie abgeladen, Schwester?«, fragte Dudley.

»In der Pferdetränke.« Saura schmunzelte amüsiert und hakte sich bei Dudley unter. »Kommt mit hoch in die Burg, und ich werde Euch ein paar Erfrischungen besorgen.«

»Ihr seid eine einzigartig tüchtige Frau.«

Nicholas hat etwas gelernt, dachte Saura. Er pries nicht mehr allein ihre Schönheit. Er pries sie für die Dinge, die sie selbst für wichtig erachtete. Tüchtigkeit, Können, Koordination. Die Stimme des Mannes besänftigte ihr Ohr. Sie war angenehm, und in seinem aristokratischen Akzent hallte der nasale Klang des normannischen Französisch wider.

»Weil ich eine schnelle Mahlzeit für meine Brüder organisieren kann, während diese sich frisch machen?«, fragte sie. »Bei all dem Essen, das wir für die Hochzeit sammeln, stellt dieses kleine Mahl ganz sicher kein Problem dar.«

»Ihr seid wunderbar. Denkt doch nur, was Ihr erreichen könntet, wenn Ihr sehen könntet.«

Während sie sich umdrehte, sagte sie: »Wenn ich sehen könnte, dann hätte ich nicht die Freiheit, nicht tüchtig sein zu dürfen. Ich versichere Euch, Lord Nicholas, ich bin nicht wunderbar.«

»Nein, Mylord, sie ist auch nur ein Mensch.«

Sie lächelte, als sie die dunkle Baritonstimme des Bruders von der Galerie herunterrufen hörte, der ihr am nächsten stand. »Ich danke dir, Sir Rollo. Bei Komplimenten wie diesen ist es ein Wunder, dass ich meine Bescheidenheit bewahrt habe.«

»Gern geschehen, Schwester.« Mit einem Klappern eilte er die Wendeltreppe hinab und sprang in den Raum. »Mein lieber Lord Nicholas, Ihr seid früh dran für die Hochzeitsfeier.«

Überrascht fragte sich Saura, was Rollos abrupte, ja beinahe unhöfliche Begrüßung veranlasst hatte. »Kennst du Lord Nicholas denn von einem anderen Ort her?«

»Bis William uns einander vorgestellt hat, hatten wir uns nie getroffen, aber er muss ein guter Freund der Familie sein, dass er schon so früh ankommt.« Wieder betonte er das »früh«, und Nicholas antwortete höflich und leutselig: »Das bin ich. Ich bin einer von Lord Peters Zöglingen.« Er stand von der Bank auf. »Und ich hatte noch gar keine Gelegenheit, mich mit Lord Peter zu unterhalten. Wisst Ihr, wo ich ihn finden kann?«

»Er ist unten im Burghof und überprüft mit William die Ställe. Ich bin mir sicher, er wird sich freuen, Euch zu sehen.« Rollos Erleichterung war offensichtlich, und Saura streckte ihre Hand aus und zwickte ihn in den Arm. Er zuckte zusammen, aber er bewegte sich nicht, bis Nicholas den Raum verlassen hatte. »Was macht er hier alleine mit dir?«, fragte Rollo mit fester Stimme.

»Er ist seltsam, aber Rollo, er ist ein Gast.«

»Nicht mein Gast.«

»Nein, er ist Williams Gast, und du hast kein Recht, ihn zu beleidigen.«

Erst sagte Rollo gar nichts, doch dann stimmte er ihr langsam zu: »Du hast recht. Aber ich mag die Art nicht, wie er dich anschaut.«

Sie zuckte zusammen, und er fragte: »Hat er dich belästigt?«

»Nein, nein, er war nützlich. Er hat mir geholfen, als ich die Wein- und Metfässer im Keller gezählt habe. Er hat ein paar kluge Vorschläge gemacht für das Brauen von solch gewaltigen Mengen an Bier, die wir für die Hochzeit benötigen. Er scheint sich mit Hausarbeit gut auszukennen.«

»Aber weshalb? Warum hilft er nicht William?«

»William sagt, er mag die Aufgaben eines Ritters nicht.«

»Du hast recht, er ist seltsam.« Die begeisterte männliche Zustimmung ihres Bruders brachte sie zum Lachen. »Mach dir dennoch keine Sorgen, dass ich ihn beleidigt habe. Als ich unhöflich war, bekam er diesen überlegen nachsichtigen Blick, den reife Erwachsene bekommen, wenn junge Männer wie ich aufgeblasen sind.«

Saura lachte bei seiner Betonung. »So würde er wohl schauen.«

Rollo legte seinen Arm um ihren Hals und gab ihr einen lauten, schmatzenden Kuss auf die Wange. »Also, was gibt es zu essen, du wunderbares Mädchen? Ich bin am Verhungern.«

Von seinem Sarkasmus in Verlegenheit gebracht, deutete Saura auf den beladenen Tisch. »Wenn du mich überrumpeln willst, wirst du mit einem kalten Mahl vorliebnehmen müssen.« Sie schlug ihm auf die Hand, als er diese nach dem Essen ausstreckte. »Warte, bis die anderen Jungen reinkommen, du Räuber!«

»Ja, werde ich, aber nicht wegen meiner guten Manieren. Ich muss mit dir über etwas anderes sprechen.«

Es klang, als ob es ihm schwerfiel zu sprechen, und Saura nahm seine Hand und führte ihn zu der Bank an der Feuerstelle. »Gewiss, erzähl mir davon.«

Seine Hand zitterte, und überrascht nahm sie diese fester in ihre Hände.

»Du warst schon immer da, nicht wahr? Meine ältere Schwester, auf die man sich immer verlassen konnte. Freundlich, großzügig, hast deine Zeit und dein Verständnis freigiebig geteilt.« Er machte eine Pause und fragte dann im hoffnungsvollen Tonfall desjenigen, der das Unausweichliche aufschieben wollte: »Was hast du eigentlich mit Blaise gemacht?«

»Maud hat ihn gefüttert und ihn für ein Schläfchen hingelegt«, antwortete sie geduldig.

»Weshalb braucht er ein Schläfchen? Von dem Zeitpunkt an, als wir ihn in Pertrade geholt haben, hat er nichts weiter getan, als uns auf die Nerven zu gehen.«

Saura kicherte, was er auch beabsichtigt hatte, aber dann beharrte sie: »Rollo? Welchen Kummer hast du denn nun?«

»Ich bin nicht derjenige, der Kummer hat. Es ist … meine Frau.«

Saura ließ seine Hand sinken.

Rollo seufzte. »Ich hatte befürchtet, du würdest so empfinden. Es tut mir leid, Liebes, es hätte mir klar sein müssen, aber ich habe angenommen, dass sie meinem Beispiel folgen würde. Ich hatte angenommen, sie würde dich ebenso lieben, wie ich dich liebe. Sie ist noch formbar, leicht zu führen, und ich hätte mit ihr sprechen können.«

Saura erwiderte nichts, und er versuchte es noch einmal: »Gott, Saura, sie ist so jung. Sie hat Angst vor den Dienstboten. Wenn ich die alte Lufu nicht hätte, ich wüsste nicht, was mit unserem Haushalt passieren würde. Sie hat Angst, mit den

Matronen zu reden, wie es eine verheiratete Frau tun sollte, denn sie fürchtet, sie werden sie auslachen.« Saura saß wortlos und starr, ihr Gesicht war immer noch von ihm abgewandt, und verzweifelt bat er: »Saura, hör mir zu. Alice spielt noch immer mit ihren Puppen.«

Sie seufzte und ließ den Kopf hängen. »In Ordnung. Ich werde ihr nicht wehtun.«

Er umarmte sie, küsste sie auf die Stirn. »Ich hatte nie gedacht, dass du das tun würdest. Ich wollte es dir nur erklären und vielleicht deinen Ärger abmildern. Wir werden ihr beibringen, dich zu schätzen, Schwester.«

»Es ihr beibringen?« Saura lachte, und ein wenig Bitterkeit schwang in ihrer Stimme mit. »Warum sollten wir es ihr beibringen? Warum kann sie mir nicht dieselbe Chance geben, die sie jedem anderen gibt? Ich habe zwei Hände, die arbeiten, einen Verstand, der denkt, und ein Herz, das liebt. Bin ich weniger wert als eine andere Frau? Wenn ich alt und blind wäre und in einem Sessel säße, dann würden mir die Leute den Kopf tätscheln und mir leise etwas vorsingen. Stattdessen ignorieren sie mich oder reden über meinen Kopf hinweg, als ob ich nicht da wäre, oder sie behandeln mich wie einen Narren.«

»Sie haben Angst. Sie haben Angst, du hättest magische Kräfte, denn du erkennst sie an ihrem Geruch und am Klang ihres Ganges. Sie haben Angst, du könntest in ihre Seelen blicken, denn du erwischst sie bei einer Lüge.«

»Das ist so dumm! Ist ihnen denn nicht klar, dass ich meine Ohren, meine Nase und meine Hände benutzen muss, damit ich die Welt um mich herum sehen kann? Würden sie denn etwas anderes tun?«

»Sie denken einfach nicht darüber nach. Alice ganz besonders nicht. Aber sie ist ein nettes Mädchen, darauf aus, zu gefallen, nur leider sehr unsicher. Wenn du sie bloß sehen könntest, dann würdest du es verstehen. Sie ist wie ein junges

Hündchen, besteht nur aus Beinen und Armen und großen Füßen und großen Händen. Meine Frau ist noch so unreif, ihre Figur hat sich noch nicht einmal geformt.«

Etwas an seiner Stimme alarmierte Saura. »Deine Frau? Ist sie das wirklich?«

Er lachte kurz und ironisch. »Du hast es geahnt, nicht wahr?«

»Das sind meine magischen Kräfte«, gab sie zurück. »Das und deine Enttäuschung.«

»Ist es denn so offensichtlich? Dass sie noch nicht wirklich meine Frau ist?«

»Nur für mich. Ich kenne dich so gut. Wie bewältigst du das?«

Er stand auf und schritt auf dem Fußboden hin und her. »Normalerweise ist es kein Problem. Ich bin noch nicht zum Ritter geschlagen worden und werde bei Lord Jennings wohnen, bis ich meine Ausbildung beendet habe. Alice lebt auf meinem Hauptsitz in Penbridge und lernt das, was sie von ihrer Mutter hätte lernen sollen. Wenn ich zu Hause bin, schlafen wir in getrennten Zimmern. Das einzige Problem kommt, wenn …«

»Wenn was, lieber Junge?«

»Wenn wir einen Besuch machen müssen und die Gastgeberin uns fürsorglicherweise zusammen ein Bett richtet.«

»Und?«

»Alice mag es sehr. Sie sagt, ich sei wärmer und behaglicher als ihre Puppen.«

Er klang so verzweifelt, sie konnte ihr Lachen nicht unterdrücken und prustete los. »Oh, armer Rollo. Armer, armer Rollo.«

Empört zog er an ihrem Zopf und stampfte rüber zum Tisch, schnappte sich einen Kanten Brot und stopfte ihn sich in den Mund.

»Diese Fröhlichkeit ist ein wohltuendes Geräusch«, rief Dudley aus der Türöffnung.

»Ja, und am liebsten würde ich sie deshalb erdrosseln.« Rollo starrte seine glucksende Schwester mit gar nicht brüderlichem Ärger an.

»Ich frage mich, ob ihr Lachen bei William die gleiche Wirkung hat.«

Darüber dachten ihre Brüder schweigend nach, bis Saura erstickt sagte: »Noch nicht.«

»Hm.« John klang nachdenklich und etwas irritiert. »Konntest du dieses Schwein nicht vom Essen fernhalten, bis wir auch da waren?«

»Nein, das war mir zu schwierig«, antwortete Saura, und eine erneute Lachsalve erschütterte sie. »Ganz herzlichen Dank, Rollo. Ich habe deinen Humor schmerzlich vermisst und hatte einen guten Scherz bitter nötig.«

Über ihren Kopf hinweg tauschten ihre Brüder einen langen Blick aus, und Dudley begann geschickt zwei Pasteten zu jonglieren. »Ich jongliere mit deinen Fleischpasteten«, warnte er.

»Nun denn, hör auf damit!«, sagte Saura ernüchtert. »Du wirst sie noch auf den Fußboden fallen lassen.«

»Erst sagst du mir, weshalb du einen Scherz bitter nötig gehabt hast.«

»Dudley, die Binsen waren letzte Woche noch frisch!«

»Die Hunde sabbern schon.«

»Erzähl es ihm lieber, Schwester«, schlug John vor. »Das Fleisch fällt schon heraus.«

Sie fauchte: »Ich kann es mir nicht leisten, diese Pasteten zu verlieren.«

»Ich werde als Nächstes mit Hühnerkeulen jonglieren.«

»Rohling! Hör auf! Mein ganzes Leben hat sich verändert, und ich werde heiraten, und der Bräutigam ist mehr, als ich jemals erhofft oder erträumt oder verdient hätte. Ich habe daher sicher das Recht auf ein wenig Anspannung!«

Das Jonglieren wurde langsamer und hörte ganz auf.

»Und du wirst niemals ein guter Mönch werden, wenn du die schreckliche Gewohnheit hast, die Leute zu erpressen.«

»Im Gegenteil.« Dudley stopfte sich eine Pastete in den Mund und warf Bula die andere zu. »Vernünftig eingesetzt erzwingt es Geständnisse von störrischen Frauen, die andernfalls niemals ein Wort gesagt hätten.«

»Du bist aber mit wenig zufrieden«, meinte Saura dazu nur.

»Ich höre mit meinem Herzen zu«, antwortete Dudley.

Wieder war Saura ungemütlich zumute, doch sie wurde von polternden Fußtritten abgelenkt, die die Außentreppe hinaufliefen. Sie stand auf, als die Jungen in den Raum purzelten. »Ich erzähle es ihr«, brüllte Kimball.

Clare brüllte zurück: »Dein Vater hat gesagt, *ich* soll es ihr erzählen.«

»Ich werde keinem von euch zuhören, wenn ihr nicht wisst, wie man einen Raum gesittet betritt.«

Clare stolperte, vielleicht war er etwas unbeholfen oder Kimball schubste ihn, das konnte sie nicht sagen, und sie befahl: »Stellt euch direkt hier vor mich hin, und zwar beide.«

»Man handelt sich Ärger ein«, meinte John, »wenn sie diesen Tonfall in der Stimme bekommt.«

»Sie kann mich noch immer zum Zittern bringen«, pflichtete ihm Dudley bei.

»Das reicht«, meinte sie, und dann sagte sie zu den Jungen: »Also gut. Lord William hat mir eine Nachricht geschickt. Wem hat er sie gegeben?«

»Mir!«, erklärte Clare heftig.

»Ich bin aber älter!«, beschwerte sich Kimball.

»Und du kannst schon besser mit der Verantwortung umgehen«, stimmte sie zu. »Deshalb müssen wir Clare ebenfalls dieses Verantwortungsgefühl beibringen, und deshalb machen wir das so.« Kimball sagte nichts, und sie strich ihm das Haar am Hinterkopf glatt. »Stimmt das denn nicht?«

»Doch, Mylady.«

»Gesprochen wie ein wahrer Ritter«, lobte sie. »Nun, Clare, wie lautet die Nachricht?«

»Lord William dachte, du würdest sicher gern benachrichtigt«, sagte der Junge. »Sir Charles und seine Begleitung sind im Burghof angekommen, und in der Ferne sieht man noch mehr Staub. Die Gäste kommen früh an.«

»Oje.« Saura sank wieder auf ihre Bank zurück. »Drei Tage zu früh. Gott sei gelobt, dass ich vorab schon die meisten Vorbereitungen abgeschlossen habe. Aber nichts kann ein kaltes Mahl auf dem Tisch entschuldigen, und die Betten sind auch noch nicht fertig.«

In ihren Gedanken ließ ihr die Wahrheit einen Schauer über den Rücken laufen. Je mehr Gäste in die Burg strömten, desto näher kroch auch die Gefahr. Wer würde William jetzt vor dem Risiko schützen?

13

Nachdem er den jungen Hengst gelobt hatte, blickte William auf und bemerkte die jungen Männer, die ihn beobachteten. Sie standen in einer Schlange vor dem Stall: Rollo und Dudley an den Enden, John und Clare in der Mitte und zwischen ihnen Blaise. Die goldene Nachmittagssonne ließ ihren hellen Teint aufleuchten, und er konnte ihre ernsten Gesichtsausdrücke gut erkennen. Selbst Blaise, der den Grund ihrer Mission nicht kannte, starrte ihn unverwandt an.

Nachdem es den steifen Zügel losgeworden war, bäumte sich das Schlachtross auf und bockte. William schwang sich auf die Oberkante des Tors und sagte: »Ich werde herauskommen.« Nachdem er wieder Boden unter seinen Füßen hatte, gab er den Jungen mit einem Wink zu verstehen, dass sie ihm folgen sollten. Auf die mit Heu bedeckte Ecke neben dem Stroh zog er Bänke in einen Halbkreis und bedeutete ihnen, sich zu setzen. Sie setzten sich je zu zweit auf eine Bank, und William setzte sich bereitwillig auf einen Schemel in der Mitte. Blaise rollte sich im Stroh zwischen ihnen auf dem Fußboden herum.

Die Hände auf die Knie gestützt, blickte William die Brüder einen nach dem anderen forschend an und fragte: »Ihr wünscht mit mir zu sprechen?«

Nach dieser Aufforderung blickten sie sich kurz gegenseitig an, und Rollo stimmte zu: »Über verschiedene Dinge, Mylord. Das Erste, und vielleicht Wichtigste, betrifft die Geschichte, die John uns erzählt hat.«

William wandte seine Aufmerksamkeit John zu, und dieser setzte sich unter dem Blick so vieler ernster Augen aufrecht hin und sagte: »Ich möchte nicht, dass du denkst, ich wollte mich wichtig machen, indem ich Geschichten wiedergebe, aber diese hier ist so abstrus, dass ich meine, ich muss dich warnen. Ich lebe bei Sir Hutton von Gent als Knappe. Er ist kein reicher Landbesitzer und unfähig, die Ritter zu versorgen, die er anheuert.« Nachdem er nun die Hintergründe dargelegt hatte, holte er einmal tief Luft, denn die Nachricht, die er vorbrachte, lastete schwer auf seinen Schultern. »Einer dieser Ritter hat Gent vor acht Tagen verlassen, um sein Glück in London zu suchen, und er war schon nach nur vier Tagen wieder zurück.«

»Er ritt wie der Wind«, kommentierte William.

»Ja, denn er brachte große Neuigkeiten. Eustace ist tot.«

»Eustace?« William war kurz verdutzt, dann richtete er sich mit einem Ruck auf. »Der Sohn von König Stephan?«

John nickte. »Sein Erbe und ältester Sohn. Ist das Gottes Urteil über König Stephan, weil dieser den Thron von England an sich gerissen hat?«

»Vielleicht. Falls es wahr ist. Solche Geschichten sind nur allzu oft bloße Gerüchte, die sich auf unentdeckten Kanälen von einem Ort zum anderen verbreiten.«

John versicherte ihm: »Der Mann ist ehrenwert, Mylord, und hat genug gesehen, um sich davon zu überzeugen.«

Traurig schüttelte William den Kopf. »Stephan hat noch einen Sohn, und Matildas Sohn Henry beansprucht den Thron ebenfalls – mit größerem Recht, wie einige glauben, als jeder von Stephans Brut. In welch einem furchtbaren Mahlstrom wir uns befinden! Vielen Dank, dass du mich gewarnt hast. Wenn ein Gast die Neuigkeit gebracht hätte, dann wäre es mir vielleicht nicht gelungen, das Gespräch klug zu lenken. Gott weiß, bei so einem Ereignis wird es Streit zwischen den Landbesitzern geben, zwischen den Rittern und den Frauen.«

Die Jungen nickten übereinstimmend, selbst Blaise, der sie mit großen, fragenden Augen betrachtete. William lachte, als er sah, mit welchem Ernst der kleine Junge sie nachahmte, und zerzauste ihm das Haar. »Aber das ist nicht der einzige Grund, weshalb ihr zu mir gekommen seid?«

Wieder tauschten sie schnelle Seitenblicke aus, und wieder war es John, der als Sprecher ausgewählt wurde. »Als unser Vater uns mitgeteilt hat, dass Saura verheiratet werden würde, nahmen wir alle den schnellsten Weg nach Pertrade und fanden ihn dort, wie er seine Hände wrang und den Verlust ihrer Ländereien betrauerte, aber wir konnten keine weiteren Informationen aus diesem bedauernswerten –« Er stutzte. »Wir wissen immer noch nicht, weshalb du sie heiraten möchtest.«

Ein kleines Lächeln umspielte Williams Mund. »Ist es so seltsam, dass ich eine schöne junge Frau heiraten möchte?«

»Die blind ist.«

»Verdammt noch mal!« William hatte diesen Einwand schon zu oft gehört. »Ist das so wichtig?«

Erst überrascht, dann erfreut rutschten die Brüder hin und her, bevor sie sich mit seiner Antwort zufriedengaben. »Überhaupt nicht«, sagte John. »Aber sie ist verletzlicher als andere Frauen. Bist du bereit, sie zu beschützen?«

Williams Miene wurde freundlicher, und seine Augen glitzerten erregt. »Was habt ihr gehört?«, fragte er gütig.

»Nichts, aber sie ist eine Frau, die mehr als den üblichen Schutz braucht. Wir haben nur –« John hielt inne. »Warte. Was hätten wir gehört haben sollen?«

»Es ist ihre Entführung«, platzte es aus Clare heraus. Seine Brüder starrten ihn alle an. Er wurde rot und zuckte dann zusammen, als William sich laut räusperte.

»Sie wurde entführt?«, fragte Rollo nachsichtig, was ihm offensichtlich schwerfiel.

Clare nickte und sah erst zu William und dann zu seinem ältesten Bruder hinüber.

»Erzähl uns davon, Clare, Bursche«, wies Rollo ihn an.

William beobachtete Clare eindringlich, wartete darauf, dass sich der Junge entschied, wo seine Loyalitäten lagen: Bei seinen Brüdern oder bei dem Ritter, der ihn in Pflege hatte. Schließlich sagte Clare zu Rollo: »Falls mein Herr William glaubt, ihr solltet informiert werden, wird er es tun.« Dann ließ er verlegen den Kopf hängen, da er sich überhaupt nicht sicher war, dass er die richtige Wahl getroffen hatte.

Rollo tätschelte ihm die Hand, und John umarmte ihn. William beobachtete sie und entschied, dass die Pflicht, die von ihm verlangte, die Brüder seiner Frau zu lieben, es ebenso erwartete, dass er sie respektierte und gernhatte. »Es hängt mehr an der Geschichte, als euch Clare berichten könnte, und ich wäre dankbar, wenn ihr künftig eure Augen offen haltet.« Ohne auf jedes Detail einzugehen, erzählte er ihnen von dem Unfall, der ihn erblinden ließ, der Entführung und der kontinuierlichen Bedrohung durch eine geheimnisvolle Macht. Ungläubig hörten sie zu, sagten aber nichts, bis er seinen Bericht mit den Worten beendete: »Ich werde euch nicht sagen, wer meine Hauptverdächtigen sind. Ich fürchte, damit richte ich eure Aufmerksamkeit in die falsche Richtung. Beobachtet sie alle.«

»Nun ja!«, fuhr Rollo auf. »Eine unglaubliche Geschichte.«

»Befürwortest du meinen Plan, deine Schwester zu heiraten, immer noch?«

Zu Williams Überraschung lachten die Brüder mit unterschiedlichem Maß an Ironie und Belustigung. »Oh, es ist nicht die Frage, ob wir es befürworten. Was würde es nützen, wenn wir es nicht befürworten? Saura hat es sich in den Kopf gesetzt, dich zu bekommen, und das wird sie auch. Sie würde uns für unsere Einmischung niemals danken.«

»Also, warum will sie dann nicht heiraten?«, wollte William wissen.

Rollo fragte scharf: »Weshalb fragt Ihr das, Mylord?«

»Oh, sie wird es tun, aber nur widerwillig. Sie würde lieber im Schatten leben, nur Bruchstücke meiner Aufmerksamkeit abbekommen und gänzlich von meinem guten Willen abhängig sein.« Man konnte seine Verbitterung hören, und einer nach dem anderen wichen die Brüder seinem Blick aus. William folgerte mehr aus ihrer fehlenden Erwiderung, als ihnen lieb war. »Also wisst ihr warum. Erklärt mir dieses Rätsel, bitte, den dieser Angriff auf meinen … meinen Stolz schmerzt mich.«

Die Jungen sahen Dudley an, als ob sie erwarten würden, dass er für sie sprach. »Es ist das Erbe meines Vaters«, erklärte er sanft.

»Wie kannst du das sagen?«, fragte William. »Er hat ihr doch nichts gegeben.«

»Wie die böse Fee bei der Kindstaufe im Märchen, so hat uns mein Vater allen irgendetwas Abscheuliches mitgegeben.«

William starrte sie an. Die Jungen saßen nicht mehr länger mit nachlässiger Anmut, sondern rutschten ungemütlich hin und her, so als ob die Bänke voller Holzsplitter wären. Dudley erklärte: »Wir sind Männer, ohne Narben und äußerliche Makel, aber in unserem Inneren hat Theobald uns beeinflusst.« Dudley berührte das einfache Kreuz, das um seinen Hals hing, das erste Zeichen von Nervosität, das William an ihm bemerkte. »John weigert sich, Wein zu trinken, egal wie viel. Er hat Angst vor dem Ungeheuer, das in jedem Mann haust und nur auf einen Mangel an Kontrolle lauert, um sich auf ihn zu stürzen. Rollo würde seine Frau niemals schlagen, ganz egal wie sehr sie es auch verdient haben mag. Er verabscheut Grausamkeit gegen Frauen. Ich, nun ja, ich danke Gott, dass meine Berufung mich von den Schwierigkeiten mit der Familie befreit, denn ich trage eine große Angst in mir, jemanden mit Wort oder Tat zu verletzen.«

»Was ist mit mir?«, fragte Clare unschuldig und vertrauensvoll.

Dudley lächelte ihn an. »Du bist perfekt.« Clare starrte ihn immer noch an, wartete, und Dudley fuhr fort: »Manchmal denke ich aber, dass du ein klein wenig furchtsam bist.«

Wie bei einem plötzlich auftauchenden Sommergewitter füllten sich Clares Augen mit Tränen.

»Tatsächlich, du denkst, er sei furchtsam?«, bemerkte William. »Das ist mir gar nicht aufgefallen.«

Das Lächeln des Jungen tauchte ebenso schnell auf wie seine Tränen, und Dudley zwinkerte William zu.

»Ich verstehe«, meinte William ernst. »Hat dieser Kleine hier also ebenfalls eine Narbe davongetragen?«

Blaise meldete sich mit heller Stimme zu Wort: »Ich habe eine Kruste auf meinem Knie und auf jedem Ellenbogen, aber Mama sagt, es wird keine Narben geben.«

William sah ihn verwundert an.

John lachte leise. »Ist dies das erste Mal, dass du ihn sprechen hörst?«

»Ja.« Sein Blick schweifte über die Brüder, die ihren Stolz und ihre Freude über den kleinen Bruder zeigten. »Versteht er alles?«

»Schon, allerdings sagt er wenig«, bestätigte John. »Doch wenn er spricht, dann wird er unser Diplomat werden, das wird er. Unser Vater hat Angst vor ihm, doch unsere kleine Stiefmutter beschützt ihn. Sie ist zwar als Burgherrin nutzlos, aber sie ist eine äußerst beschützende Mutter.«

William rieb sich die Augen und sagte: »Erzählt mir also, was ist Sauras Narbe?«

»Das Gefühl, unwürdig zu sein.«

Da sich William an die Geschichten erinnerte, die Maud ihm über Theobalds Schmähungen erzählt hatte, verstand er. »Aber ich bin doch kein großer Fang.«

»Falsche Bescheidenheit, Mylord. Ihr seid sehr reich, der einzige Erbe einer bedeutenden Familie. Ihr seid der mächtigste Ritter in England und werdet sehr bewundert.«

»Ich habe ein stürmisches Temperament, ich bin grob und unkultiviert, ich interessiere mich weder für Politik noch für das Leben am Hofe. Ich sitze im Winter vor einem warmen Feuer und reite im Sommer durch die Wälder. Ich liebe es, zu kämpfen, herumzustreichen und zu essen. Sehe ich für euch wie ein großartiger Ehemann aus?«

»Ihr scheint ein einfacher Mann zu sein.«

William zuckte abwehrend mit den Schultern. »Ich bin nur ein Mann, und zwar einer, der kaum glauben kann, dass Saura in ihrem Innern mit solchen Dämonen kämpft. Sie ist die ruhigste Frau, die ich kenne.«

»Außer wenn sie einen so auf die Palme bringt, dass man sie am liebsten umbringen würde«, warf Rollo ein.

»Das ist wahr«, stimmte William zu. »Dickköpfig und unverblümt.«

»Entschlossen und klug«, fuhr John fort.

»Rechthaberisch.« Clare sprach dieses eine Wort mit solcher Empörung aus, dass alle lachten.

Dudley faltete die Hände in seinem Schoß und sagte schnell: »Das bringt mich auf ein anderes Thema. Ich halte es für meine eingeschworene Pflicht, es mit dir zu bereden.«

Als ob ihn eine Feder in die Höhe schob, sprang Rollo auf und klopfte seine Hose aus. »Zeit zu gehen!«

John stand ebenfalls auf. »Höchste Zeit. Es war ein Vergnügen, Mylord.«

William schaute zu, wie die beiden Brüder in Richtung der offenen Tür flohen.

»Feiglinge, kommt zurück und setzt euch hin«, rief Dudley. Die Männer hielten am Eingang inne, festgehalten von der Autorität in seiner Stimme, aber widerwillig umzukehren. »Ihr wisst, dies sollte gesagt werden. Ihr würdet euch schämen, wenn durch euer Zögern, sich in die Dinge zwischen Mann und Frau einzumischen, Verdruss erweckt werden würde. Lord William wird uns unsere Einmischung verzeihen und sie sich als brüderliche Sorge merken.«

Immer noch widerstrebend, zogen sie sich gegenseitig wieder zurück. John setzte sich auf die Ecke einer Bank, und Rollo stellte sich hinter ihn und wippte von einem Fuß auf den anderen hin und her. Clare starrte seine Brüder an und fragte sich, weshalb ihnen so unwohl zumute war, und Blaise nahm eine Handvoll Dreck und kaute mit augenscheinlicher Freude darauf herum.

»Das ist nicht gut für dich, mein Junge. Steh auf.«

Blaise stand auf, und William betrachtete ihn sich von oben bis unten. »Wie alt bist du?«

»Ich bin vier Jahre alt, Sir«, antwortete der Bub sofort.

»Warum isst du Dreck?«

»Weil er gut schmeckt.«

William lachte nicht und freute sich über seine Selbstbeherrschung. »Jeder Junge, der alt genug ist, um ein Pferd reiten zu lernen, ist zu alt, um Dreck zu essen.«

»Ein Pferd reiten?« Die Augen des Buben begannen zu leuchten, und dann fragte er misstrauisch: »Wer wird es mir beibringen?«

»Ich werde das machen.« William beugte sich hinab, sodass sich sein Blick und der des Jungen trafen. »Und ich breche meine Versprechen niemals.«

Blaise dachte darüber nach. »Wie Ihr wünscht, Sir, ich werde keinen Dreck mehr essen. Und ich breche meine Versprechen ebenfalls niemals.« Er wischte sich den schwarz umrandeten Mund ab und setzte sich zu Williams Füßen nieder, die Arme vor der Brust gekreuzt.

William strich dem Jungen die langen Locken aus der Stirn. »Sein Haar ist zu lang.«

»Wenn er eine Schere sieht, wird er zum Dämon«, entschuldigte sich John.

»Ich werde mich darum kümmern.« William ließ eine Handvoll Stroh auf Blaises Kopf regnen, und der Junge griff danach und warf das Stroh zurück. »Nun, was bedrückt Euch, Dudley?«

Der junge Mönch entfaltete seine Hände, betrachtete angelegentlich seine Finger und räusperte sich. »Unsere Mutter Kirche lehrt uns viele Dinge über die Frauen. Sie sind die Nachkommen von Eva, Verführerinnen allesamt, und wegen ihrer Sünde müssen sie ihren Vätern und dann ihren Ehemännern zu Diensten sein. Sie handeln willkürlich und leichtsinnig, und es ist die Pflicht eines Ehemannes, seine Frau zu disziplinieren. Eine undisziplinierte Frau ist eine Frau, die das Heim beherrscht, zum Nachteil für alle. Frauen sollten weder zu feste geschlagen werden noch mit einem Stock, der dicker ist als der Daumen eines Mannes.« Dudley hob zur Anschaulichkeit seinen Daumen, dann wanderte sein Blick von Williams Gesicht hinunter zu dessen Hand und verweilte dort. »Unsere Schwester Saura ist manchmal eine schwierige Frau. Wie wir gesagt haben, ist sie entschlossen und nimmt kein Blatt vor den Mund. Sie ist mitunter zu ehrlich und, was am schlimmsten ist, sie ist klug.«

»Das habe ich bemerkt«, meinte William sarkastisch.

»Dennoch ist sie unsere Schwester, und wir lieben sie. Wenn unser Vater sie schlagen wollte, konnte sie sich nicht ducken oder weglaufen, und es war immer ein übler Hieb. Es scheint ein Akt der Feigheit zu sein, wenn man jemanden schlägt, der nicht sehen kann.«

»Was er zu sagen versucht«, unterbrach Rollo ungeduldig, »ist, dass du uns Rede und Antwort stehen musst, solltest du Saura schlagen.«

William hörte auf, Stroh über Blaises Kopf zu verstreuen, und betrachtete sie alle genau. »Weil sie keinen Vater hat, der mir dies sagen kann, habt ihr Jungen beschlossen, das selbst in die Hand zu nehmen?«

»Ja, Sir.« John sah ihm direkt in die Augen, und ein besorgtes Runzeln zeigte sich auf seiner Stirn. »Das heißt, nein, Sir. Wir wollen Euch keinen Rat geben, sondern nur erklären, dass Saura trotz des Nichtvorhandenseins eines väterlichen Schutzes ihre Brüder hat, die hinter ihr stehen.«

»Ihr seid gute Männer«, sagte William, was die Brüder beruhigte. »Lasst mich euch versichern, dass ich sogar meine Diener nur selten schlage. Sie müssen schon andauernd etwas Schlimmes tun, um solche Aufmerksamkeit zu bekommen, und selbst dann würden Schläge einen bösen Charakter nicht kurieren.« Er dachte an Hawisa, die in der Küche immer noch für Ärger sorgte, und seufzte. »Nur ein schwacher Mann muss auf körperliche Strafen zurückgreifen. Es ist notwendig, dass deine Dienerschaft dich respektiert, wegen dem, was du tust, und nicht bloß wegen dem, was du bist. Und ich schlage meine Frauen niemals, ganz egal wie sehr sie es auch verdienen.«

Die Jungen grinsten und standen auf.

»Können wir Euch bei irgendetwas behilflich sein, um diese Feier vorzubereiten, Mylord? Die Spiele vorbereiten oder die Ställe?« Rollo klang bemüht. »Falls wir in der Burg bleiben, zwingt uns Saura sicher, Frauenarbeit zu verrichten.«

»Meinen Dank. Ich kann euch damit beschäftigen, die Wildschweinjagd in zwei Tagen vorzubereiten und auch das *mêlée* am Vorabend der Hochzeit. In der Tat, eure Arbeit draußen gäbe mir die Freiheit, in der Burg auf Saura aufzupassen. Wenn ein Mann alt wird, so wie ich, bleibt er lieber drinnen und hilft bei der Frauenarbeit, als draußen Mist zu schaufeln.«

»Oh nein!«, widersprach John. »Ihr wollt wohl vielmehr ein Auge auf die Gäste haben.«

»Ja«, seufzte William. »Dieses Gerücht über den Tod von Eustace bereitet mir Sorgen, das kann ich nicht abstreiten. Was wird nun mit meinem armen England passieren?«

»Wie ich es sehe, werden die Dinge entweder besser werden oder noch schlimmer.« Charles wedelte betrunken mit seinem Bierseidel herum, um seinen Worten Nachdruck zu verleihen, und schaute dann völlig überrascht auf den Bierfleck, der sich auf dem Tischtuch ausbreitete.

Draußen stand die helle Sommersonne hoch am Himmel und wärmte die Diener, als diese die Vorbereitungen für das *mêlée* beendeten, aber im Rittersaal zankten sich die Männer, und Lord Peter schaute grimmig und bedrohlich. »Falls die Gerüchte stimmen und Stephan keinen ausgewachsenen Erben mehr hat, bei Gott, wer wird England dann nach Stephans Tod regieren? Diese vergangenen dunklen Jahre des Chaos werden bloß eine Kleinigkeit sein, verglichen mit dem Grauen eines Englands ohne einen König.«

»Da ist Henry, Königin Matildas Sohn, der den Thron beansprucht, und wenn er ihn nicht bekommt, wird es wieder zwei Armeen geben, die über unser Land marschieren werden.« Nicholas fluchte vernehmlich. »Wenn meine Leibeigenen ihre Zeit darauf verwenden müssen, ihre Hütten wieder aufzubauen, und die Ernte von den Pferden niedergetrampelt wird, stehen meinen Einnahmen üble Tage bevor.«

»Dir geht es immer nur ums Geld«, spottete Charles. »Wie einem verdammten Kaufmann.«

Nicholas stand auf, sein Gesicht war wegen der Beleidigung gerötet. »Ich bin immer noch besser als du! Du bist schon vor dem Mittagessen betrunken und hast nicht mal einen Pott, in den du pissen, oder ein Fenster, aus dem du es werfen kannst.«

Die Gäste im Rittersaal, etwa zweihundert an der Zahl, fingen laut an, sich zu unterhalten, und besprachen die Lage in England entweder optimistisch oder eher pessimistisch. William stand auf und donnerte mit der Faust auf den Tisch und brüllte: »Ruhe!« Er wünschte sich von ganzem Herzen, diese Geschichte über Eustace und Henry wäre der Ankündigung seiner Hochzeit nicht so nahe auf den Fersen gewesen. Der Adel, der sich in dieser Halle versammelt hatte, hatte sich über die Neuigkeit gewundert, dass Lord William von Miraval heiraten würde, und hatte sich eiligst aufgemacht, daran teilzunehmen. Dann war das Gerücht von Tod und Verwirrung über das Land geschwappt, und ihre Eile war zur Hast geworden. Bevor sich irgendwelche Konsequenzen aus dem erblosen Zustand Stephans ergeben konnten, waren sie nach Burke galoppiert, um Klatsch und die unterschiedlichen Standpunkte auszutauschen. Sie brachten ihre Reiter mit, um auf der Straße sicher zu sein, brachten ihre Diener und kamen alle früh an, um zu schlemmen, zu schlafen und zu debattieren.

Der Lärm ließ unter Williams alles überragender Autorität nach, aber ein zischendes Flüstern konnte nicht völlig zum Schweigen gebracht werden. »Spekulationen bringen uns gar nichts. Vor weniger als hundert Jahren besiegte William der Eroberer diese Insel und teilte sie unter seinen Anhängern auf, und diese Bastion wird nicht fallen.«

»Gut gesprochen.« Von der Treppe kam die fröhliche Stimme eines von der Reise noch beschmutzten Lords. »Ich komme heute aus London und bin ganz eilig hierher geritten, um an deiner Hochzeit teilzunehmen, und ich lasse große Ereignisse hinter mir.«

»Raymond!« William sprang über die Bank und schritt auf

seinen Freund zu. Während er ihn umarmte, murmelte er: »Ich habe mir schon Sorgen gemacht.«

»Alles ist gut«, murmelte Raymond zurück und erhob dann seine Stimme. »Alles ist gut und besser, als es in diesen vergangenen dunklen Jahren war. Stephan wird Henry als den zukünftigen König von England anerkennen.«

Vor Überraschung erstarrt, rührte sich kein Diener, kein Adliger atmete. Völlige Stille kehrte schließlich doch noch ein.

»Der angevinische Welpe?« Lord Peter senkte den Kelch von seinen Lippen. »Hast du ihn gesehen?«

»Ja, und er ist ein bedeutender Mann.« Raymond kam näher. Seine Sporen klirrten, sein mit Schlamm bespritzter Knappe hinkte ihm hinterher, und Begeisterung erhellte seine kühlen Augen. »Er ist alles, was Stephan nicht ist: entschlussfreudig, tatkräftig, stark. Man kann leicht mit ihm reden, aber man würde nie seine Herzlichkeit vermuten, denn eine majestätische Aura umgibt ihn wie ein Mantel.« Raymonds Stimme klang überzeugt, und seine Hände unterstrichen seine Worte eindringlich. »Die Schreiber und Priester arbeiten derzeit die Bedingungen für seine Nachfolge aus. Stephan spricht davon, Henry als seinen Erben zu adoptieren.«

»Seinen Erben?«, fragte Lord Peter. »Ist Eustace also wirklich tot?«

»Ziemlich tot. Er verließ den Hof in einem Anfall von Groll. Ihm wurde klar, dass sein Vater gezwungen werden würde, seinen Thron für Henry aufzugeben, und das passte ihm nicht. Sie sagen, Eustace plünderte am Morgen noch den Friedhof der Abtei von St. Edmund, setzte sich am Mittag für sein Mahl hin und erstickte an einem Aalgericht.«

William dachte grimmig über die Bedeutung der Neuigkeit nach. »Ein passendes Ende für den pietätlosen Eustace *und* die Aale.«

»Stephan hat noch einen Sohn. Was ist mit ihm?«, fragte Lord Peter.

»Sein anderer Sohn wird mit den Ländereien zufriedengestellt, die sein Vater regierte, bevor er König von England wurde, und Stephan wahrt mit dieser Adoption sein Gesicht. Er sagt, Henry wird durch die Bestimmung sein Nachfolger werden. Ich sage, Henry wird dank seiner Mutter, der rechtmäßigen Königin von England, zu Stephans Nachfolger. Er fordert nur sein Geburtsrecht ein.«

»Über welche Bedingungen wird noch diskutiert?«, fragte Lord Peter.

»Das ist die Schlüsselfrage. Henry will die Landschenkungen nicht anerkennen, die Stephan seinen Anhängern garantiert hatte, denn Henry hält Stephan für einen Thronräuber.« Ein Raunen ging durch den Raum, und Raymonds Blick schweifte belustigt über sie alle hinweg, und er erklärte: »Oh ja, gute Leute. Es wird Veränderungen in England geben.«

William beobachtete ihn und nahm an, er sei wohl von der betäubenden Wirkung der Macht etwas angetrunken. »Bringt Lord Raymond einen Becher mit Bier, um seinen Durst zu stillen, und führt ihn an den Kopf der Tafel, wo«, er blickte hinüber und lächelte, »wo meine Lady bereits dafür gesorgt hat, dass ein Platz für ihn vorbereitet wurde. Kannst du zur gleichen Zeit essen und reden, Raymond?«

»Ich kann doch meinen Dreck nicht an den Tisch bringen.« Raymond lachte. »Ich trage halb England an meinen Stiefeln herum.«

Saura trat von dort, wo sie stand, vor. »Ich habe befohlen, dass warmes Wasser ins Herrengemach gebracht wird, und dort könnt Ihr Euch in aller Eile waschen und zu Euren wartenden Zuhörern zurückkehren.«

Mit einem Nicken akzeptierte Raymond ihren Vorschlag und folgte ihr, als sie ihn aus dem Saal führte. Alle Augen im

Saal folgten ihnen, denn sie waren begierig, die Geschichten über die Monarchie von einem zu hören, der die Wahrheit kannte.

Saura deutete auf die dampfenden Schüsseln, die Zofen und Handtücher und entschuldigte sich: »Vergebt mir, wenn ich nicht bei Eurem Bad helfe, Mylord, aber ich werde im Saal gebraucht. Ich lasse Euch in der Hand meiner kompetenten Zofe, und falls Ihr irgendetwas wünscht, bitte sagt es ihr.«

»Wartet.« Raymond trat zu ihr hin und hob ihr Kinn in die Höhe. »Also Ihr seid Lady Saura. Wir sind uns noch nicht offiziell begegnet.«

Ein winziges Lächeln umspielte ihren Mund. »Ja, das hatte ich vergessen. Die Ereignisse sind mit solcher Geschwindigkeit über uns hereingebrochen, dass ich die Höflichkeiten vernachlässigt habe.«

»Ihr seid schön.« Raymond atmete ein. »Das hatte ich nicht erwartet.«

»Schön?« Sie erstarrte vor Schreck. Schön. Sie wollte das Wort »schön« gar nicht hören. Erst letzte Nacht, als sie von der Küche über den Burghof geeilt war, hatte sie geglaubt, sie höre eine heisere Stimme, die sie schön nannte. Sie hatte geglaubt, sie höre Fußtritte neben sich, gerade außerhalb ihrer Reichweite. Sie hatte geglaubt, eine Bedrohung verfolge sie, aber als sie sich umdrehte, um ihr entgegenzutreten, war da nichts gewesen.

»Ihr *seid* schön«, sagte Raymond wieder und holte sie aus ihren Überlegungen zurück.

»Und Ihr seid müde«, antwortete Saura. »Denn der beherrschte und ruhige Lord Raymond hat die Fesseln seiner Zurückhaltung gelockert.« Sie schob seine Hand von ihrem Kinn weg, und sofort umfasste er mit beiden Händen ihre Schultern und hielt sie fest, bevor sie weggehen konnte.

»Ich habe Lord Peter von Euch erzählt.«

»Wie bitte?«, fragte sie verdutzt.

»Vor all diesen Monaten, als William erblindet war und jemanden brauchte, der ihm half, da habe ich Lord Peter von Saura von Roget erzählt.«

Sie durchforschte ihr Gedächtnis. »Wart Ihr auf Pertrade zu Besuch?«

»Nein.« Seine Hände kneteten ihre Schultern, und sie glaubte, er lächle. »Aber ich hatte Geschichten von einem Ritter gehört, der es war. Fantastische Geschichten über das schöne blinde Mädchen, das alles wusste, das ohne Hilfe ging und für seinen geizigen Stiefvater den Haushalt führte. Als Lord Peter verzweifelt war, habe ich ihm diese Geschichte erzählt. Ich bin für Eure Heirat verantwortlich.«

»Oh, also seid Ihr der Mann, dem man die Schuld geben kann.« Sie ignorierte seine streichelnden Finger und ließ ihre Stimme ganz frostig klingen. »Warum habt Ihr mich nicht bei Eurem letzten Besuch angesprochen?«

»Die geheimnisvolle Lady Saura ansprechen, die das Essen auf Burke so verbessert hat? Wenn Ihr Euch entschieden hattet, Euch nicht zu zeigen, wer war ich dann, Euch einfach anzusprechen?«

Ihre Gedanken wirbelten im Kreis herum. Er hatte über sie Bescheid gewusst, aber seinem Freund nicht die Wahrheit gesagt. Es gab dunkle Seiten an Raymond, Seiten, die sie nicht verstand. Sollte sie ihm vertrauen?

Er neckte: »Hattet Ihr Euch in einer Ecke versteckt?«

»So war es leichter«, entschuldigte sie sich.

»Und jetzt, armes Ding, hat Euch William gezwungen, Euch allen zu zeigen.«

»Ich zahle den Preis für die Ehe«, antwortete sie ruhig.

»Die Ehe, auf die jede Frau abzielt.«

»Nicht meine Frau.« William schlenderte hinein und blockierte den Blick aus dem Rittersaal. Bedächtig entfernte er

Raymonds Hände von Sauras Schultern. »Sie wäre lieber meine Geliebte geblieben.«

»Aber William ist auf ewig ehrenhaft«, spottete Raymond. »Er besteht auf einer Heirat.« Er rollte seinen Kopf erschöpft hin und her, und ein leises Bedauern schwang in seiner Stimme mit. »Gott, ich muss wirklich müde sein.«

William schlang einen Arm um Sauras Taille und drehte sie um, doch Raymond rief: »Halt!« Er trat vor sie hin, betrachtete sie, und dann befahl er der Zofe: »Mach mir ein Tuch nass.« Mit sanften Händen nahm er den Lappen und wischte über Sauras Kinn. »Ich habe Euer Gesicht schmutzig gemacht.«

Sie lachte. Es war ein reines, musikalisch klingendes Lachen der Freude, und er sah sie verzaubert an. »Willkommen in meinem Herzen, Lady Saura.« Er beugte sich vor und berührte ihre Wange mit seinen Lippen.

»Vielen Dank, Mylord.« Sie knickste.

Schroff befahl William: »Wisch ihr den Dreck von der Wange, Raymond, damit wir endlich gehen und unser Mahl beenden können.« Grinsend tat Raymond, wie William es befohlen hatte. William nahm Sauras Hand und spielte mit ihren Fingern und beobachtete dabei ihre helle Haut und die leichte Röte, die durch diese hindurchschimmerte. Sie *war* schön, und er konnte es Raymond nicht verübeln, dass er das auch bemerkt hatte. Aber William bevorzugte jene vergangenen Tage, als er, und nur er allein sie betrachten durfte.

War sie jemals die seine gewesen? Es schien so lange her zu sein, er konnte sich kaum noch daran erinnern. Sie sah wie eine Prinzessin aus, unberührt und rein, und doch führte sie ihn mit den Kurven ihres Körpers in Versuchung. Er zog sie ein wenig näher an sich heran, und sie kam ihm bereitwillig entgegen, ihre Hüfte presste sich an seinen Schenkel. Die Berührung rief einen Gedanken in seinem Inneren hervor:

Küss sie, und zeig Raymond, wessen Geliebte sie ist. Er zog sie noch näher heran, legte die Hand auf ihre Taille, und sie drängte sich ihm entgegen. Ihre Hände umklammerten seine Arme, um das Gleichgewicht zu halten, und sie hob ihren Kopf süß und bereitwillig. Die Wärme ihrer beiden Körper erfüllte ihn plötzlich mit rosiger Freude, und er hob sie auf die Zehenspitzen. Mit einer Stimme, die so weich und süß klang, raunte er: »Du bist ein wenig klein für mich, aber ich mag das. Ich mag es, dich zu mir hochzuheben, ich mag es, dich zu überragen. Es weckt in mir das Gefühl, nur ich könne dich beschützen und dich vor allem Übel bewahren.«

Es war der Himmel und die Hölle zugleich. Er schloss die Augen, radierte die Welt einfach aus und fand mit dem Instinkt eines Forschers ihre Lippen. Sie waren leicht geöffnet, ermunterten ihn, etwas Wahnsinniges zu tun, verlockten ihn, hinabzutauchen und ihrer beider Fantasien wahr werden zu lassen. Er tat es nicht. Er strich nur leicht mit seinen Lippen darüber, glitt mit seinem Bart über ihren Mund und brachte sie dazu, sich voller Vorfreude an ihn zu klammern. Er wollte sie am liebsten aufs Bett werfen, das in der Nähe stand, aber Überbleibsel seiner Selbstbeherrschung hinderten ihn daran aus Gründen, an die er sich nicht erinnern konnte.

Seine innere Stimme, diejenige, die diesen Wahnsinn zuerst vorgeschlagen hatte, beharrte weiterhin darauf, er solle ihr jetzt Vergnügen bereiten, aber großmütig ignorierte er die Stimme und zog sich selbst aus dieser Grube.

Saura klammerte sich an ihn, wimmerte tief drinnen in ihrem Hals und zog ihn mit einer Hand näher zu sich heran. William schloss die Welt noch einen Moment lang aus, kostete ihren Klang und das Gefühl, sie zu spüren, aus, und dann setzte er sie ab und öffnete die Augen. Das war fast ein Fehler. Sie hatte ihren Kopf in den Nacken gelegt und bettelte immer noch stumm um seine Aufmerksamkeit. Ihre Lippen waren leicht geschwollen, ihre Wangen heftig gerötet, und dunkle Haarsträhnen rankten sich über ihre Stirn.

Bei der Heiligen Jungfrau, konnte er noch einen weiteren Tag warten?

»Eine überzeugende Demonstration.«

Eine Stimme unterbrach Williams Gedankengang und ließ ihn den Sprecher ausdruckslos anstarren.

»Die Priester sagen, es sei besser zu heiraten als zu verbrennen, aber es scheint, als ob du beides tun wirst.«

William bekam den Kopf wieder frei. Dies war nur Raymond, der sie aufzog, Raymond, der mit freundlichem Interesse beobachtete, wie er seine Frau liebkost hatte. Als er durch die offene Tür blickte, sah er die vorgereckten Hälse der allzu neugierigen Diener und die grinsenden Gäste am Kopf der Tafel. William streckte die Hand aus, nahm Saura am Hinterkopf und zog sie noch einmal so nahe zu sich heran, dass sie ihren Kopf in seinem Hemd vergrub und ihr Gesicht verbarg. Er streichelte über ihr Haar, beruhigte sie und antwortete Raymond rau, aber herzlich: »Wenn dies das Höllenfeuer ist, dann würden die Sünder freiwillig in die Kohlen springen.«

Raymond lachte, seinen Blick auf Saura gerichtet. »Ich traue dir zu, dass du die schöne Erbin stiehlst, bevor irgendeiner von uns Übrigen eine Chance dazu hat.«

Der scharfe Schmerz unerfüllter Sehnsucht in Raymonds Stimme weckte bei William den Wunsch, seinen besten Freund zu schlagen, bloß weil er Saura bewundernd angesehen hatte. Stattdessen lenkte er vom Thema ab und sagte: »Nachdem wir gegessen haben, wird es ein *mêlée* geben. Wirst du zu müde sein, um daran teilzunehmen?«

Raymond warf den schmutzigen Umhang zu seinem Knappen und streckte die Arme Richtung Decke aus. »Heute könnte ich mit bloßen Händen ein Wildschwein erlegen.«

»Wildschwein haben wir gestern gejagt«, antwortete William trocken.

»Essen wir es heute?«

»Ja. Komm heraus und nimm dir ein Stück.«

»Ich könnte das ganze Wildschwein allein verdrücken.«

Saura unterbrach ihr Geplänkel und wendete ihr Gesicht von Williams Brust ab. »Dann beeilt Euch, Mylord. Wir werden Euch im Rittersaal erwarten.« Sie entzog sich Williams Umarmung und hakte sich bei ihm unter.

»Du siehst gut geküsst aus«, erklärte er ihr. »Bist du bereit, ihnen allen entgegenzutreten?«

»Ich bin stolz, wenn alle wissen, dass mein Herr mich begehrt.« Sie warf ihren Kopf in den Nacken und dachte insgeheim, wie froh sie war, dass alle wussten, er würde sie beschützen. Wieder erinnerte sie sich an das makabere Flüstern im Hof und presste sich näher an William heran. Er führte sie zurück in den Saal, der nun voller tratschender Leute war.

Er hatte die Umarmung beobachtet, hatte gesehen, wie sein Freund die Frau von den Füßen riss und sie küsste, bis sie beide schier besinnungslos waren, und er war wütend und lechzte nach eigener Befriedigung. Er war wütend auf William, den mächtigen Herrn über all das, was er begehrte. Er lechzte nach Saura, die so zart und so fehlgeleitet war, dass sie William begehrte. Als er sie zum ersten Mal gesehen hatte, wollte er sie nur zerdrücken, wollte sie in die Erde stampfen, weil sie Williams Lebensmut wiedergeweckt hatte. Jetzt begehrte er sie ebenso, wie William es tat, verlangte nach ihr, weil sie William gehörte, wollte ihre Schönheit genießen, wollte sie, weil William sie wollte.

Er ballte die Fäuste. Er würde um sie werben, würde ihr unsichtbarer Bewunderer sein, sie ihrer Schönheit versichern, wenn niemand anderer es hören konnte. Er würde sie auch berühren, würde die Ängste beschwichtigen, die sie gespürt hatte, als er sie schön nannte. Er würde sie William wegnehmen, bevor er ihn töten würde. Dann würde er zufrieden sein. Wenn William gedemütigt und dann endlich tot war, dann würde er endlich zufrieden sein.

14

Raymond setzte sich und beantwortete mit vollem Mund die Fragen, die ihm zugerufen wurden. Bewunderung für Henry färbte jedes seiner Worte. »Henry ist zweiundzwanzig, jung genug, um noch voller Energie zu sein. Mit seiner halsbrecherischen Lebenskraft ermüdet er seine Gefährten. Er sitzt selten still, und seine Sinne sind immer wachsam. Doch er regiert seine Ländereien in Frankreich weise.«

»Ein Herzog zu sein bedeutet nicht, der König zu sein«, warf William ein.

»Mit dem Erbe, das er von seinem Vater erhalten hat, den Grafschaften, die er für seine Mutter regiert, und den Gebieten, die er durch seine Heirat mit Eleanor erlangt hat, herrscht er über ein größeres Gebiet Frankreichs als sein Lehnsherr, König Louis. Er wird auch den Umhang des Königtums England zu tragen wissen.«

»Und Stephan?«, fragte Lord Peter.

Raymond schüttelte den Kopf und entmutigte damit vorsichtig jegliche Hoffnung bezüglich der Gesundheit des derzeitigen Königs. »Stephan ist ein gebrochener Mann. Der Tod seines Sohnes setzte den Schlusspunkt für seine Hoffnungen. Die nutzlosen Feldzüge, der Verrat der Barone – er konnte seine Ansprüche auf den Thron nie festigen.«

»Was du sagst, ist Hochverrat«, meinte Nicholas, und Raymond drehte sich um und betrachtete ihn.

»Ich weiß nicht einmal mehr, was noch Verrat ist. Falls meine Worte das Wachstum eines gesunden Englands ermuntern, dann lass diese Worte eben vortreten.« Er grinste Nicholas an und zeigte dabei seine Zähne. »Falls irgendein Adliger vorhat, zu stehlen, zu töten und zu plündern, dann sollte er es besser jetzt tun, und er sollte es richtig tun. Das Recht wird in unser Land zurückkehren. Henry wird es bringen, und wehe demjenigen, der ihm dabei in die Quere kommt.« Er drehte sich zu Charles um, dann wieder zurück zu Nicholas, und ohne Worte wurde dabei eine Nachricht von Raymond an seine Freunde weitergereicht.

Saura zitterte beim Klang seiner Stimme. Wie sie es sich versprochen hatte, lauschte sie den Reden, und diese ließen sie besorgt und verwirrt zurück.

Raymond meinte mehr, als er sagte, Nicholas sagte zu wenig, und Charles sprach schon undeutlich, weil er zu viel getrunken hatte. Oder waren es Schuldgefühle? Sie wusste es nicht, konnte es nicht sagen. Ihre normalerweise scharfen Instinkte waren von der Sorge um William getrübt, und seit letzter Nacht auch aus Angst um sich selbst.

Es schien so merkwürdig, aber in der vergangenen Woche war ihr Unbehagen gewachsen. Ein Instinkt warnte sie vor Verrat und Heimlichkeit. Sie war nicht einmal überrascht gewesen, als jene Stimme heiser erklärt hatte, dass sie schön sei, aber es hatte ihr Angst eingejagt. Ihre Einbildungskraft hatte eine Gefahr heraufbeschworen, jetzt beschwor ihre Einbildung eine Stimme und eine Präsenz herauf. Und ihre Verwirrung wuchs, denn sie spürte jene Bedrohung immer noch. Sie spürte sie in diesem Augenblick. Saura zuckte zusammen, jemand starrte sie an. Selbst wenn er nicht sprach, selbst wenn sie dieses heisere Flüstern nicht hören konnte, konnte sie doch diese Augen auf sich spüren, und sie hätte sich am liebsten herausgeschlichen.

»Saura?« William sprach leise in ihr Ohr, durchbrach ihr Unbehagen und strich Balsam auf ihre Ängste. »Es ist Zeit.«

Für einen Moment lang wusste sie nicht, was er meinte, doch dann erinnerte sie sich und verzog das Gesicht. »Für das *mêlée*? Gewiss.«

Er half ihr, die Tafel zu verlassen, und sie hielt seine Hand fest. »Ich werde dir helfen, die Rüstung anzuziehen«, erklärte sie ihm.

»Dafür ist mein Knappe da«, antwortete er.

»Als ob ich das nicht wüsste.« Sie zog ihn mit sich. »Komm, du wirst keine bessere Hilfe finden als mich.«

»Ich lass mich von dir zu leicht überreden, meine Liebe«, murmelte er und folgte ihr dann gehorsam.

»Du bist ein Schwindler«, schimpfte sie. »Du erzählst mir, ich trüge die Verantwortung, aber du tust das, was ich dir vorschlage, nur wenn es dir passt.«

»Dass man mir nun schon solche Tricks unterstellt«, klagte er in gespieltem Kummer. Er sah sich um, der junge Guillaume folgte ihnen auf den Fersen. Die drei betraten das Herrengemach, und er sah seine Kleider auf dem Bett ausgebreitet liegen. »Werdet ihr jetzt beide meine Knappen sein?«

»Du bist nicht der erste Mann, den ich für eine Schlacht eingekleidet habe«, antwortete Saura und schloss die Tür. Sie fand den Hocker, der neben dem Bett bereitstand, und zog ihn in die Mitte des Raumes, wo William wartete. Sie kletterte darauf und zog William den bestickten Wappenrock herunter und reichte ihn vorsichtig an Guillaume weiter. Guillaume faltete ihn zusammen, legte ihn in die offene Truhe und kehrte mit den Polstern zurück, die William unter seinem Kettenhemd trug. Geschickt zogen Saura und der Knappe William gemeinsam aus und wieder an, dann banden sie den Kettenpanzer am Kopf zusammen und schnallten ihm das Schwert um. Der Kettenpanzer schimmerte ohne Rost, und sein Schwert war fein geschliffen. Das Leder seiner Stiefel glänzte vom Öl, und seine ledernen Handschuhe waren weich und biegsam. Seine vergoldeten Sporen klirrten, als er zufrieden mit seiner Rückkehr in die Welt der Ritter im Zimmer auf und ab schritt.

»Aber ich habe keinen Helm.« Er runzelte die Stirn. »Meiner wurde bei dem Unfall zerbrochen. Hat der Waffenmeister denn keinen neuen heraufgeschickt?«

»Wir dachten, du könntest zuerst diesen hier anprobieren«, antwortete Saura ruhig. Sie zog einen schönen Helm aus ihrer eigenen Truhe heraus, der in Eisen gefasst und mit einem Naseneisen ausgestattet war. »Es war der Helm meines Vaters. Es ist die einzige Erinnerung an ihn, die ich behalten habe. Wie meine Mutter ihn gerettet hat, werde ich niemals wissen. Er war auch ein groß gewachsener Mann, haben sie mir gesagt, und vielleicht wird er dir passen. Wenn nicht, wartet da noch ein anderer.«

Sie streckte ihm den Helm mit beiden Händen entgegen, und er nahm ihn behutsam an. Saura erklärte: »Der Waffenmeister hat ihn inspiziert. Er sagt, er sei in gutem Zustand, obwohl er altmodisch ist. Diese konische Form wird, glaube ich, Kesselhaube genannt, nicht wahr?«

Er betrachtete ihr Gesicht, und sie sah gelassen aus und wartete nur auf seine Zustimmung. Rot und saftig wie ein Apfel im Herbst bogen sich ihre Lippen zu einem sanften Lächeln. Wie beim Gebet ruhten ihre Hände vor ihrem Leib, und sie wartete vorsichtig auf seine Reaktion. Er probierte den Helm an und stellte zu seiner Überraschung fest, dass er passte. »Große Hände, große Füße, großer Kopf« hatte ihn sein Vater aufgezogen, aber es schien, als ob diese Beschreibung auch auf Sauras Vater gepasst hatte. »Vielen Dank, Mylady. Ich fühle mich geehrt, den Helm deines Vaters zu tragen.«

»Bist du sicher, dass er richtig passt?«, fragte sie. »Er ist nicht zu groß, dass er rutscht, nicht zu klein, dass er einschnürt?«

»Er ist perfekt«, versicherte er ihr.

»In diesem Fall ist er mein Hochzeitsgeschenk für dich.« Sie lächelte ihn strahlend an. »Trag ihn als mein Zeichen.«

Er trat zu ihr hin und nahm sie in die Arme, und sie klammerte sich in einer verzweifelten Umarmung an seinen Hals. Die Gelenke seiner Rüstung stachen sie, aber sie umarmte ihn voller Inbrunst und ließ ihn dann abrupt los. »Ich werde warten, bis du mir den Ehrenpreis bringst.« Sie lächelte ihn wieder an, und ihr Mund zitterte. Er beugte sich vor, um ihre Ängste wegzuküssen. Der Kuss war gezwungenermaßen leicht und flüchtig. Das Naseneisen stieß gegen ihre Wange, und ihnen war bewusst, dass Guillaume im Zimmer stand und wartete. Aber als William aus dem Raum schritt, berührte sie mit den Fingern ihre Lippen und versicherte sich des Faustpfandes, das William ihr im Gegenzug gegeben hatte.

Maud betrat den Raum, kurz bevor William ging. »Kommt, Mylady, ich werde Euch zu Eurem Platz auf der Tribüne bringen. Als Braut gebührt Euch der Ehrenplatz.«

»Wo mich alle beobachten können, nehme ich an«, antwortete Saura mürrisch. »Ich muss zuversichtlich und ungezwungen erscheinen.«

»William ist ein großer Kämpfer«, beruhigte Maud. »Ihr *könnt* zuversichtlich und ungezwungen sein. Er wird Euch nicht enttäuschen.«

»Er hat Feinde.« Sie biss sich auf die Lippe. Sollte sie Maud von dem Gefühl erzählen, das sie in den vergangenen Tagen beschlichen hatte? Das Gefühl, das wuchs, während die Menge um sie herum anschwoll? Das Gefühl von Missgunst, der Klang eines Flüsterns im Dunkeln?

»Er hat noch mehr Freunde. Ihr macht Euch lächerlich.«

Maud schimpfte sie aus, und ihre Sorgen wurden vertrieben. Der gesunde Menschenverstand ihrer Zofe half ihr, sich davon zu überzeugen, dass sie sich getäuscht hatte, und sie hörte Maud zu und war beruhigt.

»Lord Peter kämpft auch, und er hat mir versichert, er wird seinen Sohn nicht aus den Augen lassen. Nicht mal ein Narr würde Lord William in seinem eigenen Burghof, umringt von seiner Familie und seinen Freunden, etwas antun.«

»Kein Narr«, sagte sie nüchtern. »Aber ein Wahnsinniger.«

Maud packte Saura an den Schultern und schüttelte sie energisch. »Traut Lord William ruhig etwas zu. Er wird Euch nicht zur Witwe machen, bevor Ihr seine Ehefrau werdet.« Sie strich Sauras Kleid mit der Hand glatt, richtete ihren Gürtel gerade, ordnete ihren Schleier richtig. »Ihr seid es wert, im Mittelpunkt der Aufmerksamkeit aller zu stehen. Ihr seht hinreißend aus in den Kleidern, die Euch Lord Peter geschenkt hat. Nun geht hinaus, und macht ihn stolz. Ihr seid die Gastgeberin. Ihr seid der Ehrengast. Denkt daran, wer Ihr seid, und lasst niemals den Kopf hängen.«

Nach dieser strengen Ermunterung nickte Saura und nahm Mauds Arm. »Ich bin bereit.«

Sie bahnte sich ihren Weg nach draußen auf die Tribüne, wo die Damen das *mêlée* beobachteten, und sie sah wirklich wie eine Königin aus. Mehr als ein Gast beneidete sie um das blaue Leinenoberkleid, das ihre Augen in der Farbe von Hyazinthen erstrahlen ließ. Das scharlachrote Unterkleid akzentuierte ihre schwarzen Haare, und der Gürtel, der aus scharlachroten, blauen und kostbaren goldenen Fäden gewebt war, betonte den schlanken Schwung ihrer Hüften. Jung und schön – und blind – hatte sie eine großartige Ehetrophäe abgestaubt. Sie setzte sich in den Sessel auf dem kleinen erhöhten Podest, so als ob sie die Kämpfe sehen könne, und erschien dabei ein wenig hochmütig, denn sie lächelte nicht, noch grüßte sie irgendjemanden.

Sie hatte keine Freunde unter diesen Nachbarn. Die Anarchie während der vergangenen vierzehn Jahre hatte das Reisen erschwert. Banditen beherrschten die Straßen, und ehrlose Adlige verwüsteten alles und nahmen sich, was sie wollten. Es bedurfte schon eines großen Ereignisses, um die Leute herauszulocken, und dann ritten sie eilig von Ort zu Ort, umgeben von ihren Leibwächtern und vor Waffen strotzend. Keine angesehene Dame hätte Theobalds berüchtigte Burg besucht, die von einem feigen Herrn regiert wurde, der für seine Zügellosigkeit bekannt war.

Sauras Jahre der Isolation hatten sie gewissermaßen von der adligen Gesellschaft ferngehalten, und viele, die an Williams Hochzeit teilnahmen, entstammten den höchsten Adelskreisen. Grafen saßen neben landreichen Baronen. Ihre Ehefrauen kannten einander von anderen Hochzeiten oder Beerdigungen. Sie gaben sich ihre Söhne gegenseitig zur Ritterausbildung. Saura spürte die große Kluft, als die Frauen sich gegenseitig Grüße zuriefen, die von langjähriger Bekanntschaft sprachen. Um sie herum schwirrten Neuigkeiten über Neugeborene und Schwangerschaften, die eben erst begonnen hatten, über Großeltern, die kränkelten, und Ehemänner, die herumstreunten. Sie wünschte, sie würde irgendjemanden kennen, nur eine einzige Person, mit der sie sprechen und der sie zulächeln konnte und die ihr nicht das Gefühl gab, ein dreister Eindringling zu sein.

Sie hatte sich noch nie so unsicher gefühlt. Sie versagte als Gastgeberin. Sie wusste zwar, wie man eine hungrige Armee fütterte, wie man eine Burg versorgte, aber sie war noch nie gezwungen gewesen, sich unter eine Gruppe fremder Frauen zu mischen. Sie wusste nicht so recht, was sie mit ihren Händen anfangen sollte, und versteckte ihre Füße tief unter ihrem Rock.

Warum musste es ausgerechnet jetzt sein? Sie brauchte dringend jemanden, der ihr erklärte, was auf dem Feld vor ihr passierte. Nervös knetete sie die Finger in ihrem Schoß.

Sie glaubte nicht, dass sie es ertragen würde, einfach wie eine Marmorstatue dazusitzen, während ihr Geliebter dort unten darum kämpfte, seine Fähigkeiten und seinen Stolz wiederzuerlangen, und sie nicht wissen würde, was passierte.

Ein Gefühl der Beklemmung umgab sie, als sie hörte, wie sich die Mannschaften auf den gegenüberliegenden Seiten des Burghofes aufreihten. Das Klirren der Lanzen und ein gedämpftes Schnauben der Pferde, der Grasgeruch im Sonnenschein und der langsam aufsteigende Staub kennzeichneten die Vorbereitungen der Ritter. Die Tribüne war gegen die äußere Steinmauer errichtet worden, damit sie im Schatten und außerhalb der Gefahrenzone lag. Saura wusste, dass eine hölzerne Barrikade die Bankreihen vor dem unbeabsichtigten Einfall von Pferd und Ritter schützte. *Mêlées* waren gefährlich, so gefährlich, dass die Kirche versuchte, sie zu verbieten, aber für die Ritter, die sie um der Preise, des Ruhmes und des Trainings willen veranstalteten, waren sie eine großartige Übung, wenn es zu wenig echte Schlachten gab.

Lord Peter bat laut um Ruhe und verkündete den Preis. Ein Streitross, ein noch nicht zugerittenes Schlachtross aus seinen eigenen Stallungen, würde dem Ritter übergeben werden, der sich als der würdigste erwies. Das Pferd schnaubte und tänzelte und stellte sein feuriges Temperament zur Schau. Inmitten von spöttischen Bemerkungen und Gelächter versicherte Lord Peter den Männern, dass er und sein Sohn außer Konkurrenz teilnehmen würden, denn alle wussten, niemand konnte solche Ritter, wie sie es waren, bezwingen. Saura hörte das Keuchen der Stalljungen, als sie das Streitross wieder in den Stall zurückdrängten. Sie hörte Lord Peter an ein Ende des Feldes reiten, und dann schob ihr jemand ein Taschentuch in die Hand und flüsterte: »Haltet es empor, und lasst es dann fallen!« Das tat sie, und mit einem Aufdonnern der Hufe und den Angriffsschreien der Männer begann das *mêlée*. Sie hörte das erste Aufeinanderprallen, als Lanzen auf Schilde trafen, und hörte den Klang der Schwerter all jener, die zu Fuß kämpften. Um sie herum standen Frauen auf und feuerten ihre Männer an.

»Wilfred, steh auf und schlag diesen Lump!«

»Ein guter Schlag, Jourdain!«

»Hast du gesehen, wie Philips Lanze zerbrochen ist! Oh, jetzt ist er wütend.«

Niemand erwähnte Williams Namen, und Sauras Eingeweide verkrampften sich voller Angst. Als das Rufen der Damen plötzlich aufhörte, von einem ungewöhnlichen Ereignis unterbrochen, schreckte Saura zurück und fragte flehend: »Was ist passiert?«

Die Frau neben ihr, die Ehefrau und auch Tochter eines Grafen, meinte unverblümt, wie sie es sich nur dank ihrer privilegierten Stellung erlauben konnte: »So etwas habe ich ja noch nie gesehen. Lord Nicholas kämpft heute nicht, und er kommt gerade hierher, um bei den Damen zu sitzen!« Das Entsetzen in Lady Janes Stimme machte die Ungehörigkeit eines solchen Verhaltens deutlich.

»Er sagt, er würde nicht so gut reiten und kämpfen«, meinte Saura furchtsam, weil sie sich nicht sicher war, wie sie auf solch eine Entrüstung reagieren sollte.

»Dann sollte er aufs Feld hinausgehen und sich vom Pferd herunterstoßen lassen«, meinte die Dame neben ihr bissig. »Glaubt Ihr etwa, all diese Ritter hier sind besondere Kämpfer? Manche von ihnen, wie etwa Sir Charles, sind bereits so betrunken, dass sie kaum noch auf dem Pferd sitzen können. Gütiger Gott, er ist schon heruntergefallen! Einige von ihnen wären besser dran, wenn ihre Frauen die Rüstung tragen würden.«

Saura lachte erleichtert auf. »Sind sie so schlecht? Dann sollte ich mir vielleicht keine Sorgen machen, denn mein William ist ein großer Kämpfer.«

Der Klang von Stolz in Sauras Stimme ließ Lady Jane sie scharf ansehen, aber bevor sie etwas sagen konnte, unterbrach sie die weiche Stimme von Nicholas: »Darf ich bei Euch sitzen, Lady Saura?« Er klang höflich und kultiviert, aber er wartete nicht einmal ihre Zustimmung ab, sondern quetschte sich auf das Ende der Sitzbank und schob Lady Jane beiseite. Saura konnte hören, wie Lady Jane verärgert nach Luft schnappte, und wünschte sich von ganzem Herzen, Nicholas hätte sie nicht zum Zentrum aller Aufmerksamkeit gemacht. Dann nahm er ihre Hand in seine. »Ihr saht so allein aus, wie Ihr so dasaßt, und mein Herz hat sich vor Mitleid gekrümmt. Ich wusste, wie sehr Ihr Euch sorgen müsst. Ich wollte Euch von den Gefahren berichten, auf die William trifft. Ich dachte, dies wäre besser, als Euch Eurer eigenen Vorstellungskraft zu überlassen.«

Saura rief: »Ja, oh ja! Vielen Dank!« Ihre Hand umfasste seine, und sie war ihm lächerlicherweise dankbar für sein Angebot und vergaß dabei die negativen Reaktionen der Frauen, vergaß alles, außer dieser Möglichkeit, ihren Geliebten in Aktion »sehen« zu können.

Nicholas beobachtete Saura einen Moment lang schweigend, und dann schnalzte er besorgt mit der Zunge. »William kämpft so leichtsinnig, und seine Fähigkeiten sind ein wenig eingerostet. Er wird bestimmt getötet. Übermäßiges Selbstvertrauen, liebe Dame, übermäßiges Selbstvertrauen.«

Er tätschelte sie mit seiner feuchten Handfläche, und sie holte tief Luft. »Wenn das alles ist, was Ihr mir sagen wolltet, dann könnt –«

Schmerzvoll schlossen sich seine Finger um ihre, und er sprang auf die Füße und rief: »Pass auf, William! Achte auf den Schwertkämpfer hinter dir!«

Auf dem Feld beobachtete William, wie die sechs gegnerischen Ritter auf ihn zugaloppierten, und er brüllte vor Freude laut auf. Er packte sein Schwert und fragte sich, wie er jemals an seiner Fähigkeit zu kämpfen hatte zweifeln können. Einige seiner Freunde hatten ihn zunächst nur vorsichtig angegriffen, wollten ihm etwas Zeit geben, sich ein wenig aufzuwärmen, aber bald lernten sie ihre Lektion. Sie lagen auf dem Boden, spuckten Staub und fluchten.

Während er sein Pferd herumriss, um sich dem nahenden Angriff zu stellen, entwaffnete er einen Ritter, alldieweil sein Pferd auskeilte und einen weiteren zu Fall brachte. Er duckte sich unter einem wilden Schlag des jüngsten Angreifers hinweg und schmiss diesen mit einem Stoß seines Schildes aus dem Sattel. Dann drehte er sich für den nächsten Hieb um. Seine große Reichweite hielt die Angreifer auf Abstand, während die Wendigkeit seines massigen Körpers es ihm möglich machte, ihren Schlägen um Haaresbreite zu entkommen. Die Ritter, die ihn herausforderten, schwanden unter seinen Schlägen wie die Grashalme in einem Wirbelsturm. Einen nach dem anderen entwaffnete er seine Herausforderer, bis ihn selbst die wenigen übrig gebliebenen auf dem Feld mieden, in der Hoffnung, ihre Ehre zu behalten.

Alles vergeblich. Trunken vor Kampfeslust suchte er sie und bezwang sie alle. Zum Schluss war nur noch er übrig, und er hob sein Schwert und heulte triumphierend auf. Seine einstigen Gegner strömten auf das Feld, gratulierten ihm, klopften ihm auf den Rücken und riefen Schmähungen, aus denen Bewunderung klang. Er riss sich den Helm herunter, sein verschwitztes Haar klebte auf der Stirn, und er zog sich die Handschuhe aus. Der junge Guillaume nahm die Ausrüstung entgegen und genoss den Sieg seines Herrn.

William liebte es. Er schwelgte im Lob und den Schmeicheleien, über die er zwar gespottet hatte, die er aber, ohne es zu wissen, doch vermisst hatte. Er schlenderte ein wenig herum, bis er zur Empore blickte und Saura sah, die allein auf dem Podest stand mit jenem stummen Gesichtsausdruck, der ihn erkennen ließ, dass sie intensiv lauschte. Er trennte sich von den Männern und schritt zu seiner Dame hinüber, schaute weder nach rechts noch nach links, und als er näher kam, nahm Lady Jane seine Braut an der Hand und führte sie zu ihm. Saura wollte zunächst nicht mitgehen, aber als Lady Jane etwas zu ihr sagte, hellte sich ihr Gesicht auf, und sie beeilte sich. Sie rannte die letzten paar Schritte auf ihn zu und warf ihn beim Aufprall mit ihrem kleinen Körper fast um. Von ihrer wilden Umarmung erfreut, hob er sie hoch, einen Arm unter ihre Knie und einen um die Schultern gelegt, und wirbelte sie im Kreis herum. »Ich habe sie alle geschlagen! Alle!«, jubelte er, und sie kreischte teils aus Verzweiflung, teils aus Freude mit.

Schließlich wurden ihre Drehungen langsamer, und sie packte ihn bei den Ohren. »Bei der Jungfrau Maria, William, jag mir nie wieder solche Angst ein. Mein Herz setzt bei jedem deiner Kämpfe aus. Ich weiß nicht, ob ich dich schlagen oder lieben soll«, erklärte sie ihm.

»Oh, liebe mich«, antwortete er frech, und sie strich schnell mit den Händen über sein Gesicht.

»Man kann deine Grübchen spüren, und da gibt es keinerlei Anzeichen für Bedauern, weil du mir Kummer bereitet hast«, verkündete sie. »Wieso sollte ich einen solchen Schuft wie dich überhaupt lieben?«

Unter ihrer Hand verlieh er seinen Gesichtszügen einen vorgeblich kummervollen Ausdruck, und sie packte ihn am Genick und schüttelte ihn so hart sie nur konnte. Es war, als ob sie versuchen würde, eine Steinsäule zu erschüttern, und die einzige Auswirkung war, sein Gesicht näher und näher an ihres zu bringen, bis sein Atem zu ihrem wurde. Es war mehr, als sie ertragen konnte, und doch weniger, als sie begehrte, und sie küsste ihn begierig.

Dieser Kuss schmeckte nicht so, als ob sie ihn nur haben wollte, damit sie ihr Land haben konnte. Er schmeckte nicht wie Wollust oder ein wenig Zuneigung. Er schmeckte wie eine tiefe und verzweifelte Angst um sein Leben, und zum ersten Mal hoffte er auf alles. Saura neigte ihren Mund, als ob sie ihn gänzlich verschlingen wollte. Ihre Hände vergruben sich in seinem Bart und zogen ihn näher heran. Von ihrer Leidenschaft mitgerissen, ließ er ihre Beine an seinem Körper hinuntergleiten und hielt sie wie ein Kind, einen Arm um ihren Rücken geschlungen, einen Arm um ihre Schenkel. Ihre Füße baumelten, ihr kleiner Körper bebte, und ein Gefühl der Kraft strömte durch ihn hindurch, das mit dem Vergnügen beim Kämpfen nicht zu vergleichen war. Er hob den Kopf mit der Absicht, das nächstgelegene Bett zu finden, und bemerkte überrascht, dass er immer noch auf dem Schlachtfeld stand. Die Sonne neigte sich bereits gen Westen, der Staub vom *mêlée* hatte sich gelegt, und er trug immer noch seinen Kettenpanzer und die Stiefel. Um sie herum herrschte Stille, und die Leute starrten die beiden mit unverhohlener Neugier oder Verlangen an. Als sein Blick von ihr abschweifte, pfiffen die Männer lüstern, stupsten sich gegenseitig an und lachten leise, weil es sie amüsierte, dass ein solch mächtiger Krieger von einer so zarten Waffe bezwungen wurde. Die Frauen auf der Empore starrten sie kühl und abschätzig an.

»Sohn!«, rief Lord Peter, und William vermutete, er hatte es schon mehrmals gesagt. »Sohn, wenn du Lady Saura mal abstellen könntest, dann können wir dem Sieger das Schlachtross zuerkennen, und alle können sich aufs Abendessen vorbereiten.«

William blinzelte seinen Vater an.

»Wir müssen noch mehr Gäste begrüßen.« Lord Peter betonte jedes Wort, als ob er wüsste, wie langsam Williams Verstand gerade arbeitete. »Sauras Vasallen sind während des

Kampfes angekommen, und sie waren von deiner Tapferkeit im Sattel sehr beeindruckt.«

Er machte eine Geste mit der Hand, und William sah drei Männer, die nicht weit entfernt in Reisekleidung standen und ihn mit einem gesetzten Kopfschütteln betrachteten. Sauras Kopf hob sich von seinem Platz an seiner Schulter, und er blickte auf sie hinab, auf ihre geschwollenen Lippen und ihre rosige Haut. Sie lenkte ihn ab, zog ihn mit dem sinnlichen Versprechen, das sie verhieß, zurück, aber Lord Peter schlug ihm auf den Rücken und sagte: »Lass uns den Preis *jetzt* übergeben.«

Man konnte in Sauras Gesicht erkennen, dass sie Kenntnis von seiner Aufforderung nahm, und widerstrebend ließ William sie auf ihre Füße hinuntergleiten. Er stützte sie so lange mit der Hand unter ihrem Arm, bis sie nicht mehr schwankte, und dankte Gott dafür, dass sein Kettenhemd seinen Körper vor neugierig forschenden Augen verbarg. »Wer hat das Schlachtross denn gewonnen?«, fragte William.

Lord Peter schlug vor: »Sir Osbert von Carraville kann den Preis gewiss für sich beanspruchen, stimmt Ihr mir nicht zu, Lady Saura?«

Sie nickte. »Alles Lob, welches ich gehört habe, galt Sir Osbert von Carraville, also kann es daran keinen Zweifel geben. Der Sieger ist Sir Osbert von Carraville!«

Osbert jauchzte, und William grinste über die hemmungslose Freude des Mannes. Der Preis bereicherte seinen mittellosen Status und schuf neue Märkte für seine ritterlichen Dienste. Ganz egal, auch wenn er beim *mêlée* eindeutig nur Zweiter geworden war, hinter William der Zweite zu sein war ganz gewiss keine Schande.

Während die anderen Ritter und Damen auf das Feld strömten, um den Sieger zu beglückwünschen, winkte William Sauras Vasallen zu sich. Diese präsentierten sich umgehend, verbeugten sich vor ihm und ergriffen dann einer nach dem anderen Sauras Hand.

»Erinnert Ihr Euch an mich, Mylady? Sir Francis von Wace.««

»Sir Francis. Natürlich erinnere ich mich an Euch. Ich werde nie vergessen, wie ich mit Eurer Tochter Elly gespielt habe. Sie war ungefähr so alt wie ich. Ich nehme an, es geht ihr gut?«

»Sie ist verheiratet und hat selbst schon drei Kinder«, antwortete Sir Francis.

»Erinnert Ihr Euch an mich, Mylady? Sir Denton von Belworth.«

»Sir Denton!« Sie nahm seine Hand, drückte diese fest und verdrehte sie.

»Mylady!«, protestierte er. »Ich kann doch jetzt nicht mit Euch ringen!«

»Warum nicht?«

»Ihr seid meine Herrin! Das wäre nicht respektvoll!«

Sie seufzte und lockerte ihren Griff. »In der Tat erinnere ich mich an Euch, aber Ihr wart noch nicht *Sir* Denton, als wir uns das letzte Mal getroffen haben.«

Vor Williams Augen schwand die Erhabenheit des jungen Mannes, und er grinste Saura bewundernd an. »Ich bin zum Ritter geschlagen worden.«

»Ich bin stolz auf Euch. Es war Euer größter Traum.« Sie drehte sich zu William um. »Dieser Ritter ließ mich mit ihm mitkommen, als ich bloß ein Kind war. Er hat mich geneckt und mit mir gelacht. Und er hat mir das Armdrücken beigebracht.«

Dentons roter Kopf wurde noch eine Spur röter, und mit einem besorgten Seitenblick auf William protestierte er: »Jetzt erzählt doch bitte keine Geschichten, Mylady!«

»Natürlich nicht.« Sie lächelte. »Vielleicht können wir uns

später treffen und miteinander reden. Darf ich mich nach Eurem Vater erkundigen?«

»Wir haben ihn bei den blutigen Unruhen im Winter vor zwei Jahren verloren, Mylady.«

»Es tut mir leid, das zu hören. Er war ein guter Mann und ein treuer Diener.« Sie tätschelte seine Hand, ließ diese dann aber wieder los.

Der letzte Mann ergriff zögernd ihre Hand. »Ich bin Sir Gilbert von Hartleburgh.«

»Von Hartleburgh?« Saura sah erschrocken aus. »Wo ist Sir Vachel?«

»Er starb, und Lord Theobald ersetzte ihn durch meine Wenigkeit.«

Niemand sagte ein Wort. Es war ein Affront gegen Saura, dass sie nichts von dieser Veränderung erfahren hatte, aber eine freundliche Geste, dass Sir Gilbert zu ihrer Hochzeit erschienen war. Sie hatte zwar die Macht, ihn entweder zu ersetzen oder zu behalten, falls sie das wollte, und sein Erscheinen vor ihr war eine Geste des Vertrauens von seiner Seite. Nur weil ihr Stiefvater ihn ernannt hatte, bedeutete das nicht, dass er unfähig und grausam war. Saura wusste das. Sie wusste aber auch, dass die Ländereien um Hartleburgh herum besser unter der dauerhaften Verwaltung eines einzigen Mannes standen. »Ich heiße Euch willkommen, Sir Gilbert. Ich freue mich darauf, Euer Treuebekenntnis entgegenzunehmen und etwas über die Abrechnung der Ernteerträge zu hören.«

»Ja, Mylady, und ich freue mich darauf, sie Euch zu geben.«

Sie drehte sich wieder zum Burgvogt von Wace um. »Wo ist Sir Frazer? Kommt er noch nach Euch?«

Diese Frage bereitete ihm eindeutig kein Behagen. »Nicht so ganz, Mylady. Sir Frazer …«

Sie hob bei seinem Zögern die Augenbraue.

»Sir Frazer hat die Einladung abgelehnt.«

»Abgelehnt?« William zupfte beiläufig eine Locke von Sauras Schulter, steckte diese unter den Schleier zurück und schien dem Gespräch beinahe keine Aufmerksamkeit zu schenken. »War er etwa zu krank zum Reisen?«

»Nein, Lord William.«

»Lag seine Frau im Kindbett, litten seine Kinder an Fieber und er wird ankommen, sobald sie wieder gesund sind?«

»Nein, Mylord.«

»Er weigert sich also, seiner Herrin die Lehnstreue zu bezeugen?« William hob die Augen, aber sein Blick war nicht mehr beiläufig, sondern bohrte sich in die sich unwohl fühlenden Vasallen hinein, und diese verlagerten unbehaglich ihr Gewicht von einem Fuß auf den anderen. »Sir Frazer verweigert Lady Saura, meiner Frau, das, was ihr zusteht?«

»Ja, Mylord.«

Williams blaue Augen erstarrten vor Kälte. »Dann darf er sich auf eine Belagerung einstellen.«

15

»Ich habe für die Dame meines Herzens ein Gedicht verfasst.«

Die Diener räumten die letzten Reste des kalten Mahles vom Tisch und füllten die Bierseidel und Weinkelche wieder auf. Die Mitstreiter vom Nachmittag verglichen ihre Schrammen und Platzwunden. Sie lauschten den Geschichten über den Kampf, lachten über die Unterlegenen und ignorierten Nicholas, als dieser sich auf seine Bank stellte und ein Gedicht vor sich hin stammelte. Er fuhr so lange fort, bis Lady Jane klopfend um Ruhe bat und die Anwesenden am Kopf der Tafel unter ihrer dominierenden Präsenz still wurden. Dann räusperte Nicholas sich und begann mit einer Reihe von Versen, die das Herz der Braut erreichen sollten.

Jedermann hörte höflich zu. Was hätten sie auch sonst tun sollen, wo doch Lady Janes gestrenges Auge auf ihre Gesichter fixiert war? William hörte ebenfalls höflich zu. Wie hätte er seinem Gast gegenüber auch sonst reagieren sollen? Der Minnegesang war ein eleganter Brauch, der neuerdings von den Fürstenhöfen in Aquitanien nach England gelangt war. Ein Ritter wählte eine Dame und widmete ihr Liebeslieder, schmachtete ihr nach und trug ihr Zeichen in den Kampf. Man sagte, dass Henrys Ehefrau Eleanor die Troubadoure mit ihren Liebesgedichten ermutigte.

Diese armseligen Verse bedeuteten gar nichts, es war bloß die Vernarrtheit eines jungen Mannes. Nicholas hatte sich wegen einer Frau noch nie zum Narren gemacht. William sollte sich über die Art, wie er Saura anbetete, eher amüsieren und stolz darauf sein.

Diese miesen Verse bedeuteten gar nichts. Nur weil William Saura für sich behalten wollte, hatte er doch keinen Grund, handgreiflich zu werden. Wenn er nun aufstand und Nicholas eine knallte, wie er es sich wünschte, dann würden seine Gäste sich vor Lachen den Bauch halten und ihn auf ewig damit aufziehen.

Diese klischeehaften Verse bedeuteten gar nichts. Also, weshalb hatte er solche Angst, sich umzudrehen und Saura anzublicken und das freudige Leuchten auf ihrem süßen Gesicht zu sehen?

»Beschreib mir Lady Jane, bitte.«

Das nüchterne Interesse in der Stimme seiner Liebsten traf ihn mitten ins Herz. Sie klang nicht besonders beeindruckt, vielmehr schien sie mit den Gedanken woanders zu sein. William drehte den Kopf und starrte Saura an. Lord Peters Knappe beugte sich über ihre Schulter, und sie flüsterte ihm Anweisungen zu. Der Junge verbeugte sich und zog sich zurück, und Saura zupfte William am Ärmel. »Beschreib mir Lady Jane, bitte.« Ihm wurde klar, dass Saura den anderen Gästen gegenüber einen Vorteil hatte. Sie konnte Janes gestrengen Blick nicht sehen. Sie hörte Nicholas so lange zu, bis die Langeweile ihre guten Manieren überwand, und wandte sich dann dezent wieder den Dienern zu, gab diesen Befehle und stellte mit ihrer sanften Stimme Fragen.

»Lady Jane?« Sein Blick suchte die Frau am Tisch, und seine Stimme wurde schärfer, als er ein paar Krümel vom Tischtuch wegklaubte. »Warum? War sie unverschämt zu dir?«

»Überhaupt nicht. Sie ist die Art von Frau, die das Richtige für mich tun möchte, aber nicht weiß, wie.«

»Sie würde auch niemals fragen«, meinte William erbittert.

Er sprach mit zusammengebissenen Zähnen und war gegen jede Vernunft über die lächerliche Leidenschaft verärgert, die Nicholas für seine Braut zeigte, aber er hielt sich im Zaum und fuhr fort: »Sie hat alle Feinheiten der Etikette zur Hand und würde niemals zugeben, dass sie sich in einer Situation unsicher fühlt.«

»Du magst sie nicht«, stellte Saura fest.

Weil er Nicholas, der noch immer das Gedicht vortrug, nicht mehr direkt ansah, konnte er besagte Dame genauer studieren. »Nein, das ist es nicht. Sie ist ein wenig älter als ich, gerade alt genug, um sich an die Zeit zu erinnern, bevor der gute König Henry gestorben ist, und sie lässt mich das auch nie vergessen. Sie wünscht sich den Frieden nur, damit sie über ihre Stellung bei Hofe verfügen kann.« Seine Fäuste verkrampften sich fest um seinen Kelch, während Nicholas seiner Fantasie freien Lauf ließ.

»Es klingt jedenfalls nicht, als ob du sie mögen würdest«, meinte Saura zweifelnd und missdeutete seinen Ärger.

»Nein, nein. Ich mag sie. Wenn es um gute Manieren geht, ist sie unerbittlich und zaudert diesbezüglich auch nicht.« William trank einen Schluck Wein, und seine Aufmerksamkeit für Nicholas wurde von dem scharfen Stachel einer schmerzvollen Erinnerung abgelenkt. »Sie hat ein gutes Herz. Wenn ein junger Mann etwas Gemeines oder Dummes tut, wird sie ihn so lange über dem offenen Feuer rösten, bis er vor Reue schreit. Dann verbindet sie seine Wunden und versteckt die Beweise, und kein weiteres Wort wird mehr darüber verloren.«

Ihr Gefühl sagte ihr, dass sie Lady Jane verstand: »Sie hat dich vor einem schweren Fehler bewahrt.«

»Als ich noch ein Knappe und weit weg von zu Hause war. Zu jung, um auf mich selbst gestellt zu sein, und mit der großspurigen Arroganz eines gerade erst zum Manne gewordenen Jünglings.« William flüsterte Saura ins Ohr: »Es gibt nichts

Schlimmeres als eine Frau, die immer recht hat. Besonders wenn sie *wirklich* immer recht hat.«

Saura lachte laut auf und war erfreut, dass die Anspannung in seiner Stimme unter ihrem Nachbohren nachgelassen hatte. Seine Stimme klang wie die reinste Verführung: warm, offenherzig, mit einem männlichen Grollen, das tief in ihrem Innern vibrierte. Sie mochte es gar nicht, wenn sich die helleren Töne von Stress darin einschlichen. Vor Schreck bemerkte sie, dass es ihr mehr als alles andere gefiel, William zu erfreuen. Wann war das denn passiert?

Obwohl ihr klar war, sie solle besser die Diener anleiten, legte Saura ihm die Hand aufs Kinn, damit er bei ihr blieb, weil es ihr unmöglich war, der Anziehungskraft seiner Haut zu widerstehen. Sein mächtiger Leib in ihrer Nähe erwärmte sie mehr, als mit seiner äußerlichen Wärme erklärt werden konnte, und je näher sie dem Tage ihrer Hochzeit kamen, desto weiter entfernte sich der Tag ihres letzten Zusammenseins. Es war schwer, geduldig auf morgen Nacht zu warten, wenn ihr Körper doch jetzt seine Befriedigung verlangte. In der Hoffnung, es würde sie ablenken, fragte sie: »Hast du sie geliebt?«

»Jane?« Er zuckte zusammen und lachte erstaunt. Er rieb sich die Augen zwischen Daumen und Zeigefinger, um seinen Blick zu schärfen, und dann betrachtete er die Frau. »Nein. Sie ist groß gewachsen und dürr und hat ein Doppelkinn. Ihr Gesicht ist knochig, und ihr Schleier würde niemals auch nur eine Haarsträhne entkommen lassen, aus Angst vor ihrem Zorn. Ihr Haushalt fürchtet bereits ihr Stirnrunzeln, und ihr Ehemann steht so unter dem Pantoffel, dass er es nicht einmal merkt.«

»Du bewunderst sie.«

»Ja.« Er schlang einen Arm um Sauras Taille und zog sie näher zu sich heran, bis der Pelzkragen an seiner Schulter ihre

Wange kitzelte. Als ihr Körper seinen berührte, schien jene seltsame Anspannung, die ihn betroffen hatte, von ihm abzufallen. »Ich wurde so lange in ihrem Haushalt großgezogen, bis ich Pläne machte, mit ihrer Tochter durchzubrennen.«

»William!« Sie lehnte sich beinahe ehrfürchtig zurück.

»Eigentlich war es ihre Stieftochter«, beeilte er sich ihr zu versichern. »Lady Jane war noch eine junge Braut, als ich in den Haushalt kam. Lord Nevel hat mir alles über den Krieg beigebracht, und sie brachte mir alles über gutes Benehmen bei.«

»Mit der Tochter deines Herrn davonzulaufen ist für dich gutes Benehmen?«

»Gütiger Gott!« Er hielt ihr mit seiner Hand den Mund zu. »Niemand weiß etwas davon außer Lady Jane und mir, und das ist keine Geschichte, mit der ich hausieren gehen möchte.«

»Dann erzähl sie wenigstens mir«, drohte sie ihm hinter seiner Hand hervor. »Oder ich werde mich auf die Bank stellen und es ausposaunen.«

»Dass es an der Zeit ist, mich in dein Gemach mitzunehmen?«

Sie küsste seine Handfläche, leckte an seinen Schwielen, und er zuckte mit der Hand zurück. »Ich werde es auch ausposaunen, falls du es tust.«

»Lästermaul.«

Sie beugte sich vor und strich mit ihren Lippen sanft über seine. »Wenn du nicht auf der Eheschließung bestehen würdest, dann wäre ich augenblicklich in deinem Bett.«

»Deine Brüder haben mich vor dir gewarnt.« Seine Lippen bewegten sich bei seinen Worten, und sein Atem kitzelte sie. »Dudley sagte ...«

Ihr Kuss wanderte zu seinem Hals, und er erstarrte voller Erwartung.

»Dudley?«, ermunterte sie ihn.

»Dudley sagte, du wärest wie Eva.«

Der ständig wiederholten Verunglimpfung müde, drehte sie ihr Gesicht von ihm weg. »Nicht das schon wieder.« Dann sagte sie in einem anderen Tonfall: »Nicht dies schon wieder.« Aufmunternde Pfiffe ihrer Gäste holten sie unsanft wieder aus ihrem persönlichen Himmel zurück, obwohl Saura nicht wusste, weshalb sie ein Gespräch mit einem dummen Mann für den Himmel ansah. Es musste wohl eine weibliche Marotte sein, vor der sie ihre Mutter nie gewarnt hatte.

Neben ihr machte sich William langsam, aber nachdrücklich aus ihrer Umarmung los. »Lauf nicht weg«, warnte er sie mit einem Grollen. »Zeig ihnen deutlich, dass wir aufhören, weil wir es so wollen und nicht wegen ihrer Albernheiten.«

»Immer langsam, Sohn«, neckte ihn sein Vater. »Du wirst sie ja bald haben. Nur noch ein Tag.«

»Nur noch eine weitere Nacht«, erwiderte William mit gespieltem Ernst und drehte sich wieder um, um seinen herrenlosen Weinkelch aufzunehmen.

»Hört auf, ihm den Kopf zu verdrehen, Lady Saura«, sagte Lady Jane. »Er wird noch verrückt, wenn er nicht gefüttert wird.«

»Er ist nicht der Einzige, der der Verzweiflung ins Gesicht sieht«, antwortete Saura und suchte ihren eigenen Becher. William hob ihr seinen an die Lippen und flüsterte: »Hier, Liebes.« Er hielt ihn, während sie trank. Als sie fertig war, lehnte er sich nach vorn und leckte den schweren roten Wein von ihren Lippen und den Mundwinkeln, während das Publikum zustimmend lachte.

»Deine Dichtkunst inspiriert die Turteltauben, Nicholas«, neckte Charles.

Das Zusammenzucken von Williams Arm unter ihrer Hand überraschte sie, und instinktiv knetete sie seine steifen Muskeln und versuchte, ihn zu entspannen. Er ignorierte ihre Bemühungen, aber entspannte sich doch gleichzeitig so weit, dass er scherzen konnte: »Ich brauche keine Inspiration. Schon Sauras Anwesenheit allein reicht aus, um mich zum Höhepunkt zu bringen.«

»Verfass doch deine eigenen Verse, William«, meinte Nicholas. Er versuchte einen neckenden Ton anzuschlagen, aber die Ernsthaftigkeit seiner Forderung sickerte hindurch. »Lass Saura hören, wie du für sie empfindest.«

»Williams *Verse* sind herrlich«, gab Saura an. »Er muss mir überhaupt nichts beweisen.«

William drehte sich um und starrte seine Braut an. »Wo hast du das denn gehört?«, stotterte er.

»Du hast es mir gesagt.« Sie rieb ihre Hand an seiner Schulter. »Erinnerst du dich an jenen Tag am Fyngre Brook? Du hast mir erzählt, du würdest die besten *Verse* verfassen.«

»Ich habe gelogen«, beichtete er ihr offen und ehrlich.

Die Belustigung der Gäste schwappte wie eine Welle über sie hinweg. Ganz bewusst wartete Saura darauf, dass der Lärm abebbte, und sagte dann: »Gott sei Dank. Ich hatte schon Angst, ich würde über deine Dichtkunst höflich lügen müssen.«

Erneut begannen die Gäste ausgelassen zu lachen, und sie lachten, bis ihnen die Tränen kamen und jede Erinnerung an das schreckliche Gedicht von Nicholas und seine unangemessene Widmung verschwand.

Er beugte sie über einen Tisch, sodass ihr Gesicht gegen das raue Holz gepresst war, und schleuderte ihr den Rock über den Kopf. Ohne Vorbereitung spreizte er ihr die Pobacken und stieß in sie hinein. Es bereitete ihr zwar kein sonderliches Unbehagen, denn die Geburten der unehelichen Kinder, die sie zur Welt gebracht hatte, hatten sie gedehnt, und sein Penis war nicht groß. Nicht so groß wie der von Lord William. Gott wusste, sie hatte seine Männlichkeit angesehen und sich gewünscht, er würde sie damit kitzeln.

Dennoch machte die achtlose Behandlung dieses Lehnsherrn sie zornig, und jedes Mal, wenn seine Beine gegen ihre Schenkel klatschten, flüsterte sie ein neues Schimpfwort für diese Frau. Nach nur wenigen Augenblicken war er fertig, zog sich heraus und wischte sich an ihrem Kittel ab.

»Steh jetzt auf.« Er schlug ihr mit der flachen Hand auf den Hintern. »Raus hier und hilf deiner Herrin.«

Hawisa stand auf und drehte sich um. »Sie ist nicht mehr meine Herrin.«

»Du tust, was sie befiehlt.«

»Diese Hure –«

Er schlug sie mit der Hand auf die Wange und stieß sie gegen den Tisch. »Wag nie wieder, so von ihr zu reden.« Er senkte den Kopf, bis er mit ihr auf Augenhöhe war. »Sie ist eine Dame, und du bist nicht mal wert, ihren Namen auszusprechen.«

Sie riss sich zusammen und ballte die Fäuste neben ihrem Körper. »Sie ist nicht so wunderbar. Ihr kommt schließlich *dafür* zu mir.« Sie machte eine ruckartige Bewegung mit dem Kopf in Richtung des Tisches, und er lächelte spöttisch.

»Aber ich leg dich so hin, dass ich dein Gesicht nicht sehen muss. Du bist nichts weiter als eine Hündin, mit der ich herumhure. Die ganze Zeit stelle ich mir *sie* dabei vor, doch sie wäre viel besser als du.«

Mit zusammengepressten Lippen wirbelte Hawisa herum und floh aus dem Raum. Sein Samen tropfte an ihren Beinen herab, und ihr Gesicht brannte von seinem Schlag.

»Habt Ihr gesehen, wie er sie ansieht?« Die Worte zischten durch die frühe Morgenluft, als die zusammengedrängte

Gruppe von Damen hinüberging, um Saura für ihre Hochzeit vorzubereiten.

»Habt Ihr gesehen, wie sie seine Hand während des *mêlées* gehalten hat?« Eine Augenbraue wurde wissend hochgezogen, voll versteckter Andeutung.

»Ich denke, es ist schrecklich. Ihr zukünftiger Ehemann – und ihr Bettgefährte, wenn der Klatsch wahr ist – kämpft auf dem Feld, und sie klammert sich an einen anderen Mann und hört nur auf diesen.«

»Habt Ihr gesehen, wie sie sich verhalten hat? Merkt Euch meine Worte, William erkennt die Niederträchtigkeit dieser Frau gar nicht.«

»Sein Vater hätte unsere Töchter nie für William zurückweisen sollen. Jetzt wird es ihm leidtun.«

In die Mitte der Frauen gedrängt, hörte Lady Jane zu und beobachtete alles. Sarkastisch, unverblümt, mit gesundem Menschenverstand kultivierte sie ihren Ruf als mürrische Person und verbarg ihre Liebenswürdigkeit gut. Nun war sie hin- und hergerissen. Saura hatte einen Mann durch ihre Abhängigkeit von ihm *tatsächlich* ermuntert. Zwar war Lady Jane von einem leichten Schuldgefühl verfolgt worden, als sie dem blutrünstigen Porträt der Kämpfe durch Nicholas zugehört hatte. Laut Nicholas und dessen flinker Zunge war William wieder und wieder beinahe zerschmettert worden und war gerade noch aus der Asche wiederauferstanden, um weiterzukämpfen. Nun fragte sich Lady Jane, welche Intrige dieser Mann mit diesen sorgfältig formulierten Fehlinformationen im Schilde führte.

»Habt Ihr gesehen, wie Nicholas sie anstarrt, wie ein Welpe, der sie anhimmelt? Hat sie ihn verhext? Er interessiert sich doch sonst nicht für Frauen.«

»Glaubt Ihr, sie ist eine Hexe? Es ist ihre Schuld, dass Nicholas sie liebt.«

»Nein, sie ist bloß wie Eva. Sie führt die Männer mit ihrem Körper und ihrem Gesicht den Pfad der Sünde hinab.«

Das war zu viel für Lady Jane. »Welch ein Unsinn!«, sagte sie aufbrausend. »Sir Nicholas ist nichts weiter als eine Warze auf einem ehrbaren Gesicht. Falls Lady Saura sich des Skandals, den sie hervorgerufen haben, nicht bewusst gewesen sein sollte, könnt Ihr sicher sein, Nicholas war es.«

Lady Bertha stemmte sich die Fäuste auf die ausladenden Hüften und hielt inne. Die anderen Frauen kamen ebenfalls im Rittersaal zum Stillstand. »Wie könnt Ihr so etwas sagen? Warum sollte sie sich nach einem Gespräch mit ihm sehnen?«

»Weil sie nicht sehen konnte, was auf dem Feld passierte und er es ihr erzählt hat. Sie hing an seinen Lippen, und es war kein Wunder – in der Geschichte, die er ihr erzählte, schwebte William in schrecklicher Gefahr. Habt Ihr Lady Saura etwa angeboten, den Kampf zu beschreiben?«

»Ich jedenfalls nicht.« Lady Bertha klappte den Mund zu und sah nachdenklich aus.

Lady Jane ließ ihren Blick über die versammelten Frauen gleiten und sagte: »Lady Saura war bisher unsere freundliche Gastgeberin, und Ihr zahlt es ihr mit diesem Fischgestank zurück. Sie ist die Braut, und niemand sollte einen Schatten auf ihre Freude werfen.«

Sie wollte gerade hoheitsvoll weitergehen, als aus dem Nichts ein garstiges Flüstern erklang: »Als ob Lady Saura einen Schatten überhaupt sehen könnte.«

Jane ignorierte es, ließ die wartende Zofe die Tür öffnen und betrat, alle Frauen auf den Fersen, Sauras Gemach. Saura thronte auf einem Sessel, Brot und Wein auf einem Tablett vor sich. Ein Morgenrock aus brauner Wolle erdrückte sie schier mit seiner Größe. Offensichtlich gehörte er William, und die hochgerollten Ärmel und herabhängenden Schultern ließen sie zierlich wie ein Kind aussehen. Sie zog fragend ihre Augenbraue hoch und wollte wissen: »Wie kann ich Euch behilflich sein?«

»Wir kommen, um Euch zu helfen, Euch für die Hochzeit vorzubereiten«, antwortete Jane. Da sie an ihr Versäumnis vom Vortag dachte, stellte sie die anderen Frauen mit Namen vor: »Das sind Lady Bertha, Lady Edina und Lady Duana, Mary, Earlene, Isolde, Valerie, Melbia und Juletta. Ich bin Lady Jane.«

»Ich erinnere mich an Euch«, antwortete Saura. »Willkommen, Ladys.«

»Hat Eure Zofe Eure Kleider bereitgelegt?«

»Auf dem Bett, Mylady.« Maud machte einen Knicks, ihr Kiefer war ob der Worte, die sie eigentlich erwidern wollte, fest zusammengebissen.

Jane drehte sich angesichts Mauds Tonfall um und betrachtete die Dienerin eindringlich. Eine treue Gefolgsfrau, entschied sie, die eifersüchtig war, dass man ihren Platz an einem solch wichtigen Tag an sich riss. Mit einer Geduld, die ihr nur wenige zugetraut hätten, erklärte Jane: »Es ist eine Tradition der Hofdamen, die Braut anzukleiden. Es lenkt sie von der bevorstehenden Qual ab. Aus irgendeinem Grund verursacht der Gedanke an die Hochzeit und die darauf folgende Nacht ein Zittern in den Gliedern.« Lady Jane hob Sauras zitternde Hand und fuhr fort: »Und Appetitlosigkeit. Seid Ihr fertig mit dem Essen?«

»Mehr konnte ich nicht herunterwürgen«, gab Saura zu und biss sich auf die Lippe.

»Kommt dann.« Lady Jane nahm das Tablett weg. »War der Priester schon hier? Gut. Wenn Ihr gebeichtet und gegessen habt, dann können wir fortfahren.« Sauras Gesichtsfarbe wich vor Janes Augen, und sie sah sich nach einer Ablenkung um und fand eine in ihrer unverblümten und ehrlichen Freundin

Bertha. »Erinnerst du dich, Bertha, wie ängstlich du bei deiner ersten Hochzeit warst?«

»Ich war zwölf und mein Ehemann elf. Gott allein weiß, weshalb ich wegen des winzigen Dings solche Angst hatte.« Bertha lachte vor Belustigung laut auf, und die anderen Frauen entspannten sich. Ein paar kicherten bei der altbekannten Geschichte, und auch Saura lächelte ein wenig.

Jane hob sie auf die Füße. »Es ist nervenaufreibend, vor Hunderten von Zeugen zu stehen und zu schwören, Euren Besitz und Euch selbst einem Mann zu unterstellen, aber wenigstens ist William kein Fremder.«

»Ich habe gestern Abend Euren Stiefvater getroffen«, sagte Bertha. »Ihr müsst beim Gedanken daran, ihn zu verlassen, doch vor Freude tanzen.«

»Theobald?«, fragte Saura. »Theobald ist hier?«

»Er kam spät, eskortiert von Lord Peters Männern. Welch ein Scheißkerl!« Bertha schnalzte mit ihrer Zunge. »Er muss ja hier sein, um Eure Verbindung zu legalisieren, aber wie irgendeine Frau mit solcher Grausamkeit leben kann.«

»Du hast ihn einmal gesehen und weißt schon, dass er grausam ist?«, fragte Lady Duana ungläubig.

»Er erinnert mich an meinen zweiten Ehemann«, antwortete Bertha trocken. »Man erkennt sie nach einer Weile wieder. Tyrannen, die zu viel Wein trinken und ihre Frauen zum Spaß verprügeln. Habt Ihr den Bluterguss auf der Wange seiner Frau gesehen?«

»Wo ist meine Stiefmutter, Lady Blanche?«, fragte Saura. »Wollte sie nicht mit hereinkommen?«

»Ich weiß es nicht«, antwortete Lady Jane. »Theobald ließ sie nicht unter sich hervorkommen. Sie lagen im Rittersaal, in eine Decke geschlungen, und er prustete und stöhnte wie ein Bulle, um all jenen, die zuhörten, seine Männlichkeit zu beweisen.«

»Oh ja, ich bin beeindruckt«, meinte Bertha. »Ihr nicht auch, Ladys?«

»Oh ja«, brummten die Frauen, und eine Stimme sprach aus der Gruppe: »Ich bin ganz besonders von seiner Geschwindigkeit beeindruckt. Er ist so flott!«

»Oh ja«, brummten sie wieder, und dann lachten sie.

Jane zog Saura den Morgenrock aus, die nun so nackt wie ein Neugeborenes vor ihr stand. Die Frauen standen im Kreis um sie herum und glotzten. »Nun!«, erklärte Jane munter. »Jetzt kann man sehen, weshalb William darauf besteht, Euch zu heiraten.«

Bertha seufzte. »Oh, nun ja, wir alle haben mal so ausgesehen.«

»Mit neunzehn?«, fauchte Jane sie an.

»Ich hatte mit neunzehn schon drei Kinder«, erwiderte Bertha, »von zwei Ehemännern.«

»Bitte, Ladys«, bettelte Saura. »Ich bin noch feucht von meinem Hochzeitsbad, und die Morgenluft ist kühl.«

»Zieht das Kind an, bevor es erfriert«, wies Bertha an, und eine der anderen nahm das blaue Unterkleid und ließ es über Sauras Kopf gleiten.

Jane streckte die Hand aus und berührte das Überkleid aus rosa Wolle, dem feinsten Gewebe, das sie je gesehen hatte, und seufzte: »Welches Glück Ihr habt, Lady Saura, solch juwelengeschmückte Farben tragen zu können.«

Saura lächelte und ließ sie die Vorderbänder des Überkleides festziehen. »Zieht es fest«, befahl Bertha, »und ich werde sichergehen, dass ich ein Auge auf meinen Gatten halte. Er hat eine so schmale Taille schon seit Jahren nicht mehr gesehen.«

»Der alte Frederick würde es nicht wagen, jemand anderen anzusehen«, meinte Lady Duana. »Er hat zu viel Angst vor Eurer boshaften Zunge.«

Damit begann ein geschickt geplantes Streitgespräch, und Bertha wandte sich Duana mit Nachdruck zu.

Ein Pochen an der Tür unterbrach sie, und Jane nickte Maud zu. Diese öffnete die Tür und nahm zwei Bündel entgegen, die in Leinwand eingewickelt waren.

»Ein Brautgeschenk!«, sagte Jane.

»Ein Brautgeschenk?«, fragte Saura verwundert. Dann hellte sich ihre Miene auf. »Ein Geschenk?«

»Von William. Soll ich es für Euch öffnen?«, fragte Jane.

»Oh nein. Legt es auf das Bett. Ich werde es öffnen.« Mit gierigen Händen zerrte Saura den groben Stoff von dem länglichen Paket, während sie schwatzte: »Ich habe keine Geschenke mehr bekommen, seit meine Mutter starb.« Ein Stoffballen erschien, und sie fand das Ende und rollte ihn vorsichtig auf. Unter ihren Fingern erblühte ein königliches Gewebe.

Purpur kräuselte es sich im Licht, schimmerte und leuchtete. Die Frauen seufzten und stöhnten vor Bewunderung auf.

Saura sah überhaupt nicht hin und widerlegte so den Anschein, dass sie sehen konnte, den ihre tüchtige Art und ihre anmutigen Bewegungen nahegelegt hatten. Sie trug den Kopf aufrecht, ein konzentriertes Stirnrunzeln zeigte sich auf ihrem Gesicht, und ihre Fingerspitzen strichen mit den Fasern, dann gegen die Fasern, vor und zurück. »Seide.« Sie führte den Stoff an ihre Wange, streichelte ihn mit der sinnlichen Freude einer Katze über ihre Haut. »Ich habe in meinem ganzen Leben noch nie Seide gespürt, aber ich erkenne es. Es ist Seide.«

»Eure Mutter hatte niemals eine so feine«, meinte Maud.

»Nicht viele Frauen haben das«, sagte Jane ironisch. »Das ist ein Stoff, der für Prinzen reserviert ist, und für die wenigen, die den Reichtum haben, ihn zu kaufen. Gott weiß, wo William sie gefunden hat. Es kann keinen weiteren Ballen von diesem Material auf dieser Insel geben. Es zeigt seinen Wert und wie sehr er Euch schätzt.«

»Seht, sie passt zu ihren Augen.« Bertha deutete auf die Stelle, wo das schimmernde Purpur Sauras Gesicht berührte, und der Stoff vertiefte das Veilchenblau ihrer Augen zu Purpur und verlieh ihnen einen reichen Schimmer.

»Sie wäre eine Närrin, wenn sie auf Gedichte hören würde, wenn sie das hier haben kann«, meinte Duana, und in ihrer Stimme schwang eindeutig Neid mit.

»Poesie langweilt mich. Sie ist viel zu oft das Ergebnis von harter Arbeit, gekünsteltem Bemühen und mangelndem Talent.« Saura hob den Kopf von dem leuchtenden Stoff, und ihre veilchenblauen Augen schienen Duana direkt anzuschauen. »Es ist nichts weiter als ein Lied ohne Musik.«

Duana stand der Mund offen, und Jane lachte vor Belustigung triumphierend auf. »Duana wird von Neid zerfressen, weil kein Mann ihr Gedichte widmet, und Ihr tut es als langweilig ab. Jetzt hat sie noch etwas, um es Euch zu missgönnen.« Janes Hand schlüpfte hervor und berührte die Seide, als ob sie nicht widerstehen konnte. »Aber da ist noch ein Paket.«

»Noch mehr?« Sauras Hände tasteten über die Bettdecke, bis sie das zweite Bündel gefunden hatte. Dessen Oberfläche sank ein, als sie hineindrückte, aber es war mit Bindfaden zusammengebunden und gab seine Geheimnisse nicht so leicht preis. Jane zog ihr Messer und durchschnitt die Naht, und die Leinwand sprang angetrieben vom Druck des Inhalts auf.

»Heilige Muttergottes«, stieß Jane hervor.

Schwere ebenholzfarbene Pelze kamen ans Licht und in Sauras Hände. Sie vergrub ihre Finger in die Felle und verteilte sie auf der Seide. »So weich«, seufzte sie. »Fühlt.« Sie drehte sich auf dem Absatz um und schob Lady Jane einen Pelz nahe ans Gesicht, und Jane legte in ihrer Verwunderung ihre Wange dagegen.

»Er ist herrlich«, antwortete sie mit erstickter Stimme, da

sie vom heftigen Entzücken auf Sauras Gesicht überwältigt war, von der Freude eines Kindes, das eine unerwartete Belohnung bekommen hatte.

»Beschreibt sie mir«, verlangte Saura und hielt die Pelze der nächsten Frau entgegen.

Bertha kam heran und streichelte den Pelz, und die anderen Frauen umringten sie ebenfalls und warteten darauf dranzukommen, als Jane recht teilnahmslos antwortete: »Sie sind schwarz.«

Bertha verdrehte bei den Worten ihrer Freundin die Augen, und Jane wurde klar, wie wenig sie doch trotz ihres Augenlichtes sehen konnte. Sie fasste sich aber schnell und dachte darüber nach, was das blinde Mädchen wohl würde wissen wollen, und beschrieb: »Die Felle sind klein, aber der Pelz ist luxuriös. Sie sind aus Zobel, und sie passen in ihrem Glanz und der Farbe zu Eurem Haar. In einem Kleid aus der purpurfarbenen Seide, besetzt mit den ebenholzfarbenen Fellen, wärt Ihr die allerschönste Frau am neuen Fürstenhof.«

»Es sind vierundzwanzig Felle«, erklärte Duana missgünstig und betrachtete die Felle mit der Habgier eines Geizhalses. »Will er sie etwa ganz in Pelz einwickeln?«

Aus dem Rittersaal konnten die Damen William brüllen hören: »Gefallen sie ihr?«

Bertha drehte dem Geräusch ruckartig den Kopf entgegen. »Offensichtlich will er sie darin einwickeln. Er hätte ihr auch Gold oder Juwelen schicken können, um vor den Leuten seine Hochachtung zu zeigen, aber er hat ihr Geschenke gemacht, die sie auch genießen kann. Ich hätte diesem vernarbten Krieger niemals so viel Rücksichtnahme zugetraut.«

Saura drückte die Felle fest an ihre Brust und wurde vor Dankbarkeit rot im Gesicht. »Er ist der zärtlichste Mann, den ich kenne.«

Die Frauen erinnerten sich an das heillose Durcheinander

auf dem Feld vom Vortage und zogen allesamt zweifelnd die Augenbrauen hoch.

Saura fuhr fort: »Und er verdankt es Lady Jane. Sie hat ihm gutes Benehmen beigebracht.«

Jane konnte sich vor Lachen kaum halten. »Er war schon immer fürsorglich, aber ein wenig selbstgefällig bezüglich seiner Stellung. Ihr habt ihm gutgetan, Lady Saura, denn Ihr habt ihn aus seiner Trägheit aufgerüttelt.«

Williams Stimme schmetterte aus dem Rittersaal herüber: »Ist sie fertig?« Und leiser, jedoch laut genug, dass sie ihn hören konnten: »Verdammt nochmal, was machen diese Frauen da drinnen bloß?«

Die Damen tauschten vielsagende Blicke, und Bertha nahm die Unterhose vom Bett. Jane gab ihr einen Wink und fragte: »Lady Saura, ist es Euch warm genug?«

»Ja«, antwortete Saura überrascht und verstand gar nicht, welche Absicht hinter der Frage steckte. »In diesem Fall lassen wir die Unterhose weg, und Ihr zieht nur noch Eure Schuhe an. Nach der Zeremonie lasst Ihr William dann wissen, dass Ihr unter Eurem Kleid völlig nackt seid, und Eure erste gemeinsame Nacht heute wird gewiss nicht Eure letzte sein.«

»Also, Jane«, kicherte Bertha. »Du bist ganz schön durchtrieben geworden.«

»Verheiratete Frauen müssen erfinderisch sein«, erwiderte Jane. »Es stachelt das männliche Interesse an. Außerdem werden die Damen das Vergnügen haben, ihn nervös hin und her rutschen zu sehen.«

»Wenn Ihr das sagt«, antwortete Saura. »Dennoch wäre ich nicht froh, wenn die anderen Männer meinen Zustand entdecken würden.«

»Das werden sie nicht.« Bertha streckte ihren Arm aus und kniff mit ihren fleischigen Fingern in Duanas Ohr. »Nicht wahr, Duana?«

»Nein, nein.« Duana zuckte zusammen und versuchte ihr auszuweichen. »Ich werde es keiner Menschenseele verraten.«

Die anderen Frauen stimmten ebenfalls schnell zu, und Saura zog ihre Schuhe an.

»Bei Gott, wo bleibt diese Frau?« Williams Bellen hatte mittlerweile einen schärferen Tonfall, und die Frauen lachten laut über ihn.

»Wir sollten besser herausgehen, bevor er an die Tür zu pochen beginnt«, sagte Jane.

»Genau, und ihr wisst ja, womit er pochen wird.« Bertha machte eine langsame, schelmische Geste in Richtung Körpermitte und schlenderte auf die Tür zu. Als Maud sie öffnete, strömten die Frauen hinaus in den Rittersaal und blockierten Williams Blick auf seine Braut.

»Lasst ihr Haar offen.« Jane gab Maud diese letzte Anweisung und zog sich dann ebenfalls zurück. »William hat mich aufgehalten und darauf bestanden, dass Sauras Haar offen bleiben soll. Er sagt, ihm ist es egal, dass sie in ihrer Hochzeitsnacht keine Jungfrau mehr ist – schließlich war er es, der diese Blume gepflückt hat, doch diese Ehre wird ihr nicht abgesprochen.«

»Ja, Mylady.« Maud knickste und schloss die Tür hinter ihnen. Sie nahm die Bürste, setzte Saura auf einen Hocker vor sich hin und bürstete die glänzenden Locken. »Sie ist gar nicht so schlimm, wenn man sie mal kennt. Und Euer Herr William ist ein schöner Mann. Hübsch anzusehen und gütig. Die Ehe mit ihm wird Eure Rettung sein. Er wird Euch schützen und Euch Kinder schenken, und Ihr werdet das Leben einer feinen Dame führen. Falls dieser Prinz Henry, über den sie alle reden, den Frieden bringt, werdet Ihr vielleicht zum Hof gehen und vor dem König einen Knicks machen. Möge Gott geben, dass dieser Tag kommt!«

Während sie zwei Strähnen kunstvoll über Sauras Schultern arrangierte, sagte Maud: »So, Euer Haar ist beinahe trocken, und die Locken lassen sich nicht besser bändigen. Steht auf und geht da hinaus und lasst meine liebevollsten Wünsche für Euch wahr werden.«

Saura bewegte sich nicht, und Maud legte einen Arm um sie und drückte sie fest an sich. »Geht jetzt. Vor der Hochzeit ist keine Zeit, um nervös zu sein.«

»Ich kann nicht«, antwortete Saura leise.

Maud sah sie eindringlich an. »Natürlich könnt Ihr!«

»Ich kann nicht.« Sauras Stimme wurde lauter, während ihr Mut von ihrer aufsteigenden Panik aufgefressen wurde. »Wie konnte ich nur jemals glauben, dass ich es könnte?«

»Es ist keine Frage des Könnens oder Nicht-Könnens, Mylady. Ihr habt einen Bräutigam und einen Priester, und Euer Stiefvater und eine Fuhre von Leuten stehen da draußen, und sie warten auf Euch. Ihr müsst ganz einfach.«

»All diese Leute lächeln mich höhnisch an, weil ich davon träume, zu heiraten und glücklich zu sein«, erklärte Saura elend. Sie umklammerte den Sitz ihres Hockers so fest, dass ihre Fingerknöchel weiß hervortraten. »Es tut mir leid, aber wie kann ein hässliches blindes Mädchen einen reichen Lord wie William heiraten? Du hast gesagt, wir würden zum Hofe gehen? Wo ich auf das Gesicht fallen und ihn beschämen könnte? Ich bin keine feine Dame. Ich kann ihn nicht heiraten.«

»Ihr habt bewiesen, dass Ihr Euch in Gegenwart dieser adligen Leute behaupten könnt. Diese Damen haben Euch doch aus der Hand gefressen. Die Mahlzeiten waren perfekt organisiert, Ihr habt all die Aufmerksamkeiten mit Anmut und Würde gemeistert.«

»Ich muss es nur noch William erklären«, entschied Saura, die Mauds Versicherungen gar nicht zuhörte. »Wir können wie Lord Peter und du sein. Bloß ein Bett miteinander teilen und nicht verheiratet sein.«

»Lord William wird eine Ehefrau haben, Mylady. Wo würdet Ihr hingehen, wenn eine neue ankäme?«

»Ich muss nur dort hinausgehen und es ihm sagen.« Sie umklammerte den Hocker noch fester und blieb wie angewurzelt sitzen.

Von der hartnäckigen Angst ihrer Herrin provoziert fauchte Maud: »Ich bin nur eine Zofe, und Peter ist ein Lord. Ich bin froh, das Bett mit ihm zu teilen. Er bereitet mir Vergnügen, von dem ich dachte, ich würde es nie mehr erleben. Aber Ihr seid eine Dame, die Tochter eines Barons, eine reinblütige Normannin. Man kann Euch nicht mit mir vergleichen. Ihr könnt nicht hier in Williams Bett bleiben wie eine Hure von niederer Geburt.«

»Ich kann ihn nicht heiraten«, wiederholte sie.

»Es gibt noch einen weiteren Unterschied zwischen uns, Saura. Ich bin alt und jenseits meiner Monatsblutungen. Ihr seid jung und fruchtbar. Ihr könntet bereits ein Kind in Euch tragen.«

»Tue ich nicht.«

»Dann könntet Ihr es im nächsten Monat tun, oder im übernächsten. Wollt Ihr Euer Kind zu einem Leben als Bastard verdammen, nur weil seine Mutter ein Feigling ist?«

»Oh, Maud, ich weiß nicht mehr, was das Richtige ist.« Saura vergrub den Kopf in ihren Händen und stöhnte auf.

Maud nahm Sauras Hand und hielt sie in ihrer eigenen. »Nun, ich weiß, was richtig ist. Diesen wundervollen Mann warten zu lassen, bloß weil Ihr über diesen Unsinn grübelt, und ihn sich fragen lassen, ob Ihr ihn vor dem halben Land beschämen werdet, indem Ihr ihn zurückweist – das ist falsch. Es ist eine unschöne Art, ihm seine Geschenke zu vergelten, die Seide, die Pelze und seine Freundlichkeit.« Maud kniff

Saura in die Wangen, damit sie wieder ein wenig Farbe bekamen, dann strich sie ihr die Brautgewänder glatt und zog sie auf die Füße. Beruhigend sprach sie: »Ihr seid die schönste Frau hier. Geht hinaus und heiratet ihn.«

»Bist du bereit, Saura?« William stand im Türrahmen, und seine goldene Stimme klang aufmunternd. »Unsere Gäste warten. Wirst du jetzt endlich herauskommen und mich heiraten?«

16

Ohne ein Wort trat Saura nach vorne, streckte die Hand aus, und William führte diese zu seinen Lippen. Er hakte sie unter und führte sie hinaus auf die Empore, wo der Priester stand. Ihre Väter flankierten sie, und Maud versicherte sich, dass Saura einen entschlossenen Gesichtsausdruck machte. Dann sank sie auf dem verlassenen Hocker nieder und wischte sich den Schweiß von der Stirn.

Saura und William schworen vor all ihren Zeugen und in Anwesenheit von Bruder Cedric, Mann und Frau zu sein. Theobald übergab Saura, ohne zu zucken. Sein guter Wille wurde vielleicht ein wenig vom Anblick von Lord Peters Hand angefacht, die fest auf seinem Schwert lag. Während der Zeremonie schlich Maud aus dem Herrengemach hinaus und stand da, die Hand auf ihr Herz gelegt, und sah zu. Keiner brachte einen Einwand gegen die Verbindung vor, als danach gefragt wurde, und als die Ehegelübde abgelegt waren, jubelte die ganze Gesellschaft. Es bildeten sich kleine Grüppchen, die sich dabei abwechselten, die Braut zu küssen und dem Bräutigam auf die Schulter zu klopfen.

Die Feier, die dann folgte, war jedoch das Beste, denn die Küchendiener schwankten nicht mehr in ihrer Loyalität. Mit dieser Hochzeit waren William und Saura eins geworden.

William half Saura aufzustehen und führte sie herum, um mit den Gästen zu sprechen.

Als das Paar auf ihn zukam, hob Theobald seinen Kelch an die Lippen und trank, ließ seine Stieftochter dabei nicht aus seinen hungrigen Augen. »Saura ist wie Eva«, murmelte er. »Eine Verführerin, die Männer ins Unheil führt.«

»Eva!« Saura stand hinter ihnen. Ihr geübtes Gehör hatte seine Worte vernommen, und endlich reagierte sie auf die Verunglimpfung, die sie schon zu viele Male gehört hatte. Für sich selbst und für ihre Geschlechtsgenossinnen erwiderte sie scharf: »Eva! Bei Gott, die Welt sollte dankbar sein, dass es Eva war, die als Erste den Apfel nahm. Wäre es Adam gewesen, hätte er sich mit solcher Hingabe und Verbissenheit an seine Sünde geklammert, die Menschheit wäre nie gerettet worden.«

Sie stürmte davon und hinterließ fassungslose Stille, die sich langsam mit dem Gackern von weiblichem Gelächter füllte.

William, der am Rande der Gruppe stand, grinste, als er die Verblüffung auf dem Gesicht seines Schwiegervaters sah. »Du hast das Weibsbild nicht erzogen, das du geheiratet hast«, beschwerte sich Theobald. »In meinem Haus hätte sie nie das Wort gegen einen Mann erhoben. Sie hat Respektspersonen gegenüber Achtung erwiesen.«

»Das macht sie in meinem Haus ebenso«, antwortete William belustigt. »Dudley, die jungen Männer versammeln sich im Burghof für einige Übungen mit dem Schwert. Willst du dich ihnen nicht anschließen?«

Bereitwillig stand Dudley auf. »Ja, Sir, vielen Dank.«

»Du bist ein Mönch«, rief ihm sein Vater hinterher und murmelte dann: »Närrischer Junge.«

William verbeugte sich in seine Richtung und ging fort. Dabei hörte er, wie Duana sich beschwerte: »Ich sage es Euch, sie hat ihn verzaubert.«

Er machte schnell einen Schritt auf Saura zu, umfasste ihre Taille und zog sie zu sich heran. »Das hast du wohl.«

»Ich habe was?« Sie legte ihren Kopf in den Nacken, und er konnte sehen, dass sie nicht mehr zu weinen drohte. Was seine

Zärtlichkeit nicht vermochte, das hatte ihr Zorn erreicht. Sie ließ nicht mehr länger traurig und unsicher den Kopf hängen.

»Du hast mich verzaubert.« Er wirbelte sie im Kreis herum.

»Sei vorsichtig!« Sie schnappte sich den Saum ihres Kleides und zog ihn nach unten. »Willst du etwa, dass ich mich erkälte?«

»Erkälte?« Er hielt in seinem übermütigen Tanz inne.

»Ja, das schickt mir einen Luftzug direkt die Beine hoch.«

Seine Augen verengten sich, als er ihr vorgeblich unschuldiges Gesicht forschend ansah. »Was hast du gemacht?«

»Gemacht?« Vor Ernsthaftigkeit quietschte ihre Stimme ein wenig. »Nichts. Warum fragst du?«

»Saura ...«

»Wo gehen denn alle hin?«

»Nach draußen für ein paar Spiele. Saura?«

»Die Sonne scheint, lasst uns hinausgehen, Mylord.« Sie schob ihre Hand in seine, lächelte ihn von unten herauf an, und er hatte gerade zwei Schritte auf ihr Hochzeitslager zugemacht, da zogen Rollo und Clare ihn am Ellenbogen und riefen: »William ist in unserer Mannschaft!«

Die anderen Mitglieder der Mannschaft umringten ihn ebenfalls, schoben ihn vorwärts und von Saura weg. Während er sich von ihr entfernte, gewann die Vernunft wieder die Oberhand. Er konnte nicht mit ihr ins Bett gehen, solange der Tag noch so jung war und ihre Gäste um Unterhaltung baten. »Was spielen wir denn?«

»Fußball. Dudley hat den Ball mitgebracht, und er kennt die Regeln. Du musst ihn treten oder stoßen, aber du darfst ihn nie mit den Händen anfassen. Es ist eine herrliche Rauferei. Wir müssen an Eurem Hochzeitstag schließlich feiern.«

»So sei es.« William lächelte ein wenig sarkastisch. »Das hatte ich vergessen.«

Die Gäste umringten sie und kicherten und neckten sie, während sie ihn in den Burghof bugsierten. Er blickte kurz hinter sich und sah Saura, die ihnen inmitten der Frauen folgte. Als er das untere Ende der Wendeltreppe erreicht hatte, murmelte er etwas von einem offenen Strumpfband und entfernte sich kurz von der Gruppe. Er trat in den Schatten, brachte sich in Position und wartete. Seine Belohnung erschien über ihm. Mit einer Hand an die Wand gelehnt, stieg Saura die Treppe hinab, und William hatte den ganzen Weg die Beine hinauf freies Blickfeld.

»Gütiger Gott, Saura!« Er schlüpfte an den Fuß der Treppe. »Welches Spiel glaubst du, spielst du da gerade?«

»Jedenfalls nicht Fußball«, antwortete Jane ihm fröhlich.

William stand da, die Fäuste in die Taille gestemmt, das Kinn vorgeschoben. »So kannst du nicht hinausgehen. Du gehst sofort nach oben und ziehst dich anständig an.«

Mit einem Ablenkungsmanöver, das er bloß bewundern konnte, zogen die Frauen Saura an ihm vorbei und ließen ihn allein mit Lady Jane stehen. »Wir machen einen Spaziergang«, erklärte sie ihm. »Wir werden das Spiel anschauen und Blumen pflücken. Saura will uns ihren Kräutergarten zeigen.«

»Ihren Kräutergarten? Das ist es wohl nicht, was sie wahrscheinlich zeigen wird.«

Während er noch protestierte, schlüpfte Jane an ihm vorbei. »Kein anderer Mann weiß doch davon«, erklärte sie fröhlich. »Mach dir keine Sorgen, wir werden sie hereinbringen, wenn der Wind zu wehen anfängt.«

Das beruhigte ihn nicht im Geringsten.

William spielte nicht besonders gut Fußball, erzählten die Frauen ihr fröhlich. Er leckte immer wieder an seinem Finger und prüfte die Brise, und der große, harte Ball schlug ihm mehr als einmal die Füße unterm Leib weg. Saura lachte leise, als die Frauen aus dem Tor des Kräutergartens hinausspähten und das Treiben beschrieben, aber sie konnte ihre Ungeduld spüren. Sie wollten lieber das Spiel ansehen, als ihr Gesellschaft zu leisten, und deshalb schlug sie vor: »Eure Männer würden besser spielen, wenn Ihr hinausgehen und sie anfeuern würdet.«

»Wollt Ihr mitkommen und William zusehen?«, fragte Jane zögerlich. »Verdammt, welches Wort soll ich benutzen?«

»Zusehen«, antwortete Saura fest.

»Wollt Ihr mitkommen und William beim Fußballspielen zusehen?«

»Nein. Wenn es Euch nichts ausmacht, würde ich gerne ein wenig allein sein. Nur ein paar Augenblicke.« Niemand sagte etwas, und sie fügte hinzu: »Um nachzudenken.«

»Es ist zu spät zum Nachdenken«, riet ihr Bertha und neckte sie damit nur zum Teil. »Die Trauung ist vollzogen.«

»Ich weiß.« Zum ersten Mal seit vielen Tagen achtete Saura auf ihre eigenen Gefühle, und sie stellte fest, dass sie wirklich allein sein wollte. Ein großes Verlangen erfüllte sie, und sie wollte einfach ein wenig Frieden, um die Veränderungen in ihrem Leben zu durchdenken. »Ich würde mich nur gerne einen Moment lang ausruhen.«

Die Frauen schienen zu verstehen. Eine nach der anderen schlüpften sie aus dem Garten und ließen sie alleine. Saura tastete sich zur Bank in der Sonne hin. Sie war warm und hart, nur ein glatter Stein, den man waagerecht hingelegt hatte. Das Lüftchen wehte dank des hohen Holzzauns und der Rosen, die an der Mauer emporstiegen, nicht in den Kräutergarten hinein. Stille durchdrang den Ort. Keine wirkliche Stille, denn sie konnte die ungezügelten Stimmen dahinter rufen hören. Aber es war die Art von angenehmer Ruhe, die sie in letzter Zeit selten gehabt hatte. Alleine und zufrieden, ohne irgendetwas Dringendes zu erledigen und ohne dass jemand ihre Aufmerksamkeit beanspruchte, lehnte sich Saura nach hinten gegen den Zaun und schloss die Augen. Sie roch die Rosen und den Majoran, ließ das Licht in ihre Poren dringen und wurde ganz schläfrig. Ihre Gedanken verblassten, ihre Muskeln entspannten sich, und sie schlief ein.

Eine Anspannung in ihren Schultern weckte sie wieder, und sie fragte sich beiläufig, was sie wohl alarmiert hatte. Sie hob ihren Kopf von dessen Platz am Zaun und lauschte. Etwas durchbrach ihre heitere Gelassenheit, und sie runzelte die Stirn. Sie hatte sich von dem trägen Nachmittag mitreißen lassen. Weshalb sollte sie sich jetzt gestört fühlen?

Niemand war dort. Sie lauschte, aber es bewegte sich nichts, keiner sprach. Sie hätte beinahe etwas gesagt, fühlte sich aber töricht dabei. Sie hatte nicht wirklich etwas gehört. Es war ihr nur etwas kalt den Rücken hinuntergelaufen, und ihre Sinne schärften sich.

Sie lehnte sich wieder zurück, entspannte sich so lange, bis sie wieder in jenen leichten Schlaf verfiel, aber dann fühlte sie es. Ein unsteter Wind berührte ihre Wange, ein raues Flüstern hallte durch die Luft. Mit einem Satz setzte sie sich auf, streckte die Hand aus nach dem Phantom, aber es war nichts dort. Sie lauschte, lauschte mit all ihrer Kraft, und dann hörte sie es. Den leichten Tritt von Füßen, die in Pantoffeln steckten, das gezwungene, schwere Atmen eines Dämons, der auf eine Grausamkeit erpicht war. Sie hatte diese Geräusche schon früher gehört, wusste, wer solch üble Spiele spielte. »Theobald, du Hurensohn, hör sofort auf damit.«

Sie hörte auf zu sprechen, hörte nur noch das Atmen. Es klang jetzt lauter, stritt sich mit der Brise, die durch die Rosen strich und deren Duft auf ihren Schwingen trug. Sein Schweigen machte sie wütend. »Theobald, das Essen meines Kochs hat dir doch schon früher Bauchschmerzen verursacht. Das kann es auch wieder tun.«

Nichts. Keine Antwort, und deshalb rief sie ihm die ultimative Drohung entgegen: »Theobald, ich werde William sagen, was du tust, und er wird dich zu Tode prügeln!«

Nur ein leises Kichern antwortete ihr und verursachte eine Gänsehaut auf Sauras Armen. Es musste Theobald sein, er musste es einfach sein. Jedoch würde Theobald niemals über die Androhung von Gewalt gegenüber seiner Person lachen. Langsam stand sie auf, Schweißtropfen standen ihr auf der Stirn, und ihre Stimme schwankte, als sie fragte: »Theobald?«

»Fürchtet Euch nicht, schöne Dame.« Die Stimme klang dumpf, beinahe nicht hörbar, vertraut und dennoch verkleidet. »Ich liebe Euch.«

Ihr Herz setzte einen Schlag lang aus und begann dann so laut zu pochen, dass es sie beinahe betäubte. Sie atmete tief und ruhig, versuchte sich so weit zu beruhigen, dass sie denken konnte, es wäre möglich, ihm eine Falle zu stellen, damit sie seine wahre Stimme hören konnte. »Ihr seid nicht Theobald«, erklärte sie förmlich.

»Nein.« Die Antwort wurde vom Wind hergetragen.

»Wer seid Ihr?«

»Jemand, der Euch liebt.«

Die Stimme war farblos, ausdruckslos und durch ihre Beherrschtheit und den Mangel an Betonungen Furcht einflößend. Sie musste ihn dazu bringen, Emotionen zu zeigen, den Tonfall zu verändern, der seine Identität preisgeben würde. »Wie könnt Ihr das sagen? Ihr macht mir mit Euren Spielereien Angst!«

»Solange William lebt, ist Eure Angst –«

Die Stimme brach ab, und Saura hörte Jane rufen und die Frauen herannahen. Sie fluchte und warf sich dem Störenfried entgegen, aber sie war ihm nicht gewachsen. Ein paar Schritte, und er war verschwunden und ließ Saura zerzaust zurück, um so den Frauen entgegenzutreten.

»Habt Ihr ihn gesehen?«, wollte sie wissen.

»Wen gesehen?«, fragte Jane verdutzt.

»Ihr müsst ihn gesehen haben«, beharrte Saura. »Ein Mann war hier und hat mit mir gesprochen.«

»Hoho!«, sagte Bertha. »Habt Ihr von Eurem Ehemann geträumt?«

»Es war wirklich ein Mann hier, und er hat schreckliche Dinge gesagt. Er sagte, er liebe mich und hat mich ›schöne Dame‹ genannt.«

»Niemand hat den Garten verlassen«, kicherte Duana. »Euch ist diese ganze Dichtkunst wohl zu Kopf gestiegen.«

»Nein. Nein, wenn ich es Euch doch sage.«

Jane legte Saura beruhigend die Hand auf den Arm. »Duana hat recht. Niemand hat den Garten verlassen, während wir uns dem Tor näherten.«

»Dann muss es noch einen anderen Weg geben.«

»Ihr habt geträumt.«

»Unmöglich.«

»Als wir das letzte Mal nachgesehen haben, da habt Ihr hier allein geschlafen. Ich versichere Euch, Ihr habt geträumt.« Janes Hand griff fester zu und zupfte ein wenig an Saura. »Kommt, lasst uns hinauf in Euer Gemach gehen, wo Ihr Euch richtig ausruhen könnt.«

Als sie das hörte, wäre Saura beinahe verzweifelt. Sie würden ihr niemals glauben, sie glaubten nur dem, was sie mit ihren eigenen Augen sahen. Wie konnte sie sie bloß überzeugen? Sie konnte es ja selbst kaum glauben.

Alleine in ihrer Kammer kroch sie ins Bett und befolgte Janes Anweisung, sich auszuruhen. Sie lag nackt zwischen den Bettlaken und dachte über den seltsamen Vorfall im Garten nach. Es konnte gar nicht passiert sein. Der Vorfall hatte etwas so Merkwürdiges, ja Übersinnliches an sich gehabt. Wenn sie sich doch nur selbst davon überzeugen könnte, dass sie nicht verrückt wurde. Wenn es ihr doch nur gelänge, sich selbst wegen ihrer Panik am Morgen zu beruhigen.

Es hatte nichts zu bedeuten, versicherte sie sich. Bloß die Nervosität einer Braut. Sie hatte sogar mal von Bräuten gehört, die die gesamte Zeremonie hindurch geweint hatten. Sie war sich nicht wirklich über ihre Gefühle im Unklaren. Auch dann, wenn William mit einem Dienstmädchen herumhurte und eine arme Verwandte als Haushälterin herbrachte, die sie völlig ersetzen würde? Sie war es, die er wollte und die er in Ehren hielt. Er hatte es jedenfalls so gesagt, und er war ein Ehrenmann. Selbst wenn William eine neue Liebe entdecken würde, während sich ihr Leib durch ein Kind wölbte. Alle Männer hielten sich eine Frau fürs Vergnügen und eine Ehefrau für die Kinder. Es wäre ihr egal, oder etwa nicht?

Ein Geräusch am Fuß des Bettes ließ sie wie ein Kaninchen in Alarmbereitschaft den Kopf heben. Sie empfand wieder große Angst. Erinnerungen rasten durch ihren Kopf: das Echo von Schritten, ein heiseres Lachen, eine gemurmelte Liebeserklärung. Sie wollte sprechen, aber ihre Stimme blieb ihr im Hals stecken. Sie hob langsam und vorsichtig die Hand, hatte Angst, dass jemand sie beobachtete, Angst davor … ja wovor? Sie wusste es nicht, und das war das Schlimmste. Mit zitternden Fingern rieb sie sich den Nacken, bis sich ihre Sehnen entspannten. »Wer ist da?«, flüsterte sie. Dann lauter: »Wer ist da?«

Niemand antwortete, und ihr Herz begann, so heftig zu pochen, dass es ihr schier die Brust zersprengte. Es war derselbe Mann, sie wusste, dass es so war. Irgendwie war dieser Mann in ihr Zimmer gelangt. Wer auch immer es war, er hustete, und sie entspannte sich. Er war es doch nicht. Es war nicht mal ein Mann, doch nun konnte sie sich einigermaßen vernünftig mit dem Eindringling auseinandersetzen.

Ruhig sagte sie: »Du kannst mich nicht täuschen. Ich höre mehr, als du glaubst, und ich weiß, dass du da bist.«

Schritte schlurften über den Boden, und Saura setzte sich auf und zog die Bettdecke fest um sich. Sie legte ihren Kopf in Richtung auf das Geräusch schief und versteifte sich, als sie die Übeltäterin erkannte. »Hawisa, wie bist du hier hereingekommen?«

»Ihr denkt, Ihr seid so gerissen, weil Ihr so gut hört und alles wisst und mit Eurem guten Aussehen und weil alle Männer Euch hinterherschnüffeln.«

Saura sagte nichts, sondern versuchte Hawisas Stimmung an der Feindseligkeit ihres Tonfalls abzuschätzen.

»Ihr denkt, Ihr könntet Eure Bosheit verstecken, aber die Leute reden. Sie sagen, Ihr seid eine Hexe. Sie sagen, Eure Blindheit ist eine Strafe. Sie reden –«

»Ziemlich viel Unsinn, wie es scheint«, unterbrach Saura sie. »Hawisa, du bist doch nicht hergekommen, um mir zu sagen, was ein paar böswillige Leute reden. Wie bist du hier hereingekommen?«

»Ich habe mich hinter einem Vorhang versteckt, als die Frauen Euch hereinbrachten.«

»Was hast du in unserem Gemach gemacht?«, wollte Saura wissen.

»*Unser* Gemach«, äffte das Mädchen sie nach. »*Unser* Gemach. Da ist aber jemand wichtig und ganz schön von sich selbst überzeugt. Erst seit heute Morgen verheiratet und schon gehört Euch die ganze Burg.«

»Was hast du hier gemacht?«

»Gift in Euren Wein geschüttet!«, rief Hawisa aufbrausend. »Ihr seid mich losgeworden, nicht wahr? Wie Abfall, der auf den Misthaufen geschmissen wurde. Lord William redet davon, mich wegzuschicken zu jedem, der bereit ist, mich zu nehmen, aber ich bin hier aufgewachsen, habe meine Wurzeln hier. Ich muss alles verlassen, was ich kenne. Egal wohin er mich steckt, ich werde ganz unten sein, eine Außenseiterin.«

Vom beinahe überreizten und gewalttätigen Tonfall in ihrer Stimme beunruhigt, beschwichtigte Saura: »Ich bin sicher, Lord William wird sein Bestes für dich tun.«

»Er kümmert sich nicht um mich. Er kümmert sich nur noch um Euch. Wenn Ihr nicht gekommen wärt, müsste ich nicht fort. Ich wäre immer noch obenauf, die kleinen Lakaien würden mich bedienen, ich bekäme Kostproben aus der Küche und meinen eigenen Humpen vom Bier. Es ist alles Eure Schuld.«

Während Hawisas Stimme lauter wurde, kühlte Sauras ab und wurde leiser. »Diese Dinge stehen dir nicht zu.«

»Ich habe sie mir verdient«, rief die Frau. »Bis Ihr kamt und das Schloss ausgewechselt habt, hatte ich den Schlüssel zum Weinkeller, weil ich es verdient hatte. Der Koch gab mir Essen, weil ich es verdient hatte.«

»Verdient hast?«, fragte Saura verächtlich.

»Auf meinem Rücken liegend, genau wie eine hochgestellte Dame, die sich ihren Ehemann auf dem Rücken liegend verdient hat. Wisst Ihr denn nicht, dass alle Leute das sagen? Sie reden darüber, dass William Euch nachläuft, als ob er die Fährte einer läufigen Hündin aufgenommen hätte. Wie sie darüber reden, wie gut Ihr zwischen den Bettlaken sein müsst, damit er solch eine nutzlose, blinde –«

Der schwere Zinnkrug schlug hinter Hawisa gegen die Wand, und Wasser spritzte durch das Zimmer. Die Frau sprang zur Seite, und ihr Schrei erstarb vor Schreck. Zitternd und sich ihrer großen Übertretung plötzlich bewusst, flüsterte sie: »Wie habt Ihr das gemacht? Wie habt Ihr gesehen, wohin Ihr werfen müsst?«

Saura kroch aus den Bettdecken hervor und balancierte auf allen vieren auf dem Bett. Ihr Haar lockte sich wild um ihren

Kopf, sie fletschte wütend die Zähne, und ohne dass sie es merkte, sah ihr Körper nackt herrlich aus. »Ich bin nicht blind, ich habe mich verstellt. Ich kenne jeden gemeinen Schritt, den du gemacht hast. Ich weiß von jedem Mal, wenn du einen deiner Liebhaber in dieses Bett gezogen hast. Ich kenne jedes höhnische Lächeln, das du William oder mir ins Gesicht gelacht hast. Ich werde dich hierbehalten, und du wirst niemals wegkommen, und du wirst dir wünschen –«

Die Tür wurde aufgeschlagen, und Maud platzte herein. »Mylady, was –« Als sie die Szene vor ihren Augen gewahrte, hielt sie den Atem an.

Lady Jane folgte ihr und sagte: »Wir haben das Geschrei gehört.« Aber auch ihre Bemerkung verstummte.

Hawisa wandte sich ihnen zu und sagte: »Sie ist eine Hexe, sie kann sehen, und sie ist verrückt, ich habe Angst vor ihr.« Saura hob die Hände, krallte sie zusammen und knurrte, woraufhin sich Hawisa umdrehte und schrie: »Sie ist eine Hexe, sie kann sehen, sie ist eine Hexe.«

»Was hat sie mit all Eurer Seide angestellt?«, fragte Jane, und Saura floh aus dem Bett.

»Wo ist sie?«, fragte sie wütend, und man konnte ihre zornige Stimme bis in den Rittersaal hören. »Was hat sie damit gemacht? Ich bringe es um, dieses Weib.«

»Die Seide ist aus der Truhe heraus, und das Messer …«

»Ich werde sie umbringen.«

Lady Jane schlug die Tür zu. »Ihr habt Euch vor aller Augen entblößt, und das sollte eigentlich bis zum Zubettgehen warten.« Saura schlich durch den Raum, und Jane fasste sie am Arm. »Lasst zuerst Eure Zofe nachsehen.« Saura wollte sich losreißen, aber Lady Jane packte sie am Ellenbogen und schüttelte sie. »Beruhigt Euch. Eure Zofe kann überprüfen, was passiert ist, und dann könnt Ihr es selbst kontrollieren.«

Die Seide raschelte, und der Ballen wurde aufgerollt, und

dann versicherte Maud ihnen: »Sie hat an einem Ende ein Stück abgeschnitten und hat ein paar Fransen hineingeschnitten, aber der größte Teil ist intakt geblieben. Es ist nichts passiert, was man mit ein wenig kreativer Näharbeit nicht reparieren könnte, Mylady.«

»Lass es mich sehen.« Saura zuckte zur Seite, und dieses Mal ließ Jane sie los. Maud führte ihre Hände auf die ruinierte Stelle, und Saura spürte, wie ihr vor Zorn ganz heiß wurde. »Diese Hündin«, fauchte sie. »Der Heiligen Jungfrau sei Dank, dass Ihr mich hereingebracht habt, um mich auszuruhen, denn wer weiß, was sie sonst noch alles angestellt hätte, diese blöde Kuh.«

Neugierig und überrascht erkundigte sich Jane: »Was hat sie zu Euch gesagt?«

In ihrem Zorn konnte Saura sich nur noch an eine Sache erinnern. »Sie sagte, der einzige Grund, weshalb William mich geheiratet hat, wäre, dass ich gut im Bett sei.«

»So!« Man konnte die Belustigung in Janes Stimme hören. »Wenn mich doch mal jemand so beleidigen würde!«

Sauras Mundwinkel zuckten so lange, bis sie in Lachen ausbrach. »Ich verliere wohl mein Augenmaß«, beklagte sie sich, und dann lachte sie noch einmal. »Ich kreische hier wie ein Fischweib wegen ihrer Bemerkungen, wo ich stattdessen besser befehlen sollte, dass sie ausgepeitscht wird, weil sie mein Eigentum zerstört hat.« Sie rieb sich mit der Handfläche über die Stirn. »Jetzt werde ich auf gar keinen Fall mehr schlafen. Zieh mich an, Maud, und ich werde mich auf das Ablegen der Lehnseide vorbereiten.«

Einer nach dem anderen knieten sich Williams Männer vor ihm nieder, legten ihre Hände in seine und schworen ihm ihre Gefolgschaft. Sie hatten es schon früher getan, und es war bloß eine Wiederholung dieser Eide, eine Wiederkehr, die durch ihre Sorge um William anrührend wirkte. Sir Merwyn rannen während des Schwurs die Tränen über die verrunzelten Wangen, Sir Raoul lächelte die ganze Zeit, Sir Egide und Sir Dillan zitterten vor Anspannung, aber sie alle versprachen laut und stolz ihre Gefolgschaft, sodass ihre Worte in jeder Ecke des riesigen Raumes gehört wurden.

Als Nächstes knieten Sauras Männer vor ihr nieder. Einer nach dem anderen legten sie ihre Handflächen zusammen in ihre Hände und schworen vor Gott, dass sie ihre Ländereien für sie verwalten würden. Auch ihre Worte waren laut und deutlich, aber als sie geendet hatten, standen sie nicht auf.

Als ältester Ritter sprach Sir Francis von Wace für sie. Ernsthaft, denn die Angelegenheit verlangte viel Bedacht und Sorgfalt, sagte er: »Wir schwören unsere Gefolgschaft mit Freuden der Lady Saura von Roget. Dennoch haben wir eine Frage bezüglich unseres Schutzes und der Verteidigung ihrer Ländereien, auf die wir eine Antwort benötigen. Lord William war für einen längeren Zeitraum blind. Wird seine Blindheit wieder zurückkehren?«

Sauras Brust füllte sich mit einer Art verletztem Groll. »Ist Blindheit so wichtig?«

Williams Hand berührte sie. »Bei einem Krieger ist sie es. Sie müssen wissen, ob ich sie im Falle einer Belagerung befreien kann oder nicht.«

»Ja, Mylady, wir wollen nicht respektlos erscheinen, aber falls Lord William Aussetzer beim Sehen hat, dann müssen wir das wissen«, erklärte Sir Denton.

»Ich verstehe«, versicherte William ihnen. »Ich würde weniger von Euch halten, wenn Ihr Angst gehabt hättet, danach zu fragen. Aber ich versichere Euch, meine edlen Ritter, seit Lady Saura mich mit ihrer heilenden Berührung gerettet hat, hatte ich keine Probleme mehr. Ich werde es Euch beweisen, wenn wir losziehen und den rebellischen Sir Frazer unterwerfen.«

Sir Francis stand auf, und die anderen folgten ihm und murmelten ihre Zustimmung. »Dann werden wir stolz darauf sein, Euch zu folgen, Mylord. Werden wir bald aufbrechen?«

Saura knirschte beim erfreuten Klang ihrer Stimmen mit den Zähnen und noch mehr, als William bereitwillig zustimmte. »Sehr bald. Wir wären Narren, wenn wir ihm erlauben würden, sich auf eine Belagerung vorzubereiten.«

Die Männer traten zurück, und William stieß Saura vorsichtig an. »Ist es nicht Zeit fürs Abendessen?«

»Oh.« Sie zuckte zusammen, denn ihre Gedanken waren weit weg gewesen. »Natürlich, Mylord.« Ihre Gesichtszüge erstarrten, als sie sich umdrehte und den Befehl gab, die Tische aufzustellen. William ließ sie los, und als hätte sie es gewusst, verstand er ihre Besorgnis. Hatte seine Anne nicht ebenso über das Kämpfen gedacht? Aus irgendeinem unerklärlichen Grund machten sich Frauen schon über ein bisschen Waffengeklirre Sorgen, das ihnen die Ehemänner rauben könnte. Man sollte meinen, sie würden sich stattdessen über all die Nutten auf der Welt Sorgen machen. William verstand es nicht, aber er beließ es dabei, ihre alberne Handlungsweise nicht weiter aufzuklären.

Stattdessen wappnete er sich gegen einen weiteren Angriff auf seine Ohren. William konnte sehen, wie Nicholas ein weiteres mit Notizen vollgekritzeltes Pergament konsultierte. Es war sein Hochzeitstag, und er verdiente eine Atempause von dieser unerbittlichen Reimerei. Er versuchte, Nicholas gegenüber fair zu sein. Der Mann war unzweifelhaft zum ersten Mal in seinem Leben verliebt. Er verstand das, denn wie könnte ein Mann Saura auch nicht lieben? Aber als er hörte, wie Nicholas Saura seine Ergebenheit erklärte, seiner Ehefrau, seiner *Frau*, da wollte er ihn am liebsten zu Brei schlagen. Er hatte Schwierigkeiten damit, sich an Freundschaft und Großzügigkeit zu erinnern, wenn er hier auf seinem eigenen Grund und

Boden vorgeführt wurde. In der Tat schuf Nicholas' Anbetung bereits genügend Klatsch, dass William in Erwägung zog, mal mit dem Mann unter vier Augen zu reden. William wusste, dass Saura nicht beeindruckt war. Tatsächlich konnte jeder ohne Probleme erkennen, dass sie nicht beeindruckt war. Dennoch gab es immer Leute, die begierig darauf waren, Gerüchte zu verbreiten und Respektspersonen zu verleumden, und Sauras Eheschließung hatte sie in eine gefährliche Vorrangstellung gebracht. Also stand William nun vor der Wahl: Sollte er Nicholas verbieten, Saura ein paar Verse zu widmen, woraufhin die Leute sicher über sein mangelndes Vertrauen gegenüber seiner Frau tratschen würden? Oder sollte er sich damit Mut machen, dass Nicholas schon bald abreisen und seine besorgniserregende Zuneigung mit sich nehmen würde? Ganz egal wie er sich auch verhielt, es würde Gerüchte über eine Kluft zwischen William und seinem Freund oder zwischen William und seiner Ehefrau forcieren. Als Kämpfer war sein erster Instinkt, die Initiative zu ergreifen. Als Denker nahm er an, dass es dem Zweck dienlicher sei, bloß Langeweile zu zeigen.

Er setzte sich neben Saura an den Kopf der Tafel und lauschte den Spötteleien seiner Freunde über die bevorstehende Hochzeitsnacht und grinste an den passenden Stellen. Die launigen Andeutungen der Damen ließen Saura erröten, und sie vergaß ihren Groll auf William, und dafür war William dankbar. Aber die ganze Zeit behielt er Nicholas im Auge. Dieser aß herzhaft. Nicholas aß immer herzhaft, nicht einmal unerwiderte Liebe konnte das ändern, aber William war klar, dass die Zeit gekommen war, sich zu entscheiden, sobald er fertig sein würde. Sollte er aufstehen und eine Erklärung abgeben oder sollte er Nicholas' Verhalten noch einen Abend hindurch erdulden?

Die Entscheidung wurde ihm vorläufig abgenommen. Auf der anderen Seite von Lord Peter stand nun Raymond auf. Er hatte eine Präsenz, wie sie nur wenige Männer besaßen. William hatte sie und auch Lord Peter, denn diese Männer konnten ohne Mühe in einem lauten Raum für Ruhe sorgen. Während es im Rittersaal nun still wurde, verbeugte sich Raymond vor dem verheirateten Paar und dann noch einmal vor Saura. Er stieg auf die Bank, stellte einen Fuß auf den Tisch und stützte sich auf sein Knie. Sein Knappe brachte ihm eine Laute, und als Raymond sie entgegennahm, sagte er: »Die Braut ist die Königin dieses Tages, die Ehefrau die Königin der Nacht, und ich habe ein Lied, das verkündet, wie ich für die schönste Königin von allen empfinde. Für Saura, unsere Saura, die Königin der Morgenröte und der Abenddämmerung.«

Nachdem er dies gesagt hatte, stimmte er ein Lied von atemberaubender Süße an. Als wahrer Musiker schuf er eine Ballade über Saura, die einem die Tränen in die Augen trieb. Selbst Saura lauschte und ignorierte für ein paar Momente ihre Aufgaben als Gastgeberin, während sie sich von der Melodie treiben ließ.

Zunächst alarmiert, entspannte sich William langsam. Dies war kein weiterer Verrat durch einen Kameraden. Dies war Lyrik, die die pathetischen *Verslein* von Nicholas weit in den Schatten stellte. William konnte seine Erleichterung über diesen Wandel der Ereignisse gar nicht nachvollziehen. Weshalb sollte Raymonds Ergebensheitsbekundung seine Befürchtungen beruhigen? Dennoch tat sie es, und als er seinen Blick über die Damen und Herren, über die Diener, die Knechte und Mägde streifen ließ, da wusste er, warum. Sie waren verwirrt. Wie konnten sie behaupten, Saura hätte sowohl Nicholas als *auch* Raymond ermuntert? Gewiss, sie konnten so etwas zwar behaupten, aber je mehr sich ihre Anschuldigungen ausweiteten, desto mehr schwand deren Glaubwürdigkeit. Nicholas war vor ihnen allen in Burke angekommen, und sie konnten darüber spekulieren, was passiert war, bevor sie aufgetaucht waren. Aber was war mit Raymond? Er war lange nach dem letzten Gast gekommen, und niemand hatte ihn dabei erwischt, wie er sich mit Saura in eine Ecke geschlichen hatte.

Als das Lied endete, lächelte William zufrieden, und noch während des Applauses stand ein weiterer Ritter auf und erklärte: »Ich habe auch *Verse* für Lady Saura, die lieblichste Frau, die mir vor der Nase weggeschnappt wurde.« Er wartete gar nicht ab, sondern stimmte ein Gedicht über die ungerechten Wege des Schicksals an, das ihn zu spät zu Saura geführt hatte. Ihre Schönheit alleine mache sie für ihn unerreichbar, das und der Umstand, dass sie nun mit dem größten, zähesten Krieger von England verheiratet sei.

Nachdem das Gelächter abgeebbt war, stand noch ein Ritter von einem spontanen Lied inspiriert auf. Ein weiterer erhob sich, und noch einer, und alle sangen mit unterschiedlichen Talenten und Botschaften ihr Loblied auf Saura. Bald wurde es mehr eine Gelegenheit anzugeben und eine Methode, um William und Saura noch länger als Gastgeber und Gastgeberin am Tisch zu halten. William fand sich mit ihrer Albernheit ab, bis er entschied, dass den Gerüchten über Nicholas und seine Liebe nun genug Schaden angerichtet worden war. Dann stand er auf und nahm Saura in die Arme. »Schlafenszeit«, erklärte er entschieden.

Das brachte ihm das lauteste Gelächter des Abends ein. Lady Jane stand auf, und die anderen Frauen folgten ihr. »Wir werden sie vorbereiten, Mylord.«

William wog ihre Entschlossenheit gegenüber seinem eigenen Verlangen ab und ließ Saura auf die Füße gleiten. »Wie Ihr wünscht. Aber macht nicht zu lange.«

Diese Empfehlung sorgte für solche Belustigung, dass Saura annahm, alle hätten bereits ein wenig zu viel Bier und Wein getrunken. Sie eilte mit den Frauen in ihr Gemach, stand folgsam da, während man sie auszog und ihr Haar auf strategische Stellen platzierte. Nicht der Sittsamkeit wegen, denn es würde ihre körperliche Vollkommenheit nicht mindern, sondern hervorheben. Es galt, ihn zu reizen. Die Männer drängten ebenfalls herein und trugen William mit sich, so als ob dieser unwillig wäre und dazu gezwungen werden müsste fortzufahren. Sie stellten ihn auf die Füße, zerrten ihm ungeschickt die Kleider vom Leib und stellten ihn vor Saura hin.

Die Frauen hoben Sauras Haar verführerisch langsam von ihren Schultern. Die Männer pfiffen, stupsten sich gegenseitig an und lachten, als sie Williams schmerzvollen Blick der Vorfreude sahen, und Lord Peter rief: »Wenn du diesen Speer ebenso gut führst, wie du deine Lanze beim *mêlée* geführt hast, dann wird Saura bis zum Morgen tot sein.«

»Nein«, versicherte ihm Jane. »Sie wird seine Lanze bezwingen. Diese Schlacht gewinnen Frauen immer.«

»Nur bis die Lanze wieder aufgestellt ist«, antwortete Lord Peter gefällig.

»Dafür beten wir doch«, rief Bertha.

Seine Pflicht erfüllend sagte Bruder Cedric: »Lady Saura ist körperlich makellos, bis auf ihre Augen. Wird Lord William sie wegen ihrer Behinderung verleugnen?«

»Niemals«, bezeugte William. »Sie ist die Retterin meines Augenlichtes, die Dame meines Herzens.«

»Aber wie kann sie Williams Körper sehen?«, fragte Jane verdutzt. »Sie hat ein Recht darauf, ihn zu sehen und ihre Bereitschaft zu bekräftigen, mit ihm verheiratet zu bleiben.«

Saura trat vor und legte ihre Hände auf Williams Arme. »Das Problem kann ich lösen. Ich muss nur dies hier tun …« Sie wanderte so mit ihren Fingerkuppen über seine Brust, dass die Männer aufstöhnten. Ihr Verhalten brachte ihr eine sofortige Belohnung ein, denn William hob sie hoch und trug sie zum Bett.

»Wir werden sie am Morgen fragen, ob sie zufrieden ist«, entschied Lady Jane und führte die ganze Bande in den Rittersaal hinaus.

Sauras leises Lachen schwang in der Luft, und die schwere Tür schlug zu. William ließ sie auf das Bett plumpsen und drehte sich um. »William!« Sie stützte sich auf den Ellenbogen ab und schob sich die Haare aus dem Gesicht. »Lass mich dich sehen.«

»Warte«, brummte er. »Ich werde nur erst dauerhaft für unsere Privatsphäre sorgen.«

Die hölzerne Bank kratzte über den Fußboden, als er sie bewegte. Der Nähtisch vom Fensterplatz folgte ihr.

»Erwartest du etwa noch einen Besuch?«, fragte sie interessiert.

»Erwarten ist vielleicht zu viel gesagt.« Er grunzte, als er die schweren Möbelstücke nahe vor die Tür schob. »Wohl eher befürchten. Es hat Zeiten gegeben, da habe ich selbst für die Störung eines solch intimen Momentes gesorgt, und ich *befürchte*, meine Freunde könnten ähnlich fiese Absichten haben.«

»Dann solltest du besser auch noch die Truhe hinüberschieben«, wies sie ihn an.

Lachend schob er ihre Truhe hinüber, bis deren Gewicht die Barriere aus den anderen Möbeln am Platz hielt. Er wollte zu ihr zurückgehen, änderte dann aber seine Meinung. Er kniete sich hin und öffnete die Truhe, und sie versuchte zu hören, was er tat, aber er schloss das Möbelstück beinahe sofort wieder, und Saura erinnerte sich an seine Geschenke. »Ich habe dir noch gar nicht für die Brautgeschenke gedankt. Gott schütze dich, weil du mich in den Augen aller bedeutsam erscheinen ließt.«

»Du machst dich selbst bedeutsam in den Augen der anderen«, erwiderte er. »Ich zeige dir nur ganz einfach meine

Hochachtung.« Das Bett wurde von seinem Gewicht niedergedrückt.

Saura verschränkte ihre Finger, denn sie war sich plötzlich der Stille im Raum und ihrer Zweisamkeit zum ersten Mal seit zu vielen Wochen bewusst. »Ich habe ebenfalls große Achtung vor dir.« *Wie ungeschickt*, dachte sie und schämte sich für ihre mangelnde Redegewandtheit. Während sie so dasaß, vollkommen nackt, spürte sie, wie sie langsam zur Besinnung kam. Sie hob die Bettdecke und kroch darunter, zog die Laken über ihre Knie, ihre Taille, ihre Brust und die Schultern. Unterdessen fragte sie sich, ob er sie wohl aufhalten würde, aber er tat es nicht.

Sie wollte mehrmals etwas sagen, aber es fiel ihr kein geeignetes Gesprächsthema ein. Er sagte nichts, und sie fragte sich, ob er beleidigt war. Hatte ihn der Trick mit der fehlenden Unterhose so ernsthaft bekümmert, dass er nichts mehr mit ihr zu tun haben wollte? Dann räusperte er sich, und sie wusste, dass es nicht so war.

Zum ersten Mal seit einem ganzen Monat waren sie wirklich alleine, und sie fühlten sich albern. All ihre anderen Zusammenkünfte waren ganz spontan gewesen, waren lüsternes Fallenlassen aus der Senkrechten in die Waagerechte gewesen. Diese Nacht verlangte kein hastiges Entkleiden, keine heimliche Verschwörung oder besondere Verführung. Sie waren Mann und Frau. Sie hatten jedes Recht, gemeinsam auf dem Bett zu liegen.

»Habe ich dir eigentlich schon gesagt, wie hübsch du heute aussiehst?«, fragte er mit einem weichen Bassgrummeln.

»Vielen Dank.« Sie lächelte ein wenig steif und blickte sich um, als suche sie ein weiteres Gesprächsthema. »Selbst wenn ich keine Unterwäsche trage?« Sofort fragte sie sich, weshalb sie ihn daran erinnerte.

»Oh.« Er verlagerte sein Gewicht auf dem Bett. »Nun, ja.

Das Wissen, dass du nichts unter deinem Kleid anhattest, erinnerte mich ständig an … Ich mochte es. Ja.«

Wieder wurde es still, bis sie sich daran erinnerte zu fragen: »Hast du dein Ballspiel gewonnen?«

»Ja. Ja, meine Mannschaft hat knapp gewonnen. Wir haben erst hinten gelegen, aber nachdem du reingegangen bist, habe ich besser gespielt, und wir gewannen.« Wieder verlagerte er sein Gewicht ein wenig, kam ein bisschen näher, und sie spürte, wie ein Gefühl der Erleichterung sie durchströmte.

»Ich habe deine Freunde gerne kennengelernt«, erbot sie sich.

Er lachte leise. »Etwa alle von ihnen?«

»Die meisten von ihnen«, gab sie mit ernstem Blick zu.

»Sie haben dich auch gerne kennengelernt.« Er hob die Bettdecke und glitt darunter, nahe an sie heran.

Sie saß, er saß, ihre Schenkel drückten sich aneinander, ihre Arme berührten sich.

Sollte sie ein wenig zur Seite rücken? Würde er glauben, sie wolle ihn meiden, oder würde er denken, sie mache ihm Platz?

Er wackelte mit den Hüften, und, ohne es entscheiden zu müssen, hatte sie sich ein wenig zur Seite bewegt. »Haben dir die Pelze gefallen?« Seine Hände zogen etwas unter der Decke entlang.

»Sie fühlen sich faszinierend an.« Beim Versuch, aufrichtig zu sein, tat sie zu viel des Guten und säuselte ihre Antwort förmlich heraus.

»Ich hatte gehofft, sie würden dir gefallen.« Diese großen Hände kamen ihr immer näher, und etwas Plüschiges streichelte über ihr Knie. »Man kann dir aus all den Fellen einen Umhang machen. Aus allen außer einem, und rate mal, was wir damit machen werden?«

Sie saß ganz still, war unfähig, das mächtige Kribbeln zu

deuten, das ihr Bein angenehm erregte. Es war nicht seine Hand. Die plüschige Liebkosung strich ihren Schenkel hinauf, und sie streckte die Hand aus, um sie genau zu bestimmen.

Er schob ihre Hand weg und sagte: »Nein. Dies ist mein Anteil des Brautgeschenks.«

Etwas unglaublich Weiches strich über ihren Körper, und ein gewaltiges Gefühl der Lust ließ ihre Bauchmuskeln versagen. Ihre Brustwarzen stellten sich auf, Gänsehaut überzog sie. »William«, stieß Saura hervor. »Ist das einer der Zobel?«

»Ja.« Er rieb den Pelz über ihren Hals.

»Was tust du damit?«

Er zog ihn über ihre Schulter. »Leg dich hin«, drängte er. »Und ich werde es dir zeigen.«

Ein Kratzen an der Tür riss Saura aus dem Schlaf. Sie wollte nicht aufstehen. Gott, nach letzter Nacht wollte sie nie mehr aufstehen, und ganz besonders nicht unmittelbar in der frostigen Morgendämmerung. Aber das Kratzen kam wieder, ein langes, trauriges Kratzen, und ihr Pflichtbewusstsein und das Wissen, dass Bula nicht aufgeben würde, zerrten sie aus ihrem warmen Nest an Williams Brust hervor.

»Ja, Bula«, flüsterte sie und zog ihr braunes Arbeitskleid über. »Ich komme ja schon, du dummer Hund. Weshalb habe ich dich das überhaupt anfangen lassen?« Mit leisem Ächzen und Stöhnen schob sie die Truhe, den Nähtisch und die Bank zur Seite. Sie hielt inne und lauschte auf Williams Atem. Falls sie ihn geweckt hatte, dann täuschte er seinen Schlaf mit der Hingabe eines äußerst befriedigten Mannes vor.

Sie öffnete die Tür, und der Hund begrüßte sie begeistert, und sie kraulte seine Ohren. »Pst.« Sie lauschten den Geräuschen im Rittersaal. Niemand schien wach zu sein. Ein paar Körper wälzten sich auf dem Boden, drehten sich in den Binsen um oder stöhnten wegen eines Albtraums. »Führ mich nach draußen, Hund.« Sie klammerte sich an sein Nackenfell und folgte ihm, als er sie durch das Labyrinth von schlafenden Körpern zur Treppe auf der anderen Seite des Raumes führte.

Saura fand die Wand und begann hinabzusteigen. Die Luft wurde frischer und kälter, und Bula trottete voraus und schnupperte begeistert. Sie zog den Riegel der Tür zurück und öffnete sie, bis die Türangeln knarrten. Der Hund ging weiter und weiter vor ihr her, die Pfoten klopften so lange, bis sie den unteren Treppenabsatz erreichten. Dort hielt er an, und Saura erwartete zu hören, wie er gegen die Außentür kratzte. Er tat es nicht. Stattdessen erreichte sie ein dunkles, lautes Schnüffeln und dann ein kurzes, verstörtes Bellen.

Saura eilte nach unten und wunderte sich über die Veränderung in Bulas üblichem Verhalten. Ein Hindernis auf den letzten beiden Stufen erfasste ihre Zehen, ein schweres Hindernis, das zwar ein wenig nachgab, sich aber nicht bewegte. Saura schrie auf und fiel darüber, fiel und landete kopfüber auf den Pflastersteinen. Mit einer Wange schlug sie hart auf. Eine Hand glitt aus, und sie landete mit ihrem ganzen Gewicht auf ihrem Ellenbogen. Schließlich schlug sie sich am Felsen noch die Knie auf.

Der Schmerz ließ sie kurz ohnmächtig werden. Ihr Verstand bekam nichts mehr mit, doch als sie aufwachte, hörte sie ihren Schrei noch im Treppenschacht widerhallen. Ihr Ellenbogen brannte durch den Aufprall, und als sie sich wieder aufrichtete, schien ihr Gesicht anzuschwellen. »Oh Gott«, stöhnte sie. »Was war das?« Bula schnüffelte an ihr und winselte kümmerlich.

Sie kroch zurück zu den Stufen und streckte die Hand aus, um das Hindernis zu berühren. Etwas Grobes, Knochiges traf ihre forschenden Hände und dann ein warmer Körper, der in die Kleider eines Dienstmädchens gewickelt war. Ihre Finger untersuchten ihn mit immer panischer werdenden Kreisbewegungen und versuchten, noch einen Funken Leben in der Frau zu finden. Da war nichts, überhaupt keine Bewegung, und als sie das gequälte Gesicht entdeckte, wusste Saura, weshalb. Das Genick der Frau war gebrochen und stand in einem merkwürdigen Winkel ab.

Über ihr hörte sie Schritte und dann noch mehr Schritte, die die Stufen hinunterklapperten, und sie schaute voller Entsetzen nach oben. Stimmen, die sie nicht identifizieren konnte, Stimmen, die sie wiedererkennen sollte, griffen ihre summenden Ohren an. Saura schrie: »Wer ist das? Sagt mir, wer das ist!«

Die Stimmen verstummten, und dann sagte Charles mit eiskalter Betonung: »Es ist Hawisa. Hawisa, die Schlampe, die Euch eine Hexe genannt hat. Hawisa, das Dienstmädchen, dem Ihr gestern gedroht habt, es umzubringen.«

17

»Es ist Charles.«

»Er ist es nicht, glaub es mir.«

»Wer ist es dann?«, fragte William. »Du bestehst darauf, es sei nicht Charles, aber wer ist es?«

Gequält lief Saura hin und her, eine Hand immer als Orientierung auf den Tisch gelegt. »Ich weiß es nicht«, gab sie zu. »Aber die Stimme passt nicht.«

»Passt nicht?« William schlug mit dem Becher auf das Brett. »Gütiger Gott, er hat dich ja schließlich des Mordes an Hawisa beschuldigt, als er unsere Gäste an deine Drohung, sie umzubringen, erinnert hat!«

Saura öffnete den Mund, schloss ihn dann aber lieber wieder.

Die Gäste waren in den letzten Sommertagen abgereist. Sie machten sich von dannen und sprachen ständig über die außerordentlichen Ereignisse rund um die Hochzeitsfeier und merkten sich die Geschichten für den Winter, der vor ihnen lag.

Saura und William hatten ihnen eine gute Reise gewünscht, hatten ihnen nachgewinkt, bis sie außer Sichtweite waren, und hatten sich dann einander zugewandt und erleichtert aufgelacht. William hatte sich damit zufriedengegeben, seiner Braut den Hof zu machen, hatte sie bei ihren Aufgaben unterstützt, war mit ihr im Wald spazieren gegangen und hatte sie bei jeder sich bietenden Gelegenheit geliebt. Aber jetzt verging die Zeit der Flitterwochen, und William wurde unruhig und sprach von Belagerung und Kampf.

Saura hatte William während dieser beiden bezaubernden Wochen nichts von den bedrohlichen Ereignissen in ihrem Garten erzählt, von dem geheimnisvollen Sprecher, der sie berührt und ihr seine Liebe gestanden hatte. Sie hatte Angst, William zu erzürnen. Sie konnte sich gut vorstellen, wie er herausstampfen und lautstark verkünden würde, er würde den Mistkerl finden, der es wagte, sich seiner Frau zu nähern.

Mehr noch als das fürchtete sie aber, dass er ihr nicht glauben würde. Die adligen Frauen hatten es offensichtlich nicht getan, nicht einmal Lady Jane. Sie hatten es als einen Traum abgetan, und das aus gutem Grund. Sie hatten nach ihr gesehen, sagten sie, und hatten sie schlafend und alleine aufgefunden. Sie hatten das Tor zum Garten beobachtet, als sie sich näherten, und niemand war auf diesem Weg verschwunden. Selbst Saura stimmte zu, dass ihr Phantom nicht auf diesem Weg geflüchtet sein konnte, aber sie wusste einfach nicht, *wie* er es geschafft hatte. Nachdem die Gäste gegangen waren, hatte Saura den Garten aufgesucht und hatte sich, obwohl sie sich töricht dabei vorkam, an den Wänden entlanggetastet. Aber ihre Neugier hatte ihr bloß eine Handvoll Rosendornen eingebracht.

Dennoch sollte sie es William erzählen. Sie *würde* es William erzählen. Sie drehte sich um, sah ihn an und fragte tapfer: »Was möchtest du zum Abendessen?« Sie blinzelte. Das war überhaupt nicht das, was sie sagen wollte, und William wusste das.

»Was ist los, Liebes?« Er stand auf, ging um den Tisch herum und zog sie in seine Arme. »Erzähl es mir.«

»Oh, William.« Sie ließ den Kopf auf seine Brust sinken. »Ich bin ein solcher Feigling.«

»Du?« Sie spürte das Rumpeln seines Lachens unter ihrer Wange. »Du bist die tapferste Frau, die ich kenne. Schlägst mit einem Stein Köpfe ein, trittst Arthur gegenüber, zwingst diese adligen Damen, dich zu respektieren, heiratest mich.

Ich wünschte, ich hätte so viel Mut, wie du im kleinen Finger hast.« Er hielt eine ihrer Hände hoch und küsste den kleinen Finger.

»Du bist der tapferste Ritter der ganzen Christenheit.« Sie zog ihre ineinander verschlungenen Hände zurück bis vor ihr Gesicht und küsste seine Hände. »Du bist gütig, großzügig und ein großartiger Kämpfer. Du bist so schlau wie ein Fuchs.«

»Und ich muss mich um Charles kümmern. Wir können nicht mit dieser Gefahr, die überall lauert, weiterleben.«

»Nein! Nein.« Sie streckte die Hand aus, bekam seinen Bart zu fassen und zog diesen zu sich herunter, bis sein Gesicht auf derselben Höhe war wie ihres. »Nein.«

»Dann werde ich losziehen und dein Lehen von Sir Frazer zurückholen.«

Sie ließ den Kopf hängen.

»Es muss getan werden«, sagte er.

»Ich weiß«, stimmte sie widerstrebend zu. »Aber du kannst noch nicht gehen. Du hast versprochen, mir beizubringen, mich selbst zu verteidigen.«

»Dich selbst zu verteidigen?« Er war erschrocken. »Warum solltest du das lernen müssen?« Sie beide wussten, das war eine törichte Frage. »Ja, ich habe es versprochen, nicht wahr? Aber der Unterricht wird nicht so lange dauern, wie du es hoffst, Liebes.« Er nahm ihre Hand und führte sie zu den Stühlen am Feuer und setzte sie hin. Er zog seinen Stuhl dicht heran, sodass sich ihre Knie berührten, und sagte: »Hör mir zu. Mein Vater lehrt seine Ziehsöhne Folgendes als wichtigste Regel des Kampfes, und man kann sie auf alle Kampfsituationen anwenden.«

Sie setzte sich gerade hin. »Die wichtigste Regel des Kampfes? Ich habe gehört, wie du schon mal darüber gesprochen hast.«

»Nur ein Narr vergisst sie. Hör gut zu. So etwas wie eine faire Schlacht gibt es nicht. *Schlachten werden geschlagen, um zu gewinnen*. Ich nahm schon an Kriegen teil, bei denen die Strafe für mein Versagen die Beschlagnahme meines Besitzes oder der Tod meines Sohnes gewesen wäre. Ich habe an Konflikten teilgenommen, wo mich eine Übermacht von Männern umzingelte, die mich mit den Klingen ihrer Schwerter zu töten versuchten. In solchen Gefechten siegt nicht die Stärke allein, sondern eine Kombination von Können und Gerissenheit. Wenn dein Gegner erwartet, dass du angreifst, zieh dich zurück. Wenn dein Gegner glaubt, du seist schwach, zerschmettere ihn mit deinem Mut. Du, Saura, hast einen großen Vorteil.«

Sie zog ungläubig die Augenbrauen hoch.

»Oh ja, Liebes. Du bist eine Frau. Frauen sind alle dumm. Du bist schön. Schöne Frauen haben sogar noch weniger Verstand als die durchschnittliche Frau. Du bist winzig. Ein Mann kann dich mit den Muskeln in seinem kleinen Finger überwältigen. Und du bist blind.«

Sie hob ihre Hand an sein Gesicht und fuhr mit den Fingerspitzen über seinen Mund. Er grinste, und sie grinste zurück.

»Jeder Mann, der dich in eine Auseinandersetzung verwickelt, erwartet, dich ungestraft vernichten zu können. Benutz deine Schwächen, um ihn zu verwirren.«

Sie nickte langsam. »Ich verstehe. Um ein guter Ritter zu sein, braucht man Kraft und Können. Um ein großer Ritter zu sein, muss man klug sein und diesen Erwartungen manchmal widersprechen.«

Er lachte. »Du bist gut für meinen Hochmut.«

»Du bist ein großer Ritter, aber wenn du losziehen musst, um mein Lehen zu belagern, dann verlange ich von dir das Versprechen, dass du nicht verletzt werden wirst.«

»Der größte Ritter der Christenheit? Verletzt?« Er lachte

und küsste ihre Wange. »Dieser gütige, großzügige, großartige Kämpfer? Verletzt?«

»William.« Saura schwankte, als seine Zunge über die empfindliche Haut über ihrem Kinn strich. »William, du hast mir dein Versprechen noch nicht gegeben.«

Er stupste ihr Kinn mit seiner Nase zur Seite und küsste ihren Nacken. »Dieser schlaue Fuchs? *Verletzt*?«

»William?«, murmelte sie, als er mit der Nase über ihr Schlüsselbein rieb. »Dein Versprechen.« Die scharfen Kanten seiner Zähne zwickten ihre Schulter durch den Stoff, der sie bedeckte. »William.« Sie schluckte heftig und verlor ihren Gedankenfaden. »William, die Diener.«

»Verflucht seien sie.«

»Das Abendessen. Dein Vater und die Jungen werden aufheulen, wenn es schon wieder zu spät ist.« Sie seufzte, als er sie von ihrem Stuhl und auf seinen Schoß hob, und biss ihn sachte ins Ohr.

»Sie sollen zur Hölle fahren.«

»Wir können uns ja direkt nach dem Essen zurückziehen.«

»Und dann was tun?«, flüsterte er.

»Ich werde es dir zeigen«, flüsterte sie zurück und presste ihre Nase gegen seine.

Er grunzte und ließ sie wieder auf ihre Füße sinken. »Die Vorräte sind für eine Belagerung vorbereitet.« Er stützte sie, bis sie ihr Gleichgewicht wiedergefunden hatte. »Ich werde mit den Männern morgen früh aufbrechen. Du musst nicht aufstehen und mich verabschieden.«

Sie packte ihn am Ärmel und fragte: »Wurde ich soeben manipuliert? Ist mein schlauer Ritter mit allem vom Schlachtfeld zurückgekehrt, was er begehrte?«

»Nicht mit allem«, versicherte er ihr. »Du vertraust mir immer noch nicht genügend, um mir zu sagen, was dich beunruhigt.« Er wartete, aber sie sagte nichts. »Ich werde immer für dich da sein, Süße, wenn du mit mir reden willst.«

Saura saß im Kräutergarten, der voll reifer Pflanzen war, die auf ihre Ernte warteten. Sie wartete in der Kühle des frühen Abends darauf, dass William zu ihr kommen und ihr sagen würde, dass er nun wieder losziehen und kämpfen würde.

Er war von der Wunde genesen, die er sich bei der Belagerung ihres Lehens zugezogen hatte. Sie war von ihren Schuldgefühlen noch nicht genesen. All diese Wochen der Krankheit, nur um eine Burg zurückzuerobern, die ihr egal war. Es war zwar keine große Wunde gewesen, hatte ihr jeder versichert, aber mit der typisch männlichen Verantwortungslosigkeit hatte er sie nicht gesäubert, hatte sich nicht darum gekümmert. Er war im Delirium nach Burke zurückgekehrt und musste auf einer Trage aus Zweigen hergeschleppt werden.

Erschrocken hatte Saura Maud geholfen, für ihn zu sorgen, hatte ständig die übel riechenden Umschläge gewechselt und ihn gebadet, wenn sein Fieber stieg. Sie hatte in diesen Momenten nicht an die Zukunft gedacht, nur daran, ihn wieder ins Leben zurückzuholen. Jetzt dachte sie aber daran, verbittert und unaufhörlich. War das ihre Belohnung? Ihn gesund zu pflegen, um ihn dann wieder loszuschicken, damit er wieder kämpfen konnte?

Sie hätte ihn nicht gehen lassen sollen, obwohl sie nicht wusste, wie sie ihn hätte aufhalten können.

An ihrem liebsten steinernen Sitzplatz lehnte sie sich gegen die Wand und schäumte vor Wut und Unzufriedenheit. Er war durch das Tor neben ihr getreten, hatte sich vor sie hingestellt und mit seiner dunklen, goldenen Stimme erklärt, dass er losziehen und sich abermals der Gefahr in den Weg werfen musste. Und sie hatte zugehört, die Unzufriedenheit ausdrückenden Geräusche gemacht, die er schon erwartet hatte, und ihn dann, wie eine gute Ehefrau, wieder losziehen lassen.

Sie biss die Zähne zusammen und lauschte dem Stapfen seiner Stiefel im hinteren Teil des Gartens. Hier kam er, stiefelte um die Mauer herum, um das Tor zu öffnen.

Doch das tat er nicht. In einem Moment war er außerhalb der fernen Mauer, im nächsten stand er wieder fluchend drinnen und beschwerte sich über die Dornen.

Saura stand auf und rief: »Wie hast du das gemacht?« Sie hörte, wie er sich erst verblüfft umdrehte, bevor er sich wieder ihr zuwandte.

»Was gemacht?«

»Wie bist du durch die Mauer gelangt?«

»Was? Oh, das?« Er lachte, und sein Lachen war wie der goldene Sonnenschein, dem es immer gelang, sie zu wärmen. »Da gibt es ein kleines Tor in der hinteren Mauer. Es ist unter den Rosen verborgen und durch die Dornen gut geschützt, das versichere ich dir. Ich habe es als Kind benutzt, aber jetzt musste ich mich hindurchzwängen.«

»Wer weiß davon?«, wollte sie wissen.

»Jedes Kind in der Burg, nehme ich an. Es ist kein Geheimnis.« Er kam durch die Reihen mit Pflanzen auf sie zu. »Warum?«

»An unserem Hochzeitstag war jemand hier, aber die Frauen haben gesagt, ich müsse geträumt haben, denn sie haben niemanden den Garten verlassen sehen.« Aufgeregt packte Saura ihn am Arm und schüttelte diesen. »Ich dachte, ich müsse verrückt sein, aber er war hier. Er war wirklich hier!«

»Ja, ich bin sicher, das war er. Was hat er getan?«

»Mich berührt, glaube ich. Und zu mir gesprochen.« Als sie sich an jene Worte der Liebe erinnerte, die durch einen Stoffüberwurf gezischt worden waren, schauderte sie.

»Warum hast du mir nicht schon früher davon erzählt?«

»Dieses Gefühl der drohenden Gefahr, von Augen, die jede meiner Bewegungen verfolgen, verschwand mit den Gästen. Ich höre dieses fordernde Flüstern nicht mehr.« Als sie sich daran erinnerte, wurde ihre Stimme leiser. »Ich höre auch den Tritt weich besohlter Füße nicht mehr.«

»Warum hast du mir nicht schon früher davon erzählt?«, wollte er noch einmal wissen.

Sie wand sich unbehaglich hin und her. William klang gefährlich neutral, und sie fragte sich, was er wohl dachte. »Ich fühlte mich wie eine Närrin. Niemand sonst glaubte mir. So viele denken, nur weil ich blind bin, bin ich auch dumm.«

»Und du steckst mich mit denen in einen Topf?« Der Arm unter ihr versteifte sich spürbar.

»Nein. Nein, natürlich nicht.« Sie biss sich auf die Lippe. »Ich habe nur …«

Er seufzte. Sie wusste, er war enttäuscht, doch er hob ihr Gesicht ein wenig an und gab ihr einen flüchtigen Kuss. »Gib mir eine Chance, Saura. Mehr wünsche ich mir gar nicht. Nur eine Chance. Ich glaube dir, wenn du sagst, jemand war hier bei dir.« Williams Hände bedeckten ihre, und er umarmte sie. »Deshalb muss ich fortgehen und ihm gegenübertreten.«

Ihre Aufregung schwand, und die kalte Angst kehrte zurück. »Wem?«

»Charles. Es muss ganz einfach Charles sein«, erklärte er mit trauriger Gewissheit, als er sie hinunter auf die Bank schob.

»Weshalb muss es Charles sein? Weshalb nicht Nicholas? Oder Raymond? Oder sonst irgendjemand, den wir nicht verdächtigen?«

Er stützte seinen Fuß neben ihr auf, lehnte sich auf sein Knie und sagte: »Logischerweise muss es Charles sein.«

»Oh, logischerweise!«, antwortete sie ein wenig spöttisch.

Er ignorierte ihre Kritik und stimmte in einem gleichförmigen Tonfall zu: »Ja, logischerweise. Charles ist der Einzige, der wirklich von meinem Tod profitieren würde. Nicholas besitzt bereits halb Hampshire. Raymond braucht das Land nicht. Seine Familie besitzt Ländereien, die auf dem Kontinent und über ganz England verstreut sind.«

»Ist das wirklich so?«

»Was?«

»Besitzt Raymond wirklich etwas von diesem Land?«

»Nein.« Er schnaubte verächtlich. »Seine Eltern würden vor ihrem Tode nicht einen Morgen Land aufgeben. Sie halten Raymond abhängig von ihrem Wohlwollen, lassen ihn am ausgestreckten Arm verhungern, damit sie ihn kontrollieren können.«

»Also könnte es auch Raymond sein.«

»Nein«, erklärte William fest. »Nein. Raymond ist mein Freund.«

Auf irgendeine merkwürdige Art fühlte sich Saura daraufhin besser. William irrte sich, was Charles betraf, dessen war sie sich sicher. Sie hatte die Eifersucht in Charles' Stimme gehört, hörte die Unzufriedenheit über seine Situation heraus, aber konnte darüber hinaus nie irgendetwas außer Kleinlichkeit und der Sehnsucht wahrnehmen, vor all seinen Problemen davonzulaufen.

Raymond. Raymond war nicht so einfach für sie. Eine vielschichtige Komplexität färbte seine Sprache. Er war ebenfalls eifersüchtig auf William, nicht wegen dessen Reichtum, sondern wegen dessen Zufriedenheit. Raymond war ein Mann, der, von seinen Ambitionen und seiner Familie angetrieben, zynisch und misstrauisch war.

Das ließ nur noch Nicholas übrig. Nicholas, ihren seltsamen Freund.

»Nicholas«, stieß sie hervor.

William zögerte. »Ich habe ihn in Betracht gezogen. Aber eine Sache passt nicht. Nicholas hätte Hawisa niemals getötet.«

»Warum nicht?«

Er schob sie auf eine Seite der Bank, setzte sich neben sie und legte den Arm um ihre Schultern. »Er hatte angeboten, sie uns abzunehmen, und ich hatte sie ihm gegeben. Sie war sein Eigentum, und er würde niemals irgendetwas Wertvolles zerstören, das ihm gehört. Er besitzt immer noch den ersten Groschen, den er am Weihnachtsmorgen bekam.«

»Hawisa hat ihn wütend gemacht.«

»Nein, Liebes, es tut mir leid, aber ich kenne Nicholas. Er versorgt seine Bauern mit Essen und Wein, damit sie nicht krank werden und dann nicht mehr für ihn arbeiten können. Er führt seine Bücher peinlich genau. Er traut weder einem Verwalter noch einem Burgvogt.« William drückte Saura an sich. »Er müsste verrückt geworden sein, um Hawisa umzubringen.«

»Es war kein Unfall, da bist du dir sicher.«

Sie suchte eigentlich die Bestätigung des Gegenteils, aber er konnte ihr diese nicht geben. »Sie hat mit dem Mann gekämpft, der sie geschubst hat. Sie hatte blaue Flecken in der Form von Fingerkuppen auf ihrem Hals.«

»Hat wirklich niemand geglaubt, ich hätte es getan?«

»Sei nicht lächerlich. Nicht mal Theobald dachte, du hättest es getan. Wie Lady Jane betonte, hättest du sie nicht mal die Treppe herunterstoßen können. Sie war größer und mehr als zwanzig Kilogramm schwerer als du.«

Saura lehnte sich gegen ihn, und er drehte sie zur Seite, sodass sie quer über seinem Schoß lag. »Stört dich deine Wunde?«

»Nein. Selbst dein Drache Maud hat mich für geheilt erklärt.« Er nahm sie fester in den Arm. »Aber ich habe ein Leiden, ein Leiden, das nur du kurieren kannst.« Er hob sein Knie an, zog ihren Kopf nahe zu sich heran, und als er sie küsste, schloss sie die Augen. Er erforschte sie mit der Behutsamkeit eines Musikers, aber das war nicht das, was sie wollte.

Vor ihrer Heirat war sie in den Augen der Welt ein gefallenes Mädchen gewesen, mit dem man sich die Zeit vertrieb, doch dann hatte er sich in Zurückhaltung geübt, damit man Saura achtete. Sie hatten geheiratet, und wieder vergnügte sie sich mit ihm im Bett, doch diesmal war ihr Vergnügen durch einen Ehevertrag besiegelt und von der Kirche gesegnet.

Doch er war fortgegangen, nur um dann leblos und verwundet zurückzukehren. Als sie William nach Hause brachten und er im Wundfieber vor sich hin stammelte, da wollte Saura nichts weiter, als ihn gesund zu pflegen. Sie wollte ihn wieder zu Bewusstsein bringen, ihn zurück ins Leben holen und ihm dann die Hände um den Hals legen und ihn so lange würgen, bis er versprach, niemals wieder zu kämpfen.

Seit dem Tag, an dem er zur Belagerung losgeritten war, hatten sie nicht mehr miteinander geschlafen, und jetzt kam er zu ihr und erklärte, dass er es wieder tun wollte. In Sauras Busen brodelte eine Mischung aus Frustration und Zorn auf ihn und ein wenig auch auf sich selbst. Der Teufel sollte ihn holen! Er ging schon wieder fort, um gegen die unsichtbare Bedrohung zu kämpfen, die sie verfolgte. Und sie konnte ihn nicht aufhalten. Sie wollte am liebsten einen schützenden Umhang über William ausbreiten, denn auf schrecklich unlogische Weise glaubte sie, sein Unglück wäre ihre Schuld. Natürlich stimmte das nicht. Er war schon vor ihrer Ankunft erblindet und während ihres Aufenthaltes geheilt worden. Aber trotzdem verließ er sie.

Sie wendete ihre Lippen ab und fragte eilig: »Maud sagt, du bist gesund?«

»Ja.« Er folgte ihrem Mund mit seinem, suchte ihre Süße.

Sie legte ihm die Hand auf die Schulter und schob ihn zur Seite. »Leg dich auf die Bank. Ich möchte das überprüfen.«

»Meine Liebe«, er ergriff ihre Hand und küsste sie auf die Handfläche. »Dieser Garten wird nur von einem Tor beschützt. Ich kann mich nicht hier hinlegen.«

Sie gab ihrem Zorn nach, umfing sein Gesicht mit den Händen und befahl: »Leg dich hin.«

»Die Diener –«

»Brauchen keine Anweisung, wie man anklopft. Ich habe ihnen beigebracht, dass dies hier mein privater Platz ist, deshalb können wir das *jetzt* mal ausnutzen.«

Von der Leidenschaft in ihrer Stimme und dem grimmigen Nachdruck ihrer Gesten verblüfft, schnappte er mit der Verwunderung eines Menschen nach Luft, der sonst nie Befehle bekam. »Lass mich wenigstens –«

»Nein!« Sie nahm noch mal ihre Hand zu Hilfe und schubste ihn nieder. »Ich will deinen Körper unter mir spüren, bevor ich dich gehen lasse.«

Er betrachtete ihr Gesicht im Licht der untergehenden Sonne. Ihre Haut war rosig getönt, vielleicht schmeichelte ihr nur das Licht, doch vielleicht war sie auch errötet. Ihre Lippen waren fest zusammengepresst, die Augen brannten vor Leidenschaft. Sie erschien vor Sorge ein wenig spröde, doch fest entschlossen, und er ergab sich ihr. Während sie sich über ihn beugte, ließ er sich auf die Bank gleiten, sein Rücken ruhte auf dem Stein, die Füße standen noch fest auf dem Boden. Sie schwang ein Bein über ihn, und ihre Hände rasten wie wahnsinnig über ihn und suchten nach einer Bestätigung für sein Befinden. Ihm wurde klar, wie sehr sie die Annehmlichkeit vermisste, ihn bloß *anzusehen*, um seinen Heilungsprozess zu überprüfen, etwas, was die meisten Ehefrauen als selbstverständlich erachteten. Er grunzte, als sie an den Bändern seines Hemdes zerrte und dann langsamer wurde, um den Riss in der Haut nachzuzeichnen, der einen so großen Krieger gefällt hatte.

»Das ist doch nicht zu viel?«, fragte sie. »Ich habe die Wunde nicht berührt, weil ich Angst hatte, dir wehzutun, aber ich dachte, vielleicht haben sie mich angelogen und mir die Unwahrheit erzählt, damit ich mir nicht allzu große Sorgen mache.«

»Es war bloß eine unbedeutende Verletzung«, antwortete er mit heiserer Stimme. Ihre Finger waren weniger geschickt als sonst, drückten auf dem noch immer geröteten Fleisch um die Wunde herum, aber er widerstand dem Schmerz, weil er einsah, weshalb sie das tat. Sie musste sich selbst davon vergewissern, und ihre verzweifelte Sorge munterte ihn auf.

Liebte sie ihn? Vielleicht war das, dessen Zeuge er gerade wurde, die Geburtsstunde ihrer Liebe, und der Gedanke weckte ein langsames und gleichmäßig brennendes Verlangen in seinem Herzen. Er begehrte nicht nur ihren Körper, sondern begehrte sie wirklich ganz und gar. Ihre Jahre der Anstrengung, der Sorge und der Qual mit Theobald lagen zwar hinter ihr, doch diese Jahre hatten eine Mauer des Misstrauens erschaffen, die er einreißen wollte. Er wollte ihr Vertrauen einfordern, sie zwingen, es ihm zu geben, sie zwingen, ihm ihr Innerstes zu offenbaren. Worte und Strenge hatten gegenüber dieser Mauer keine Macht. Nur wenn er ihr seinen Wert langsam und dauerhaft bewies, würde er sich durchsetzen. William verstand das, obgleich ihn diese Notwendigkeit ärgerte. Das Einzige, was ihn bei der Stange bleiben ließ, war ihre Freude an seiner Gegenwart und an seinem Körper. Vielleicht würde er sich ihr ja beweisen können und dann auch den Ursprung echten Vertrauens sehen, das ihm seinen Sieg signalisieren würde.

Er spürte den Druck, als sie ihr Gewicht auf ihn herabließ. Sie ritt ihn wie ein Pferd, hatte den Rock unter sich gestopft, ohne zu wissen, ob er bereit war, sich reiten zu lassen. Sie wollte sich mit ihm vereinigen, das wusste er, doch offensichtlich hatte ihr Bedürfnis, ihn zu untersuchen, Vorrang gehabt. Wortlos massierte sie ihm die Schultern, die immer noch von seinem Hemd verdeckt waren. Sie ließ ihre Finger zu seinen Händen hinabgleiten, untersuchte jeden Finger, jeden Nagel, jede Linie auf seiner Hand, und ihre bestimmte Berührung lenkte seine Aufmerksamkeit von ihr ab. Mühsam und doch intensiv konzentrierte er sich auf seine eigenen Gefühle, schloss die Augen und genoss den Garten der Düfte und Gefühle, den sie um ihn herum erschuf.

Saura hätte gerne gelächelt, als sie spürte, wie er sich unter ihr entspannte, doch es schien so lange her zu sein, seit sie gelächelt hatte, dass sich ihre Lippen steif und ungeübt anfühlten. Ihr Groll hielt sie immer noch gefangen, Groll und der brennende Wunsch, ihn noch einmal zu berühren. Als sie seine Hände an ihr Gesicht hob, liebkoste sie die Haut auf dem Handrücken, schmiegte sich an seine Handfläche, schmeckte einen seiner Finger. Sie suchte Bestätigung, aber sein Stöhnen ermunterte sie, um seinetwillen mit den Sinnesfreuden fortzufahren. Sie hob ihren Leib ein wenig an, schnürte sein Hemd ganz auf und drückte ihre Hände auf seinen Unterleib. Er mochte das, denn er bäumte sich ihr entgegen, und plötzlich erschien das ungeübte Lächeln auf ihrem Gesicht. Hätte William sie angesehen, dann wäre er wohl besorgt gewesen, denn es war kein freudiges Lächeln, sondern sie verzog die Mundwinkel zu einem Lächeln voll süßer Rache.

Sie würde ihm die Sorge, den Zorn, das schmerzhafte Heranreifen vergelten, zu dem er sie zwang. Es war zwar nur eine vorübergehende Revanche, aber nichtsdestotrotz eine Revanche. Ihre Hände wechselten zu den Schnüren an seiner Reithose, und langsam und stetig öffnete sie den Bund und spreizte diesen so weit es ging auf. Sie ließ die Finger in die Lücke gleiten und dann wieder zurück und streichelte wieder hinauf zu seinem Brustbein, wo sein Herz heftig pochte. Und sie lächelte.

»Ich kann das nicht länger aushalten«, begann er und griff nach ihr.

»Doch, du kannst.« Sie erhob sich, und zum ersten Mal bemerkten beide, dass es mittlerweile Abend und kühl geworden war. Es musste bereits dämmern, wurde ihr klar, und sie hatte keine Zeit, um ihn zu verwöhnen. »Reich mir deine Hände«, befahl sie, und er streckte sie ihr kleinlaut entgegen. Sie legte sie sich auf die Taille und sagte dann streng: »Beweg sie nicht.«

Sie zitterte bei der Anstrengung, die sie dieser langsame und stetige Angriff kostete. Sie wollte ihn ausplündern, wollte das Brennen in ihrem Inneren befriedigen, wollte ihn ohne Rücksicht auf sein Vergnügen einfach nehmen, und doch wusste sie, dass seine Lust unwiderstehlich auf ihre traf. Sie wollte ihm ganz einfach klarmachen, dass er sich ihr ebenso wenig verweigern konnte wie sie sich ihm. Wie sie es schon einmal getan hatte, verspottete sie ihn nun: »Du, mein lieber Lord William, bist der Mann, der mir für meinen Frust büßen muss. Hier und jetzt!«

Er lachte und stöhnte auf. Weil sie es erwartet hatte, packte sie seine Hände, als diese von ihrer Taille weichen wollten, und holte sie nachdrücklich zurück. »Du hattest deine Gelegenheit, William, nun gib mir meine.«

Wieder stöhnte er. Ihre Absicht war nun klar, aber er war ein gerechter Mann und ließ sie ihren Willen durchsetzen.

Sie berührte mit geöffneten Lippen seinen Mund, mischte ihren Atem mit seinem, und er versuchte, sie mit der Zunge einzufangen, doch sie ging nicht auf sein Spiel ein. Sie zog sich zurück und lachte leise und spöttisch.

»Hexe.« Er klagte sie weniger hitzig an, als er es vorgehabt hatte.

Sie hörte seine Qual und antwortete mit dem langsamen Herabgleiten ihres Körpers auf seinen. Im Stehen öffnete sie seine Strumpfhalter und hakte ihre Daumen in seinen Bund. Er hob seine Hüfte als Reaktion auf ihren wortlosen Befehl, und sie zog ihm alle seine Kleider aus.

Sie wusste nicht, was sie dazu veranlasste, die reine Neugier vielleicht, aber sie beugte sich zu ihm nach vorne und schmeckte ihn. Er hörte auf, sich zu winden. Sein Atem stockte, jedes Lebenszeichen, jedes Anzeichen für Vergnügen ließen ihn im Stich. Beunruhigt zog sie ihren Mund zurück. »Geht es dir gut, William?«

Ein mächtiges Seufzen antwortete ihr.

Noch nie war William auf solch süße Weise gequält worden. Er wollte sich bewegen, wollte schreien, wollte Saura gleichzeitig dort belassen, wo sie war, und sie wegreißen. Er hielt den Atem an, biss die Zähne zusammen, hielt sich an der Bank fest, als ob ihn diese abwerfen wollte, und als er es nicht mehr aushielt, stammelte er: »Saura!«

Sie lächelte rachsüchtig, stand auf, hob ihren Rock hoch und fragte: »Ist es das, was du willst?«

»Verdammt, Saura, komm her zu mir, wenn dir deine eigene Lust etwas wert ist.«

Sie stellte keine Fragen mehr, stellte sich einfach über ihn, den Rock nach oben gehoben. Sie klemmte ein Knie gegen die Mauer, behielt einen Fuß auf dem Boden und fand ihn mit zielsicherem Instinkt. Sie wollte auf ihn hinabstürzen, wollte sich schnell zum Höhepunkt bringen, aber mehr noch als das wollte sie ihn quälen. Sie hielt sich zurück, stemmte sich ein wenig hoch und benutzte ihr ausgestrecktes Bein zur Anleitung. Etwas ausprobierend schwenkte sie ihre Hüften ein wenig auf dem Weg hinab. Er schnappte nach Luft und bäumte sich ihr entgegen, und das beflügelte ihre Erregung nochmals. Oh, er mochte das! Wieder erhob sie sich, drehte sich wieder hinunter und erhob sich erneut.

Seine Hände umklammerten ihre Taille, und er zog sie geradewegs zu sich hinab und hob sie wieder hoch.

Sie wehrte sich gegen William mit den Händen und ihrem Körper, nicht genügend, um ihre Vereinigung zu unterbrechen, aber genug, dass er grunzte: »Hör auf, du kleine Mutwillige.«

Natürlich hätte er sie anhalten können, wenn er das wirklich gewollt hätte. Er hätte sie jederzeit ohne Weiteres bezwingen können. Es sprach Bände für seine Geduld, dass er zuhören konnte, wie sie ihn verwünschte, ihren gemeinsamen Rhythmus bewahrte und sie mit ständig steigendem Genuss auch noch ermunterte.

Sie atmete schwer, sie kämpfte, sie spürte, wie kleine Schreie aus ihrer Kehle entwichen. Und als sie sich ein letztes Mal über ihm erhob und das Gefühl im Innern ausbrach, da war er bei ihr. Er genoss das Schaudern, das sie an den Rand des Wahnsinns trieb, und als sie am Ende ihrer Kräfte war, krümmte sich sein Rücken und er zwang sie mit seiner eigenen mächtigen Aufwallung zurück an den Rand des Abgrunds.

Sie sank erschöpft auf ihn hinab, war nicht mehr länger vor Entschlossenheit und Leidenschaft ganz steif. Er hob eines ihrer Handgelenke hoch, ließ es los und lachte leise, als es einfach so herunterfiel. Er hob sie ein wenig hoch, damit sie beide warm und behaglich liegen konnten, und sie ließ sich von ihm führen, von den Nachwirkungen der Leidenschaft noch ganz schlaff. Mit einer Einsicht, die sie überraschte, wartete er so lange, bis er sie sicher an seine Brust geschmiegt hatte, bevor er fragte: »Immer noch böse?«

»Ja«, antwortete sie langsam und befriedigt. »Aber mir fehlt die Kraft, es auszudrücken.«

»Ich werde mir diese angenehme Art, dich zu bändigen, merken«, versprach er.

Ein wenig von ihrem Kampfgeist erwachte, und sie wollte sich aufbäumen, aber seine Hand auf ihrem Kopf zwang sie wieder herunter. Entrüstet sagte sie: »Du scheinst noch ziemlich munter zu sein.«

»Mein Durchhaltevermögen ist bemerkenswert«, erinnerte er sie.

Trotzig weigerte sie sich, es zuzugeben, und er fuhr fort: »Du warst bereit für mich. Hat es dich erregt, mich zu reizen?«

Ihr Atem umwehte seinen Hals. »Ja, natürlich. Wenn du es so sehr genießt, gibt mein ganzer Körper all die Liebe frei, die ich empfinde.«

»Liebe?«, fragte er beiläufig und durchkämmte mit seinen Fingern ihr Haar.

»Die Liebe, die eine gehorsame Ehefrau für ihren Ehemann empfindet.«

»Die Liebe, die die Kirche anordnet.« Sie spürte sein Nicken an ihrem Kopf, als ob er es verstand.

»Ja.« Ihre Stimme klang ein wenig unsicher. Sie konnte die Anspannung spüren, die ihn hart wie ein Brett werden ließ, und sie glaubte, sie wusste, warum dies passierte. »Ich wäre ja auch eine undankbare Närrin, wenn ich dir nicht dafür danken würde, dass du diese Liebe erwiderst.«

»Weshalb glaubst du, ich würde diese Liebe erwidern?«

Sie lachte leise. »Du bist freundlich zu mir. Du bist trotz meiner Unwissenheit geduldig. Du erinnerst mich nie daran, dass ich eine Belastung bin, oder schlägst mich, wenn ich es verdiene.«

»Gütiger Gott! Das nennst du Liebe?«

Er setzte sich auf und vertrieb sie damit aus ihrem Nest unter seinem Kinn. Von seiner jähen unbeugsamen Wut irritiert, strampelte sie auf seinem Schoß, aber er wollte sie nicht loslassen.

Er hielt sie fest an seine Brust gedrückt und knurrte: »Du bist eine Närrin, wenn du glaubst, das sei Liebe! Fühlst du dich so unwürdig, dass du mit dieser halbherzigen Version der Liebe zufrieden bist?«

»Es ist das, was alle anderen haben.«

»Alle anderen? Wir können es besser machen als alle anderen.«

Von seinem Nachdruck überrascht und von ihrer abrupten Rückkehr von der Sättigung zur Realität verstört, wollte sie wissen: »Was meinst du?«

»Ich werde dir sagen, was Liebe ist. Liebe bedeutet, Seite an Seite gegen die Welt zu stehen, und zu wissen, gemeinsam könne man das Land regieren. Es bedeutet, mit Händen und Füßen gegeneinander zu kämpfen und niemals hinterlistige oder brutale Vergeltungsmaßnahmen fürchten zu müssen. Es heißt, gegen die gesamte Welt in den Krieg zu ziehen und doch zu wissen, dass im Bett zwischen uns der Frieden herrscht.«

Beim Versuch, ihm zu widersprechen, sagte sie: »Du sprichst vom Kampf und vom Regieren und vom Krieg und versuchst mir damit etwas über die Liebe zu erklären?«

»Ich bin ein Ritter. Wie soll ich es dir sonst sagen?« Er legte seine Hände um ihre Schultern und hielt sie ruhig. Die Dunkelheit umschlang sie, niemand konnte sehen, wie er sich selbst zum Narren machte, und er öffnete ihr sein Herz, das Herz eines Kriegers. Er zerrte die Worte aus einem versteckten Teil seiner Seele hervor und erklärte: »Liebe bedeutet zu wissen, dass Gott Eva aus Adams Rippe erschuf, aus der Stelle, die sein Herz beschützte. Es bedeutet zu wissen, dass ein Mann ohne diese schützende Rippe verletzlich ist. Es bedeutet zu wissen, dass du geschaffen wurdest, um an meiner Seite zu sein und nicht unter meinen Füßen. Es bedeutet, dass wir ein Leib, eine Seele sind.«

Weil sie wieder zornig war und seine Redegewandtheit fürchtete, sprang Saura auf, und er ließ sie gehen. Sie zog ihren Rock hinunter, glättete ihn, zog eine Art Schutz um sich herum. »Das ist lächerlich. Die Dichter singen von solchem Unsinn, aber dies ist die Wirklichkeit. Soll ich dir etwa glauben, dass ein Mann Dankbarkeit nicht schätzt?«

»Dankbarkeit?« Er stand auf, ragte hoch über sie hinweg und lockte sie mit seinem Gefühlsausbruch in die Falle. »Weil ich dich nicht schlage? Verdammt, wie kannst du nur so klug und gleichzeitig so dumm sein? Ich will keine Dankbarkeit von dir. Ich möchte, dass du glücklich mit mir bist.«

»Ich bin glücklich.«

»Mit mir!« Ihm gingen die Worte aus, und er kehrte zu dem einfachen, schlichten Französisch zurück, das er jeden Tag benutzte. »Als wir anfingen, waren du und ich ebenbürtig. Du warst meine Lehrerin, ich war ein Krieger. Jetzt willst du, dass ich dein Vater bin, der dich beschützt und mit deiner Dankbarkeit zufrieden ist.«

»Ich will keinen Vater«, antwortete sie zögernd.

»Oh, tust du das nicht! Den liebenden Vater, den du nie hattest. Aber dafür schenke ich dir meinen eigenen Vater.«

Sie schlang vor Schmerz und Kummer die Arme um ihren Leib. »Ich weiß nicht, was du willst.«

Es war ein Schrei der Fassungslosigkeit, und seine Stimme wurde milder. »Ich will eine Ehefrau, Saura. Ich will eine Frau, die mich liebt, die meine Liebe richtig auskostet, die meinem Urteil genügend Wert beimisst, um zu wissen, dass ich kein unwürdiges Gefäß lieben würde. Anne war die Ehefrau, die mein Vater für mich ausgesucht hatte, und wir haben uns zu einem Ehepaar geformt und waren glücklich. Dennoch begehe ich keinen Verrat an Anne, wenn ich sage, dass du die

Frau bist, die von mir und für mich ausgewählt wurde. Bei uns müssen keine rauen Kanten abgefeilt werden, wir passen schon zueinander. Wir werden immer zueinander passen. Wir könnten die Art von Liebe besitzen, die für alle sichtbar wie ein Licht strahlt, aber du hast Angst.«

»Was meinst du damit, ich hätte Angst?«

»Du hast Angst, mir dein Vertrauen zu schenken. Hast Angst, ich wäre wie Theobald und die anderen und würde dich auslachen. Hast Angst, in meine Seele zu blicken und den Mann zu sehen, der ich bin. Ich habe mich dir geöffnet, und du hast Angst, mich zu *sehen*.«

Er traf mit seinen Worten ins Schwarze, denn genau das waren ihre Ängste. Er drang zu ihrer Seele durch, und zum ersten Mal wurde ihr bewusst, welch ein Feigling sie doch war. Sie wollte nicht, dass er sie so gut kannte, wollte auch ihn nicht so gut kennen, als ob er die andere Hälfte eines Ganzen wäre. Angesichts seiner Traurigkeit konnte sie nicht mehr wütend sein, und als sie sprach, merkte Saura, dass ihre Stimme von Tränen erstickt klang: »Du glaubst mir nicht wegen Charles.«

»Du hast mir keinen logischen Grund geliefert, dir zu glauben. Du hast mir keinen anderen genannt, den ich verdächtigen kann. Um Himmels willen, sag mir, was in deinem Kopf vorgeht.«

Sie weinte jetzt wirklich und murmelte: »Ich kann nicht. Ich kann einfach nicht.«

William war stumm, akzeptierte ihre Worte, und dann löste er sich von ihr. Während er auf dem Boden kniete, fluchte er: »Ich kann meine Reithose finden, aber nicht meine Unterhose. Die Reithose muss genügen.«

Sie hörte, wie er sich beim Ankleiden abmühte, wie er sich fertig machte, um sie zu verlassen, und ein Schluchzen überwältigte sie. Sie erinnerte sich daran, wie sie vor Theobald geweint hatte, damals, als er sie immer noch verletzen konnte. Sie erinnerte sich an seinen Hohn, erinnerte sich daran, ihn sagen zu hören: »Spiel nicht dieses Spiel mit mir. Mit Heulen wirst du meine Sympathie nicht gewinnen.« Sie stopfte sich den Rock in den Mund, um das Weinen zu ersticken, und stand dann einsam da, während sich William darauf vorbereitete wegzugehen. Innerlich verwünschte sie ihre Feigheit. Er war angezogen, er würde nun gehen.

Doch William kam zu ihr und schlang seine starken Arme um sie. »Weine nicht, Süße. Du brichst mir das Herz. Bitte weine nicht.«

Das machte alles nur noch schlimmer. Güte, wenn sie Hohn erwartete, Fürsorglichkeit, wenn sie ein Schütteln erwartete. Ihre Schluchzer schüttelten sie nun tatsächlich durch, und er hielt sie fest und tröstete sie.

Als der Sturm abebbte, liebkoste er sie und sagte: »Lass uns nun hineingehen. Es ist dunkel hier draußen, und es wird kühl.«

»Nein! Nein.« Sie schüttelte den Kopf und wischte sich ihr Gesicht am Rock ihres Überkleides ab. »Ich will hier draußen bleiben und nachdenken.« Er wollte es ihr abschlagen, aber sie bettelte: »Bitte, William, ich muss so vieles überdenken. Lass mich allein, nur für eine Weile.«

Überraschenderweise tat er, worum sie ihn anflehte. Er ließ sie im Dunkeln stehen, im Dunst, in einem Garten, der nicht mehr länger eine Zuflucht vor sich selbst war. Als Saura wusste, dass er fort war, sagte sie laut zu sich selbst: »Ich will doch nur die richtige Art Ehefrau sein. Ich will doch bloß eine normale Ehefrau sein.«

»Bula!« Saura warf die Handvoll trockener Blätter beiseite, die sie gerade zerriss, und rief ihn. Während sie lauschte, konnte sie in der Ferne Schnuppergeräusche hören. Bula versuchte wieder einmal, ein Eichhörnchen zu verjagen, und Saura rief streng: »Bula, komm her.«

Er schnaubte protestierend, kam dann aber zu ihr gerannt, um sie freudig mit seiner Zuneigung und einem ständigen Bedürfnis nach Aufmerksamkeit zu überschütten. Sie wehrte den Angriff seiner Zunge auf ihr Gesicht ab. Während sie ihn unter dem Kinn kraulte, hörte sie seinem verzückten Winseln zu und lobte ihn leise: »Ja, du bist ein guter Junge.« Sie zog sich an seinem Halsband von der Bank hoch und griff nach dem Seil, das von Baum zu Baum gespannt war, um ihr den Weg zu markieren.

Sie wollte nicht alleine sein, weil ihre Gedanken sonst um ihre Ängste und Sorgen kreisten, aber heute hatte der Schmerz sie aus der Burg vertrieben. Sie musste Maud versprechen, nicht weit umherzuschweifen, und hatte weiter versprochen, Bula als Schutz mitzunehmen. Als Maud daraufhin schnaubte und anmerkte, dass der Hund nichts weiter als ein zu groß gewachsener Welpe sei, hatte Saura ihr zustimmen müssen. Dennoch entmutigte seine bloße Größe die meisten, und seine ungezügelte Freundlichkeit war an sich schon ein Schutz. Maud hatte noch einmal verächtlich geschnaubt, Saura dann aber widerwillig gehen lassen. Maud sah die Pein, die ihre Herrin quälte, und sie vertraute darauf, dass Lord Peters Waldläufer auf ihren Liebling aufpassten.

Saura folgte ihren Fingerspitzen von der Burgmauer bis in den Wald, wo sie in Einsamkeit sitzen und nachdenken konnte. Nachdenken, sich selbst und ihre Hemmungen verfluchen und wünschen, sie hätte William zurück.

William war nach ihrer Nacht im Garten noch drei Tage dageblieben, hatte sie umarmt, sie berührt und sich darauf vorbereitet zu gehen.

Er war freundlich und aufmunternd gewesen, hatte ihren gesunden Menschenverstand und ihre fleißigen Hände gelobt.

Er hatte alles getan, um den Riss zwischen ihnen zu flicken. Er hatte ihr jede Gelegenheit gegeben, ihm zu sagen, was er hören wollte. Wieder und wieder hatte sie den Mund aufgemacht, um genau das zu tun, ihm zu sagen, dass sie seine Ehefrau sein, sich ihm ganz und gar hingeben und nichts zurückhalten würde. Aber ihre Aufrichtigkeit hielt sie zurück. Sie konnte sich nicht so völlig ergeben, und das zu wissen tat ihr weh.

Warum konnte sie es nicht? Was brachte sie dazu, ihr Herz zurückzuhalten? Sie konnte sich selbst nicht verstehen. Sie hatte nie angenommen, ein Feigling zu sein, hatte nie geglaubt, sie würde sich mit einer weniger als vollkommenen Verbindung zufriedengeben. Also warum verriet sie dann dieses Verlangen ihres Herzens?

Sie hatten die Bediensteten zum Narren gehalten, hatten alle zum Narren gehalten. Alles schien in Ordnung zu sein zwischen den Eheleuten, und nur sie beide hatten das fürchterliche Schweigen zwischen ihnen bemerkt, wenn das Gespräch verstummte.

Und er war gegangen.

Die Hausarbeit hatte die Lücke nicht gefüllt. Sie hatte alle Pflichten einer Burgherrin wild entschlossen in Angriff genommen. Sie hatte befohlen, dass das Gewölbe gescheuert, dass verrottetes Obst aus dem Vorjahr weggeworfen und alles ordentlich sauber gemacht wurde. Das gesalzene Fleisch vom letzten Jahr wurde nach vorne gestellt, damit es als Erstes aufgebraucht wurde, und die Fässer zum Abbeizen erwarteten den ersten Kälteeinbruch und das Schlachten, das sie füllen würde. Die großen Äpfel wurden in hölzerne Kisten gepackt und mit Stroh gepolstert, die winzigen zu Apfelwein verarbeitet. An der Decke wurden Kräuter zum Trocknen aufgehängt.

Alles war vergeblich gewesen, nutzlose Ablenkungen, die

ihre Gedanken nicht davon abhalten konnten umherzuschweifen. Nunmehr ging sie mit Bula spazieren und suchte nach einer Ablenkung für den Schmerz, der sie plagte. Gemeinsam gingen sie in der frischen Luft den Pfad hinunter.

Saura wollte die große Eiche erreichen. Dort würde sie umdrehen, versprach sie sich. Es war nicht weit, aber sie wollte die knorrige Baumrinde unter ihren Handflächen spüren. Sie wollte die Schnitzerei spüren, die William eines Tages für sie gemacht hatte, als sie während der Flitterwochen diesen Weg gegangen waren. Es war ein *W*, das mit einem *S* verschlungen war, hatte er erklärt und ihre Finger durch die Buchstabenkringel geführt. Sie wollte die Markierungen finden, die zwischen die Erinnerungen anderer Liebespärchen gequetscht waren, und diesen liebevoll nachspüren. Wie eine Närrin wollte sie den Baum umarmen, der die Erinnerung an ihr Glück bewahrte.

Zum ersten Mal, seit William fort war, hatte sie sich diesem pathetischen Wunsch hingegeben. Die ganze Welt war ungerecht. Ihr Ehemann war fort, ihre treue Dienstmagd hatte einen Liebhaber gefunden. Burg Pertrade stand auch ohne ihr Zutun. Sie stieß sich an einem Stein auf dem Weg und schluchzte laut auf. Ein Zweig schlug ihr ins Gesicht, und sie schleuderte ihn beiseite. Sie schlang ihre Hand fest um Bulas Halsband und drängte ihn vorwärts.

Bula versuchte auszuweichen, weg von dem Seil, das sie führte, und Saura ermahnte ihn: »Nein, Junge, hier entlang. Wir sind beinahe da.«

Er zog und forderte damit, doch lieber in den Wald zu gehen, aber Saura fand das Seil wieder mit den Händen. »Die Eichhörnchen dürfen ihre Nüsse sammeln, und wir müssen zu dem Baum gehen. Wir sind nicht gerade schnell unterwegs, weil du so fröhlich herumtollst und ich so träge bin. Los jetzt.« Sie packte ihn fester am Halsband und zog.

Er kam, jaulte aber beharrlich und zog sie immer wieder von ihrer Führleine fort. Sein Gewicht ließ ihr den Arm schmerzen, und sie zog ihn scharf zurück. »*Los* jetzt!« Er kläffte, als ob sie ihn verletzt hätte, und sie schimpfte: »Du dummer Hund. Willst du denn nicht zu dem Baum mit mir gehen? Wir sind doch gleich dort.«

Gehorsam trottete er einen Moment lang neben ihr her und begann dann, seitwärts zu ziehen. Er hielt an und schnüffelte auf dem Boden herum, wand sich um ihre Füße, und sie ließ ihn frustriert los. Nunmehr befreit, rannte der Hund aber nicht davon, wie sie es erwartet hatte, sondern stellte sich ihr in den Weg und bellte.

Sein Bellen verwirrte sie. Es klang nicht wie ein Alarmsignal, doch schien er unwillig zu sein, sie weitergehen zu lassen. Er schien unsicher, zweifelnd.

Sie stemmte sich die Fäuste in die Taille und fragte: »Bula, bist du verrückt?«

Als Antwort stieß er sie hart mit seinem großen Kopf an, und ihr liefen daraufhin die Tränen übers Gesicht.

»Ich kann noch nicht zurückgehen.« Sie hielt inne, um Atem zu holen und das Schluchzen zu unterdrücken, das ihr die Stimme brechen ließ. »Ich muss einfach alleine sein.«

Der Hund stupste sie von dem Seil weg, aber sie fand es wieder und packte es fest mit der Faust.

»Ich kann den Weg nicht verlassen. Ich würde mich im Wald verirren.«

Das Tier verstand nicht und drängte sie wieder weg von dem Strang. Er schubste sie, und da sie nicht losließ, trottete er ein paar Schritte davon und winselte flehentlich.

»Ich kann nicht.« Selbst der Hund ließ sie im Stich. Ihre Gefühle gingen mit ihr durch, und traurig weinte sie aus vollem Herzen. Saura wendete sich von ihm ab und tastete sich unsicher den Weg entlang, und als er ihr vor die Füße sprang und sie wieder stolperte, war es einfach zu viel. »Geh weg!« Sie schlug ihn mit der Handkante, prellte sich dabei ihre Knochen und verletzte seine Gefühle. »Lauf los und lass mich allein. Ich brauche dich nicht!«

Bula winselte und duckte sich, beharrte aber immer noch darauf, dass sie nicht weitergehen solle, und jaulte auf, als sie nach ihm schlug und ihn absichtlich verfehlte. Dann saß er hinter ihr mitten auf dem Weg und klagte weiter, während sie dem Seil um eine Kurve folgte – und dann mitten in ihrer Bewegung, mitten in ihrem Schluchzen innehielt.

Etwas stimmte hier nicht.

Sie vertraute diesem Hund. Nicht einmal ihre arg mitgenommenen Gefühle konnten diesen Glauben erschüttern. Er ersetzte ihre Augen, und wenn er versuchte, sie davon abzuhalten, dorthin zu gehen, wohin sie es wollte, dann musste es dafür einen Grund geben.

Schnuppernd zog sie ein Taschentuch aus ihrem Ärmel. Sie putzte sich damit die Nase und lauschte. Der Wald klang heute stiller. Tiefer. Mit einer gedrückten Stille. Als sie mit den Füßen scharrte, fand sie viele Blätter, Blätter, die so dicht waren, dass es schien, als ob sie gar nicht von Füßen platt getreten worden waren, wie man es auf einem viel benutzten Weg erwartete. Merkwürdig. Und sie fand spitze Steine, viele Steine. Bäume hängten ihre zottigen Zweige dicht um sie herum und durchbrachen mit ihren ungebändigten Wurzeln den Erdboden.

Sie versteifte sich und drückte sich die Faust vor die Brust. Sie knetete mit den Fingern das Taschentuch und kaute auf ihren Lippen herum.

Es schien beinahe, als ob sie in einen Teil des Waldes gelangt wäre, in dem sie noch nie zuvor gewesen war.

Das war unmöglich.

Es sei denn, dass die Seile versetzt worden waren.

»Bula«, rief Saura unsicher.

Er bellte zur Antwort und schlurfte durch die Blätter.

Sie hob den Kopf, schnupperte und roch es dann: den unangenehm sauren Geruch von Männern, die zu viele Stunden im Wald verbracht hatten.

Sie wirbelte herum, packte das Seil mit den Fingern und rannte in Richtung des Hundes zurück. »Bula!« Sie hörte sein Bellen, als er jemand erkannte, aber er bellte nicht sie an. Sie rannte schneller, stolperte in quälender Furcht und hörte schwere Schritte auf sie zueilen. Sie hörte Bula knurren, tief aus seiner Brust heraus, und hörte, wie er plötzlich abwehrend die Zähne fletschte. Männer brüllten Warnungen. Ein Mensch schrie. Bula stieß ein verzweifeltes Geräusch aus.

Als sie den Klang eines schweren Aufpralls hörte, als ob ein Stein auf einen hohlen Baumstamm traf, hielt Saura den Atem an. Plötzlich hörten die gequälten Laute des Hundes auf, und sie rief noch einmal nach Bula, aber der antwortete ihr nicht mehr.

Als ihre Panik ihr beinahe die Luft abwürgte, hörte sie die gleichen Worte, die sie bereits zuvor gehört hatte, aber dieses Mal war seine Stimme nicht verstellt, sondern Saura konnte sie wiedererkennen.

»Habt keine Angst, schöne Dame. Ich liebe Euch.«

18

William war ein Mann, der immer auf seine Logik stolz gewesen war. Die Welt wäre sicher entsetzt gewesen, wenn sie erfahren hätte, dass er nicht an Hexen oder Zauberer oder Teufel glaubte. Seit dem Tag, an dem er einen quietschenden Kobold gefangen hatte, war er diesbezüglich ein Skeptiker. Der Kobold war nichts weiter als ein verdreckter und verängstigter Mann gewesen, ein Holzkohlebrenner, der tief in den Wäldern lebte. Nichts in seinem späteren Leben hatte Williams feste Überzeugung erschüttert, dass die Menschen das Unbekannte ohne Grund fürchteten. Niemand, sei es ein Zauberer oder ein Gaukler, hatte Kräfte zur Schau gestellt, die er nicht nachvollziehen konnte, und daher hielt er sich an die Logik und fand in ihr einen überzeugenden Ersatz für all den Schwindel.

William hatte seine Logik benutzt, um festzustellen, dass Charles der Mistkerl sein musste, der versuchte, seinen Untergang herbeizuführen, aber es gab da noch einen winzigen Zweifel, der seine Gedanken plagte.

Irgendetwas fehlte in seinem Gedankengang.

Während er auf die Festung starrte, in der Charles lebte, klopfte William ungeduldig mit den Fingern auf seinem Sattel herum und wünschte sich, er wüsste, was er tun sollte. Je weiter er von Saura fortgeritten war und je näher er Charles kam, hatte er sich irgendwie davon überzeugt, dass Saura die Wahrheit gesagt hatte. Langsamer und langsamer war er geritten, und die Last seiner Verunsicherung war schwer geworden. Die Reise, die eigentlich nur drei Tage hätte dauern sollen, dauerte nunmehr schon sieben Tage, weil William unterwegs die Klugheit seines Schachzuges überdachte. Er wäre am liebsten umgekehrt und zu Saura zurückgeritten, um ihr zu sagen, dass sie recht hatte und er sich irrte. Aber vielleicht hatte er auch einfach nur Schuldgefühle.

Er hatte geglaubt, er könne ihr langsam beibringen, ihn so zu lieben, wie er sie liebte. Er hatte gedacht, dass seine Geduld ausreichen müsste, um ihre Zurückhaltung zu besiegen. Zu seiner eigenen Verwunderung hatte er herausgefunden, dass sie es nicht tat. Wie hatte er so viel von ihr verlangen können? Sauras Brüder hatten ihm von Theobalds Hinterlassenschaft berichtet. Er war darauf eingerichtet gewesen, Saura über Jahre hinweg langsam und beständig zu unterstützen und sie so von ihrer fixen Idee abzubringen. Stattdessen hatte er herausgefunden, dass er ihre Dankbarkeit nicht ertrug, die sie ihm am Ende eines glücklichen Zwischenspiels angeboten hatte.

Dankbarkeit: Er hätte am liebsten gespien. Wie konnte sie ihren Bund der Ehe nur so herabwürdigen, dass sie nichts weiter anbot, als andere Frauen auch gaben? Wie konnte sie nur weniger verlangen, als er bereit war zu geben?

Ungläubig schüttelte er den Kopf und starrte auf die Festungsmauer vor ihm. Ignorierte er Sauras Überzeugung aus Rachsucht oder gesundem Menschenverstand? Sie schwor, es sei nicht Charles, bot aber keine anderen Kandidaten an. Mit weiblicher Unlogik hatte sie behauptet, Charles sei unschuldig, aber sie konnte keinen anderen Verdächtigen präsentieren.

Sie konnte einfach nicht recht haben.

Wie ein gut geschmiertes Rad auf einer ausgefahrenen Spur durchdachte William nochmals die Fakten. Charles brauchte Geld. Charles war willensschwach und neidisch. Charles war zum Zeitpunkt der Angriffe immer am richtigen Ort gewesen.

Charles … Charles war ganz einfach die logische Schlussfolgerung. Und trotzdem unwahrscheinlich.

Verdammt! Saura hatte ihn mehr beeinflusst, als ihm klar gewesen war. Er hob die Hand und gab seiner Schar von Soldaten das Zeichen abzusitzen. Sein Knappe senkte das Banner, und gemeinsam glitten sie von ihren Pferden und bereiteten sich auf die Schlacht am kommenden Morgen vor.

»Warum habt Ihr meinen Hund getötet?«

»Ich habe ihn nicht getötet. Das waren meine Männer. Ich habe ihn nur so lange stillsitzen lassen, bis sie ihn anbinden konnten.«

»Bula kannte Euch«, sagte Saura elend. »Er wusste, Ihr seid ein Freund von William. Als er Euch hätte angreifen sollen, da tat er es nicht, weil er wusste, sein Herr hatte Euch in sein Haus gelassen.«

»Als ich Euch nachgerannt bin, da hat er mir nicht länger getraut. Er hat einen meiner Männer so übel zugerichtet, dass ich ihn dort zurücklassen musste. Also seht Ihr, ich habe diesen Hund nicht umgebracht. Ich konnte ihn nicht töten und gleichzeitig Euch unter Kontrolle bringen.«

»Ihr seid verrückt.« Saura saß vor Nicholas im Sattel, die Knie auf eine Seite des Pferdes gelegt, den Rock unter sich festgeklemmt. Er hielt sie mit einem Arm fest und zog sie an seine Brust. Sie hasste es, hasste es, ihn anzufassen, und schauderte, wenn er sie berührte, aber sie hatte keine Wahl. Der Kampf, sie zu überwältigen, war kurz, brutal und einsam gewesen. Niemand war im Wald gewesen, der ihr helfen konnte, niemand, der sie retten konnte, als er sie zu Boden gezwungen hatte. Der verzweifelte Einsatz ihrer Fingernägel und ihres Messers, das sie gewöhnlich zum Essen benutzte, hatte ihr bloß Verletzungen im Gesicht und ein geschwollenes Handgelenk eingebracht, und widerwillig musste sie der Stärke ihres Entführers Respekt zollen. Alle hatten seine ritterlichen Fähigkeiten verachtet, aber sie hatte nunmehr einen gehörigen Respekt vor seiner Gerissenheit und Brutalität.

»Ich bin nicht verrückt«, versicherte er ihr. »Ich bin genial. Die meisten Menschen sind es nicht mal wert, dass ich mich mit ihnen abgebe.«

»Das ist verabscheuungswürdig.«

»Unredlich.« Sie spürte, wie er zustimmend nickte. »So durchtrieben und hinterhältig und gewitzt, dass es schwer zu glauben ist, dass nur ein Mann es geplant haben kann.«

»Schämt Ihr Euch nicht?«, fragte sie verzweifelt. »Ihr betrügt die Männer, die Euch großgezogen haben.«

Nicholas lachte ehrlich amüsiert und küsste Saura flüchtig auf den Nacken. »Lord Peter von Burke ist nichts weiter als ein frommer alter Schwätzer. Er quasselt immer über das Rittertum und die Unverletzlichkeit eines Eides und über Loyalität.«

»Er meint es so.«

»Natürlich tut er das. Mehr noch als das, er lebt danach. Es war so leicht, ihn zum Narren zu halten, beinahe lächerlich einfach.« Er grunzte. »William war nicht ganz so einfach – deshalb habe ich es auch so genossen. William denkt sehr folgerecht, und deshalb musste ich sehr vorsichtig vorgehen. Ihr seht, trotz aller Logik glaubt er nicht, dass ich der Übeltäter bin.«

»Ihr *seid* auch nicht der Übeltäter, den die Logik ihm liefert. Warum also tut Ihr dies?«

»Das ist kein Geheimnis.« Seine Hand begann, langsam ihren Arm auf und ab zu streichen. »Ich war der vierte Sohn meines Vaters. Wusstet Ihr das?«

»Nein, ich dachte, Ihr hättet nur einen Bruder, einen älteren.«

»Ja, das war Lance. Aber da waren noch andere, und mein

Vater pflegte über sein Glück zu frohlocken. Drei gesunde Jungen vor mir. Ich hatte nicht die geringste Chance, ihn zu beerben, und er war froh darüber.«

Nervös drängte Saura ihn fortzufahren. »Mochte er Euch nicht?«

»Mein Vater ...« Seine Hand sank wieder zu den Zügeln hinab, und seine Stimme klang gehässig und voller Hohn. »Mein Vater war ein Mann wie William. Groß und leidenschaftlich. Er lebte für den Kampf, und meine Brüder verhielten sich wie lärmende Götter, stürzten sich ständig aufs Pferd und übten an der Quintana. Sie verstanden mich nicht, verstanden nicht, wie ich den Besitz vergrößern konnte, indem ich meinen Verstand benutzte. Nur meine Mutter verstand mich.«

»Eure Mutter? Sie verstand Euch und Eure Brüder?«

»Die anderen Jungen haben sie verraten, haben sie in der Burg allein gelassen, während sie kämpften und verwundet wurden und sie vor Sorge krank machten. Ich hielt ihre Hand, als sie hustete und keuchte, wenn sie mit blauen Flecken und gebrochenen Knochen nach Hause kamen. Sie wurde schließlich so krank, dass sie sich nicht mehr um sie kümmern konnte. Sie musste sie dem Kindermädchen überlassen.«

»Sie ließ ihre kranken Kinder in den Händen eines Kindermädchens?«

»Mama war zu feinfühlig für solch wilde Jungen«, antwortete er fromm.

»Hm.« Saura behielt ihr Urteil für sich.

»Die Jungen sagten immer, es täte ihnen leid, aber sie sind hinausgegangen und haben es wieder gemacht. Ich habe gesehen, wie sie geweint hat, als meine Brüder weggingen, um zu Rittern ausgebildet zu werden, und ich habe geschworen, ich würde sie niemals so weinen lassen. Gott, wie sehr ich meine Brüder dafür hasste.«

Sie spürte, wie sich die Muskeln in seiner Brust zusammenzogen, als ob er gleich in die Luft gehen wollte, und fragte furchtsam: »Haben sie Euch geschlagen?«

»Oh nein. Nein. Sie haben mich nur mit einer Art Missachtung behandelt, die mir unter die Haut ging.« Er lachte unangenehm und höhnisch. »Mich geschlagen? Nein, sie versuchten, einen Mann aus mir zu machen. Versuchten, mir beizubringen, Spaß daran zu finden, mir den Schädel einschlagen zu lassen. Mein Vater pflegte zu sagen, er würde nicht verstehen, wie er ein solch feiges, kleines Weichei zeugen konnte.« Das Pferd machte einen Satz nach vorn, als seine Hände an den Zügeln zerrten. »Er hat mich zu Lord Peter geschickt, damit dieser mich erzog, weil Lord Peter der beste Ritter von ganz England war.« Er warf sich in die Brust, senkte die Stimme und imitierte seinen Vater: »Lord Peter hat den besten Kämpfer der ganzen Christenheit *hervorgebracht*.«

Die Wiederkehr ihres üblichen Kampfgeistes ließ Saura protestieren: »Ihr könnt mir nicht erzählen, Lord Peter und William wären grausam zu Euch gewesen!«

»Nein, in der Tat. Der einzige Grund, weshalb ich ein Ritter wurde, war das ständige Bemühen von Lord Peter. Ich habe seine Geringschätzung fast nie gespürt. William war nicht so klug, seine zu verbergen.«

Saura antwortete nicht. Sie wusste, dass das wahr war. Nicholas verfiel in brütendes Schweigen, doch kurz darauf ging es bergauf, die Sonne schien auf sie, und Saura wusste, sie hatten die Straße erreicht. Sowohl Nicholas als auch das Pferd wurden wieder munter, und seine Hände begannen, langsam über ihren Bauch zu streichen. Um ihn abzulenken, fragte sie verzweifelt: »Wohin reiten wir?«

»Nach Burg Cran. Es ist meine beste Burg. Sie sitzt hoch oben über dem Meer auf den großen weißen Klippen. Der Rittersaal ist wegen des Meerwinds ein wenig zugig, aber das

Herrengemach ist besser als auf Burke.« Zuneigung parodierend legte er seine stoppelige Wange eng an ihre. »Ich habe es extra für Euch ausgesucht.«

Da Saura sich nicht so leicht zum Narren halten ließ, drehte sie sich zur Seite und meinte scharfsinnig: »Und vielleicht auch, weil man die Burg gut verteidigen kann?«

Er kicherte, und es war dasselbe leise, atemlose Geräusch, das sie schon auf Burke verfolgt hatte und das ihr auch jetzt Gänsehaut verursachte. »Das ist einer der Gründe, weshalb ich Euch liebe. Ihr seid so pragmatisch.«

Als er sie auf den Waldboden geworfen, seine Knie in ihren Rücken gedrückt und ihr die Handgelenke nach hinten verdreht hatte, da hatte er absichtlich mit dieser krächzenden Stimme gesprochen. »Ich könnte Euch gleich hier nehmen«, hatte er gesagt, »aber ich werde Euch erst beibringen, mich zu lieben.«

Bei der Erinnerung daran hätte Saura am liebsten vor Schreck krampfhaft die Knie über dem Pferdehals zusammengepresst, aber sie hatte Angst, sich zu bewegen und seine Aufmerksamkeit auf ihre gespreizten Beine zu lenken. Stattdessen argumentierte sie: »Das ist lächerlich. Ihr könnt keine blinde Frau lieben. Ihr mögt vielleicht meine Ländereien lieben, aber niemals mich.«

»Eure Ländereien sind in der Tat reizvoll, aber Ihr irrt Euch. Ich liebe Euch wirklich. Zuerst habe ich Euch bloß begehrt, so wie ich alles begehre, was William besitzt. Aber als ich Euch mit William beobachtet habe, erblühte in meinem Herzen eine große Sehnsucht danach, das Objekt Eurer liebevollen Zuwendungen zu sein. Als ich sah, wie verliebt er in Euch ist, wurde diese Gier zur Liebe.«

»Ihr meint, Ihr liebt mich, weil William mich will?«

»Nein«, verbesserte er sie. »Ich liebe Euch, weil William Euch liebt. Er ist Euch völlig ergeben. Er lebt nur für Euch.«

»Er liebt mich nicht, nicht wirklich.« Mutlose Tränen stiegen ihr in die Augen, als sie sich an die zurückhaltende Höflichkeit erinnerte, mit der William sie behandelt hatte, bevor er losgezogen war.

»Oh doch, er liebt Euch. Ich erkenne all die Anzeichen«, erklärte Nicholas im geschwätzigen Tonfall einer Klatschtante. »Er liebte seine andere Ehefrau auch, wisst Ihr, aber ich glaube, er liebt Euch mehr.«

»Wie kommt Ihr darauf?« Sie hätte sich die Frage am liebsten verbissen, denn sie wusste, sie sollte ihn nicht auch noch ermuntern, mit ihr zu plaudern, dennoch konnte sie nicht widerstehen, seine Meinung über William zu hören.

»Mit Anne war er zufrieden und glücklich. Mit Euch ist er nicht zufrieden, die ganze Zeit wünscht er sich inständig, bei Euch zu sein. Er ist glücklich, wenn Ihr glücklich seid, sucht ständig nach Wegen, Euch zu gefallen. Er würde die Männer, die Euch ansehen, am liebsten umbringen. Bei den Mahlzeiten verschlingt er Euch förmlich, als ob Ihr ein Gericht wärt, das nur für ihn zubereitet wurde.«

Sie wollte ihm zwar glauben, war aber dennoch voller Zweifel und lachte unschlüssig: »Ach kommt, Nicholas.«

Voll übler Absicht fügte er hinzu: »Er wird Euch nachreiten.«

Das Blut erstarrte Saura in den Adern. »Er ist nicht auf Burke. Ihm wird gar nicht bewusst sein, dass ich fort bin.«

»Ich weiß. Ich habe ihn in Richtung der Burg von Charles eilen sehen. Ich habe Euch seit dem letzten Vollmond beobachtet.«

»Seit dem letzten Vollmond.« Ihre Aussage klang gar nicht mehr überrascht.

»Nach der Hochzeit musste ich nach Cran, um alles für Euer Eintreffen vorzubereiten und meine Anweisungen zu geben. Dann kam ich zurück und lebte in den Wäldern, aber

Ihr seid nie herausgekommen. Ich habe nur auf Euch gewartet«, erklärte Nicholas mit Nachdruck.

»Bin ich so wichtig?«

»Schöne Dame, Ihr seid das Ziel meines ganzen Planes! Mit Eurer Gefangennahme habe ich mich Eurer Person und auch Williams versichert.«

Saura ballte die Fäuste. »Er ist fort, das sagte ich Euch doch. Er wird nicht wissen, wo ich bin.«

»Er wird es wissen. Er wird es bald wissen, wenn er es nicht sogar jetzt schon weiß. Dafür habe ich gesorgt.«

Sich wie ein völliger Narr fühlend, stand William unter den Mauern von Charles' Burg und brüllte: »Du kannst dich nicht ergeben, der Teufel soll dich holen! Das ist eine Belagerung!«

Charles lehnte sich aus einer der Schießscharten in der Festungsmauer und schrie zurück: »Du wirst gewinnen, was zur Hölle macht es also für einen Unterschied? Ich weiß ja nicht einmal, warum du mich belagerst!«

»Du scherzt wohl!«

»Scherzen! Ich stehe hier in unwürdiger Nacktheit, zittere vor Kälte, eine Jungfer liegt unbefriedigt in meinem Bett, und du sagst, ich scherze? Du bist verrückt«, antwortete Charles völlig überzeugt.

»Ich bin *nicht* verrückt«, bestritt William.

»Das bist du doch, wenn die Zugbrücke offen ist und ein ordentliches Feuer in meinem Ofen brennt. Aber mach doch, was du willst.« Charles drehte sich um und rief über seine Schulter: »Mir ist zu kalt, um mich mit dir zu streiten.«

William trat von einem Fuß auf den anderen. Seine Truppen hatten bis zum frühen Morgen mit dem Angriff gewartet, hatten am ersten frostigen Tag des Jahres auf das Aufgehen der Sonne gewartet. Jetzt saßen die Landsknechte in der Hocke oder lehnten sich gegen Bäume und beobachteten ihren Atem, der in der kühlen Luft dampfte. Sie sahen weder William, der alleine und wütend dastand, noch die Burg an, wo sich die Zugbrücke majestätisch langsam hinabsenkte.

William starrte auf das einladende Tor und dann auf seine Männer. Eine Falle? »Gütiger Gott«, murmelte er. Er rückte seinen Gürtel zurecht, öffnete die Scheide seines Schwertes und schritt vorwärts über die Brücke und in den Burghof hinein.

Geübt darin, ebenso mit Verstand zu denken wie ihr Herr, folgte ihm die eine Hälfte seiner Truppe auf den Fersen, und die andere Hälfte blieb draußen in Alarmbereitschaft. Das Gewirr von Männern, die in den freien Bereich innerhalb der Mauern gingen, starrte dort mit aufmerksamen Augen um sich. Die nur zum Teil angezogenen Soldaten innen starrten empört zurück, gähnten, zitterten. Sie waren in einem solch unvorbereiteten Zustand, dass es William entsetzte. »Gütiger Gott«, meinte er murmelnd zu Channing. »Hat mein Vater Charles nichts Besseres gelehrt? Er wäre bei einer Belagerung zugrunde gegangen.«

»Vielleicht glaubt er, er hätte nichts, um das zu kämpfen es sich lohnen würde«, schlug der Soldat vor.

William drehte sich abrupt um, starrte ihn an, und Channing zuckte mit den Schultern. Dann drehte William sich wieder um, ging gemessenen Schrittes zur Tür der Burg und spähte hinein. Nichts. Keine versteckten Soldaten, kein kochendes Pech, mit dem man ihn überschütten konnte. Er zog sein Schwert und stieg die Treppe zum Rittersaal hinauf. Nichts. Nur Diener, die vor und zurück eilten, den Tisch deckten, und der Geruch von frisch gebackenem Brot, der aus Körben auf den Anrichten aufstieg. William schob sich in den Raum, behielt den Rücken zur Wand und fühlte sich dabei nur lächerlich. Seine Männer machten es ihm nach. Den Grimassen ihrer Gesichter nach zu urteilen, fühlten sie sich sogar noch lächerlicher, und William richtete sich auf und sagte noch einmal: »Gütiger Gott.«

Dieses Mal sagte er es laut, und Charles antwortete, indem er den Wandschirm beiseiteschob, der sein Bett verbarg: »Ich weiß nicht, was du vorhast, William, aber du bist ein Dummkopf, wenn du glaubst, du könntest bei mir irgendetwas holen. Da wäre es sogar noch leichter, Blut aus einem Stein zu pressen.« Während er sprach, stopfte er sein Hemd in die Reithose, und William konnte eine hübsche Zofe sehen, die unter den Bettdecken hervorlugte.

»Ich bin nicht gekommen, um deine Ländereien zu nehmen«, protestierte William. »So unehrenhaft bin ich nicht. Ich kam, um dich zu töten.«

Charles hielt inne, die Hand immer noch im Stoff gefangen, und starrte William an, als ob dieser völlig den Verstand verloren hätte. »Mich töten! Weiß dein Vater davon?«

»Ja.« William geriet unter der Kränkung in Charles' Blick ins Zögern. »Alles spricht dafür, dass du derjenige bist, der versucht, *mich* zu töten.«

»Bei der Heiligen Maria und allen Heiligen.« Charles ging zurück zur Bank am Kopf der Tafel und sank dort schwerfällig nieder, den Rücken zu William gedreht. Er legte die Hände auf die Knie und schüttelte verwundert und ungläubig den Kopf. »Was um Himmels willen lässt dich glauben, ich hätte versucht, dich umzubringen?«

»Du brauchst das Geld«, erklärte William einfach.

»Das Geld?«

»Nun ja, wir konnten uns keinen anderen Grund vorstellen, weshalb jemand versuchen sollte, mich umzubringen, außer es wäre wegen meiner Ländereien und meinem –«

»Vielleicht«, unterbrach Charles, stand auf und drehte sich zu William um. »Vielleicht ist es, weil du ein aufgeblasener Sturkopf bist, der eine anständige Tracht Prügel verdient! Ich habe meine Meinung geändert. Hol deine Männer, und haut verdammt nochmal aus meiner Halle ab, und wir werden kämpfen. Du Esel! Du Tölpel, du dusseliger –«

William hob abwehrend die Hände und rief über Charles' Gebrüll hinweg: »Du hast mich überzeugt.«

»Dich überzeugt? Zur Hölle mit dir. Raus aus meiner Burg, du Speichellecker!«

»Charles, ich brauche deine Hilfe.«

Charles hielt inne, unterbrach ungläubig seine Tirade. »Du hast in deinem ganzen Leben noch nie meine Hilfe benötigt«, warf er ihm vor.

»Jetzt brauche ich sie. Jemand bedroht mich und meine Frau.«

»Ich dachte, darum hättest du dich gekümmert, als du Arthur getötet hast.«

William zuckte zusammen. »Woher weißt du, dass ich Arthur getötet habe?«

»Alle wussten, dass du Arthur getötet hast. Denk nach, du Dummkopf! Auf deiner Hochzeit hat es zwar keiner dir gegenüber erwähnt, aber bedeutet das vielleicht, dass niemand darüber getratscht hat? Nein. Es war allgemein bekannt, dass du Arthur getötet hast, nachdem du herausgefunden hast, dass er derjenige war, der dich blind gemacht hatte.«

»Gütiger Gott«, sagte William sprachlos. »Daran hätte ich nie gedacht.«

»Das nahm ich an«, antwortete Charles, jedoch ohne seine vorherige Härte. »Nun ja, bring deine Männer herein, und wir werden gemeinsam frühstücken und reden.«

»Ja, das brauche ich. Das brauche ich sehr.«

»William ist davon überzeugt, Ihr hättet Hawisa niemals ermordet.« Der Wind blies jetzt aus Richtung Ozean, spielte mit den Strähnen, die aus ihrem Zopf entwischt waren, und ließ sie vor Kälte zittern. Während sie ritten, hatten sich mehr und mehr seiner Männer zu ihnen gesellt, die ihnen nunmehr vorausritten oder folgten. Saura fühlte sich umzingelt und ohnmächtig. Langsam geriet sie in Panik. »Er sagte, sobald Hawisa Euch gehörte, hättet Ihr sie behalten.«

»Ich musste sie umbringen. Sie bedrohte Euch.«

Er sagte das in einem so gefährlichen Ton, dass ihr vor Angst der Atem stockte. »Falls Ihr mich wollt, weil William mich will«, sagte Saura vorsichtig, »falls Ihr mich liebt, weil William mich liebt, werdet Ihr mich auch dann noch lieben, wenn William tot ist?«

Nicholas sagte kein Wort, war vor Überraschung perplex. Dann grübelte er: »Darüber habe ich noch gar nicht nachgedacht. William ist mir schon so lange im Weg, ich kann mir die Zukunft gar nicht vorstellen, in der er nicht mehr da ist. Werde ich Euch immer noch lieben?« Sie ritten so lange schweigend dahin, dass Saura beinahe verzweifelt vom Pferd gesprungen wäre. Als er dann sprach, hatte sich wieder diese rauchige Gier in seiner Stimme breitgemacht. »Wisst Ihr, ich glaube, das werde ich. Ich glaube wirklich, das werde ich. Ich glaube nicht, dass ich Eurer jemals überdrüssig werde.« Sein Arm legte sich fester um ihre Taille, und er drückte ihr einen feuchten, widerwärtigen Kuss auf den Hals.

Saura wünschte, sie hätte nie gefragt, denn welche gute Antwort sollte es darauf schon geben? Er würde sie umbringen oder sie bei sich behalten, und die Wahl zwischen dem Tod und einem Leben unter seinen Händen schien bedrückend und schwierig. Bedrückend und schwierig. Sie lachte herb. Wahrlich eine Untertreibung.

Sein Mund wanderte hinauf zu ihrer Wange und spornte ihre Neugier an, und sie konnte ihre Frage nicht im Zaum halten: »Was ist mit Euren beiden mittleren Brüdern passiert?«

»Sie starben, während ich auf Burke lebte, ganz ohne mein

Zutun, das versichere ich Euch. Mein Vater starb ebenfalls.« Nicholas klang völlig zufrieden. »Folglich hatte ich, als ich nach Hause zurückkehrte, nur noch meinen ältesten Bruder vor mir in der Erbfolge. Lance war so ehrenwert, genau wie William, und so leichtgläubig, ganz wie Lord Peter, und es war so leicht, ihn zu töten.«

»Ihr habt Euren eigenen Bruder ermordet?« Sie hatte das zwar vermutet, aber trotzdem zuckte sie zurück. »Wie?«

»Nicht etwa mit etwas so Plumpem wie einem Zweikampf.« Er lachte, als ob er mit sich selbst äußerst zufrieden wäre, und fügte sachlich hinzu: »Ich habe ihn vergiftet.«

»Heiliger Sankt Wilfred.«

»Er hat Sankt Wilfred um Hilfe angefleht. Er hat alle Heiligen um ihre Hilfe angefleht, bevor er starb. Wusstet Ihr, dass seine Krämpfe ihn wie eine Marionette aussehen ließen?« Nicholas klang analytisch, und Saura wurde davon ganz übel. »Es dauerte drei Tage, bis er starb. Drei Tage! Ich wurde so lange auf die Folter gespannt, fürchtete, er würde sich erholen und mich meiner Stellung berauben, für die ich so lange und so hart gearbeitet hatte.«

»Bitte …«

Protestierend wand sie sich im Sattel, aber er deutete ihren Schmerz falsch. »Oh, macht Euch keine Sorgen. Er ist gestorben, und das ohne weitere Hilfe meinerseits. Aber nächstes Mal werde ich eine größere Dosis der Kräuter verabreichen. Ich habe die Hexe verprügelt, die sie mir gegeben hatte. Sie weiß jetzt, was sie zu tun hat.«

Mit einem Zucken wurde ihr klar, dass es hoffnungslos war, um Williams Leben zu betteln. Einen Mann, der so beiläufig und zufrieden davon berichtete, wie er sein eigen Fleisch und Blut getötet hatte, den konnte man wohl kaum durch Worte über Barmherzigkeit und Erbarmen bewegen. Saura fürchtete sich nicht mehr länger vor der Vergewaltigung und dem Entsetzlichen, das ihr drohte. Diese Angst wurde von der Gewissheit verdrängt, dass sie William vor seinem Feind retten musste. Zum ersten Mal während dieses entsetzlichen Rittes begann sie, sich einen Plan zurechtzulegen.

»Wer auch immer es ist, er hat Hawisa ermordet«, erinnerte William ihn.

»Dann kann es nicht Nicholas sein.« Charles wischte sich mit der Serviette das Kinn ab. »Er würde nie etwas zerstören, was ihm noch einen Groschen einbringen könnte.«

»Das habe ich auch gesagt«, stimmte William zu. »Aber wer bleibt dann noch?«

»Du?«

»Was?«

»Irgendjemand hat diese Schlampe getötet. Saura wäre die logische Wahl.« Charles lachte. »Hör mir bloß zu. Ich bin schon zu lange mit dir zusammen.«

William schlug mit der Faust auf den Tisch. »Saura hat sie nicht ermordet.«

»Nein. Falls Saura versucht hätte, diese große, bullige Magd umzubringen, dann hätte sie sich selbst das Genick gebrochen. Dennoch drohte sie Saura, und diese bedrohte Hawisa ebenfalls. Deshalb kann ich nicht anders, aber ich muss dich verdächtigen.«

»Ich habe in meinem ganzen Leben noch keine Frau getötet«, antwortete William gefühllos. Charles sagte nichts, sah seinen Freund nur fest an, und William zuckte mit den Schultern. »Ja, falls ich gewollt hätte, wäre Hawisa diejenige gewesen, die hätte dran glauben müssen. Erinnerst du dich, wie sie sich in mein Zimmer geschlichen hatte und versuchte, mich zu verführen?«

»Bis Anne sie erwischte, und danach hat dich das Frauenzimmer gemieden wie die Pest.«

Sie lachten gemeinsam, aber kehrten dann wieder zu ihren ernsthaften Erwägungen zurück.

Charles erklärte: »Anne war gut zehn Kilo schwerer als Hawisa. Lady Saura war nicht groß genug, um Hawisa Angst einzuflößen, deshalb dachte ich, dass du –«

»Nein. Wer auch immer sie umgebracht hat, der ist unser Höllenhund.« William schielte zu Charles rüber. »Es kann doch nicht Raymond sein?«

Charles schnaubte: »Die Heirat hat dir das Gehirn zusammengerührt. Raymond liebt dich.«

Als er hörte, was er hören wollte, seufzte William erleichtert und richtete sich dann bestürzt auf.

»Und er liebt deine Frau. Zur Hölle, ich glaube, die Hälfte aller Männer auf der Hochzeit war in deine Frau verliebt. Raymond hat ihretwegen vor sich hin gebrütet, ich habe ihretwegen geseufzt, und du hast es nicht einmal bemerkt. Du hattest nur Augen für sie. Selbst Nicholas hat ihr nachgestellt, und du weißt, wie er für Frauen empfindet.« Charles beendete seinen zweiten Becher Bier und rülpste. »Diese dämlichen Gedichte und all diese verdeckten Andeutungen, die er verbreitet hat. Und er hat sie mit solch roten Augen angestarrt, wie der Teufel, der einen Engel auf der Erde landen gesehen hat.«

William drehte seinen Becher in der Hand und starrte auf sein Bier, als ob er darin die Antwort finden würde. »Es muss jemand sein, der auf der Hochzeit war. Es muss jemand sein, der meine Burg kennt. Wer auch immer sich an Saura herangeschlichen, ihr Angst gemacht und ihr zugeflüstert hat. Er kam selbst in den Garten durch dieses kleine Tor auf der Rückseite, erinnerst du dich daran? Und er hat sie berührt.«

Charles knurrte empört. »Das klingt ganz wie Nicholas. Er schlich doch schon immer herum und machte den Leuten Angst, die sich nicht wehren konnten.«

»Das wusste ich nicht.«

Mit einem Schulterzucken erklärte Charles: »Du warst vier Jahre älter. Du warst ein Knappe, als wir noch Pagen waren, und schon ein Ritter, als wir dann Knappen waren. Wenn du nach Hause zu Besuch kamst, dann warst du das Objekt unserer Heldenverehrung. Gott, wir haben jahrelang zu dir aufgesehen. Besonders Nicholas. Er versteckte seine Verdorbenheit besonders gut vor dir.«

In seinem Innern keimte eine Angst auf, eine Angst, die seine Logik Lügen strafte. »Was hat er sonst noch getan?«

»Die üblichen gemeinen Dinge, die kleine Jungen machen. Er hat seinen Hund gerne zu fest angebunden und zugesehen, wie dieser würgte. Er hat die Knappen ›aus Versehen‹ mit seiner Lanze geschlagen. Und er hat sich nur mit Frauen abgegeben, die ihn nicht wollten. Oder auch Mädchen.«

William zuckte zusammen, als er dies hörte. »Aber er hätte Hawisa nicht umgebracht.«

»Nein.« Charles wusch sich die Hände in der Fingerschale und nickte seinem Knappen zu, damit dieser sie wegnahm. »Er hätte verrückt sein müssen, bevor er diese Magd getötet hätte.«

»Das ist es!« William stand auf und rief: »Das ist es! Das ist es, was an meiner Logik nicht stimmt. Bei Wahnsinn existiert keine Logik mehr, und Nicholas ist wahnsinnig. Absolut irre. Los, komm.« Er schlug Charles auf den Arm und sprang über die Bank. »Wir müssen los. Falls er sich Saura bis jetzt noch nicht geschnappt hat, wird er sie gewiss bald holen.«

19

»Ich habe ihn angebetet«, sagte Nicholas traurig. »Wusstet Ihr das?«

»Wen?« Saura kauerte zitternd vor dem Feuer im Rittersaal von Burg Cran.

»William. Ich habe die Fußstapfen angehimmelt, die er hinterlassen hatte.«

»Was hat Eure Meinung geändert?«

»Nichts.« Er trat einen Schritt näher ans Feuer, und sie wich zur Seite aus und klemmte dabei ihren Rock fest um die Knöchel. »Ich habe meine Meinung nicht geändert, sondern mir wurde stattdessen klar, dass ich an seine Stelle treten konnte.«

»An seine Stelle treten?«, fragte sie begriffsstutzig. »Ihr wollt William sein?«

»Ja, erkennt Ihr es denn nicht? Das ist das Schöne daran. Nachdem ich William getötet habe, werde ich Lord Peters Sohn sein.«

Erstaunt und verwirrt stieß sie hervor: »Was ist mit Kimball?«

»Kimball?« Nicholas klang beinahe geistesabwesend.

»Kimball, Williams Sohn. Der Erbe für alle Ländereien von Lord Peter.«

»Oh, Kimball.« Er wischte den Gedanken ohne Bedenken fort. »Ich werde auch Kimball töten müssen.«

Während sie ihre Augen gequält schloss, betete Saura um einen Rat. »Wollt Ihr denn nicht … William sein … für Kimball?«

»Vater sein?« Nicholas zog es in Betracht. »Nein, Kinder machen so viel Ärger. Er kann so lange bleiben, bis er irgendwie ins Gewicht fällt, und dann wird er sterben müssen. Ich werde derjenige sein, der am meisten um ihn trauern wird, wie es sonst William gewesen wäre. Macht Euch das glücklich?«

In aller Ernsthaftigkeit bot er ihr eine Wohltat an, und das war schlimmer als all das, was zuvor passiert war. Seine Vorstellung von Freundlichkeit bestand in der Ermordung eines Jungen, gefolgt von einer monströsen Lüge. Sie verlor die Fassung. Sie konnte das Blut in ihren Ohren rauschen hören. Er war böse, und sie wollte ihn dorthin schicken, wo er hingehörte, zurück zum Teufel. Sie stand auf und wollte ihm die Augen auskratzen, wollte ihn schlagen und ihn bluten lassen.

Der Klang von Schritten auf der Treppe hielt sie an. Sie legte den Kopf schief und lauschte. Das Klatschen von Schuhen und das pfeifende Luftholen erinnerten sie an jemanden, und als der keuchende Bote sprach, löste sich ihr Zorn in Betroffenheit auf.

»Ich habe Lord William gesagt, dass Ihr sie habt, Mylord.«

»Grässlicher Schurke!«, entfuhr es Saura. »Bronnie, was tust du hier?«

»Oh, Mylady, ich hoffte, Ihr würdet mich nicht erkennen.« Bronnie trat verlegen von einem Fuß auf den anderen und klang noch jämmerlicher als in Arthurs Burg. »Als Lord Arthur starb, wurde Lord Nicholas mein Lehnsherr, und ich mache nur, was er mir sagt.«

»Wie konntest du nur!«

»Ich tue es ja nicht gern«, versicherte er ihr. »Ich habe versucht, Lord Nicholas zu überreden, es nicht zu tun, aber aus irgendeinem Grund hört nie jemand auf mich.«

»Ich habe nun genug von dir gehört«, erklärte Nicholas

frostig. »Du bist nicht hier, um mit meiner Ehefrau zu schwatzen, sondern um zu berichten –«

»Eurer Ehefrau? Ich dachte, Ihr hättet gesagt, sie sei Lord Williams Frau!«

»Narr!«

Der scharfe Knall von einer Hand gegen ein Gesicht und Bronnies Ächzen ließen Saura zusammenzucken.

»Kümmer dich um deine Angelegenheiten. Also, was hat Lord William gesagt?«

»Ich habe Lord William nicht direkt gesehen.« Bronnie tänzelte zurück, und Saura nahm an, dass er sich vor einem weiteren Schlag duckte. »Das war nicht möglich! Ich habe die Burg von Sir Charles genau dort gefunden, wo Ihr gesagt habt und bin hingegangen und habe ans Tor geklopft, aber sie haben gesagt, dass alle sich fertig machen, um loszureiten, und ich habe gefragt, wohin, und sie haben gesagt, Lady Saura retten, und ich habe gefragt, wo sie denn sei, und sie haben gesagt, bei Lord Nicholas, und ich habe gesagt, das stimmt.«

Saura war gar nicht zum Lachen zumute. Sie wusste, sie war nahe daran, hysterisch zu werden. Aber obwohl sie es versuchte, konnte sie ein Grinsen nicht unterdrücken. Bronnies offensichtliche Feigheit war einfach zu viel. Sie schnappte nach Luft und kicherte und fuhr so lange damit fort, bis Nicholas ebenfalls lachte.

»Das ist prima, Bronnie«, versicherte er dem Leibeigenen mit vermeintlicher Herzlichkeit. »Solange William nicht weiß, wo sie ist.«

»Das ist noch nicht alles, Herr«, sagte Bronnie eifrig. »Lord William kommt selbst hierher.«

»Was?« Sauras Gelächter verstummte, und sie sank auf eine Bank und klammerte sich mit steifen Fingern daran fest. »Er kommt selbst?«

»Ja, ich bin in die Burg gegangen, um etwas zu essen. Das

Küchenmädchen scheint ein Auge auf mich geworfen zu haben.«

»Du hast dich ausgeruht?«, schnaubte Nicholas.

»Ein Mann kann nicht so weit laufen, ohne sich dann ausruhen zu müssen, Mylord.«

»Oh, natürlich nicht.«

Nicholas' Sarkasmus entging Bronnie, und der Mann seufzte vor Erleichterung. »Ja, ich wusste, Ihr würdet mir zustimmen. Ich habe ihn reden hören. Eigentlich sogar streiten.«

»Lord William?« Nicholas klopfte ungeduldig mit dem Fuß auf.

»Ja, Lord William! Wer sonst? Sie saßen beim Essen, und ich habe ihn gehört. Er hat seinem Freund gesagt, dass die gemeine Bestie, die seine Frau hat, niemals eine Armee einlassen würde, aber vielleicht würde er nur ihn allein hineinlassen. Lord William, meine ich.«

»Gemeine Bestie, ja? Wir werden sehen, wer hier die Bestie ist. Könnte eine Bestie den berühmten Lord William in die Falle locken? Könnte eine Bestie solch ein Unterfangen planen? Wer sonst außer Lord Nicholas von Walham könnte William von Miraval in die Knie zwingen?«

»Nicht ganz in die Knie. Noch nicht.« Saura grunzte, als Nicholas sich zu ihr beugte und seine Finger so fest in ihre Schultern bohrte, dass dort ein blauer Fleck entstehen würde, da war sie sich sicher.

»Was wohl Charles machen wird, während William zu mir kommt, *so ganz alleine*?«, spottete er. Seine Stimme wich nicht von ihrer Richtung ab, aber die Frage war an Bronnie gerichtet.

»Oh, er wollte Lord Peter holen.«

»Er geht zu Lord Peter«, antwortete Nicholas nachdenklich. »Interessant. Wann war das?«

»Gestern. Ich bin wie der Wind hierher zurückgerannt.«

»Dafür bist du ja auch gut«, erklärte Nicholas. »Wann sind sie aufgebrochen?«

»Lord William ging das zwar zu langsam, aber Charles brauchte Hilfe dabei, die Männer zu organisieren und sich auf den Krieg vorzubereiten. Heute im Morgengrauen, haben sie gesagt.«

»Hast du das gehört, meine Liebe? Ich habe Glück.« Nicholas strich mit den Händen über ihre verletzte Schulter.

»Lord Peter wird Euch niemals akzeptieren«, meinte Saura beiläufig. »Ihr habt selbst gesagt, er verbirgt seine Verachtung für Euch.«

»Er wird beim Tode seines Sohnes am Boden zerstört sein.« Nicholas ging ein wenig von ihr weg und kehrte dann zurück. »Es ist Zeit fürs Bett.«

»Natürlich wird er am Boden zerstört sein, aber ich bezweifle, dass er seinen Verstand verlieren wird. Glaubt Ihr nicht, dass er ein bisschen misstrauisch werden wird, wenn Ihr mit Williams entführter Ehefrau im Schlepptau auftaucht?«

»Das ist wahr.« Er dachte darüber nach und beschloss dann: »Ich werde Euch einfach hier einsperren müssen, bis Lord Peter tot ist. Kommt.« Er packte sie am Handgelenk. »Lasst uns das Bett im Herrengemach benutzen. Ich habe darin von Euch geträumt.«

Die beiläufige Art, mit der er ihre Freiheit wegwarf, spornte Sauras Mut an, seine heftige Begierde schürte ihre Verzweiflung. »Was ist mit Eurer Mutter?« Saura schleuderte ihm die Frage wie einen Pfeil entgegen. »Was hat sie davon gehalten, dass Ihr Euren Bruder umgebracht habt?«

Nicholas hörte auf, sie zu seinem Bett zu drängen, und Saura spürte, wie ihn ein Zittern durchlief. »Meine Mutter war eine Heilige.«

»Hat sie Euren Bruder nicht ebenfalls geliebt? Nur eine abartige Mutter liebt nicht alle ihre Söhne.«

Er drehte sie um, sodass sie ihm ins Gesicht sehen musste, packte ihre Schultern und schüttelte sie. »Sie hat uns alle geliebt! Sie hat uns verhätschelt. Wir waren ihre Blumen, ihre kleinen Juwelen.«

Trotz des Schmerzes ihrer Prellung und der erniedrigenden Stellung fuhr Saura fort: »Was hat sie gesagt, als Ihr ihn umgebracht habt?«

»Sie wollte nicht, dass ich sie verließ, aber sie haben mich dazu gezwungen.«

Saura schnappte nach dem Anhaltspunkt. »Hat sie geweint, als Ihr fortgingt?«

Er ignorierte sie. »Mein Vater hatte ihr die anderen Jungen früh weggenommen, aber sie behielt mich bei sich, bis ich acht war. Sie sagte mir, sie würde mich nie gehen lassen, und ich schwor, für immer bei ihr zu bleiben.«

»Hat sie geweint, als Ihr fortgingt?«

»Sie hat nicht mehr erlebt, wie ich mein Erbe angetreten habe. Sie ist tot.«

»Sie weinte, nicht wahr? Sie weinte, weil Ihr sie wie all die anderen auch verraten habt.«

»Ich habe sie nicht verraten.«

Nicholas sprach mit zusammengepressten Zähnen, und die gedämpfte Bitterkeit in seiner Stimme ließ Saura zittern und sich dann aufrichten. »Eure arme Mutter. Sie hat alleine mit ihren Erinnerungen gewartet, hat auf die Rückkehr ihres jüngsten Sohnes gewartet. Hat gewartet und gewartet, während Ihr gelernt habt, ein Ritter zu werden, und mit den anderen Burschen Spaß hattet und die Röcke der Frauen hoch über deren Köpfe geworfen habt.«

»Ich hatte keinen Spaß. Es war Arbeit, die ganze Zeit nur Arbeit. Es war Arbeit, ein Ritter zu werden, und es war Arbeit, Arthur zu drillen, mir wie ein Hund zu folgen. Und ich habe den Frauen nicht ihre Röcke hochgeworfen, es sei denn …«

»Es sei denn?«

»Es sei denn, dass sie sich gewehrt haben und es Arbeit war.«

»Ihr wolltet Euch nicht vergnügen, während Eure Mutter alleine litt.«

»Genau.« Sie konnte das Lächeln in seiner Stimme hören. »Ihr könnt das nachvollziehen. Ich wusste, das würdet Ihr.«

Voller Verachtung klagte Saura ihn an: »Ich kann nachvollziehen, dass Ihr mich anlügt. Ich kann nachvollziehen, dass Ihr es genossen habt, dem ergebenen Arthur beizubringen, Euch ohne nachzudenken zu folgen. Ich kann nachvollziehen, dass es Euch Vergnügen bereitet hat zu beobachten, wie er von seinen törichten Plänen für William vernichtet wurde. Ich kann nachvollziehen, dass Ihr es genossen habt, diese Frauen zu bekämpfen, diesen Frauen wehzutun, sie zu zwingen, das zu tun, was Ihr wollt.«

»Wie könnt Ihr das alles nachvollziehen?«

»Weil Ihr gerade dasselbe mit mir macht. Ihr genießt es, Euch an Schwächeren zu vergreifen. Ihr haltet mich fest, seht zu, wie ich mich wie eine Motte, die von einem frechen Jungen gefangen wurde, drehe und wende. Was würde Eure Mutter davon halten? Von all diesem Vergnügen, das Ihr empfindet, wenn Ihr die Leute manipuliert? Hat sie Euch das beigebracht?«

»Meine Mutter war eine Heilige!«

»Nein, das war sie nicht. Kein Wunder, dass Euer Vater Euch ihrer Obhut entzogen hat. Sie war eine gemeine, hinterhältige Frau, die es nicht ertragen konnte, ihre Söhne gehen zu lassen.«

Wie eine Natter, die zubiss, packte er ihre Kehle. Panisch versuchte sie, seine Handgelenke zu packen, aber die Sehnen seiner Hände waren unnachgiebig vor Wut. Sie trat nach ihm, aber seine Arme waren zu lang, als dass sie ihn erreichen konnte. Er vergrub seine Daumen in ihrer Luftröhre, und sofort ließ ihr Widerstand nach. Der Atem stockte ihr in der Brust, konnte nicht mehr entweichen, und sie klammerte sich verzweifelt an ihn. Wie eine Stoffpuppe schleuderte er sie herum, beugte sich über sie, und aus irgendeinem versteckten Winkel ihres Verstandes hörte sie William sprechen: »Tu das Unerwartete.«

Ihre Knie gaben unter ihr nach, und sie ließ sich zu Boden fallen. Ihr Gewicht verlagerte sich, und seine Finger glitten ab. Sie schnappte schnell nach Luft, bevor er sie wieder zu packen bekam, doch er schlang seine Hände wieder bedächtig um ihre Kehle, wie ein Mann, der darauf vorbereitet war, seine Pflicht zu erfüllen und es zu genießen.

Er sagte nichts, sie konnte nicht sprechen. Sie wusste, sie starb gerade, denn sie hörte ein jämmerliches Wimmern die Luft erfüllen.

Nicholas ließ sie los, und Saura fiel würgend zu Boden. Als das Pochen in ihrem Kopf nachließ, dachte sie, vielleicht spielte er mit ihr und wartete nur noch ein bisschen, sie umzubringen. Dennoch wurde das Greinen lauter, und sie konnte deutlich gesprochene Worte verstehen.

»Ihr könnt das nicht tun, Mylord. Sie ist eine edle Dame. Ihr könnt keine edle Dame töten.«

»Du dämlicher Narr.« Nicholas sagte das, als ob es eine Offenbarung wäre. »Ich kann machen, was ich will.«

»Lord William kommt, um sie zu befreien. Er wird sie sehen wollen.« Bronnie klang ängstlich und unsicher, widersprach seinem Lehnsherren, hatte aber jedoch größere Angst zu schweigen.

»William kommt alleine. Ich werde ihm ihren Leichnam zeigen und dann –«

»Oh nein.« Bronnie schnappte vor Verblüffung laut nach Luft. »Kein Mann könnte Lord William im Zaum halten, wenn er ihre Leiche sähe. Kein Mann würde es auch nur versuchen.« Zweifelnd fügte er hinzu: »Und selbst wenn es Euch gelänge, ihn umzubringen, ich würde nicht wollen, dass gleich zwei Geister in *meiner* Burg spuken.«

Schwer atmend lief Nicholas mit kleinen, schnellen Schritten im Zimmer auf und ab, auf und ab. Als er neben Saura stand, stieß er sie mit dem Fuß an und drehte sie auf den Rücken. Sie plumpste zurück, wobei sie ihre Erschöpfung und ihre Angst nur zum Teil übertrieb. »Bring sie hoch«, befahl er. »Lasst uns sehen, wie gerissen sie noch ist, wenn sie kalt und hungrig ist und ihr die klamme Kälte des Kerkers in die Knochen kriecht.«

»Ihr könnt sie doch nicht in dieses Loch werfen«, protestierte Bronnie. »Sie ist eine Dame.«

»Sie ist ein zänkisches Weib und verdient, was sie bekommt. Stell sie auf die Füße!« Nicholas' Wut war verbissen und echt. »Oder ich werde es tun.«

Saura hob bittend die Hand, und Bronnie schob sich an ihre Seite. »Es tut mir leid, Mylady, so leid, aber ich muss Euch anfassen.« Seine großen Hände packten ihre Schultern, und als sie vor Schmerz den Atem anhielt, zog er sie schnell zurück. »Entschuldigt bitte, Mylady«, murmelte er wieder, und sie gab ihm ein Zeichen, ihr zur helfen.

Langsam und vorsichtig legte Bronnie seine Arme um Saura, bis Nicholas ihn anherrschte: »Bring sie jetzt her!«

Bronnie hob Saura mit einer raschen Bewegung vom Boden auf. »Entschuldigung«, murmelte er und trug sie Nicholas hinterher. Sie stiegen die geheime Treppe in das unterirdische Gewölbe hinab, und er entschuldigte sich noch einmal: »Ich würde niemals eine Dame anfassen.«

Saura war es gleichgültig. Weil sie ihre Kraft für die letzte Runde mit Nicholas aufheben wollte, war sie für Bronnies Wärme und Stütze dankbar. Sie hoffte, ihre Stimme würde nicht versagen, ihre Stimme durfte einfach nicht schwächer werden. In diesem ungleichen Krieg war sie ihre einzige Waffe. Sie und ihr Verstand, doch ihr Verstand schien vor Schock und Schmerz nur langsam zu arbeiten.

Wein, der ins Holz eingesickert war, Kräuter, Fleisch, das zu lange dort hing; die Gerüche des Vorratsraumes schlossen sie ein. Hier würde sich die Falltür befinden, die in den Fußboden aller Burgen eingelassen war. Die Falltür, die direkt hinab zu Qual und Tod führte.

Sie musste jetzt sprechen, musste mit ihm reden. Vorsichtig krächzte sie: »Nicholas.«

Bronnie hielt mitten im Schritt inne, aber Nicholas antwortete nicht. Vielleicht hatte er sie nicht gehört, vielleicht ignorierte er sie. »Nicholas«, versuchte sie es wieder, und ihre Stimme klang nun stärker. Immer noch war sie kratzig, klang vor Schmerz rostig: »Ich will, dass Ihr mir etwas versprecht.«

Sie hielten an, und Saura hörte das Kratzen des Metallgriffs und das Quietschen der ungeölten Türangeln. Dann ging die Tür auf, schlug auf den Fußboden, und modrige Luft strömte aus. Sie trug einen Hauch von Stockflecken und Entsetzen, von Schimmel und Leiden.

Saura zuckte zurück. Befriedigt von ihrer Reaktion sagte Nicholas: »Ich kann Euch ein lebendes Grab versprechen.«

»Ist es dort unten dunkel?« Sarkasmus färbte ihre Worte, und er verwünschte sie. Unerschrocken beharrte Saura: »Ich will, dass Ihr mir versprecht, Ihr werdet William nicht hier unten mit mir einsperren.« Ihre Kehle tat weh, und sie legte ihre Hand schützend darauf. Sie musste nur noch diese eine letzte List anbringen. »Ich hasse ihn. Ich werde ihn umbringen, wenn Ihr ihn zu mir hineinsteckt.«

»Was ist das nun wieder für ein Trick?«, fragte Nicholas skeptisch.

»Kein Trick. Wir hatten Streit. Bevor er aufbrach, haben wir uns gestritten. Erinnert Ihr Euch nicht an meine Tränen im Wald?«

»Im Wald, als ich Euch gefangen habe? Ja, Ihr habt geweint.«

»Ich habe mir die Augen blutig geweint.«

Verachtung durchdrang seine Stimme: »Er betet Euch an.«

»Er will mehr, als ich geben kann. Er will, dass ich ihm schwöre, mich ganz und gar aufzugeben. Er will meine Seele und auch meinen Verstand. Er will, dass ich bei allem von ihm abhängig bin, während er mich für gar nichts braucht. *Ihr* kennt William. Ihr wisst, was er erwartet.«

Ihre Bitterkeit überraschte ihn. »Ja.« Er beäugte sie und lief dabei wieder langsam im Raum auf und ab.

»Bitte steckt ihn nicht mit mir zusammen. Ich ertrage seine Gegenwart nicht, und er hat geschworen –«

»Euch zum Nachgeben zu zwingen?« Nicholas stieß ein verärgertes Lachen aus, und sie konnte hören, wie er seine Hände an der ledernen Reithose rieb. »Sehr gut. Sehr, sehr gut. Lass das Seil herunter, Bronnie, und mach, dass sie da hinunterkommt.«

Bronnie sprudelte vor Schrecken hervor: »Mylord, bitte, Lord Nicholas. Sie ist eine Dame.«

»Die Ratten können Muttermilch bei ihr bekommen. Mach, dass sie da hinunterkommt!«

Bronnie setzte Saura vorsichtig auf die Füße und versicherte ihr, sie sei weit genug von dem Loch entfernt, dann holte er das Seil. Sie hörte, wie er die Enden an einen Balken band, während Nicholas schwatzte: »Der liebe kleine Bronnie macht sich Sorgen, weil Ihr eine Dame seid, aber eigentlich bekommt Ihr eine privilegierte Behandlung. Die meisten Gefangenen werden einfach hinuntergeworfen. Falls sie Glück haben, ist der Boden nass und der Fußboden voller Matsch.

Im Sommer, wenn es trocken ist, oder im Winter, wenn der Boden gefroren ist, können sie dort mit gebrochenen Knochen liegen und vor Qualen stöhnen, bis sie sterben.«

Saura versuchte, nicht zuzuhören, und lehnte sich gegen ein Weinfass, aber seine höhnische Stimme zog sie in ihren Bann. Er fuhr fort: »Ihr, Lady Saura, bekommt eine Strickleiter, die beinahe bis zum Grund hinabreicht, und Bronnie, der die Knoten befestigt, die sie halten. Aber passt unter Euren Füßen auf verrottetes Fleisch und Knochen auf. Wir haben das Loch seit Monaten nicht saubergemacht.«

Saura schauderte bei dem Gedanken. Es war die Sorte von Schaudern, das am unteren Ende ihres Rückens begann und sie hinauf bis zu ihrem Schädel schüttelte, und Nicholas lachte: »Es sollte schon nicht zu schlimm für Euch werden.« Er schlich sich neben sie und legte ihr die Hand auf die Taille. Dann zog er sie nahe zu sich heran, und das brachte sie wieder zum Zittern. »Es sei denn, Ihr wollt lieber in meinem Bett bleiben?«

Sie schloss die Augen und seufzte, als ob sie sich unschlüssig wäre. »Das ist eine schwierige Wahl.« Ihre Stimme krächzte, und sie räusperte sich. »Aber ich ziehe die Ratten dann doch der Schlange vor.«

Nicholas schubste sie von sich fort, und sie stolperte nach vorne. Ihr Schuh verfing sich am Rand der Falltür. Sie stürzte nach vorne, während Bronnie aufschrie. Sie fiel. Sie wusste, das Loch im Fußboden würde sie verschlingen, aber Bronnie fing sie auf. Sie landete auf der anderen Seite der Falltür in seinen Armen. Aus vollem Herzen dankte sie innerlich Gott für sein Eingreifen.

Bevor sie Bronnie ihren Dank aussprechen konnte, befahl Nicholas: »Bronnie, es ist mir egal, wie du es machst, aber bring sie da hinunter, schließ die Tür, und lass sie dort. Lass sie dort.« Nicholas trat näher, und Saura zuckte zusammen.

»Lass sie dort, bis ihr Ehemann zu ihr kommt und sie in ewiger Liebe gemeinsam sterben können.«

»Ihr habt versprochen, ihn nicht zu mir zu stecken«, schrie sie.

»Ich habe Euch nichts versprochen. Gar nichts!« Nicholas stürmte davon, durchquerte den Vorratsraum, stieg die Treppe hinauf und ließ die beiden allein zurück.

Sobald der Klang seiner Schritte verklungen war, sagte Bronnie ängstlich: »Mylady, ich werde Euch mitnehmen und verstecken.«

»Nein!« Sie packte seine Schultern und wand sich aus seinem Griff. »Nein, ich möchte nicht, dass du Ärger bekommst. Er wird dich umbringen.«

Sie spürte, wie sein Körper erzitterte, aber er leugnete: »Besser ich als Ihr. Ich werde wegrennen und im Wald leben.«

»Und wirst als Wilderer gehängt werden. Nein, Bronnie, ich danke dir. Ich muss das jetzt durchstehen.«

Aber sie bewegte sich nicht, und er fragte: »Seid Ihr sicher?«

Erleichterung sickerte in seine Stimme, und sie bekräftigte: »Ich muss dort hinunter.«

»Bronnie!« Ein Brüllen donnerte die Treppe hinab, und er drehte sich zur Seite.

»Ich werde besser hinuntersteigen, bevor du Ärger bekommst.« Sie zögerte immer noch, bis er ihre Hand nahm und sie auf einen der Knoten legte.

»Seht Ihr? Ich habe sie festgezogen.«

»Ja.« Sie tastete den einen Strick hinunter, bis sie einen Tritt fand und dann den anderen Strick wieder hinauf. Ihre Miene erhellte sich. »Es ist ja genau wie bei einer echten Leiter.«

»Ja, Mylady. Soll ich Euch zeigen, wie Ihr anfangen könnt?«

»Das machst du wohl besser.«

»Dann stellt einen Fuß hierhin … ja … und den andern dahin. Gut.« Er berührte sie zögernd, aber ihre Ängste waren verschwunden, während ihre Entschlossenheit zunahm. Sie legte erst einen Fuß auf den wackeligen Seiltritt und dann den anderen. Sie atmete einmal tief ein und streckte den Fuß aus, doch sie konnte die nächste Sprosse nicht finden.

»Es ist noch ein bisschen weiter, Mylady«, meinte Bronnie und beugte sich über den Einstieg. »Ich kann es gerade noch sehen.«

Indem sie ihr Bein ausstreckte, fand sie die nächste Stufe, weit unten am Strick. Saura bewegte sich langsam, ließ die Hände gleiten und stellte beide Füße darauf. Sie war nun im Kerker und hob den Kopf, um zu fragen: »Sind die Sprossen alle so weit voneinander entfernt?«

»Sie wurden für einen Mann gemacht, Mylady«, antwortete Bronnie entschuldigend.

Es gab nichts weiter zu sagen. Jetzt stieg sie zögernd hinab. Als sie tiefer in die Grube kam, schwang das Seil bei jedem Schritt weiter aus. Sie biss gequält die Zähne zusammen, als sie Spinnweben spürte, die über ihr Gesicht fegten. Ihre Hände umklammerten das Seil. Sie konzentrierte sich völlig auf den nächsten Schritt. Nicholas hatte es wohl für eine passende Folter gehalten, endlos hinabsteigen zu müssen, nur um den Gefängnisboden zu erreichen. Schließlich tastete sie mit ihrem Fuß und fand nichts. Sie streckte die Zehen aus: nichts. Nicholas hatte nicht gelogen, das Seil war zu kurz. Saura hing mitten in der Luft, nur von einem dünnen Strick gehalten, und um sie herum war bloß ein leerer Raum, der ihr keine Hilfe bot.

»Bronnie.« Ihre Stimme klang vor Schreck schwach und quietschend. »Bronnie, kann ich jetzt auf den Boden springen?«

»Weiß nicht, Mylady«, rief er. »Es ist so dunkel da drin, ich kann nur die ersten paar Stufen sehen.«

Ihre Arme zitterten nervös. Wie eine Raupe schlängelte sie sich das letzte Stück Leiter hinunter. Sie hakte ihre Knie um das Seil, verwünschte ihre Röcke, und dann schob sie ihre Hände Stück für Stück hinab, bis zum letzten Stückchen Strick. Sie atmete tief ein, löste ihre Füße und ließ ihren Körper hinab, sodass sie in der frostigen Luft über dem Abgrund hing.

20

Saura hing, so schien es ihr, tagelang dort, eine ganze Jahreszeit hindurch, bis sie alt war und ihre Arme vor Anstrengung zitterten. Dann ließ sie los. Sie fiel, sie landete. Der Aufprall erschütterte ihre Fußknöchel. Der Boden war viel näher, als sie erwartet hatte. Sie saß da im Dreck und rieb sich die Füße und lachte und weinte zugleich.

Bronnie hörte es und brüllte: »Mylady, Mylady, habt Ihr Euch verletzt?«

Sie riss sich zusammen und rief mit heiserer Stimme zurück: »Es geht mir gut. Aber Bronnie, kannst du nicht eine Fackel schwenken und mir sagen, wo die Leichen liegen?«

»Die Leichen?« Er klang verdutzt, dann erleichtert. »Nein, es ist nicht so schlimm, wie er gesagt hat, Mylady.«

Sie schnaubte. »Da bin ich aber überrascht.«

»Dies hier ist nicht seine Hauptburg, und er hat hier keine Gefangenen, und wenn er welche hätte, würde er sie gewiss nicht ganz einfach so sterben lassen. Er würde sie zu Tode quälen, das würde er.«

Saura war belustigt, wie Bronnie Nicholas' Wesen kurz und bündig zusammenfasste, und sie fragte: »Keine toten Körper?«

»Nein. Aber da sind Ratten, ganz sicher, und es ist etwas kühl. Ich will, dass Ihr mein Wams nehmt.« Er warf es hinunter, und es flatterte auf ihren Kopf. »Habt Ihr es bekommen?«

»Ja, vielen Dank. Ist da noch etwas –« Ein gedämpftes Gebrüll hallte von droben hinab, und Saura zuckte zusammen.

Selbst im Kerker erkannte sie Nicholas und seinen Zorn wieder. »Beeil dich und geh zu ihm, Bronnie. Jetzt, wo ich weiß, dass ich allein bin, wird es mir gut gehen. Von den Ratten einmal abgesehen.«

»Oh, Mylady … oh, ich hasse es, Euch hierzulassen. Eine edle Dame und alles.«

»Still.« Sie wedelte mit den Armen, obwohl er sie nicht sehen konnte. »Ich will nicht, dass er es sich mit mir nochmal anders überlegt.«

»Jaja.« Sie hörte, wie er die Falltür anhob. »Seid Ihr sicher?«

»Es geht mir gut.«

Die Öffnung schloss sich beinahe über ihr, und dann schwang sie noch einmal auf. »Mylady?«

»Geh, Bronnie.« Sie sprach streng, und er gehorchte.

Das Zuschlagen der Tür klang so endgültig. Das Wams, das ihre Hände umklammerten, war immer noch warm, und sie tröstete sich damit, dass sie nicht ganz alleine war. Sie schlang die Arme um ihre Knie, drückte sie, legte ihre Wange darauf und wunderte sich über sich selbst. Eigentlich sollte es ihr nichts ausmachen, in eine dunkle Höhle gesperrt zu sein. Welchen Unterschied machte das Fehlen von Licht schon? An diesem Ort war es nicht anders als sonst auch: Bis sie die Größe eines Raumes erkundet hatte, war sie unsicher.

Dennoch schien es, als ob ihr die Luft vom Gewicht der geschlossenen Tür niedergedrückt auf den Kopf drückte. Die Decke, von der sie wusste, dass sie in schwindelnder Höhe war, schien zu nahe zu sein. Sie bildete sich ein, wenn sie aufstand, würde sie sich den Kopf anschlagen. Die Mauern kesselten sie ein. Der Fußboden schien sich unter ihr zu neigen. Der Geruch von Schimmel erstickte sie schier, und sie schnappte nach Luft. Sie vergrub ihre Finger im Dreck und ballte vor Verzweiflung die Fäuste.

Wie war sie hier bloß hingeraten?

Erst gestern hatte sie die Reparatur der Strohdächer im Dorf von Burke genehmigt. Sie war mit dem Verwalter ausgeritten, als der die Abrechnung der Ernte der Pächter vorgenommen hatte, und hatte die Zahlen für Bruder Cedric wiederholt, als dieser sie niederschrieb. Vielleicht hatte Lord Peter ihr die Verantwortung für die Herbstabrechnung nur übertragen, um sie von den Gedanken an William abzulenken, aber er hatte gesagt, er würde es sie gerne erledigen lassen, und sie hatte ihm geglaubt.

Jeden Abend war er vom Jagen heimgekehrt, schlammverspritzt und heiter, und hatte ihr einen Hirsch oder ein Wildschwein präsentiert, die gesalzen und für den Winter eingelegt wurden. Saura war klar, dass diese Zurschaustellung männlicher Begabung nicht ihr galt. Sie galt Maud, die neben Saura stand und von den blutigen Keulen, die er ihnen zu Füßen warf, ordentlich beeindruckt war. Die Liebe zwischen dem Herrn und der Zofe war zu einem gleichmäßigen Feuer gewachsen, das beständig glühte und von Zeit zu Zeit wild aufflackerte. Lord Peter und Maud waren völlig miteinander beschäftigt, und Saura fühlte sich eifersüchtig, verlassen und beschämt.

Sie hatte die immerwährende Aufmerksamkeit Mauds verloren, Lord Peter schenkte ihr auch nur zerstreute Beachtung, die Jungen waren mit den Aufgaben junger Krieger beschäftigt, und William war fort.

Nur Bula wachte an ihrer Seite, schob ihr seinen riesigen Kopf in den Schoß, wenn sie saß, und wickelte sich um ihre Füße, wenn sie ging. Die Diener scherzten über die Ergebenheit des Hundes, während sie sich beeilten, die Arbeit des Herbstes vor dem ersten Frost zu erledigen.

Ihre Gedanken sprangen zu Bulas außerordentlichem Verhalten auf dem Pfad zurück. Dumm, schalt sie sich selbst.

Dummes, dummes Mädchen. Warst so mit deiner Verzweiflung beschäftigt, dass du nicht bemerkt hast, was der Hund dir mitzuteilen versuchte. Wenn sie bloß auf den Hund geachtet hätte, dann wäre sie jetzt zu Hause in Burke, würde sich am Feuer wärmen und nicht mit einem Wams, das vor Flöhen nur so strotzte.

Wäre zu Hause und würde über Maud und Lord Peter lächeln. Wäre zu Hause und würde auf Williams Rückkehr warten.

Wäre zu Hause und würde darauf warten, dass Bula ankam und ihr seine ergebene Zuneigung zeigte. Würde ihn schimpfen, weil er um ihre Füße wuselte. Würde lachen, während sie ihm auf die Rippen klopfte und er vor Begeisterung wedelte.

Wenn sie doch nur auf den Hund geachtet hätte, wäre er heute noch am Leben und kein Fressen für die Würmer im Wald. Saura wollte um ihn weinen, aber die Tränen wollten nicht kommen. Ihr Schuldgefühl saß zu tief, ihr Schmerz war zu frisch. Ihre Zwangslage verlangte nach Vernunft, nicht nach Gefühlen. Sie hatte Bula bereits einmal verraten. Sie würde ihn nicht noch einmal verraten, weil sie es nicht schaffte, zu fliehen und seinen Tod zu rächen.

Ruhelos schüttelte sie den Kopf. Nicholas wollte sie zu einem wehrlosen Opfer machen. Er wollte, dass sie hier unten starb, verängstigt und um Befreiung bettelnd, aber sie würde ihm nicht das geben, was er verlangte. Gar nichts würde sie ihm geben.

Es war zwar nicht tropfnass hier unten, und der Dreck war nur loses Pulver, das durch ihre Finger rieselte. Wahrscheinlich Kreide, denn die Burg stand hoch über dem Meer, und dieser Teil Englands war für seine weißen Klippen berühmt. Selbst wenn sie William hier hinunterwarfen, bliebe er wahrscheinlich unverletzt.

Bitte Gott, lass Nicholas ihn die Leiter heruntersteigen lassen. Bitte Gott, lass Nicholas William nur irgendwie heil hier herunterschicken.

Selbst wenn William sich verletzte, wenn er in ihrem Gefängnis ankam, dann wüsste sie wenigstens, dass er nicht tot war. Selbst wenn sich William beim Fall verletzte, er wäre doch immer noch William, mächtig genug, um all ihre Feinde zu bezwingen.

Selbst in jenem entsetzlichen Moment, als Nicholas sie gewürgt hatte und sie dachte, ihr Leben wäre vorbei, da hatte Saura dennoch gewusst, dass William sie retten konnte. Als ihr Atem drohte, ihren Brustkorb zu sprengen, hatte sie entschieden, dass William und sie gemeinsam diesen Dämon zerstören konnten.

Wenn doch Nicholas nur nach dem Köder schnappte und William zu ihr brachte. Ihn anzuflehen, William nicht zu ihr ins Verlies zu stecken, war zwar nur ein schwacher Versuch; in ihrem wehrlosen Zustand war es aber das Beste, was ihr einfiel. Sie hatte geklagt, William erwarte zu viel von ihr, und in diesem Argument lag genügend Wahrheit, damit Nicholas ihr glauben konnte. Wenn Nicholas doch nur nicht zu sehr darüber nachdachte. Wenn er doch nur glaubte, er sei in einer solch unangreifbaren Position, dass er es wagte, sie zu vereinen.

Nicholas war schon schrecklich genug. Sie lachte über sich selbst. Wie sie um die Wahrheit herumlaviert war. Nicholas war verrückt. Alles an ihm bewies das. Wie konnte sie nur so ahnungslos gewesen sein? Es war, als ob in seinem Verstand zwei Personen existierten, beide teuflisch raffiniert. Das Kind in ihm suchte nach Liebe, der Elternteil beschützte das Kind.

War er verrückt genug, um William und sie zusammenzubringen? Vielleicht. Verrückt genug, sie beide zu töten und zu erwarten, er käme damit davon? Ohne Zweifel. Das war es, was sie verängstigte. Das war es, was sie aus ihrer Verzweiflung riss. Um aus dieser Falle zu entkommen, mussten William und sie ihre Kräfte vereinen und so schlagkräftig werden wie die Stürme, die über das Meer fegten. Während sie nun auf dem Boden ihres Gefängnisses saß, keimte in ihrem Busen wider jede Logik ein Funken Hoffnung auf.

Saura spürte ihren starken Wunsch zu leben, zu gedeihen und eine Lösung für das Problem zu finden, dem sie mit William gegenüberstand. Wenn William ankam, würde er ruhig, imposant, entschlussfreudig sein. Er würde genau wissen, was zu tun war und wann es getan werden musste. Er würde keine vollkommen hilflose und vor Angst zitternde Frau vorfinden, die für einen Mann betete, der sie rettet. William würde Saura vorfinden, seine ruhige, ausgeglichene und vernünftig denkende Ehefrau.

Was sollte sie zuerst machen? Auskundschaften. Waffen finden. Etwas finden, aus dem man eine Leiter bauen konnte. Sich darauf vorbereiten, William zu helfen und dankbar für sein Erstaunen über ihre Tüchtigkeit zu sein.

Saura nickte, stand auf und klopfte sich den Staub von ihrem Rock.

Die Tür über ihr wurde triumphierend zurückgeschlagen. Saura erwachte aus ihrem Halbschlaf und wusste, William war angekommen. Nur durch das Knacken wusste sie, dass Nicholas ihn gefangen genommen hatte, dass Nicholas zufrieden war und dass er sie zusammensteckte. Dankbar schloss sie die Augen, doch bei Williams Worten riss sie sie wieder auf.

»Ich werde nicht da hinuntergehen.«

Zusammengekauert lag Saura auf dem Boden, wo sie die Nacht verbracht hatte, den Rock der Wärme wegen unter die Beine gestopft, und zog Bronnies Wams enger um sich. Die

Durchsetzungskraft von Williams Stimme wurde durch ein Element verstärkt, das sie nicht verstehen konnte. Saura legte den Kopf zur Seite, lauschte und versuchte, es zu identifizieren.

»Du willst nicht gehen?«, äffte Nicholas ihn nach. »Also gut. Wir werden deine Ehefrau dort unten alleine lassen.«

»Saura ist dort unten? Warum, du dreckiger –«

»Sie fühlt sich dort unten sicher«, protestierte Nicholas mit affektierter Befriedigung. »Sicher und weit weg von dem bösen Mann, der ihr sein Herz angeboten hat.«

»Wer? Oh, du.« William klang so offensichtlich desinteressiert, dass Nicholas vor Wut schäumte. William hörte den Anschuldigungen des Verrückten zu und meinte dann: »Also wirklich, mein Freund, du hast doch nicht etwa erwartet, dass sie auf dich scharf wäre, wenn sie vorher schon mich hatte, oder etwa doch?«

Wie ein Wurm, der den Kern eines guten Apfels frisst, höhnte Nicholas: »Sie ist aber auch nicht besonders glücklich mit dir, mein Freund. Sie hat speziell darum gebeten, dass ich dich von ihr fernhalte. Ja, das überrascht dich, nicht wahr? Dass deine anstrengende Tugend etwas ist, das gemieden werden möchte. Dass nicht jede Frau sich dir ganz hingeben will, mit Körper und Seele.«

»Du Mistkerl.«

»Oh, ich weiß alles über die Fäulnis in deiner Ehe. Deine Frau war recht redselig, nachdem sie sich ausgeweint hatte.«

Saura hörte, wie William sich nach vorne stürzte und Nicholas in einem schrillen Tonfall lachte, der an Wahnsinn grenzte: »Du bist gefesselt, William. Du bist ein Gefangener. Du bist alleine in meine Burg marschiert, nur mit deinem Stolz bewaffnet. Wehr dich, so viel du willst. Diese Fesseln an deinen Armen werden sich nie lösen.«

»Warum hat sie geweint?«

»Sie hat im Wald geweint. Hat sich die Augen aus dem Kopf geheult. Was sollte ich da tun? Ich nahm sie unter meine Fittiche und brachte sie hierher. In meinen Gewahrsam.«

Saura konnte sich vorstellen, wie Nicholas hämisch grinste, und sie zuckte zusammen, als sie hörte, wie Nicholas die Ereignisse verdrehte.

Für einen langen Augenblick sagte William nichts, und dann platzte es aus ihm heraus: »Falls meine Ehefrau nicht möchte, dass ich mich zu ihr ins Gefängnis geselle, falls sie lieber die Ratten zur Gesellschaft hat, dann möchte ich auch nicht zu ihr hinuntergehen.«

Saura wusste, William hatte ihre List durchschaut. Sie erkannte es an der vorgetäuschten Überzeugung in seiner Stimme. Es war so deutlich zu bemerken, dass sie fürchtete, Nicholas würde es ebenfalls hören. Aber noch mehr als darüber machte sie sich Sorgen über die Furcht, die sie in seiner Stimme bemerkt hatte. Was war nur mit William los?

»Du willst nicht da hinunter. Sie will dich nicht bei sich haben«, säuselte Nicholas. »Was könnte ich mehr verlangen? Und was könntest du mehr verlangen als eine Chance, deine Eheprobleme zu lösen, bevor du stirbst.«

»Sie ist wahrscheinlich nicht mal da unten.« William stockte, balgte sich mit den Männern, die ihn hielten. »Sie hat kein Wort gesagt.«

Saura stand auf und ging direkt unter das Loch. »Nicholas, Ihr habt es mir versprochen.«

Nicholas lachte, und William brüllte: »Geh zur Seite!«

Ein Pochen und Kratzen folgte, und sie taumelte gerade noch rechtzeitig zurück. Er fiel wie ein verwundeter Adler vor ihre Füße. Dreck wirbelte auf, und sie sprang zu ihm hin. Er keuchte, würgte, und sie kniete sich hustend neben ihn. »Geht es dir gut? William? Antworte mir!« Sie tastete ihn ab und zerrte an dem Strick, der seine Hände vor seinem Körper zusammenband.

»Einen Moment … Frau.« Er schnappte einmal tief nach Luft, die mit Dreck vermischt war, und hustete wie ein Mann, dessen Lunge blutete.

»Wird er es überleben?«, rief Nicholas.

»Mein Essmesser«, flüsterte William.

Ihre Hände flogen zu seinem Gürtel und klappten das Futteral auf. »Das durftest du behalten?«, flüsterte sie zurück.

»Er denkt, es sei keine Waffe.« Er streckte die Arme vor, und sie schnitt die Fessel durch. »Er unterschätzt mich.«

»Wird er überleben?«, verlangte Nicholas erneut laut zu wissen.

»Ja, ich werde leben.« Williams Stimme wurde kräftiger, während er sprach, und er befreite seine Hände und rieb sich die Handgelenke. »Aber nicht dank dir und deiner Handlanger.«

»Gut. Ganz gleich wie befriedigend dein Tod auch ist, ich möchte mir doch das privilegierte Vergnügen nicht vorenthalten, dich richtig umzubringen.«

Die Tür begann, sich mit einem Quietschen zu schließen, und William kämpfte sich auf einen Ellenbogen hoch und rief: »Warte, Nicholas!« Sein Aufschrei brachte ihm wieder einen Hustenanfall ein, und mit einer Hand an ihrem Hintern trieb er Saura auf die Füße.

»Warte, Nicholas«, rief Saura gehorsam und wartete ab, weil sie sich unsicher war, was William wollte. Aber sie wusste, was sie selbst wollte. »Ich bin hungrig. Ich bin über Nacht hier unten ohne einen Krümel zu essen oder einen Tropfen Wasser.«

Butterweich antwortete Nicholas: »Ich werde meine Leibdiener für Eure Wünsche zu Euch herunterschicken, Mylady.«

William kam wieder zu Atem und rief: »Wirf eine Fackel herunter, damit ich Saura sehen kann. Ich will sehen, was du ihr angetan hast.«

»Nichts.« Nicholas beugte sich über das Loch. »Ich habe sie kaum angerührt.«

Saura berührte ihren zarten Hals und verzog das Gesicht.

»Bald werde ich euch holen kommen«, versicherte Nicholas ihnen. »Wenn ihr endlich gefügig seid.«

Er zog den Kopf zurück, und als die Tür wieder quietschte, rief Saura: »Ich bin durstig! Du kannst uns nicht verhungern lassen, das weißt du doch.« Die Tür schlug zu, und sie sagte in Richtung Decke: »Obwohl ich nicht weiß, weshalb nicht.« Sie kniete sich neben William, tastete nach seinem Körper und fand ihn zitternd vor. »Du bist verletzt«, stieß sie hervor. Mit Nachdruck wiederholte sie: »Du bist verletzt.«

»Nein.« Aber trotzdem zitterte er unter ihren Händen und klang ängstlich.

»William?« Ihre Handflächen strichen über seine Schultern. »William?«

»Es geht mir gut«, sagte er, aber sie glaubte ihm nicht.

»Dies ist nicht die Zeit, um töricht zu sein. Wenn du …« Sie hielt inne. Seine Hände glitten ihre Ellenbogen hinauf und zogen an ihr, und sie umarmte ihn. Er vergrub seinen Kopf in ihrem Schoß und klammerte sich an ihr fest. »William?«

Ein Angstruf drang aus den Tiefen seiner Seele empor: »Es ist hier so dunkel.«

Sie wusste nicht, was sie sagen sollte. Sie konnte es nicht nachvollziehen, sondern streichelte ihm nur die Haare auf dem Hinterkopf.

»Es ist dunkel«, wiederholte er. »Ich kann nichts sehen.«

Dann wusste sie es. Nur ein Mann, der sein Augenlicht monatelang verloren und es wiedergefunden hatte, konnte das Grauen nachempfinden, das William gefangen hielt. Er zuckte wie gelähmt und kroch noch mehr in ihren Schoß. Panik durchzuckte sie, und sie fragte: »Konntest du noch sehen, nachdem sie dich hineingeworfen haben?«

»Ja.« Sie spürte, wie er nickte.

»Was konntest du sehen?«

»Das Licht, das durch die Falltür von oben hineinfiel.«

»Was noch?«

»Nicholas und sein boshaftes Gesicht, das zu uns herunterspähte.«

»War er alleine?«

»Umringt von Dienern und Söldnern.« William würgte.

»Und willst du diesen Mistkerl gewinnen lassen?«

»Saura«, antwortete er verzweifelt und ignorierte ihre Bitte um Stärke. »Ich kann nichts sehen.«

Sie rieb ihm in langsamen, kreisförmigen Bewegungen über den Rücken und fragte sich, was sie ihm sagen sollte. Sie verstand ihn und konnte ihm dieses Gefühl nachempfinden wie sonst wohl niemand. Sie war von Theobalds Macht gefangen gewesen und wurde dann durch Lord Peters Hilfeersuchen befreit. Jetzt war ihre Freiheit durch die irrsinnigen Pläne eines Verrückten bedroht. Nicholas hätte sie beinahe erdrosselt, weil sie ihm widersprochen hatte, und in ihrem Herzen und ihrer Seele verstand sie die Qualen, die William gerade litt.

Außerdem kannte sie die Dunkelheit. Sie wusste, wie es sich anfühlte, keine Vorstellung von den Räumen um sich herum zu haben, wusste um die Ungeheuer, die in der Nacht verborgen lauerten. Sie wusste nur zu gut, wie sehr William die Freude am Sehen genossen hatte und es für seine Pflichten als Ritter und Lehnsherr nutzte. Saura konnte nur erahnen, wie viele Kerzen er angezündet hatte, als sein Sehvermögen zurückgekehrt war, wie viele Almosen er verteilt hatte.

Jetzt lag er wie ein Kind in ihrem Schoß, durchfroren und

schweigend. »William, denk logisch«, sagte sie und benutzte sein magisches Wort. »Du weißt, du bist nicht blind.«

»Ich weiß das. Mein Verstand weiß es, aber ich öffne meine Augen, und da ist nichts, ganz gleich wie sehr ich auch blinzele und mich anstrenge.« Er hob den Kopf, drehte ihn hin und her und vergrub ihn dann wieder in ihrem Schoß. »Mein Herz pocht, meine Hände schwitzen, und tief in meinem Inneren habe ich Angst.«

Sie hielt ihn fest, beugte sich über ihn und machte beruhigende Geräusche.

»Nicholas wusste, wie er mich foltern kann, nicht wahr?«, fragte er. »Dieser Hurensohn wusste, was mich quälen würde.«

»Nein.« Sofort stritt sie dies ab. »Nicholas hatte keine Ahnung, wie dich das beeinflussen würde. Er hätte mehr daraus gemacht, wenn er es geahnt hätte. Selbst ich hatte keine Ahnung, wie es auf dich wirken würde. Ich hatte nicht daran gedacht. Es tut mir leid.«

William lachte wie ein Wahnsinniger. »Ein erwachsener Mann, der Angst vor der Dunkelheit hat. Gott, welch ein Narr ich doch bin.«

»Nein, das niemals. Du bist ein erwachsener Mann, der sich den Herausforderungen stellt, die einen geringeren Mann zerstören würden und der sie als Berge betrachtet, die man erklimmen muss. Du nimmst ein Missgeschick und machst einen Glücksfall daraus. Du nimmst die Steine, die dir im Weg liegen, und baust damit eine Straße für andere.«

Noch nicht getröstet, schmiegte er sich enger an sie. Das Grauen, das ihn erzittern ließ, war so tief, dass er noch nicht einmal weinen konnte.

Das Gefängnis begrub sie mit seinem Schweigen. Nur das Pfeifen des Windes durch die Ritzen machte Geräusche. Sie waren alleine, wie sie es seit ihrer Hochzeit nicht mehr gewesen waren, und Saura fragte sich, ob sie den Mut haben würde, ihm das zu sagen, was ihn entspannen würde. Sie atmete tief ein und sagte: »Weißt du, wie mein Leben aussah, bevor ich nach Burg Burke kam?«

Sie machte eine Pause, aber er sagte nichts. Sie wusste nicht einmal, ob er ihr zuhörte. Für einen Moment fragte sie sich, ob sie ihn wohl von seiner Furcht erlösen konnte. Entschlossenheit folgte schleunig ihren Zweifeln, sie musste es versuchen, einen Satz nach dem anderen. Sie wollte ihn trösten, aber zuerst musste sie über diese Zeit sprechen, bevor sie zu ihm gekommen war. »Ich habe dir nie über mein Leben bei meinem Stiefvater berichtet, nicht wahr?« Sie wartete nicht auf eine Antwort, sondern fuhr tonlos fort: »Wenn ich zurück auf meine Zeit in Pertrade schaue, dann ist meine vorherrschende Erinnerung die der Kälte. Es scheint dort immer kalt gewesen zu sein. Ich habe mit der Angst gelebt, alt und verbraucht zu werden und bloß irgendjemandes langweilige Tante zu sein, die im Schatten herumschleicht.«

»Deine Brüder berichten es aber anders.«

Die Worte kamen flüsternd aus ihrem Schoß, und sie entspannte sich. Er hörte ihr zu. »Wie konnten meine Brüder es wissen? Sie mussten nicht ihr ganzes Leben lang mit Hass und Misstrauen leben. Es hat mich verzerrt. Die Missachtung hämmerte mich in eine neue Form – eine andere Saura. Theobald gewann.«

Er schüttelte verneinend den Kopf, sein Gesicht rieb dabei gegen ihren Bauch.

Sie seufzte traurig und begann zu zittern: »Ich verspreche dir, William – was seine Gewaltausbrüche nicht erreichten, schaffte der langsame Verschleiß durch Bosheit. Dann kam dein Vater vorbei und bot mir die Chance zu entkommen. Und ich ergriff sie, denn nur so konnte ich überleben.« Ihre Hand bewegte sich in langsamen Kreisen über seinen Rücken, rieb ihn zwischen den Schulterblättern, löste die Anspannung in seinen Schultern. Mit der weichen Stimme einer Mutter, die ihrem Kind etwas vorsingt, sagte sie: »Ich kam in deinem Haus an, und auf der Stelle wurde ich gewärmt. Die Feuer brannten heiß, die Dienstboten waren freundlicher, die Arbeit gefiel mir. Und du, du warst wie der Sonnenschein an einem Sommertag.«

»Sonnenschein?« Er drehte den Kopf und sagte: »Das hast du damals aber nicht gesagt. Du hast gesagt, ich würde stinken, wäre faul und würde mich selbst bemitleiden.«

Ihre Hand zog ein wenig an seinen Haaren. »Das warst du ja auch. Aber du hattest eine faszinierende warme Stimme, warst reif und –«

»Unordentlich?« Ein amüsierter Tonfall schlich sich in seine Frage, und er lockerte ein wenig seinen Griff. Eine seiner Hände ahmte sie nach und rieb ihr den Rücken.

»Das warst du. Und dickköpfig und stur. Ich mochte deine Herausforderung, mochte die Art, wie du mich empfinden ließt, die Art, wie du mich willkommen hießt. Ich konnte kaum glauben, dass du eine alte Frau so behandeln würdest, als ob sie ein junges, gesundes Mädchen wäre, aber das hast du getan. Ich fragte mich … ich fragte mich, wie du mich wohl behandeln würdest, wenn du es erfährst, und ich fand es heraus. Erinnerst du dich, in der Badewanne?«

Er grunzte, aber sie nahm an, dass er lächelte. Sie streichelte seine Wange, suchte nach den Grübchen, und die Wange kroch aus ihrer schützenden Umarmung hervor. William fuhr fort: »Von diesem Moment an hatte ich einen Hinweis. Ich hatte ein Ziel. Ich wollte dich.«

»Weshalb würdest du mich wollen? Ich bin kindisch.«

»Weniger als die meisten Männer es sind.« Seine Hand glitt ihren Rücken hinab und kniff sie in den Hintern. Sie zuckte zusammen, lachte und wünschte sich, sie müsste nicht weiterreden, doch das musste sie. Mit leiser Stimme erzählte sie ihm: »Du hast mich gezwungen, mir selbst ins Gesicht zu sehen, und das gefiel mir nicht. Dank dir musste ich erkennen, welch ein Feigling ich doch bin. Ich hatte Angst, dich zu lieben, dich wirklich zu lieben, weil …«

»Weil diejenigen, die du liebst, groß werden und dich verlassen und du dann alleine auskommen musst.« Er zog sich zurück, setzte sich hin und sah sie im Dunkeln an. Seine Knie stießen gegen ihre, seine Brust zeichnete sich nahe und warm ab. Er strich zärtlich mit den Fingern über ihr Gesicht.

Saura straffte den Rücken und antwortete steif: »Ich wollte sagen, es waren Theobald und seine Grausamkeiten.«

»Das habe ich auch lange gedacht. Immerhin musste es Narben hinterlassen, bei einem Mann zu leben, der dich verachtet und dir Übles wünscht. Aber du bist so belastbar, so selbstsicher, dass Theobald wenig wirklichen Schaden angerichtet hat. Sobald du in meinen Haushalt kamst, waren die Wunden, die er deinem Selbstbewusstsein zugefügt hatte, schnell verheilt.« Mit leiser, schmeichelnder Stimme fragte er: »Bist du dir so sicher, dass man dich nicht lieben kann?«

»Was meinst du damit?« Sie hörte die Feindseligkeit in ihrer Stimme und verwünschte diese, aber sie konnte sie nicht zurücknehmen.

»Ich glaube nicht, dass dir Theobald oder das, was er von dir dachte, jemals etwas ausmachte.« Sie verdaute das erst einmal, und William meinte nachdenklich: »Du weißt, ich gebe Maud die Schuld für unsere derzeitigen Schwierigkeiten.«

Empört erklärte sie: »Was meinst du? Sie konnte unsere Hochzeit gar nicht abwarten. Sie war so glücklich.«

»Ja, glücklich, dass sie ihr Küken gut versorgt wusste, sodass sie ihre Liebschaft mit meinem Vater fortsetzen konnte.«

»Das ist gut für sie! Zum ersten Mal seit Jahren muss sie nicht ständig um mich herumschweben, sich Sorgen um mich machen, nach Verschwörungen gegen mich Ausschau halten und mir den Weg frei räumen!«

William antwortete nichts, und Saura stieß hervor: »Ich bin nicht eifersüchtig auf –« Die Worte blieben ihr im Hals stecken. Erst gestern hatte sie zugegeben, dass sie eifersüchtig war. Sie ließ den Kopf sinken und murmelte: »Ich bin ein kleines engstirniges Miststück.«

»Nein, nein, das bist du nicht.« Er legte die Arme um sie. »Du findest nur deinen eigenen Weg. Ich würde mir bloß wünschen, ich könnte dich überzeugen, mir zu vertrauen. Ich vertraue dir. Schließlich habe ich dir den Schoß vollgeheult.«

»Du bist jetzt darüber hinweg, nicht wahr?«, fragte sie.

Verdutzt dachte er darüber nach und stellte fest, dass er keine Angst mehr hatte, und antwortete verwundert: »Ja, so scheint es zu sein.«

»Das ist gut.« Sie stand auf. »Weil ich einen Fluchtweg gefunden habe, aber ich brauche dich, damit du ihn frei räumst.«

Ihre sachliche Ankündigung verblüffte ihn. »Moment mal!« Er streckte die Hand aus und zog seine Frau zu sich auf den Schoß und wiegte sie vorsichtig. »Du bist eine Hexe. Eine schöne Hexe mit rabenschwarzem Haar. Ich komme ängstlich und zitternd zu dir, und wenn du mit mir fertig bist, soll ich dir auch noch helfen.«

»Bist du etwa böse?«

Er lachte und drückte sie fest an sich. »Nein.«

»William, weshalb bist du allein gekommen?« Sie wollte es zwar nicht, doch ihre Stimme bebte ein wenig vorwurfsvoll.

»Warum ich nicht mit einer Armee gekommen bin?«

»Ja.« Sie ließ ihren Kopf auf seine Brust sinken und lauschte, das Ohr auf seine Brust gepresst, seiner Antwort.

»Du musst lernen, mir zu vertrauen, Liebes. Falls ich mit einer Armee gekommen wäre, dann hätte Nicholas dich auf die Festungsmauer geschleift und mir gedroht, dich hinunterzuwerfen. Es war besser, alleine zu kommen, unbewaffnet, nur mit meinem Essmesser am Gürtel, und mich ohne Widerstand festnehmen zu lassen.«

»Ohne jeglichen Widerstand?«

Er zuckte mit den Schultern. »Nur ein bisschen. Nicholas wäre misstrauisch geworden, wenn er mich zu leicht hätte ergreifen können. Er glaubt, ich wollte so dringend zu dir gelangen, dass ich keinen Plan hätte.«

»Törichter Mann«, murmelte sie.

»Nicht ganz so töricht«, verbesserte er. »Ich war deinetwegen verzweifelt. Ich wusste immer, dass ich dich erst aus seinen Fängen befreien muss, bevor ich anfangen kann, ihm den Schädel einzuschlagen.«

Auf seine grimmige Entschlossenheit wollte sie etwas erwidern, doch er küsste sie stattdessen auf die Stirn.

»Eines Tages werde ich dir beibringen, mir zu vertrauen. Eines Tages werden wir dieses Gespräch hier beenden.«

Ihre Stimme war so kleinlaut, dass er sich vorbeugen musste, um sie zu verstehen: »Ich weiß. William, sie haben Bula umgebracht.«

»Was?«

Er versteifte sich, und sie wünschte, sie hätte es ihm nicht sagen müssen. »Sie haben mich im Wald gefangen genommen, wohin ich törichterweise gegangen bin.«

»Um zu weinen, hat Nicholas gesagt.«

»Das stimmt. Ich konnte es nicht mehr ertragen, mir Sorgen zu machen und mir noch länger deinetwegen, unseretwegen Gedanken zu machen. Also ging ich dahin, obwohl ich wusste, dass ich nicht hingehen sollte, und Bula bezahlte dafür mit seinem Leben.« Ihre Stimme zitterte vor Schuldgefühlen.

»Bula gab sein Leben für dich wegen deiner endlosen Geduld mit ihm, wegen deiner zärtlichen Hingabe für ihn, wegen deiner Güte. Du trauerst um Bula, aber denk daran, um wie Vieles mehr er um dich trauern würde.«

Sie konnte vor Trauer nicht einmal weinen. »Du tröstest mich, William, wie es sonst niemand könnte.«

»Süßes Ding.« Er küsste ihr Haar, stand auf und zog sie ebenfalls hoch. »Wo ist dieser Fluchtweg denn nun?«

Sie nahm seine Hand und führte ihn durch die Dunkelheit. »Ich habe den Raum erkundet und ein paar Dinge gefunden. Die Erbauer der Burg haben eine natürliche Höhle ausgenutzt, so nehme ich an, und sie für ihr Verlies verwendet. Sie ist nicht groß, und obwohl es nicht matschig ist, fühlt es sich doch feucht an.«

»Wir sind nahe dem Meer«, stimmte er zu. »Ich kann den salzigen Geschmack selbst hier drinnen schmecken.«

»Ja, das kann man.« Sie grinste. »Dieser Ort war für eine lange Zeit verschlossen. Die Wände sollten voller Moos sein. Die Luft hier drinnen sollte stinken, aber sie ist nur abgestanden. In der Tat kannst du den Wind vom Meer wehen hören, wenn du stillstehst und lauschst.«

Er hielt an und lauschte. »Bei der Heiligen Jungfrau! Du hast recht.« Indem er ihren Gedankengang beendete, sagte er: »Eine natürliche Höhle muss einen Ausgang zum Meer haben.«

»Ja.«

Kichernd schwenkte er ihre Hand vor und zurück. »Also, wie kommen wir heraus?«

»Die Decke wird hier tiefer«, warnte sie. »Duck dich. Da ist ein Tunnel.«

William streckte die Hand aus und berührte die Wand. Wie Saura gesagt hatte, war sie ohne Moos. Sie fühlte sich leicht feucht an, und seine Finger juckten, nachdem er den Fels berührt hatte. Er zog sie zurück, rieb sie aneinander und sagte: »Ja, so fühlt sich Kreide an.«

»Es lässt mich schaudern«, erklärte Saura, und ihre Stimme war plötzlich weit unter ihm.

Er sprang zurück, aber nicht schnell genug. Seine Stirn knallte laut gegen die Wand, und er fand heraus, dass sich ihr Mitleid in Grenzen hielt. »Ich habe dir gesagt, dass du dich ducken sollst!«, erklärte sie frustriert, und das erinnerte ihn daran, welch gestrenge Lehrerin Saura doch war.

»Meine Fähigkeiten sind verkümmert«, entschuldigte er sich, fiel auf die Knie und kroch in den Tunnel. Beinahe sofort spürte er eine frische Brise, dünn, aber wahrnehmbar. »Gütiger Gott.« Er spürte, wie die Aufregung in ihm anstieg. »Wir werden hier herauskommen.«

»Die Höhle wird hier winzig, und da ist auch noch eine Biegung.« Sie klang gedämpft, angespannt. »Ich kann auf den Knien durchkommen, aber ich weiß nicht, wie es bei dir ist.«

William grunzte und fand den Raum bereits jetzt schon zu eng, aber der Geruch des Meeres lockte ihn vorwärts. Schließlich lag er auf dem Bauch und kroch über pulverartigen Dreck und hoffte, dass die Felsen über ihm stabil waren. Wie ein Neugeborenes zog er zuerst die eine Schulter durch den Flaschenhals und dann die andere Schulter und schlängelte sich hinaus. Fast sofort hatte er genügend Platz, um sich hinzusetzen, und er konnte sehen. »Licht!«, rief er. Der Klang prallte von den Wänden zurück, und Staubbröckchen rieselten aus der Decke.

Saura hieß ihn schweigen und kicherte: »Ja, ich wusste, hier muss es Licht geben. Ich habe, soweit ich konnte, alle Ritzen gesäubert, das Geröll beseitigt und den Wind auf meinem Gesicht gespürt.«

Er starrte auf die wundervolle Beleuchtung, die im schimmernden Bogen durch die Ritzen strömte. Sie würden herauskommen. Jetzt wusste er es.

»William?« Saura berührte seine Schulter, und ihre Stimme klang leise und ernst. »Wenn wir herauskommen, was werden wir tun?«

Er schüttelte sich die verkrampften Glieder und blickte über den winzigen Lichtstrahl ins Gesicht seiner Frau. Ihre Gesichtszüge waren zwar kaum erkennbar, aber sie sah ernst und nachdenklich aus, und er drehte sich um und drückte sie an sich. »Das Erste, was ein Krieger lernt, ist, dass er sich jeweils nur mit einem unüberwindlichen Problem beschäftigt.«

Sie kicherte.

»Charles holt meinen Vater«, versicherte er ihr. »Wahrscheinlich sind sie im Augenblick bereits nahe der Küste.«

Charles lag unter einem Haufen Gestrüpp und stöhnte. Er war zwar noch am Leben, aber nur noch mit knapper Not. Moos fiel ihm in den Mund, wenn er atmete, und er wünschte, er könne seine Hände bewegen, um es wegzuwischen. Sie hatten ihm die Arme ausgekugelt, als sie ihn fesselten, und er wünschte sich von ganzem Herzen, er hätte nicht bei dieser vermaledeiten Bierschänke angehalten, um etwas zu trinken. Er dachte daran, was William über seine Dummheit wohl sagen würde, und stöhnte wieder.

Channing hatte zunächst respektvoll und dann energisch widersprochen, aber Charles dachte, ein winziger Tropfen könne nicht schaden, und hatte den Mann angebrüllt zu schweigen. Williams mürrische Truppe war um die Schänke gelaufen und hatte ungeduldig gewartet, während seine eigene, weniger disziplinierte Schar ihren Herrn begleitete. Deshalb waren sie drei Stunden später auch leicht zu bezwingen gewesen.

Wie konnte es einen Zweifel geben? Es waren Nicholas'

Männer gewesen, die sie angegriffen hatten, eine große Streitmacht schwer bewaffneter Männer. Williams Männer hatten heldenhaft gekämpft, seine eigenen Männer waren geflohen, und jetzt lag er hier in einem Graben und wünschte sich, er wäre getötet worden. Es wäre ein leichter Tod gewesen, verglichen mit dem, was William mit ihm machen würde.

Er stöhnte wieder.

21

»Was hindert uns?«, fragte William, quetschte sich neben Saura und tastete die Wand entlang.

»Ein Felsbrocken. Ein riesiger Felsbrocken. Ich konnte ihn nicht bewegen.«

Er grunzte, fand dann jedoch den Umriss des Felsens.

»Aber Gott hat ihn hier nicht hineingesteckt. Wer auch immer den Kerker gebaut hat, hat ihn hergeschoben, und ich weiß, man kann ihn auch wieder wegschieben.«

»Mit Gottes Hilfe vielleicht.« Seine anfängliche Euphorie schwand. »Gibt es hier nichts Nützliches in der Höhle? Vielleicht ein Brett, das ich als Hebel benutzen kann?«

»Nein«, antwortete sie zweifelnd. »Ich habe nichts gefunden. Können wir nicht beide schieben?«

»Gewiss, mein kleiner Liebling, wir können beide schieben. Komm her, und leg deine Schulter dagegen.«

Begierig zu helfen, drängte sie sich an ihn.

»Hm, das ist schön«, meinte er. »Aber ich glaube, es wäre wirksamer, wenn du dich in dieselbe Richtung wie ich drehen würdest.«

Gehorsam drehte sie sich um und kehrte ihm den Rücken zu.

»Das ist auch sehr nett«, neckte er.

»Aber dies hier ist kein Ort, an dem man gefangen sein möchte«, antwortete sie streng. »Also schieb.«

Der verliebte Ehemann ließ die Neckerei sein und wurde wieder zu Lord William. »Auf mein Zeichen. Eins, zwei …«

Schließlich glitt Saura den Felsbrocken hinab und keuchte: »Wir rollen ihn ein wenig, und er rollt wieder an seinen Platz zurück. Wir brauchen Hilfe.«

»Er sitzt auf einer schiefen Ebene. Geh zurück in die Höhle, und schau, ob du etwas findest –«

»Einen Hebel«, beendete sie. »Jawohl, Sir.«

Als sie durch die Biegung im Tunnel kroch, hörte sie jemanden rufen. Sie drehte ihren Kopf zurück, aber es kam nicht von William. Sie drehte den Kopf nach vorne und fragte sich, wer wohl in der Höhle sein konnte. Und weshalb. Und ob Nicholas es nicht mehr erwarten konnte, sie umzubringen. Sie betete. Als die Wände zurückwichen und in den Hauptraum mündeten, hielt sie an und lauschte.

»Mylady?«

Sie würde diese traurige, besorgte Stimme immer wiedererkennen. »Bronnie?«

»Mylady? Wo seid Ihr gewesen? Ich habe gebrüllt und gebrüllt.«

»Was willst du?«

»Ich habe Euch Essen und Wein gebracht.«

Sie vermutete die Wahrheit, sagte aber trotzdem: »Lord Nicholas ist sehr gütig.«

»Ah, Lord Nicholas, er weiß nichts davon.«

»Du bist ein guter Mann, und wenn ich nicht so durstig wäre, würde ich das Essen mit dir zurückschicken. Wirf es herunter.« Sie rannte, um die Päckchen entgegenzunehmen, die er brachte, und fragte dann: »Können wir vielleicht eine Bank haben?«

»Eine Bank, Mylady?«

»Um darauf zu sitzen.« Ihre Stimme zitterte ein wenig melodramatisch und gequält. »Die Ratten kommen einfach hoch und versuchen, an meinen Fingern zu knabbern, und ich hatte auf eine Bank gehofft.«

»Mein Gott. Sofort, Mylady. Hier im Weinkeller gibt es eine Bank, da setzt sich der Koch drauf und trinkt ein bisschen Wein.« Er verschwand und kehrte umgehend zurück. »Wie kann ich sie zu Euch hinunterlassen?«

»Lass sie fallen«, antwortete sie fröhlich.

»Sie wird zerbrechen! Ich lass sie am Seil hinunter.«

»Nein, der Staub reicht mir bis zu den Knöcheln. Sie wird nicht brechen. Lass sie nur fallen.«

»In Ordnung.« Es klang zweifelnd, aber er gehorchte. Saura trat einen Schritt zurück, und die Bank flog hinunter und zersplitterte bei der Landung. Bronnie hörte es und klagte: »Mylady, Ihr habt gesagt –«

»Es scheint weiter bis zum Boden zu sein, als ich dachte«, erklärte sie munter. Sie eilte in die wirbelnde Staubwolke und sammelte die Bankstücke ein und dankte Gott für diese Gelegenheit. Das lange Brett, auf dem man saß, schien dick genug zu sein, um einen Felsbrocken zu bewegen. Es war immer noch mit einem Bein verbunden, aber sie wusste, William konnte die Teile spalten.

Über sich hörte sie ein Krachen, wie von einem Ast, der auf einen hohlen Baumstamm fiel, und plötzlich wurde der Fußboden neben ihr zu einer Staubwolke aufgewirbelt. »So werde ich mit allen verfahren, die Euch helfen, Lady Saura.« Nicholas' entschlossen klingende Stimme ließ sie frösteln, und dann schloss sich die Tür leise über ihr, und sie ließ das Brett fallen.

»Bronnie?« Saura kroch herum, um ihn zu suchen, und fand seinen Körper, der verkrümmt am Boden lag. »Bronnie?« Auf der Stelle fand sie einen Bruch. Sein Schlüsselbein war gebrochen, sein Arm lag verdreht unter ihm. Ihre Hände glitten suchend über ihn hinweg. Sie fand eine Schwellung an der Schulter, dort, wo ihn sein böser Herr geschlagen hatte, und noch eine weitere, größere Beule auf der Stirn.

Aus dem Tunnel hörte sie ein Fluchen und Grollen dringen, und dann wollte William wissen: »Was im Namen des heiligen Wilfred war das? Bist du verletzt?«

»Nein, aber wenn Bronnie auf mir gelandet wäre, wäre ich es sicher.«

»Bronnie ist da unten? Oh, großartig, nun müssen wir ihn auch noch hinausbringen.«

»Nicht im Augenblick. Er ist bewusstlos. Unser Freund da oben hat ihn erwischt, als er uns eine Mahlzeit gebracht hat, und hat ihn verprügelt und dann heruntergeworfen.«

»Gütiger Gott«, meinte William nur. »Wird er es überleben?«

»Ja, er ist in dickem Staub gelandet. Aber ich brauche dich, damit du sein Schlüsselbein schienst und es ihm behaglich machst.«

»Ich soll es ihm im Gefängnis behaglich machen? Wir können ihm bloß die Schulter verbinden, wir haben nichts zum Schienen.«

»Wir können das Bein von der Bank benutzen, die Bronnie für mich hinuntergeworfen hat.«

»Eine Bank?« Seine Stimme klang aufgeregt. »Wie hast du ihn dazu gebracht, uns eine Bank zu geben?«

»Ich habe gelogen«, gab sie zu. »Da ist ein langes Stück Holz, mit dem wir den Felsbrocken weghebeln können, aber erst musst du mir mit Bronnie helfen.« Sie setzte sich auf ihre Fersen und seufzte: »Ich hätte nie gedacht, dass Bronnie so aussieht.«

»Wie aussieht?«, fragte William vorsichtig.

»Wunderschön. Zuerst dachte ich, er wäre ein Graubart mit Augenbrauen, die über seiner Nase zusammenwachsen, und Haaren, die aus seinen Ohren kommen. Als er mich dann oben herumgetragen hat, wusste ich, er musste ein jüngerer Mann sein, aber ich habe ihn mir immer noch mit langen Armen und Senkfüßen vorgestellt. Doch meine Finger lügen nicht. Dieser Junge ist ein Heiliger.«

»Pah.«

Sie beugte sich vor, um ihn zu verbinden, aber William schob sie beiseite und erklärte: »Ich werde das machen.«

»Aber ich bin daran gewöhnt, ohne Licht zu arbeiten«, warf sie ein.

»*Ich* werde es machen.«

Bronnie wurde mit einer Wirkung verbunden, die ihn sicher erstaunt hätte, wenn er wach gewesen wäre. Als William fertig war, versicherte er Saura: »Er wird wieder gesund. Hör ihm doch bloß zu.« Bronnie war ohne Übergang aus seiner Ohnmacht in tiefen Schlaf verfallen. Sein Schnarchen brachte ihnen ein Ständchen, als sie sich in den Tunnel quetschten und Essen und Getränke hinter sich herzogen.

William besah sich den Felsbrocken, der ihre Flucht blockierte, sorgfältig und mit neu erwachter Hoffnung. Er war immer noch zu groß, aber mit dem Hebel, den Saura besorgt hatte, konnte es ihnen gelingen. Zuerst mussten sie den Stein so weit bewegen, dass sie das Brett darunterschieben konnten, und deshalb befahl er: »Leg deine Schulter an den Felsen, Liebes, und wir werden diesen Kieselstein bewegen.«

»Und dann können wir essen?« Saura stemmte sich zwischen den Felsbrocken und die Wand, William streckte einen Arm darunter, und gemeinsam hoben sie ihn an. Er rollte gerade weit genug, dass William das Brett unter den Brocken schieben konnte.

»Wir werden essen, wenn wir draußen sind. Es wird uns anspornen.«

Saura sauste herum, um ihm zu helfen, sich auf den Hebel zu stützen, aber er schob sie sanft beiseite. »Ich kann das machen. Du bist zu zart.«

»Aber, William ...«

»Dies wird mehr Muskelkraft benötigen, als du hast. Vertrau mir, Saura.«

Lautlos kroch sie zur Seite und legte eine Hand auf den Felsbrocken.

Er lehnte sich auf den Hebel. Das Brett knackte bedrohlich, aber nichts bewegte sich. Er hielt inne, schöpfte Atem und nahm es wieder in Angriff. Er schob, strengte sich an, keuchte, alles ohne Erfolg. Er ächzte unter dem Bemühen, das er ihrem Hindernis entgegenbrachte, aber der Stein bewegte sich so gut wie nicht.

Sie ließ es ihn so lange alleine versuchen, bis sie es nicht mehr ertrug, und sagte: »Ich kann nicht glauben, dass es nicht leichter wäre, wenn ich dir helfe.«

»Willst du hier etwa bestimmen?«, fragte er mit zusammengebissenen Zähnen.

»Nein. Das machst du gut.«

Er beugte sich wieder über den Hebel.

»Ich denke bloß –«

Er brüllte, und es hallte durch die winzige Höhle: »Dann hilf mir eben, Fräulein Neunmalklug.«

Sie stürmte an ihren Platz und konnte nicht widerstehen zu fragen: »Bist du immer so mürrisch, wenn jemand eine bessere Idee hat?«

»Ja.«

Sie beschloss, das Thema mit einem gemurmelten »Oh« fallenzulassen.

Sie schob, und er hob, und der Felsbrocken hob sich ein wenig an. William vergaß seinen Groll und rief: »Halt ihn dort!« und schob das Brett dann tiefer. In qualvoll kleinen Stückchen bewegte der Stein sich aus seiner Ausgangsstellung, bis Saura plötzlich flach auf dem Boden lag und der Felsbrocken davonrollte. Von der Decke regnete es Geröll auf sie. William kroch dem Felsen hinterher, als ob er Angst hätte, dieser könne zurückkehren. Er musterte die Umgebung außerhalb des Tunnels und verkündete: »Er ist draußen. Der Rest der Höhle fällt schräg ab.« Mit vom ständigen Bücken verkrampften Beinen stand er auf, hob Saura wie eine Stoffpuppe hoch und drückte sie voller Freude an sich. »Wir haben es geschafft!«

Sie drückte ihn ebenfalls und stimmte zu: »Wir haben es wirklich geschafft.«

William sah sie an, als sie ihr Gesicht hob, und er lachte und ächzte: »Weißt du, wie du aussiehst?«

Das hatte sie nicht im Geringsten erwartet, und sie platzte heraus: »Ist das denn wichtig?«

»Nicholas würde dich hier niemals entdecken.« Er pustete ihr ins Gesicht, setzte sie ab und bürstete ihr die Kleider ab. »Du bist weiß«, verkündete er. »Und wirst wohl auch so bleiben, bis wir ein Bad für dich finden.«

»Bist du denn etwa sauberer?«

»Nein. Vielleicht wird Nicholas denken, ich wäre ein Geist, der ihn heimsucht, wenn ich komme und mich an ihm räche.«

»Ein sehr lebendiger Geist.« Sie spottete über seine Fantasie und verlangte ihre Belohnung: »Können wir jetzt essen?«

»Meine essgierige Frau«, seufzte er, griff in den Tunnel und zog das Essen und den Wein heraus. »Komm heraus zum Eingang der Höhle. Der Sonnenschein fühlt sich gut an.«

»Was ist mit Bronnie?«

»Jeweils ein unüberwindliches Problem nach dem anderen, Frau«, erinnerte er sie.

Sie nahm seine Hand, und er führte sie hinaus. Er setzte sie hin und öffnete das Stoffbündel, das um ihr Essen geschlungen war. Durfte ein Stück Brot abreißen und es ihr in die Hand geben. Durfte einen Schluck Wein nach dem anderen in ihren Mund träufeln. Dann lehnte sie sich gegen die Wand und seufzte: »Ich bin müde.«

»Solch eine unbezähmbare Kriegerin hat das Recht, müde zu sein«, flüsterte er.

»Nein, nicht das Kriegerinsein hat mich müde gemacht. Vielmehr war es das *Warten* darauf. Ich habe letzte Nacht nicht gut geschlafen. Nicht, dass ich vor Ratten Angst hätte, du verstehst, aber mir gefällt der Gedanke nicht, dass sie sich an mich schmiegen. Ich hatte Angst, Nicholas würde klar werden, weshalb ich dich bei mir in der Höhle haben wollte, und außerdem habe ich befürchtet, er würde seine Meinung ändern und mich in sein Bett nehmen.« Ihre Worte trieben dahin, die Abstände zwischen ihnen wurden länger und länger, und schließlich sank ihr Kopf nach vorne auf ihre Brust.

William rettete das Stück Brot in ihrer Hand, bevor es in den Schmutz fiel, und legte sie vorsichtig auf die Seite. Mit einem Seufzer starrte er seine Ehefrau an. Mit Kreide befleckt, vor Müdigkeit ohne Bewusstsein, war sie doch immer noch eine Eingebung für ihn. Ohne ihre ruhige Art und ihren gesunden Menschenverstand wäre er der Furcht nicht entkommen, die seinen Verstand gefangen hielt. Ohne ihre schnelle Auffassungsgabe wären sie niemals aus dem Gefängnis entkommen, in das Nicholas sie gesperrt hatte.

Jetzt war es an William. Er würde sich darum kümmern, dass sie dieser Höhle, diesem Gefängnis entkamen, das noch gefährlicher, noch einengender war als der Kerker hinter ihnen. Falls Nicholas sie hier fand, würde er wütend sein, dass sie ihn so ausgetrickst hatten. Falls er sie hier fand, würden ihre Körper nicht einmal von den Gezeiten angespült werden. Nicholas' Männer würden sie einfach in die Brandung werfen, und sie würden darin weggetragen, um in diesen unruhigen Zeiten auf rätselhafte Weise zu verschwinden.

Sie mussten an die Spitzen der Klippen gelangen. Aber wie? Er ging zu der Seite der Höhle, die dem Meer zugewandt war, und schaute hinunter. Wellen schlugen an den Fuß des Kliffs, schäumten gegen den zackigen Felsen. Er sah hinauf. Weit über ihm ragten bloß Klippen empor, eine ungebrochene weiße Fläche. Er sah nach links, dann nach rechts. Keine Stufen, keine Haltegriffe.

Kein Ausweg.

Die Sonne schien direkt über ihnen, als William Saura in den Arm nahm. »Komm, Liebling, wir müssen gehen.«

Sie ächzte und schmiegte sich an seine Brust, und er streichelte ihr das Haar. Wie sehr er doch wünschte, er müsse sie nicht wecken. Sie war völlig erschöpft, und ihre Oberlippe hatte bei ihren tiefen Atemzügen sacht gezuckt. Sie hatte sich nicht einmal umgedreht, hatte sich die ganze Zeit, die sie dort lag, nicht bewegt.

»Komm, Süße, es ist an der Zeit, wieder eine Heldin zu sein«, lockte er sie.

»William«, beschwerte sie sich, ohne wach zu werden.

Er umarmte sie und dachte: *Nur noch ein paar Minuten.*

Er sah sich in der engen Höhle um. Wegen der hohen Decke und der eng stehenden Wände war sie nichts weiter als ein Spalt über dem Meer. Während Saura schlief, hatte er sich mit den Vorbereitungen beschäftigt. Er hatte ein paar zackige Stücke vom Brett abgebrochen und sie in seinen Gürtel gesteckt. Scharfkantig genug, um damit zu ritzen und zu hacken, würden sie ihre einzigen Werkzeuge sein, wenn sie die Spitze der Klippe emporklommen. Er hatte den Felsbrocken wieder in seine gemütliche Nische am Eingang des Gefängnisses zurückgeschoben. Er fand heraus, dass man ihn beim zweiten Mal leichter fortbewegen konnte. Es war zwar nichts weiter als ein Stöpsel, aber die Zeit lief, und der Felsen würde Nicholas und seine Männer etwas langsamer machen. William beugte sich so weit wie möglich über die Klippe aufs Meer hinaus und erforschte den Weg, über den sie sich das Kliff hocharbeiten würden. Zur Spitze war es beinahe ebenso weit wie zum Meer hinab – vielleicht sogar weiter, als ihm beim ersten Hinsehen klar gewesen war –, aber seine zweite Betrachtung ließ ihn hoffen. Ein paar karge Büsche hingen hier und dort und trotzten dem Salznebel, indem sie ihre abgehärteten Wurzeln ins Erdreich versenkten. Stellenweise ragte ein festerer Stein hervor, der einen Halt für die Fußspitzen lieferte, hier und da gab es auch Einkerbungen in der ebenen Fläche.

Es würde ein schwieriges Unterfangen für ihn werden, aber kein unmögliches.

Und für Saura? Er verzog das Gesicht. Der Gedanke daran, sie anzuleiten, einen qualvollen Schritt nach dem anderen, die glatte, senkrechte Oberfläche hinauf, ließ ihm die Hände zittern. Er nahm Saura fester in den Arm, sein Mund berührte ihre Stirn, und er betete aus tiefstem Herzen.

»William?« Sie lehnte sich immer noch an ihn, und für einen kurzen Moment lang legte sie die Arme um seinen Leib und drückte ihn. »William?« Dann machte sie sich los und setzte sich auf. »Willst du den ganzen Tag lang schlafen? Sollten wir nicht besser gehen?«

Bei ihren Worten wurde ihm bewusst, wie schnell sie es doch immer wieder schaffte, ihm die Stimmung zu verderben. »Du bist ein Nervenbündel, weißt du das?«

Sie stand auf und schüttelte sich die Röcke aus. »Man hat mich schon Schlimmeres genannt«, versicherte sie ihm, »doch nicht von einem besseren Mann.«

Er grunzte und stand ebenfalls auf. »Willst du mir etwa mit Komplimenten schmeicheln?«

»Ich denke, wir sollten lieber die Klippen über uns emporklimmen«, antwortete sie.

Verblüfft betrachtete er ihre großen, unschuldigen Augen und ihren gespitzten Mund. »Woher weißt du, dass dort eine Klippe ist?«

»Du hättest mich nie schlafen lassen, wenn es ein leichter Aufstieg wäre.«

»Du bist eine anstrengende Frau. Ich sollte dich hierlassen.« Er betrachtete den Felsbrocken, der den Weg in die Höhle blockierte, und seufzte. »Aber das kann ich nicht.«

»Ich werde es schon schaffen, William.« Sie streckte die Hand aus und streichelte seine Wange. »Wir werden es schon schaffen.«

Sie schafften es.

William lag auf dem rauen Gras oben auf der Klippe, krallte sich mit den Fäusten darin fest und keuchte. Es ging ihnen gut, bis auf den Schweiß, der ihm überall hinablief, und sein Herz, das ihm aus der Brust zu springen schien. Saura ging es gut. Sie war folgsam gewesen, hatte seine Anweisungen abgewartet, bevor sie Hand oder Fuß bewegte, hatte nie gezögert, wenn er sich weiter hocharbeiten musste und einen Halt für die Fußspitzen aus dem Steilhang meißelte. Sie hatte sich nicht über die Hitze beschwert, obwohl die Nachmittagssonne, die auf den Felsen prallte, sie gebraten hatte. Er hatte sie gewarnt, aber trotzdem schien ihr nicht klar zu sein, dass der geringste Ausrutscher einen tiefen Fall zur Folge gehabt hätte. Sie hatte nur gelächelt und gesagt: »Ich mache mir keine Sorge ums Fallen. Nur ums Landen.«

Er war nicht in der Stimmung für Scherze gewesen.

Jetzt saß sie nur ein Stückchen von ihm entfernt, der Seewind blies die Kreide aus ihrem Haar, und er wartete darauf, dass er sich von seinem Schreck erholte. Er sah die Sorgfalt nicht, mit der sie das Ende ihres Ärmels zu Hilfe nahm, um sich den Schweiß von der Stirn zu wischen, bevor sie fragte: »William, geht es dir gut?«

»Ja.« Er drehte den Kopf und betrachtete sie eindringlich. »Und dir?«

Sie verschränkte die Hände. Sie zitterten ein wenig, und sie schob sie sich in den Schoß. »Meine Hände sind von den Steinen wund, und ich habe ein paar Stacheln in den Handflächen, aber verglichen mit –«

»Nicht!« Er streckte die Hand aus und schüttelte ihr Knie. »Sag es nicht einmal.«

»Mein Gemahl.« Als er sie zurückziehen wollte, packte sie seine Hand und streichelte sie. »Du musst aufhören, dir Sorgen zu machen. Wir sind jetzt oben, es ist Zeit weiterzugehen.«

»Die meisten Frauen wären bei einem solchen Unterfangen aufbrausend geworden. Wie kannst du nur so ruhig bleiben?« Er merkte, wie sehr ihn ihre unerschütterlich gute Laune störte. War ihr denn nicht klar, dass nichts, absolut nichts von dem, was er noch tun musste, mit diesem Aufstieg über die Klippe zu vergleichen war?

»Ich habe nie daran gezweifelt, dass du mich nach oben bringen würdest.« Sie hielt inne, weil sie ihren Worten Nachdruck verleihen wollte. »Du würdest mich niemals durch irgendjemanden oder irgendetwas in Gefahr bringen lassen. Ich vertraue dir.«

»Vertrauen! Was hat Vertrauen damit zu tun ...« Seine Worte verloren sich, und er setzte sich auf. Er fasste sie am Kinn und fragte: »Vertrauen?«

Ein leichtes Lächeln umspielte ihre Lippen, und sie senkte schüchtern die Augenlider. »Vertrauen«, bestätigte sie.

Auf ihre Worte hin hätte er Burg Cran mit bloßen Händen niederreißen können, hätte unvorbereitet im Burghof gestanden und hätte Nicholas über die Ringmauer geschmissen und wäre dann mit Saura auf dem Rücken nach Burke galoppiert, und das ohne Pferd.

»Du traust mir zu, auf dich aufzupassen?«

»Ewiglich.«

»Wir müssen jetzt los«, murmelte er, von dem Geständnis seiner Gemahlin hingerissen.

»Ich weiß.« Sie klang unsicher. »Falls Nicholas uns im Gras liegend finden sollte …«

Als ob ihn der Blitz getroffen hätte, ließen ihn ihre Worte in die Wirklichkeit zurückkehren. »Richtig.« Er stand auf und zog sie hinter sich her. »Wir müssen los. Ich muss einen Platz in der Nähe finden, wo ich dich verstecken kann.«

»Mich verstecken?« Sie lief hinter ihm her. »Ich dachte, ich würde mit dir gehen.«

Er lachte. »Liebes Dummerchen. Bei einem Kampf könnte ich mich nicht um dich kümmern. Es könnten mir viele Männer gegenüberstehen. Es wird meine ganze Aufmerksamkeit beanspruchen, mich zu verteidigen und Nicholas zu vernichten.«

Sie zupfte ihn am Ärmel und sagte: »Nein. Nein, wir laufen einfach los und rennen dann immer weiter.«

»Nicholas hat Pferde und Männer und kennt dieses Land genau. Er würde uns finden.« Er blickte sich auf dem flachen, überschaubaren Land um und verzog das Gesicht. »Es wäre zu einfach, fürchte ich. Dort ist ein Felsenhaufen.«

Sie stemmte ihre Füße in den Boden und riss ihn zu sich herum. Die Augenbrauen zornig zusammengezogen, brüllte sie: »Du kannst nicht alleine gegen eine Burg voller Männer kämpfen!«

»Aber, Liebling«, beschwichtigte er sie. »Ich habe dir doch gesagt, ich war mit Charles zusammen, als mir klar wurde, dass du recht hattest.«

»Ob du mir gesagt hast, dass ich recht hatte? Nein, irgendwie hast du das bei unserem Gespräch nicht erwähnt.«

Sie wehrte sich, als er versuchte, seinen Arm um sie zu legen, aber er zerrte sie dennoch neben sich. »Ja, Charles war ziemlich entrüstet, dass ich dachte, er hätte versucht, mich auf so feige Art umzubringen. Es beschämt mich, dass ich mich so geirrt habe.«

»Oh, du bist beschämt«, pflichtete sie ihm sarkastisch bei.

»Und ein paar Dinge, die er mir über Nicholas erzählt hat, haben mir die Augen geöffnet. Er ist wahnsinnig, weißt du.«

»Nicholas?« Sie nickte. »Ja, das ist er. Und er verhält sich auch völlig unlogisch.«

»Du bist doch ein fieses, hinterlistiges Weibsbild, nicht wahr?« Er würdigte ihren Witz, riss sie mit einem Schwung in seine Arme, fegte sie von den Füßen, und als er sie wieder losließ, hörte sie auf, sich gegen seine Forschheit zu wehren, und ging neben ihm her. »Du steckst mit mir unter einer Decke«, meinte er überrascht.

»Ich habe den Wink verstanden.« Sie duckte sich unter seinem Arm hervor, als sein Griff sich lockerte, und nahm seinen Ellenbogen. »Du würdest mich tragen, wenn ich es nicht täte.«

Sie sah ihn deutlicher, als er sich selbst sah, wurde ihm klar. Er wollte sie nicht dazu zwingen, als er sie hochhob, aber vielleicht war das insgeheim doch seine Absicht gewesen. »Meine Männer sind wahrscheinlich bereits nahe der Küste.«

»In nur einem Tag?« Skeptisch verlangsamte sie ihren Schritt. »Dein Vater hat sich in seinem ganzen Leben noch nie mit solcher Hast bewegt.«

»Du hast meinen Vater noch nicht in den Krieg ziehen sehen«, antwortete er mit standhaftem Vertrauen. »Mir tun die Landsknechte leid, die vergangene Nacht nicht geschlafen haben.« Im Eilschritt zog er sie zu einem steinigen Hügel, der mit Gestrüpp bedeckt war, und abermals gab sie ihren Widerstand auf und eilte ihm hinterher. »Du wirst vor mir wissen, ob sie hier sind. Setz dich oben auf diesen Felsen, und lausch, und wenn du Kampfgeräusche hörst, wirst du wissen, dass wir siegreich sind.«

Die drei Männer ritten auf Burg Cran zu, ihre Truppen folgten ihnen. Raymond und Lord Peter flankierten einen groß gewachsenen Adligen und sprachen über dessen Sattelknauf hinweg miteinander.

»Er hat damit geprahlt, sage ich Euch.« Raymond zog seinen Helm aus und strich sich mit den Händen durch sein langes, dunkles Haar. »Auf der Hochzeit hat er darauf angespielt, und ich habe nur mit den Schultern gezuckt. Also hat er etwas vorgeschlagen, und ich habe interessiert geschaut. Dann hat er mir von seinem Plan erzählt, William zu ermorden, und ich habe ihn von ganzem Herzen bewundert.«

»Er hat dir geglaubt?« Ungläubig starrte Lord Peter Raymond an.

»Ja, er ist bereits so wahnsinnig, er kann nur noch die eigene Größe sehen.«

Lord Peter schüttelte den Kopf, war gegen seinen Willen dennoch fasziniert, fürchtete aber auch, es wäre die Wahrheit, und fühlte sich gleichzeitig töricht, weil er seine Männer bloß wegen einer Mär quer durch halb England gezerrt hatte. »Weshalb bist du nicht sofort zu mir gekommen?«

Raymond verdrehte seine schönen, dunklen Augen bei Lord Peters Worten. »Hättest du mir denn geglaubt?«

Lord Peter senkte den Blick.

»Du glaubst mir ja jetzt noch nicht wirklich. Du willst nicht wahrhaben, dass einer deiner Zöglinge zu einem Aasgeier geworden ist.«

»Nachdem Arthur William und Saura entführte –«

»Was?«, brüllte Raymond. »Stimmt diese lächerliche Geschichte etwa?«

»Ja, sie stimmt.« Lord Peter starrte Raymond an. »Ich dachte, William hätte sie dir erzählt.«

»Wann?«

»Bei der Hochzeit.«

Raymond warf den Kopf zurück und lachte bitter. »Bei der Hochzeit hatte William nur eines im Kopf. Aber ich hörte Gerüchte.«

»Arthur gab zu, dass er und ein anderer Lord William gemeinsam umbringen wollten. Ich hätte mit dir reden sollen.«

»Ihr habt Euch gegenseitig nicht um Rat gefragt«, erklärte ihnen der fremde Lord. »So gingen schon viele Schlachten verloren.«

Verärgert erklärte Lord Peter: »Ich hätte auf Burke bleiben sollen. Was ist, wenn eine Nachricht von Saura kommt, während ich fort bin? Maud würde die Burgbesatzung höchstwahrscheinlich selbst in die Schlacht führen.«

Er schaute hinüber zu dem Lord, der grinste und sagte: »Meine Frau ist genauso. Zu selbstsicher und bereit, es mich auch wissen zu lassen.«

»Frauen.« Lord Peter seufzte. »Maud hätte mir beinahe die Ohren abgerissen, weil ich fort war, als Saura entführt wurde. Sie hat ganz alleine nach Saura gesucht, als sie Verrat witterte.«

»Wurde sie verletzt?«, fragte Raymond.

»Nein, ihr tat nur die Stimme vom Schreien weh. Sie fand die Fußabdrücke von Männern und Pferden. Was noch merkwürdiger war, ist, dass sie unseren Hund Bula fand. Wisst Ihr, der Hund ist nichts weiter als ein Feigling, dennoch lag ein Mann tot neben dem Tier. Bula war mit einem starken Strick festgebunden und kaute diesen verzweifelt durch.« Lord Peter schüttelte den Kopf. »Wie wurde dieser Hund bloß festgebunden?«

»Er kannte denjenigen, der ihn festband«, antwortete der Adlige logisch.

»Ja, das haben wir auch vermutet. Als Maud den Hund freiließ, rannte er in die Wälder, und wir haben ihn seither nicht mehr gesehen.«

»Ich nehme an, Ihr werdet Bula wiedersehen«, tröstete der Edelmann.

»Ja, an dem Tag, an dem ich Saura wiedersehe«, stimmte Lord Peter zu. »Jemand hat sie mitgenommen, aber warum?«

»Es war Nicholas«, beharrte Raymond. »Diese ganze Verschwörung ist ein großes, klebriges Netz, das Nicholas gewoben hat. Ich habe ihm gesagt, er solle mir mitteilen, wenn die Zeit gekommen ist, die Ländereien aufzuteilen, und ich würde da sein.«

Lord Peter schnaubte. »Ich kann mir vorstellen, was er darauf geantwortet hat.«

»Er sagte, ich müsse ihm schon helfen, um mir die Ländereien zu verdienen. Er hatte die Vorstellung, ich würde alles tun, um ein eigenes Einkommen zu haben und nicht von meinem Vater abhängig zu sein.« Raymonds Mund verzog sich bitter zu einer schmalen Linie.

Weder Lord Peter noch der groß gewachsene Edelmann sagten ein Wort. Sie schauten geradeaus, während sie weiterritten, und boten ihm weder ihre Sympathie noch ihr Verständnis an. Was konnten sie schon sagen? Die Art, wie Raymonds Eltern ihn behandelten, war schändlich, dennoch war es Raymonds Problem, und er würde ihre Einmischung nicht willkommen heißen.

»Ich habe nicht genügend aufgepasst, wie ich es hätte tun sollen. Vergib mir«, entschuldigte sich Raymond. »Die Ereignisse in London sind so unglaublich«, er warf dem Edelmann einen Seitenblick zu, »dass ich Williams Problem vergaß. Tatsächlich habe ich immer geglaubt, William könnte auf sich selbst aufpassen.«

Lord Peter lachte. »Ja, diesen Eindruck macht er vermutlich, nicht wahr?«

»Jedenfalls war es so bis zum vergangenen Neumond, als die außergewöhnlichste Person in meinem Haus in London auftauchte. Ein großer, schöner Mann, der behauptete, er sei den ganzen Weg von Burg Cran bis dorthin mit einer Botschaft von Nicholas gelaufen. Ich war nicht in London, sondern war mit Prinz Henry unterwegs. Dieser Mann schläft niemals, Lord Peter, und macht sich aus spontanen Reisen ein Vergnügen.«

»Das sehe ich«, antwortete Lord Peter ironisch.

Der Edelmann lachte, und Raymond zuckte die Schultern in Lord Peters Richtung, um diesem anzudeuten, dass er für ihre skurrile Lage keine Verantwortung trug. »Meine Diener beachteten den Boten kaum. Gaben ihm zu essen, ließen ihn schlafen und führten ihn zu mir, als ich zurückkam. Dieser Bursche war nicht sonderlich helle, und als er die Botschaft wiederholt hatte, ergab sie nicht allzu viel Sinn. Er sagte irgendetwas darüber, dass Nicholas eine Frau heiratet, die Williams Ehefrau entspricht.«

»Was!«, brüllte Lord Peter.

»Damals ergab das keinen Sinn für mich«, sagte Raymond, »aber es beunruhigte mich, und ich beschloss, es wäre an der Zeit, dich wissen zu lassen, was ich wusste und was ich vermutete. Jetzt ergibt es für mich Sinn.«

Der Edelmann wandte sich Lord Peter zu. »Ich konnte nicht widerstehen mitzukommen. Ich muss das Land kennenlernen, muss mit den Baronen reden. Ich versichere Euch, ich habe für Verrat und Betrügerei einen sechsten Sinn entwickelt. Ihr tut das Richtige.«

Mit einem Wink drängte Lord Peter sie zum Galopp. Die ganze Gruppe ritt schnell, überholte jeglichen Verkehr auf der Straße und zog durch kleine Ortschaften, wo sich die Dörfler beim Vorbeireiten duckten. Lord Peter achtete nicht auf eine kleine Schar Soldaten, die arg mitgenommen und grimmig auf sie zuritt, aber ein Ruf aus der Gruppe ließ ihn anhalten.

»Channing«, rief Lord Peter und erkannte den Mann, dessen Bein schief über dem Sattel lag. »Verdammt, Mann, was ist passiert?«

»Wir wurden angegriffen, Mylord, als wir nach Hause ritten, um Euch zu warnen und zu sagen, Ihr müsst sofort nach Burg Cran reiten.«

»Wie konntet ihr so fertiggemacht werden?«, fragte Lord Peter, der mit dem Anführer seiner Landsknechte unzufrieden war und dies auch zeigte.

»Es war eine große Gruppe Ritter, Mylord, gut ausgebildete Söldner. Charles war nicht in der Verfassung, uns Befehle zu geben, und seine Männer waren bloß Feiglinge.«

»Charles? Ihr wart bei Charles?«

»Ich konnte nicht zurückbleiben, um nach ihm zu sehen, Mylord. Ich sah, wie er unter einem Schwertstreich fiel, kann aber nicht sagen, ob er noch lebt.«

»Sind von euch welche verletzt?« Lord Peter ließ den Blick über die Gruppe streichen.

Channing nickte. »Ein paar.«

»Schickt sie zurück zu Charles' Burg. Sie sollen herausfinden, ob er noch lebt. Du, Channing, reitest weiter nach Burke.«

»Aber ich muss mit Euch zu meinem Herrn zurückkehren«, antwortete Channing verzweifelt. »Er hat uns befohlen, ohne ihn zu Euch zu gehen. Ich habe dagegen argumentiert, Mylord, aber Lord William –«

»Hört nie auf die Vernunft. Wo ist William?«

»Er ist alleine nach Burg Cran geritten, Mylord, um Lady Saura zu retten.«

Lord Peter stand vor Schreck der Mund offen.

»Er dachte, er hätte die Nachricht früh genug losgeschickt, sodass Ihr bereits da sein würdet, um ihm zu helfen, aber die Krieger waren aus Burg Cran, man konnte ihre Rufe nicht falsch verstehen.«

»Geh heim, Channing«, befahl Lord Peter. »Du hast alles getan, was du konntest.«

»Wo hast du diese Blutergüsse her?«, fragte William, als er ihr Taschentuch in den Wassereimer tauchte und ihr das Gesicht wusch.

Sein absichtlich unterdrückter Zorn ließ Saura beinahe wünschen, sie hätten den Brunnen bei dem verlassenen Bauernhof im Schatten des Hügels nicht gefunden. Er hatte ihr gesagt, dass die Leute, die dort lebten, offensichtlich in aller Eile weggelaufen waren und in der Burg Schutz gesucht hatten. »Es scheinen Kriegsgerüchte in der Luft zu liegen«, hatte er gesagt.

Jetzt pickten Hühner um ihre Füße herum, während sie auf einer Bank im Garten saßen und sie seinen Ärger mit einem Lachen beschwichtigte: »Meine Blutergüsse sind nichts. Du denkst doch wohl nicht etwa, ich wäre mit Nicholas mitgegangen, ohne mich zu wehren?«

»In meinen Augen sah er aber unverletzt aus«, fauchte er sie an.

»Seine Blutergüsse kann man nicht sehen«, fauchte sie zurück.

Er entspannte sich ein wenig. »Hast du einen Stein gefunden, den du für seinen Kopf benutzen konntest?«

»Falls ich es hätte«, antwortete sie mit Bestimmtheit, »dann würdest du dich jetzt nicht mehr um ihn kümmern müssen.«

»Das ist mein Mädchen.« Er klopfte ihr auf die Schulter, und sie zuckte zusammen. Er erstarrte, und dann streifte er ihr Überkleid vorsichtig zurück. »Ach, Saura«, stieß er hervor, den Blick auf die dunklen Flecken gerichtet, die sich von ihrer bleichen Haut abhoben. »Was hat dieser Unhold dir bloß angetan?«

»Es ist nichts weiter, William.« Sie streichelte sein Gesicht.

»Ich werde ihn für jeden dieser Blutergüsse bezahlen lassen«, versprach William, tauchte seinen Lappen abermals ein und wrang ihn aus.

»Du bist zu schlampig, William.« Sie packte seine Hand, bevor er sie weiterwaschen konnte.

»Und du bist zu verstaubt«, konterte er und wich ihr aus.

»Du lässt es auf mein Kleid tropfen«, klagte sie, aber ihr schriller, erschrockener Tonfall alarmierte ihn.

»Gibt es da etwas, was ich deiner Meinung nach besser nicht sehen sollte?«

Sie antwortete nicht, versuchte, entspannt zu wirken. Sie hoffte inständig, er würde ihr nicht den Hals waschen, aber sie weckte damit bloß seine Neugier. Der Lappen tropfte ihr Wasser auf die Kleider, während er ihren Hals von dem weißen Kalkstaub befreite.

»Saura. Heilige Muttergottes.« Er betrachtete ihren sauberen Hals und fluchte. Ein Halsband aus Fingerabdrücken umgab ihre zarte Haut, und die beiden dunklen Flecken neben ihrer Luftröhre zeigten ihm, dass er sie beinahe verloren hatte. »Ist dies etwa seine bevorzugte Vorgehensweise beim Verhör?«

»Nein, er bevorzugt Gift.« Sie sah ihn bekümmert an. »Hawisa war ein Miststück, aber ihr Tod tut mir leid.«

»Ist dein Hals wund?«, fragte er mit mordlustiger Stimme.

»Er fühlt sich beim Sprechen ein wenig kratzig an«, gab sie zu.

»Was hat ihn zurückgehalten?«

Sie lächelte. »Bronnie. Wenn Bronnie nicht gewesen wäre, dann wäre ich jetzt tot.«

»Du meinst, ich schulde diesem Einfaltspinsel auch noch Dank?«

Seine offenkundige Bestürzung brachte ein Lächeln auf ihre Lippen. »Ja.«

»Nun gut.« William straffte sich wie ein Mann, der eine unangenehme Pflicht erfüllen musste. »Ich werde mich so um ihn kümmern, als ob wir miteinander verwandt wären.«

»Er ist wirklich ein netter Bursche«, sagte sie. »Wie Bula. Unendlich loyal.«

»Aber anders als Bula ist er nicht klug.« Er fügte hinzu: »Noch ist er unendlich tapfer.«

»Das ist mein Bronnie«, pflichtete sie ihm bei und lächelte ihn fröhlich und liebevoll an.

»Ich werde ihn umbringen.«

Als sie plötzlich seinen grimmigen Schwur hörte, zuckte sie zusammen und fragte: »Bronnie?«

»Nicholas. Ich werde ihn umbringen, wie ich es auch mit einem tollwütigen Hund machen würde.«

»Warte, bis dein Vater kommt«, drängte sie. »Niemand würde es dir übel nehmen.«

»Ich dachte, du vertraust mir?«

»Das tue ich auch.« Eine Träne glitzerte auf ihren Wimpern, und sie lehnte die Stirn an seine Brust, um sie zu verbergen. »Ich vertraue darauf, dass du auf mich aufpasst. Aber ich bezweifle, dass du dir selbst gegenüber ebenso handelst.«

»Liebling, hör mir zu.« Er zog ihr mit dem Finger unter dem Kinn das Gesicht hoch. »Ich habe das Überraschungsmoment auf meiner Seite. Mit ein wenig Glück hat Nicholas noch nicht einmal mitbekommen, dass wir geflohen sind, und selbst wenn er es weiß, wird er nicht erwarten, mich innerhalb seiner Festungsmauern zu sehen. Jedenfalls nicht jetzt. Ich habe Angst, zu lange zu warten, kannst du das denn nicht erkennen? Einmal drinnen, kann ich meinem Vater die Tore öffnen.«

»Die Tore öffnen, während seine Söldner die ganze Burg beherrschen?«, schnaubte sie.

»Ich kann es schaffen. Ich bin nicht nur ein großer Haufen

Muskelmasse, das weißt du doch. Ich bin schlau und vergesse niemals die erste Regel des Kampfes. Falls ich dieses Tor nicht öffnen kann, wird es eine lange Belagerung geben, und dieser Wahnsinnige erhält noch die Gelegenheit zu fliehen. Nein, ich will, dass er stirbt. Ich will, dass er aus dem Weg geräumt wird, damit wir in Zukunft ohne Furcht leben können.«

Sie gab sich geschlagen und schloss die Augen. »Du hast eine merkwürdige Art, mich von der Furcht zu befreien. Rennst einfach los, um alleine gegen eine Burg voller Krieger zu kämpfen.«

»Ich bemühe mich.« Er grinste.

Sie riss die Augen auf. »Deine Bescheidenheit erträgt keine Überprüfung.«

»Ich sage doch nur die Wahrheit«, erklärte er feierlich.

Sie schubste ihn gegen die Schulter, und Tränen stiegen ihr vor Lachen in die Augen.

»Das ist besser«, schmeichelte er. »Behalte du deine Zuversicht. Wir müssen nur noch ein kleines Stückchen gehen, und dann bist du in Sicherheit, und ich bin im Anmarsch. Ich werde für dich diesen Eimer mitnehmen und dir das Brot und den Käse dalassen.«

»Du glaubst nicht, dass du heute Abend zurück sein wirst«, sagte sie tonlos.

»Ich weiß es nicht.« Er legte ihr die Hand unter den Ellenbogen und drängte sie aufzustehen. »Wir müssen auf alles vorbereitet sein.«

»Ich werde dir eines sagen, William.« Sie stopfte sich die Röcke in den Gürtel, um für das Emporklimmen auf ihren Sitzplatz gerüstet zu sein. »Mein Körper ist auf alles vorbereitet, aber ich weiß nicht, wie viele weitere Blutergüsse mein Herz noch ertragen kann.«

22

William eilte den Pfad vom Hügel hinab und blickte sich nur einmal um, um nachzusehen, ob sein Liebling außer Sicht platziert war. Saura hatte nicht mehr über seinen Plan gemurrt, Burg Cran alleine zu erobern. Sie war herzergreifend tapfer gewesen. Er fragte sich, wie fest sie ihn wohl um ihren Finger wickeln würde, wenn er sich dieses kleinen Problems entledigt hätte. Eine Träne von ihr, und er hätte beinahe seinen ganzen Plan über den Haufen geworfen.

Nichtsdestotrotz musste er die Schlacht beenden. Er musste es in diesen letzten Stunden bei Tageslicht tun oder, so fürchtete er, Nicholas würde ihm nachts durch die Finger gleiten. Er wollte nie mehr wieder auf der Hut sein müssen.

Seine ausgreifenden Schritte brachten ihn in kurzer Zeit nahe an das Torhaus heran. Dort hielt er inne und lauschte. Er erwartete, den Klang vieler Pferdehufe zu hören, aber stattdessen hörte er nur das Jaulen des Windes, der vom Meer wehte, und das ferne Bellen eines Hundes. Trotz seiner Versicherungen gegenüber Saura hatte er gehofft, seine Truppen in der Nähe zu haben. Ach, sei es drum, bald würde er wieder ein Schwert halten.

Als er zur Ecke des Turmhügels kam, grüßte er Richtung Burg und erhielt einen äußerst überraschten Rückruf. »Wer sagt Ihr, dass Ihr seid?«, brüllte der Landsknecht.

»William von Miraval«, rief er zurück. »Ich bin aus dem Verlies entflohen und kehre nun in Lord Nicholas' gütige Obhut zurück.«

Auf der Festungsmauer unterhielt man sich laut und wirr, und dann schob ein anderer Mann, der Söldner, der die Garnison befehligte, den Soldaten beiseite. »Wir sehen im Kerker nach«, rief er. »Wir lassen Euch wieder herein, wenn Ihr wirklich entflohen seid.«

William breitete die Arme aus. »Lasst mich jetzt rein«, drängte er. »Ich habe keine Waffe. Ich bin nur ein Mann. Ihr fürchtet mich doch nicht?«

Als Antwort schaute der Ritter auf die Ebene hinter William, die sich menschenleer bis zum Waldrand erstreckte, und nickte: »Was schadet es schon?«

Die Zugbrücke quietschte, und William lachte innerlich über die Sorgfalt, mit der die rostigen Ketten heruntergelassen wurden. Waren sie nervös? Gut. Nervöse Männer machen Fehler.

Er schritt über die Zugbrücke und stand wartend am Fallgatter, während die Söldner ihn durch die Eisenstäbe musterten. »Ich glaube es einfach nicht«, murmelte ein Ritter. »Wie seid Ihr aus dem Verlies entkommen?« Er nickte den Wachen zu, und das Fallgatter hob sich ruckartig in die Höhe. »Und weshalb, im Namen des heiligen Wilfred, seid Ihr zurückgekommen?«

William wartete, lächelte, bis auch die letzte Barriere zwischen ihnen entfernt war, und sprang dann nach vorn und packte den Mann an der Kehle. Er hielt ihn fest und knurrte wütend: »Ich bin zurückgekommen, um Nicholas mit deinem Schwert zu töten.«

Völlig überrascht taumelte der Ritter rückwärts, wollte in Deckung gehen und Williams Hände zur Seite schlagen, aber er trug eine Rüstung und William nicht, und als William ihm die Beine unter dem Körper wegtrat, fiel er mit einem Krachen zu Boden. William hatte ihn!

Er stürzte sich auf das Schwert. Der am Boden liegende

Ritter kämpfte darum, es in seiner Schwertscheide zu behalten. Sie rollten sich im Dreck, und William lächelte hämisch. Der Söldner war kleiner, trug eine Rüstung, und man konnte ihn so leicht bezwingen wie eine auf dem Rücken liegende Schildkröte.

William riss das Schwert heraus, sprang auf und blickte sich schnell um. Die Wachen hatten sich von ihrer Lähmung erholt, und er stieß mit seiner unrechtmäßig erworbenen Waffe in der Hand weiter vor. Das Geschrei am Tor lockte immer mehr Männer herbei, und sie stürzten sich auf ihn. Er hieb um sich, benutzte das Schwert zu seinem Vorteil und kämpfte nun um einen Schild. Er sah einen, der ihm gefiel: groß, robust und von einem Gegner geführt, der so aussah, als ob er bloß ein Zuschauer bleiben wollte. Er stieß auf den widerwilligen Krieger zu und schlug ihn mit dem Schwertknauf den Schädel ein. Dann entriss er den Schild dem schlaffen Griff des Mannes und drehte sich um.

»Burke!«, bellte er aus vollem Mund seinen Kriegsschrei, und die Soldaten fielen für einen Augenblick zurück. Es gelang ihm, seinen Rücken gegen die Wand neben dem immer noch offenen Tor zu drehen. Der äußere Burghof ertönte von Geschrei und dem tiefen, wütenden Gebell eines Hundes. Das machte William fast taub.

Er mochte die Art nicht, wie diese Männer kämpften. Sie kämpften, als ob sie sterben müssten, wenn sie ihn entkommen ließen. Sie kämpften, als ob Nicholas sie langsam und qualvoll umbringen würde, wenn sie ihn verrieten.

Plötzlich ebbte der Strom der Wachen ab, so wie Treibholz, das von einer Welle erfasst wurde. Sie verschwanden hinter der riesigen, haarigen Bestie, die sie mit geifernden Lefzen angriff. »Ein Wolf!«, schrien sie, flohen oder fielen hin, je nachdem, was ihr Mut ihnen gestattete.

»Genau, was ich gebraucht habe«, murmelte William. Abgelenkt machte er sich auf einen Angriff gefasst, aber das riesige Untier hob bloß den Kopf vor der Brust seines Anführers. »Bula!« William senkte sein Schwert. »Bula, du prächtiges Tier, ich dachte, du wärst tot.« Er hatte keine Zeit, mehr zu sagen, sondern blickte schnell über die Ebene auf die ferne Staubwolke und lächelte. »Kann mein Vater noch weit weg sein?«

Saura litt derweil Höllenqualen. Sobald sie sicher war, dass William sie nicht mehr sehen konnte, kletterte sie aus dem geschützten Loch hinaus, wo er sie hingesetzt hatte, und stellte sich auf die höchste Felsspitze, die sie finden konnte. Es war ihr egal, wer sie in dieser menschenleeren Landschaft beobachtete, sie wollte die Schlacht hören. Und sie konnte sie sehr gut hören. Die flache Ebene und die fehlenden Hindernisse sorgten dafür, dass Geräusche weit und deutlich zu hören waren.

Also lauschte sie. Sie spitzte die Ohren und hörte Geschrei. Sie hörte, wie die Zugbrücke gesenkt wurde, hörte Williams Gebrüll, und sie hörte den süßesten Ton der ganzen Welt. Es war Bulas Bellen.

Das konnte nicht sein. Sie hatte sein wütendes Bellen im Wald gehört und auch den Schlag, der es zum Schweigen brachte.

Das Gebell ertönte erneut, und Saura stutzte über den Schmerz, den es ihr brachte. Konnte sie sein Bellen verwechseln?

Nein, sie hatte es nicht verwechselt. Es war Bulas Bellen.

Zum ersten Mal erwachte etwas Stärkeres als Hoffnung in ihr. Bula lebte? Er war noch am Leben. Nicholas hatte ihn nicht ermordet, und mit Bula an seiner Seite hatte William eine Chance beim Kampf. Der Hund war groß und loyal und beinahe so klug wie ein Mensch.

Falls Bula sie gefunden hatte, konnten Lord Peter und seine Armee das auch?

Sie konnten. Wenigstens dachte sie, dass sie es konnten. Sie hörte den fernen trommelnden Hufschlag und beugte sich nach vorn. Waren es die Soldaten aus Burke? Als sie über die Ebene ritten, machte das Scheppern und Klirren der Rüstungen und das Geschrei vieler Männer es unmöglich, einzelne Stimmen zu unterscheiden. Erst als sie anhielten und eine Herausforderung riefen, stach eine Stimme hervor, aber es war nicht die von Lord Peter. Noch die von Charles oder jemand anderem, den sie schon einmal gehört hatte. Saura ballte die Fäuste, versuchte etwas zu hören und fragte sich, ob William jetzt wohl in Gefahr war. Was sollte sie davon halten? Was wollte sie davon halten? Jede Armee, die jetzt nach Burg Cran kam, musste deren Feind sein, folglich waren die Ritter alle ihre Verbündeten.

Aber in diesen unruhigen Zeiten kam diese Armee vielleicht, um Burg Cran zu erobern, und der unschuldige William, gefangen in der Mitte, würde gar nichts zählen. Er sollte jetzt wohl besser auf sich selbst aufpassen.

Einer nach dem anderen ließen die Männer, die William angriffen, die Schwerter sinken und starrten aus ihrer geöffneten Zugbrücke hinaus. »Eine große Streitmacht«, murmelte ein Landsknecht. Seine Stimme war in der plötzlichen Stille deutlich zu verstehen. Der Staub, der von den Pferden aufgewirbelt wurde, die über die Ebene eilten, flößte ihnen Furcht ein. »Keine Fußsoldaten«, sagte ein anderer. »Eine größere Streitmacht von Rittern, als ich jemals gesehen habe.«

Weder William noch Bula nahmen sich mehr als einen Moment, um sich hämisch zu freuen, bevor sie zu ihrer Arbeit mit Schwert und Zähnen zurückkehrten. Der Hund hatte sich neben William postiert und schnappte nach den Beinen in seiner Reichweite. Körper stapelten sich um den Hund herum, der den Schwertern, die auf ihn zielten, geschickt auswich. William parierte die meist offensichtlichen Hiebe gegen Bula und nutzte seinen Vorteil, da die Angreifer damit beschäftigt waren, ihre Füße zu verteidigen. Auch auf seiner Seite stapelten sich die Körper, und nun suchte er nach einer Gelegenheit, aus dem Kreis herauszuspringen und Nicholas zu suchen.

Neben ihm gab die Zugbrücke ein Krachen von sich und machte einen Satz, fiel dann aber zurück. William schaute nach oben und sah den Anführer der Söldner, wie er das große Rad bediente, das das Eingangstor betätigte. William brüllte vor Wut auf, der Ritter schaute hinab und lachte hämisch. Indem er sein ganzes Gewicht auf den Mechanismus verlagerte, zog der einsame Ritter Stück für Stück die Zugbrücke hoch. Frisches Blut jagte durch Williams Adern, und er setzte mit Bula auf den Fersen mit einem Bocksprung über die ächzenden Landsknechte. William rannte die schmale Treppe zum Absatz hinauf, während Bula auf halbem Weg anhielt, um die Männer in Schach zu halten, die ihnen folgten.

Der Söldner beugte sich vor und beobachtete alles aus dem Augenwinkel. William erreichte die Oberkante, bevor der Ritter das Tor schließen konnte, und schwenkte die Waffe in seiner Hand hin und her. »Ich habe Euer Schwert«, rief William. »Kommt und holt es Euch.«

Der Ritter lockerte seinen Griff am Rad, und die Zugbrücke ratterte wieder nach unten. »Ich habe keine Verwendung für mein Schwert.« Er schnappte sich eine Lanze aus dem Waffenlager an der Mauer und deutete damit auf Williams Brustkorb. Er griff an, und William wich ihm nur ein wenig aus, balancierte am Rand des engen Absatzes. Er hackte die Lanze mit der Schwertkante entzwei, aber der Ritter hatte sich bereits zurückgezogen, schnappte sich einen Streitkolben und schwang diesen wie ein Mann, der wusste, was er tat.

So eng nebeneinander konnte dessen eisenbespicktes Ende tödlich sein, wenn man, ohne nachzudenken, jemanden niederknüppelte. Doch William grinste. Er mochte diesen Ritter. Er war einfallsreich, loyal, bereit zu kämpfen. »Du bist ein Söldner, oder?«, fragte William.

»Ja.« Der Streitkolben schwang in weiten Kreisen.

»Da draußen ist eine riesige Streitmacht, die schon bald hier drinnen sein wird, und Lord Nicholas, das verspreche ich, wird dann nicht mehr in der Lage sein, Euren Lohn zu bezahlen.«

Der Streitkolben sank ein wenig herab. »Ich verrate den Herrn nicht, der mich bezahlt«, erklärte der Ritter knapp, aber Williams Blick war bloß auf dessen Waffe gerichtet.

»Er ist ein heimtückischer, verschlagener Lügner, der Freundschaft und persönliche Ehre verraten hat. Ihr seid nicht an ihn gebunden, denn er würde Euch jederzeit den Hunden zum Fraß vorwerfen.« Der Schwung des Streitkolbens schrumpfte zu einem bloßen Halbkreis. »Und die Hunde sind furchterregend«, erklärte William und deutete mit seinem Kopf Richtung Treppe, wo Bula alle in Schach hielt.

Der Streitkolben hörte auf zu schwingen. William hielt den Blick weiter auf das gespickte Ende gerichtet und bewegte sich auf den Schließmechanismus des Tores zu. Er stieß den Holzschild tief in die Zahnräder und machte diese damit unbrauchbar. Der Söldner beobachtete ihn, und William drehte sich zu dem Mann um. »Wenn das alles vorbei ist, dann sucht mich auf. Ich kann Kämpfer wie Euch gut gebrauchen.« Er drehte sich um, rief Bula und befahl diesem, dort zu bleiben. »Bula wird Euch vor der Rache meines Vaters beschützen, wenn Ihr Bula vor den Schwertern schützt.«

Während er leichtfüßig die Stufen hinabrannte, blickte William sich um. Der Burghof war voller bewaffneter Männer auf Streitrössern. Er erkannte seinen Vater, Raymond und noch einen Mann. Ein geborener Anführer, groß und kühn, brüllte die Kommandos, die den Kampf lenkten.

Wer war das?

William hatte keine Zeit, anzuhalten und zu fragen. Begierig rannte er nun auf den Burgfried zu, weil er wusste, dort würde er Nicholas finden.

Die Burg verließ sich bei der Verteidigung auf ihre Position auf den Klippen. Diese äußere Ringmauer hing an drei Seiten beinahe über deren Rand hinweg, und nur das Torhaus öffnete sich Richtung Ebene. Innerhalb der Mauern umgab nur ein Vorhof den Burgfried, und William lächelte grimmig und zufrieden, als er die Tür zum Burgfried offen vorfand.

Vielleicht sollte ihn das beunruhigen, aber er wusste, Nicholas war ein solch mieser Stratege, solch ein furchtbarer Abklatsch eines Ritters, dass er sich wohl niemals Gedanken über Feinde innerhalb seiner Mauern gemacht hatte. Alle seine Männer kämpften am Tor, wirklich alle. William hatte den stetigen Strom von Söldnern gesehen, die aus dem Burgfried gerannt waren. Nur Nicholas versteckte sich noch dort drinnen. Er war umgeben von Waffen, mit denen er sich nie freiwillig beschäftigt hatte, Waffen, die ihn jetzt auch nicht mehr retten würden.

William betrat den Burgfried und schaute sich um. Der plötzliche Wechsel von Licht und Dunkel machte es ihm schwer, seine Augen daran zu gewöhnen, aber niemand lauerte im Eingang. Auf den Zehenspitzen erklomm er die Treppe, das Schwert in Bereitschaft. Bevor er den Rittersaal betrat, hielt er inne und lauschte.

Nichts. Nur der Kampflärm von draußen störte die Stille.

Er schritt in den Raum hinein. Das Feuer brannte auf dem Herd, der Tisch war für das Abendessen gedeckt, aber keine Menschenseele rührte sich. Alle Diener, alle Bewohner der Burg waren fort.

Doch Nicholas war nicht dort. Williams Instinkt trieb ihn zum Burgfundament hin. Der Eingang zum Gewölbe zog ihn an wie ein Magnet. Es war auch der Eingang zum Burgverlies und Nicholas' einzig verbliebene Hoffnung. William wusste, Nicholas würde versuchen, seine Gefangenen in die Hand zu bekommen, um sich freizukaufen.

Hatte Nicholas bereits herausgefunden, dass seine gefesselten Vögel aus dem Käfig ausgeflogen waren?

Langsam stieg William in das dämmerige Gewölbe hinab. Eine einsame Fackel spendete widerwillig Licht. Die Falltür, die das Verlies verborgen hatte, lag in der Nähe der untersten Stufe der Wendeltreppe, und William lauschte auf das Krachen, wenn sie geschlossen wurde. Es kam nicht, und er fragte sich zum ersten Mal, ob Nicholas sich wirklich dort versteckt hielt.

Hatte Nicholas etwa einen geheimen Tunnel? War er aus dem Hintertor entwischt? War er in das Verlies gekommen und hatte ihren Fluchtweg gefunden?

William dachte daran, wie er mit Saura die Klippe emporgestiegen war, und lächelte hämisch. Das, dachte er, wäre ausgleichende Gerechtigkeit.

Aber als er um die letzte Ecke bog, stand er seinem Erzfeind direkt gegenüber. »Endlich«, sagte er zähneknirschend.

»Endlich, allerdings.« Nicholas hob das Schwert, das er hielt, und deutete damit auf Williams Kehle. »Dieses Mal werde ich dich abmurksen. Du siehst, ich bin im Vorteil.«

Nicholas trug einen Kettenpanzer. Sein Schwert war um die Hälfte länger als das von William. Sein Gürtel bog sich unter dem geballten Gewicht von Streitkolben und Dolch, und er trug einen Schild, der ihn von Kopf bis Fuß bedeckte.

William lachte laut auf. »Nicht die Waffen machen den Mann aus«, höhnte William, »sondern sein Können.«

»Dann werde ich gewinnen«, antwortete Nicholas ein wenig zu schnell.

William schnaubte verächtlich. »Ich würde dich noch schlagen, wenn ich mit den Knien in einem Eimer und den Füßen im Brunnen stecken würde.«

Die Spitze von Nicholas' Schwert zitterte nur ein wenig. »Wie wahr. Wenn du bloß einen Schild hättest.«

Sein falsches Mitgefühl ließ William mit den Zähnen knirschen. »Ich habe die Klippe erklommen, die diese Burg beschützt. Was lässt dich glauben, ich könnte mir keinen Schild besorgen, wenn ich einen bräuchte? Der Schild, den ich vorher errungen habe, hält jetzt die Zahnräder der Zugbrücke offen und hat damit eine gute Verwendung. Wenn ich du wäre, würde ich mir mehr über meine eigene Situation Sorgen machen.«

»Warum sollte ich?«

»Diese Treppe windet sich an der Mauer entlang und bietet dem rechtshändigen Schwertkämpfer einen Vorteil, der von oben herab kämpft. Siehst du? Ich bin Rechtshänder.« William ließ seine Klinge freudig kreisen. »Ich bin oben, also habe ich den Vorteil auf meiner Seite.«

Nicholas grinste, seine Zähne waren braun und fleckig. »Ich bin Linkshänder und schwierig zu bekämpfen.« Auch er ließ seine Klinge sausen, ohne auf die Mauer achten zu müssen. »Also bin ich im Vorteil.«

»Du bist Linkshänder, weil du dir den Arm gebrochen hast«, erinnerte sich William. »Vielleicht hättest du als Knappe mehr üben sollen.«

William zuckte mit den Schultern, und Nicholas stürzte sich auf ihn.

William wich ihm ohne Probleme aus. »Übst du jetzt?«, fragte er gelangweilt.

Nicholas hielt inne, atmete schwer und dachte angestrengt nach. Während er ein paar Stufen zurückwich, spottete er: »Wenn ich du wäre, würde ich mehr Respekt zeigen. Das letzte Mal, als ich mit dir übte, warst du danach monatelang blind.«

»Du hast mir den Schlag versetzt?« Verwundert dachte William darüber nach und schüttelte dann den Kopf. »Nein. Du warst ja nicht einmal bei der Schlacht dabei.«

»Du hast die Schlacht um meinetwillen geschlagen. Ich habe es getan. Ich habe alles getan.«

Der Stolz in seiner Stimme zwang William, seine Verachtung im Zaum zu halten. »Wie das?«

»Ich habe deinen Nachbarn dazu gedrängt, wie war nochmals sein Name?«

»Sir Donnell.«

»Ich habe diesem alten Narren Sir Donnell erzählt, du wärest anderweitig beschäftigt, dass er dein Land nehmen könnte und wenn du es irgendwann bemerken würdest, wäre alles schon vollendet. Ich wusste, du würdest angerannt kommen, wusste, du würdest angreifen, und konnte einen Helm tragen, der mein Gesicht vollständig verdeckte.«

»Es ist schwierig, mit einem Helm zu kämpfen, der dein Blickfeld so einschränkt«, kommentierte William noch nicht gänzlich überzeugt.

»Ich habe nicht gekämpft. Ich bin nur hinter dich geritten und –«

»Du kämpfst ja nie. Du spielst bloß schmutzige, hinterhältige, heimtückische Spiele.«

»Wo Spiele verloren gehen, lauert der Tod.«

Blitzschnell stieß William nach vorne und schlug Nicholas auf das Handgelenk, mit dem er das Schwert hielt. Es war so beschämend einfach, dass er dann einen Schritt zurücktrat und Nicholas beobachtete, wie dieser bloß dastand und sich die Blutstropfen von der Hand schüttelte. »Jetzt spielst du mein Spiel«, betonte William mit leiser Stimme.

Nicholas erlangte seinen Mut zurück und griff nun seinerseits an.

»Wer kommandiert die Truppen, die mich in unfairer Weise bedrängen? Jedenfalls nicht dein Vater. Ich habe weder seine gellende Stimme von den Schießscharten gehört noch ihn gesehen.«

»Wenn du dein Versteckspiel aufgegeben hättest und ans Licht gekommen wärst, dann hättest du meinen Vater gesehen. Und Raymond auch!«

»Raymond!«, brüllte Nicholas mit fleckigem Gesicht. »Raymond! Dieser Verräter. Er war bereit, dich für ein Stück von deinem Land umzubringen, aber wenn sich der Wind dreht, hängt er sein Fähnlein in die andere Richtung.«

»Raymond würde mich niemals töten.« William sprach mit der gleichen Gewissheit wie auch sonst immer. »Raymond ist mein Freund.«

»Und Charles?« Ein böswillig belustigter Tonfall kroch in Nicholas' Stimme. »Hast du Charles in meinem Burghof gesehen? Ist Charles auch dein Freund?«

»Er war nicht dort.« William dachte darüber nach. »Ich frage mich, was mit Charles wohl passiert ist.«

»Er liegt unter einem Ginsterstrauch, blutet und stirbt«, antwortete Nicholas herb. »Ich weiß es. Ich weiß alles. Ich weiß, dass du ihn zu deinem Vater geschickt hast, damit dieser dir hilft. Ich habe einen kleinen Unfall für Charles arrangiert.«

Mit einem Aufschrei stürzte sich William auf Nicholas. Er glitt unter dessen Abwehr hindurch, schnitt ihn in die Wange und sprang dann über dessen Schwung hinweg, wie ein Junge, der über ein Springseil hüpft. William brachte sich auf der Treppe außer Reichweite und erteilte seinem Gegner einen Rat: »Halt das Schwert ein wenig höher. Hat dir mein Vater das denn nicht besser beigebracht?«

Mit vor Schmerz zusammengepressten Zähnen knurrte Nicholas: »Er hat mir beigebracht, niemals zweimal auf den gleichen Trick hereinzufallen.«

»Ich weiß nicht, wie du das verhindern willst. Du trägst das Schwert eines Mannes, hast aber nicht die Kraft, damit zu kämpfen.« William musterte den großen Schmerz, der das Gesicht seines Feindes verzerrte, und fragte: »Ist dies das erste Mal, dass du beim Kampf verletzt wirst, lieber Junge?«

Ein rotes Rinnsal tropfte von Nicholas' Kinn, das zum feurigen Glitzern seiner Augen passte. »In meinem Gesicht, du Mistkerl.«

Nicholas rannte die Stufen hinauf, das Schwert vor Wut fest umklammert, und William wich absichtlich langsam zurück. »Mach dir um dein Gesicht keine Gedanken«, erklärte er freundlich. »Du wirst es nicht mehr benötigen.« Daraufhin stockte sein Angreifer, und William lachte leise: »Hast du im Burgverlies nicht das gefunden, wonach du gesucht hast?«

»Woher weißt du, dass ich im Verlies war?«, fragte Nicholas.

»Wo sonst würde ein rückgratloser Wurm einen Weg in die Freiheit suchen?«

»Ich hätte es besser wissen sollen, anstatt dieser Hure zu trauen, die du deine Ehefrau nennst.« Er trat einen Schritt zurück. Durch das Gewicht seines Kettenpanzers aus dem Gleichgewicht gebracht, wankte er, wedelte mit den Armen und richtete sich wieder auf.

William wartete und musterte ihn mit erfahrenem Blick. »Ihr zu trauen?«

»Weil sie mich gebeten hat, dich nicht zu ihr zu stecken, obwohl sie wusste, du würdest einen Weg nach draußen finden.« Er spuckte am Rand der Treppe in die Luft.

»Ich würde einen Weg nach draußen finden?«, sagte William ungläubig. »Da irrst du dich, lieber Junge. Saura fand den Ausweg aus deinem unbezwingbaren Gefängnis, nicht ich. Ich habe bloß den verdammten Stein beiseitegeschoben, und auch das nur mit ihrer Hilfe.«

»Ich sehe, du hast es geschafft, Bronnie wie einen verschlissenen Lumpen zurückzulassen.«

»Er ist verletzt«, fauchte William. »Du hast ihn verletzt.«

»Aber ich dachte, jeder Mann von Ehre würde einen Weg finden, den Jungen vor dem sicheren Tod zu retten. Du hast ihn sicher gut verbunden. Es war fast eine Schande, mein Messer zu ziehen und ihm die Kehle durchzuschneiden –«

Dieses Mal war Nicholas auf den Hieb vorbereitet. Er parierte und zielte auf Williams Herz, doch William duckte sich unter dem Angriff weg. Nicholas hatte aber kurzzeitig die Befriedigung, William erwischt zu haben, denn er traf ihn mit der Spitze des Schwertes.

Diese Erkenntnis wurde von William ärgerlich verdrängt. Er wischte sich bloß den Tropfen Blut von der Brust. »Saura wird sehr böse auf dich sein, Nicholas. Sie mochte diesen Jungen.«

»Sie wird noch böser sein, wenn ich dich getötet habe.«

»Ich warte hier ohne Schild, ohne Rüstung und ohne Helm.« William breitete die Arme weit aus. »Angeblich hast du doch den Vorteil auf deiner Seite, aber du greifst nicht an.«

»Ich habe dich in jedem Kampf geschlagen, den wir ausgefochten haben.«

»Nichts als dummes Gerede.«

»Das habe ich!«

»Nur weil ich nicht wusste, dass wir gekämpft haben.« William umklammerte das kurze Schwert, dessen Spitze erhoben war und bedrohlich dunkel leuchtete.

»Ich werde diese Art von Kämpfen immer gewinnen.« Nicholas lächelte triumphierend.

»Nein. Denn du hast die erste Regel des Kampfes vergessen.«

»Welche ist das?«

Langsam und vorsichtig kroch Nicholas näher, und Williams Augen funkelten vor Freude. Er lächelte einladend, wie ein zu selbstsicherer Jüngling, aber schien dabei mit der Ferse von der Stufe abzurutschen. Wild fuchtelte er mit den Armen, versuchte sein Gleichgewicht wiederzugewinnen, und mit einem Aufschrei des Triumphes stürzte Nicholas sich auf ihn. Blitzartig stieß Williams Schwert nach oben und spießte Nicholas zwischen Kinn und Hals auf. Das Blut strömte hervor, als William sein Schwert zurückzog. Einen grausigen Moment lang taumelte Nicholas, bevor er zusammensackte und mit zunehmender Geschwindigkeit die Treppe hinunter auf den kalten Steinfußboden rollte.

Nunmehr wieder ernst folgte ihm William und prüfte die Augen, die mit der echten Blindheit des Todes starrten. »Die erste Regel des Kampfes, Nicholas. Erinnerst du dich jetzt? *Schlachten werden geschlagen, um zu gewinnen.*« Er starrte immer noch auf den leblosen Körper, wischte sich das Schwert ab und schob es in seinen Gürtel.

Er drehte sich um, schritt zur offenen Tür des Kerkers und spähte hinab. Er konnte nichts erkennen, kein Lebenszeichen hören und seufzte. Er hob eine Fackel aus der Wandhalterung und leuchtete damit in das Loch hinunter. Tief unten auf dem Boden konnte er Bronnies Umriss erkennen, der sich dunkel von der weißen Kreide abhob. Der Mann lag wie tot da. William wusste, dass er tot war, aber er konnte nicht zu Saura zurückkehren und ihr erzählen, er hätte nicht versucht, ihn aufzuscheuchen. Er brüllte: »Bronnie! Lady Saura braucht dich!«

Nichts. Es war so still wie in einem Grab.

»Bronnie! Feuer zerstört die Burg. Wir brauchen Hilfe.«

Nichts.

»Bronnie! Lady Saura möchte, dass du zu uns kommst und bei uns lebst und ihr Diener wirst.«

Wie ein Ritter, dem der Heilige Gral gereicht wurde, setzte

sich Bronnie aufrecht hin. »Mylady will … will, dass ich sie bediene?«

Verdutzt ließ William die Fackel fallen, und sie erhellte den Mann, der dort saß. Bronnie rieb sich die Schulter und sah vor Freude ganz abwesend aus, aber es brauchte offensichtlich mehr als nur einen Sturz, um ihn in die Flucht zu schlagen. »Ja, Bronnie, die Lady möchte, dass du sie bedienst.«

William seufzte, stand auf, klopfte seine Hände aus und murmelte: »Irgendwie wusste ich, es wäre zu einfach gewesen, wenn Nicholas dir die Kehle durchgeschnitten hätte.«

Er ging Richtung Treppe und hörte das Tapsen von Pfoten, die ihm entgegenkamen. »Bula«, sagte er und war dankbarer, den großen Hund zu erblicken, als er es für möglich gehalten hätte. »Gut gemacht, mein Freund.«

Das Tier blieb neben Nicholas stehen, schnüffelte und sprang dann anscheinend zufrieden über ihn hinweg und trottete zu William. William streichelte Bulas Kopf und fand etliche kleine Schnittwunden. William sank auf die Knie und untersuchte den Hund vom Kopf bis zu den Zehen. Ein Auge war durch eine riesige Beule beinahe zugeschwollen. »Hat Nicholas geglaubt, das würde dich umbringen?«, staunte er. Bula zuckte unter Williams prüfenden Fingern zusammen, aber die Beule saß auf dem härtesten Teil des starken Hundeschädels. »Deinem Auftritt oben auf der Treppe nach zu urteilen, ist klar, dass du noch nicht einmal ernsthaft verletzt wurdest.« Getrocknetes Blut verklebte Bulas Fell stellenweise dort, wo er von einem Schwert getroffen worden war, aber nirgendwo gab es eine größere Wunde. »Wenn ich daran denke, dass wir dich für einen Feigling gehalten haben.« William tätschelte ihn fest. »Du hast bloß gewartet, bis du für jemanden kämpfen konntest, den du liebst. Bula, mein Junge, deine Schönheit wird zurückkehren, und bis dahin wirst du das meistverwöhnte Geschöpf in Burke sein.«

Bula winselte und stupste die Wange seines Herrn an, und als William aufstand, hörte er: »Bist du da? William?« Der Ruf hallte aus dem Rittersaal hinab, und Bula antwortete, als ob man nach ihm gerufen hätte. Er rannte die Wendeltreppe hinauf, und der immer noch nicht sichtbare Rufer schimpfte »Verdammter Hund«, als das Tier an ihm vorbeiwirbelte.

William brüllte: »Raymond?« Er starrte durch die Dunkelheit und erspähte seinen Gefährten, der auf halber Treppe stand und um die Ecke schaute. Leichten Herzens trat er über Nicholas hinweg und eilte seinem Freund entgegen. »Du bist das Beste, woran ich seit drei Stunden meine Augen geweidet habe.«

Raymond lachte und ergriff Williams ausgestreckte Hand. »Du musst Saura irgendwo versteckt haben – sie ist die Augenweide, die du bevorzugst.«

»Du hast mein Geheimnis erahnt«, gab William zu.

Raymond spähte über Williams Schulter und schüttelte traurig den Kopf. »Nicholas?«, fragte er und nickte in Richtung des Körpers, der lang ausgestreckt am Fuß der Treppe ruhte.

»Ja.« William drehte sich um und sah hinab auf die Steine, wo sein heimlicher Feind besiegt lag. »Er starb mit einem Schwert in der Hand.«

Er sah zu Raymond und lächelte grimmig, und Raymond sprach ihm mit einem Nicken sein Beileid und seinen Glückwunsch aus. »Wenn ihn irgendjemand dazu bringen konnte, ein Schwert zu ergreifen, dann bist du das.« Raymond drehte sich um, legte seinem Freund die Hand auf den Rücken und schob ihn in Richtung Rittersaal, aber William schien dort, wo er stand, Wurzeln geschlagen zu haben.

»Es ist eine solche Verschwendung«, trauerte William. »Er hätte der größte Mann Englands sein können, des Königs

Kanzler. Er war reicher als du, listiger als ich, und jetzt liegt er tot da, und keine Seele trauert um ihn.«

»Er hat dich gezwungen, ihn zu töten. So wie der Zweig gebogen wird, so wächst auch der Baum, und Nicholas war bereits verbogen, als ich ihm zum ersten Mal begegnet bin. Du musst dir keine Schuld an seinem Tod geben«, mahnte Raymond.

William starrte ihn trotzig an. »Ich bin kein solcher Narr, dass ich deshalb nicht schlafen könnte.« Er ging voraus, und sie stiegen im Gänsemarsch die Treppe hoch. Auf dem oberen Absatz hielt er inne. Ohne sich umzudrehen, wies er Raymond an: »Bitte sorg dafür, dass ein Priester hinuntergeschickt wird.«

»Natürlich.« Raymond klopfte ihm auf die Schulter und umarmte ihn dann verständnisvoll. »Natürlich, ich werde mich darum kümmern.«

»Und um meines lieben Seelenfriedens willen sorg dafür, dass dieser Narr Bronnie aus dem Verlies geholt wird.« Er drehte sich zu Raymond um. »Ich habe geschworen, für den Jungen zu sorgen, als ob er mein Verwandter wäre.« Bevor Raymond ihn über seine drollige Verzweiflung befragen konnte, fügte er hinzu: »Das erinnert mich an etwas: Geht es meinem Vater gut?«

»Es geht ihm gut«, versicherte Raymond ihm.

»Geht es dir gut?«

»Ich kann nicht klagen.«

Sie erreichten den Rittersaal, und William drehte sich um und sah ein breites Lächeln auf Raymonds Gesicht. »Warum hast du dann nicht den Angriff befehligt? Warum nicht mein Vater?«

»Komm. Lass es mich dir zeigen.«

23

Raymond nahm Williams Arm und führte ihn zu dem fremden Ritter, der sich mit Lord Peter unterhielt. Lord Peter sah sie näher kommen und lächelte ebenso zufrieden wie Raymond. Er berührte den Fremden an der Schulter und machte ihn auf William aufmerksam. Der Fremde trat ihnen augenblicklich entgegen, mit ausgreifendem Schritt und kraftvoller Manier.

Als William ihn beobachtete, war er vom majestätischen Auftreten des Mannes beeindruckt. Er schaute schnell zu Raymond und sah Ehrfurcht, schaute zu seinem Vater und sah Anerkennung. »Herzog Henry«, riet er, aber es war nicht wirklich eine Vermutung. »Nein, es heißt jetzt Prinz Henry.«

»Ganz richtig, Lord William.« Prinz Henry grinste, als er sie erreichte, und unterbrach Williams förmliche Verbeugung mit einer Geste seines Arms. »Bitte, hebt Euch die Förmlichkeit für den Hof auf. Ich bin erfreut, Euch kennenzulernen. Seit wir Burke verlassen haben, habe ich bloß William dies, William das gehört. Es freut mich zu sehen, dass Ihr nicht die Gestalt eines Riesen habt, wie man mich glauben machen wollte.«

»Mein Vater neigt zum Übertreiben, Mylord.«

Prinz Henry warf seinem neuen Untergebenen einen belustigt fragenden Blick zu. »Raymond lobte Euch ebenfalls in den höchsten Tönen. Übertreibt er auch?«

William grinste aus vollem Herzen zurück. »Ich hoffe nicht, denn er lobt Euch ebenfalls in den höchsten Tönen.«

Daraufhin schlug sich Prinz Henry auf die Brust, legte den Kopf in den Nacken und lachte dröhnend. William folgte seinem Beispiel, und ihr gemeinsames Gelächter erschütterte die Dachbalken. Auch Lord Peter und Raymond und all die Männer, die vom Kampf draußen kamen, konnten ihr Lachen nicht zurückhalten. Bula bellte und rannte im Kreis um sie herum und trieb sie enger zusammen.

Schließlich wischte sich Prinz Henry die Augen ab. »Wir werden gut miteinander auskommen, William. Ihr müsst nach London kommen, wenn ich ständig dort lebe. Bringt Eure Frau mit.«

»Saura!« Sofort straffte William den Rücken. »Gütiger Gott, ich muss –«

»Es wird eine neue Ordnung in England geben«, dröhnte Henry, »und einen Platz für ehrliche Männer wie Euch.«

»Vielen Dank, Mylord. Darauf freue ich mich.« William machte eine leichte Verbeugung. »Jetzt muss ich –«

»Eine neue Ordnung! Gewiss, ich bin noch nicht der König, aber da die Thronfolge endlich gesichert ist, mache ich bereits Pläne.« Prinz Henry stieg auf das Podest und kreuzte hinter dem Rücken die Hände.

»Ich würde sie schrecklich gerne hören, Mylord –«

»Wenn die Krone, so Gott will, sicher auf meinem Kopf sitzt und ich das Zepter in Händen halte, wird meine erste Amtshandlung sein, dass ich diese fremden Söldner in Stephans Dienst des Landes verweise.« Prinz Henry schritt über das Podest hin und her. »Er hat sie bezahlt, um die Rebellion zu bezwingen, und sie selbst haben uns nichts als Rebellion gelehrt.«

»Das ist Gottes Wahrheit«, stimmte Lord Peter zu.

»Das Gesetz wird ins Land zurückkehren. Die Gerichte, die unsere Vorväter schufen, sind von den räuberischen Baronen zu Marionetten gemacht worden. Diese Barone haben auch vergessen, dass sie ihre Ländereien und Burgen dem König verdanken. Diesen Baronen, die diese unruhigen Zeiten ausgenutzt haben, um Land zu beschlagnahmen und Burgen zu bauen, wird eine Überraschung bevorstehen.«

»Das sind gute Neuigkeiten, Mylord.« William nickte ihm herzlich und ermunternd zu. »Falls ich jetzt –«

Von seiner eigenen Begeisterung mitgerissen, erklärte Prinz Henry: »Ich werde diese Burgen konfiszieren. Diese Barone wollen sich nur an der schutzlosen Bevölkerung bereichern. Ich frage Euch, wie können die Menschen in England Flachs und Wolle produzieren, Mais und Gerste anbauen, wenn kein Frieden herrscht? Wie soll meine Regierung arbeiten ohne den königlichen Anteil an der Ernte? Dieses Land ist in einem solchen Durcheinander, dass die örtlichen Richter nicht mehr länger am Hof erscheinen, um ihre Abrechnungen beim königlichen Schatzamt zu präsentieren.« Prinz Henry deutete mit dem Finger auf jeden Einzelnen von ihnen. »Es gibt zu wenige Barone, die nur die Ländereien besitzen, die ihnen durch die Konzessionen meines Großvaters zustehen. Adlige wie Ihr, Lord Raymond, werden die rechte Hand des Königs sein. Barone wie Ihr, Lord Peter, und Ihr, Lord William, werden das Rückgrat meines Königreiches sein.« Stolz verkündete Prinz Henry: »Wir haben auf jede nur mögliche Art das Königreich gesichert. Habt Ihr schon gehört, dass ich Vater eines Sohnes geworden bin?«

Erfreut ließ William sich von dieser großartigen Neuigkeit ablenken: »Ein Sohn? Meinen Glückwunsch, Prinz Henry. Ein Sohn wird Eure Dynastie absichern. Niemals wieder werden solch dunkle Zeiten nach England zurückkehren. Ein langes Leben wünsche ich ihm!«

»Wahrlich, ein langes Leben.« Prinz Henry grinste und hakte sich die Daumen in den Gürtel. »Sein Name ist Guillaume, und Eleanor schreibt, dass er ein starker und gesunder

Junge ist. Sie hat ihn bereits zu ihrem Erben bestimmt, zum künftigen Grafen von Poitou.«

»Ihr bringt wunderbare Neuigkeiten, Mylord«, sagte William. »Aber würdet Ihr mich nun entschuldigen –«

»Eleanor und ich werden viele Söhne haben. Viele Söhne! Ruft nach dem Wein, Raymond, und lasst uns auf die Gesundheit meines Sohnes anstoßen.«

Die Zeichen wiesen alle auf einen langen und herzlichen Abend hin, und William unterbrach beinahe verzweifelt: »Prinz Henry!«

Prinz Henry drehte sich überrascht zu William um: »Ja?«

»Ich bin von Eurem Vertrauen geehrt und hoffe, dass wir diese gesegneten Veränderungen heute Abend beim Essen miteinander besprechen können. Aber Mylord, ich muss jetzt meine Frau holen.«

Von seinem Zwischenruf über eine so belanglose Sache beleidigt, wich Prinz Henry einen Schritt zurück. »Wo ist sie?«

»Ich habe sie auf dem Hügel vor der Burg zurückgelassen.«

»Sie hat der Schlacht gewiss von ihrem Vorposten aus zugesehen, da bin ich mir sicher«, antwortete Prinz Henry kalt.

William hielt inne. »Nein, Mylord. Meine Frau ist blind.«

Prinz Henry zog die Augenbraue hoch, und sein Verhalten veränderte sich umgehend. Er ließ die Fassade des provozierten Königs fallen und wurde zum neugierigen Mann. »Sie muss eine außergewöhnliche Frau sein, wenn sie Eure Hingebung so uneingeschränkt verdient.«

»Das ist sie«, antwortete William.

Prinz Henry sah sich um. Lord Peter lächelte so stolz, als ob sie über seine eigene Tochter reden würden. Raymond lächelte vernarrt, und William grinste wie ein Mann, der den Schlüssel zum Paradies gefunden hatte. Erfreut erklärte Prinz

Henry daraufhin: »Dann muss ich Eure Frau kennenlernen, William.«

»Auf der Stelle, Mylord. Ich werde sie dazu bringen, Euch die Geschichte zu erzählen, wie sie aus dem Verlies entkam und den Drachen in die Flucht schlug.« Er verbeugte sich wieder, drehte sich dann eiligst um und rannte davon.

»Eigentlich würde ich ihm eine solche Frau abspenstig machen«, gestand Prinz Henry den beiden Männern neben sich, »aber Eleanor würde mir dafür den Kopf abreißen.«

Saura saß nicht mehr auf ihrem Felsen. Als die Kampfgeräusche verebbt waren, kroch sie in die Mulde zurück, in der William sie zurückgelassen hatte, und kauerte sich zusammen, um dem Wind zu entkommen.

Irgendjemand hatte gewonnen. Irgendjemand war besiegt worden. Der ganze Kampf hatte nur ein paar Stunden lang gedauert. Die Sonne versank, und es begann sich ein wenig abzukühlen, und die Meeresbrise frischte auf.

Sie wusste, William würde Zeit brauchen, um sie zu holen.

Zuerst musste er sich mit dem Anführer der siegreichen Truppe besprechen, dann würde er entscheiden müssen, was mit den Gefangenen geschehen sollte, dann würde er Bronnie befreien. Er würde mit ausgreifenden, langen Schritten vom Burgfried zu den Ställen marschieren, sich ein Ross schnappen, zum Hügel reiten und den Pfad hinaufkommen. Sie streckte den Kopf ein wenig in die Höhe, aber noch war er nicht da.

Gut. Sie würde nicht in Panik geraten. Sie begann sich wieder vorzustellen, wie William mit seinen Männern über die Schlacht diskutierte. Sie stellte sich vor, wie er auf seinen Vater warten und ihn anbrüllen würde, weil dieser so spät kam. Sie dachte daran, wie er das Abendessen für sie bestellte.

Sie legte ihren Kopf auf die Knie.

Er hatte in seinem ganzen Leben noch kein Essen bestellt. Er würde gar nicht wissen, was er sagen sollte. Er war bloß ein nutzloses, männliches Wesen ohne die geringste Ahnung, welche Arbeit dahintersteckte, einen Haushalt zu führen, und doch wollte sie ihn mit einer an Lächerlichkeit grenzenden Leidenschaft an ihrer Seite haben. Sie wollte ihn *jetzt* bei sich haben.

Ein Fußtritt, und dann rasselte ein Stein auf dem Weg hinter ihr.

»William!« Beinahe hätte sie geschrien, beinahe wäre sie aufgesprungen, aber verspätete Vorsicht ließ sie an ihrem Platz erstarren.

Wie sollte sie wissen, ob das William war? Seine Schritte auf dem Fußboden der Burg wiederzuerkennen war nicht das Gleiche wie ihn auf der kiesigen Oberfläche eines Pfades zu hören. William hatte sie angewiesen, zu ihrer eigenen Sicherheit außer Sichtweite zu bleiben, und sie hatte ihn ignoriert. Was, wenn jemand sie gesehen und beschlossen hatte, sie zu vergewaltigen? Was, wenn Nicholas geflohen war und sie als Geisel nehmen wollte?

Weitere herabrutschende Steine erklangen in der Nähe, ihr Herz pochte heftig, und sie umklammerte ihren Rock. Was sollte sie tun?

Dann ertönte Williams Stimme direkt auf der anderen Seite des Felsens: »Saura! Wo bist du?«

Sie kroch hervor und rief: »Hier! Oh, William, ich bin hier.«

»Gütiger Gott.« Er sprang auf den Felsen und glitt in ihre Arme. Sie zitterte vor Sorge und unterdrückter Unbeherrschtheit, und er sagte hastig: »Er ist tot.«

»Ich weiß.«

»Und Burg Cran wurde erobert.«

»Bist du verletzt?«

»Nur ein Kratzer.« Er legte ihre Hand auf seine Brust, und sie spürte den Tropfen Blut, der dort getrocknet war.

»Ich habe mir solche Sorgen gemacht. Was hat dich so lange aufgehalten?«

Sie war in Panik, urteilte er. Er atmete tief ein, beruhigte sich erst einmal selbst. Sie hatte eine furchtbare Zeit durchlebt und hatte die Ereignisse, die sich zu ihren Füßen abspielten, ja nicht einmal sehen können. Er konnte ihr später seine Besorgnis um sie mitteilen, jetzt brauchte sie nur sein geduldiges Verständnis. Noch einmal schöpfte er Atem, dann knurrte er: »Warum hast du nicht da gewartet, wo ich dich hingesetzt habe?«

»Du hast mich hier hingesetzt?«, beharrte sie.

»Nein«, entgegnete er mit Nachdruck. »Das stimmt nicht. Was hast du gemacht?«

»Nichts.«

»Saura.« Sein ganzer Tonfall war eine einzige Warnung.

»Ich habe da gesessen, wo ich etwas hören konnte«, gab sie voller Trotz zu und packte ihn am Hemd. »Ist das etwa eine Sünde?«

Er drückte sie, nahm ihr den Atem und war hin und her gerissen zwischen dem Wunsch, sie an sich zu drücken, und dem, sie zu schlagen. »Ja. Ich habe dich zu deinem eigenen Schutz unterhalb der Höhe platziert, wo man dich sehen konnte. Frau, kannst du nicht einmal im Leben meine Anweisungen befolgen?« Zunächst beherrschte er seine Stimme, aber schließlich brüllte er doch.

Sie schnappte nach Luft und dachte kurz nach. Er hatte ein Recht, verärgert zu sein, schließlich hatte er ein paar stürmische Tage hinter sich. Er hatte die Burg eines Freundes belagert, gegen einen anderen gekämpft und diesen getötet und hatte sich seinen Ängsten stellen müssen. Nicht zuletzt hatte er zugeben müssen, dass er im Unrecht gewesen war. Er verdiente eine freundliche Entschuldigung und die Versicherung, dass sie es bloß aus Sorge um ihn getan hatte. Sie atmete noch einmal tief ein und brüllte ihn dann an: »Nicht, wenn ich Angst um einen sturen, dickköpfigen Mistkerl habe, der mich jedes Mal verängstigt, wenn er kämpft, und mich anschreit, wenn ich unabhängig bin, und der mich«, ihre Stimme wurde plötzlich zu einem Flüstern, »glücklich macht und bei dem ich ich selbst sein kann.«

Er musste sich zu ihr hinabbeugen, um sie zu hören, aber ihre Worte beendeten den Sturm seiner Entrüstung, und er antwortete: »Dann liebst du mich also?«

»Zu sehr.«

»Zu sehr?«, fragte er zärtlich, und seine Sorge und sein Ärger schmolzen bei ihrem geflüsterten Geständnis dahin. »So wie eine gute Frau ihren Ehemann lieben sollte?«

»Nicht nur so, sondern besser als das.« Sie hatte nicht gewusst, dass sie sich so schämen konnte, dass sie solche Angst hatte, die Wahrheit auszusprechen. Dennoch schuldete sie es ihm, sie schuldete ihm alles. Sie hob den Kopf, damit er ihr Gesicht sehen konnte, mit all seinen Sinnen aufnehmen konnte, dass sie die Wahrheit sagte. »Ich liebe dich schon so lange.« Sie brachte ihn mit einer Geste zum Schweigen. »Du hattest recht, obwohl ich dir nicht vertraute. Wie hätte ich das auch tun können? Es schien, als ob alle Bedürfnisse auf meiner Seite lagen und all die Unterstützung nur von dir kam. Falls du mich nicht ebenfalls brauchtest, was würde passieren, wenn du meiner eines Tages überdrüssig würdest?«

Er schlang seine Arme um sie, sank auf den Felsen und setzte sie auf seinen Schoß. »Nun ja, zunächst einmal könnte ich dich niemals verlassen. Du bist klug und hast eine schnelle Auffassungsgabe, unsere Gespräche sind anregend. Du besitzt die Art von Schönheit, die mit dem Alter noch wächst und aufblüht. Du bist eine adlige Dame, eine Burgherrin. Klug, schön, hausfraulich begabt. Ein Mann wäre ein Narr, wenn er einer solchen Frau überdrüssig würde.« Sie öffnete den Mund, um ihm zu widersprechen, und er legte ihr seine große Hand auf die Lippen und erklärte schnell: »Ich stimme dir zu, Männer sind Narren. Deshalb habe ich auf der Eheschließung bestanden, Saura, selbst als du dich dagegen gewehrt hast. Ich wollte, dass du dich sicher fühlst.«

»Welche Sicherheit liegt schon in der Ehe? Männer schlagen ihre Ehefrauen sogar wegen ihrer Klugheit und Schönheit.« Saura dachte darüber nach. »Obwohl, gewiss nicht, weil man eine gute Burgherrin ist. Ich versuche dir ja nur zu sagen, dass eine gute Ehe auf beiderseitigen Bedürfnissen basiert.«

»Ich brauche dich doch!« Verwundert wich er zurück.

»Warum?«

»Warum? Du dumme Frau.«

Er klang niedergeschlagen, und sie pflichtete ihm bei: »Ich weiß es jetzt, aber ich konnte nicht erkennen, dass die alten Bedürfnisse ersetzt und nicht bloß vermindert worden waren. Es pflegte so einfach zu sein. Du hast mich gebraucht. Solange du blind warst, hast du mich so sehr gebraucht. Damals habe ich dich bereits geliebt.« Sie lächelte geheimnisvoll, als sie sich daran erinnerte. »Diese goldene Stimme, diese schmetternde Wut.«

»Vergiss meine Küsse nicht«, neckte er.

»Nein, wie könnte ich die vergessen.« Sie tätschelte ihm die Wange. »Weißt du eigentlich, was meine erste Reaktion war, als dir bewusst wurde, dass du dein Augenlicht wiederhast?«

»Erzähl es mir«, drängte er.

Sie seufzte und wurde rot. »Dass dies dein Bild von mir trüben wird.«

»Nein.« Er entsann sich ihres Anblicks, wie sie an jenem sonnigen Frühlingsmorgen auf Arthurs Strohmatratze gesessen und er sie zum ersten Mal mit seinen geheilten Augen angesehen hatte. Er erinnerte sich, wie sich ihr zuvor heiteres Gesicht vor Schmerz verzerrt hatte, und daher versicherte er ihr: »Ich glaube nicht, dass eine sehr menschliche Reaktion dich in irgendeiner Weise beflecken würde.«

»Du weißt es bereits«, klagte sie.

»Falls ich deine Gedanken lesen könnte, Liebes«, er legte seine Lippen dicht an ihr Ohr und flüsterte, »dann würden wir nicht so viel Zeit darauf verschwenden, uns anzuschreien.«

Sie lachte widerstrebend und merkte, dass der Kloß in ihrem Hals verschwunden war. »An jenem Morgen, an jenem schrecklichen Morgen nach dieser herrlichen Nacht, als mir klar wurde, dass du sehen konntest, da wollte ich am liebsten vor Wut brüllen. Ich fühlte mich, als ob man mich betrogen hatte, solch ein schreckliches Miststück war ich.«

»Tststs.«

Er schnalzte in gespielter Verwunderung mit der Zunge, und sie versicherte ihm: »Aber es stimmt. Du brauchtest mich nicht länger. Ich war nutzlos.«

»Ich habe dich falsch behandelt, Liebling.« Seine Lippen strichen über ihre Stirn.

Seine Bemerkung verwunderte sie, und so fragte sie: »Inwiefern?«

»Als ich mein Sehvermögen wiedergewonnen hatte und mir klar wurde, welch schreckliches Leben du bei deinem Stiefvater hattest, da wollte ich mich um dich kümmern, wollte, dass du dich nie mehr abrackern musst. Stattdessen hätte ich dir wohl besser immer wieder Hindernisse in den Weg legen sollen«, erklärte er vergnügt.

»Nicht in meinen Weg. Unseren Weg. Es schien so, als ob du meine Hilfe bei nichts mehr brauchtest.«

»Du führst meinen Haushalt und kümmerst dich um die

Kinder. Was willst du denn sonst noch machen? Etwa an meiner Seite in die Schlacht reiten?«

Sie tat so, als ob sie das tatsächlich in Erwägung zog, und er gab ihr scherzhaft einen Schubs. »Vergiss, dass ich gefragt habe.«

»Ein einziges Beispiel, William.« Ihr Gesicht wurde mit einem Mal ganz ernst. »Ich wollte, dass du mir geglaubt hättest, als ich sagte, Charles sei es nicht gewesen.«

»Ich habe schon vermutet, dass ich so etwas vorgehalten bekommen würde.« Er stöhnte.

»Ich nörgle nicht über frühere Fehler«, beharrte sie. »Ich versuche, dir zu erklären, wie du mich verletzt hast, weshalb ich geglaubt habe, ich wäre dir weniger wichtig als … als Bula. Ich habe eine Gabe. Es ist keine große Sache, aber sie ist nützlich und lässt mich nie im Stich. Ich kann Aufrichtigkeit in der Stimme hören. Du kanntest die Bedeutung dieser Fähigkeit, als du selbst noch blind warst, aber als du dein Augenlicht wiedererlangt hast, da hast du das Gespür dafür verloren. Als ich versucht habe, dir zu sagen, dass du dich irrst, da hast du mir nicht geglaubt, weil ich blind bin und weil ich eine Frau bin. Und weil du glaubst, Frauen könnten nicht logisch denken.«

»Ach, Saura, du hast mich mit meiner eigenen Dummheit aufgezogen.« Er nahm ihre Hände, legte sie sich auf die Brust, und sie legte ihren Kopf ebenfalls dorthin.

Sein Herz pochte heftig, sie konnte seine Qual beinahe spüren. »Das war das Schlimmste, nehme ich an. Es tut so weh, wenn man völlig ignoriert wird. Ich bin keine Närrin. Du hast zwar eine Erbin geheiratet, aber du bist so reich, dass du mein Geld nicht brauchst. Du könntest auch ohne es auskommen.«

»Geld sollte man nie leichtfertig ausschlagen.«

»Du hast mir selbst gesagt, dass Geld nicht der Grund war, weshalb du mich geheiratet hast«, erklärte sie geduldig.

»Gütiger Gott. Jetzt verwendest du auch noch meine eigenen Worte gegen mich«, protestierte er und rutschte unruhig hin und her.

»Genau, und du könntest jederzeit eine andere Frau finden. Du bist groß, stark und gut aussehend.«

»Nur du hältst mich dafür«, versicherte er.

»Oh, auf unserer Hochzeit habe ich gehört, wie die Frauen gekünstelt gekichert haben, wenn du in der Nähe warst. Da macht man mir nichts vor.« Sie verzog schmollend das Gesicht. »Diese Frauen haben mir klargemacht, dass du mich nicht in deinem Bett brauchst, denn jede von ihnen wäre nur zu gern an meiner Stelle gewesen.« Sie wusste, sie sollte sich nicht darum kümmern, was die anderen dachten, aber sie tat es trotzdem.

William kümmerte es nicht, was die anderen dachten. Ihn kümmerte bloß, was *sie* dachte. Entrüstet warf er sich in die Brust und fragte: »Glaubst du etwa, eine von denen könnte dich ersetzen?«

»Nein!« Ihre Kehle tat vom Sprechen weh. Ihre Brust schmerzte von all dem Kummer, den sie in sich trug. »Nein, darum geht es gar nicht. Es ist bloß so, falls ich morgen sterben würde, dann würdest du einfach weiterleben.«

»Nun.« Er verlagerte sein Gewicht, und sie spürte, wie er seinen Bart durchkämmte. »Ja, das würde ich. Ich wäre wohl lange Zeit unglücklich und würde nie wieder eine Frau finden, die so gut zu mir passt wie du. Dennoch würde ich leben, würde meinen Sohn unterrichten und meinem Vater helfen. Aber sag mir bitte eines. Wenn ich dort unten umgekommen wäre, hättest du dich dann etwa von diesem Felsen gestürzt?«

Sie erstarrte. »Ah … nein.«

»Hattest du vor, dich in einem Kloster einzuschließen und nie wieder in die Welt zurückzukehren?«

»Darüber habe ich noch nie nachgedacht.«

»Würdest *du* weiterleben, falls ich heute gestorben wäre?«

Sie wollte nicht über ein Leben ohne William nachdenken, aber sie zwang sich dazu. Falls er starb, würde sie dann zurückgehen und wieder diese behütete, sanfte Frau sein, die sie vorher gewesen war? Oder würde sie weiterhin schreien, wenn sie wütend war, und tanzen und lauthals über einen Scherz lachen? Würde sie immer noch auf die Freiheit bestehen, dort spazieren zu gehen, wo die Sonne ihr Gesicht wärmen konnte? Sie zitterte bei dem Gedanken an die schmerzvollen Wahrheiten, die sie ausgesprochen hatte, aber sie antwortete ehrlich: »Das würde ich. Ich könnte auch ohne dich weiterleben.«

»Und die Gezeiten würde auch ohne mein Zutun kommen und gehen. Der Frühling würde weiterhin den Schnee schmelzen, ohne dass ihn mein warmer Atem durchdringt. Du bist ein ganz besonderer Mensch, ganz du selbst, mit Hoffnungen und Gedanken und Träumen, die von meinen völlig getrennt sind. Glaubst du wirklich, ich will eine Frau, die sich auf mich stützen muss, nur damit sie vollkommen ist? So eine will ich nicht, Liebes, ich will nur dich, so vollständig und unabhängig und zärtlich, wie du es bist. Ich will mir sicher sein, dass du, sollte ich morgen sterben, meinen Vater in seiner Trauer trösten und meinen Sohn zum Mann großziehen wirst.«

Sie gab nicht zu, dass er recht hatte, aber der Körper unter seinem Arm entspannte sich langsam. Er lächelte ein wenig und rieb mit der Wange über ihr Haar.

»Da ist noch etwas«, beschwerte sie sich. »Du brauchst keinen Erben von mir, denn du hast schon einen Sohn.«

»Das stimmt, ich brauche kein Kind von dir, das meine Ländereien erben kann. Meine Gefühle haben also nichts mit dieser Erfordernis zu tun. Dennoch möchte ich dein Kind in meinen Armen halten. Ich will diese kleinen Arme um meinen Hals spüren.«

Saura stieß einen sehnsuchtsvollen Laut aus, und William wiegte sie in seinen Armen. »Kimball vergöttert dich.«

»Und ich vergöttere Kimball, aber er ist alt genug, seine Ausbildung zu beginnen. Du musst zugeben, er braucht mich nicht.«

»Kimball ist so selbstsicher, er braucht nicht mal mich«, betonte er. »Wenn unsere Kinder kommen, dann wird er sich für uns freuen. Er wird ein guter Bruder sein und ihnen nie deine Ländereien und das alles neiden.«

»Ich weiß. Er ist ein guter Junge. Ich mag Kimball.«

»Also sag mir, welche große Offenbarung hat dich dazu gebracht, mir deine Liebe zu gestehen, sie mir wirklich zu gestehen und sie nicht nur hinzuwerfen wie etwas, von dem du dachtest, ich wollte es hören.« Sie antwortete nicht, und er drängte sie wie ein Priester, der eine Beichte abnahm. »Sag mir, was dich letzten Endes dazu gebracht hat, mir zu vertrauen.«

»Es wird dir nicht gefallen«, warnte sie.

»Mir hat das ganze Gespräch schon nicht gefallen«, erklärte er. »Nichtsdestotrotz muss es gesagt werden. Wir haben uns darauf geeinigt, dass ich dich nicht schlagen werde, noch werde ich dich in den Staub werfen, also sag es mir, bitte.«

Ihr Lächeln war süß, als sie sich diesen Gedanken in die Erinnerung zurückrief. »Bis heute habe ich nicht geglaubt, dass du mich brauchst, aber das tust du.«

»Was hat Euch denn diese große Offenbarung beschert, Mylady?«

»Im Kerker hast du mich gebraucht.«

Sie spürte unter ihrer Hand, wie er errötete. »Im Kerker? Im Kerker habe ich geheult wie ein Neugeborenes, das von der Brust weggerissen wird. Ich habe geschwankt, habe gezittert, habe mich an dich geklammert.«

»Ja.«

»Ich hoffte, du würdest den Kerker vergessen.«

»Niemals. Ich werde es niemandem erzählen, aber William«, sie nahm sein Gesicht zwischen ihre Hände, »für diese Tränen und diese Ängste liebe ich dich noch viel mehr.«

»Frau!« Er wollte sie anschreien, aber seine Erbitterung verflog unter ihrem sonnigen Lächeln. »Frau, ich will, dass du das vergisst.«

»Ich werde es niemals vergessen.« Ihr Lächeln erstarb, und plötzlich spürte sie wieder diesen Kloß im Hals. Die Höhen und Tiefen, der Tod und die Freude schienen zu viel zu sein, und plötzlich liefen ihre Tränen über seine Brust. Sie klammerte sich an ihm fest, als ob er davontreiben könnte, und er umarmte und beruhigte sie. Sein Trost war mehr, als sie ertragen konnte. Ihr Weinen wurde stärker, bis sie schließlich am ganzen Leib vor Qual zitterte.

Er liebkoste sie mit der Zärtlichkeit eines verzweifelten Mannes und flehte: »Bitte hör auf zu weinen.«

Sie nickte und schluchzte.

»Bitte hör auf.« Er wischte ihr Gesicht mit seinen großen Handflächen ab, radierte die Tränen fort, bevor sie hinunterfallen konnten. »Ich ertrage das nicht, Saura.«

Sie nickte und hielt den Atem an, versuchte mit aller Kraft, die Flut aufzuhalten. Sie zitterte, schnappte nach Luft und rieb sich mit den Fäusten die Augen.

»Wenn es wehtut, damit aufzuhören«, sagte er verzweifelt, »dann wein weiter.«

Sie lachte leise und gluckste.

»Ich werde die Frauen nie verstehen«, brummelte er, offensichtlich erleichtert. »Ich flehe dich an aufzuhören, und du weinst noch stärker. Ich sage dir, dass du weinen sollst, und du lachst.«

Sie schmiegte sich in seine Arme und genoss seine Wärme. Als sie wieder sprechen konnte, sagte sie: »So ist es immer. Es scheint immer so zu sein, dass meine Angst in deiner Zuversicht verschwindet, wenn du bei mir bist. Und jetzt weiß ich, dass ich deine Sorgen ebenfalls aufnehmen kann, dass ich sie umkehren und sie zur Stärke umformen kann. Du hast dich an mich geklammert, hast dich an mich gedrückt, hast mich gebraucht. In jenem Augenblick erkannte ich die Aufrichtigkeit deiner Behauptung. Wir sind zwei Hälften eines Ganzen. Wir passen zueinander. Niemand wird uns jemals trennen.«

»Du dumme, närrische Frau.« Aus seinem Mund klang das wie ein ersticktes Lob. »Hast du so lange gebraucht, um die Wahrheit zu erkennen?«

Sauras Kehle schnürte sich zusammen, ihr Herz schlug im Gleichklang mit seinem, und sie hob ihren Mund, um seinen zu treffen. Sie küssten sich, als ob sie die beiden ersten Menschen wären, die die Freude am Küssen entdeckten: Sie küssten sich, als ob es für tausend Jahre wäre. Sie küssten sich und trennten sich und küssten sich wieder, drängten sich begehrlich aneinander. Sie drehte sich in seinem Schoß und schlang die Beine um ihn, leidenschaftlich in ihrer Liebe, ihrem Stolz und ihrer Freude. Er zog sie an sich, seine Begierde überschwemmte ihn wie eine mächtige Sintflut. Er hatte seine Siege errungen, den Sieg über das Böse, das sie bedroht hatte, den Sieg über Sauras Ängste. Er wünschte, er könne ihr alles erzählen, was er in seinem Herzen spürte, aber ihr drängender Körper lenkte ihn ab, und seine Gedanken zerstreuten sich im Wind.

Sie klammerten sich aneinander und trennten sich und klammerten sich wieder aneinander. Sie waren verärgert, dass sie noch Kleider anhatten, und außer sich vor Liebe, und nur ein plötzlicher kalter Windstoß vom Meer brachte William wieder zur Vernunft. »Saura.« Er hielt ihre Hüften ruhig. »Saura. Es wird dunkel, es wird regnen, und mein Vater wird Bula schicken, wenn wir nicht bald zurückkommen.«

»Bula?« Sie umklammerte sein Hemd. »Mein Hund? Ich hörte das Bellen und hoffte, es wäre er. War das wirklich Bula?«

»Er war es«, bestätigte er. »Aber es ist ein neuer Bula. Er hat gekämpft wie ein Krieger. Es scheint, als ob Nicholas ein übertriebenes Zutrauen darin hatte, was ein Schlag auf den Kopf dem harten Schädel dieses Hundes antun konnte.«

»Aber auch dem harten Schädel von dessen Herrn.« Sie grinste ihn frech an. »Ich hätte wissen sollen, dass er es war. Dieses tiefe, bedrohliche Gebrüll erinnert mich an deinen Zorn, nur in der Gestalt eines Hundes.«

»Soll das etwa eine Beleidigung sein?« Er beugte sich vor und zwickte sie ins Ohr.

Sie schnappte nach Luft, lachte und antwortete: »Wenn wir nicht bald ein Bett finden, wird Kimball keine Geschwister bekommen, um die er sich Sorgen machen kann.«

»Ja.« William holte tief Luft. »Ich werde mich mit meinem Vater um das große Bett schlagen. Oh, nein!«

Sie hörte auf, ihm den Brustkorb zu streicheln. »Was stimmt nicht?«

»Ich kann dich gar nicht in ein Bett bringen.« Er stand auf und stellte sie auf die Füße, strich ihren Rock glatt und kämmte ihr mit den Fingern durchs Haar. »Aber ich kann dir einen Prinzen vorstellen. Er möchte dich sehr gerne kennenlernen und die Geschichten über deine Tapferkeit hören.«

»Einen Prinzen?«

»Prinz Henry ist hier.« Saura starrte William an, und er lachte. »Ja, der Erbe von ganz England erwartet uns auf Burg Cran. Er hat große Pläne mit England. Er hat große Pläne für den Frieden, und ich glaube, er ist der Mann, der ihn uns bringen kann. Unsere Söhne und Töchter werden einen Platz am Hofe des Königs haben, und du wirst eines der Schmuckstücke des Königreichs sein.«

»Prinz Henry?«, zögerte sie. »Ich bin kein Schmuckstück des Königreichs, ich bin eine Bettlerin. Ich kann Prinz Henry nicht treffen. Ich bin schmutzig, mein Haar ist verfilzt, und meine Kleider –«

»Deine Kleider sehen gut aus für eine Frau, die gerade eine Armee geführt hat«, versicherte er ihr. Sie sah nicht überzeugt aus, und er bot ihr an: »Ich werde dich gerne in die Burg schmuggeln und deine Zofe spielen, bis du wieder dein anmutiges Selbst bist.«

»Ich wäre schon zufrieden, wenn ich mein übliches sauberes Selbst wäre«, antwortete sie scharfzüngig.

»Ich biete dir eine Gelegenheit, auf die sich die meisten Frauen stürzen würden«, murrte er, »die Gelegenheit, einen Prinzen zu treffen, und du bist nicht mal beeindruckt. Nun, wenn ich dich nicht mit der Chance locken kann, unseren zukünftigen König zu treffen, vielleicht wirst du ja zur Burg gehen, damit du deinen heldenhaften Hund begrüßen kannst.«

Sie berührte seine Wange mit ihrer Hand. »Bin ich solch eine Plage für dich?«

»Ja, aber Gott bürdet mir nie mehr auf, als ich bewältigen kann.«

Er klang so frech, dass sie lachte und ihm die Arme entgegenstreckte. »Solange du bei mir bist, kann ich jedem entgegentreten. Lass uns gehen, und während wir gehen, erzähl mir, wie ich mich für einen Prinzen benehmen muss.«

Er nahm sie in die Arme und begann über den Pfad auf die Lichter der Burg zuzugehen. »Sei einfach du selbst. Er wird überwältigt sein und mich um mein Glück beneiden.« Er hielt an und sah auf ihr liebes Gesicht hinab. Die Kreide, die Saura bedeckte, konnte weder die Schönheit ihrer Gesichtszüge verbergen noch das Leuchtfeuer verdunkeln, das aus ihrer Seele strahlte. William drückte sie eng an sich und küsste sie auf die Wange. »Steh aufrecht, zeig deinen Stolz, und vergiss niemals: Wenn du nicht gewesen wärst, dann würde ich mich noch immer in meiner Burg verstecken und hätte Angst, mich in der Dunkelheit zu bewegen. In dieser Welt bist du mein Licht, meine Kerze im Fenster.«

blanvalet

„Shirlee Busbee ist eine der besten Autorinnen von Liebesromanen, die es gibt!“

AFFAIRE DE COEUR

Roman. 480 Seiten. Übersetzt von Ute-Christine Geiler

ISBN 978-3-442-36971-3